野呂邦暢

文遊社

野呂邦暢 小説集成 6

猟銃・愛についての

デッサン

目次

野呂邦暢
小説集成
6

監修 豊田健次

ある殺人

「どうも……」

患者は椅子から立ちあがって、いつものように深々と頭を下げた。

「先生に話を聞いていただくだけで、気持が休まります」

「それは大事なことです。よく眠れる薬を処方していますが、のみすぎないように規定の分量を守って下さい」

「しかしですね」

患者はいいにくそうに口ごもった。この前、三日分として渡された薬を一日でのんでしまったという。

「ですから次は分量をふやしてもらいたいんですが。いけませんか」

「いけないことはないが、睡眠薬には習慣性になるという副作用がありますからね」

「寝つきが悪いのは苦しいものです。眠りが浅いと例の夢をみます。わたしはただぐっすり眠りたいだけなんです。いけないとわかっていても一服ではきかないものですからつい二服、それでも眠れないので三服まとめてのんでしまうような有り様で」

「まあ、いいでしょう。少し分量をふやしてあげます」

「ありがとうございます」

患者はまたていねいにおじぎをしてドアの外に消えた。医師の中尾昭介はカルテに新しい数字を記入した。となりの調剤室に這入って看護婦にそれを渡した。

中尾昭介は革張り椅子に腰をおちつけてパイプを取り出し、ぼんやりとした目つきで火皿に煙草の葉をつめた。ドアごしに患者と佐藤ユキ子がかわす言葉がかすかに聞えた。「お大事に」「どうも」。足音が廊下の向うに遠ざかってゆく。

中尾昭介は八階にある窓から下をのぞいた。

患者はすぐに出て来た。手を上げてタクシーを止めようとしている。空車はなかなか通らない。ポケットから煙草の袋を出して一本くわえ、ライターを近づけた。背をかがめて煙草に火をつけ、首をねじって中尾クリニックのある窓を見上げた。

中尾昭介はあわてて窓から一歩しりぞいた。白いレースのカーテンで覆われた窓は、患者が道路から眺めても内側にたたずんでいる人影は認められないはずである。そうとわかってはいたが中尾昭介は反射的に患者の視線をさけた。タクシーが来て止まった。患者は煙草を横くわえにして身がるに乗りこんだ。

「佐藤君、もう帰っていいよ」

昭介は調剤室の看護婦に声をかけた。

「ですが、先生」

佐藤ユキ子は半開きにしたドアから顔をのぞかせけげんそうな表情でたずねた。次の患者の予約が五時になっている。平日の診療時間は午前十時から午後六時までである。壁の電気時計は四時五分前をさしている。午後六時以前にクリニックを閉ざすのはかつてなかったことだと、佐藤ユキ子はいった。もっとも彼女はこのクリニックに就職して一ヵ月とたっていない。

「いいんだ。予約した患者には電話で連絡して取り消してくれたまえ。もし出来たら明日の午前ちゅうに来てもらいなさい。明日は土曜日だからふつうは休診日なんだが、特別にみることにするって」

「わかりました。そう伝えます」

中尾昭介はパイプ煙草に火をつけてくゆらした。佐藤ユキ子が予約者に診療日を変更する声が聞えた。タクシーのドアがあいたとき、すばやい身ごなしで体を座席にすべりこませた患者の様子が目から離れなかった。ぼんやりと天井の一角に目をやって中尾昭介は考えこんだ。帰り支度をすませた佐藤ユキ子が、「お先に失礼します」と挨拶したときも、「ああ」とそっけない返事をしただけだ。

パイプの火皿が消えてしまうまで彼は身じろぎもせずに椅子にかけていた。午後五時になった。医師はのろのろと立ちあがって調剤と受付を兼ねた小部屋に這入り、キャビネットからカルテを抜き出した。診療室のデスクにそれを置いて読み返した。先ほどここから立ち去った患者のものである。

多治見隆、四十三歳。新宿区砂土原町×番地三ノ六ノ一。職業は会社員となっている。書籍の外販、ひらたくいえばアメリカの百科事典を売り歩くのが仕事だと本人が説明した。つとめ先の会社もわかっている。中尾昭介はデスクの抽出しをあけて黒表紙の手帳を取り出した。新宿の矢来町にある「K・Kニューライフ」とかいう社名からしていかがわしいが、電話番号は中尾昭介が確かめたとき、すらすらと答えたものだ。

彼はデスクの電話器に手をのばし、ややためらったのちダイヤルをまわした。多治見という人物が在籍しているかどうかをきいた。

「いま出かけておりますが、どちら様でしょう。ご用件は」

若い女の声が返って来た。ひっきりなしに電話のベルが鳴りひびいている。男たちの話し声も聞える。昔の友人なのだが、偶然に消息を聞いたものでと告げて中尾昭介は電話を切った。

多治見隆が初めてクリニックに現われたのは二週間ほど前のことだ。浅黒い皮膚をした中肉中背の男である。神経科の看板をかかげた医院に訪れる患者らしくなかった。肌の艶は悪くないし、瞳孔にも異常は認められない。

「眠れないんです」

と多治見はいった。椅子にかけるなりそういった。

「眠れないだけならどうということはないんですが、奇妙な夢を見るんです」

「ほう、どんな夢を」

「それが……」

多治見隆は話そうか話すまいかと迷っているように見えた。夢をみてうなされるので眠りが浅い。熟睡できないから翌日も仕事の疲れがとれないと訴えた。医師はいった。

「よくあることですよ。かるいノイローゼかもしれませんな」

「わたしもそう思います。ただ、例の夢が気になって仕事も手につかないから困るんです」

「例の夢というと」

「島のような場所です、海岸の一部かもしれません。そこの所が夢ですからはっきりしません。まわりに濃い霧がたちこめているようで。わたしはその島にいるんです」

「島にいつか旅行したことがあるんでしょう。何か厭な経験があった。あるいは子供のころにでも。ふだんは忘れていて意識にのぼらない記憶が、夢に現われることがあるものですよ」

「わたしはこの齢になるまで、島と名のつく所には一度も行ったことはないんです」

「岬のような所といわれた？」

「ええ、岬の突端にも似ているし、島のようでもある。そこがはっきりしないんです。ただ……」

患者はごくりと唾液をのみこんだ。

「ただ？」

中尾昭介は先を促した。

「海岸であることは確かです。黒っぽい荒れ模様の海が見えます」

「それだけですか。でも、なぜ島のような所を夢にみてうなされるのかな」

「きまって同じ夢なんです先生」

多治見隆はすがりつくような目つきで医師を見た。

「会社のお仕事はうまく行ってますか。過労がたたって心のバランスを失うことがあります。その夢のことをあまり気にかけないことですな」

「あの夢さえみなければ、仕事は順調に運んでたんですがねえ。わたしの口から申し上げるのもなんですが、セールスのチーフマネージャーという役をつとめています。つまり外まわりをするセールスマンの指導と監督です。夢でうなされるようになってから対人関係もうまくゆかなくなって、部下のちょっとしたミスもどなりつけるし、大事なおとくいとのアポイントメントもど忘れするし、それでこちらにうかがったわけです」

多治見は憔悴した顔になって溜め息をついた。よくあることだと中尾昭介はいった。

「あなたのような患者さんが近ごろはふえましたよ。仕事熱心な方にかぎって責任感が強いからストレスが昂じるのです。薬を処方しておきます。……島の夢ね」

「島を見ると、とてもこわいんです」

脳波、心電図、血液と尿。中尾はひと通りおきまりの検査をすませてから多治見にまた来るように告げて医院から送り出した。それが十一月五日のことだ。次に訪れたのは三日後である。中尾は電気スタンドの下でカルテを読み直した。パイプの灰を捨て、新しい煙草の葉を火皿につめた。

「主訴、不眠、島あるいは岬の夢」。第一日めにはそれだけしか書いていない。二回めに訪れたときは「恐怖もしくは不快感」と書きつけている。

最初の診察ではあまり気にとめなかった症状である。

「とてもこわいんです」と語気を強めて多治見はその日もいった。

「安心なさっていいですよ。尿には蛋白も糖も出ていません。血液のコレステロール値も正常だし、心電図と脳波にも異常は認められません」

「そうですか」

多治見は浮かない顔つきで首をかしげた。

「しばらく休みをとるわけにはゆきませんか。好きなことでもして何日間かぶらぶらしてみては。お忙しいことはわかっていますが、趣味はどんなものを」

「将棋も囲碁もやりません。マージャンのパイを握ったこともないし、わたしは無風流な人間でしてね」

「まったく趣味がないというわけでもないでしょう。パチンコをやるとか水彩画を描くとか、仕事以外のことならなんでも気が紛れるものです」

「そうですね、釣りくらいですかな」

「けっこうじゃないですか。伊豆あたりのひなびた温泉宿に泊って、のんびりと糸を垂れるのはどうです。よく眠れるんじゃないかな」

「海岸はどうもね。例の夢があるもんですから」

「夢にこだわるんですね」

「自分が行ったことのない場所だというのは確かなんです。そりゃあ、島なんて日本にはざらにあります。テレビや映画で見たのかもしれない。友達がくれた絵葉書に島の写真があったかもしれません。しかし、夢のなかで先生、ここは以前に来たことがあるとわたしは考えているんです。夢を見ていて、これは夢なんだなと、自分にいい聞かせていることもあります。そして肝腎なことは、島にいるわたしは」

多治見は舌先で乾いた唇をなめた。患者のただならぬ様子を見て、中尾も思わずそうした。

「こちらへうかがうまでわたしはあちこちの神経科をまわりました。いわれることはたいてい同じです。仕事による過労だ、一時的なものだと、休暇をとって好きなことをしていたら元通り働けるようになると。先生もそうです。わたしのいうことを本気になってきいて下さらない」

多治見はうらめしそうに下を向いた。そんなことはない、患者を治療するのは医師の役目だと中尾昭介はいった。多治見はきっと医師を見すえてたずねた。

「先生、わたしは気がふれているんじゃないでしょうか」

中尾昭介はあっさりと打ち消した。医師として断言してもいい、あなたは正常だといった。ノイローゼと精神病はちがう。現代人は程度の差はあれ、多少ともノイローゼ気味なのだ。自分はおかしいのではないかと疑う人に限って精神的に正常である。本気に気がふれている人は、自分の異常を疑いはしない。先日した検査の結果が多治見隆の正常を証明していると、中尾はいった。

「そういってもらうと少し落着くんですが、でも夜になればきまってあの夢をみるんで」

「いまにみなくなりますよ」

「先生、笑わずにきいて下さいますか」

多治見は身をのり出した。尖った咽喉仏がそのとき上下した。刑事に問いつめられた容疑者がついに犯行を自白しようと決心したかのような表情であった。笑わないと中尾昭介は約束した。

「先生は前世を信じますか」

神経科の医師は患者が口にするとっぴょうしもない妄想にはまず驚かない。白鳥座十二番星の女王であるとか、火星人と交信してUFOを自在に飛行させているのは自分の力だとか、人間が考えつくありとあらゆる想念には慣れっこになっている。インターン時代は面白がりはしたけれど、大学病院で数年間、勤務医をつとめて開業した現在は、「またか」としか思わない。

中尾昭介は表情を平静に保った。

「前世とはつまりこの世に自分が生まれる以前の世界ということですか」

「インドでは五、六歳の女の子が自分の村から千キロほども離れた山間の村を詳しく話した例があったそうですね。新聞で読んだことがあります。本人は村から一歩も出ていないし、村人の誰もその山奥に行ったことはないのに、女の子の話を聞いた医師が実際に山奥のその村へ出かけてみたら、話の通りの家や木や井戸があり、女の子が前世はその男だと告げた老人の墓があったそうです。しかも、老人の名前と経歴は女の子の話とぴたり一致したというんです」

「その話はわたしも聞いたことがあるような気がします。何度もね。インドでは珍しい話じゃありませんよ。輪廻転生という思想が生まれた土地ですから、そういう話があってもふしぎではないと思っています。しかし、あなたが新聞で読まれた記事は、実際の出来事が活字になるまでに、何人もの人間の口から口へ伝わったあげくのことですから、話が誇張されることもあるわけです」

「すると先生は前世を信じないとおっしゃる」

多治見はがっかりしたような声でいった。

「信じないとはいっていません。前世の記憶という不確実な、実体のないものは科学的な検証が及ばないということです。つまり脳波や血液のように定量的な定性的な分析ができない対象は、存在するかしないかを議論したって仕方がないでしょう。信じる信じないという以前の問題です」

「そういうむずかしい話になると、わたしのように頭の悪い人間にはわからなくなるんですが、わたしが悩んでいるのは例の夢のことなんです。うなされて目がさめたとき、ぐっしょり盗汗《ねあせ》をかいています。心臓がドキドキしていて、ああ、夢でよかったと思うんです」

「わたしも夢をみますよ。それが前世とどんな関係があるのかな」

「わたしは趣味がこれといってない退屈な男でしてね。そのかわり暇があれば本を読みます。夏目漱石に『夢十夜』という作品があるのはご存じですね。高校時代に教科書にのっていたのを思い出して、先日なにげなく再読してみたんです。『こんな夢を見た』という書出しで始まる十篇の小説です。わたしが気味悪くなったのは『第三夜』の話で、六つになる自分の子供を背負って田圃の畦道を歩いて行くと雨が降って来ます。夜のことです。背中の子供がだんだん重たくなる。子供は目が見えない。男は子供のさしずのままに歩くのです」

多治見は憑かれたようにしゃべり続けた。

目が異様な光をおびている。

「あなた、お生まれはどちら」

医師は患者の話をさえぎって出身地をきいた。ふいにある疑惑を覚えたのだ。

「しまいまで聞いて下さい先生。わたしは『夢十夜』のことから、明治の有名な文学者も前世を信じていたのではないかと考えたんです」

多治見はいら立った。

『夢十夜』なら自分も読んだことがあると、中尾昭介はいった。

「作家はいろいろ考えるものです。で、要点をうかがいましょう」

「実はわたし前世で人を殺したのではないかと思うんです」

中尾昭介は、まじまじと患者を見つめた。

多治見は真顔だった。

「だから『夢十夜』の話が気になったんです。盲目のわが子をおぶって暗い森の中を歩く。その子が百年前に殺した男の生まれかわりだとわかる。おそろしい話じゃありませんか」

待合室につめかけている患者の人数を医師は考えようとした。万年筆で知らず知らずコツコツとカルテを叩いていた。おちつきを失ったときにする中尾昭介の癖である。

多治見が去ったのは気づかなかった。

「先生、どうかなすったんですか」

佐藤ユキ子の白い顔が、彼をのぞきこんでいぶかしげに眉をひそめた。中尾が考えこんでいたときに、多治見は帰ったらしい。我にかえった医師は気をとり直して、次の患者を入れるように命じた。

あとで佐藤ユキ子にそれとなく問いただしてみると、多治見は帰りしなドアのきわで中尾と次の診療日のことで打合せていたという。

「わたしが？　次の診療日の打合せをしたって」

中尾は呆然となった。

ある漠然とした不安のとりこになって、多治見がいつ帰ったのか覚えていなかった。三十秒か四十秒、もの思いにふけっていたような気がする。

「あら、変ですねえ。先生はあの患者さんと今度は釣りに行こうなんておっしゃってましたわ」

「釣りにだって……」

「覚えていらっしゃらないんですか」

「そういえば釣りの話をしたようだ」

中尾はつとめて内心の動揺を表に出すまいとした。

出身地をきいたのに多治見がはぐらかしたことに思い当ったのは、その日の午後六時すぎ、カルテを整理していたときのことである。

多治見の言葉は、ほぼ完全な東京弁になっていたが、九州弁の訛が残っていた。言葉のアクセント、イントネーションは、本人が生まれて六年間すごした土地のそれが、終生消えないという。趣味で日本の方言を研究している医師が、学界の雑誌に短い随筆を書いていた。

　中尾も毎日さまざまな患者に接するので、患者の声と使う言葉には敏感になっている。純粋な東京弁や京都弁と地方の言葉は、聞きわけることができると自負している。しかし多治見の出身が九州であるとすると、一つだけ腑に落ちないことがあった。

（盲目のわが子）といったとき、がの音は鼻声音になっていた。九州人はガ行の音をやわらかな鼻声音で発音できない。九州人である中尾昭介も上京して二十年以上になるけれど、まだきれいなガ行の音を口にすることができないでいる。

　東京弁をいちばん早くものにするのは、九州出身者であるという。

　新劇の舞台で、地方出の俳優にせりふの発声法を教授している男が、中尾にそのことを語った。酒場での知人である。北村とかいう監督の名刺を、中尾は抽出しの中に見つけた。話の仕方は明らかに九州訛であるのに、ガ行の音だけは九州人のものではない。

　中尾はその日の夜、北村の所属する劇団に電話をかけた。（盲目のわが子）といい、（『夢十夜』の話が）と多治見はいった。九州人はけっして「が」をあんなふうに発音しえない。

　Kという劇団が、十一月に公演する「桜の園」の切符を買ってくれと北村は酒場で持ちかけた。このところ芝居の観客がテレビにうばわれたと嘆いていたのを思い出した。

　あの晩はすげなく断ったのだが、自分が知りたい方言についての知識を北村が与えてくれたら、切符を買ってやってもいいと思った。さいわい、北村はいいた。

「切符を買ってくれる？　ありがたいな。ええ、二枚でも三枚でもけっこうですよ。あさってが初日なんだ。前評判は上乗なんだ」

「十枚もらいましょう」

「あした、うちの女の子に届けさせます。麻布のクリニックの方がいいかな。それとも青山のご自宅」

「麻布の方がいい。ところで一つあなたに教えてもらいたいことがあるんだけれど、あなたは日本の方言は耳で聴いてすぐにわかるといわれましたね。標準語を使っても」

「そりゃあ北は礼文島から南は西表島まで。というのはいい過ぎだが、まあわたしにかかれば三分以内で当てる自信がありますわな」

北村の言葉にもかすかな九州訛りが感じられた。銀座の酒場でカウンターにとなりあわせに坐ったとき、少し酔った北村が中尾昭介の言葉から彼を九州出身者といい当てたのだ。

それだけでなく九州の長崎市であろうとも指摘した。北村の推測は当たっていた。

自分は福岡だと、北村はいった。それが親しくなるきっかけだった。二人の近くにいたホステスたちの出身地を、それから北村は一人ずつ正確に当てた。

「おまえさんは福島だな、うん、福島県といっても南の方、南会津郡、どうだ」

「まあ驚いた」

「きみも東北だな、秋田県だ。男鹿半島よりも北だな。能代でなければ大館、えい、大館と行こう。どうだ、当たったろう」

「なんだかうす気味悪くなってきたわ」

「貧乏劇団の一座を引きつれて一年の半分はドサまわりよ。田舎の言葉にも詳しくなるわけだ」

「お耳がいいのねえ」

ホステスは感心してみせた。

中尾も傍で北村と女たちのやりとりを聞いていた。耳がいいだけでは出来ない芸当である。天性、言葉に敏感でなければ北村のようには当てられない。

「それで?」

電話器の奥から北村が催促した。「が」の音をきれいな鼻声音で発音する地方が九州にあるかどうかをたずねた。

「うれしいことをきいて下さるねえ。よくぞわたしに、という心境ですよドクター」

北村は陽気な口調でいった。

「するとやはり」

「ええ、ありますよ。たしかに九州人は『ガ行』を鼻声音で発音できません。一ヵ所を除いてはね。ただ一ヵ所」

「それはどこです」

思わず中尾はせきこんだ。

「五島です、長崎県の。五島も上五島と下五島がありましてね。あそこはドクターもご存じのように大小あわせて五十以上の島があります。そのどこかは今は覚えていませんが、五島のなんとかいう島、ええと、前は覚えてたんだが、そうそう、双子島とかいってたな、あのあたりがそうです。これで何か参考になりましたか」

「………」

「もしもし」

「双子島、あの下五島の西にある」

「ええ、ご存じでしたか」

「確かなんですね」

中尾は喘ぎながら念を押した。にわかに北村の声が不きげんになった。

「わたしの記憶に誤りがなければ。なにせ、五島へ巡業したのは七、八年も前のことですから。うちの劇団に五島出身の子がいれば確かめられますが、九州人は福岡生まれのわたし一人だけなんです」

「どうもありがとう」

「こちらこそ」

中尾昭介は切れた送受話器の上に手をおいて、しばらくその場に突っ立っていた。多治見隆が下五島の西に浮ぶ双子島の出身であるとはついぞ思ってもみなかった。冷たい汗がわきの下をぬらしていた。

(彼が……いや……まさか)

中尾はその晩いつまでも寝つかれなかった。

(あれは事故だったのだ。どうしようもなかったんだ。すべては事故というかたちで終っている。今になって……)

湿ったシーツの上で中尾はたびたび寝返りを打った。あけがた短いまどろみに入った。島の夢を見た。黒い海からおし寄せる高波が昭介を包みこむかに思われた。

夢の世界に音はなかった。

獣の牙のように白い波が、ゆるゆるとふくれあがり彼をのみこんだ。しかし、のみこまれたのは彼ではなかった。横にいた伴部晃夫である。大学病院の同じ神経科でインターンをつとめていた男である。下五島へ派遣された巡回医療団の一行に二人は加えられていた。玉の浦、三井楽、岐宿と島の辺地をまわってその年の夏、三週間をすごした。

あすは巡回医療が終って船で長崎市へ帰るという日になって、中尾は磯釣りに伴部を誘った。岐宿町の北に八朔鼻という岬がある。その岬に抱かれた唐船の浦という港で手漕ぎの漁船を借りて沖あいの双子島へ向った。

伴部晃夫はよろこんで誘いに応じた。折りがあれば、五島で磯釣りをたのしみたいと、長崎から出かける前から相談していたのだ。双子島はまわりが三キロにみたない小島である。人家は三十戸あまり。双子島という名前はもう一つ岩だらけの小島が暗礁でつながっていて、遠くから満潮時に眺めると二つの島のように見えるからだった。

潮が干くと、二つの島の間に岩と砂の道が浮かびあがった。

「天気はだいじょうぶかな」

伴部晃夫は西の水平線にわだかまっている暗い雲を見て少し心細そうな声を出した。しかし双子島について、ちょうど干あがった砂の道を昆布島といわれる小島の方へ歩き出したときは浮き浮きと釣りの予想を口にしていた。双子島ではクロダイとチヌが釣れる。釣り竿はぬかりなく二人分を中尾が用意して来ていた。

「眠れますか」

三回めに現われた多治見隆を椅子にかけさせて中尾はきいた。

「それがどうも、あい変らずなんです」

「例の夢を見る?」

「ええ」

多治見は目をぱちぱちさせ、袖口のほころびを指でつまんだ。医師はいった。

「先日、あなたの出身地をおたずねしましたね。九州だとかおっしゃったようだが」

「わたしが九州? とんでもない。九州には高校時代に熊本の阿蘇まで修学旅行へ行ったきりです。それからは一度も。なぜわたしが九州生まれとおっしゃるんですか」

「ただなんとなく言葉の訛りからそう思っただけなんです。で、実際はどちら」

「東京ですよ、江東区の砂町です。戦災であのあたりはすっかり昔の面影がなくなってしまいました」

二人はしばらく黙りこんだ。

中尾昭介はぎごちなく咳払いした。

「今もあの夢をみますか」

「ええ、きまって同じ島が出てくるんです。ところがきのうは連れがいましてね」

「連れがいる……」

「そいつが誰なのかわたしにはわからないんです。まったくの他人のようでもあり、親しい友達のようでもある。そいつと二人で島の海岸に立っていて釣り糸を垂れている。早く逃げ出したいとわたしは焦ってるんです。よくないことが起りそうな気がしましてね。空はまっ暗で、海は荒れている。わたしはそいつに島から引きあげようじゃないかというんですが、何をいっても聞き入れません。一尾も釣れないうちは帰れないというんですな。たまらなく不安になってそいつに俺は一人で帰るからといったんです」

「………」

中尾昭介は万年筆の頭でしきりにデスクを叩いていた。

「そいつはわたしの方を振り向きました。目も鼻も口もないのっぺらぼうの顔なんです。何も天候を気にすることはないと、おちつき払って止めるんです。わたしはかっとなって舟が波にさらわれたらどうするといってやりました」

「夢にしては理路整然としていますな」

「でしょう？　だからわたしも厭になっちまう」

多治見は平然としている。夢というものは本来、支離滅裂なものだと中尾昭介は指摘した。

「それから夢はどうなりました」

「それから……」

多治見は舌で唇をなめた。目を閉じて指先で目蓋を押さえた。眉間にたてじわを寄せて夢を思い出そうと努力しているように見える。

「わたしは海に落ちたようです。息が苦しくなってもがきました。泳げないんですな。漁師のくせに」

「漁師……」

「ああ、いい忘れました。わたしは夢のなかで漁師のようななりをしていました。前世のわたしは漁師だったんですよ。それが子供のころ絵本で見た浦島太郎のような腰みのに丸いスゲ笠をかぶってるんですな。二人ともそうでした、ええ」

「あなたのご両親も生まれはこちらでしたか」

「父は東京です。しかし母はどうでしたかねえ。東京だと思っていますが、昭和二十年三月十日の大空襲で二人とも亡くなりました。親類たちもほとんど。戸籍の原本まで焼けちまいましたから、今となっては調べるすべがありません。わたしは新潟の高田に疎開していまして助かりました。学童の集団疎開ということが当時あったでしょう」

「夢の続きをうかがいましょう」

中尾昭介は多治見の顔をまともに見ることができなかった。

「先生、前世に犯した罪は時効ですよねえ」

多治見を調べた脳波の図形を医師は思い浮べた。波形、瞳孔の開き具合、すべて正常だった。中尾は時効という言葉は適切でないといった。前世の罪で裁かれていたら、たまったものじゃないと秘かな微笑を浮べて答えた。

「漁師のわたしがある島で人を殺した。前世での話ですよ。その夢でうなされるというのは、おそらく前世では裁かれずにすんだからではないでしょうか」

「前世にこだわるのはどうですかね。必ずしも罪を犯したとは限らないでしょう。要するにあなたは会社の仕事に追われて神経が参ってるんですよ。かるい運動をおすすめしたいな。朝の十分間、ランニングか縄とびをするとか」

「ランニングか。セールスという仕事は朝から晩まで歩きづめでしてね。それでも運動不足なのかなあ」

「夢の続きをおききしましたね」

「そうでした。わたしは彼を海に突き落したような気がします。落ちる瞬間、彼はわたしを見ました。そのときはのっぺらぼうの顔ではなくて、ちゃんと目も鼻もあるんです」

その男の名前はと、中尾はきいてしまっていた。多治見は呆れ返った表情で医師を見つめた。

「名前ですって先生。夢の話ですよ。そりゃあ確かに目鼻立ちはわかりました。しかし前世の人間の名前を覚えているわけがないでしょう」

「覚えているかもしれない。あなたの記憶は実に鮮明だから。感心する他はありませんよ。症例として実に面白い。しかし、あなたの言葉を使わせてもらえば、それは時効ですよ。仮りに」

と中尾は言葉に力をこめた。「仮りに現世の殺人でも十五年で時効になります。前世の行為を悩むいわれはどこにもないんです」

「きのうの夢は彼を海に突き落とした所までです」

多治見隆はハンケチで額の汗を拭った。夢の続きをみたらまた来るようにといって、中尾は彼を帰した。

いつのまにかまたパイプの火皿は灰になっていた。中尾昭介は詳しくカルテの記録を読み直してキャビネットにしまった。午後七時である。空腹ではあったが妙に食欲がなかった。にぶい疲労を感じた。クリニックのドアに鍵をかけ、エレベーターで地階へ降りてその一画にある行きつけの酒場で水割りを飲んだ。

青山のマンションに帰っても、誰もいない。三年前に中尾は妻と別れていた。再婚するまで、かなりの仕送りを長崎市の実家に戻った妻にしなければならない。

クリニックを開業するときに借りた月々の銀行ローンも残っている。

伴部晃夫が水死しなかったら……。

中尾昭介はカウンターの端で水割りを飲みながら双子島での出来事を反芻した。伴部が水死したのであの女を手に入れることができた。それがどうだ。三年以内で別れることになろうとは。泰子は疑っていたのだ。中尾が伴部をわざと海に落としたのではないかと。

あからさまに泰子はそのことをいわなかった。結婚してから双子島の一件に触れることを両者は意識的にさけていた。さけることがかえって中尾には負担になった。

離婚するきっかけは、泰子の鏡台に隠してあった伴部の写真を見たときである。青山のマンションへ引っ越すとき、荷造りする作業にかかって鏡台の抽出しがすべり落ちた。

「先生、ご気分でもすぐれないみたい」

酒場のママが寄って来た。

風邪気味なのだと、中尾はいった。ふだんはきわどい冗談をいいあう仲である。今夜は話をする気分になれなかった。

そうそうに酒場を出て、タクシーで青山の自宅に帰った。

熱いシャワーを浴びてから、冷蔵庫のロースハムとチーズを切って皿に盛り、ビールをついだグラスと一緒にトレイにのせて居間兼書斎に腰をおちつけた。ハムとチーズを肴がわりによく冷えたビールを飲んだ。ステレオの音量を低くしてＦＭ放送を聴いた。

流れ出たメロディーを耳にした中尾は愕然とした。ブラームスの弦楽五重奏曲である。甘い官能的な雰囲気をもったこの曲を伴部は愛していた。演奏者の異なるＬＰ盤を三枚もそろえて中尾に自慢したものだ。伴部は自分でヴァイオリンを弾いた。素人にしてはなかなかの腕と思われた。

中尾はチューナーをまわして別の番組をえらんだ。

セルジオ・メンデスが編曲したメキシコ民謡が照明を暗くした部屋に反響した。吐息をつくような優しいリズムとメロディーを聴くと、中尾の不安がフライパンで熱せられたバターのように解けてゆくのがわかった。彼は素足で、とり換えたばかりの絨毯の感触を愉しみながらグラス片手にゆっくりと室内を歩きまわった。

奇妙な患者、それだけのことだ。

つとめてそう思いこもうとした。多治見を双子島の出来事に結びつけるものは何もなかった。関連を見出そうとしている自分の方がおかしいのだ。

中尾昭介は本棚の前で立ちどまった。夏目漱石全集の第八巻を抜き出した。グラスに残ったビールを飲み干して、ソファに身を埋めた。多治見が話した『夢十夜』は第八巻に収められている。読んでいるとはいったものの実は読んでいなかった。

中尾は「こんな夢を見た」で始る小品を「第一夜」の章から順に読み始めた。「第三夜」を読み終えたとき、にぶい音をたてて書物が絨毯にすべり落ちた。彼はそれから半時間あまり石に化したような姿勢でソファにもたれ、うつろな目で壁を見つめていた。

「第三夜」のあらすじはこうである。

六つになる子供をおぶって〝自分〟は田舗の道を歩いている。わが子だと思っている。声は子供でも、言葉つきは大人である。闇の奥に森が見える。あそこで子供を捨てようと思うが見すかされてしまう。別れ道に石が立っているのを子供は予言する。（イモリの腹のように赤い）石には赤い字が彫ってある。左へ行くように子供は指示する。やがて、「ちょうどこんな晩だったな」と子供はつぶやく。〝自分〟もそういわれてみると、こんな晩であったと思う。はっきりとはわからない。漱石は〝自分〟の気持を「その小僧が自分の過去、現在、未来をことごとく照らして、寸分の事実も洩らさない鏡のように光っている」と書いている。ここだ、ちょうどその杉の根の所だと子供がいう。〝自分〟は思わず「うん、そうだ」と答えてしまう。


…………


「文化五年辰年だろう」

なるほど文化五年辰年らしく思われた。

「おまえがおれを殺したのは今からちょうど百年前だね」

自分はこの言葉を聞くやいなや、今から百年前文化五年辰年のこんな闇の晩に、この杉の根で、一人の盲目を殺したという自覚が、こつぜんとして頭の中に起った。おれは人殺しであったんだなと初めて気がついたとたんに、背中の子が急に石地蔵のように重くなった。

…………

「第三夜」の末尾は右のように終っている。

(あれは事故だったんだ)

中尾は呪文のように同じせりふを胸の中でつぶやいた。高波が来ると大声で伴部に警告したとき、彼はふり向いた。そのはずみに海藻で覆われた岩場で足を踏みすべらした。波にさらわれて浮き沈みしながらもがいている伴部の顔が目にやきついている。もしかすると大声で警告しなかったなら伴部は転落しなかったかもしれない。中尾は泳ぐことができた。伴部は泳げなかった。

あのとき、とびこんでいても同じことだったはずだ。午後になって空は雲で埋められ、海に波が立った。早く舟で帰ろうといったのは伴部の方であった。自分はタカをくくっていた。夕方までには必ず凪が来る。今、海を渡るのはかえって危いといって伴部に応じなかった。

島の漁師たちや、医療団の一行で、中尾の説明に疑いを抱く者はいなかった。

伴部の屍体は翌朝、双子島の砂浜に打ちあげられた。磯釣りに出て水死する例は毎年ありふれたことであった。事件があった翌年に中尾は泰子と婚約した。

セルジオ・メンデスの歌はニュース解説に変わっていた。

中尾は電話器に手をのばして市外局番の案内を呼び出した。長崎県南松浦郡岐宿町の局番をきいてメモ用紙に番号を記入した。次にその番号のダイヤルをまわした。潮騒に似た雑音が耳を打った。出たのは福江市の電話局である。短い応答に彼は学生時代まで聞き慣れた九州弁の訛りを感じとった。

「岐宿町の北に双子島という小島があるでしょう。そこに多治見という姓があるかどうか調べてもらいたいのですが」

「双子島……少々お待ち下さい」

送受話器を中尾はしっかり握りしめていた。手のひらが汗ばみ、みぞおちに重苦しい痛みを自覚した。待っている時間が、とてつもなく長い時間に感じられた。

「双子島、ですか。ここは現在だれも住んでいませんが」

「昭和三十年代の初めまでは村があったはずです。いつから無人島に」

「岐宿にも多治見さんは見当たりません。無人島になったのは昭和四十一年です」

「福江市にも多治見姓はありませんか」

「お待ち下さい」

「あ、いや、けっこうです」

中尾は電話を切った。かりに多治見なる姓があったとしても、どうなるというものではない。田中や鈴木という姓よりは変っているだけのことで、日本じゅうにこういう姓はそれほど珍しくはないだろう。

中尾はぬるくなったビールを飲み、ハムとチーズをたいらげた。夕方、クリニックの一室で読み返したカルテの文字が執拗にちらついた。二週間のうちほぼ三日か四日おきに多治見は現われている。きょうで五回めになる。来ればきまって夢の話をした。

自分がなぜあんな夢をみるのか、原因がわかりさえすれば安眠できるのだと、四回めにこぼした。

「夢というものの正体は」と中尾は言葉を選びながらいった。医学が進歩した現在でも、ことに夢に関してはあいまいなままだと告げた。

「解釈の仕様で、どんなこともいえるんです。これといった定説はありません。あなたの夢はとりたてて病的とは思えませんな。夢の中で放火したり、人を殺したりしたからといって、くよくよすることはないんです」

「先生のおっしゃることはわかります。若いころは見ず知らずの女を強姦する夢をなんべんも見たものです。別に罪の意識はありませんでしたな。目がさめてから、また同じ夢の続きを見たいと願ったりしました。しかし、今度はちがうんです先生。夢だとわかっているくせに現実の世界で人を殺したような罪の意識が消えないから困るんです。忙しい時間をさいて、治療を受けようと思い立ったのは、このままでは気がちがいそうな恐怖を感じるからなんです」

多治見は思いつめた表情で医師の顔をのぞきこんだ。

数秒間、二人はじっとおたがいの顔を見つめた。中尾の方が先に視線をそらした。

「わたしだって先生、好きであんな夢をみているわけじゃないんです。このごろは夜になるのが苦痛ですな。ああまた今夜いつもの怖しい夢をみなければならんのかと思いましてね。ぐっすり眠れば夢なんかみないだろうと、たっぷり睡眠薬をのむ。酒もやります。しかしダメです。島が見えてくる。昨晩は海の上を歩いている夢を見ました。島は二つあって、大きい方の島から歩いてゆけるんです。干潮時には浅くなる瀬のような所があって、そこを二人して歩いている。膝の所まで水につかりながら。遠くからは海の上を歩いているように見えます。そんな島に行ったことはないのにね。話に聞いたこともない。で、わたしは魚籠と釣り竿を持って歩きながら考えているんです。前方には盃を伏せたような恰好の岩場がぽつんと見える。あそこでおれは前を歩いている男を殺すことになるんだなあと。わたしにしてみれば、その男を殺さなければならない理由がはっきりしないんです。岩でできた島にたどりつくのが遅ければ遅いほど、犯行がおくれるわけですから、ゆっくり歩こうとする。餌を忘れたただの弁当をなくしただのいってみるんですが、先方は知らん顔で、どんどん歩いてゆく」

「大きい方の島にはどうやって着いたんですか」

「小舟で行ったような気がします。昔の話です。船外機なぞあるわけないでしょう。櫓を漕いでね」

「小さい方の島へじかに漕ぎつければよかったのに」

「あそこは波が荒くて、晴れた凪の日でも舟をやっておくと、波で岩に叩きつけられてばらばらになるんです。海流がそこでは渦を巻いていていました」

「先を続けて下さい」

中尾は窓外にたち並ぶ高層ビルに目をやったまま促した。多治見はふうっと息を吐いた。

「ゆうべはこれまでにないものが夢に出て来ました。わたしがそいつを海に突き落としたことは前にも申しましたね。彼は波にさらわれるとき、大声で女の名前を口にしました」

「女の名前……」

「女の名前でしょう、――子と叫びましたから。その名前が思い出せないのです。子がついていたのは覚えていますが、何子だったのか。ただし、わたしの知合いにそういう名前がないことは事実です。いたら覚えていたでしょうからね」

「あなたはどうしました」

中尾は横目でちらりと多治見の顔をぬすみ見た。

「波がおし寄せたとき、さらわれないように身をかがめておく岩かげにうずくまっていたようです。波の楯になるような形の岩が屏風のように突き出た箇所がありました。前もって下調べをしてたのかもしれません。彼がもがきながら沈んでゆくのを黙って眺めていたようです。わたしは泳げたんですが、彼は泳げなかった」

「それで?」

「ゆうべはそこまでみたとき、盗汗をびっしょりかいて目がさめました」

そういって多治見は疲れきった表情になり、陰気な笑いを浮かべた。中尾も歪んだ微笑を頬にたたえた。

ぽんと万年筆をカルテの上にほうり投げ、眼鏡をはずしてハンケチでレンズの曇りを拭った。

「うちに見える前に多治見さん、あちこちの神経科をまわったといわれた。うちの前はどこでした」

多治見の目にかすかなうろたえた色が走ったのを中尾は見のがさなかった。すかさず中尾はいった。

「新宿の東川先生はおたくの近くでしょう。あそこですか」

「東川先生、ええ、ええ。しかし東川先生も単なる過労だとしかいってくれませんでした。こちらのように親身になってわたしのバカげた夢の話の相手になってくれる先生は一人もなかったんです。先生だけですよ、わたしの話に興味を持って下さったのは。ではどうも、お世話さまでした。またよろしく」

多治見はもの憂げに立ちあがって腰をかがめ、診療室から出て行った。

ニュース解説は天気予報に変っていた。

中尾はステレオのスイッチを切り、グラスと皿を台所に運んだ。念入りに歯をみがき、睡眠薬の白い錠剤を四粒、ぬるま湯でのみこんでベッドにもぐりこんだ。規定の二倍ものんだのに、薬のききめは小さかった。浅い眠りの底で彼はつづけざまに夢をみた。波に見え隠れする伴部の顔が多治見に変ったり泰子の顔に変ったりした。

かと思えば中尾自身が海面でもがきながら岩かげに身をひそめている伴部に向かって助けてくれと叫んでいるのだった。

自分の声に驚いて中尾はしばしばベッドにはね起きた。窓が白むころ、彼はようやく眠った。多治見隆のカルテをあす、もう一度じっくりと検討しなければならない。どこかに見落としがあるような気がした。住所とつとめ先を確認する必要もある。疲れ果てて寝入る直前に、もうろうとした意識のすみで彼はそう決心した。


「多治見さんのカルテ？　なんのことです」

翌朝、佐藤ユキ子はふしぎそうにきき返した。そんな患者は記憶にないという。

「きみ、どうかしたんじゃないのかい。ほらこのごろ三日おきくらいに来る患者がいるだろう。あいつのカルテだよ。わたしはゆうべ見たんだ」

中尾は看護婦を押しのけて自分でキャビネットをさぐった。カルテは五十音順にファイルしてある。多治見のカルテはなかった。

「先生、どうかなさったんではありませんか。カルテならあたしがみな覚えていますわ。多治見さんて患者が見えたことは一度もありません。梶さんや滝井さんなら見えてますけれど」

佐藤ユキ子はおろおろ声でいった。中尾はあらあらしくキャビネットをしめて診療室に引き返した。両手で頭を抱えてデスクに肘をついた。はじかれたように椅子を立って調剤室のドアをあけた。

「きみ、昨日の午後五時に予約していた患者をとり消しただろう。多治見という患者が帰ったあとだ」

「帰ったあとかどうか覚えていませんが、とり消せとおっしゃいましたからそう致しましたわ」

「本当に多治見は一度もここへ来たことがないというつもりか、きみ」

「先生、お顔の色がまっ青ですよ。多治見さんとかいう人がどうしたんです」

「色の浅黒い目付の鋭い男だ。焦茶色の背広に緑色のネクタイをしめている。きのうは青いネクタイだった。ワイシャツは紺の縞が入ったやつ。ズボンは灰色だったり黒だったり。きみともしゃべってたじゃないか。これでも覚えていないのか」

佐藤ユキ子は目を大きく見開いて、怯えたように体をこわばらせた。中尾昭介は一歩前に踏み出した。

「釣りに行こうと奴を誘ったか奴に誘われたかしたといったのもきみじゃないか。たのむ、本当のことをいってくれ」

中尾が両手をユキ子の肩にかけて激しくゆさぶったとき、ユキ子は金切り声をあげた。

「知らないものは知らないんです」

医師は口許をだらしなくゆるめて後ずさりした。薬戸棚にぶつかって床に倒れそうになった。壁についた手で身を支えながら診療室に戻り、ヴェランダの方へよろよろと歩いて行った。ガラス戸をあけて八階下の路上を見おろした。医師は上半身を前に傾けた。力を失った体は、手すりを支点につかのま静止したかに見え、次の瞬間、石のように落ちて行った。


その日の夕方、陸橋の上に一組の男女がたたずんでいた。目の下を国電が走りすぎてゆく。佐藤ユキ子は白いものを多治見隆に渡した。多治見は自分のカルテを細かく引き裂いて線路に落とした。

「兄さんはこれからどうするの」

「一度、長崎に帰って晃夫の墓まいりをしようかと思ってる。五島にもだいぶ不義理を重ねてるし。無人島になった双子島に行って、晃夫のために花でも流してやろうかな」

「あの人、まさかヴェランダから身投げするとは思わなかったわ」

「おれ、今夜から本当に夢でうなされるかもな」

そんなことはないとユキ子はきっぱりといった。

伏す男

「そうすると、いますぐに……」

男はききかえした。

「できればそうしてもらいたいんですがね、おたくも受入れ態勢というか、引きとる準備をしなければならんでしょうし」

医師はカルテに目をおとしたまま相手の顔を見ずに話した。

「しばらく待って下さい」

「しばらくとおっしゃると」

医師は初めて顔をあげ、まともに男をみつめた。「一、二週間ばかり」と男はたのんだ。一、二週間、医師はおうむがえしにつぶやいて、ボールペンの端で卓上カレンダーの日付をなぞるようにした。首をかしげている。

「家政婦をさがさなければ、私は仕事で家をあけることが多いものですから」

「奥さんは……」

とけげんそうに問う医師に、いないと男は答えた。

「月末まで待ちましょう、ベッドがあくのを待っている患者も多いんでしてね」

医師は立ちあがってドアをあけ、男を先に出した。廊下のまがり角で男は医師と別れた。外来受付の方へ向う男に、「面会してゆかないんですか」と医師がいった。この次の機会にする、と男はいって足ばやに病院を出た。歩きながら外套を着た。病院は丘の上にある。風が外套の裾をはためかせる。男はふり返った。父のいる病棟が塀の向う側に見える。窓の中に顔がある。男をみつめているようである。男は立ちどまった。きょう自分が、病院の医師に呼び出されたことを父は知っているかもしれないと思った。

薄日が窓ガラスに反射して、こちらを見おろしている男の顔かたちははっきりしない。父に似ている、しかし……。男はいったん病院の方へあともどりしかけた足をめぐらした。父であるはずがない、窓ぎわに立って自分を迎えるとか、見送るということを、これまで父はしたことがなかった。男は念のためもう一度、さっきの窓を見上げた。

顔は消えている。

男は外套のえりを立てて歩いた。つむじ風が歩行と同じ速さで行く手に移動した。

——あの辺りになるかな、

男は丘の麓に目をやった。こんもりとした森の木の間がくれに銀色の半球がのぞいている。森の向うに海がせまっている。半島と長い岬にかこまれ、深く入りこんだ海で、丘の上からも湾口は見えず、湖のように感じられる。森はくろずんでおり海もくろずんでいる。男は腕時計を見た。病院にいたときから時間を気にしている。約束の刻限までたっぷり時間がある。一日がまるまる自分のものになることはめったにない。時計を気にするのは男の習慣だ。

男はまた立ちどまった。

にぶく光っている半球状のドームはプラネタリウムにちがいない。男が会うつもりでいる人物はあの建物に居る。初めて訪れる場所である。そこへ行くには丘をくだり国道を突きききって公園を通りぬけなければならない。岬の付け根に小さな台地が隆起し、プラネタリウムのある建物はその台地を覆う森の一郭にそびえている。国道から分れた道路がいくつか森へ消えている。どの道をえらぶべきか彼は丘の上で思案した。風でまきあげられた砂粒が男の顔を打った。

——あんた、

さっき、受付で名前を呼ばれたときのことを思い出した。ベンチから立ちあがった彼の上衣をわきに居た男がつかんで話しかけた。

——似てると思って見てたらやっぱりね、あんたが息子さん？

五十がらみの中年男である。無精ひげに白いものがまざっている。（可哀相だよ、はやく退院させなさい、煙草を）。中年男は彼がとり出した煙草を袋ごと受けとり一本をくわえて残りを自分のポケットにしまった。（火を）とうながされてライターをさし出した。

——なにせ齢だからね、あんたのおやじさん、病棟でも最年長だよ、

うまそうに目を細めて煙草をくゆらしながら中年男はいった。男はその場をはなれようとした。

——おっとちょい待ち、逃げるんじゃないよ、煙草ぐらいでごまかされはしないからな、あんた、おやじさんを何年、病院にほうりこんでおけば気がすむんだね、

——あなたは？

——わたしのことなんかどうでもいい、問題はあんたがおやじさんをどうするかということであってね、実の親を養うゆとりがないというのかね、しかし、見ればいいなりしてるじゃないか、おやじさんの話ではあんた広告関係の仕事をしてるんだって、あれは儲かるものなんだろう、

——サトルくん、こんな所にいたの、
看護婦がふたり廊下を駆けて来て中年男の腕をとった。目をはなすとこうなんだから、とつぶやきながら素早くポケットをしらべ、ひとつかみの吸い殻と男の煙草を出した。(困ります、患者に煙草を与えてはいけないことになっています)。男は自分の煙草を受けとりながらいった。
——患者、ですか、このひと、
——ええ、軽症の。すきを見て待合室に吸い殻を拾いに来るんです。精神科の患者はこれだから、
看護婦たちは中年男を引立てて去った。
——いいか、わたしがいったことをよく考えておくんだぞ、
中年男は首をねじって叫んだ。男は医師が待っている部屋のドアをあけた。

……………………………

男は道をそれて枯草の斜面をすべりおりた。近道をしたところでどうということはないが、道のない所を歩いてみたかった。たまの休日を山歩きなどですごすということはない。畑の畦道をたどり雑木林をぬけた。靴底がかわいた草の上でともすれば滑りそうになった。男の胸は弾んだ。病院で二時間も待たされ、気の滅入る話を医師とかわしたあとだからなおさらだ。男は医師に念をおした。
——完全に治癒したとおっしゃるのですね、
医師はややひるんだように見えた。煙草に火をつけてながながと煙を吐き、(入院の必要はないものとみとめます)といった。男が黙りこんでいるのを横目でうかがって、

――齢をとると人間あちこちにガタが出るもんですよ、とつけくわえた。

――私が留守してる間にふらりと外へ出て事故でも起らないといいんですが、いつかそんなことがあってから四六時ちゅう目がはなせません、
男はいった。月に一回、外泊が許される。

なるべく仕事がたてこまない日をえらんで男は父親をつれ帰った。煙草をきらして近所へ買いに出たとき、父親は姿を消した。一度は歩道橋をのぼろうとして滑り落ち、足をくじいた。一度はタクシーにはねられた。耳が遠いので警笛が聞えなかったのだ。腰骨を少しいためただけですんだ。だから父親が外泊している間はろくろく仕事も手につかない。不意の用件で外出する折り、鍵をかけて父親をマンションの一室にとじこめるわけにもいかない。

二泊三泊ならなんとか我慢できる。父を病院へ送りとどけてから精を出して滞った仕事を片づけられる。しかし、毎日いっしょにくらすとなれば……女をつれてくるにもさしさわりが生じる。

男は崖のふちで足をとめた。迂回すればなだらかな畦道がある。そちらへ向わないで、草や木の根につかまって崖を降りた。中腹の土はもろく、つま先をかけた石があっけなく崩れて、男の足は支えを失った。勾配の三分の一を男はほとんど滑り降りたようなものだ。プラネタリウムは見えなくなっている。海が丘の上から眺めたときよりも一段とせり上った感じである。

男は体についた泥を手で払ってから再び行く手をしらべた。さっき確かめた道しるべは頭の中にはいっている。テニスコートの白い柵、ドライヴインの大看板、楠の巨木、塔のような建物、台地の下で湾曲してい

る道路、城の石段、あそこを登ってグラウンドを突きぬければプラネタリウムのある建物の裏手へ出る……。

　崖下で風は勢いを弱めた。男は自分が平静になっていることに気づいた。父のこと、たまっている仕事、女のことなどきれいさっぱり忘れている。崖をころげ落ちないように気をつけて降りるのに熱中して、さしせまった心労を思いわずらうゆとりがなかった。

　あの数分間は至福というに近い状態だった。斜面をいま下りにかかると、またみぞおちのあたりが痛くなってくる。息子が父親の面倒をみる、ただそれだけのことがどうして重荷に感じられるのだろう。家政婦をやとう費用など男がひとつきに酒場でつかうかねの半分にもあたらない。精神科の患者であるとはいえ、父があばれたりどなりちらしたりするわけではない。ふらりと出歩くことを見張っていればすむ。あとはおとなしく寝ているだけだろう。

　ベッドで寝ている父、そのかたわらで自分が生活すること、けっきょく気がふさぐのはその点だ、と男は胸の裡でつぶやいた。父が生きていることが男には負担なのだ。

　――いいじゃない、お父さんといっしょに暮せるなんて、
　ある日、女がいった。退院を初めて病院側からほのめかされたときのことである。その夜、連絡をとって女をマンションに呼んだ。いつもとちがって顔色がすぐれないと女にいわれ、父を引きとらなければとつい男は口をすべらせた。自分が世話をしよう、と女はいった。そういってから女はむっつりとしている彼に、

　――そうだった、あなたはあたしと結婚するつもりはなかったのだったわね、へんなこといっちゃった、
　二人はベッドに横たわっていた。くるりと背を向けた女に彼は手をのばした。乳房にさわり、うなじに唇を寄せた。

——どうして、ねえ、なぜなの、

壁を向いたまま女はきいた。

——なにが、

——なにがって、どうしてお父さんの退院がうれしくないの、でも誤解しないで、病人の世話にかこつけてあなたの所へ押しかけやしないわ、安心してちょうだい、

安心してるさ、と男はいった。女は向きなおってよく光る目で男を見つめた。

——こんなに冷たい人の所にくるもんですか、あなたは肚の中で何を考えているかさっぱり見当がつかないけれど、一つだけはっきりしてるのは冷たいということ、

女には何もわからない、と彼はいった。

——ええ、わからないわ、わかりたいとも思わない、

女は男の手を払いのけた。男はベッドをおりて服をつけながら、また電話するといった。いつ？　と女はきき返した。

——来週の土曜か日曜、いや月末はだめだから今度会えるのは来月になる、

来月のいつ、と女は問いただした。自分にも仕事の都合があるから、といった。そのときはそのときのことだ、と男はいった。

……………………………………

(どうして、なぜ)という女の声が今も聞える。男は公園の中で方角を見失った。大小の道路が交錯しており、丘の上で見定めておいた道路と区別しにくい。急ぐことはない、時間はたっぷりあるのだから、と自分

にいいきかせて国道へもどった。約束の時間におくれさえしなければいいのに妙に気があせっている。時計の秒針と競争するような仕事が日常となっているので、たまの休暇でもふだんの癖が出てしまう。

公園入り口に海岸一帯の地図をえがいた掲示板を見出した。町の地図もある。市庁舎、裁判所、郵便局、警察署、保健所などの場所をぼんやりと男は目で追った。海沿いの土地に町はひろがっており、病院は町はずれの丘に位置している。地図を見るまでは男の知らなかったことだ。男が住んでいる都市から十数キロしかはなれていないのに町の雰囲気はちがう。深く入りこんだ内海と同じほどに町はひっそりとしている。男はこの町に馴染めないものを感じる。どこがどういうふうだから、と説明はできない。

たまに父を見舞いに病院へ行っても、そのまま自分の町へ帰る。時間が余ったところで町へ寄ろうとは思わない。仕事にまつわる用事で二、三回、町を歩いたことがある。おおよそのたたずまいは知っていた。ありふれた小都市である。海辺にはかつてそうであった漁村の雰囲気が濃厚に感じられた。国道をゆるがして大型トラックが過ぎた。男はつぶさに町の地図を描いた掲示板を眺めた。

自分はなぜこの町が気に入らないのだろう、このようにありふれた町ならどこにでもある。今まで心に留めなかった疑問を検討する気になった。

初めてこの町へ来たときのことを思い返してみた。父をタクシーに乗せてつれて来た。峠を一つ越えると長いゆるやかな下り坂にかかる。左手は入り江、右手は赤土の地肌を見せた低い丘々が海と並行して続く。丘の一つに病院がある。

――ちっぽけな峠をへだてただけでこんなにもちがう、

入院手続をすませた帰りに男は町へ寄った。思い出した、あの日はものめずらしさも手伝って町を歩いてみたのだ。アーケードを架した通りには、どの町でも見られるパチンコ屋があり映画館があり喫茶店があった。

——いやな町だ、

最初の日からそうだった。今、公園で町の地図を見て、あの日の感じをもう一度なまなましく反芻することになった。男は歩き出した。町に覚えたのはただの反撥ではない、嫌悪感でもない、それらが入りまざっていないとはいえないが、それだけではない、一種の不快感、そして怯えのようなもの、不安などがごたまぜになった感じといえば、〝いやな町〟から受けた印象をやや正しくいい表わしたことになる。

——しかし、なぜ、

依然として疑問はのこる。

どこにでもざらにある町がなぜそんな印象を自分に与えるのか。

テニスコートの白い柵に沿って歩き、ドライヴインの看板を前にして左へ折れ、楠の巨木の下をくぐって城址のある台地へ向った。石段を登りつめると、ローマ時代の円形競技場に似たグラウンドがひろがっている。その向うにプラネタリウムのあるクリーム色の建物が見えた。

わざとゆっくり歩いたつもりだったが、それでも打合せた時刻までかなり時間がある。男は日のあたる枯芝の上に寝ころんだ。空の青がさっきよりいくらかふえたようである。雲は薄くなっている。日がかげる時間も短い。男は雲から出たり入ったりする冬日に目を細めた。ひとけのない場所で、こうして何もせずに横たわっているということはかつてなかった。休日はあっても心の底からくつろいだことはなかったような気がする。

グラウンドの向うは海になっている。何か建物があったように思う。たった今、掲示板で見たのだが、それが何であったか思い出せない。どよめきが伝わってくる。機械の振動音がつづけざまに聞える。にぎやかな行進曲がヴォリュームをあげたスピーカーから流れてくる。塔のような建物が見えた一郭である。グラウンドとその一郭の間には森がありここから確かめるすべがない。

男は寝そべったまま喚声と音楽に耳をすませた。運動会に似ているが、声はもっと切実で殺気だっているように聞える。風にちぎられるので、スピーカーでわめきたてる声もはっきりと聞きとれない。

グラウンドの反対側、男が横たわっている場所のちょうど真向いに人影があらわれた。枯芝の斜面をそろそろと降りる。男と女の一組である。男が先に降りて手をさしのべ女を支えて斜面を下った。グラウンドに降りると肩をならべてゆっくり歩き出す。

——そういえば、

男はひとりごとをつぶやいた。あの女といっしょに町なかでも郊外でも歩いたことはない。女が自分を冷たいというのはしかしそんなことを指していっているのではあるまい。女にしてもふつうの恋人同士のように喫茶店でお茶をのんだり映画を見たりすることを望みはしなかった。今さら高校生ではあるまいし、という気持が男にはある。

広告代理店の経営という仕事がら、注文にはいつでも応じられる態勢でいなくてはならない。小さな会社であるだけに他社との競争もはげしい。社員の数もすくないので彼ひとりでいくつもの仕事をこなす必要がある。マンションを手に入れてからは見さかいなく注文をとった。女にも仕事がある。だから二人が会う時間もかぎられてくる。仕事のやりくりをして時間をうかせ、あわただしくすごす女との一刻に男は馴れていた。

——冷たい、

と女がいうのは父のことだけではない、自分たちの関係も含めてそういうのだと男は考える。（結婚はしない）初めから男は女にいい渡している。これまで、どの女にもいってきた。そうは問屋がおろさないだろう。友人の一人が酒場で冗談にかこつけて男に匂わせたことがある。いずれ帳じりを合わせなければならないときがくる、そうなってしまってからではおそい……。わかってる、と男はいった。わかっていやしないさ、と友人はむきになった。

（おまえはあとくされのない情事をたのしんでいるつもりなんだろう、所帯持ちはみんなおまえをうらやましがってるよ、だがな、ツケはきっとまわってくるものなんだ、おまえの泣きっ面を見たいもんだ）

男は友人を憎んだ。むかしこの男が自分の女と関係があったという噂を信じそうになった。友人にも女にもそのことをたずねたことはない。噂がかりに本当であったとしても、友人からその晩こういうふうにひやかされるまでは心が動揺することはなかった。女と会って別れた夜のことだ。

男は黙ってグラスをなめた。

友人は赤い目をしていた。言葉がすぎたと思ったのか、とってつけたような笑い声をあげて、男の肩に手をまわし自分もあやかりたいものだ、といった。やっかみ半分でいったのだから悪く思わないでくれ、ともつけ加えた。男は友人の手をしずかにはずした。初めから悪く思ったりなんかしてはいない、といって相手に笑ってみせた。友人もスポンサーの一人である。口争いをする気は毛頭なかった。

……………………………………

グラウンドを歩いている男女は彼に気づいていないようだ。ときどき立ちどまって顔を寄せあう。もっとも距離がへだたっているので、気づいていてもどうということはないのだろう、と男は思った。

うす目をあけて男は二人を見まもった。

わざとらしい、なんとなくそう感じられる。若いと見えたのは遠くから見たあやまりで、つれの男はもう四十代近い。女が三十代の初めだろうか。枯芝の上で男はすこし身をもたげた。ぴたりと寄りそっている恰好もひっきりなしのようにする接吻もどことなく不自然である。つれの男は瘦せてはいるが筋肉質のがっちりした体格で、それが若く見せたのだろう。つかのま女が男からはなれ五、六歩さきへ歩いた。男はしゃがみこんで靴紐を結びなおしている。結びながら顔をあげて女を見つめ、のそりと立ちあがった。両腕をわきにたれて女の背中を見ている。しかしそれは一瞬のことで、女がふり返ると男は足ばやにつれへ追いついた。

あいつめ、女をもてあましているな、男はあくびをもらして枯芝に身を倒した。

雲が一定の速さで移動している。グラウンドの上を影が動くのもわかる。光を体に浴びるとほのかなぬくもりを感じ、影に包まれると冷える。男は自だらくな姿勢で手足を気ままな方向に投げ出した。自だらくといってもたかが知れている、と男は思った。大の字になり、うつぶせになり、あるいは両手を上にあげるくらいのことだ。枯芝の匂いが鼻をうった。頰をくすぐる植物の感触は快い。雲の動きで男は時間をはかった。海上にあったフランスパンのような雲が森の上にさしかかり、プラネタリウムの輝きを奪って丘の上へ去る。動きながら雲はフランスパンのようなかたちをくずし、花瓶のようなかたちになったかと思うと、もうシャツに似て見える。

そうして雲をみつめていると、胸の中にわだかまっていたものがほぐれ、もの憂い恍惚状態におちいる。男は声を出してみた。自分で自分の声とは思えない呻き声を耳にした。他人が発した声のようである。首をもたげてまわりを見まわしたほどだ。だれも居ない。

男は叫んだ。獣の吠える声に似ていた。また声をあげた。しだいに大きくした。兇暴な衝動が身の内をかけめぐり、男に叫び声をあげさせた。

手足をばたばたさせて男は叫んだ。なまぬるいものが目じりをつたって流れ落ちた。彼は上衣のボタンをはずした。ズボンのベルトをゆるめた。靴はとうに脱いでけとばしている。怒りとも悲哀ともつかない感情に男は身をゆだねた。

どよめきが伝わってきた。けたたましい機械の音が海上を走った。

叫ぶのをやめて男はぐったりとなった。全身から力が失せた。情事の疲れよりもこれは大きかった。男は目をとじ、口をだらしなくゆるめて荒い息をついた。競艇場の喧騒はなおもつづいた。

競艇……男はのろのろと身をおこした。

この町でボートレースが催されていることを知らなかったのではなかった。レースを主催する市は宣伝費に多額の予算を計上している。仕事の上で彼はそのおこぼれにあずかったことがあった。

耳で聞けばただちにわかるはずの喧騒を、それと察することをしないでいた。きょうの自分はどうかしている……男は頭を振った。服についた枯芝を一本ずつ指でていねいに取りのぞいた。それだけのことが妙に億劫だ。靴が二、三メートル向うにころがっている。這って行けば目と鼻の所なのに数キロもはなれているように見える。

立とうとした。

膝に力がはいらず男はたわいなく草の上にしりもちをついてしまった。無力感とどうしようもない焦立たしさのあまり男はまた叫んだ。声は出ない。よわよわしい喘ぎが口からもれるだけだ。日がかげり、男のまわりにある物は靴も枯芝も陰影を失った。男は身ぶるいした。大儀そうに這って靴をひろいに行った。じっとしていると寒いので、男はグラウンドを歩いた。歯が合わないほどに寒気を覚えた。トラックに沿って歩き、ひとまわりしたあとで斜めに突っきってみた。

ある地点で、男は立ちどまった。

靴の跡が霜でゆるんだ土にきざみこまれている。男の靴と女の靴の跡である。

彼は自分の靴を男のそれにかさねあわせた。土にしるされたへこみの方がわずかに大きい。さっき一組の男女が通りすぎたあたりだ。しゃがんで靴紐を結び直していた男のまるい頑丈そうな背中が目にうかんだ。そいつは立ちあがったまま女の背中をみつめていた。女の歩幅は一定の間隔でつづき、男の靴跡は立ちどまった所から追いついた所まで間隔が大きくなっている。

彼は二人の靴跡をたどってグラウンドの外へ出た。競艇場の騒音が彼を迎えた。ボートレースを見るのははじめてである。

女の背中を見たのも初めてだ、と男は思った。海面を色とりどりの紡錘形がゆきかっている。男の目に映っているのはボートではなかった。グラウンドを出て行った男女のうしろ姿が目にのこっていた。次にあの女、先日、父の話をし、いさかいをして別れた晩に見た女の背中が目にうかんだ。

タクシーを電話でたのんだのだが、すぐには車がいないという。女は歩いて帰るといいはった。タクシーがひろえる通りまで送って行くという男に、女はここでいいといった。マンションの前で二人は別れた。女はふり返らなかった。

男は女が通りを進み角をまがるまで見送った。女のうしろ姿を初めて見たように思い、目がはなせなかった。もしかすると、これっきりおたがいに会わなくなることになるかもしれない、と考えた。彼は眠っている女の顔を見たことがある。裸体を見たことがある。体のすみずみまで知りつくしたと思っている。しかし、そのとき遠ざかってゆく女のうしろ姿はついぞ見たことのないものであった。女は背中で彼を拒んでいる。自分と女との間に立ちふさがっているのは父だ、と男は考えた。

自分が父を受け入れるとき、女は拒むのをやめるだろう……

男は自分を嗤った。

女の背中がどうしたというのだ、拒むなどというのは思いすごしだろう、そろそろ手を切ってもいい頃合と考えていたのだから、女が誘いに応じなくなればもっけの幸いではないだろうか。エレベーターのボタンを押しまちがえて彼は最上階まで上ってしまった。もっけの幸いとほくそ笑むことなど出来はしない。今度はうっかり一階のボタンを押して元の場所へ降り、男は舌打ちした。

女は父とひとしい重みを持って彼の中に存在する。なんとかしなければ、という思いがある。どうすればいいのか。女と手を切れば自分と父とのこともうやむやになる、そう感じられる。何もかもばらばらになってしまいそうだ。男の会社は資金繰りに窮していた。社員に払う給料も今月分のメドはついていない。落さなければならない手形もいくつかある。期日は目前にせまっており、借りられる所からは借りつくしている。

一つずつ片づけてゆかなければ、と思うのだが、何から手をつければいいのか、仕事に没頭しようとしても父のことが気になり、父をどうすべきかと考えていると、女の顔がうかぶ。女と時間をすごしていると父や銀行の貸付課長の顔がうかぶ。
どだい一つずつ片づけるということが無理なのだ。(いずれそのうちツケがまわってくる)と友人はいった。そのうちではない、すでにまわってきている。自分の両手はからっぽで清算できず、払いを一日のばしにのばしているだけだ、と男は考えた。
——急イデ下サイ、時間ナンデス、急イデクダサイ、
ある日、女がふざけていった言葉だ。男が気を悪くすると、詩の一節を口にしてみただけだといい、ゆるやかな抑揚をつけてくり返した。男には気を悪くする資格などはありはしないのだ、と女はいった。男は体に触れずにその日は女を返した。

……………………………………

赤、黄、黒、青と強い原色で塗られたボートはしぶきをまきちらして海面を疾走した。男は券を買った。予想屋のいうことに耳をかたむけず、新聞を検討することもしなかった。有りがねをはたいて買った。
やがてボートは一列にうかんだめいめいのブイにへさきを揃えた。
病院のある丘の崖をすべり降りる間は何も考えなかった。ころげ落ちないように手がかり足がかりを探すのにけんめいだった。崖下に降り立ってからその間の至福といえる状態に思い至った。レースの券を買えば同じ至福感をまた味わえるだろう、と考えたのだった。頭の芯を火照らせている焦燥感、たえず心臓を圧迫する重苦しさをちょっとの間でも忘れられたらよかった。

「十秒前……」

スピーカーがしらせた。

場内は鳴りをひそめた。

レース場の一角に大時計がある。彼はその秒針をみつめた。四秒前、三秒前……合図はつづいた。号笛かピストルでスタートをしらせるものと男は予想していた。何事もそのときになってみなければわからない、彼はひとりごとをつぶやいた。

きょうは朝からのべつひとりごとを洩らしつづけている。まるで老人のようだ、と彼は思った。賭けにはやぶれるだろうという予感がある。

水がわき立った。

ボートはへさきをもたげて走り出した。群衆はどよめいた。彼は目の前で黒ぐろと揺れている群衆の背中を見た。走るボートを見た。レーサーは上半身を低くした。砂粒まじりの風が吹いた。水の飛沫も頰に当った。潮の香りはなく、風がはこんでくるのは廃油とガソリンのきつい臭いだけだ。

レーサーは身を伏せた。

転回点のブイをまわるにはこつがあるらしかった。ボートのへだたりがそこで大きくなった。一番びりになって浮標をまわるボートの選手は姿勢がだれよりも低く胸を緃首すれすれにつけている。それでいていっこうに速度はあがらない。前をゆく緑色のボートと間隔はひろがる一方だ。

男は身じろぎしなかった。

レーサーたちの背中を見ていた。

彼はポケットの中で券をちぎった。賭けにまけた男たちは申し合わせたようにポケットからこぶしを出し、片手で破った券をすてていた。白い細かなものが風に吹き煽られて宙にうかんだ。

彼は腕時計をのぞいた。人ごみをかきわけ、プラネタリウムのある建物めざして歩き始めた。森の中にあるのは公立の教育研究所である。国語課の教授にある方言の意味をたずねるつもりでいる。仕事の上で交渉のある和菓子屋が、新しい製品にその方言からとった名前をつけようとしている。

この地方で老人なら知っている言葉である。男も子供の頃、母が口にしたのを聞いたことがある。「みぞうげ」という。可愛いという意味に男は解している。泣いている弟をあやしながら母は「みぞうげ、おお、みぞうげ」とつぶやいていた。辞書にはのっていない。（好きでたまらない、目の中に入れても痛くない、そういう意味でしょう）和菓子屋の若い主人はいった。お多福やひょっとこの面をかたどってこしらえる餡菓子の名前ぐらい、べつに言葉の由来を詮索する必要はなかったのだが、男にしてみれば、気になって仕方がないのだ。教授には男が大学にいた頃、講義をきいたことがある。方言にくわしい。病院から呼び出しを受けた日に、教授と会って話をきくつもりでいた。

うしろにした競艇場で、また喚声があがった。レースが再開されたのだ。歩きながら男はひょいと上体を折った。その恰好で二、三歩あるいてみた。

グラウンドはさっきと同じようにからっぽで、だれも彼を見ていはしない。

夕方、男は砂浜を歩いていた。

日は水平線上にかたまっている雲塊に没し淡い桃色で海を染めている。気温は午後もおそい今にわかに下ったように感じられる。男は長い影を曳いて歩いた。水ぎわよりやや上を歩いた。湿った砂が男の体重を支え、靴を砂にとられない。潮はおもむろにひきつつあった。

男はふりかえった。プラネタリウムのある建物が見えはしないかと思ったのだ。台地も森も灰色の霧に包まれ、銀色のドームもみとめられない。あれからずいぶん歩いたものだ、自分の町へ着くのは夜になるだろう、と男は考えた。

レースに賭けたとき、うっかりしてポケットのかねを全部つぎこんでしまい、帰りのタクシー代はおろかバス代さえないしまつだ。

教授と別れてからそのことに気づいた。競艇場へ行ってみた。車で来た顔見知りに出くわしたら乗せてもらうつもりだった。レースは終ったところで、人影はまばらだった。けっきょく歩いて帰るしかない。国道をたどるのはやめて、海沿いの道を歩くことにした。

「たいしたちがいはない」

ひとりごとを風がさらった。これも年齢のせいなのだろうか、と男は考えた。グラウンドに寝そべって雲を見上げていたとき、脳裡にあったのは自分のとしだ。子供のとき、初めて父の年齢を意識して母にたずねた。四十歳だと母は教えた。男はあと三、四年で同じとしになる。

「おっとっと……」

波が思いがけない高さで寄せてきて、すんでの所で靴を浸しそうになった。彼はおどけた恰好で足をあげ、波のこない場所へ跳んで逃げた。(すきをねらっておれの足を漏らそうなんてかかっても、そうは問屋がおろさないからな)。海にそう語りかけた。

彼は砂に埋れて角だけをのぞかせている木箱を靴先でかるく蹴った。うつろな音が返った。樽、漁網の切れはし、流木、空壜、藁くず、竹、死んだ魚。波打ぎわにうちあげられている漂流物を踏みこえて男は歩いた。どれも水でもまれ、さらされて、色が褪せ鋭い角を失っている。

国道に出ていたらもしかすると知合いにぶつかりタクシー代を借りられていただろう、あるいはそいつの車で今ごろは自分のマンションに帰り、シャワーでも浴びている頃だろう、と男は考えた。靴の中に砂がはいり、足の裏が痛い。

砂浜の端は松林で、その向うに軒の低い板ぶき屋根が見える。松林の中に架けつらねた漁網が風に揺れている。この村を抜け、峠を一つ越えれば男の町である。熱いシャワーが恋しい、と男は思った。

砂浜に引きあげられた漁船のかげに、男はうずくまった。靴をぬいでさかさに振った。靴下もとって、こびりついた砂粒をとった。

——みぞうげ、ね、

教授はチョークで黒板に「みぞうげ」と書いた。研究室は教授がひとり占めにしているらしい。キャビネットとカードボックスが壁を埋めつくした部屋で男は来意を告げた。

——天草ではみぞなげといい、宮崎ではみぞなぎというようです、宮崎県のええとあそこは何とかいう、わしも一度採集旅行をしたことがありますがね、そうそう東諸県郡、当時は性能のいいレコーダーなんかありゃしませんでしたよ、——

——可愛いという意味だと思いますが、

――みじょういという言葉をあなた聞いたことはありませんか、
教授は煙草のやにがしみついた指で、黒板に「みじょうい」と書いた。

――平戸ではみじょかといいます。この子はみじょか、というふうに使います。五島ではみぞうかといいます、みぞうげを形容動詞とすればこちらは形容詞です、新潟にも分布しているようですな、
教授は本棚から大型の分厚い辞典を取り出してページをめくった。男はたずねた。

――可愛らしい、が、なぜみぞうげなんでしょうか、

――ふうん、なるほど、
教授はひとりで首をひねったり感心したりしている。

――なぜといわれてもねえ、語源ですか、

――まあそうです、

――わかりません、

――…………

――語の由来を明確にしないと菓子屋は商売が出来ないんですか、

――そういうわけではないんです。ただなんとなく、

――似たような言葉から類推することが出来ないわけじゃあないんです、げんにやっておる人もいる、要するに方法論の問題ですがね、語源はわからなくなるのが運命で、わからないもの、それが語源であるといいたい、といった人もいます。

教授は有名な国語学者の名前をあげた。

――可愛いという意味だろうと今あなたはいった、みじょういの方はそうでしょう。しかし、みぞうげは実はかわいそうという意味でしてな、みぞうげを可愛いの意で使う地方があったとは初耳です、

教授は抽出しからカードを出し、深刻な表情で何か記入し、男の出生地と姓名年齢を問いただして書きくわえた。キャビネットにファイルして高らかに抽出しを押しこんだ。立ったまま客を見下している。用はすんだ、とでもいいたげな顔つきである。

――みぞうげの語源をいくつか考えてきたんですが、

と男はいった。

そうですか、新聞にでも投稿するんですな、当節、語源学は大はやりですよ、三流の国語学者が愚にもつかぬたわごとを書いて出版屋を儲けさせてる、じゃあ、わしはこれで、

……………………………………

ふくらはぎが引きつって疼いた。足首も熱をおびている。

男は指で砂の上に文字を書いた。

身粧、身清気、と大きく書いた。御衣とも書いた。みそと読む。男が古語辞典で引いた言葉である。「天皇や貴人の衣服」という説明を彼はおぼえている。貴人の身なりは美しいだろうから、それが可愛いの意に変じることはないだろうかと考えた。このごろ寝しなにベッドで読むのは辞書ばかりだ。

御族《みぞう》という語もある。「貴人の一族」とある。

実生《みしょう》は種子から生えて成長すること、あるいは、成長した草木、とある。みぞうげは幼児をあやすときにだけ用いられるのではなかった。生き倒れの乞食がはこばれて行くのを見送りながら確か母は「みぞうげ

な」と洩らしたようだ。あれはそうすると可愛いという意味ではなくてかわいそうというつもりなのだったろう。教授の説明を聞いて彼は思い出した。子供心に母の言葉がなんとなく異様に思われたのだった。彼は砂を手でかきならし、文字を指でしるした。

未生《みしょう》、これは辞書に「まだ生まれないこと」とある。

——あなた、子供さんは？

ドアをしめかけたとき、教授はたずねた。子供はないと男がいうと、

——ない人にこんなことをいってもぴんとこないかも知れんが、英語でいうラヴリイと日本語の可愛いは質的に異るようですな、これは私の独断にすぎないけれども自分の子供を見てると、ひたすらあわれなんですよ、辞典ではみじょういとみぞうげを二つの語に分けてるが、これらは本来、同一の語でしょう、わしはそう思う、

といった。

泣いている弟。一歳と数ヵ月で死んだ弟のことを彼は思い返した。あれから間もなく弟はチフスで死んだ。夏のことで弟は裸だった。母に抱き上げられた嬰児の尻が青いのを彼は目に留めた。四つちがいだから、自分は五歳をいくらも出ていなかったことになる。

(子供さんは？　か)

男は砂の文字をあらあらしくかき乱した。

(あたしたち、もうおしまいね)

女は自分をのぞきこんでいる男にいった。医院で処置をすませた帰りに男のマンションで休んだ。女は眠

りこんでいると思っていた。それが急に口を利いた。男はだまっていた。何かにつけて、おしまいというのは女の癖なのだった。こういう場合は何もいわないにかぎる、と男は考えた。

(こんなこと一度でたくさん……)

女は目をあけて彼をみつめた。

おしまいだと思いたがるなら思ってもいい、あの頃はそう考えることが出来た。かなり以前のことだ。女はやつれたように見えた。汗のういた額にこびりついていた髪を思い出す。(なぜあたしはここに寝てるの)と女はきいた。男のマンションで休みたいといったのは女の方だった。しかし、そういえばまた女は何をいい出すかわからない。

(じゃあ帰るか)と男はいった。

(いま、なんじ?)

男は時刻を教えた。

(あなたここから出てって、二時間ばかりあたしを一人にしてちょうだい、そのくらいしてくれたっていいじゃない)

男はベッドわきの椅子から動かなかった。

(いつもあなたこうしてきたの、あたしを見てるみたいに今まで女の傍に付添ってたの、もっともらしい顔をして)

男は沈黙を守った。女の閉じた瞼から白いものが溢れ出た。男はハンケチでそれを拭った。女は顔をそむけ、毛布を引き上げた。一人にしてくれというのに、とくり返した。

(なんべんいえばわかるの、ここに来たのがまちがいだったわ、まっすぐうちへ帰るんだった、帰れないとでも思ってるの、あなたが傍に居ると……)

男はバスルームに這入って顔を洗った。便器の蓋に腰かけて煙草を一本ゆっくりとふかした。コップに水をついで飲んだ。胸がかすかにむかついた。鏡をのぞきこんで櫛を使った。血走った目をした男の顔に髭が伸びていた。男は時間をかけて髭を剃った。

女は服をつけてベッドの端に腰をおろしていた。男はいった。

(もっと休んでいなければ)

女は首を横に動かして、(帰る)といった。立ち上りかけてふらつきベッドに倒れた。彼は女を寝かせ、毛布をかけた。

(あなたという人が今度のことでよくわかったような気がするわ)

彼は窓の外を見ていた。消防署の屋上で体操をする人影に目をとめた。となりは学校である。校庭でボールを追って一団の少年が走る。デパート、市庁舎、商工会議所、銀行と順に視線を移動させた。

……………………………………

男は砂に書いた文字を消した。板片を使って表面を平らにした。あの午後のかすかなむかつきをきょうも覚えた。どこで? 砂の中にまざっている貝殻と小石を取りのけた。古釘やガラスの破片も除いた。海岸公園の入り口にあった掲示板を見て、いやな感じだと思った。あれが心にひっかかっている。

彼の町で見なれた建物が海沿いのこの町にもあるというごく当然なことが彼にうっとうしい思いをさせた。それらは彼がぼんやりと思いえがいている未来のかたちに見えた。灰色をしたコンクリートの建物群、人間の町ならどこの土地にもある平凡な建物がその平凡さゆえに彼をうんざりさせた。未来には何か目ざましいことがあると別段いわれもなく信じていた。目ざましいことなぞありはしない。生活が新しくなることもない。自分は四十歳になっても、五十歳をすぎても今と同じだろう。あの日、女はいった。

（あなた、そうしてる所を見ると、お父さんとそっくりだわよ）

父は面長で彼は丸顔である。父は小柄で彼は長身である。似ているといわれたことはなかった。父の容貌と共通な点がないことをむしろけげんに思っていた。父を外泊させた日、たまたま女がマンションに寄ったことがある。彼は父がした粗相の始末にかかっていて女が這入って来たのを知らなかった。傘を返しに来た。ノックをしたのだが聞えなかったのか、と女はバツが悪そうにいい、自分も手伝おうと父のベッドに近づいた。すぐに帰ってくれ、と男はいい、ためらっている女をドアの外に押し出した。そういうことがあった。

父にそっくりだ、といわれて男は気が滅入った。

六十歳をすぎて、父は母と別れている。子供たちはそれぞれ都会で一家をかまえてはいるものの父のもとに寄りつかない。肉親のきずなを感じないという。母も父といっしょになったのがまちがいだったといっている。父には妻子に対する愛情が初めから欠けていたのだと男は信じた。家庭の団欒を男は文字でしか知らない。

父は一種の精神的な不具者ではあるまいか、というのが男の疑惑であった。二十代で土木建築の会社を興し、三十代で軍関係の仕事を受注して財をなすほどの才覚はありながら、妻子を愛することはしなかった。父は家で子供を抱いたことがない。膝に這いあがろうとする子供をじゃけんに払いのけるのがふつうだ。彼は大人になるまで父と話らしい話をかわした記憶がない。友人の家でなごやかに談笑する父と子を見て奇異な思いにうたれたものだ。自分の家庭をあたりまえと見なしていたので、愉快そうに冗談をやりとりしている友人親子を見て今さらながら自分の父を変った男だ、と思わないわけにはゆかなかった。母は何かにつけて父のことで愚痴をこぼした。忙しい夫を持つ女ならだれでもがいうことと思って彼は気にしなかった。

おやじはどこかおかしい、と考えるようになったのは、男が二十代の終りにさしかかってからだ。

友人の一人が交通事故で父親をなくして悲嘆にくれているのを見た。自分はとてもあんなふうに悲しみはすまいと思った。父を失うことが大量の涙にあたいすると信じられなかったのだ。かりにいま自分の父が息を引きとるとしたら……彼は想像した、確実にいえることは自分がこの友人のように泣きはしないということだ。僧が読経するのを聞き、埋葬し、花を手向け、しきたり通りのことはする。しかし、ただそれだけのことだ。

自分の中に欠落しているものはおそらく父に対する愛だろう。それと同じことが父についてもいえる。自分が持っていないものは父も持っていない。つまり父の欠落は自分の欠落でもある。おまえは父親とそっくりだ、と指摘した女は、父のことを深く知らないでいてそういったにちがいないが、彼の痛みをついたことになる。

男は考えた。

(おやじはどういう魂胆でおふくろといっしょになったのだろう)

海は青みを喪って暗くなった。水平線上の雲にところどころ裂け目が生じた。日はまだ沈んでいない。裂け目から洩れる鮮やかな紅色でそれと知られる。男は身清と砂に書いて消し、身粧と書いては消した。

――みぞうげは「みさを」から来たとも考えられませんか、
男は教授にたずねるつもりであった。砂の上に人さし指で大きく、みさをと書いた。

――みは辞書によると神・霊を示す接頭語とあります、さをは青です、神秘的な青さ、色あいをいうのが原義で、転じて常緑樹のような不変の美、状況に左右されない志操をいう、と説明してありました、いかがです先生、みさをがみぞうになるとは考えられませんか、
男は手のひらで砂の文字を消した。

「いかがです先生」とつぶやいた。

世間の男がだれでも結婚するように父は母と所帯を持っただけのことだ、と男は自分にいいきかせた。いやだと思う女といっしょになったのではあるまい。六人もの子供を母に産ませたのだから。いっぷう変っているのは妻や子供たちを世間の父親なみに愛さなかっただけだ。つまらないことを考えるのもいいかげんにしたらどうだ、おまえはきょうどうかしている……。

彼は波打ぎわに堆積している漂流物を見た。ばらばらになり、すり減った木ぎれや獣の死骸を見た。女を好きにはなっても愛したことはない、自分には他人を愛する能力がないのかもしれない、と男は思った。父がそうであったように、自分もとしをとれば父と同じようになるという予感が男の心の奥深い所にある。波が寄せるごとに向きを変える犬の死骸は、胸のあたりに白い骨が露わになっている。さっきからなんだろうといぶかしく思っていた。四肢はねじまがり腹は今にも破れそうにふくれあがっている。

砂浜にうちあげられている夥しい物のかけらはまるで彼の生活そのものと思われた。

早く帰ってシャワーを浴びたい、何か熱いものを食べれば元気になるだろう、いつまでもこんな所に居

たって仕様がない……そう思っても立ち上るのが億劫だ。

まだ考えなければならないことがあるような気がする。父を退院させることか、ちがう、これは病院の意向しだいだ。困るといった所で近いうちに引きとることになるだろう、女のことか、これも女の気持しだいだ。立ち去る女の背中がまた目にうかんだ。別れるとなればもう一度、話し合うことになろう。どうして自分はうらさびしい漁村に腰が抜けでもしたようにすわりこんでいるのか……。

何か心にひっかかっている。

男は小石を犬の死体めがけて投げた。貝殻をほうった。木ぎれも投げた。ボートレース、レーサーの背中、身を伏せたレーサーの姿勢に自分はどきりとしたのだった。忘れたものを思い出したようだ。

男は砂の上に両脚を投げ出して上体を折りまげた。しばらくそのままの姿勢でじっとしていた。地面に這いつくばった男が見えて来た。あれは夜だ、いや昼だったかもしれない。彼は弟と二人して父と歩いていた。小学校にあがる前年だったように思う。初めての町で、そのときなぜ父が子供たちをつれてその町を訪れたか今もって知らない。父の身内に法事か祝いごとでもあって招かれたのではなかったろうか。

駅裏のたてこんだ家並でいきなり数人の人影に囲まれた。いい争う声を彼はきいた。あの連中は何者だったのだろう。暴力団？　しかし戦時ちゅうにやくざなどが町をうろついていたのだろうか。父はいきなり地面に手足をついた。取りまいている影に向って土下座する恰好になった。そこで記憶はとぎれている。

軍関係の土木工事を請負うのは同業者間で競争がはげしかったというから、あれはもしかすると仕事にあぶれた一味のしわざかもしれない。そこの所が今となってははっきりしない。彼は呆然として平伏している父の背中を見おろしていた。

あれは二人の子供をかばうためにしたのだろうか。自分の身をまもるためにあえて屈辱的な姿勢をいとわなかったのだろうか。それにしても……男は靴をはき、紐を結んだ。気の荒い土工たちを父はたくさん働かせていた。家に出入りするのは大方、肌に刺青のある連中ばかりで、彼らを父はいわば顎で使っていたといっていい。同業者との間にいざこざがあって町で喧嘩を売られたからといって何も土下座してあわれみを乞わなくてもよかったのだ。

男は父がしたように砂の上で這いつくばった。長い間、そうしていた。砂はつめたくて、湿った海草の匂いがした。

水平線にたれこめている雲の裂け目がひろがり、日がまばゆい光線を送り出した。夕日は身をもたげた男の顔をまともに照らした。

ふたりの女

若い男はアパートの階段をのぼるのに難渋した。

入院していた病院で、ベッドからはなれられるようになってからは、毎日のようにひとり歩きを練習した。初めは廊下にとりつけられた手すりにつかまり、その次は何の助けもかりずに歩いた。自動車にはねられて、若い男は足首をいためたのだった。ほかに外傷はなかったのが良かった。入院後、一週間めに医師は退院をゆるした。

廊下をゆっくり歩くのは、足首の痛みをがまんしさえすればさしつかえなかったのだが、勾配の急な階段にかかると、這うようにしてあがらなければならない。病院の階段であがりおりを練習して足を慣らすのだったと男はくやんだ。

（これでは来週から仕事に出られはしない）病院からアパートへ帰る途中、若い男はつとめ先に寄って退院を告げた。（のんびりと養生して、元気になったら出勤してくれといいたいところだが、今月にはいって営業の連中が急に二名もやめちゃってな、それに発送のおっさんもリューマチとかで寝こんだもんだから、悠長なこともいっておられないんだよ、来週から出てもらえるだろうな）

印刷会社の営業部長は男の足首をみつめながらいった。来週までに車の運転はできるようになっていると思う、と若い男はいった。（あ、そうそう、病院へ見舞いに行こうと思ってて、忙しいもんだから一日のばしにしてたんだ、もう少し入院してると思ったもんだから、これ）

上司は茶封筒に紙幣を入れて部下に渡した。果物でも買う足しにしろという。

(じゃあ、月曜日から、な)

営業部長はあらためて念をおした。

階段の中ほどで若い男はしばらく息を入れなければならなかった。そのあと、足よりも手に力をこめて自分の体を二階へ引き上げた。ほんの一週間、あけていただけで、自分の寝起きしていた所が他人の部屋のように見える。

花瓶の花が水気と色彩を失って、男が手で触れたとたんに花びらをおとした。畳はふくれあがったようで、室内の空気もどこかよそよそしい。男は窓をあけはなし、花瓶に水を入れて、病院から持ち帰った薔薇をさした。女がくれたものだ。見舞い人といえば両親以外に会社の同僚ひとりとその女だけであった。

薔薇も枯れたフリージアと同じほどにしおれかけ、ひらききった花びらは指でさわっただけでもろく崩れおちそうだ。男はていねいに花をあつかった。

自分がけがをしたことをどうして知ったのか、と男は女にたずねた。新聞で、と女は答えた。(いろんなことがあるものだわね、お大事に)そこまで会社の仕事で来たついでに寄ったのだ、と女はいい十分間も居ないでさっさと帰って行った。

男はざっと部屋を掃除した。冷蔵庫の中身でわるくなりかけている食物をすて、たまっていた新聞に目を通した。月曜日までに三日間しかない。それまでのうちに戸外の仕事に耐えられるよう足を慣らさなければいけない。男はいためた足首を手でもんだ。

少女の目を思い出した。

病院の玄関で彼は倒れた。電話で呼びよせたタクシーが車寄せの所でしきりにクラクションを鳴らして早く乗れとせきたてる。荷物を両手に持って廊下を急ぐとき、つい足もとがおろそかになってすべった。わきから不意に現われた車椅子の患者をさけようとしたはずみに倒れた。

おきあがったとき、まぢかに六、七歳の少女がつっ立っていて、足のいたみに顔をしかめている男をみつめていた。そのいっぱいに見ひらかれた両眼にはありありと憐憫の色がうかんでいた。医師も看護婦も彼に示したことのない表情であった。見知らぬ少女の顔にたたえられたむきだしのあわれみは若い男をたじろがせた。二十何年間、生きて来てああいう目で他人から見られたことはなかった、と若い男は思った。

これから朝ひる晩、町を歩いて、それもつとめて坂道をのぼり降りして足を慣らそう、と彼は決心した。三日あれば大丈夫だとも考えた。

馴染みぶかい臭気が窓から流れこんで来た。アパートの下には黒いどぶ川が澱んでいる。肥料工場がすてる廃液と、すぐ近くにある自動車解体工場から流れてくる廃油で、川はいつも虹色の光を反射する。二階まで漂ってくる臭気は目と鼻を刺すほどである。男は窓をしめた。

(新しい生活……)

このアパートへ移って来た当時は、新しい生活が可能だと信じていた。家族とわかれ、ひとりでくらそうと思いたったのも、新しい生活を自分のものにするためだった。二年ごしつきあっている女のことも念頭にあった。初めてアパートへ越して来た日のことは、ついきのうのことのように思い出される。出口に家財道具をつみ上げている女があった。彼と入れちがいにアパートを出てゆくのだ。あの女はここに何年いたのか、と男はアパートの管理人にきいた。

(そうですな、三年ぐらいになるか)

三年も……若い男は内心おどろいた。どぶ川のほとりにある軒の傾きかけたアパートに三年もがまんできたものだ、とあきれた。せいぜい一年、というのが男の肚づもりだった。このアパートに入るまえあちこち探したのだが部屋がなくて仕方なしに移ったのだ。ながく居る所ではないと考えていた。

三年というのが永遠に近いほど度しがたい時間であるように思われた。それがどうだ、気がついてみるとあれから二年たっている。胸をむかつかせるどぶ川の臭気にも馴れっこになってしまった。アパートを出て行く者と入る者とがあった。入れかわりはひんぱんだ。二年間、同じ部屋に住んでいるのは若い男と隣りあわせの部屋にいる酒場の女だけである。髪を長くたらして、目付のけわしい女。午後もおそくなってからしか部屋の外に現われない。女はアパートの近くにある酒場へ通っている。

(新しい生活……)

とつぶやくだけでかつては胸がときめいた。おののくような憧憬をその言葉に感じた。ぐっすりと眠った朝、見上げる空に覚えるようなまぶしさと歓びを若い男は持っていた。どぶ川の上流、アパートの敷地が解体工場の塀と接するあたりで流れは屈曲し、木ぎれや藁くず空壜などがかたまって浮いている。ふくれあがったネコの屍骸もある。

窓をしめるとき、男はそこに寄りあつまっているゴミを認めた。金網のフェンスでせきとめられた塵芥は、あたかも彼自身の生活そのものであるように見えた。いま、(新しい生活)とつぶやいてみても、むかし覚えたような戦慄は生じない。三年はおろか、うかうかするうち三十年でもこのアパートでくらすような気さえしてくる。

男は頭を振った。けがをして入院したせいで身も心も弱くなったと反省した。

月曜日までに足を慣らし、そして女とのこともけりをつけなければ、と考えた。女はバスで一時間の距離に住んでいる。

「退院なさったの、そう」

女の声にまざって電話のベルがひっきりなしに鳴りひびくのも聞えた。男はかたく送受話器を握りしめた。近いうちに会いたい、と告げた。

「近いうちですって、いつ」

「きょう、もしきょうがむりならあした、ぜひ」

「きょうはだめだわ、人と会う約束があるので、え? なに……」

電話口を手でふさぐ気配がした。ながい時間がたったように思われた。男は硬貨を機械に流しこんだ。

「ごめんなさい、仕事が忙しくて、何のこと話してたんだっけ」

「会いたい」

男はくり返した。

女の方からそういって電話をかけてくることがあった。ひるでも夜でも見さかいがなかった。そのつど男はとるものもとりあえず女の所へ駆けつけた。たいてい女のマンションへ行った。街の喫茶店で落ちあうこともあった。

(来て、すぐに)

語尾をのみこむようなその口調は聞き馴れたものだった。仕事ちゅうであれば男は同僚にかわってもらい、アパートに電話がかかって来たときは深夜でもあたふたと飛び出した。しかし、そうやって男を呼びつけたにもかかわらず、女はとりたててさしせまった用件を話すのではなかった。

男を前にして煙草をくゆらしていつまでも口をきかなかった。評判になっている映画のことや、会社のだれかれが配転になったとか、とりとめのない話をするだけだ。男は適当にあいづちをうって女の話を聞いた。慣れてしまえばひとことも言葉をかわさずに時間をすごすことができた。

「明日は土曜日だわね、待って、ちょっと予定をしらべてみるわ」

会社は休みのはずだ、と男はいった。

「休みであることはたしかだけれど、人に会う用事があるの」

「そのあとで」

男はくいさがった。

「どんなこと、いま電話でいったら?」

(来て、いますぐ)

という女の声が耳の奥によみがえった。むかいあっても女は黙りこくっていて、男から視線をそらし、何か考えこんでいる。男が口をきいてもそしらぬ顔つきだ。しかし不意に呼び寄せられることは男には決していやではなかった。自分を必要としたのだから電話をかけもしたのだ、と思った。

「土曜日はだめなの、日曜日も」

女は先手をうった。日曜日もある人と約束している、とつけ加えた。ある人というのはだれなのか、と男はたずねた。

「ごめんなさい、いまとても忙しいの」

電話は切れた。

男はしばらく送受話器を耳にあてがったまま立ちつくした。女が会う約束をした人物に対して嫉妬した。だれと教えられないうちに男と決めてしまっていた。公衆電話のボックスごしに葉の落ちた銀杏並木が見える。裸になった梢が黒灰色の空に突き刺さっているように感じられた。事故で入院したのを機会に生活にひとくぎりをつけたいという願いも、これではうやむやのうちに終りそうだ、と彼は思った。

ボックスの外へ出ると風が外套の裾をはためかせた。冬の日は暮れかけていた。

今までと同じような生活をまたくり返すことになる、と若い男は考えた。出社し、部長の訓示をきき（この五十男は毎日、処世訓を配下の社員にひろうした。なせばなる、なさねばならぬ何事もとか、人生は重荷を負いて遠き道をゆくがごとしとかいう格言を重々しい口調で語るのだった）トラックに紙をつんで運搬し、印刷物の注文をとってまわり、ゆきつけのおでん屋で食事をし、アパートへ帰る途中、一時間あまりパチンコをする、という生活、半月たっても半年たってもこれは変らないだろう、と男は思った。

パチンコの玉のようにどの一日をとってもそっくりの毎日である。怒りはない、哀しみもない、そして歓びもない。

とはいうものの男はこうした暮しがさほどいやではなかった。ちょうど慣れてしまえばアパートのそばを流れるどぶ川の臭気さえかえって親しみぶかく感じられるように、きまりきったことのくり返しである生活を、その単調さゆえに愛することができた。

男にはかえってそれが怖しく不安でもあった。アパートへひっこして来た日に出て行った女が、三年も同じ家に居たと知って愕然とした自分にもどらなければ、いつかは自分がだめになるという暗い予感があった。

彼はアパートへ通じるせまい路地にはいったとき、あの女を認めた。いつものように髪で顔の半分をおおって、腰のあたりに両手をあてがい、酒場の前にたたずんでいる。会社からアパートへもどるには必ず酒場の前を通ることになるので、女と顔をあわせるのは毎日のことだ。

女はセーターで包んだ胸を心もち突きだすようにした。かるく背をそらせるだけでとがった乳房が張りだした。彼はいくぶん体をななめにして女の前を通りぬけるのがきまりだった。外では女と口をきかなかった。アパートでは毎日のようにののしりあった。夜勤あけの日、おそくまで眠るつもりでいると、その日にかぎって早くから起きて女がラジオのスイッチを入れる。音量をいっぱいに高めてレコードをかける。音はベニア板の壁ではつつぬけである。低くしてくれと壁ごしにどなってもそしらぬ体だ。

男のものであるスリッパーが見えなくなっている。探していると片方を女がつっかけている。各部屋の住人共用の物干台があって、そこに干していたシャツ類をとりこみに行けば見当らない。その女が自分の洗濯物とごっちゃにしてとりこんだらしい。あくる日、女の部屋の窓下にすててあるのを見出した。どぶ川へ投げこんだのだ。一枚だけシャツが水に半ばひたっていた。

女の部屋から水が流れこんで来たこともあった。

洗濯機に水を入れて、水道栓を開放したまま外出したらしい。男は管理人に訴えた。ドアに合う鍵は女しか持っていない。酒場へ行ってみたが、まだ店はあいていない。買い物にでも出かけたのだろうという。管理人は水道の元栓を締めて水をくいとめた。

押入れの下段にしまっていた男の布団は水びたしになった。

ふだんは午前二時ごろが女の帰宅時刻だった。寝入っていても廊下から伝わる乱れた足音でそれとわかった。ひとりで帰ってくることはめずらしかった。もうひとつの足音が聞えた。女の乱れた足どりとことなって一定の歩幅でしのびやかに廊下を踏む足つきである。やがて薄い壁をへだてた隣室からきまりきった物音がひびいてくる。客がすることをすませて女の部屋を立ち去ってから初めて男は眠りに入るのだった。

来訪者がしずかにことをすませて帰るのならよかったが、ほとんどの場合、そうはゆかなかった。しばらくグラスと氷のかちあう気配がつづいたかと思うと、にわかに女が声を張りあげる。それをおしとどめようとする男の声も、あたりをはばかるような声音がしだいにいら立ち始め、女とまけず劣らずの声になる。テーブルがひっくり返る。皿小鉢がわれる。壁にどさりと重い物がぶつかる。女は泣きわめき、男に出てゆけという。男は女を平手で打つ。ガラスが砕ける。ドアがあらあらしく閉じられ、廊下を遠ざかる足音が聞える。

そのあと女は声高にひとりごとをつぶやきながら何か飲んだ。ろれつのまわらない舌では何といってるのか聞きとりかねた。わかれた夫のことをぶつくさいっているように聞えた。男がこのアパートへ越して来た当座は女は酒場へ働きに出ず夫婦で暮していた。

そのころも男は壁の向うからとどくいい争いに悩まされていた。女が浮気をしたとかしないとか、男の稼ぎがすくないとか、たわいないことを理由に夜っぴて喧嘩しているのだった。

ある日、男が残業をすませておそい時刻に帰宅すると、階段のあがりはなにすわりこんだ隣室の男が電気釜をかかえこんで飯をかきこんでいた。新聞紙に包んだてんぷらが膝の間にあった。

（いやあ、おそいお帰りですな）とあぐらをかいた男は笑いかけ、（さ、どうぞ）と体を倒して男に通路をあけた。

（うちのやつが外で飯を喰えというもんで）

ドアをあけようとしている男に飯を食べている男はいった。

（こう見えてもがまんにがまんをかさねてやって来たんですがね、あの女といっしょではうだつがあがらない、おたがいのためですよ、ええ、出てゆけといわれなくったって出てゆきます）

そのとき初めて男は、電気釜のわきにころがっている酒壜に気づいた。

（あの女、わたしが出てゆくというのも口さきだけで、出てってもじきに帰ってくるとこういうんですわ、わたしゃ帰って来ませんぜ、二度と帰るもんか）

最後のせりふを聞いて彼はドアをしめた。夫がアパートを去った翌日から女は酒場へつとめに出るようになった。


彼には女の横顔が見えた。

酒場の看板が女の頭上から淡い乳色を投げかけている。女のととのった目鼻立ちは、たそがれのうす闇でも見わけられる。路地の奥には彼の住んでいるアパートが黒々と立ちふさがっている。

男はまわれ右をした。女とアパートを見たとき、胸の奥で吐きけを覚えた。寒い部屋へ帰ったところで、することは何もなかった。早めに布団へもぐりこむつもりだったが、どうせ眠れないに決っている。気温は日が落ちてから急速にさがり、夜はひえこみが甚だしいようだ。

こんな晩は足首も疼くにちがいない、と男は考えた。退院したきのうの晩も、しきりに足首が疼いた。暖房のきいた病院から、すきま風の吹きこむ部屋へ移ったからかもしれなかった。あけがたまで、男は布団の中でエビのように体を曲げ、足首をさすりながらまんじりともしなかった。隣室ではあいも変らず真夜中ごろに女と男のいさかいが始まった。

（だましやがって……）

といったのは男の声だった。畳を踏み鳴らして部屋を出てゆくとき、力まかせにドアをしめたはずみに天井から埃が降って来た。

だます？　布団にくるまった男は考えた。初めて耳にする言葉ではなかった。せんだっても女が男をつれこんで酒を飲み、しばらく静寂がつづいたかと思うと、（つけないで）というかん高い女の声が聞えた。（だましたな）という男の声がした。そのあとはお定まりのどたばたで、しめくくりは女のすすり泣きだった。

（あいつは可哀相な女でしてな、よろしくおたのみしますよ）。廊下で飯を喰っていた男がいったせりふを彼は思い出した。よろしくといわれる筋合はない。

（あれで夫婦だから……）

アパートの住民は噂をした。別れた夫は年のころ五十ちかい貧相な小男である。女とは二十歳以上はなれているように見える。女が町を歩けば、だれでもふり返った。ほとんど化粧をしたことのない顔でも人目を惹いた。夫は女の肩のあたりまでしか背丈がなかった。つり合わないふたりのことを（あれで夫婦だからわからないもんだ）というふうに近所の連中はいいかわしていたのだった。

若い男は外套の裾を風にはためかせながら街を歩いた。

ほんの一週間、入院していただけなのに街のたたずまいが見知らぬ土地であるように新鮮に感じられた。日が暮れ、家々は明るい光を路上にまきちらした。風はいちだんと強まったようだ。男は初めて見る所のように薬屋を洋品店を一軒ずつのぞきこんで歩いた。色どりのとぼしい病院生活がつづいたあとだけに街のはなやかな色彩がいっそう目にしみた。店先に盛りあがり舗道にまで溢れている花は男を立ちどまらせた。

鮮やかな原色を目にして、退院したという実感が湧いた。

バケツにこぼれるほどいけられたカーネイションがあった。薔薇があった。

（いろんなことがあるものだわね）とたずさえて来た薔薇を床頭台の花瓶にさしながら女はいった。そのまえに、（生きていると）といった。いろんなこととは交通事故にあうことをさしているのだということはわかった。花を持って見舞いに訪れた女とベッドに横たわっている男がかつて出会ったこと、男が女を愛したことと、交通事故で足首をくじいたことが同列に語られているように男には聞えた。それが不満だった。女にはつきあっている男がたくさんいる。へいぜいの何気ない話しぶりでも察せられる。親しい異性の友人にはことかかないことを別に隠そうともしない。自分が大勢の友だちのひとりにすぎないと認めるのはいい気がしなかった。

女は薔薇を花瓶にさし、顎を引いて花の具合をしらべた。指で二、三枚の葉をむしった。枕に頭をのせている男の目に女の下顎が映った。下顎から咽喉にかけてのやわらかい線をまぢかに仰ぐのは初めてだった。薔薇の葉をすばやくちぎりとった細長い指も目に焼きついた。

（来てほしいの、いますぐ）

十一月の半ばだったと思う。アパートへ帰った直後に電話がかかって来た。ついきのうのことのように思われるのに三カ月まえのことになる。男は電話が切れるやいなやタクシーで女の住む町へ急いだ。いっしょに暮したいとかねてから男が提案していたことを受け入れるのか、それとも女がほのめかしていたように会社をやめて遠くの町へ移り住むからおまえとのつきあいはこれっきりだと申し渡したいのか、いずれにしても電話で聞いた女の切迫した声音はただごとではなかった。

けじめがつけばそれでいい、男は自分にいいきかせた。

女が遠くの町へ去って他人といっしょに暮すというのなら全部おしまいになる。ジタバタしても始まらない、かえってそれがいいのかもしれない。二六時ちゅう自分につきまとう女の顔を打ち消すことで苦しみからもまぬがれる、……男はタクシーの中で考えた。

しかし、いま、自分が向かいあっているどっちつかずの苦しみと女から去られたあとに訪れる苦しみをはかりにかけた場合、いまの苦しみの方が、まだしもがまんしがいがあるようにも思われた。

マンションに着き、エレベーターで女の部屋へあがっていってチャイムを鳴らすと、身支度をした女が出て来た。(早いのね)といって笑いかけた。街路には夜の光があった。早いのね、などという言葉に男はたじろがなかった。あるときは、電話で呼ばれてかけつけた男に、(何かご用?)といったこともあったのだ。(忙しいから今度にして下さらない?)といったこともあった。

(このごろは街が暗くなるのがずいぶん早くなったみたい)

スカーフに顎を埋めて女はいった。男は黙っていた。

(あたしはバスで通勤してるけれど、それと路面電車が並行して走ってるの、電車の明りが毎日このごろは

明るくなるの、もうすぐ冬なんだなって、電車を見ながら考えてるわ）

こうして一年一年と過ぎてゆくのだ、と女はつけ加えた。

（だから？）

男はきき返した。

（だからって何が？）

女はけげんそうに眉を上げて男を見た。彼が口をつぐんでいると、浮き浮きとした口調で、師走も近い夜の街はどことなくはなやかな雰囲気があって好きだ、といった。

（子供のときからあたしそうだったわ、秋の終りから冬にかけてがたまらなかった、夜に降る雪を見るのも楽しかったし、朝、起きぬけに積った雪を見るとわくわくしたの）

用事というのは、と男は切り出せない。肩を並べて歩くうちいつか女は肝腎なことをいうだろうと信じた。

（このごろ仕事以外で夜、街を歩く機会がすくなかったの、すくないというより全然なかったといってもいいくらい、通勤のゆき帰りに見る街ってかぎられてるわ、あちこちどんどん変ってて、ここが自分のうまれた街かしらってびっくりすることがあるの）

女は立ちどまった。建築ちゅうのビル工事現場である。風にはためいている足場おおいを見上げ、中世の帆船のようだとつぶやいた。男は辛抱づよく待った。次に女はとりこわしちゅうの倉庫まえにたたずんだ。

（この跡に何が建てられるのかしら、もしかしたら駐車場になるのかもしれないわね、それとも貸しビルかな、倉庫の持ち主をあたし知ってるの、貸しビルをあちこちに建ててる人で……）

駐車場だろうと貸しビルだろうと知ったことか、と男はいいたかった。

（八月から九月、いや九月から十月になるまでの遅さといったら。一日一日がとても長くて）

女は歩きながら話した。（それにくらべて一月から二月三月になる早さ、毎年びっくりするの。気がついたら猫柳の芽がふくらんでいて、まだお屠蘇の香りもぬけないのに、ねえ、あなたそう思わない）

男はあいまいな返事をした。

（おや、こんな所に道路が……）

女は三叉路でものめずらしそうに道路標識を眺めている。（せんだって通ったときはなかったみたい、まあ、K町で環状線につながるのか、するとS町へもぐんと短くなるわね、知らなかった）

都会へ出てゆくという話はどうなったのか、と男はきいた。女の腕をつかんでいた。都会のある会社から女に仕事の誘いが来ているということを彼は知っていた。

（ああ、あれ）

女は腕をつかまれたまま、新しい道路をゆっくり歩きだした。（出てゆくったって身のまわりの整理をしなくてはならないし、そうたやすくきめられるものではないわ、そうでしょう）

（身のまわりを整理する？）

（初めて歩く道っていいわね、それも夜だとなおさら）

男は女の腕から手をはなしていた。きょうも今までと同じことのくり返しか、と思った。電話を受けるときある種の期待を持つ。ふたりの関係において何かが変るにちがいないと信じて一時間ものあいだ胸苦しい思いを味わいつつ車にゆられて女の住む場所へ急ぐ。しかし、期待は裏切られ、会うまえと同じようにうつろな心で女と別れる。

新しい道路に街灯は設置されたばかりで光はなかった。女は活発な足どりで歩いた。暗い道はそのまま男の帰路の暗さにも通じていると思われた。気持をはっきりさせてもらいたい、と男はいった。再三、口の中でのみこんでいた言葉をたまりかねて吐き出した。歩道橋の下で立ちどまった女の肩に手をかけた。女は彼の目をのぞきこんだ。

(気持をはっきりさせるですって?)

(好きなのか、きらいなのか)

(それ、どういうこと)

自動車が走りすぎた。女の顔がつかのまライトで照らしだされ、目が光った。わかってるはずだ、と男はよわよわしくつぶやいた。

(あたしがもしきらいだといえば?)

別れるほかはない、と男はいって下を向いた。

(へえ、そうなの、見そこなったわ、あなたは相手の気持に応じて自分の気持を変えるひとなの)

女はくるりと向うをむいて靴音高く歩道橋をのぼり始めた。男はあとを追った。(あなたは何もわかっていないわ、ひとを愛するとはどういうことか、あなたは子供よ)。自分にはわからない、と男は大声でいった。歩道橋の上で女をとらえてゆさぶった。教えてくれ、ひとことでいい、本当のことを告げてくれ、と男はたのんだ。風が足もとから吹きつけ、声をさらった。橋は絶えずこまかな振動を体に伝えた。

(いったってあなたにわかりゃしないわ)

女はものうげにいいはなち、男の手からのがれようとした。じゃあ、わざわざ呼びつけたのは何のためだ、男は風にさからって声を高くした。あらあらしい衝動にかり立てられますます強く女を前後にゆさぶった。呼び寄せたのはただ街を散歩するのにつきあわせるためだったのか、と男はいった。

(そうよ、何のためだと思ってたの)

(…………)

男は手をはなし歩道橋の欄干につかまった。目の下を通りぬける自動車の列がそのとき、えたいの知れない爬虫類であるかのように見えた。男はふるえた。寒気が足の裏から、ついで背筋に這いあがった。あたたかいものが頬に触れた。

(――さん)

女は男の名前を口にした。男が自分の顔にそえられた手をつかもうとすると、女はすばやく手をひっこめた。

(――さん、終バスにのりおくれるわ、ここでお別れしましょう、あたしはタクシーをひろって帰るから)

女は歩道橋を降りた。男はタクシーが遠ざかるのを橋の上からふるえながら見送った。

…………

若い男は花屋の店先をはなれた。

しだいに足首のいたみがこたえ始めた。舗道のかたさが頭にまでひびいた。いたみを押しつぶし、麻痺させる勢いで男は歩いた。歩道橋の上で別れてからきょうまで、月に一回は女と会っている。再会したとき、女は先夜のことをおくびにも出さなかった。例によって酒場を数軒まわり、女のマンションまで送って別れた。

一月には夜、公園で待ちあわせた。女は約束の時刻より三十分おくれて来た。その男といっしょになるつもりなのか、と彼はきいた。女がときどき語る友人のことである。やがて移り住む予定の大きな都会に男は妻子と暮している。女が若い男と会って話すのは、その男のことばかりといってもよかった。彼が女を愛していながら妻子と別れられないのはなぜか、彼が一度は離婚を決意したものの余儀ない事情で手続きが延びて、うやむやになったこと、夜の街をぶらつきながら女はとめどなく彼の話をした。

彼のことなどもうたくさんだ、と若い男はいわなかった。おとなしく耳を傾けた。女の話をさえぎろうものなら、そのとたん自分と女とのつながりが断たれるように思われた。二時間もほっつき歩いたあげく、たっぷりと聞かされたのは女がどんなに彼のことを深く思っているかということだけであった。若い男はほとんど口をさしはさまずに女が語るのを聞き、疲れ果てて自分のアパートへもどった。

いずれそういうことにもけりをつけなければ、と男は思った。

だらだらと同じことをくり返すのはもうまっぴらだ、入院ちゅうに決心したことであった。酒場につとめている女と暮していた男もある日、何事かを心に決したのだ。生きるというのは断念のつみかさねではあるまいかと男は考える。車にはねられたことで不意に生じた一週間の空白が男の決意をつよめた。

午前六時、目がさめると同時に看護婦が検温に来る。消燈は午後九時である。外科病棟の患者たちはひるも夜も呻いた。男が横たわっているベッドのとなりには、車の衝突事故で脾臓をいためた患者がいた。苦痛がいちばん甚だしいのは彼のようであった。若い男が入院して四日めに別の個室へ移され、息を引きとった。

その日、消燈後に若い男は患者の死を知った。マットレスはたたまれ、枕がその上にのせられていた。患者は自分の傷が重症であるとは思っていなかった。苦痛の発作がおさまったとき、その男は退院してから自分がしたいと思っていることを話すのだった。

(体がこうなった以上、むりはきかないやね、さいわい親ゆずりの土地が町はずれに少しばかりあるんで、それが良い値で売れるんだよ、もとでさえあればこの世はなんとかなる、儲けるという字にはにんべんがつく、人を使って仕事をするつもりなんだ、小口の運送、あんた、おれんとこで働く気はないかね、銀行にもおれ、わりかし信用があるんだ、もっともおれより土地の方を信用してるといわなくちゃならんだろうがね、いてて……)

人生は四十からだというのが口癖であったその男はあっけなく死んだ。

むぞうさにたたまれたマットレスの下はスプリングがむきだしになっており、空虚そのものという印象を男に与えた。けりをつけるとはいうものの、女が男の提案に同意するとは思えなかった。女と別れたあとにくる生活、電話もかかって来ないだろう、会って話をすることもないだろう、まして夜の街をいっしょに歩くこともない、そういう生活に耐えられるかどうか。からっぽになったベッドのように空虚な生活、と男は思った。

明りを消した病室で患者たちは不規則な寝息をたてた。歯ぎしりをし、呻き、ねつかれずにスプリングをきしませて身じろぎした。女と別れたあとに訪れるやりきれなさを病室の気配がいまそれらおぞましい物音で男に告げているように思われた。

男は喫茶店でひと休みした。しびれて無感覚になった足首のいたみが、またぞろぶり返した。ながく腰をおろしていると、かえっていたみがますようだ。コーヒーをのみ終るのもそこそこに男は席をたった。いたみをねじ伏せ、いたみにうち克たねば生きてゆけない、今夜は精も根も尽きはてるまで歩くことにしよう、と考えた。

そこに新しい書店ができたのかと思った。よく見れば店がまえがいくらか変っただけのことだ。棚と台の配置に手が加えられている。毎日、この書店のまえを通るので、店のたたずまいは見なれている。それで改装されると別の店のように感じられる。からっぽな生活にがまんできるとすれば、と男は雑誌を立ち読みしながら考えた、こうしたささやかなおどろき、街のたたずまいの目新しさしかあるまい。なんというちっぽけなたのしみしか自分にはのこされていないことだろう。新しい生活とはその程度のものなのだろうか……。

雑誌に目をおとしていながら若い男の目には何も映っていなかった。彼が起居するアパートの日当りのわるい六畳間が映っている。ひっこしをする予定である新しい部屋も目にうかんだ。まだ、どこと決めていない。なるべくいまのアパートからはなれた所をと考えている。しかし目に見えるのは日当りのわるい六畳間とさほど変り映えのしない同じような六畳間である。

白雲荘、くるみガ丘アパート、清流荘など製品の運搬という仕事がら彼は自分の街の地理に通じているので、そこここにあるアパートも見知っている。間代もしらべている。病院で所在ないままにどのアパートへ越すかを思いめぐらしたものだ。払える間代に限度があるから、えらぶべきアパートはおのずからかぎられてくる。

どこへひっこしても似たりよったりの隣人がいることだろう、と男は考えた。

（お醤油をかして下さいな）

ノックもなしにドアがあいてパチンコ屋の女店員が顔を出したことがあった。酒場づとめの女の向う隣に住んでいる。お面をかぶったように厚い化粧をしていて、酒場の女のわるくちをいい触らすのがきまりだ。（近所の迷惑を少しは考えてもらいませんとねえ、あの人だけのアパートじゃあるまいし、健全な人間も住んでいるんですから）と大声で聞えよがしにいう。醤油をかりた翌日、パチンコ屋の女店員は煮しめを持参した。（どうですか、お口にあいますかしら）。彼は胸がむかつき、箸もつけずに捨てた。

女店員の向う隣には七十代の夫婦がはいっている。日がな一日、漢方薬を煎じていて、その匂いが廊下に漂いアパートの二階じゅうにこもる。湿った土と枯れた草木の匂いには、慣れそうでいていつまでも慣れることができなかった。廊下ですれちがう夫婦の体も煎じ薬の匂いを発散させた。生きるために漢方薬を飲むのか、漢方薬を飲むために生きているのかわからなかった。夫婦が住んでいる部屋の窓には、えたいの知れない木の実、草の葉がかげ干しにしてあった。七十をすぎて養生を心がけている夫婦の生活も、若い男の気を滅入らせた。ああまでして生きなければならないのだろうか、という思いが彼にはある。

老夫婦の部屋と向いあわせに大学生が住んでいる。喘息の持病があるとかで、ほとんど部屋にこもりきりだ。

（寒いと空気がかわくでしょう、これがいけませんでね）

あそびに来いと若い男をむりに部屋へ招き入れたことがあった。二十一歳といったとしよりうんと老けていて、三十ちかくに見える。袋入りの駄菓子をすすめながら、（酒もありますよ）といった。まめまめしく動きまわって洗ったグラスに酒をつぎ、自分も飲んだ。（このアパートにはロクなやつがいない、おたくだけは別と思ってますがね、あの）とドアをさし、漢方薬の臭気がたまらないとなげいた。（のどに良くないんです、どうかすると発作がとまらなくなる、やめてくれともいえないし、かといって部屋を移るといっても下はいっぱいだし、今のところ不動産屋をあたって適当なアパートをほかに物色してはいますがね）

大学生は伸びた頭髪の上からタオルで鉢巻をしていた。色が白いので、剃りあとの濃い髭が目立った。

（なんですか、管理人の話ではおたくも来月あたりひっこしをするとか、いいアパートが見つかったんでしょうな）

まだ探してはいない、と男はいった。

（自分の足で探さなければね、漢方薬の臭気だけならまだしもどぶ川の匂いがあるでしょう、ここへ来てから発作の回数がふえちゃって、不動産屋にまかせっぱなしではどうも心細い、かといって体がいうことをきかないもんだから）

大学生はよわよわしく咳をした。紅を塗ったような唇に唾液が光った。

（もう行くんですか、用事がおありなら引きとめはしませんが、そうそう何かおつまみが要りますね、待って下さい）

敷きはなしの寝床にあぐらをかいていた大学生は戸棚からするめを出した。（パチンコ屋の店員ね、せんだっておたくに醬油をかりに行った女……）

どうしてそんなことを知っているのか、と男はきいた。

（どうしてって筒ぬけですよ、ぼくは朝から部屋で寝てるし、このアパートの出来事ならなんでも耳に入ります、あの女、このあいだの晩ぼくの部屋にはいって来て、お塩をかして下さらない？　とこういうんですよ。で、塩をやったらついでに油もかせって、見えすいた魂胆ですよ、翌日、てんぷらを揚げたから食べに来いと誘いに来ました。ぼくが三十万円もするステレオを持ってるもんだから目をつけたんだ）

大学生の部屋には不似合なステレオ装置があった。食器戸棚の中身は皿小鉢もカップもナイフ類もよくみがかれてきちんと片づいている。ガラス戸ごしにそれらが見える。大学生は赤い唇をゆがめて笑った。

（おわかりでしょう、あの女、ぼくを誘ったんですよ、ひとり者だから不自由してると思ったんでしょう、その手にのるもんですか、おたくに醬油をかりに行ったのも口実ですぜ、ぼくはそうにらんでます、例の女が）といって大学生は酒場の女が住んでいる部屋の方をさした。

（例の女が夜な夜な男をくわえこむもんだから、自分もひとつと張りきったに決ってますよ、ちょいとしたアルバイト、ね、ぼくはあの酒場で飲んだことありますよ、ぼられたのなんのって、アパートじゃあお高くとまってる女がなれなれしく寄って来ましてね、あたしもいただくわとかなんとかいっちゃって、たいした鼻息でしたよ）

大学生は壁にたてかけていたギターをとって物がなしい歌謡曲を弾いた。

（ぼく、かねに困ってるわけじゃあないんですよ、あそぼうと思えばあそべるんですがね、でも病気がこわくってねえ、あの病気、ずいぶん拡がってるそうじゃありませんか、週刊誌で読みました、写真を見たけど、ぞっとするなあ）

大学生は書棚から分厚い医学書をとり出してページをめくった。欲望が起ったらこの写真をじっとみつめる。そうすれば気持がおちつく、といった。

（どうしてもおさえきれない場合は自分で始末します、いいものがあるんですよ）

外国の雑誌を枕の下から引きずり出した。女のヌード写真がのっている月刊誌である。(あそこん所が墨でぬりつぶしてあるでしょう、興ざめですな、友だちがいいこと教えてくれましてね、バターをシンナーでとかして墨の部分をこするととれます、かんたんですよ、で、写真を見ながら機械的に処理するわけ、かねも要らず病気の心配もする必要がありません)

若い男は大学生がさし出した雑誌を受けとった。女の裸体写真はその部分がかすれて白くけば立っている。

(あの女にだまされないことですよ、ぼくの知合いがかんかんに怒ってましてね、どうしたんだってきいたら、ほら、髪でかくしてるでしょう、あの顔)

知合いというのは大学生自身のことにちがいないと男は想像した。蒼白い顔がうっすらと上気し、目もあやしく光っている。

(知ってますか、あの女の顔、なぜ髪でかくしてるか)

知っている、と若い男はいった。

(だれだって、いざという段になってあの顔を見たらぎょっとするからなあ、いまさらかねを返せとはいえないし)

ちょうど今夜のように風のつよい晩だった。残業を終えてアパートへ帰る途中、あの酒場のまえを通った。女はドアのきわに立っていて、彼の前方を歩いている二人づれの男に声をかけ、腕をつかもうとした。男は何かいってうるさそうに女の手を払った。女はうしろによろけ、酒場のドアで体を支えた。風が女の髪を煽ったのはそのときだ。髪が乱れるまえ、それと知って女は手でおさえようとしたらしかったが間に合わなかった。かくされていたもう半分の顔が男に見えた。頬いちめん火傷で皮膚が赤黒くただれている。

男に見られたことを女はさとったらしい、体ごとドアに倒れかかるようにして酒場の中へ姿を消した。乱れた髪、その髪を、のけぞって手でおさえた女のうろたえぶり、あらわになった白いうなじ、女の顔にうかんだはじらいのようなもの、男はすべてを一瞬のうちに見てとった。廊下にあぐらをかいて飯を食べていた男がいった（可哀相な女）という言葉も思い出した。（よかったら貸してあげますよ、ただし写真は切りとらないで下さい）と大学生はいった。若い男は雑誌をかりて部屋にもどった。

……………

明りを消す店がふえた。

けたたましくシャッターをおろすひびきが彼の耳を打った。街はだんだん暗くなる。若い男は立ちどまった。

ずいぶん遠くまで来たようだ。

あたりを見まわした。住宅地の一角である。足首は何も感じなくなっている。にぶい疲労がたまり全身はものういけだるさにひたっている。帰らなければ、と思った。いま来た道をひき返すのは億劫だ。もう少し先まで行けばバス通りに出る。川沿いの道につながっている。やや遠まわりになるけれども同じ道をたどってアパートへ帰るよりましだ。川沿いに下ってゆけば街を半周するかたちでアパートへもどることになる。

若い男は耳をすました。

前方からこきざみな音が近づいてくる。かたい物を規則的に叩く音である。音は光をともなっている。聞き慣れた物音だ。彼は足音をしのばせてその男とすれちがった。中世の武者のように小さな旗差し物をその男は背中にくくりつけている。白い布地に墨で「一心軒」と書かれてある。アパートの階下に住んでいるひとりもののあんまである。

「いまお帰りですか、ひえますね」

すれちがいざま一心軒はほがらかに呼びかけた。おつかれさん、と若い男も挨拶を返した。あんまは杖で舗道を叩きながら遠ざかってゆく。足音の癖で、だれと即座にいいあてることができる。それが一心軒の日ごろ自慢することだ。夜、外へ出るとき懐中電燈をたずさえるのは通行人に自分の存在を知らせるためだと語った。いつだったか深夜、女と別れてアパートへ帰ったとき、自分の部屋の入り口でまごついている一心軒を見出した。住人のだれかが大型のモーターバイクをドアの前に置いている。移動させるには重すぎて手にあまるらしい。

若い男はモーターバイクをドアからはなしてやった。一心軒は礼をいった。それだけなら別にどうということもなかった。階段をあがりかけたとき、まばゆい光が若い男の足もとに流れた。ふりむくと一心軒が懐中電燈で照らしている。小首をかしげて、男の足音を耳で追い、階段をあがりきるまで光を送った。(余計なことをする……)なんとなく肚が立った。その晩から一心軒は若い男に挨拶をするようになった。

一心軒の靴音はやがて聞えなくなった。

住宅地をぬけてバス通りへ出た。人影はなくて自動車がたまにわきを通るだけである。道幅が大きくなると寒さが、まえよりもこたえた。川沿いの道は水をわたる風で耳もしびれるほどに凍えた。若い男はもはや新しい生活のことも隣人たちのことも考えなかった。早く帰って電気毛布にくるまってねむることしか考えなかった。女の顔さえ念頭にうかばない。

身をかがめ、ポケットにふかく手をつっこんで歩いた。

橋が見えた。橋のきわにどぶ川がそそいでいる。アパートはもうすぐだ。ガソリンスタンドの照明に腕時計をすかして時刻をしらべた。目を上げたとき、前方から近づいてくる乗用車を認めた。ガソリンスタンドの向う側には、道路からややひっこんだ位置にモーテルがある。橋をわたって来た乗用車はモーテルへ通じるせまい道路へ折れるとき、スピードをおとした。ガソリンスタンドの照明はそこまでとどいている。運転しているのは中年の男で、わきに女がいる。

向きを変えた車はモーテルへすべりこんで行った。若い男は立ちすくんだ。運転席に見かけた女はさっき電話をした女と同一人であるように思われた。藤色のコートに葡萄酒色のスカーフという身なりも女のものであった。車がスピードを落として向きを変える短い時間、女の目が男をとらえた。ガソリンスタンドの明るい光に全身をさらされて男はたたずんでいた。車とまともに向かいあう位置である。女はすばやく身をよじり、片手で顔をおおった。男をそこに認めて顔をそむけたのか、ただスタンドの照明がまぶしかったにすぎないのか、彼にはわからなかった。車の女がまさしくあの女であったかどうかも心もとなかった。

しかし、男の正面でのけぞるようにして顔をしかめ、手で光をさけた女を見たことはたしかだった。男はこれからも生きられる、と思った。車にのっていた女、自分の知らない男とモーテルへすべりこんだ女が、（来て、いますぐ）という女であってもいい、と思った。初めの疑いは数分後に確信に変っていた。（人と会う約束がある）と女はいっていた。会ってモーテルへ行くとはいわなかったが。

はっとして身をよじった恰好は頰の火傷を見られた酒場の女のそれと似ていた。髪の長い女に対して抱いた刺すようなあわれみを、いままた車の女に感じた。あのとき自分は、病院の玄関でまじまじと自分をみつめていた少女のような目をしていたろうか、と男は考えた。

縛られた男

男はベッドの上で目をさます。

室内は暗い。

左手首を顔に近づけて、時刻を知ろうとする。腕時計は手首にない。男は右わきを下にして、エビのように体を折り曲げて横たわっている。まだ、眠りからすっかりさめきっていない。

男はゆるゆると体をのばす。寝がえりをうつ。五体の関節がこわばっているように感じられる。手をサイドテーブルの上にやって、腕時計をさぐる。それをつかんだ手が、だらりとベッドの下に垂れる。

男は顔をしかめる。

金属の鉢を叩くような音が遠くから一定の間隔をおいて聞えてくる。

聞きとれるか聞きとれないかの、かすかな音である。

男はうつ伏せになる。

腕時計をつかんだ手を持ちあげて、顔の前に置く。せわしない秒針の音が耳をうつ。昆虫のすだく音に似ている。だんだん意識がはっきりしてくる。金属の鉢を叩くような音はドアの向う、廊下のはずれあたりから伝わってくる。男が目ざめたのはその音のせいである。

男は眉間にしわを寄せて時計の針が指す数字を読みとろうとする。にぶい蛍光を放つ文字盤が闇のなかに浮んで見える。男はみぞおちをもう一方の手で押える。腕時計が床にすべり落ちる。

男はベッドに両肘をついて腰を持ちあげる。そのまま四つん這いになった姿勢でじっとしている。ドア越しに聞えるのがエレベーターの停止する音であることを今、男は知っている。同時にここがホテルの一室であることを思い出した。

男はベッドに両手をつき、うなだれた頭を左右にゆする。いらだたしげに舌打ちする。頭痛が男の顔を歪ませる。ホテルでは目ざめるときいつもこうなのだ。十数分後にはおさまる。きょうの痛みは、ふだんよりやや強いようだ。嘔き気も加わっている。

男はベッドの縁に腰かけ、両足を動かしてスリッパをさがす。つま先に触れたそれを履いてから、体を二つに折って痛みがうすれるのを待つ。

舌に苦い味が残っている。

ベッドの下にともっている黄色いランプが室内では唯一の光だ。

男は床から腕時計をひろいあげ、手首に巻きつける。自宅では、はめたまま眠るのがきまりである。旅先では、はずして枕もとかサイドテーブルに置く。なんとなくそういう習慣になっている。鞄を置く木の台と椅子の黒っぽい輪郭が男の目に映る。

男は足を引きずるようにして窓ぎわへ歩き、カーテンをあける。厚での布地でこしらえたカーテンの向うに、もう一枚、白いレース地のカーテンがある。光が室内に流れこむ。男の顔が赤く染まる。夕日が沈みかけている。ホテルの真下は空地になっていて、乗用車の車体が山積みになっている。その向うにトタン屋根の工場が見える。倉庫も並んでいる。工場と倉庫の間には灰色の箱に似た家がぎっしりと詰まっている。

建物の密集した土地はすぐに尽きて、海になる。

夕日は水平線の上にかたまった雲に半ば没している。空のところどころに浮ぶ雲は、下辺が赤い。男は無意識のうちに肘の内がわをさする。注射針で刺した痕が点々とうかがわれる。少し痛みますからといって看護婦は注射をうった。男は自分の皮膚に銀色の細長い物がさしこまれるのを見ていた。針を抜きとると、肌に赤いものが滲んだ。看護婦は脱脂綿でその上を押えた。

(しばらく休暇をとるのが一番なんですがね。会社の方は今も忙しいんですか)

カルテをのぞきこみながら医師はいった。男はあいまいにうなずいた。看護婦は血を吸った脱脂綿を屑籠に捨て、バンソウコウを貼った。会社では、部署が変ったばかりなので、自分が休みをとると同僚に仕事のしわ寄せがくると、男が説明した。

(事情はお察ししますけれどね、無理がたたって寝こむことにでもなればどうします。わたしとしては休養をおすすめしたいな)

初老の医師は目が充血していて、顎にかたそうな無精ひげがまばらに生えていた。彼は指でひげの伸び具合を調べるかのように顔を撫で続けた。

(まだお若いのだし、安静を心がければ回復も早いはずです)

医師は前日にいったことと同じ意味のことばをくりかえした。診療の終りにいうせりふは決っていた。看護婦が次の患者を呼んだ。

男は自分がいつのまにか指で医師がしたように顎を撫でているのに気づく。顔は昨夜おそく、ホテルを出たときに剃ったきりである。

男は夕日から目をそらす。

赤く輝くものを眺めていたので、建物の形がしばらくの間はっきりと見えない。茶褐色のもやのようなものに包まれた町が、しだいにくっきりと見えてくる。工場と倉庫にはさまれた狭い通りを男はつぶさに点検する。視界の端から端まで、順に視線を移す。

鋸状の屋根が空地のはずれにそびえている。

その工場と隣りあわせの位置に、まわりの家より大きい長方形の建物がある。昨夜、歩いた道筋を記憶のなかでたどって男はその建物にゆきついた。

男は腕時計に目をやって、あと何時間が自分の思いのままに使えるかを計算する。海辺のホテルから会社まで列車で三時間の距離である。明日の朝、早くホテルを出て、駅から出勤すれば間に合う。今朝、ベッドにもぐりこむときにした計算を今あらためてくりかえし、快い解放感を味わう。今夜もまたホテルに泊ることができる。

男は窓を背にして浴室の方へ歩く。室内には赤い光がみなぎっている。空間に浮んでいる細かな塵が微細な点となって光を反射する。浴槽に湯を満たす。コックを調節してぬるま湯にする。下着を脱いで浴槽に浸る。後頭部を縁にもたせかけて男は目をつぶる。低い口笛の音が、湯気のたちこめた浴室に反響する。

出張からいつ帰るのかと妻がきいた。わからないと男は答えた。

(明日になるかもしかしたら明後日になるか。行ってみなければわからない)

土曜日に出張する理由を妻は知りたがった。取引き先の都合でこうなったのだと男は説明した。妻は何かいいたげに口を動かしかけたが、黙って目を伏せた。たずねたところで男が本当のことを告げないと、妻は思いこんでいる。そのように見える。男はわずかな身のまわりの品をつめた鞄を下げてこの町へ来た。ホテルへ着くなり、睡眠薬をのんでベッドに横たわった。きのうのことだ。月に少くとも一度はこうしてすごす。誰にも会わない。旅行をする土地はそのつど変えている。一度、泊ったホテルはもう使わない。旅行をするのはそれまで行ったことのない地方の都市を選んでいる。

ホテルから出て、町のあちこちを気ままにぶらつくこともある。知人と出くわすのは厭なので、自分の土地に近い町は避けている。あまりに遠すぎるのも往復に時間がかかりすぎるから好ましくない。ホテルにこもって一歩も外へ出ないこともある。ただぼんやりと時をすごす。会社の同僚も男の習慣を知らない。

男は浴槽に体を浸したまま手さぐりでひげを剃る。湯気で柔らかくなったひげに石鹸は要らない。ながい時間をかけて入念に顔をあたる。昨夜からけさにかけての出来ごとが、きれぎれに甦える。男はふっと思い出し笑いをしたり、にわかに剃刀を動かす手を止めて考えこんだりする。手首に赤い輪がある。皮膚がすりむけて、うっすらと血の滲んだ痕である。

男は上膊部を手で揉む。喰いこんだ縄の痕が認められる。もう口笛を吹いてはいない。男は浴槽の縁に手をかけて身を起す。立ちあがった男の体から、湯が音をたてて流れおちる。蜂蜜色のバスタオルで、ざっと肌をぬぐい浴室を出る。

夕日は沈んでしまった。

廃油の色を帯びた海が、まだ淡い光の残っている空の下に拡がっている。男は窓ごしに外を見ながらゆっくりとシャツに腕を通し、ズボンをはく。ネクタイを結び、上衣を着こむ。目は鋸形の屋根に接した長方形の建物に向けられている。男が昨夜、訪れた場所である。

身支度が終る。

男は部屋を出てエレベーターで一階へ降りる。食堂はロビーの奥にあって海に面している。ガラス壁ごしに見える外の景色は、ほとんどピラミッド状に積まれた屑鉄で占められる。わずかに鋸形をした工場の屋根だけが、くろぐろと空にのぞいているだけだ。

　ボーイが注文をとりに来る。

　男はまじまじとボーイの顔を見つめる。昨夜の男にそっくりだ。鼻のわきにある黒いいぼ、ふくらんだ目蓋、異様に赤い唇に見覚えがある。町で会った男によく似ている。ボーイはけげんそうに男を見かえす。男はメニュに視線を移し、料理の名前を指でさす。ボーイは身をかがめてメニュをのぞきこむ。かすかにニンニクの臭気が男の鼻をつく。

　昨夜の男にもこの臭気があったかどうか、男は思い出そうとする。

　薬草の匂いを漂わせていた男はいた。しかし、その男はボーイとは別の人物であったような気がする。正確に思い出せない。機械油の匂いを発散させる男もいた。記憶は断片的で、うまくつながらない。暗い部屋だった。女だけが白っぽい強烈な光に照らしだされ、女をとり囲んでいる男たちは闇に沈んでいた。

「かしこまりました。で、何かお飲みものは……」

「要らない」

　ボーイはいんぎんに頭を下げてテーブルから去る。他人の空似ということばを男は思い出す。やがて運ばれて来た料理にナイフを入れながら、ちらちらと壁の方に目をやってボーイを見る。ボーイは無表情に突っ立っている。男に見られていることを意識しているのかどうかもわからない。

（何かお飲みものは）ときいたボーイの声も初めて耳にするものではないような気がする。（何か固定するものは）といった昨晩の男の声を連想させる。セーターの上に着ていた革ジャンパーをその男は脱いだ。茶色の作業ズボンをはいていた。コンクリートの壁ぎわにある放熱器のパイプに、その男は縄をからみつけた。金属のこすれる音がした。

(今のはだれ)

セーターの男は鋭い口調で詰問して音のした方を注視した。和服姿の老人が押しだされた。

(カメラはいけないと前もっていっといたはずじゃありませんか)

セーターの男は老人がつかんでいた小型カメラを取りあげると、慣れた手つきで蓋をあけてフィルムを抜きとった。

(ほかに、もうほかにどなたもカメラをお持ちの方はいらっしゃいませんね。こんなことは困ります。規則ですから)

光をあてられているのは二十代の女である。化粧はしていない。ごくありふれた赤い花柄のワンピースを身につけ、膝をくずしてコンクリートの床にすわっている。セーターの男がカメラからフィルムを抜きだすとき、女も顔をあげて男の手もとを見ていた。

あの女の顔、顔が思い出せない。

男は空になった皿がすいとテーブルの上で動いて視野から消えるのを意識していない。ボーイは足音をたてずに歩く。調理場から引きかえして来て、コーヒーカップをテーブルに置き、褐色の液体をついでいるときも、男はうなだれている。

女は丸顔でやや肉づきが良かった。覚えているのはそのくらいだ。強い照明をあびて、まぶしそうに目を細めた。眉を寄せたその表情が男を刺戟した。

男はカップにそそがれたコーヒーに気づいて顔をあげる。ボーイの視線がカップから男の顔に移る。男はためらいがちにいう。

「きみ……」

「はい」

「昨晩のことだが」

「はい」

ボーイはポットを片手で支えたまま男の顔を正面から見つめる。男は舌を出して乾いた唇をなめる。

「昨晩きみは、そのう、ぼくはここで食事したんだが、きみを見かけなかったようだがね」

「わたくし、昨日は泊りあけでした。はい、それが何か」

「いや、いいんだ」

ボーイはくるりと背中を向けて立ち去る。

男はハンカチで額の汗を拭う。かりにあのボーイが、地下室で女を縛りあげた当人だとしても、自分がそうだというはずはない。男はコーヒーをひとくちすすっただけで食堂を出る。男の後ろ姿をボーイは見送る。男がエレベーターに姿を消すまで追い続ける。

男は部屋に戻る。

着ているものをパジャマに換えてベッドに横たわる。とうとつに少年時代の記憶がかえってくる。同級生であった女の子の顔である。地下室で男たちに囲まれた丸顔の女に、幼いA子の顔が重なる。男はすぐにうち消す。年齢が合わない。室内燈は消えていて、枕もとの電気スタンドだけが男の顔に光を投げている。男は天井にまるい輪を認める。それがスタンドの覆いが映している影であることに気づくまで間がある。男はとりとめもなく少年時代の思い出にふける。裸の女を見たのはA子が初めてだ。

学校帰りに家へ寄っていかないかとA子が誘った。家にはだれもいないという。

次の記憶は白いものが横たわっている裁縫台になる。いつA子が衣服を脱いだのか。家に戻るとA子は別室に入ってしばらく出て来なかった。男はランドセルを背負ったまま畳にすわっていた。青い畳、強いイグサの匂いのする……襖の向うから声がした。そして裁縫台の上にうつ伏せになったA子の裸身の記憶に続く。

あれから何をしたのか。男の記憶はA子を見出した瞬間に断ちきられる。むせかえるようなイグサの匂香。これはたった今、思い出したもののようだ。Gという同級生の男の子がいた。学校のゆき帰りはGと一緒になることが多かった。A子を脱がせようといい出したのはGだ。学校へ行く途中A子が神社の境内を通り抜けるのを二人は知っていた。そこで待ち伏せてA子を裸にするつもりだとGはいった。男はGのいうことに反対したのか賛成したのか覚えていない。

はっきりと目にやきついているのは、A子の背中と尻のふくらみだ。あのとき自分は一人だったのだろうか。もう一人いたような気もする。とすればもう一人はGにちがいないが、A子はGを嫌っていたのではなかったか。

男は焦点の定まらない目で天井を眺めている。

のろのろと身を起してサイドテーブルの灰皿を引きよせる。腕時計に目をやって残り時間を数える。

ホテルを出るまで、まだ十数時間が残っている。明日になれば男はいつもの仕事に戻らなければならない。いつもの机、見慣れた同僚の顔。男は急いで会社のことを忘れようとする。煙草に火をつけて深く吸いこむ。あおむけになり、天井に煙を吹きつける。エレベーターの止まる音がして、廊下に人声がする。その声はだんだん遠ざかってゆく。きのうの今ごろ、男は町を歩いていた。

ホテルへ着いて部屋に通されると、男は鞄から白い錠剤のつまった罎をとり出して中身を二粒のみこんだ。浴槽にぬるま湯を張って体を沈め、うっとりと目を閉じた。

薬がきくまで、半時間から一時間かかる。

体にたまった疲労が皮膚の毛孔から湯のなかへ解けて出るように感じられた。夕方まで、男はベッドで熟睡した。たっぷり三時間は眠ったと思う。ホテルを後にしてまだ、たそがれの微光が漂っている町をぶらついた。食事は海岸通りのレストランで、かんたんにすませた。

レストランから港の岸壁が見えた。人影の絶えた埠頭には小型の貨物船が一隻だけ錆びた船腹を横づけしていた。食後、男は週刊誌を一冊買ってホテルへの道をたどった。まぢかにそれはあった。初めての土地ではあったが、目の前にそびえる十数階建てのホテルを見失うことはなかった。

町を歩きまわった疲れが来た。ホテルを出て、パチンコをしたり文房具店をのぞいたりして二時間はたっていた。来た道を後戻りするのが何となく億劫だった。ホテルの裏手は広い空地になっている。その空地を斜めに突ききれば遠まわりするに及ばない。男はそう考えて工場と工場の間に這入った。空地の周辺に張りめぐらされた有刺鉄線は、たやすくくぐり抜けることができた。

しかし、ホテルの九階にある窓から見下した空地は、とりたてて何の障害物もないように見えたが、そこに足を踏みいれてみると、おびただしいドラム罐の山や乗用車のこわれた車体が積まれていて、目ざす方向へはいっこうにすすめない。壜のようなもの、木箱、木材、輪にした針金が無秩序に置かれている。男は空地を横切ってホテルへ帰ることを諦めた。うす暗がりでは足もとも見定められないのだ。何度も男は地面にころがっている鉄材につまずきそうになった。

男は逆戻りした。

とある木材の山を迂回して柵のきわへたどりついたとき、黒いセーターを着た男が目に入った。

(おそかったじゃあないですか。みなさんお待ちかねですよ)

というなり、その男はふり向いて歩きだした。男は有刺鉄線をくぐり抜けて後を追った。何かのまちがいではないかというつもりだった。膝までのびている草をかきわけて急ぐと、ふいに先に立っていた相手の姿が消えた。灰色のコンクリートが目の前に立はだかっている。あたりは森閑として物音は聞えない。男はうろうろと周囲を見まわした。

(お客さん、何をしているんです。早く)

男は声の方をうかがった。

コンクリートの壁の一角にドアがあり、さっきの男が上半身をのり出して手招きした。

(ああ、きみ、ぼくはだね)

(わかってます、説明はあとで、とにかく時間なんですから)

男は吸いよせられるようにドアの内側へ体を入れた。こういうことは時間が大事なのだから、守ってもらわなければ困ると黒いセーターの男はいって、懐中電燈で足もとを照らした。コンクリートの床は埃っぽくて、その埃の上に無数の靴痕が入り乱れていた。ここはどこだと、男はたずねた。床はゆるい傾斜を帯びていて、闇に目が慣れてくると並べられた数列の椅子に気づいた。劇場に似ていた。

先を歩いている男は答えなかった。

男の質問が聞えなかったらしい。もう一つドアをあけて、男を狭い通路に導いた。湿った空気が肌に感じられた。通路を直角に折れると、突きあたりに小部屋があり、その小部屋にはローソクがともっていた。

（足もとに用心して下さいよ）

黒いセーターの男は懐中電燈で床に開いた穴を指した。急角度の階段が地下へ降りている。男は一段ずつ用心して下った。後ろからニンニクの臭気が漂って来た。階段が終った所にドアがあり、ドアの内側には人の気配があった。後ろから来た男がいった。

（これで全部そろいました。みなさん、お待たせしました。さあ、おたくはあちら）

部屋は六畳ほどの広さである。

壁ぎわに放熱器がある。一ダースあまりの男が立ったりしゃがんだりしている。天井には投光器があって強い光を床にあびせていた。光をまともに受けているのは若い女である。男たちの顔は闇に隠れてよく見えない。

（あらかじめ申しあげておきますがみなさん、お帰りになる場合は一人ずつ、ようござんすか、ここに見えたときのように一人ずつ帰って下さい。いいですね、みなさんのためを思って申しあげているんですから）

男たちは黙っていたが、承諾のしるしに空咳をした。黒いセーターの男はいった。

（では始めますか。——さん）

名前を呼ばれた男は無言で輪のなかから進み出た。身ごなしはすばやい。しかし、ときどき光をあびる顔は動作の敏捷さに似合わず老人めいている。桃色のTシャツを着こんだ上半身を女の方にかがめ、ワンピースを脱がせた。男は口をあけて見ていた。Tシャツの男の手が女の肩に触れたか触れないかのうちにもう女は下着だけになっていた。

Tシャツの男はワンピースを男たちの方へ投げた。誰かがそれをつかんで抱きしめた。女はさからわなかった。

(——さん、きょうは調子いい)

地下室は暖房と人いきれで汗ばむほどだ。さまざまな体臭の入りまじった臭いが、男の鼻をついた。どこから取り出したのか、Tシャツの男はたばねたロープを手にしてめまぐるしく動かし始めた。女は上体をぐらぐら動かした。Tシャツの男が腕を左右に交叉させたり、身をひねったりするつど、体をのけぞらせ、短い呻き声を発した。

女は体につけている布きれを剝ぎとられていた。桃色のTシャツに汗が滲み、黒っぽくぬれているのがなまなましく男の目を射た。女は肩で喘いだ。女を縛りあげた男も喘いでいた。黒いセーターの男が叫んだ。

(みなさん、拍手を)

男たちはぎごちなく手を叩いた。Tシャツの男は縄を解いた。縛るのも早かったが、解くのも早かった。女はタオルで体の汗を拭いた。乳房に喰いこんだ縄の痕がうす赤い条になって残った。見物人の誰かが、しわがれた声で何かいった。男にことばの意味はわからなかったが、ある種の縛り方であることは察しがついた。

（それはまだ、あとのお楽しみですよお客さん）

と黒いセーターの男はいった。女が体を拭き終ると、Tシャツの男は再び縄をかけた。慣れきった手つきである。乱暴に女を扱うように見えて実はそうでなかった。女が上体を泳がせて床に横たわったとき、男は縄に力をこめて女の体を支えた。細かい注意を払っているのがわかった。縛られはしても、傷つきはしないと女は知っているらしかった。

二回めの縛り方は、最初よりもっと念が入っていた。両手首を背中で縛った縄は、女の足首にもかけられた。男はかるがると女の体を持ちあげ、縄をさばいて二重三重にからみつけた。汗にまみれた女の皮膚に、灰色の埃がこびりついた。

セーターの男にうながされて、見物人はまた手を叩いた。

三回めは見物人のなかの一人が進み出て、Tシャツの男が縛るのを手伝った。レインコートを着こんだ中年のふとった男である。彼は縛り方を覚えたがってみずから助手役をつとめた。Tシャツの男は口をきかずに、手で縄の扱いを示した。ふとった男は息をはずませてTシャツの男がするように手を動かそうとしたが、縄はだらしなく女の体からはずれて落ちた。

女は見物人にさわられるのを拒みはしなかったが、縄に不慣れな男が腕を動かすと、不安そうに体をこわばらせ、Tシャツの男をうかがった。初心者がかけた手首の縄はすぐに解けた。ふとった男は額に汗の粒を浮べ、がんじがらめに縄をかけようとした。女は身をよじった。笑い声さえあげて、くすぐったいといった。

ふとった男は縄をTシャツの男に手渡してすごすごと引っこんだ。

（ただいまみなさん御覧になりましたように、見た目はやさしいようでも、やってみれば旨くゆかぬものです。これがつまり一筋縄ではゆかないということ）

見物人たちは低く笑った。

男は指の間にはさんだ煙草が燃えつきそうになっているのに気づく。

女の顔は依然として鮮明にならない。

四回めに入る前、休憩時間があった。女は体を拭き、ワンピースをつけて光のあたらない片すみにうずくまった。セーターの男が渡した革ジャンパーを羽織った。今になって男は思い出す。女の顔にはいつも髪がかぶさっていた。Ｔシャツの男に体をつき動かされるはずみに乱れた髪が、投光器の白い光の下できらきらと輝くときがあった。

女がうずくまっている壁ぎわには、一足の靴がそろえられていた。ハンドバッグも見えた。黒いセーターの男は、煙草に火をつけて女にくわえさせた。休憩時間は十分間ばかりだったと思う。

男は壁に背中でもたれて立っていた。わき腹を肘で小づかれて気づいた。紙コップを横の男が渡した。鼻に近づけて嗅いだ。

（やんなさい、――さんのおごりです）

Ｔシャツの男の名前も聞いてはいるが覚えていない。どうせ本名ではないとわかっている。ウイスキーをまわしてくれた男の名前も記憶にはとどまっていない。見物人の間にあった初めの息づまるような雰囲気は、休憩時間が終ったときにはくつろいだものに変っていた。ひそひそと囁く声が起った。女は再び光のなかに現われた。だれからともなく拍手がわいた。Tシャツの男は誇らしげに縄の一端を高くかざして見せた。

縄のあやつり方にはリズムがあった。

Tシャツの男は一回終るごとに使った縄をまるい輪にした。男の手が動くと、縄はうねりながら輪から立ちあがり、女の肉体にからみついた。女のまわりを無駄のない動作で男はまわった。桃色のTシャツは汗を吸ってぴたりと男の肌に貼りついていた。布地の下に盛りあがる筋肉の動きがわかった。年齢の見当はとうとうつかなかった。彫りの深い顔からは艶が失われ、目の下にはたるみがある。首筋に寄ったしわは青年のものではない。縄は女の太腿に喰いこみ、足首をからめとり、首に巻きつき、体を弓なりにそらせた。

見物人の一人が黒いセーターの男に近づいて何かいった。Tシャツの男がふりかえった。女は体に縄を巻きつけられてコンクリートの床に横たわっている。三人の話しあいがついたと見え、見物人が光の下に出て来た。白髪の老人である。その男は女の体を縛っている縄の端を手にしていきなり引っ張った。

女は呻いた。

老人はまた手に力をこめた。前よりも高い声が女の口からもれた。Tシャツの男は壁ぎわでタオルを使っている。セーターの男は煙草をくわえて老人のすることを見ている。

見物人がざわついた。老人のすることを自分もしたいといい出す声が、あちこちからあがった。縛られたいという声もあった。セーターの男は（それまで）と鋭い口調でいって老人を制した。

（いま、縛られたいといった方がありましたね。どなた）

セーターの男はつかつかと見物人のなかに這入って来た。男はいきなり手首をつかまれてうろたえた。自分ではないといった。

（わかってます。さあ急いで、時間は限られているんです）

さからうひまもなく男は上衣を剝ぎとられた。Tシャツの男の手にかかると、身をもがいてものがれることができなかった。男に縄をかけたのはTシャツの男だけではなかった。見物人のなかから四、五人が現われて、男の手足を押え自由を奪った。男は助けてくれと叫んだ。

（しいっ……）

セーターの男が自分の唇に指をあてがって見せ、声をあげるのはいいが外へもれない程度にと注意した。待ってくれとか、何かのまちがいだとか、自分は縛られたいといわなかったとか、男は叫んだ。あおむけにされたり、うつ伏せにされたりする合間にそういった。だれも男のことばに耳を傾けはしなかった。縄が首にからまった。男は息をつくのが苦しくなった。咽喉の奥から笛を吹くような音をたてて、やっとのことで呼吸することができた。

だれかが男の腰を蹴った。

痛みよりも胸苦しさが先に立った。こめかみが疼いた。

男はベッドの上から手をのばして鞄の蓋をあける。小型の時刻表をとり出す。枕もとの電気スタンドにそれを近づけて明日の便を確かめる。パジャマの袖がずり落ちて、腕が現われる。皮膚に喰いこんだ縄目の痕は消えかけている。

時刻表を鞄にしまうと、コップに水をつぐ。茶色の小壜から白い錠剤を手のひらにあけて口に入れる。水を含む。苦い味が舌を刺す。（これだから素人にやらせるとまずい。けれどね、素人の方がいいというお客さんもいらっしゃるんでね）と黒いセーターの男はいった。男は縄が解かれると、もう少しで気を失うところだったと弱々しく抗議した。セーターの男は短くなった煙草を指ではじいて部屋の隅へ飛ばした。男の抗議を無視した。

男は埃にまみれた自分の衣服をつけた。体の節々が痛んだ。光の下にはまた女が横たわって縄をかけられた。男はもうその方に目をやらなかった。部屋から出たいと申し出たのだがセーターの男からにべもなく断わられた。（そういうことはできないきまりだと知らなかったんですか）

男は膝をかかえて目を閉じ、壁ぎわにうずくまった。手足を動かすと痛みが走った。

催しが終ったのは一時間あまり経ってからだ。男はまっさきに地下室を出た。

あのとき、だれかが縄をもう一重、首に巻きつけて締めていたらすべてが闇になるところだった。

男はベッドの上で体をのばす。ねむけがじわじわと拡がってくるのがわかる。まもなく本物の眠りが来る。この町を訪れることは二度とない。かりに訪れたところで、昨夜のような出来事は起らないだろう。終りに黒いセーターの男はいったのだ。ここでする催しはきょうで最後だと。

男は眠りこむ。手の指が何かをつかむかのようにひくひくと動く。

寝顔は安らかだ。

部屋

夕食後、二人はテレビを見ていた。

きのうかかったから今夜は大丈夫だろう、と男は考えている。テレビの近くにある黒く塗られた電話器と柱時計をときどき見くらべている。

ブラウン管に映ってちらちらと動いているものに目を向けてはいても、視野の一隅には電話器があって、ドラマ（らしい）の進行などわからなくなっている。男はいった。

「今夜は冷えこみそうだ」

妻はぼんやりとテレビの方へ目をやっている。ドラマを見ているのではなくて、受像機の上に飾った花瓶のスイセンを眺めているらしい。男がきょうの午後、買って帰ったものだ。「ひるすぎ、霰が降ったのを知ってるかい」と男はかさねていった。

「え、いま何かいった？」

「今夜は冷えこみそうだといった。ひるすぎ霰が降ったともいったさ」

「そうなの」

「テレビ見てるんじゃなかったら消そうか。レコードでも聴こう」

「あなたが花屋さんへ出かけたとき、電話があったわ」

「だれから」

「もしもしといっても向うは何もいわないの。だまって切った。失礼ね」

「まちがい電話だろう。よくあることだ」

「そうかしら」

「まちがい電話じゃないというのかい」

男は立ちあがってテレビのスイッチをひねった。

「あの人がかけて来たような気がするの。あたしが出たものだから切ったのよ」

電話のベルが鳴った。

妻はぎくりと体をこわばらせた。このごろ夜に電話がかかってくると、妻はおびえる。息をのみ、目をつぶって上体を反らす。しばらくあおむいたまま男が話し出すのを聴き、相手が女でないと知ると初めてふっと息を吐き姿勢を元に戻す。

今度もそうだ。

二人は同時に鳴りひびく電話器を見つめた。

男は電話器をとった。「須藤です」という向うの声に彼はほっとした。

「実はおききしたいことがあるんですがね、うちの裏庭に近所の土建屋がトラックを乗り入れてましてね。朝早くからエンジンをふかしたり何やかやでうるさいんですよ」

「裏庭に?」

「二台もです。物干台はこわすし、側溝の石垣は崩れるし。おたくと取り交した賃貸契約に、裏庭をトラックの駐車場にするという条項はなかったはずでしょう」

「どこのトラックですか。そんなことをきくのは初めてです。駐車場に貸した覚えはありませんよ」

「あたしゃね、おたくがその土建屋にうちの裏庭を使ってもよろしいと許可でもしたのかと考えたくらいで。だってこっちはあくまで借家人であり、おたくが家主ですからな」

「何べんもいいますが須藤さん、その土建屋は無断で庭を使ってるんです。そういって追い出して下さい」

「借家を管理するのは家主の責任と思ってるんでねこちらは」

「とおっしゃると……」

「裏庭もおたくの所有なんだから、借家人がおちついて住めるように土建屋に交渉してトラックを入れないようにさせてくれませんか。うちとしては毎月きちんと家賃を納めている以上、おたくにこういうことを要求する権利があるというもんです。そうでしょうが」

須藤は一気にまくしたてて電話を切った。

(家主の責任……要求する権利)か、と男はつぶやいた。去年も同じことばを須藤から聞いた。風呂場の床が傾いている、浴槽も沈下しかけているから早急に修理してもらいたいというのである。そのとき、責任だの権利だのということばを使った。

男は家を買うときの仲介をした不動産屋に頼んで左官を紹介してもらった。約束の日に待っていても来ない。こちらから問合せてみると、車のドアに手をはさんで仕事を休んでいるという。彼の知合いだという別の左官に依頼してみたが、その男は予定がつまっていてすぐには出来ないと答えた。

とどのつまりやっとのことで探し出した三人めの男に風呂場の修理を頼み、工事費として二月分の家賃に相当する金を支払った。須藤の要求は風呂場の修理だけではすまなかった。雨樋がこわれている、屋根から雨がもる、排水管がつまった……そのつど、男は大工や工務店に連絡して苦情を処理しなければならなかった。

「裏庭にトラックが侵入するから何とかしてくれだとよ。ああ、いやだ」

受話器を置くなり男はぼやいた。ここ当分、須藤から何か要求されることはないだろうと安心していたのだ。自分の家を持つことで生じるわずらわしさは、男が予想しなかったものである。

「だから家なんか欲しくないといったんだ。借金までして買わなくったって」

「みんなそうしてるわよ」

「もとはといえばきみが買いたいといったからだよ。こんなイヤな思いをするくらいだったら買うんじゃなかった」

「須藤さんは何といってるの」

「土建屋におまえの方からかけあってくれだと。うんざりする。名前を聞いても教えやしない」

「トラックに書いてあるんじゃないかしら」

「電話をかけてトラックの荷台に書いてある文字と数字を読んでくれと頼むのかい」

「出かけましょうか、あの家まで」

「そうだな」

男は町はずれの丘までこれから歩くことを考えて気が滅入った。かなりの道のりである。カーテンのすきまから外をのぞいた。雪はちらついていない。霰の気配もないようだ。

「じっとしてるよりましじゃない？　散歩がてらあの家まで行ってトラックがどこの物か調べてみましょうよ」

男の返事を待たずに妻は身支度を始めた。

「このところ二人で外へ出るってことしなかったわね」

戸外へ出たときに妻はいった。そういって男の腕に自分のそれをからませた。

二人は寄りそって歩いた。

「家にいると、いつ電話が鳴るかと思ってびくびくしていなくちゃならないの。ベルが鳴るたびにあの人からではないかって気がする」

「仕方がないだろう、例の発作が起きたら行くって約束したんだから」

「救急車を呼べばいいじゃないの、あなたを呼ばないでも」

「救急車を呼んだら病院に入れられる。病院はイヤなんだそうだ」

「そんなことまであたしが知るもんですか、呼び出されるたびにとんで行くあなたもどうかしてるわ」

「別れる条件がそうだったんだ。きみも了解してくれただろう。心臓の発作というのは気分的なものだ。そばにだれかいると安心しておさまるもんだよ」

「だって……」

「わかってくれ、頼むから。きみには悪いと思ってるさ。しかし彼女が一人で苦しんでいると思うと行かずにはいられないんだ」

「家族の所へ帰ればば。家族に面倒をみてもらえばいいのに」

「養女だよ、血のつながりは薄いんだ。家族の所へは帰れないといってる」

「じゃあ、あたしはどうなるの。あなたを送り出して平気で留守を守ってろというの、ずいぶん勝手な理屈だわ」

「だから、すまないといってる」

街路に人通りは絶えていた。まれに行きあう通行人も背をかがめ急ぎ足で歩き去る。商店街はほとんどシャッターをおろし、飾窓だけに明るい光を残した。

妻には内緒で女とつきあっていたことを打ち明けたのは男の方だ。あれから三月ほどたつ。女とは別れることにした、と妻には告げた。そのかわり、持病の心臓発作を起したらかけつけなければならないといった。女が求めたことでもあった。

(来てくれるのね、あたしにもし何かがあったら必ず来てくれるのね)

女は男のことばを確かめでもするように、それから数日後、電話をかけて来た。心臓の発作ではない場合も男を呼んだ。時間はたいていきまっていた。夜の十時前後である。女はベッドに枕とクッションをかさね、上半身を斜めに起して横たわっている。紫色の斑点が現われたこともあった。男があわてふためいて医者を呼ぶために電話を取ろうとすると、薬をのんだから呼ぶ必要はないとおしとどめた。

(びっくり、した?)

(だれだってびっくりする。本当にだいじょうぶなのか)

(発作が、軽いか、重いか、自分で、わかるの。子供の、ときから、つきあってる、病気、ですもの)

男はまだ女の顔に点々と浮いている紫色から目をそらすことができない。(水を、)と女はいった。男は台所へ水を汲みに行った。

(これ、チアノーゼと、いうの。初めて、見たでしょう)

女は自分の顔を指した。初めてだ、と男は答えた。女は看護学校を出てある医院につとめていた。男がアパートへやって来るようになってから医院をやめた。心臓の疾患で疲労に耐えられなくなったのだ。手術をうけてもたすかる見こみは小さいという。体にメスを入れられたくないと手術を拒んだ。そういう頑固さが男にはわからない。

(手術をうけなかったら確実に悪くなるんだろう。たすかる見こみが小さくても賭けてみていいと思うんだ)

(イヤ、絶対にイヤ……)

(苦しむのはきみなんだぜ。良くなりたいとは思わないのか)

(あなたに女の気持がわかるもんですか)

(気持がどうのって問題じゃないだろう。病気についてはきみが専門家だ。ぼくのような素人でも手術をうけた方がいいと思うんだがな)

(あたしをすてたくせに)

(すてたのなら何も電話一本でとんで来やしない)

(じゃあ、あたしをすててはいないのね)

女は男の手を握った。

(すててはいないのね。あたしを一人にはしないといってるのね)

男はタオルを取って来て女が水をこぼした顎のあたりを拭いた。発作が起った場合、少しずつ水を飲むといいといったのは女だ。水は女の胸の上にもこぼれていた。男はベッドの縁に腰をおろして女を見まもった。紫色の斑点は消えている。息づかいもさっきよりゆるくなったようだ。

女は目をとじ口をかるくあけて寝入ったように見えた。男はベッドがきしまないようにそっと腰を浮かせた。強い力で男は手首をつかまれた。

(もう帰るの)

(帰らなくちゃ、発作もおさまったようだし)

(また来てくれるわね)

(ああ)

(どこか遠くに行ってしまうんじゃない?)

(当分、旅行の予定はないよ)

(旅行ならいいの。あなたがあたしにだまって引っ越すんじゃないかと思って。そのことがいつも気になるの)

(引っ越しなんかしない)

(本当に?)

女は彼の目を見つめた。(じゃあ)と男はいって出口の方へ歩きかけた。

(おねがい、あと五分居て。五分でいいから)

時計の針は十時四十六分を指している。男はまたベッドの縁に腰をおろした。女は男の手首をつかんだまま目をつぶった。あなたが傍にいるだけで安心するのだ、と女はいった。聞きとりにくいほどの小声でそういった。

五分たった。

男はそろそろと立ちあがった。女は目を開いた。（あたしが五分といったら五分だけ帰りをのばすの。ひどいわ）

（もうおそい）

（あと……）といって女はベッドのわきに置いたテーブルの目醒し時計の方へ首をねじって（いま五十分だから十一時まで一緒に居て。十分ぐらいならいいでしょう）

（十一時までだ）

（居てくれるのね、うれしい）

女は初めて微笑した。

十一時きっかりに男はアパートを出た。細い小路をぬけて道路にさしかかったとき、軒下の暗がりから人影がふらりと現われた。立ちすくんだ男の方へ妻が倒れるように体を投げかけた。


須藤に貸している家は町の西に隆起する丘の一角にある。

商店街をすぎてからは二人とも口を利かなかった。凍えた大気で唇まで冷えてしまったように感じられた。まがりくねった路次をたどりながら男はこの丘と川をへだてて並行したかたちで隆起しているもう一つの丘を考えた。その丘の中腹に女の住んでいるアパートがある。

「二人でこうして外を歩くなんて珍しいことだわ」

「家のことが気になる。買ったことをくやんでるよ」

「仕方がないじゃない」

「溝が崩れた、雨樋が落ちた、排水管がつまった、風呂場の具合が悪い。もううんざりだ。ほどほどにしてくれといいたくなってきた」

「家主の義務だわ」

「きみもそういうのかい」

「だってそうだもの」

「ローンを払う身にもなってもらいたいな、自分の家を持つということがこんなに大変だとは思ってみなかったよ」

「ここ、じゃあなかったかしら」

妻が立ちどまった。夜、この辺りへ出かけたことはなかった。買い取ることに決めたとき、一、二度下見に来て、それ以来、家のことは妻にまかせている。ひるま見る住宅地のたたずまいと、夜のそれとはちがいがあった。男はぼんやりと周囲を見まわした。妻は道をわきの路次へ折れた。男はうしろからついて行った。二人は路次の奥にある一軒の家を前にして立ちどまった。窓の明りは暗い。

男はつま先立って玄関の表札を読みとろうとした。隣家の軒燈でやっと須藤という文字を確かめることができた。ここが自分の手に入れた家だと自分にいいきかせてみても、月々銀行に払っているのが大半は利子であることを思えば、自分の家だという感じは持てなかった。それでいて家主としての義務だけはうるさいまでに遂行することを求められる。

「須藤さん寝てるわよ」

「そのようだ。裏へまわってみるか」

二人は足音をしのばせて裏庭へ出た。そこに置いてあるトラックの荷台に男は顔を近づけた。名前と電話番号を手帖に写し取った。

「どうするつもり」

と妻が声を低めてたずねた。今夜は遅いから、明日、電話で抗議してみる、と男はいった。

「風呂場の床が傾いたり浴槽が沈んだりしたのも、トラックのせいじゃないかしら。ここは地盤がゆるいのよ」

「ふらちな野郎だ」

「抗議されるまでは知らん顔して駐車場代りに使おうって魂胆なのよ」

家のことなら夜明けまで屈託なしに妻と話ができそうに思われた。二人は雄弁になり、坂道を商店街の方へ下りながら理不尽な土建屋の悪口をいいあった。面の皮が厚いのにもほどがある、風呂場の下が崩れたのは、トラックを出し入れする際の振動で地盤がゆるんだのだ、だから修理代も請求してやる、裏庭を無断で使用していた期間の駐車料も支払わせる。

二人は陽気になった。

妻はしきりにいきまく男を見て笑った。彼にしてみればあれ以来一度も聞いたことのない笑い声だった。男はますます調子にのった。

「裏庭に塀がないのもいけないんだ。左官に手配して、二度とトラックが入らないようにブロック塀をこしらえさせよう」

横を見ると妻がいない。

男はふり返った。しんかんとした通りに街燈が暗い光を落しているだけで、妻の姿は見えない。

「おい、隠れてるのか、なぜだ」

男は軒下をのぞきこみ、電柱のかげをあらためながら坂道を引き返した。まがり角に妻はたたずんでいた。

「なんだ、ここに居たのか、急に見えなくなったんでびっくりしたぞ」

妻は男に道路の下を指した。道路は崖の上を通っている。木造の二階建が道路の下にあり、二階の窓が一つだけ明るい。白いレースのカーテンごしに室内の情景が見えた。洋間である。長椅子に肩を並べて腰をおろしている中年の男女が認められた。男は新聞を拡げている。女の方はテレビを眺めているらしい。顔に反映している光でそうと察しられた。

「あれがどうしたんだい。知ってる人なのかい」

「あたしたち、いつになったらあんなふうにくつろぐことができるかしら ね」

「今だって……」

「ごまかさないで」

「どこかでお茶でも飲もうか。寒くなった」

「まっすぐ帰りましょうよ。疲れたみたい、それに寒気もするの」

二人はだまりこくって坂道を降りた。妻は男の腕をとらなかった。

男は自宅の庭先でかすかなベルの音を聞いた。

「電話だ、あれはうちのようだ」

「お隣じゃないの」

「いや、あの鳴り具合は……」

男は玄関の錠に鍵をさしこもうとした。指がかじかんでおり、おまけに手もとが暗いのでなかなか鍵を入れることができない。その間もベルはせきたてるように鳴り続けた。男は錠をはずし、靴を脱ぎすてるのももどかしく居間へかけこんだ。

「あなた……」

男は息をととのえた。

「きみ、だったのか、また?」

「出かけてたのね、二人で」

「また発作が起ったのかい」

「二人で、散歩してたんでしょう、わかるんだから」

「出かけなくちゃいけない用事があったんだ」

女の声はいつもとちがう。発作を起した際の喘ぐような切れ切れに発する声と似てはいるが、きょうはもっとせっぱつまった声に聞える。

「あたし、みんな、聞いてしまったの、家主さん、から」

「聞いてしまったって何を」

「あなた、引っ越したそうじゃない、嘘つき」

「同じ屋根の下だよ。引っ越しなんていえやしない。今までのうちが狭くなったんで、ちょうど隣に居た人がよそへ移ったので、こっちが広いしね」

「あたしには、だまってたじゃないの」

男は顔をあげた。妻が襖によりかかって男の方を見ている。女は話し続けた。

「新しい家へ引っ越して、家具やなんかも新しくして、絨毯もとりかえて、そして、みんな新しくして、二人でやり直そうと、してるのね」

「この家に居ることに変りはないだろう」

「二人で、どこへ、行ったの」

「ちょっとそこまで」

「お茶を飲みに行ったんでしょう。新しい部屋をどうするか話し合いするために。さっきから電話かけてたの。なんべんかけても出ないので、家主さんにかけて聞いたの。お隣へ引っ越すって前にあなたから聞いてたわ。でも、こんなに早いとは、思わなかった。ひどい人」

「そういわれても困るよ」

「あたしを忘れるため、そうにきまってる、いつ引っ越したかあたしにはだまってるのが、その証拠だわ」

男は妻が襖のきわにすわりこむのを見た。受話器の奥からろれつのまわらない舌で、「く・る・し・い」という声が届いた。

「どうした、おい、何をしたんだ」

「いいの、あた、しの、ことなんか、ほっと、いて、……さ・よ・な・ら」

男はせきこんで女を呼んだ。返事はなかった。やがて電話が切れた。

「行ってあげたら、また発作でしょう」

「今度はどうもそうじゃないらしいんだ。様子がおかしい」

「どんなふうに」

妻はうなだれたままきいた。女は心臓の発作をおさえる薬を持っている。それは劇薬だと男に告げたことがあった。量をふやせば毒物に変る。男は立ちあがった。立ちあがってまた腰を落し、電話でタクシーを呼んだ。

「やっぱりあなた、行くの」

「行ってあげたらっていったじゃないか」

「ああ」

妻は頭を左右にゆすった。両手で顔を覆って「たまらない、もうあたしたまらない」と低い声でいった。男は妻の肩を抱いた。すぐに帰ってくる、といいきかせた。

「タクシーは出払ってていないんだそうだ。歩いて行ってくる」

男は家をあとにした。

息せき切って歩いた。寒さは感じない。おそい月が出て地上を照らした。橋を渡り、丘の坂道を急いだ、のどがしきりに渇いた。

女はこの前と同じ恰好でベッドに上半身を起すようにして横たわっていた。

男は女の額に手をあてがった。不規則な呼吸をしている。紫色の斑点は見られない。からになったグラスがベッドの下にころがっている。取りあげて嗅いでみた。ウイスキーの匂いがした。男は女をゆさぶった。

「おい、薬をのんだのか、本当にのんだのか」

女は薄目をあけた。

「あなた……」

「薬をのんだのなら今すぐ救急車を呼ぶ」

「のんだ、といった?」

「のんでいないんだな」

男はベッドの下にすわりこんだ、全身から力という力が脱けたように感じられた。女は笑い出した。何がおかしいのか、と男はきいた。

「だって、あなたが、来て、くれたんだもの」

「気がかりだったんだ。おかしなことを仕出かしやしないかと思ってね」

「するときは、あたし、だまって、……」

「やめてくれ」

「くるしい」

女は胸をかきむしるような仕ぐさをした。男はグラスを洗って水をついで来た。女の上体を片腕で支えて起し、グラスの水を飲ませた。女はのどを鳴らして飲み、途中で首を振った。水が毛布の上にこぼれた。

「電話なんか、して、ごめんなさい、あなたが、どこかに、行って、しまったような、気がして、いつも、そうなの、心配で、心配で、気が、ちがいそう、なの。電話を、したら、困るとわかってても、せずにはいられなかったの。それで、お酒を、飲んじゃった」

「ウイスキーは体に悪いって医者にとめられてるんだろう」

「だって……」

男はテーブルの上にあったウイスキーを台所へ持って行き、流し台にあけた。

「氷をとって来て」

ベッドの方から女が頼んだ。男は冷蔵庫をあけた。氷を出そうとしてぎくりとした。内部はからっぽだ。グラスの水に氷を浮かして女の方へ運んだ。左腕を女の背中にあてがって上体を起し、グラスを口へ近づけながらきいた。このごろ、買い物に出ないのか。

「買い物って、何を」

「肉とか野菜とか、卵、果物、牛乳とか。寝こむ前に冷蔵庫は一杯にしておくようにってあれほどいっていたのに」

「何も食べたく、ないの」

「食べないから食欲がわかないんだ」

冷蔵庫の扉をあけたとき、白々しい光で照らし出されたうつろな内部が男の目にやきついている。

「おいしい、水が、とても、おいしい」

「もう一杯くんでこようか」

「あなた、いつも沢山、買い物をして来てくれたわね。いつも沢山……」

「きみが買いに行かないからさ。坂道を重い物下げて歩くのは体にこたえるだろう」

「新しい部屋を、どんなふうに、飾るか、きめた？　どんな絨毯を、買ったの、カーテンも、変えたでしょう。彼女と、新しい生活を、するんでしょう」

女の顔がゆがんだ。男はベッドの縁に腰をおろしてだまっていた。目醒し時計のセコンドが耳についてはなれなかった。窓ガラスがうっすらと明るくなった。男は陶器のかけらのような月が夜空にかかっていたのを思い出した。

「…………」

男は女に目をやった。何かつぶやいたようだ。今度は、はっきりと聞えた。

「ママ……」

女の瞼が内側からふくれあがり、透明なものが溢れてしたたった。女はつと身を起して自分の部屋を見まわした。六畳と四畳半の部屋をまるで他人の住居を初めて見でもするように眺めまわした。

鏡台、長椅子、窓辺に並べた鉢植え、テーブルと椅子、本箱、戸棚。

それらを一つずつふしぎそうに、まじまじと見つめた。なぜ鏡台が、鉢植えが、そこにあるのかわからないとでもいいたげに、見つめた。ひとわたり見まわしてから女は男の顔を見上げた。ひび割れた唇が動いた。

「あなた、どうして、ここに居るの」

「呼んだろ、来てくれって」

「ああ」

女はどさりと上半身をクッションに倒した。

ゆっくりとうつぶせになってクッションに顔を埋め、肩をふるわせ始めた。

「帰って、もう帰って」

男は女の肩に手をかけた。女はそくざに体をひねって男の手をよけた。

「帰ってといってるのに、早く」

男は立ちあがった。ドアのきわにころがっている自分の靴を探した。片方はひっくり返り、片方は横になっている。紐は結んだままである。結び目をほどいて足を入れた。ていねいに結び直した。靴を履いてからもしばらく、あがりはなに腰をかけていた。

自分の部屋を見まわしていた女の表情は、男が初めて見るものだった。彼は女が自分と知りあうまでは、どのような生活をして来たかを知らなかった。女にきいても断片的にしか答えなかったので、あるときを境にきくのをやめた。
(ママ)と叫んで身を起し、三年間くらした自分の部屋を初めて見る所のように珍しそうに見た表情で、男は女の過去を知ってしまったような気がした。それは彼の胸をうった。
男は立ちあがり、アパートの外に出た。

せまい小路をぬけて道路へ出ようとした。

軒下の暗がりで何かが動いたように見えた。

男は立ちどまって低い声で、

「きみかい」

といった。

靴

「出かけるの」

と妻がきいた。

男はだまってうなずく。

「お帰りは何時ごろ?」

「そうだな、二十分か三十分。晩飯までには帰るよ」

「きょうは早いのね」

「きょうはって。きのうもおとといも早かったさ。ただ、ぶらりと町を散歩してくるだけなんだから」

「あたしの用事、頼まれてくれない? 〝ジュン〟に寄ってブラウスを取って来てちょうだい。補正がすんでるはずなの」

妻は引替券をわたした。

男は橙色の紙札をポケットにおさめた。このごろ、やたらに妻は買い物をする、それもブラウスていどならいうことはないが、当座は要らない品を買いこむ、と男は思った。フランス製の栓抜き。二人ともワインなんか飲みはしないのに。仕立屋が使うような大型の鋏。妻が裁縫などしているのを見たことはない。せいぜいボタンをつけるくらいだ。

そのくらいならまだいい。

きのうはカセットテープを一ダース買って来た。男の家にレコーダーは無い。さしわたし二尺はありそうな大皿を陶器屋の店員が運びこんで来たのはおとといだ。そんな大皿をどうしようもないではないか。もともと彼の妻には気まぐれな買い物を愉しむ性癖があって、二人で町へ出たときなどさし当っては要らない品を思いつきで買うことは珍しくなかった。

この前は一・五トン用の油圧ジャッキを自動車用品店が配達してきた。三人乗りのゴムボートを運動具店が届けてきた。町から帰った妻は、その日、魚屋が使う手鉤を五本も買っていた。男は立ちすくむほかはなかった。

しかし、数日前、妻が箱入りの洗剤を十個、買って来たときはおどろいた。洗剤にではない。洗剤を積んで押して来た乳母車に。妻が子供を産んだことはなかった。体にさわるからといって医師にとめられている。

男は乳母車をなぜ買ったのかときかなかった。

きいても妻には答えられなかっただろう。あとで妻は自分の奇妙な買い物に気づいたようだ。庭に置きっぱなしにした乳母車を、縁側のガラス戸ごしに認めて、かすかに（おや、あれは……）とつぶやいた。男は机に向って仕事をしながら、妻のすることに気を配った。妻はいぶかしげに乳母車をみつめ、その視線を男にも向けた。

（あたしはなぜあんな物を買ったんでしょう）と男に説明を求めたがっているように見えた。それとも庭にひっそりと置きすててある四輪車は一体だれが持って来たのだろうとけげんに思っているようでもあった。自分のしたことがわかっていないのだ。しかし数分後に自分のしたことに気づいたのは、うろたえた妻の表情でわかった。妻は台所で泣いた。夕方、男は乳母車を返しに行った。両手で押すには軽すぎた。片手で押して歩いた。そのたよりない軽さが二人の生活そのものであるようにも思われた。

近所の連中が、妻の奇妙な買い物を見とがめはしなかったろうか。二人に子供がいないことはだれでも知っている。この家へ引っ越して来たのは二人が結婚した年であった。五年と少し経っている。近所の細君連中は何かといえば（子供さんは、まだ？）とたずねる。まるで子供を産むのが夫婦の義務でもあるかのように。そのつど、男は答える。子供はつくらないのだ、欲しくもないのだと。連中は口をつぐむけれども、こんりんざい納得していないことは顔を見ればわかる。子供のいない家庭なんて意味がないとその顔はいいたそうに見える。

そうだろうか。

本当に意味がないのだろうか。子供なんか欲しくないというのは、男の正直な気持なのだ。

オーバーコートに腕を通しながら男は、〝ジュン〟の方に行くのではないといった。その婦人服専門店は川向うにあって、きょう散歩をする町の一角からやや離れている。もし〝ジュン〟へ寄ることになれば、二、三十分では帰れない。男はいった。

「それでも良かったらブラウスを取って来るよ」

「じゃあいいわ、あたしが行くから」

「そうしてくれ」

引替券を返してから男は玄関をあけて空を見上げた。灰色の雲がたれこめている。朝がた白いものがちらついた。大気は冷えこんでいる。夕暮には間があるのにこの暗さだ。雪が降るかもしれない。

「傘を持っていらしたら」

「降ってもいい。たいしたことはない」

そういい残して男は外へ出た。ポケットに両手をつっこんで足ばやに歩く。目的地は定めていない。町をひと回りして帰るつもりでいる。三十分も歩けば体が暖まるだろう。灰色の雲がたれ下っている。雪になるかもしれない。冷たい空気がかえって肌に快い。ポケットの手で、硬貨を確かめた。オーバーコートを着るとき、小銭が音をたてないように気をつけて静かに腕を通した。十円玉が触れあう音を耳にしただけで、妻はすべてを察してしまうだろう。

妻がいつから奇妙な買い物をするようになったか、男にはわかっている。

男は自分の靴先に目を落しながら歩いた。

ちょうどきょうのように今にも雪が降り出しそうな暗い日だった。あの日、からだ。

午後、妻は県庁へ出かける用事があって、帰りは遅くなるといった。夕食までには戻るといって外出した。念入りに化粧をして。（もしかしたらおれも出かけるかもしれないよ。こんな天気じゃあ気が滅入って仕事にならない）と男がいうと、妻は鏡に向ったまま（そう）といった。（どのくらい？）としばらく経ってからたずねた。

（一時間くらい。気が向いたらいつもの店でお茶でも飲もうかな。二時間以内で帰るよ。晩飯の材料を買っとこうか）

（たすかるわ）

妻は紙片に鉛筆を走らせた。牛肉三百グラム、白菜一個、人参、馬鈴薯一キロ……

（人参は何本だ）

（三本か四本か）

妻は顔を鏡台に近づけて口紅をひいている。

男は玄関で靴をはいている妻に、県庁の用事はすぐにすむのかとたずねた。他に用件はないのか。せっかく出かけたついでに別の用事も片づけてくるがいいとすすめた。妻は膝まで入るブーツを履きファスナーを上げようとして、途中でそれが何かにひっかかり（おや、どうしてかしら）などとつぶやいている。男はたたきに降りてファスナーを調べた。歯の部分に糸屑がつまっているのに気づいて取り除いた。ファスナーを上げてやった。

妻は軽く足踏みしてみて、それから（行って来ます）といった。

男は靴音が庭を横切り通りへ出てしだいに遠ざかるのを聞いていた。五分待ち十分待ってからそそくさと出かける身支度をした。県庁へ往復するだけで三時間はかかる。用事を片づける時間を加えて四時間と計算した。女にはこの半月、会っていない。出かける前に電話をした。通話ちゅうの音が返って来た。留守ではないことがわかった。今から行くということは途中の公衆電話で告げればいい。

急ぎ足で橋を渡った。

川の上には強い風が吹き、男が着ているオーバーコートの裾をはためかせた。

（——さん）

男は自分の名前を呼ばれて立ちどまった。〝ジュン〟の前である。顔見知りの店主が近作の油絵を見てくれないかと頼んだ。（あまり自信はないんだけれど、四十号に挑んだのは初めてなもんだから）

男は飾窓のガラスに映っている自分の姿に気づいた。色蒼ざめた顔に乱れた頭髪がかぶさっている。家を出るときは櫛を入れたのだが、風で乱れたのだ。男はややためらったのち、〃ジュン〃に這入った。店主は陽気にいった。

(このあいだ、うちの前を通りかかったでしょう。あのときも声をかけたんだけれど)

(半月ばかり前だろ)

(そんなになるかな。あの日は二、三回うちの前をおたく往ったり来たりしたみたいだった。この辺に友達でも)

(二、三回も通ったかなあ)

(通りましたよ。ぼくはずっと店にいて外を見てたんだから)

(あれからこちらには足を向けていない)

(今まで大きくてもせいぜい八号でしょう。知りあいの絵かきにすすめられて四十号に挑戦してみたわけ。描き上げたらぐったりしちまってねえ。こうなりゃものをいうのは体力だな)

(どこかで見た風景のような気がする)

男は店の奥にある事務室の壁にかけられた絵を眺めた。にぎやかな町を描いた絵である。

(そうでしょうとも、この辺りですから。苦心しましたよ。商売があるから店を売り子にまかせて外で写生するってわけにはいかんでしょう。ざっと下がきをしてそのあとはカラー写真を見ながらうちで仕上げたんです。本職の画家だって似たようなことやってるんですってね)

(十字路の手前、ね)

（ガソリンスタンドの前が絵をかく場所としては一番なんだけれど、車の出入りに邪魔になるでしょうが。あんなとこにイーゼルを立てちゃあ。で、スタンドには五分間だけ目をつむってもらって大急ぎでキャンバスに下絵を描いて、あとはうちで。四十号ともなると勝手が違うんだなあ）

そういいながら店主はまんざらでもなさそうな顔で、自分の絵を眺めた。男は手で乱れた髪を直した。指を櫛がわりに使った。飾窓に映った自分の風体が気になった。顎をうす汚れた感じにしている無精髭。妻がきょう出かけて何時間も家をあけると前もって知っていたら、朝剃っておいただろう。ひるごろにわかにい い出したのだ。

店主はまだしゃべり続けている。

男は椅子を立とうとして立てない。絵の具の調合、油でとかす割合、トーンがどうのマティエールがどうのというのが店主の話なのだが、男にしてみれば気になるのは時間だけだ。店員が紅茶を運んで来た。ありがたい、のどが渇いていたところだ、と男は大げさに感謝してみせて紅茶をすすった。熱いのをがまんしてそうそうに飲みほし、椅子から立ちあがった。店主はもっと話したそうな顔付でいた。

（奥さんによろしく）という声を背中で聞いて店を出た。

あの日、〝ジュン〟をあとにした彼はアーケードで覆われた町を抜けて大通りを横切り丘を登った。坂道の勾配がいつになく大きくなったように思われた。妻に女のことを告げ、別れる決心をしたと語ってからその丘へは近づいていない。しかし毎日のように電話をすることだけはかかさなかった。あの日、までは。

丘はたてこんだ住宅地になっており、その一角に女の住んでいるアパートがある。わき目もふらず坂道を登り、アパートの前へ出た。ずいぶん永い間、来たことがないように思われた。アパート周辺のたたずまいが、以前とまったく変っていないのが不思議に感じられた。

男はドアのチャイムを鳴らしておいてノブを引いた。そのとき、たたきに揃えられたブーツに気づいた。ファスナーのあるブーツが女のサンダルと並んでいる。障子を細めにあけて、女が顔をのぞかせた。（いま、お客さんなんです。あとにして下さらない）男はドアをしめて引き返した。どこをどう歩いて家へ帰ったか覚えていない。

我に返ったのは自宅で机を前にしたときだ。オーバーコートを着たまま坐りこんでいた。あわてて立ちあがり、脱いだコートをハンガーにかけた。そのポケットが妙に重い。手をさし入れてみた。硬くて丸い物が指に触れた。数十個はある。いつパチンコ店へ這入ったのだろう、いつ、玉をポケットにしまいこんだのだろう。男にはさっぱり見当がつかなかった。残らずすくい上げて屑籠へ投げこんだ。

しかし、屑籠の中身をあけるのは妻の仕事だ。なぜ、パチンコの玉がすててあるか、いぶかしがって説明を求めるかもしれない。そうなったら何といってわからせることができるだろう。男は一粒ずつパチンコの玉を苦心して拾い集めた。他に適当なすて場所を考えた。水洗便所で流すとパイプがつまるに決まっている。ごみを入れるポリ袋へ紙でくるんですてるにしても、ごみを妻が出すときいつもより重すぎると感じないだろうか。

机の抽出しは？　あけしめするとき、中でころがって音をたてる。花瓶の中に入れたら水をかえるとき気づかれる。

男は手のひらにパチンコの玉をのせて家の中をうろうろした。いざとなればおいそれと隠し場所は見つからないものだ。そうこうするうち妻が帰って来て、パチンコの玉をなぜ持ち帰ったのかと詰問したらどうしよう。二、三個ならいいのがれができる。数十個も。何としたことだ。

　思いあまって庭に出た。ツバキの木の根方に穴を掘って埋めた。手についた泥を台所で洗い流しているとき、玄関があく気配をさとった。男は石鹸をつかい、ていねいに土を落した。いつ台所へ妻がやって来るか神経を張りつめていた。

（今夜はあなた何を食べたい？）

　変に浮き浮きとした妻の声を耳にして、男はとびあがりそうになった。居間にいるとばかり思っていたのだ。

（どうかしたの、顔色が良くないわ）

（早かったじゃないか、もっとかかると思ってた）

（途中で気が変ったの。県庁へ行くのは今度にするわ）

（雪になったら帰りが大変だしな）

（あなた、ずっとうちにいらした？）

（……いたよ。どうして）

（なんでもないの。ただ、きいてみただけ）

　二人は居間に戻った。妻はこわばった表情で正座し、壁の一点に目をすえている。何かいいかけては口をつぐむ。しかし妻はやがて深く溜息をついて、（あなた）といっただけだ。

　部屋の空気は冷えきっている。男は出がけに灯油ストーヴの火を消していた。帰宅したあともパチンコ玉の始末に気をとられ、点火するのを忘れている。歯の根も合わないほど寒くなってから、ようやく男は火の消えたストーヴに気づいた。妻は男がマッチをすって点火するのをぼんやりとみつめていた。ずっと家にいたのか、と妻がたずねたのは、ストーヴが消えていたからではなかったようだ。もしそのことに気づいたのなら、口にしただろう。室内で吐く息が白くなくなって初めて妻は、(ストーヴを消すなんてどうかしてるわ)とつぶやいた。

男は縁側に出て、ツバキの根元に目をやった。玉を埋めた箇所だけ土の色が黒い。まさか妻がたずねはしないだろうと思ったが、たずねられたら何と答えたものだろうと思案した。夜になって明りの数をふやしたとき、たたみの合せ目に鈍く光る丸い球を見出した。一個だけ手から落した玉に気づかないでいたのだ。そしらぬ顔で拾い上げるつもりだったが、妻がすぐ傍にいてとめどもなく昔の話をしている。結婚する前に二人で行った島のこと、半島にあったうら淋しい漁村のこと、海峡を船で横切るとき雨が降っていたことなどをしゃべっている。彼が生返事をしながら横目でたたみの合せ目に光っている物をうかがっているのに気づかないで、(初めはカラーフィルムを使って写真をとってたのが、おかねが心細くなってからモノクロにかえたわね)などと話す。

男は妻が寝支度をするために階上へ上がってから素早くパチンコ玉を指でつまみ出した。縁側のガラス戸を細くあけて庭へほうった。闇の奥からかすかな物音がひびいたように思ったが、気のせいかもしれない。男はガラス戸を閉じ、暗い庭に目を凝らして立ちすくんでいた。やがて足裏から伝わる縁側の冷たさで体に慄えが来るまでそうしていた。

たった一粒の金属を妻が自分にさし示しただけで、何もかも打ち明けてしまいそうな気がした。別れたと口ではいいながらその実、別れてはいないということを。女を愛してはいないと告げたくせに愛していることを、そっくり告げてしまうはずだった。

男は川の方へは足を向けなかった。

あの日、妻が女と会ってどんな話をしたか聞いていない。女に電話をかけてたずねたこともない。妻は女と会ったことを素振りに出そうともせず、快活にふるまっている。あるいは快活にふるまおうとつとめているように見える。かと思えば、週刊誌で読んだ小咄を面白おかしく男に披露しているさいちゅう、ふいに涙ぐんだりする。いったんそうなるととめどがない。男は呆然として見まもるだけだ。

おざなりにその場しのぎのせりふをいっても始らない。すまなかったとか、ゆるしてくれなどとは、女のことを告げてから数えきれないほどくり返している。人はせっぱつまったときどうしてこんなに飽き飽きするほど月並なことばを口にするのだろうかと男は考える。まるで陳腐なホームドラマではないか、テレビで見てうんざりしているドラマの登場人物がもったいぶってしゃべることばとそっくり同じしろものを自分が口にのぼせようとは。

男にしてみれば今もって自分たちがまともに向いあっている状況が信じられない。いわゆる「ピンと来ない」という感じなのだ。だれかが書いた通俗的なドラマをいやおうなしに演じさせられているような。

すすり泣いている妻の傍で腕組をして呆然と天井を見上げている夫。まるで退屈きわまりない場面ではないか。この際、ゆるしてくれとくり返すことの何というそらぞらしさ。すまなかったといってみても、自分の声に切実さがとぼしいような気さえして来る。ドラマの観客である自分がもう一人べつに居て、二人を見物している。と考えれば、いくらか気休めにならないでもない。しかしだからといって妻が泣きやむわけではない。

男は町角で立ちどまった。

煙草店のガラスケースに置かれた赤い箱が男の目に映った。ポケットの手がしらずしらず小銭を握りしめている。十円玉を落し、ダイアルを回すだけで女の声が聴かれる。妻があの日、何を語ったか。女がどのような応答をしたかがわかる。

男は歩き出した。

白いものが宙に舞っている。女から何も聴かない方がいい、そう考えた。妻がだまっている以上、自分も女のことに触れない方がいい。知ったところで何になると自分にいいきかせた。確かなことはあの日、妻が女のアパートへ会いに行ったということだ。それだけで充分である。

男はこれまで女と会いたがる妻を制止して来た。会ってもロクなことはない。そっとしておくのが一番なのだと、たびたびいった。懇願もした。二人の生活を大事にしたいと思うのなら会わないでくれと念を押した。

(それで全部なの？　全部)

(ああ、これ以上話すことはない。きみは全部知ってしまったわけだ)

(そうかしら。まだ何か隠してやしない？　隠さないで話して)

(話したさ。ぼくの方からみんな話したろう。隠しておくのは悪いと思ってだまっていられなくなったから

こそ本当のことを話したんだ）

（どうして隠しておかなかったのよ。なぜだまってってくれなかったの。あたしが知らないでいたら苦しむことはなかったのに）

そうなればもう男は何もいいようがない。

川から遠ざかるようにと歩いていたつもりでいつのまにか男は川辺の道にたたずんでいる自分に気づいた。

川向うに丘が見える。

目が赤い屋根の二階建を探している。丘の中腹にあるそれはすぐに見つかった。かなり離れているので、女の住んでいる部屋はわかっても、その窓が開いているのかしまっているのかはわからない。こんな雪もよいの午後にあいているはずはない、と男は考えた。

（毎日、ここからあなたの家を見てるの）

と女はいった。十一月のある日のことだった。アパートの部屋で窓をあけて男を招いた。

（家は見えないの、木に隠れていて。でも屋根の端だけ見えるの。ほんの少しだけ。朝、起きたらすぐ窓の方へとんで行って見るの）

男は女の部屋から自分の家がある方角を眺めた。川があり橋の上を歩く人影が小さく見える。自分の家は木立にさえぎられて見定められない。まして屋根などはどれも同じに見え、女のいう端っこすらしかとは見分けられない。あれは夏のことだった。まぶしく光る川面が印象に残った。妻に洗いざらいしゃべってしまったのは十二月の初めだ。いくらかでも重荷を軽くしようとして。しかし心の負担は全然かるくならなかった。打ち明けたところでどうなるというわけでもないことに気づいたのはそのあとだ。軽率にすぎた。しかし、軽率といえばそもそも事の起りからして男のしたことは軽率だったといわなければならない。

(今ごろ女は何をしているだろう)

川に面したアパートの東側に女の部屋がある。窓の内部に明りがともっているかどうかは、この時刻に外からはわからない。男は橋を渡りかけて途中で後戻りした。二、三十分のうちに帰ると妻にいったことを思い出した。丘のアパートへ寄る時間はない。雪は細かい小さな粒状で、アスファルトの路面に落ちてもすぐには解けず、風に煽られてめまぐるしく動いた。

腕時計をのぞいた。

家を出てから二十分が今すぎたところである。

男はしっかりとオーバーコートの襟をかき合せて歩いた。うつむいて歩いている男の視野を茶褐色の細長いものがかすめた。男は目を上げた。わきを妻が通りすぎたと思った。ブーツをはいて歩いている女の後ろ姿が見えた。よく手入れされたチョコレート色の革靴を男は見送った。女が歩いているのではなくて、一足のブーツだけが雪の散っている路上をすぎてゆくように思われた。あの日、ドアをあけたとたん目に映った妻の靴。顔を上げると障子の間から女が上半身を出して、目配せした。

男はそういうことがあってから、夜も夢の中でたたきに揃えられたブーツを見てうなされた。

ドアをあける。たたきには女のサンダルだけが並んでいる。(どうぞ)と部屋の中から女の声が聞える。姿は現わさない。彼は障子をあける。ソファの上に一足のブーツがのっかっていて、部屋には誰もいない。

（来てくれたわね、待ってたの、あなたが来るのをずっと待ってたの）

というその声はブーツが語っているように聞える。だんだんに革靴はふくれあがり、ソファと同じ大きさになり、やがて部屋いっぱいに膨張し、男を圧しつぶそうとする。自分のあげた叫び声に驚いて男は目ざめる。

夢は必ずドアをあけるところから始る。

男がノブを引く前に、チャイムを鳴らすと同時に内側からあけられることがある。そこに立っているのはブーツで、人間の背丈ほどに大きくなっており、（待ってたの、あなたが来るのをずっと待ってたの）と男に話しかける。男はドアを叩きつけるようにしめて遁げ出す。うしろからブーツが追いかけて来る。飛ぶような速さで、一足のブーツが地面を踏み鳴らして男の背後に迫る……

腕時計の針は、男が散歩と称して家を出てから三十分以上たったことを示している。

（いっそのこと……）

と男は考えた。約束の時間をすぎてしまったのだから、女のアパートへ行って一時間か二時間をついやしても同じことではないだろうかと思案した。歩きまわったせいで体が汗ばんでおり、汗が熱を奪って寒いような熱いような変な気分だ。雪はいっそうはげしくなった。カフェインの粉末に似た白い結晶が路面を覆い、横なぐりに吹く風に散って波のように揺れ動くかと思えば、渦を巻くこともある。

「いっそのこと……」

声に出してつぶやいてはみたものの、男にはなかなか決心がつかない。何が「いっそのこと」なのか、

「いっそのこと」何をしようとしているのか。家へ帰れば妻がどうしているか男にはわかっている。

きのう、煙草をきらしたので買いに出た。近所にある行きつけの煙草店が、男のいつも吸う煙草は売りきれたというので、足をのばして町の方へ行った。どの店もその煙草にかぎってないという。やっと手に入れて帰った。それでも家をあけたのはせいぜい十五分くらいだったろう。妻は泣いていた。

(すぐ帰って来たじゃないか)

と男はいった。(いつもの店にあの煙草がなかったんだ) 妻は両手で顔を覆ってすすり泣くばかりだ。(おい、やめてくれ、十分や十五分、家をあけたくらいで泣くのはよしてくれ) と男はよわよわしくいった。

きょうもたぶん妻は泣いているだろう。明りをつけるのも忘れて暗い居間のテーブルに顔をふせてすすり泣いているだろう。そう思うとますます男の足は鈍る。約束の時間からもう十分も遅れている。

(あたしたちはいつかそのうちばらばらになるような気がする)

と妻がいったのもきのうのことだ。

(どうして)

と男はたずねた。二人は夕食をとっていた。

(なんだかそんな気がしただけ)

(考えすぎだよ。別れてやしないじゃないか)

(今はね)

(そのうち別れることになるとでもいうのかい)

妻はだまっている。男は自分のことばがだんだんそらぞらしくなってくるのを意識する。わざと嘘をついているのではないが、妻の泣き腫らした眼蓋を見ていると、何をいっても力がないように感じられる。だまっていては泣きやまないので話をする。その話が我ながらむなしいものに思われて仕方がない。毎日毎晩、二人でこんなやりとりをして暮さなければならないのだろうかと思う。

（女にはカンというものがあるの。あたしがいつかこのうちから鞄を提げて出て行く姿が目に見えるの）

顔を洗って居間に戻って来た妻が、さきほどとは違った平静な口調でいった。男は何もいうことができない。

日が暮れると、町は明るくなった。

店の燈火が雪を照らし、道路にうっすらとつもった雪を白く輝かせた。

風はやんだ。

男はいつもの喫茶店から自宅に電話をかけて、帰りがやや遅くなることを妻に告げた。お茶をのむつもりだといった。

「そう」

思っていたよりあっさりとした返事が返って来たので、男はほっとした。

「もっと早く帰るつもりだったけれどね、本屋で雑誌を立ち読みしてたらつい遅くなった。心配してるといけないから……」

「傘を持って行ってあげましょうか」

「要らない。体があったかくなったらすぐ帰るよ」

「ゆっくりしてていいわよ。まだお夕食の支度もできていないし」

男は気味がわるくなってくる。こんな会話をかわすのは何日ぶりのことだろう。家を出て一時間はたっている。不安になった妻が、電話口で声も出ないほどとり乱しているのではないかと予想していたのだ。おちついているのが彼には不可解である。男はきいた。

「どうかしたのかい」

「いいえ」

男は十円硬貨を数枚、差込孔におとした。

「なんだか変だよ。こちらの考えすぎでなければいいがね」

「何も変ったことなんかないわ」

「そんならいいんだが」

男はうつろな目を見開いて喫茶店のガラスの壁ごしに明るい町を見ている。妻がいった。

「帰りにそのお店でシュークリームを買って来て」

女にはカンというものがある、といった昨日の平静な口調と、そっくりだった。

猟銃

妻は朝食をとり終えるまで、夫の話に言葉すくなく相槌をうつだけだった。

男はとりとめのない話をした。

(あれをなんとかしなければならない……)

その思いが念頭から去らない。

にぶい光を放つ細長いもの、黒い艶を帯びた冷たい金属、ずしりと重いもの。スティール製のロッカーにそれはしまってある。日に一度、ときには二度、男はそれが格納されているのを確かめる。ロッカーの鍵は妻の目に触れない所に隠す。額縁の裏、椅子の下、花瓶の中、本箱。

自分が着ている服のポケットに鍵をしまうこともある。風呂に入る場合は目がとどかないので、鍵だけ手にして入浴する。妻に渡してはならない。

鍵と猟銃がいつも男の目先にちらつく。男はある日、妻がロッカーをあけたことを知った。不用意に鍵を机の抽出しに入れておいたのがいけなかった。猟銃の手入れをしようとして取り出してみると、銃床を下に立てかけておいたのが、さかさになっている。

その夜、妻はさりげなく訊いた。

——猟銃と弾丸は別々にしまってるの?

——ああ、そういう規則だから。

——あたしも一度、射ってみたいわ。弾丸はどこにあったかしら。

——十一月にならないとだめだよ。猟が解禁される時期にならなければ。わかってるだろう。

——誰も居ない山の中か海岸で、石ころを狙って射つというのもだめ？

——そんなことをしていて警官に見つかったらどうなると思う。だいたいおまえ、猟銃なんかさわるのも見るのも厭だといってたじゃないか。

——なんとなく射ってみたくなったの。

——銃砲所持許可証を持っている者だけしか射つことは許されないんだよ。

二人がそんな話をかわしたのは一週間ほど前のことである。男は自分が家を留守にしていた間、妻が弾丸の隠し場所を求めて、あちこちと探していたのを知っている。抽出しがきっちりしまっていない。押入れの中のものが少しずつずれている。ちょっと見たところではわからないが、神経質になっている男にはそれがわかる。本棚の書物が入れかわっていたり、棚に積んだ紙箱の上下が違っていたりする。男はいった。

「きょうも暑くなりそうだ」

庭のサルスベリが濃い影を落している。

妻のいれた茶を男はゆっくりとすすった。

「新聞は見なかったかい」

「はいってなかったわ」

「休刊日でもないだろう」

「販売店に電話なさったら」

「してもいいが面倒だな。また配達の子供が代ったのだろう。いいよ、別にそれほど読みたいわけじゃなし」

男はつとめて快活にふるまおうとしている。あたりさわりのない話題をえらんでとめどもなく話し続けた。飼い犬をそろそろ洗ってやらなければならないとか、隣家の女学生が弾くピアノはこんな暑い日にはとりわけうるさいとか、風呂場に取りつけたシャワーの出が良くないのは困ったものだとか……

妻は男の話を聞いているのかいないのか、自分の茶碗には手をつけずにうつろな目を見開いて庭に顔を向けている。

蟬の声が高い。

庭木の葉はひっそりと動かない。

男はタオルで首筋をぬぐった。熱い茶をすすったあと、汗がふき出している。

「あいつを洗ってやらなくちゃ」

男は飼い犬のことをまた口にした。口にしたもののすぐ腰を上げて庭に降りる気にはなれない。蟬の声を聞いただけで、何もかも億劫になる。首筋をぬぐい脇の下をぬぐいながら、(あれをなんとかしなければ)としきりに考えた。なんとかするといっても、猟銃を所持許可のおりていない他人に預けるわけにはゆかない。

家のどこかに隠すのは出来ない相談だ。かさばるガン・ロッカーを妻の目に触れないように隠す場所は、このせまい家にはない。床下か。湿気で銃身が錆びてしまう。天井裏か。ロッカーの重量を薄い天井板が支えるとは思われない。物置、押入れ、いずれもだめだ。妻がその気になればたやすく探し出せるだろう。猟銃がロッカーの中でさかさまになっていたのを見た日に、男は机の抽出しに鍵をかけてしまっていた火薬を水洗便所で流した。

「え、いま何かいった?」

男は妻に訊き返した。

「いいの、聞えなかったのなら」

「いってみろよ、気になるじゃないか」

「あたしのいうことなんか気になさることないわ」

「そんないい方ってないだろう」

「あなたはいつも何か別のことを考えてるわ。あたしではない誰かのことを」

「あれは、もう……」

「すんだことだとおっしゃるの」

「……そうだ」

「あたしが信じてると思う?」

「信じてくれなければ」

「あなた、ジョンにブラシをかけてやって。この頃、元気がないわ、餌も食べないし」

「暑さのせいだろう」

「ジョンも齢なのよ」

(五年になるわね)

と妻はさっきいったようだった。二人が結婚した年に友人から雑種の仔犬をもらった。男よりも妻の方が犬を可愛がった。妻は散歩するとき必ず犬を連れて行った。買い物に出かけるときも犬をともなった。男は犬が好きではない。飼う気は初めからなかったのだが、妻に対して反対することはしなかった。子供は妻の体が弱いので、産まないように申し合せている。子供の代りのようなものに犬がなれば、と男は考えた。

ジョンが縁の下から出て来て、サルスベリの木蔭に寝そべった。

白と茶の斑である。茶の間で向いあっている二人を認めて、物憂げに尾をふり目を閉じた。体が弱くても、子供ぐらいは産めるものだ、といった友人のことばを今になって男は思い出した。犬をくれた男である。

——結婚などというものは、生まれも育ちも違う他人の共同生活だよ。もともと不安定なものなんだ。何かのきっかけで別れたいとどちらかが思うのは、ごく自然な成りゆきであってね。別れるのが当り前、別れないのが実は不自然だとおれは思ってる。子供がいるということはそれを防ぐのに一番役に立つ。

あのことがあってから犬をくれた男のした話であった。男は黙って聞くだけにした。反論する気はさらさらなかった。

ジョンは揃えた前足の上に顎をのせ、じっとうずくまっている。もらったときからすればずいぶん老いぼれたように見える。

「カレンダーにしるしがついてるわ」

と妻がいった。

「ゴミを出す日じゃないのかい」

「ゴミ出し日は月曜と木曜だわ。きょうは水曜日でしょう」

「しるしはおれがつけたんだっけ」

「あたしではありません」

赤鉛筆で二十八日という日付を丸く囲んでいる。その赤い輪のかたちは男のものである。正確な円形ではなくて、やや歪んだ赤い丸。男はまがまがしいものを見たように思って、カレンダーから目をそらした。どうしても思い出せない。

「ジョンを獣医に連れて行く日じゃなかったかな」

「おととい連れてったでしょう。あなた忘れたの」

男も最近はもの忘れがひどい。手紙をポストへ投函しに行って、差込口を前にして驚くことがある。手紙が消えているのだ。あわてていま来た道を逆戻りして探した。道には落ちていない。家を調べた。手に持って出かけたつもりで、机の上に置き忘れはしなかったのかと考えた。机の上にも見当らなかった。

ポストの横腹に書いてある収集時刻を覚えておいて、局員がやって来るのを待った。投函したような気もおぼろげながらしたのだ。手紙を投げこんだとたんに我に返り、空になった手に気づいたように思われた。

――入れたかどうか覚えてないというんですか。まあ調べてみましょう。

集配人は呆れたふうだった。男の名前を訊いて郵便物をえりわけた。

――あった。それです。

集配人は何かいいたそうだった。男は家に帰った。犬を獣医のもとへ連れて行ったことまで忘れているとは。六月ごろから犬の腹に疥癬のようなものが出来た。脱け毛もふえた。毎週一回、獣医の所へ連れて行くけれども、快方へ向っているようには見えない。脱け毛はふえるばかりで、皮膚のただれた箇所も拡がる一方である。

（おれはどうかしている）

手紙を投函した直後に、そのことを忘れるのはともかく、おととい犬を獣医宅へ連れて行ったことまで記憶にないというのは、うっかりさ加減も度がすぎている、と男は思った。

妻が煮物の鍋を火にかけたまま忘れることは良くあった。肉屋で買い物をして代金だけ払い、肉の包みを陳列ケースの上に置き忘れてくることも一度や二度ではなかった。

——おまえ、どうかしてるぞ。

男は妻をたしなめるのだが、そういう彼にしても正常ではなかったのだ。道路の交叉点に立ちどまり信号機が青になるのを待っているつもりで、まわりの歩行者がぞろぞろと渡り出し、目は信号灯の青を認めてもぼんやりとその場にたたずんでいる自分に気づく。かと思えば、信号灯が赤いのにさっさと横断しかけて、急停車した自動車の運転手から、どなりつけられもした。


「七月二十八日か、二十八日」

男はつぶやいた。いったんはそらしたものの目が再びカレンダーの日付に釘づけになる。確かにきょうの日付を赤鉛筆で囲んだのは自分だと思う。男はいった。

「手帖を調べてみる。何かわかるかもしれない」

「誰かに会う日ではないの」

「誰かって？」

「あたしは知りません」

「会うのだったら日付の下に名前を書いていただろう。ここ当分、お客の予定はないよ」

男は手帖を探した。シャツのポケットにもズボンのそれにもない。机の上、抽出しの中にもない。本の山をくずして探した。ノートの下から薄いパンフレットが出て来た。「海洋気象台監修、潮位表」と緑色の表紙に刷りこんだ小冊子である。魚釣りに出かけるには潮汐時刻をあらかじめ知っておくのがいい。そのために男が釣具店で買ったものだ。表紙の白地に淡い緑の横縞が印刷してあった。

男はしゃがんだまま何気なく「潮位表」のページをめくった。

……この潮位表の数値は、天体運行を基にして計算された天文潮の値であって、気象潮は含まれていない。台風などで気圧が異常に低くなったり、強風が陸岸に向って吹く場合には、かなり潮位が高くなる（高潮）ことがあるが……

男は潮位表の解説を読んだ。書かれてある事柄は初めて知ったわけではないが、今朝はこのような文章を読むと、妙に心が安らいだ。潮と干潟の匂いを嗅いだようにも思った。

犬を連れ、猟銃を携えて鴫を射ちに行く海辺の湿地帯が目に浮かんだ。葦が風にそよぐ気配、十一月の冷え冷えとした大気、海からおし寄せる風が孕む生臭い匂いなどが甦えった。男は手帖を探すのも忘れ、机の前で「潮位表」に見入った。

……満潮と干潮は普通一日にそれぞれ二回ずつあるので、午前の満（干）潮は左側に、午後のものを右側に掲載した。時には一日に一回だけしか起らない場合があるが、その日については……

犬は海岸に出ると砂をけちらして駆けまわった。漂着した流木をくわえて男のもとへ戻り、跳びはねて誇らしげに木片を示した。犬に出来るのはそのくらいで、鳥を追い出すのも、男が射ち落した鳥をひろってくることもしなかった。ただむやみに吠えるだけである。

男が猟銃を持って海辺へ出かけるのは、獲物を手に入れるのが目的ではなかった。漫然と葦原をぶらついておれば気が紛れるのである。鳥を仕とめるのが目的なら初めから犬なぞ連れて行きはしなかったろう。家にいるときとはうって変って、海辺ではにわかに元気になる犬を見ていると、男も心の弾むのを覚えた。犬に向って際限もなく話しかけた。

風が男の声をさらうので、大声で話した。

——高潮が寄せて来て、家も町も水の底になればいい。そうなったらおまえどうする。

犬は男を見上げて尾をふった。

——おまえ、少しぐらい泳げるだろう。しかしだな、ノアの洪水みたいにどこもかしこも水に沈んじまって、浮かんでるのは高い山のてっぺんだけということになったら、おまえだっておしまいだな。

——鳥には翼があるから、大洪水になっても空を飛んでいられる。しかし待てよ、いつまでも飛び続けられるもんじゃないな。何かにつかまって翼を休めなくちゃあな。おい、聞いてるのか。

——いろんなものが浮かんで来るだろうな。木箱、舟、材木、木で作られたものはみんな浮く。看板、机、簞笥、下駄箱、そうだった、家があったな。これは助かるよ、屋根の上に這いあがるわけだ。ええと、もう他にないかなあ、浮かぶものは。

——人間なんか一人も生き残りはしないんだぞ。わかってるのかおまえ、誰もいやしないんだ。見渡すかぎり海、浮いているのはがらくた。食い物もまず見当りはしない。鳥をつかまえて食べるような芸当は、おまえには出来まい。

——鳥だって下界が水で覆われてしまったら永く生きられないな。一羽へり二羽へりして、いつのまにか空はからっぽになる。虫も死に絶える。鼠はどうかな。あいつらしぶといというからな。おまえ、鼠をとって喰うかね。鼠の方がおまえを襲うかもしれない。どうする。

——ゴキブリがいたな。これは鼠よりもタフだ。おまえ、いつだったかゴキブリを縁の下で見つけて慄えあがったことがあったっけ。たった一匹のゴキブリであぁだから、先ゆきが心配だよ。おまえってまったく情けない野郎だよ。たらふく餌を喰うしか能がないんだから。

——そうだよ、ノアの洪水なんて起りっこないさ。ここはいつまでもただの葦原さ。砂があって泥があって誰もいない小屋があってだ、百年たっても変らないだろうよ。百年たっても今と同じ風が吹いてるだろう。

男は猟銃をかまえ、海上の一点めがけて引金を絞った。鳥がいるのではなかった。何も存在しない空間に散弾をばらまいた。肩に快い衝撃があり、嗅ぎ慣れた煙の匂いが鼻を刺した。続けてもう一発、男はからっぽの空間に弾丸を放った。犬は後脚の間に尾をはさんでうずくまった。硝煙はたちまち風に吹き散らされて消えた。


「あ……」

妻はかすかに叫んだ。

男は妻の視線をたどって庭に目をやった。

犬は木蔭で身じろぎもしていない。影の位置が少しばかり移っただけで何事かが起ったようには思われなかった。耳を圧するほどに蟬が鳴きたてる。男は訊いた。

「どうした、何があったんだ」

妻は黙っている。顔の白い肌に庭木の緑が映え、蒼ざめた皮膚がいっそう蒼く見える。

「あ、また」

赤いものが軒端をかすめて庭に落ちた。男は目を凝らした。

「なんだ、サルスベリの花じゃないか」

「ええ」

「花が散るのはどうということないだろう」

「サルスベリの花が落ちるのをあたし今まで見たことないの」

「何か大変なことでも起ったのかと思ってびっくりした」

「風もないのに……」

「暑いのは風がないせいだよ。ひるすぎになったらこの分ではもっと暑くなる」

「きょうが何をする日かわかったの」

「そうだった。何をする日だったかな」

男は「潮位表」を置く前にざっとページをめくった。一月、二月、三、四、五、六、七月。(あのことは四月だった……)目に今しがた見たサルスベリの赤がちらついた。白いタイルに拡がった赤い液体も同時に思い出した。女の部屋で男はあるじの帰りを待っていた。新聞を読んだり雑誌をめくってみたり、あげくうろうろと部屋を歩きまわった。不吉な予感がした。

女の机を調べた。抽出しに男あての手紙があった。中身をあらためる前に風呂場のガラス戸をあけた。体をくの字に折って女が横たわっていた。スイッチを押したとたん、赤いものが男の目を射た。男は女の手首に触れた。まだ脈があった。弱々しく搏っている脈に指を当てて、男はあてもなく風呂場のあちこちに目を走らせていた。まだ脈がある、まだ脈があると思いながら。女の命をとりとめるよすがとなるものが、手近にあるような気がした。なければならないと思った。

男の目にとまったのは、女が片手から取り落した剃刀だけだ。にぶく光るその刃が、風呂場の天井にともった電球をひっそりと反射していた。男はハンケチで女の手首を縛り、女の両脇の下に腕を入れて風呂場の外へ引きずり出した。ベッドに体を横たえておいて電話で救急車を呼んだ。口早にアパートの場所を告げた。事務的な声が訊き返した。

——もう一度そこの番地を。

——七二四の二です。

——一二四の二ですな。

——いや七《なな》二四の二、すぐ来て下さい。

——直ちに向わせますが、アパートの前に出ていて下さい。

——あなた……

男はふり向いた。女が薄く目を見開いて何かいおうとしている。受話器の向うにはまだ声があった。

——もしもし。

——はい。

——手首を切ったんですな。さし当りどんな処置をしましたか。

——薬はありません。ハンケチで止血しただけです。

——意識はありますか。

——あるようです。早くお願いします。

——あなた……

男は電話を切った。黙っているようにと女に命じた。

——水を……ちょうだい。

——水はいけない。すぐ救急車が来る。アパートの前に出ていなくては。

出血多量の場合に咽喉が渇くということを男は知っていた。当人に水を飲ませてはいけないということも知っていた。遠くから救急車のサイレンがかすかに伝わって来た。

——救急車なんか呼ばないで。

——もう呼んだんだ。

——このまま、に、して。

——そういうわけにはゆかない。

男はグラスに水をついで自分のハンケチを浸し、女の唇をうるおした。唇は乾いていた。女はハンケチをくわえ、口に含んで水を吸った。サイレンがしだいに近づいて来た。男はアパートの外へ鉄の階段を駆け降りた。

（あれは四月だった）

男は「潮位表」を本棚にさしこんだ。女は回復して町を去った。退院して間もなくだったと思う。「潮位表」の〝七月〟に二十八日が大潮であることが示されていた。釣りに行く予定はなかった。きょうが大潮だろうと小潮だろうと、どうでもいいことなのだ。

手帖は辞典の下にあった。

裏表紙の月別暦にもやはり赤鉛筆で囲まれた二十八日がある。ページをめくった。四月以降、どのページも空白である。きょうのページをめくって男は目を見張った。「警察」という二字が記入してあった。男の筆蹟である。

「思い出した」

と男はいった。妻はいない。台所の方から皿小鉢を洗う気配が聞えてくる。男は本棚の裏にテープで貼りつけた鍵を取り出して、ガン・ロッカーをあけた。ケースごと猟銃を外へ出して、大声で「警察へ行って来る。きょうは鉄砲の検査日だったんだ」といった。

「きょうだったの。去年は八月だったでしょう」

「毎年、検査日は変るらしいよ。通知が来てたのをうっかりして忘れてた」

年に一回、猟銃を警察へ持って行って、所持許可のおりた当の猟銃であることの確認を得なければならない。男は車の後部座席に猟銃を置いた。たちまち汗が全身を濡らした。乗りこむと同時に入れたクーラーが、すぐには利かない。眼鏡が曇った。ハンケチで拭ってかけた。また視界がかすんだ。男はシャツのボタンをはずし、脇の下からみぞおちにかけて皮膚にしたたる汗を拭った。そろそろと車を出した。ようやく冷房の効果が出て来た。

いつも男をおびやかす猟銃を忘れようとつとめていたので、検査日がきょうであることすら、男は忘れていた。道路の照り返しがまぶしかった。男は目をほそめた。サングラスをかけてくるのだった、と後悔した。乗りこんだときほどではないが、蒸し暑さはまだ車内に残っている。冷房の目盛をもっとも高く上げても涼しくはならない。

窓を細めにあけてみた。

吹きこんで来た熱風を肌に感じ、あわてて窓を閉ざした。

――あなた。

と妻がいった。

真夜中のことだ。男は眠っていた。胸をゆすぶられて目ざめた。男はまぢかに迫った妻の顔を認めて、がばと身を起した。

――どうした、具合でも悪いのかい。

――あの人はどこへ行ったの。

――あの人……

――教えて、どこに行ったの。

声がしりあがりに高くなった。語尾はほとんど悲鳴に近かった。

――知らないっていったろ。

枕もとの目ざまし時計を引き寄せた。

――明日は早く起きなくちゃ。

――そんなこと、どうでもいいの。あの人の居場所を教えて。

――知ってたら教えてやるさ。

――そうなの。

妻は上半身を起して壁を見つめている。男は寝返りをうった。目ざまし時計のセコンドの音が耳についた。男は声をかけた。

――おい、どこへ行く。

妻はベッドを降りた。階段をきしませて下へ行った。男は後につきしたがった。妻は台所の明りを点け、戸棚からグラスを出して冷蔵庫のアイスウォーターをついだ。半分ほど一気に飲んだグラスをテーブルに置き、椅子に腰をおろして頬杖をついた。

――今、何時だと思う。いつまでもそうしてるつもりなのか。

妻は髪を後ろへかき上げて、グラスの水を飲んだ。熱い茶をすするような飲み方をした。男が何といっても黙っている。彼もしょうことなしにグラスに氷を入れ、ウイスキーをたらした。水で割って妻の横に椅子を引き寄せ、腰をおちつけた。そうして明け方まで二人は一言も口を利かずに坐っていた。


「――さん、――さん」

男は背を叩かれた。後ろの誰かが告げた。

「おたく、呼ばれてるよ」

男は猟銃を持って立ちあがった。検査室は畳じきの広間である。警官が柔剣道のけいこをする部屋らしい。まんなかに細長い机が置かれ、猟銃が並べてある。広間は詰めかけた大勢の男たちの人いきれで息苦しかった。二十歳をいくらも出ていないような、顔に少年の面影をとどめた警官が男の猟銃を受けとった。前もって銃身と銃床を分解して渡した。

警官はノギスで銃身の口径を測った。巻尺で銃身長を測った。わきに控えた同年配の警官が、その数値を所持許可証のそれとくらべた。警官は男にいった。

「手入れが良くないですな」

「ええ、ちょっとこのところ忙しくて」

「おたくの所持許可は鳥獣駆除と標的射撃でおりてますが、どちらに使いました」

「カモを射ちに行きました」

「何羽とれましたか」

「いや、ただ、射ちに出かけただけで実は一羽も」

「射ってないんでしょう。手入れをする暇もないほど忙しい人なら、猟銃を所持する意味がありませんな」

「来年は使うつもりでいます」

「おたくの収納場所は」

「ガン・ロッカーですが……」

「保管は厳重にしてもらわないと」

男は検査の終った銃をケースにおさめ、チャックを引きながらたずねた。警察で猟銃を保管してもらえるというのは本当だろうか？

「ええ、保管しますよ。しかしなぜです。おたくにはガン・ロッカーがあるんでしょう」

「錠がこわれたような場合です」

「それよりいっそのこと返納しませんか」

「返納というと……」

「猟銃を警察に返すんです。そうすればわれわれが廃棄処分にします」

「しかし、これはぼくが金を払って手に入れたものです」

「強制はしませんよあなた。ただ要らなくなったら署に持って来て下さい」

「廃棄処分とは具体的にどうすることですか」

「業者に頼んで、機械で銃身を切断するだけです。ただし、おたくに金は払いません。どんなに高い銃でもね。カメラやゴルフクラブとは意味が違います。凶器ですからな」

「考えてみます」

「ロッカーの錠は修理しとくんですよ。あとでうちの者が確認に行きます」

男は警察署を出た。

車のドアを開き、窓もあけてしばらく内にこもった熱気をさましにかかった。太陽は頭上にさしかかり、依然として風はない。エンジンカヴァーは指が火傷するほどに熱くなっていた。男は耳をそばだてた。

救急車のサイレンが聞えて来る。

国道の方角である。

あれ以来、救急車のサイレンを聞くたびに男は胸が騒ぐ。車にこもった熱気はいっこうに去らない。諦めて彼は座席に身を沈め、ドアを閉じた。

——凶器ですからな。

といった警官のあどけない表情が目に浮んだ。子供っぽい顔立ちの中で、目だけがよく光った。男は警察署の駐車場から国道に通じる道路へ車を乗り入れた。火薬を家に置きさえしなければ安全なのだ。そう自分にいい聞かせた。

百メートルほど走って陸橋の下で国道へ折れた。前方で車の通行が渋滞しているのがわかった。赤いものが明滅している。走ってはとまり、とまっては走りしながら事故の現場にさしかかった。大型の乗用車が一台、ガードレールに半ば乗り上げた恰好でとまっている。道路より二、三メートル低い河床に転覆したトラックが見えた。

男は黒いアスファルトの上に白く光るものが無数に散らばっているのを認めた。大破した乗用車の窓ガラスである。男はそこを過ぎるとき、タイヤの下で破片がきしる音を耳にしたように思った。息をつめて現場を通過した。

——あなた。

といった女の顔が見えた。ハンケチをしゃぶっている顔。

——あなた。

といった妻の声が聞えた。明け方、窓の外でさえずりかわし始めた雀の声にぼんやりと聞き入った朝のことを思い出した。

男は汗をかいていた。ともすれば手のハンドルがすべりそうになって、走行を維持できなくなった。銃身を機械で切断するということに男は耐えられなかった。やっとの思いで手に入れた年代ものの猟銃なのだ。手ばなしたがらない友人にせがんで、自分のものにした。

車を十字路で止めた。まっすぐ渡ったら家に帰れる。警察へ行くには右へ折れてバイパスに出ればいい。

男は信号灯を見つめた。

もうすぐ青に変る。

汗が胸のあたりからきりもなくしたたった。

まぼろしの御嶽

大鳥明子がのったパンアメリカン航空機は午後おそく成田空港に着陸した。

ロビーには青木時男が迎えに来ていた。

帰国手続きをすませてロビーにはいった明子の手からスーツケースをうけとると、

「コペンハーゲンの白夜はどうでした」

といって、明子の返事を待たずにさっさと歩きだした。

「疲れたでしょう」

駐車場から出したムスタングに時男は明子をのせて運転席に身を沈め、「時差ってやつは体にこたえるからなあ」とつぶやいた。

「わざわざ彼のことをしらせていただいて」

明子は国際電話をかけてくれた時男に礼をいった。

「当然ですよ。彼からあなたの居場所をきいていましたからね。早めに連絡がとれてよかった」

青木は車の流れにムスタングをすべりこませながらいった。

「明子さんは仕事をとちゅうで切りあげて帰ってきたのではないかな」

「そうじゃないの。見るべきものは見てしまったから」

大鳥明子はコペンハーゲンで催された家具の展示会を見に行ったのだった。スウェーデン、デンマーク、ノルウェイの三ヵ国で有名なインテリア・デザイナーたちが出品した作品である。今秋、デザイナーとして独立を予定している明子にしてみれば、ぜひ見ておかなければならないものであった。今はあるデザイン工房のスタッフにすぎない。ひとり立ちするのを機に、鷹木孝之と結婚することになっていた。孝之の事故死を明子はコペンハーゲンのホテルで青木からしらされた。

帰りにパリへまわるスケジュールをそうそうにとりやめて帰国したのだ。孝之の命をうばったのはただの交通事故である。タクシーが雨あがりの国道でスリップして、タンクローリーに追突したのだ。板付空港へ急ぐとちゅうである。目撃者の話ではタクシーはかなりスピードをあげていたらしい。板付空港発羽田行の最終便にまにあうために鷹木が急がせたのだろうと、青木はいった。

「そういう説明をうかがっても実感がわかないわ。どうしてかしら」

明子はつぶやくようにいった。孝之がこの世からいなくなったということが信じられないのだ。コペンハーゲンへ発つ日、空港へ見送りに来た孝之の顔がまだ記憶に新しい。

路傍に半旗をかかげた家々があった。

いぶかる明子に、きょうが終戦記念日であることを時男は教えた。ぼんやりと孝之の思い出を反芻していた明子は、黒い喪章をつけた旗が死んだ自分の恋人のために立てられているように初めのうちは感じられたのだ。

四谷のマンションに車がついたときは、夏の日が暮れかかっていた。千駄ヶ谷の自宅より先に鷹木孝之の部屋へつれて行ってくれるよう明子が頼んだのだ。孝之がくれた鍵で、七階にある三ＬＤＫの部屋にはいった。明子が日本を発つ前日に一夜をすごしたときのままだった。緑色のカーペットにあわせた濃紺のカーテン、水色の壁紙、テーブルの灰皿には、孝之がすった煙草が四、五本たまっていた。にわかに悲しみにおそわれた。

明子は長椅子に身を埋めて少し泣いた。

青木時男はグラスに二人分の水割りをこしらえて、明子にすすめた。

「なんといったらいいか。でも起ったことは起ったことなんだ。明子さんの気持はお察ししますよ」

「ごめんなさい、泣いたりして」

明子は水割りをのんだ。

「あやまることはないでしょう」

「これからどうやって生きたらいいか、あたしわからなくなった」

「明子さんはまだ若いんだから」

「若くないわ。もう二十七よ」

「当分はつらいでしょうがね。でもいつまでも悲しんでいられるもんじゃない」

青木時男は雑誌社につとめるカメラマンである。鷹木孝之は陶磁器の研究家で、その世界ではかなり名が知られている。著書も十冊ほどあった。大学で講師をつとめるかたわら雑誌に寄稿していた。明子と知りあったのは三年前で、あるインテリア専門の雑誌が磁器の特集をしたときだ。孝之は三十歳で離婚して三年たっていた。二人は急速に親しくなった。

『とらべる日本』というのが、青木のぞくする月刊誌である。この夏〝白磁のふるさとを訪ねて〟という特集を企画し、記事を孝之が書くことになった。明子を成田空港へ見送った孝之はその足で羽田へ向い、青木時男とおちあって長崎空港へ飛んだ。佐賀県と長崎県の境に位置する有田町は、白磁発祥の地である。文緑、慶長年間に朝鮮からつれてこられた陶工がこの山間で初めて磁器を焼いたのだった。有田と伊万里の窯元を訪ね、周辺の三河内《みかわち》、波佐見《はさみ》なども取材して博多へ戻り、翌日の便で東京へ戻ろうとする日に奇妙なことが起った。

「炎天下で山奥の窯元から窯元へと歩きまわったでしょう。取材が終ってほっとしてぼくは撮影記録を整理してたわけ。ホテルではあいにくシングルが満室でね、ツインルームに入れられて、ぼくはベッドにあぐらをかいて明日の今頃は新宿で飲めるぞと思いながらノートをつけてた。鷹木さんは罐ビールを飲み飲みテレビを見てましたよ。すると突然、鷹木さんがアッと叫んだ。テレビを喰い入るように見つめているんです。ぼくが膝の上にのっけていたカメラをひったくって、テレビの画面に向け、たてつづけにシャッターを切りました。いったい何が起ったのかぼくにはさっぱりわからない。鷹木さんはむやみに昂奮してましてね。あちこちに電話をかけたあげく、ぼくに自分はチェックアウトするから、きみは予定通り先に帰ってくれというじゃないですか。どこへ行くのか、何があったのだとたずねても、いずれ、東京で再会したときに話すといって教えてくれなかった」

「そのテレビではどんな番組が放送されてたの」

「なんということもないローカルニュースのようでしたね。ぼくもメモを整理しながらアナウンサーの声だけはぼんやり聞いてたから」

「ローカルニュース……」

「民放のやつね。CMが入ってたから覚えてる」

「つまり、彼がそのニュースを見なかったら、急にチェックアウトすることはなかったわけなのね」

青木時男は明子に封筒を手渡した。孝之が撮影したテレビニュースを帰京してから焼いたものだという。五枚の写真を明子はテーブルに並べた。一枚めは画面の中央に小高い山が写っておりその下は海である。二枚めは海をゆく漁船、三枚めは漁民たちの集会、四枚めは漁民たちが工場の中庭らしい所で団体交渉をしている場面、五枚めはまた海で、水平線に夕日が没するところであった。

「ここはどこなのかしら」

「彼は気まぐれな男ですからね、ぼくはまた始ったと思って、あまり詮策しなかったんです。でも、事故の後で、彼はテレビニュースを見てなぜ叫び声をあげるほど驚いたのだろうと思って、とりあえずフィルムを焼いてみたってわけ。しかし、ごらんの通り、どうということもない画面でしょう。場所だって日本のどこにでもある海だしね」

孝之が予定を変更してあわただしくホテルを引払う原因となったテレビの写真を明子は一枚ずつていねいに眺めた。海と漁民たちとまた海、なんの変哲もない画面である。孝之の手もとが定まっていなかったからか、映像はややぶれて不鮮明であった。もう少しはっきりしていたら漁民が肩にかけているタスキの文字を読みとれたかもしれない。漁民たちの顔も文字も二重になっていた。

「彼はそわそわして落着きがありませんでしたよ。妙にうれしそうでもあったな。口の中でぶつぶつつぶやいたりしてね。長い間の疑問がこれで解決しそうだとかいって」

「解決しそうだといったの」

「ええ、明子さんが帰ったらびっくりさせてやるともいってましたよ。何はともあれ現地へ行って確かめてくるというのが、さいごにぼくの聞いた言葉でした」

一つの記憶が明子に閃いた。孝之の疑問というのは知っていたのだ。この頃、会えば必ずそのことを話したから。

「ぼくもこの写真が唯一の手がかりだと思って、博多にある民放局をリストアップしてみましたよ。RKB毎日放送、KBC九州朝日放送、TNCテレビ西日本、FBS福岡、この四局のどれかが放送したニュースであることはまちがいありません。しかし電話で写真だけ説明してもさっぱり要領をえませんでね。あちらだって忙しいし、五日前のローカルニュースを覚えてる記者を探しだせるものじゃない」

爆発炎上したタクシーの中で、運転手と孝之は瞬時に黒焦げになった。検視官が見たのは二体の白骨にすぎなかった。身もとがわかったのはタクシーのナンバープレートからである。空港行きの客をのせたことが本社に無線電話で通報されていた。その時刻に該当する東京行航空便の予約者リストに、鷹木孝之の名前があり、燃えくずれた車内から発見されたライカや安全剃刀の破片を、青木時男は孝之のものと確認した。遺体を計測して年齢、身長、体重も推定された。博多市内のホテルや旅館をしらみつぶしにあたった刑事が、あるビジネスホテルでその朝チェックアウトした客の中に鷹木孝之の名前を発見した。ホテルの従業員は板付空港の時刻表をフロントで調べていた鷹木の顔を覚えていた。タクシーを呼んだのはその従業員である。すべてが判明するまでに二日しかかからなかった。孝之に身寄りはなかったから、葬儀をとりしきったのは青木時男であった。

「明子さんが帰るまではと、思ったんだけれど、ぼくらは時間に追われる商売なんで仕方がなかったんだ」

つつましい内わだけの葬式であったにもかかわらず、事故死が新聞で報道されたせいか、かなりの参列者があったという。

「青木さん、明日、博多へ行ってみるわ」

「博多へ？　ぼくもご一緒したいけれど、このところ仕事がたまってるんでねえ」

「いいの、一人の方が。孝之さんが発見したことをつきとめてみたい。このままでは彼も浮かばれない気がするわ。心あたりがないでもない」

「すると今夜はここに」

「ええ、千駄ヶ谷には戻らずにここで寝ます。いろいろ考えたいこともあるし」

青木時男が帰ったあと、明子は自分で水割りをこしらえ、もう一度じっくりと写真を見つめた。初めの一枚、海と山を写したものがなんとなく心にひっかかったのだ。どこかで見たことがあるような気がして仕方がないのである。比較するものがないから標高を推測することはできないが、高い山ではない。せいぜい海抜五十メートルか百メートルの円錐状をした小山である。その山裾を海が洗っている。小山の背後にはずっと遠くに青い影をおびた山がそびえている。海岸にはまばらな民家が認められる。ただそれだけの写真である。

Dé-jà vu《デ・ジャヴュー》というフランス語がある。既視感と訳されている。初めて見る物とわかっているのに、それをどこかで一度、見たことがあるような気になる。明子は写真に写っている円錐状の小山をどこで見たか思い出そうとした。博多で放送されたローカルニュースなら九州のどこかであるにちがいないが、明子は九州へ行ったことは一度もないのだ。九州どころか、日本という国は大阪より西へ足を踏み入れたことがない。烏帽子の形に似ている山に目をそそいで、明子は考えこんだ。居間をぐるぐる歩きまわった。

部屋の窓に面したデスクに孝之の写真が飾られ、白菊をいけた花瓶がそえてある。遺品を整理するのは自分の役目だと、明子は思った。孝之は孤児なのである。昭和二十年三月十日のB29による東京大空襲で、深川の生家を焼かれたとき孝之は二歳だった。父親は軍人で応召しており、母親は孝之をつれて着のみ着のままで火の渦の中を逃げまどったという。八月十五日を孝之は戦災孤児収容施設で迎えた。母親は三月の終りに病院で亡くなっていた。火傷と栄養失調が死因である。過去を語りたがらなかった孝之が、明子と知りあって二年以上もたってからようやく話してくれた生立ちであった。

（ざらにある話さ）

孝之はベッドの中で明子の髪をまさぐりながらいった。応召した父親は復員しなかったのかと、明子はたずねた。

（死んだことは確かなんだ。施設の職員から子供のときにおやじのことを聞いた覚えがある。九州のどこかで山中に逃げこんだ脱走兵を捜索ちゅうに猟銃で射たれたらしい。おやじは憲兵曹長だったのさ。不名誉な死に方だよね。昭和二十年の三月か四月頃じゃなかったかな。公報とか何とか一件書類を施設はあずかっていたんだが、火事で焼けちまった。おやじの話を聞いたのは、小学校に入学してからだ。でもね、子供には父親がどこでどのようにして死のうとあまり関心がないものでね、食糧不足の当時は、自分一人生きることで精一杯だった。ところが、ある日、気がついてみると、ぼくはおやじが死んだ齢になっている。三十五歳だ。それまで考えないでもなかったんだが、急におやじのことが気になっていろいろ調べてみた。しかし、書類が灰になってるから、どうしようもない。姓名と階級だけでは厚生省の復員援護局は受付けてくれないんだ。二百五十万もの日本人が今度の太平洋戦争では戦死している。所属部隊名がわからないと手のつけようがない。ケンもホロロの挨拶だったよ）

孝之は父親のことを話すとき饒舌になった。

（初めはごもっともと引き下ったよ。そりゃあそうだろう。二百五十万枚ものカードを一枚ずつめくるほどお役人もヒマじゃあるまいし。しかし、かいもく見当がつかないとなるとがぜん闘志が湧いてね。何がなんでもつきとめてやりたくなった。元憲兵の組織があるらしいが、連中は噂によると部外者に接触するのをさけてるらしい。青木から聞いた話ではね。それに、憲兵といったってタカが曹長クラスでは仕方がない。ぼくはおふくろの形見に写真を一枚、持ってた。これだけは肌身はなさずに。昭和十年に新婚旅行に行った記念写真らしい）

明子は長椅子からすばやく身を起した。手札版のセピア色に変色した写真を孝之があのとき机の抽出しから取りだして見せてくれたのだ。ふるえる手で抽出しをあけて明子はぎくりとした。封筒や便箋、メモ帳などが雑多につめこまれた抽出しのまん中にそれはのっていたのだ。明子に見出されるのを待ちかねてでもいたかのように。

写真は四隅が手ずれで丸くなっている。孝之とそっくりの青年が黒っぽい中折れ帽子をかぶり、若い女とよりそって微笑していた。二人の後ろに小山がそびえている。

「これだったんだわ」

明子は孝之が写したテレビの写真と見くらべた。同じ角度から撮影したらしく山の形がよく似ている。ただ、新婚旅行の写真はややアップぎみにレンズを向けているので、山はずいぶん高く見えるのだが、烏帽子を連想させる稜線は一致していた。山頂に生えた一本の樹木が何よりの目じるしだった。明子は二枚の写真をテーブルに並べて、ゆっくりとソファに腰をおろした。孝之はついに探し求めていた「オンタケ」をたずねあてたのだ。

（残念ながらこの写真がどこで撮影されたかわからない。裏に鉛筆で書かれた文字があったんだが、おふくろが空襲の晩、火傷をおったとき、着物をぬがされてもう少しの所で、一緒くたにすてられるはずだったのさ。血と軟膏で鉛筆の痕が薄れちまって読みにくくなってる。明ちゃん、読んでみなよ）

明子はサイドテーブルのスタンドに写真の裏面を近づけて目をこらした。

（わが遠き祖先生誕の地、まではわかるわね。ええと、それから〇〇之国〇〇郡〇〇郷にて御嶽《オンタケ》を背景に。昭和十年九月二十日……）

（御嶽といえばすぐに木曾の御岳山を思い浮かべたさ。しかしちがうんだな。ぼくは施設にいた当時、おふくろのことをいくらか知ってる職員から、君のおやじさんの里は福井だといわれた覚えがある。おふくろは東京の深川うまれだけれどね。新婚旅行に福井へ帰ったのだろうか。福井にはおやじがうまれた家があるのかもね。とりあえず仕事のヒマをみて出かけてみた。ワラをもつかむ気持でね。結果を先にいえば、行っただけのことはあったわけだ）

孝之は福井市の地方新聞社をたずね、戦前この土地の連隊司令部につとめていた旧軍人の住所を教えてもらった。もし孝之の父孝介の本籍が福井であれば、何かの記録が残っているはずだからだ。帝国陸軍は兵士たちを本籍のある地区で召集し編成したからである。その老人はさいわい地方紙に福井の郷土部隊戦記を連載していた所で、孝之の話をねっしんにきいてくれた。孝介が明治四三年うまれであることを確かめると、書庫に孝之を招き入れてうず高くつみ重ねた帳簿のような資料を一冊ずつあらためた。戦災で焼失した兵籍名簿を老人が苦心して復元したものだという。

（陸軍省の大バカモノ共め。何もかも焼いてしまいやがってと、爺さんはたいした鼻息だったよ。つまりこういうことだ。戦前の日本では二十歳になれば男子はみな兵役に服する義務がある。当時、ぼくのおやじが本籍を東京に移さず福井においたままだったら、昭和五年に福井で入営した計算になる。爺さんが復元したのはその名簿なんだよ。いや、おそろしい執念だ）

旧軍人の好意は、孝之がそのような場合を考えて土産に用意した古九谷焼の小鉢に由来したのかもしれなかった。ある化粧品会社の常務から鑑定をたのまれた古伊万里がニセであることを見ぬいた謝礼にゆずりうけた品物で、かなり高価なしろものであった。

（で、お父さんの名前はあったの）

（あった。出身地がわかった。福井市の北西にある坂井郡の丸岡町なんだ。昔の城下町だよ。そのとき、元中尉どのはしきりに首をかしげてね、鷹木という姓は丸岡に少ないというのだ。少ないかわりに由緒のある姓で、幕末まで丸岡城の主であった有馬氏の家老だったそうだ）

有馬氏というのはどこかで聞いた覚えがあると、明子はつぶやいた。

（そりゃあそうだろう。戦国時代の有名なキリシタン大名だもの。福井市から丸岡町まで十四、五キロしか離れていない。国道八号線をタクシーをとばして急いだよ。元中尉どのに丸岡町の郷土史家を紹介してもらってね）

丸岡町は人口二万二千、城は天正年間に柴田勝豊が築いたものである。東に浄法寺山と富士写ヶ岳がせりあがっている。町はその山裾に位置する。鷹木孝之は町の文化財保護委員である郷土史家に会うことができた。八十歳になる老人は耳が遠かったけれども、鷹木という姓を聞いて膝をのりだした。

（あなたが鷹木家の子孫かな。わしは明治初年に家系がとだえたと思うとったのだが。うん、これは珍しい。鷹木家は丸岡五万石の主有馬氏の家老だったのだ）

郷土史家は中風の後遺症なのかぶるぶるふるえる指で、紙魚にくわれた和綴じ本をめくった。「有馬藩士分限帳」と題された厚い和本である。（見なさい）と指さされた箇所に目をそそぐと、安政二年（一八五五）の項に鷹木高之進なる藩士が登録されており、二千石を与えられていた。五万石の家中にしては高額の知行である。

（ご維新によって鷹木家は新政府から支給されたわずかな金をもとでに製紙業を始め、たちまち失敗しておる。士族の商法というものだ。さいわい土地があったから百姓になったけれども高利貸にだまされて取りあげられたらしい。そこまではわかっておるのだが、以後はあらゆる記録に顔を出さなくなった。うむ、なるほど、明治四十三年に鷹木高介氏という人物が丸岡町に誕生したとすれば、家系は絶えていなかったわけだ。そして、あなたが高介氏のご長男か。なに？　東京うまれ？　すると高介氏は東京へ出たのだな。没落した士族で東京へ出たのは多いよ）

有馬氏というのは、九州のキリシタン大名ではないか。それがどうして福井の丸岡城に移ったのかと、孝之は質問した。

（お若い方、よくぞきいて下さった。キリシタン大名で有名なのは豊後の大友宗麟、肥前の大村純忠、同じく有馬晴信がいる。他にも小西行長とか高山右近があげられるけれども、さしあたり有馬氏についていえば、丸岡城に移る前は越後の糸魚川におった。短期間だがね。その前は日向の、おわかりか今の宮崎県の延岡五万三千石の主だったのだ。慶長十九年（一六一四）のことだから家康はまだ生きとった。関ヶ原役の戦後処理で、幕府は大名をあちこちに移したのだよ。いってみればサラリーマンの転勤みたいなものだ。日向から越後へとばされたときは辛い思いをしただろうよ。今のサラリーマン並に赴任手当がつくじゃなし、経費はいっさい自弁だからな。わしの家系をさかのぼると日向の地頭職として鎌倉から下向して土着した侍で、そもそも……）

郷土史家は有馬氏の系譜をそれて一時間あまりえんえんと先祖の由緒を説きおこし、孝之をいらいらさせた。

（というわけだ。わしは越前の人間だが、元をたどれば日向の者ということになる。あの国には遠い遠い親類がいるだろうな。そうだった、鷹木氏の話をしとったな。失礼した。分限帳によれば、鷹木氏は有馬氏が延岡を領していた当時すでに名前をつらねておる。物頭格でな。その頃はまだ家老にまでとり立てられてはおらん。物頭格というてもぴんとこんだろう。大隊長クラス、といいかえてもわからないか。課長クラス、これならおわかりだろう。家老なら専務、常務ということになる）

一六一四年、日向に転封される前、有馬氏はどこにいたのかと、孝之はきいた。

（だからいうたろう、肥前だよ。肥前の島原一帯。中世期からあの地を治めていた豪族だったのだ。しかし、残念ながらその当時の分限帳は保存されておらん。あっても江戸時代にでっちあげたニセモノが多くてな。格式を飾るためだ。あてにはならんよ。だから、鷹木氏がわしの先祖と同じように日向で採用された武士か、島原時代に仕えていた武士かは確かめようがない）

丸岡町あるいは福井県内に御嶽という山があるだろうかと、孝之は質問した。

（御嶽？　さあて、そういう山はきいたことがないな。わしが知ってるのは木曾の御岳山と三河の御岳山だ

けだな。待ちなさい。越前の古地図を調べてみよう）
郷土史家は畳一枚ほどもある色褪せた和紙をひろげた。山にはぜんぶ名前が記されている。御嶽はなかった。
孝之は老人に礼をいって、その日のうちに東京へ帰った。

明子は眠れなかった。

いったんベッドに横になったのだが、目が冴えて仕方がない。枕には孝之が日頃つかっていたヘアトニックの匂いがしみついていた。シーツにはうっすらと彼の体臭がこもっているように感じられた。タクシー内にとじこめられて焼死した人物は、警察のめんみつな調べで鷹木孝之であることが証明されており、事故そのものも偶発的なできごとで犯罪の影はなかった。

働きざかりの男が一人、交通事故で死んだ、ただ、それだけのことだ。しかし、その男というのは、明子にしてみれば他にかけがえのない恋人だったのである。彼が探し求めてついにたずねあてた先祖の土地がどこなのか、自分も知りたいと、明子は思った。

孝之は博多からどこへ行ったのか、宮崎へか、それとも長崎県の島原へか。

眠れないままに明子はベッドからぬけだし、孝之の部屋を片づけた。書斎は三方の壁が本棚になっている。床に山づみになった書物を本棚におしこんだ。整理好きの孝之が、こうして床に書物をとりちらかしたままにしているのは、旅に出る直前まで調べものをしていたからにちがいない。

明子は本棚のすきまに一冊ずつさし入れながら、ふと手にした書物の背文字に目をとめた。

「日向国誌」と題された菊版五百ページほどの大冊である。奥付をみると、大正十三年刊行の初版本で、古本屋から買ったらしい。目次をあらためてみた。地誌篇に「日向の山嶽信仰」という項目があり、山の名前が列記してある。明子はスタンドの下で注意ぶかく調べた。御嶽の二字はなかった。宮崎県の地図もあった。戦前に売られていた陸軍参謀本部測量の五万分の一地図である。孝之はこの地図によって御嶽を探したらしい。延岡市には赤いサインペンで丸印が記入されていた。

おびただしい陶磁器の研究書にまざって、「有馬藩史」「日本の切支丹大名」「有馬晴信伝」「福井県史」「天正遣欧少年使節」「宮崎県史」「長崎県史」「島原半島史」「丸岡町史」「日本の山岳」「東京大空襲記録」などといった郷土史をおもにした書物の堆積が、明子の目をひいた。

忘れていたことを、明子は少しずつ思いだした。

実をいえば、明子は孝之の先祖さがしについては熱心に耳を傾けるふりを装いながら、半ばはうわの空だったのだ。二十七歳のインテリア・デザイナーは歴史というものに通りいっぺんの興味しかもちあわせていなかった。いちばん興味があったのは、鷹木孝之という男であって、彼が明子のことをどう思っているか、愛しているならどのていどなのかという女らしい思案で胸が一杯だったのだ。

明子はウイスキーをグラスにつぎ、氷と水を加えて孝之の椅子にすわった。

バルコニイに面したガラス戸のカーテンをあけた。新宿かいわいの灯が暗い夜空の下にひろがり、赤い砂を撒いたように見えた。自分はいずれ別の男と結婚することになるだろうと、明子は思った。それはいつになるかわからないが、新しい男が現われて自分を妻にしたいというにちがいない。その前に孝之が調査していたことを理解しておかなければ、気持の区切りがつかない。

明子は水割りをゆっくりとすすった。

孝之から旅行の前夜、聞いたことを今になって思いだした。

（福井市の元中尉どのが電話をかけてよこしてね。高介氏の消息を知ってる者が現われたから紹介したいというのだ。半年ばかり前のことだ。書きかけの原稿をうっちゃって、福井へとんで行ったよ。公民館の元館長で、六十九歳、つまりおやじが生きてたらこの齢だから同じ一九一〇年うまれということになる。彼は齢のせいかややぼけてて、記憶があいまいだったけれど、初年兵時代におやじと同じ班にいたんだそうだ。元中尉どのの友人でね、先日、碁会所でぼくの話になって、鷹木高介の名前が出たところ、それはわしの戦友じゃということになった。で、わざわざ教えてくれたわけ。元館長はね、ぼくが二十歳当時のすなわち初年兵であった鷹木高介とウリ二つだといってびっくりしてたよ。

彼は現役兵として二年間、ぼくのおやじと一緒に勤務したのだが、予備役と後備役は所属がちがってた。しかしね、昭和二十年に彼は九州でおやじと出くわしてるんだ。博多の街頭で。彼は高射砲部隊の中隊長だった。あわただしく立話をして別れたきりというんだ。おやじはこれから撃墜したB29のパイロットを引きとりにゆくといったそうだ。どこへゆくかも告げているんだが、彼はその土地の名前を忘れたというんだよ。ただ一つ覚えてるのはオンタケという地名なんだ。いいかい、あの御嶽だよ。おやじは元館長によると、博多にあった陸軍の西部軍司令部付の憲兵だったそうだ。捕虜は憲兵の管轄だからね。

まもなく彼は司令部の将校から、おやじが職務すいこう中に不慮の死をとげたことを聞くことになる）

（おかしいわね。脱走兵をつかまえようとしてじゃなかったの）

（ぼくも変だと思ったさ。だからきいてみた。子供のころ軍から通知された話では、脱走兵を逮捕しようとして猟銃で射たれたということになっていると、ぼくがいうと彼はとたんに心細そうな顔になって、じゃあ、そうかもしれん。自分は高射砲を指揮して毎日Ｂ29と戦闘しとったから、鷹木曹長が脱走兵というたのをＢ29のパイロットと記憶ちがいしたのかもしれないというのだ。事実、うちおとされたＢ29のパイロットが落下傘であちこちに降りてたからね）

（でも孝之さんのお父さんがどこへ行ったのか調べるのは簡単じゃない。日向と肥前の地図で御嶽という山をさがせばいいもの）

（もちろん、それはぼくも考えた。宮崎県と長崎県の地図をしらみつぶしにあたって御嶽という山を血まなこで探したさ。どこにもない。だから明日、九州へ旅行するのをチャンスに時間を作って現地の人にたずねてみるよ。地図で呼ばれる名前と別の名前があるかもしれないからね）

孝之は明子の乳房に触れた。その手が明子のわき腹に移り、下腹部へおりた。

白磁のふるさとを取材するのに追われて、孝之はけっきょく御嶽さがしをするゆとりがなかったのだろう。青木によれば伊万里からまっすぐ博多へ戻っている。

明子は水割りを飲みほしてからも、ソファに深く体を埋めて孝之の話をこまかく思いだそうとした。彼が九州へ発つまで、どれだけの手がかりをつかんでいたか、知っておくことが大事なのだ。明子はグッチの手帳に一つずつわかっていることを記入した。百科事典をめくると、有馬氏の簡単な歴史がのっていた。

有馬氏は肥前有馬氏と摂津有馬氏の二家がある。明子は摂津有馬氏の方は除外して、肥前有馬氏の説明をメモした。

有馬氏は平直純の子孫と称し、経純の代に鎌倉幕府から肥前有馬郡高来《たかく》庄の地頭に補され、東国から着任している。有馬姓を名のるようになったのはこのとき以後である。晴純の代に足利十二代将軍義晴につかえ、戦国大名に成長し、やがてキリシタン大名として豊臣秀吉の家来となる。

日向に転封された時期は孝之が語った通りだった。糸魚川から越前の丸岡へ移ったのは元禄八年（一六九五）である。以後、幕末まで丸岡城主として続く。

明子が手帳を閉じたとき、時計の針は午前二時をまわっていた。ようやくねむけが訪れた。明子は孝之の残り香をかぎながら眠りにおちた。

翌朝、明子はけたたましい電話のベルで目をさました。青木時男の声である。

「やっぱり一緒に九州へ行くことにしたよ。女ひとりでは何かと不便だろうからね。今、自宅からかけてる。羽田でおちあおう。明子さんがどうしてもイヤならムリにとはいわないがね」

「そんなことないわ。お仕事のつごうを考えてああいっただけのことよ。ええ、羽田には何時に？　午前九時半。いいわ」

明子はシャワーをあび、手ばやく身支度した。小型のスーツケースに着がえをつめた。孝之がとった写真と高介夫妻の記念写真をハンドバッグにおさめた。約束の時刻に、明子は空港のロビーで青木時男と会った。

「ぐっすり眠れた？」

「まあね。そのことよりお仕事はいいの」

「ちょっとした取材があるんだが、友達にかわってもらった。ぼくが九州行きを思いたったのは、博多の民放局でニュースフィルムを見せてもらうように交渉するのは、ただのデザイナーではダメだからさ。ちゃんとした紹介がなければね。ぼくの友人がＫＢＣにいる。大学時代の飲み仲間なんだ。彼にたのんで他の局にも声をかけさせよう。案外にうまくとりはからってくれると思うよ」

二人は板付空港へ直行する全日空機のシートにすわって話をつづけた。

青木時男は明子が説明するまでもなく、孝之から先祖さがしの話を聞いていた。

「彼がどこへ電話をかけてたかそばで聞いてたら言葉のやりとりでわかっただろう。しかし、あのあとぼくはバスに湯を入れてて、彼がしゃべってる間、のんびりと湯に浸ってたんだ。まさか彼が予定をキャンセルしてホテルからとびだすとは思わなかったからね。バスルームの外へでると、彼はきちんと身支度して地図なんか旅行鞄につめてるじゃない。説明してるヒマはないといって大急ぎで部屋から出て行ったんだ」

「旅行ちゅうに彼は御嶽のことを口に出しませんでした？」

「耳にタコができるほど聞かされたよ。有田や伊万里の窯元でね。磁器について取材が終ると、肥前の国に御嶽という山があるかないか、しつこくきいてた。またかと思ってぼくはうんざりしちまったもんだ」

窓の外は快晴で、下界がくっきりとのぞかれた。海面を航行する船の白い水脈があざやかだった。飛行機は高度をあげて雲の上に出た。しばらく時男はだまりこんだ。

「まるでこれはちょいとしたミステリになるじゃないか。フィアンセが謎の事故死をとげる。有力な容疑者はそのとき東京にいてアリバイがある。死者がつきとめた秘密とは何か」

「あら、時男さんがどうして容疑者なの」

「それは……」

青木時男は間のわるそうな顔で、タバコをくわえた。明子は自分のライターで火をつけてやった。

「ねえ、どうして時男さんが彼を事故に見せかけて殺さなきゃならないのよ」

通路をへだてた隣席の中年男が妙な目付で二人の方をうかがった。「おいおい、明子さん、殺すとか穏かでない言葉を使わないでくれよ。変な目で見られるじゃないか」

明子は声をひそめて同じ質問をくり返した。

「あとで話すよ」

「だめ、今、教えて」

「困ったな。つまり、そのう……」

時男は目をパチパチさせ、ハンカチでしきりに顔をぬぐった。

「よし、いってしまおう。怒らないで聞いてくれよ。一人の女しかも若くて美しい女がいる。二人の男がいる。AとBということにしよう。Aは三十六歳、離婚歴一回、有名な陶磁器研究家という地位があり、才能にもめぐまれている。Bは三十二歳、独身、三流出版社のヒラ社員、カメラマンとしての才能もまあ素人に毛の生えたていどだ。Bはひそかに女を愛している。Aさえいなくなれば女を自分のものにできるのではないかと機会をねらってた、というわけだ。BはAを事故死させ鉄壁のアリバイを作りあげる。警察はBを疑うけれど、アリバイには歯がたたない」

「……まあ、呆れた。時男さん、本気でそんなこと考えてたの」

「よしましょう、こんな話。冗談にきまってるでしょう」

青木時男はキマリわるそうにタバコをふかした。明子はシートに体重をあずけて目を閉じた。昨夜、充分に眠っていなかったので、吸いこまれるように寝入ってしまった。青木が独り者であることを知らないではなかったのだが、その事実がにわかに前へ大きく立ち現われたような気がした。

午後二時、二人はKBC九州朝日放送の一階喫茶室で、制作部の枝光という男と向いあっていた。事情を聞きおわると枝光は当日の番組編成表を持って来させた。

「午後六時半から七時までの間というのだな。漁民が出たのなら調べがつく。ええと、うちのニュースは放送後二週間は保管することになってる。見てみるか」

三人はエレベーターで五階へあがった。時男は（どうだ、ぼくのいった通りだろう）とでもいうように、明子へ片目をつぶって見せた。うす暗い小部屋に二人を案内した枝光は機械類がひしめいている隣室へ消えて、すぐに戻って来た。

「昔とちがって今はほとんどテープになってるんでね。画像は鮮明だよ。あの写真のようにぼやけていたら、御嶽がどこかわかりゃしないが、まあ見てくれ」

部屋のすみに受像機があった。

明子は緊張した。まず映ったのは全国向けのニュースである。自民党の内輪もめ、スモン病、国鉄の赤字、米価問題、石油不足、おきまりのニュースに続いてローカルものが始った。女子大生の人形劇団が養老院で慰問上演、海水浴場で水死した小学生、連日の旱天でダムの水位が下った、シンナー中毒の高校生が焼身自殺……ありふれたニュースばかりであった。

「というわけだ。せっかくだがうちのニュースじゃないようだな。TNCとRKBとFBSの知りあいに電話をかけとくよ。テープはとってあるはずだ」

二人ははげしい日射しに照らされた夏の街に出た。冷房のきいた建物の外にふみだすと熱気の膜に包みこまれ、たちまち汗がにじんだ。RKBまでそれほど遠くなかった。連絡を枝光からうけていた担当者が、イヤな顔をせずにテープをかけてくれた。KBCのローカルニュースと似たりよったりである。

「がっかりしちゃあいけないよ。まだFBSとTNCがある」

放送局の外へ出た青木時男は明子をはげました。RKBからFBSまで、歩いて十分とかからなかった。ここでも二人は失望を味わわなければならなかった。しかし、これで孝之が見ていたのはTNCのローカルニュースとわかったことになる。半時間後に二人はテレビ西日本の編集室で、喰い入るように受像機を見つめていた。

水不足、高校生の焼身自殺の次に「南総開発に漁民反対デモ」というタイトルが映った。時男はかるく肘で明子のわき腹をこづいた。

まず、山が現われ、カメラがパンして海を写した。

「これだ」

時男は低い声で叫んだ。

「しいっ」

明子は時男を制した。アナウンサーがしゃべり始めたのだ。

「長崎県南部地域総合開発すなわち南総開発に反対する有明海周辺の漁協は、湾奥の福岡県漁民が長崎県久保知事に対し、諫早湾を埋立てることによって生じる有明海の汚染は湾外の漁民にも脅威的な影響を与えるという理由で、反対の海上デモをおこないました。きょう午後一時、諫早湾口にせいぞろいした福岡と佐賀の漁船団は、諫早の一部反対漁民の船団と共に……」

ニュースは短いものだった。三分ほどで終った。冒頭に映った山はアナウンサーの説明によれば、諫早湾口にあるらしいが、山の名前はきかれなかった。

「このニュースを撮影した記者に会いたいのですが」

青木はねむそうな顔をしたディレクターにたのんだ。まもなく小柄な長髪の青年がやってきた。明子は事情を説明した。

「山の名前ですか。さあてね、漁船団があの山を目標に有明海のあちこちから集まると聞いたもので、なんとなく撮ってみたわけ。御嶽ですって？　いや、そういう名前じゃなかったようですよ。あ、思い出した。灯台山、そうだ、灯台山、まちがいないすよ。佐賀から諫早へ江戸時代に舟行してたとき、あの山頂で目印に火を焚いてたというから。山の裾にあたる海岸は潮流がはげしくておまけに暗礁まであるんで、漁船は今もあそこでよく難破するそうです。ふうん、この写真ですか。確かに灯台山ですな」

若いカメラマンは明子が示した写真をのぞきこんで、孝之が撮影したのは灯台山だと認めた。高介夫妻が背景にしている山も灯台山にちがいないと断言した。

「あの山のてっぺんには、樹齢千年といわれる大楠が生えてましてね、この枝の張りぐあいはそっくりですよ。いってみればわかります。じゃあ、ぼくは仕事がありますからこれで」

カメラマンはそそくさと部屋を後にした。明子と時男はディレクターに礼をいって、放送局の外に出た。

渡辺通りに面したホテルまで歩いて帰った。時男はフロントで鍵をうけとって明子にいった。

「これで御嶽が灯台山だとつきとめられたわけだ。なぜ、名前が変ったかは現地で調べてみなければわからない。きょうは疲れたからバスでもつかってひとまず休むことにしようよ」

明子も異論がなかった。

二人がエレベーターの方へ歩きかけたとき、「青木様」とフロントの男が呼びかけた。白い紙片を手にひらひらさせて、「メッセージが届いておりました」といった。青木はそれをうけとってすばやく目を走らせた。

「東京のお友達からじゃなかったの。忙しいから早く戻ってこいって」

エレベーターの中で明子はいった。

「そうじゃない。枝光という男、KBCの。彼がね、鷹木憲兵曹長について何か参考になるかもしれないある事実を話してやるというのだ。くわしいことは今夜。枝光は七時にホテルへやってくる。彼は有能なディレクターだからね。ぼくらが帰った後で思い出したことがあるんだろう。連中は地方のできごとに通じているのさ」

午後七時にロビーで会うことにして明子は時男と別れた。それまで一時間と少ししかなかった。シャワーをあびるなり、ベッドに体を投げだした。疲れが体の深い所から、どっとわいてくるようだ。枝光は何を知っているのだろうと考えながら明子はいつのまにか眠っていた。

ホテルのラウンジで食後のコーヒーをのみながら枝光はしゃべり始めた。

「きみたちが帰ってから、なんとなく鷹木という姓が気になってね、どこかで耳にしたように思ったんだ。それも、つい最近ね。気になりだすと当面の仕事が手につかない。あれこれ考えてるうちにやっと思い出したよ。八月十日に放送したうちの終戦記念番組に登場した人物じゃないか」

明子はコーヒーカップを手からおとしそうになった。

「まあまあ、そんなに驚かないで。鷹木といっても、事故で亡くなったあの鷹木先生の父親とはまるで別人なんですから。鷹木省平、南総開発反対連盟の役員です」

枝光はポケットから新聞の切抜きをとりだしてテーブルにのせた。日付は一昨日のものである。「ひろがる汚染、漁民、久保知事へ抗議」という見出しのついた四段組みの記事に写真がついている。七十代の男が鉢巻をして知事と向いあっていた。明子は記事に目を通して、この老人が鷹木省平と知った。

「枝光さん、南総開発と終戦記念番組とどういう関係がおありですの」

「大島さん、その写真をもう一度よく見て下さい。あなたは鷹木省平氏を初めて見るわけじゃないのですよ」

明子ははっとした。新聞切抜きの写真はぼやけているが、そういわれてみると、老人の口もとや鼻筋に見覚えがあったのだ。わきからのぞきこんでいた時男が、「あれ、この人は写真に写ってたじゃないの」と、とんきょうな声をあげた。孝之が撮影した五枚の写真のうち一枚に、アップで鷹木省平は写されていた。

枝光はおもむろにコーヒーをすすって咳ばらいした。

「鷹木高介氏は脱走兵に射たれたという説とB29のパイロットを引きとりに行って死んだという説と、二つあるんでしたね。その話を聞いて、どこかで似たような話を聞いたと思ったんです。考えてみると、うちの社員が制作した記念番組じゃないですか。昭和二十年三月、博多を空襲したB29の編隊がひきあげるとき、陸軍戦闘機が追いすがって、有明海上空で体当りしたんです。その〝隼〟のパイロットが鷹木省平氏、当時は大尉でした。ヴェテランはやるもんですね。プロペラでB29の垂直尾翼をちぎりとって、落下傘でとびおりた。彼は二度めだったそうです。安定を失ったB29の搭乗員も次々と落下傘でおりた。大部分は有明海に着水することになって溺死したんですが、一人だけ長崎県北高来郡の山中に降下したのがいるんです。機長のリチャド・ワグナー中尉。そして鷹木大尉は着地したショックで脚をくじいて動けなくなっていた。体当りのショックで眼をやられ、鼻を砕かれ、体じゅう傷だらけだった。操縦席から脱出できたのが奇蹟みたいなもんです。ワグナー中尉が山の中をうろついているとき、やぶのかげで呻いている鷹木大尉を発見した。ワグナー中尉は自分が持ちあわせていた救急用の止血剤と抗生物質で、鷹木大尉に手当てをほどこした。あのままうっちゃっておかれたら、出血多量で大尉は絶命してたでしょうね」

明子が言葉をはさんだ。どうしてもきかずにはいられなかったのである。

「鷹木大尉は山の中に落下傘で降下したとおっしゃいましたわね。そこが御嶽という所ではなかったんですの」

枝光はゆっくりと頭を左右にふった。

「多良岳の七合めあたりです。深い森林地帯がありましてね。鷹木氏はくわしい地名は覚えていませんでした。ただ七合めあたりとだけ。いい忘れましたが、鷹木大尉は北高来郡の出身です。高来という地名は景行天皇が九州を巡幸したときすでにあったらしい。景行天皇はヤマトタケルの父ですから、かなり古い地名です。鷹木家は高来郡に土着していた大昔の豪族で、かつては高木姓を名のってたそうです。スタジオで録画どりがすんでから鷹木氏はそう語ったと、番組を担当したディレクターがいってました」

青木時男はボーイに三人分の水割りをたのんだ。

「すると、鷹木大尉はご自分の先祖が眠っている土地の上空で戦ったわけですね」

と明子はいった。

「先祖の土地でもあり今でも鷹木氏の土地であるわけです。海苔養殖をしながら、かなり広い田畑の地主として生計をたてて ますから。あの辺の実力者ですよ。それで、どこまでしゃべったんだっけ。ワグナー中尉が手当てをした所までね。……B29の搭乗員はふつう十一人から十二人です。大部分が有明海で溺死したんですが、天草の海岸に降下して捕虜になった通信手《オペレーター》がいました。彼の口から多良岳に降りたB29の生存者がいるらしいと判断した西部軍司令部が、鷹木曹長を派遣したのでしょう。同じ鷹木姓でもこの二人はおたがいに知りません。しかし、さしあたって番組の内容を先に話すことにします。博多から来た憲兵の名前を覚えていた人物はいませんから」

八月十日に放送されたというその番組のテープを見せてもらう方が早いのではないだろうかと、明子は枝光に向って控えめにほのめかした。「残念ながら」と枝光はにがにがしげに「係のちょっとした手違いから、あのテープは消去しちまったんです。残っていたらお二人を局へ呼んで、見せてあげますとも」といった。こんどは時男がたずねた。

「脱走兵はその話に関係がないのですか」

「まあ、そうせかさないで」

枝光は水割りをひとくち飲んで旨そうにタバコをふかした。

「当時の日本は本土決戦をまじめに考えてましたからね。銃後の国民も竹槍訓練などして、米軍が上陸したら突き殺すつもりだった。そこへ上空から落下傘が二つも降りてきた。てっきり二人ともB29の搭乗員だと大さわぎになって、村々の男どもといっても大半は老人なんだが、男どもが竹槍から鎌やら猟銃を持って山狩りをおこなったんです。しかし多良岳は佐賀県と長崎県の境をなす広大な山地ですからね、やすやすと落下傘の降下地点をつきとめられない。二人を発見したのは、山狩りを開始して三日めです。二人じゃない、正確にいえば三人ですな」

鷹木家の先祖は日向にいたのではなくて、肥前であったことがわかった。明子は息をつめて枝光の話に聞き入った。三人めの男が脱走兵である。ワグナー中尉は咽喉の渇きを訴える鷹木大尉を背負って谷間に降りた。負傷すると出血のため水が飲みたくなるものである。二日間、山の中を彷徨したあげく、やっとのことで小さな渓谷にゆき当り、よろめきながら水辺へたどりついたのだ。渓谷には先客がいた。熊本の歩兵師団から脱走した兵隊が洞窟にひそんでいた。ろくに食物も与えられず毎日の猛訓練にやる気をなくした四十歳の応召兵である。

彼は投降するつもりでいたワグナー中尉のピストルをとりあげた。相手を脱走兵と知らないワグナー中尉は、何の疑いもなくピストルをさしだしたという。全身打撲で抵抗できない鷹木大尉からも脱走兵はピストルをとりあげた。脱走兵は安全な隠れ処から二人を追っぱらうつもりだった。いずれ山狩りの連中が捜索の輪をちぢめるだろう。脱走兵はワグナー中尉に銃口を向けて、さっさと立ち去るよう命じた。ワグナー中尉はそのときになって相手が部隊を離れた日本兵であることに気づいた。しかし疲れている上に水も飲みたいし空腹でもある。ピストルでおどかされても、ただちにその場から移動するわけにはゆかなかった。

いらだった脱走兵は、ワグナー中尉の足もとを射った。谷間にせまっていた捜索隊は銃声を聞いた。鷹木曹長も銃声を聞いた一人である。二つの落下傘が山奥に降下するのを目撃していた村人の証言から、捜索隊は日米のパイロットが射ちあっているのだと思いこんだ。猟銃を持った警防団長が谷の斜面をかけおりた。鷹木曹長と警防団長の後ろ姿が熊笹の向うへ消えた。

数分後にまたピストルの銃声が聞えた。

続いて猟銃の音と叫び声が谷間にこだました。竹槍や鎌で武装した村人が洞穴を包囲したとき、水辺に発見したのは、背中を射たれて倒れている憲兵曹長の死体と、けんめいに白いハンカチをふっているアメリカ人パイロットの姿であった。岩かげに呆然とたたずんでいる警防団長がいた。洞穴の奥にはピストルでこめかみを射って自殺している脱走兵が横たわっていた。明子はいった。

「鷹木高介を射ったのは、警防団長だったのですか」

「事故なんです。脱走兵が自殺したときの銃声を、自分たちめがけて射たれたと錯覚して警防団長がぶっ放してしまった。ちょうどその瞬間、前へ鷹木曹長がとびだしていた。山狩りの連中に囲まれた脱走兵は、もはやこれまでと思ったのでしょうね。二人のパイロットをそくざに殺さなかったのが、救いといえば救いです」

枝光は遠い所を見るような目になった。

ワグナー中尉はいったん長崎市の憲兵司令部へ連行され、次に博多の西部軍司令部へ送られた。鷹木憲兵曹長の事故報告書も送られたはずだが、あいつぐB29の爆撃と、敗戦の混乱によって、すべての記録が失われた。

戦後、ワグナー中尉は証券会社の重役になり、今年の七月、来日してかつての敵である鷹木省平元大尉と再会しヘリコプターを二人でチャーターして有明海を飛んだ。三十四年前にこの海に沈んだ十人の部下のために、ワグナー元中尉は白薔薇の花束をヘリコプターから投下した。

鷹木元大尉も有明海に没した昔の敵をとむらって、薔薇の花束をおとした。もう一束の薔薇を、鷹木元大尉はあの惨劇が演じられた谷間に投げおろした。

枝光はいった。

「鷹木さんは救出されたとき重傷を負ってましたからすぐ入院し、西部軍司令部から派遣された憲兵が事故で亡くなったことを聞いてはいても、その人が鷹木という姓であったことまでは知らないんです。取材ちゅう彼は、西部軍の何とかいう憲兵曹長がとしかいいませんでした。明日、お会いになるでしょう。ぼくの方から電話しておきましょうか」

そうしてもらうには及ばないと、明子はいった。

「東京から昔の地名を研究する者が行くから話をきかせてくれとだけたのんで下さいませんか」

「待てよ。もしかすると、鷹木孝之は鷹木省平と会ったかもしれないぞ。御嶽をテレビで見て、諫早湾口と知ったのだから、近くの村役場なり町役場へ電話して、土地の旧家の姓を聞きだすのはやさしいことだと思うよ」

という青木時男に、明日にならなければ会ったか会わないかはわかるまいと、明子はいった。

翌日、二人は博多発十時二十五分の「かもめ」一号に乗った。終着駅は長崎である。鷹木家は長崎県北高来郡美築郷の海に面した台地にあることを、昨夜、枝光から教わっていた。長崎本線の肥前鹿島駅で十一時四十三分に二人は列車をおりた。

左手は海、右手は平野で、なだらかな山裾に接している。鉢を伏せたような山が仰がれるのは多良岳にちがいない。駅前で二人はタクシーをひろった。明子は運転手にいった。

「美築《みちく》郷の鷹木さんというお宅わかるかしら」

「美築の鷹木さんといっても、あそこは鷹木さんだらけですよ。お客さん、東京から来られたんでしょう。言葉でわかります。みちくか。知らない人はみんなこうだ」

四十代の運転手は耳なれない九州弁でつぶやいた。みちく郷と呼ぶのではないのかと時男がたずねると、誤りではないが、五年前に地名が変更されて、それまではみたけと呼ばれていたのだと、運転手は答えた。明子と時男は顔を見あわせた。

「つい先日も東京から来たお客さんをのせましてね。みたけとみちくの違いを説明させられましたよ。あの辺はいい竹の産地です。美しい竹と書いて美竹《みちく》と読みます。で、どの鷹木さんですか」

「鷹木省平さん」

「ああ、本家の鷹木さんね」

「きみ、東京から来た先日のお客さんも鷹木省平さんのお宅へ連れていったんじゃないの」

「ええ、よくご存じで。省平さんのお宅には博多からよく不動産関係のお客さんが見えましてね。なにせ美築の大地主ですから。美竹が美築に変ったのも、住宅団地を造成するのに縁起がいいというので、役所に働きかけて変えさせたという噂ですよ。実力者はやることがちがいますな」

肥前鹿島から美築まではタクシーで二十分かかるという。そんな不便な所に、なぜ住宅団地が造成されるのかと、明子はたずねた。運転手によると、国立の結核療養所、総合医学研究所、リハビリテーション・センターなどが建てられるのだという。今まで急行しかとまらなかった美築駅に、特急も停車するようになる。道路も新設される。海岸には大きなレジャーランドができる。時男がいった。

「海岸には、というと、そのサナトリウムは海岸じゃないのかね」

「とんでもない。療養所はずっと山奥ですよ。美築といっても広い土地ですからね。熊笹しか生えない荒地を造成してだいぶ儲けたという話です」

住宅団地というのは、それらの医療施設で働く医師や職員たちのものだと、運転手はいった。明子が口を開いた。

「運転手さん、御嶽という山がどこにあるか知ってます」

「御嶽？　木曾の御岳山のことですか」

「いいえ、美築郷の」

「さあて、この辺では聞いたことがありませんねえ。なんなら鷹木さんにたずねてみられたらどうですか。あの方は郷土史にもくわしいそうですから。見えました。ほら、あそこです」

灯台山が見えた。その後ろが小高い丘陵になっていて、白塗りの土塀をめぐらした二階建の家がたっている。二人はどっしりとした高麗門の前でタクシーからおりた。東の方に有明海がひろがっている。青く煙るような海の向うに対岸の熊本県がかすかに見えた。つよい夏の光をあびた海はひっそりとしずまり返っている。西は丘陵がしだいに高まって山の尾根と溶けあい、やわらかな勾配をおびた山腹に消えている。

二人は門をくぐり、玉砂利を踏んで玄関にたどりついた。写真で見た老人が奥から現われた。がっしりとした体つきである。

「東京のお方ですか。お待ちしてました」

右の目は光がなくて、左の目だけが鋭い。鼻はひしゃげており、唇には縦に割れた古傷があった。二人を応接間に案内する老人は左脚が不自由のようだった。応接間の窓は有明海に開かれ、涼しい風が吹きこんできた。女中がアイスティーを運んできた。

「ＫＢＣの枝光という人から、きのう電話がありました。なんでも、北高来郡の地名を調べておられるとか」

「最近は由緒ある地名がどんどん消えてゆく一方なので」

時男はちらりと明子を見てから、いった。

「しかし、土地の人ではないあなた方が、わざわざここいらの地名に興味を持たれたのはどういうわけです」

明子は肥前有馬氏の歴史をかいつまんで話した。鷹木一族は慶長年間に主君有馬氏と共に日向へ移動したと思っていたのだが、旧領に今も鷹木氏が残っていると聞いて意外だったと、語ると、鷹木省平氏は目を閉じて「四百年いや五百年ちかい昔の話ですなあ」といった。

「わしは仕事を息子にまかせて隠居しとる身分です。ヒマにあかせて高来郡史の研究をしています。有馬氏はもともと南高来郡の領主でした。わかりますか島原半島です。ここは北高来郡。鷹木一族は、有馬氏が関東から下向する以前から肥前の各地に根をおろしていました。日向へ移動するというのは大変なことです。

くわしい史料は残っていないんですが、鷹木はどうやら二派に分れたらしい。主君に従って日向へ旅立った者と、大小をすてて先祖伝来の土地に帰農した者と。うちの先祖は後者をえらんだわけです。という話をつい先日も東京のお客さんにしたばかりです。それが珍しい姓でねえ。わしと同じ鷹木さんという方でしたよ」

明子は椅子の肘を手でつかんだ。思わず、

「鷹木さん……」

と呼ぶようにいってしまった。

「おや、お知りあいですか」

鷹木省平は目を開いた。時男が先を促した。

「その鷹木さんとどんなお話をなさったんですか」

「御嶽という地名についてね。鷹木さんはそこの」といって省平は目の前にそそりたつ小山を顎でさし、「そこの灯台山を御嶽と思っておられた。御嶽はあっちなんです」

省平は反対側の窓を手でさした。多良岳の山腹である。

「今は美築郷といいますが江戸時代は美竹郷、鎌倉時代は御竹郷といってました。しかし、山頂にある神社は御嶽《おんたけ》神社といいますから、嶽が竹に変ったのかもしれませんね。御竹原《おんたけばる》とか御竹《おんたけ》村とかいう地名も現に残っていますから。あなた方は急行でお出になった、それとも」

特急でと、明子は答えた。

「そうですか。なら美築駅をご存じない。あそこは昭和十五年まで御嶽駅だったのです」

高介夫妻が美築郷を訪れたのは昭和十年であった。当時、鷹木省平は中学生であったはずだ。時男の質問に、省平は長崎市の下宿から中学校に通っていたと答えた。

「多良岳自体が大昔は山岳信仰の対象だったのではないかとわしは想像しますな。もっとも古い地名が御嶽、それが御竹にかわり美竹に変化したのではないでしょうか。東京の鷹木さんはここの窓から長いことあの多良岳を感慨深げに眺めておられました」

「その方はお父さんのことを何か話題になさいませんでしたか」

「わしの父は亡くなりました」

「ああ、いえ」

明子は口ごもった。孝之はKBCの終戦記念番組を見ていないのだ。省平は疲れたように見えた。時男に目くばせして明子は立ちあがった。

玄関まで二人を見送った省平は、美築駅前へ出るには丘を下って五分も歩けばいいと教えた。門の方へ向った明子の背中に後ろから省平の声がとどいた。

「大島さん、東京の鷹木さんにお会いになったら、よろしく伝えて下さらんか。四、五百年前は同じ一統でしたからなあ」

明子はかるく目礼して伝えると約束した。

東京へ帰ったら、孝之のために桔梗の花束を買うつもりだった。そして孝之の財産を処分した金はすべて美築郷の寺に寄進し、鷹木孝之の墓地を灯台山が見える丘の一角に造ってもらおうと考えた。有馬氏と共に日向へ去った鷹木一族が懐郷の思いにかられたとき、目に浮んだのは烏帽子形の小山とその向うにひろがる青い海にちがいなかった。

野呂邦暢

ぼくではない

頼子が来ているのだろうかと、田村武志は思った。

いい匂いがする。

花の香りがうっすらと部屋に漂っている。

田村はドアを閉じ、明りをつけた。ひっこしたばかりの二DKのマンションである。田村はまぶしそうに目を細めて室内を見まわした。匂いの正体はすぐに知れた。机の上にガラスの花瓶がある。ひっこし祝いに新川頼子が贈ってくれたものだ。

赤いバラが七、八輪、活けてあった。

夕刊を花瓶の横に投げだし、コートを脱いで、手を洗い、口をすすいだ。駅前のスーパーで買いこんだ肉と卵、野菜や牛乳などを冷蔵庫にしまった。次の日曜日に頼子がやってくる。自慢の腕をふるって料理してくれることになっている。先日は荷物の整理に追われて、料理にまでは手がまわらなかった。

(ご免なさい。きょうはすっかりくたびれてしまったの。今度の休みにうんとご馳走してあげるわね)

そういって頼子は帰ったのだ。今年じゅうに二人は結婚する約束をかわしている。この〝あけぼの〟マンションに移ったのは、その準備でもあった。ひっこす前は池袋の四畳半と三畳の木造二階建アパートに住んでいた。壁は薄いベニア板である。間代は安かったけれど、いくらなんでもあんな安普請で、新婚生活を送るわけにはゆかなかった。

この春の定期異動で田村はながい下積みからのがれて、ようやく係長に昇進した。三十一歳の独身者は、田村がつとめている会社では彼ひとりである。七万五千円の間代を払うくらいなら分譲マンションを買う方がトクではないかと、頼子はいった。田村としてもできたらそうしたいのが山やまである。しかし会社の業績がのび始めたのはごく最近のことであった。入社して十年以上つとめた社員にしか、会社は融資してくれない。会社は電算機の輸出をあつかっている。かりに融資してくれるとしても田村には頭金の持合せがなかった。

〝あけぼの〟マンションにながく住むつもりはない。結婚して三、四年は共稼ぎをし、貯金ができたらそのときは適当なマンションなり建売り住宅を手に入れるということで、田村は頼子を納得させた。頼子は田村の会社と取引関係にある電子機器メーカーの社長秘書である。創立二十周年の記念パーティーに招待されたとき、かいがいしく来客の世話をやく頼子をひと目みて、田村は恋におちた。二十七歳という実際の年齢よりはずっと若く見える。のぼせあがった田村に、新川頼子という女は男出入りが派手だったそうだとか、社長といかがわしい関係にあったとかほのめかす同僚は一人二人にとどまらなかった。

田村はそれが仮りに事実だとしても、自分の気持は変らないといい張った。頼子の過去などどうでもいいのである。ながい間、探し求めていた理想の妻を田村は見つけたと思った。絶世の美女というほどではないけれども、目が大きくて唇の形が良く、とりわけ田村の気を惹いたのは頼子のすんなりとした首筋であった。

一般的に日本の女は首が短い。

学生時代に十日あまりヨーロッパ旅行をしたことがある田村は、西洋の女の長いうなじに目を奪われた。彼女たちにくらべると、日本の女はほとんど猪首であるように思われた。

（女はたくさんいるのだから）と田村は内心つぶやいたものだ。（ほっそりとしたうなじを持つ女がそのうちおれの前に現われるだろう）

田村の期待はかなえられた。頼子がまさしくそうであった。


田村はベッドに寝そべって頼子へ電話をかけた。初めは部屋にいないのだろうかと思った。三回めのベルで声が聞えるのに、きょうは九回めで出た。風邪をひいて欠勤したのだと、頼子はいった。午前ちゅうは三十九度の熱があった。

「で、今はどうなんだい」

「だいぶ具合がいいわ。熱もさがったみたい」

「むりするんじゃないよ。明日も休むんだな。ところで……」

田村はバラの礼をいいかけ、はっとして口をつぐんだ。花瓶の中身はけさがた部屋を出るまではなかったのだ。頼子が会社へ出なかったのなら、バラを持ってこられるわけがない。もっと大事なことに気づいた。木造二階建のアパートに住んでいたころ、田村は合鍵を頼子に渡していた。彼が不在の間、頼子がやって来て掃除をしたり、料理をこしらえたりするのはめずらしくなかった。

しかし、ひっこしのどさくさに紛れて、マンションの合鍵は頼子に与えていない。

田村はぐるりと首をねじって机の上に目をやった。まっかなバラが花瓶に咲きこぼれている。目の錯覚ではなかった。

「武志さん、どうしたの」

「いや、なんでもない。ところで、次の日曜日までに回復しそうかい。二人だけのパーティーを愉しみにしてるんだ」

「ああ、そのこと。だいじょうぶ。ただの風邪ですもの」

熱のせいらしく頼子の声は力がなかった。見舞いに行くと、田村はいった。

「来ないでちょうだい。お部屋は散らかしてるし。一人でやすんでいたいわ」

言葉の間に咳がはさまった。世田谷にある〝あけぼの〟マンションから江東に住んでいる頼子のアパートまで、たっぷり一時間半はかかる。残業をすませて帰った田村は疲れていた。やがて十時である。気がかりではあったが、見舞いに行くのはよすことにした。（それにしても、このバラはだれが活けたのだろう）田村はしげしげと赤い花を見つめた。

合鍵はだれにも渡していない。マンションの管理人なら持っているかもしれないが、六十台の半ばをすぎた無愛想な爺さんが、こんなことをするはずがない。田村は頼子にバラのことを告げずによかったと思った。そそっかしく報告していたら、どんな騒ぎが持ちあがったことか、おおよそ察しがつく。

（守ってもらいたいことがあるの）

結婚してくれと田村がいった日に、頼子は思いつめた表情で口を切った。記念パーティーからさほど日がたっていなかった。

（あたしねえ……）

頼子は自分の髪をくるくると指に巻いては解きながらしばらく口ごもった。

（あたしってやきもちやきなの。あたしだけを大事にしてもらいたいの。ふつうの奥さんて、ご主人が隠れて浮気するくらい大目に見るところがあるでしょう。家庭さえこわさなければ。でも、あたしは我慢できない。相手が商売女でも厭よ)

(なんだ、そんなことか)

二人はベッドの中にいた。田村は浮気なんかしないと笑いながら誓って、頼子の腹に手をすべらせた。笑いごとではない、まじめにいっているのだと、頼子はいった。

(あなた、約束してくれる?)

(きみだけを、という歌があったっけ)

(ふざけないで)

頼子の強い語気に田村はひるんだ。浮気なぞするつもりは田村に毛頭なかった。頼子といっしょになることができれば何も要らない。結婚生活を想像するだけで、田村はつかのま気が遠くなるほどの幸福感を覚えた。頼子の前で、田村はおごそかに浮気しないと誓った。他の女には目もくれないと約束した。

何度めかの抱擁の後、頼子は自分についての噂を耳にしたことがあるだろうといった。

(聞いたことは聞いたさ。けれどそれがどうしたというんだい。きみみたいな女を男たちがほうっておくわけがあるまい。ぼくは別になんとも思わないね。噂をいちいち気に病むほど暇ではないしね)

田村はちょっと気取って煙草をふかした。

(あたし病気かしら)

(なんだって)

(こういうことなの。男の人から好意を寄せられたら女も悪い気はしないわ。あたし、今まで何人もの男の人を好きになった。でも好きになると、その人を独り占めしたいの。彼があたし以外の女を考えることさえたまらない。ただの女友達という関係も厭なの。あたしは変っているとよく男の人からいわれたわ。病的だって）

（逆に恋人からやきもちを全くやかれないというのも男には物足りないもんだよ）

（あたしのことわかってくれたわね）

（わかった。せいぜい大いに嫉妬してくれよ。ぼくにはいつだってきみだけなんだ）

田村はテレビドラマに登場する二枚目役を演じているような気になった。うだつのあがらない平社員であった彼にいい寄る女性はこれまで一人もいなかった。独身を通したのは好みの女がいなかったためでもあるけれど、女の方も風采のあがらない田村に注意を払わなかったのだ。頼子を手に入れて、田村は有頂天になっていた。他の女に心を奪われない約束をするのはたやすいことであった。

その晩、田村は赤いバラを横目で眺めながら、冷凍もののカキフライを食べて眠りについた。

翌日も田村は帰りがおそかった。

頼子に電話をして、相変らず気分がすぐれないと聞き、会社からまっすぐ彼女のアパートへ見舞いに寄った。昨日より熱はさがった。悪寒も消えたのだが、大事をとってきょうまで休むことにしたのだと、頼子はいった。風邪をこじらせると後が大変だから、いっそのこと今週いっぱい休んではと、田村はすすめた。

（そうものんびりしてはいられないわ。でも、安心して。日曜日には必ず武志さんのマンションに出かけるつもりなんだから）

(パーティーはいつだってできる。それより病気を治療するのが先だよ)

(あなた、日曜日にはだれかとデイトするんじゃない。あたしが寝こんでいるのをいいことにして)

ばかなことをいうんじゃないと田村はいって、頼子のアパートを出た。世田谷のマンションに帰りついたとき、頼子に渡すはずの鍵をポケットに入れたままにしていたことに気づいた。それを履物入れの上にのせて部屋の明りをつけ、コートを脱ぎながら田村はいぶかしげに眉をひそめた。片づけたとはいえ、まだ紐をかけたままの段ボール箱がいくつかあった。中身は書物である。それが本棚にきちんと並べられている。

段ボール箱は折り畳まれて紐をかけられ、バルコニイの隅に重ねられてあった。けさがたは居間に置かれていたものだ。誰かが田村のいない間に侵入してそうしたのだとしか思えなかった。田村は机の抽出しをあらためた。わずかばかりの現金には手をつけてなかった。洋服簞笥の中身も消えたものはなかった。銀行預金の通帳も印鑑もちゃんとあった。

田村は椅子に身を埋めて考えこんだ。

もしかしたら書物を箱から出して並べたのは自分ではあるまいか。バラを買って来たのも。会社では残業が毎日続いている。係長となって仕事の量も格段にふえた。八階へのぼるつもりでエレベーターのボタンを押し、どういうわけか地階へ出たことがある。あわてて八階へあがったまではいいが、今度はなんのためにそこへ行ったのか用事を忘れているというミスはいい方で、書類作成の手順をまちがえたり、暗記している取引業者の電話番号を思い出せなくなったりしていた。

仕事のストレスによって一時的な健忘症にかかったのだと、田村は信じようとした。バラにしろ書物にしろ他人のために働く物好きはいない。(全く、このごろのおれはどうかしているぞ)田村はこぶしで頭を

二、三度たたいて台所に這入った。どうかしているのは会社で、田村だけではない。国内にふえた支店、海外に新しく作られた出張所などから送られてくるテレックスの量もバカにならない。見たところ課長たちの三分の一は半ノイローゼ状態といってよかった。

部下をガミガミ叱りつける。仕事ちゅうに口をぽかんとあけて宙をにらむ。顔面神経痛というのだろうか片頬がゆがんだのを隠すために外科医のようなマスクをかけている部長もいた。昼食をとったことを忘れて、せかせかと食堂にかけこむ係長もあった。

田村は冷蔵庫からインスタントもののシューマイを出してガスコンロにかけた。

油の匂いをかいでいる田村の顔がにわかに緊張した。今しがたのぞいた冷蔵庫の中身が気になった。彼はしばらくためらったのち、おそるおそるその扉を手前に引いた。ビール壜が五本並べてある。得体の知れない獣を見るような目で、彼は身を折ったまま褐色のガラス壜を注視した。入れた覚えはないのである。焦げ臭い匂いが漂って来た。彼はあたふたとシューマイの所へ戻って、火を止めた。

ビールは田村がいつも飲んでいる銘柄であった。

キッチン・テーブルの上に一本を置いて彼はシューマイをたいらげた。ちょうど飲みたいと思っていたところだ。しかし、青酸加里入りのコーラというぶっそうなしろもののあったことを思えば、うかつに手を出すのはためらわれる。田村はナプキンで口をぬぐってテーブルのまわりを回った。目はビールに注いだままである。これを、いつ誰が冷蔵庫におさめたのだろう。

昨夜、買いこんだ肉や野菜をしまったときのことを思い出そうとした。扉の重みはきょうほどではなかった。あのとき、ビールがはいっていたとしたら、必ず目についたはずだ。すると、ビールは本の整理をした人物がおさめたとしか考えられない。本を片づけたのが田村であれば、ビールを入れたのも田村でなければならない。

真夜中にベッドから脱けだして、段ボール箱をあけ、書物を本棚に並べたのではあるまいか。ひっこして以来、会社の仕事に追われ、気はあせりながら室内の整理をのばして来た。しかし、ビールはどうなる。田村は栓抜きで自分のこめかみをたたいた。終夜営業のスーパーは近所にあるけれども、酒類まで売っているのだろうか。酒の小売店で午後十一時まであいている店ならあった。昨夜、寝る前に自分がしたことをこまかく検討した。

入浴をし、軽い柔軟体操をした。いや、体操をした後に入浴をし、すぐにベッドにもぐりこんだ。待てよ、田村はまた栓抜きで頭をたたいた。寝る前にMJQのLPをステレオにかけて聴いた。水割りをこしらえて飲んだのを思い出した。水割りだった。ビールではなかった。それから？　それからベッドの中に、いや、湯あがりの体が上気したので、バルコニイへ出たのだった。

出たのはバルコニイだったのだろうか。風呂に入ってビールが飲みたくなったので、マンションの外へ出たのではないだろうか。いずれにせよビールは幻影ではなかった。かすかに露を付着させた褐色の壜が目の前に立っていた。田村は栓をあけた。ふき出た泡を舌先でちょっとなめてみた。別に異状はない。

ジョッキになみなみとついだビールを、まずひと口すすった。もうたまらなかった。

（おれは誰かに毒を盛られるほどの悪事を働いた覚えはない）

次の瞬間、田村はからのジョッキを手に、うっとりと目を細めていた。ビールをこんなに旨いと思ったことはかつてなかった。自分で買ったビールを飲むのがなんで悪い。二杯めのジョッキをあけるとき、田村はそうつぶやいていた。国立へ帰るつもりで、船橋まで行った課長が会社にいる。ていどの差こそあれ、誰でもこのごろはイカれているのだと、田村は考えた。自分がした買い物を忘れるくらいどうということはない。

ビールを二本飲みおえたとき、にわかに疲れが出た。この夜、田村は風呂をつかわずに寝た。真夜中、電話のベルが鳴ったような気がした。電話に出たかどうか記憶にはない。隣室の電話が鳴ったのだろうと、田村は思った。バルコニイのガラス戸をあけたままにしておくと聞える場合があるのだ。朝、田村は充血した目でガラス戸の方を見た。畳まれた段ボール箱をしらべたとき、閉じるのを忘れていたと見え、人が通れるほどにそれはあいていた。

午後七時すぎ、田村は〝あけぼの〟マンションに帰って来た。

頼子は出社していたが、新宿あたりで食事をして映画でもみないかという田村の誘いをことわった。早めに帰ってやすむつもりだと答えた。体調はまだ完全だとはいえない。それというのも日曜日のパーティーをふいにしたくないからだと、頼子は甘い声でささやいた。二人は昼休みに電話で話をした。

（ききたいことがあるんだがね。おれ、このごろどうかしてるように見えるかい）

（あなたが？　それ、どういう意味）

（うん、物忘れがひどくって弱ってるんだよ。突発性健忘症とでもいうのかなあ）

（あたしのこと、忘れるの）

（そんなことじゃないって）

(他のことなら何を忘れたっていいわ)

田村はだらしなく頬をゆるめて自分の机に戻った。五分あまり夢見るような目付でカレンダーを眺めて、傍の女子社員を気味悪がらせた。田村は今まで女から、あたしのことさえ忘れなければと、いわれたことがなかった。

昨夜はあれこれと思案して自分を納得させてはみたものの、マンションへ近づくにつれて疑惑が頭をもたげ始めた。おそくまで営業している例の酒屋へ這入ってウィスキーの角壜を買った。包装している中年の女に、ごくさりげない様子で、きのうは何時ごろ閉店したのかをきいた。

(昨晩ですか、いつもの通り十一時になってからでしたわ)

(そうか、すると、ぼくがお宅でビールを買った直後ですな)

(お客さんが?　ビールを)

女は伏せていた顔をあげてけげんそうに田村を見つめた。

(ご主人が昨夜はここにいたと思うけれど。いや、十一時ちょうどではなくて十時をまわったころかな)

主人は業者の集会に出たので、きのうはずっと自分が店番をしていたと、おかみはいった。しだいにウサン臭そうな表情になった。

(あ、いや、きのうじゃなかった。ぼくの思いちがいだった)

田村は目の前が暗くなる思いだった。つりを受けとるなり身をひるがえして店からとび出した。すると、ビールを買ったのはやはり田村ではなかったのだ。彼はマンションのドアをあけた。鬼が出るか、蛇が出るかという気持だった。明りをつけておもむろに室内を見まわした。変化はない。

あたりまえだと、彼はひとりごとをいった。帰るたびに花が活けてあったり、書物が並べられたりしていたら、たまったものではない。きょうは早く帰られたので、肉をステーキにして食べるつもりだった。下ごしらえは出勤前におえている。タレは先《せん》だって頼子が作ったものだ。いわゆるレアていどに肉の両面を焼いて、脂の中に血の滲むようなステーキをナイフで切ってたいらげることを想像し、彼は生つばをのみこんだ。

台所の明りをつけたとたん、田村は棒立ちになった。キチン・テーブルの上にアイス・バケットがあり、ワインの壜が氷に埋まっている。マッシュポテトとアスパラガスの皿が並べられ、その横に小さな紙片があった。

――スープは片手鍋の中、暖めてから召しあがれ。レンジの中にステーキ、あなたのお好きなヴァニラアイスクリームが冷蔵庫に入れてあります。　　　　あなたのY

あなたのYだって？　田村は片手鍋の蓋をとってコーンスープができあがっているのを見とどけた。レンジの中にはステーキがあった。Yといえば頼子しか心当りがない。筆蹟も似ているようである。頼子ならばどうして黙っていたのだろう。びっくりさせるためだろうか。頼子のはずがない。きょう出社していたのだから。待てよ、電話をしたのは十二時半ごろだった。午前ちゅうにマンションへ来て料理をして、昼から出勤したのなら話が合う。いや、そのはずがない。鍵がないのにどうやって這入れたのか。

田村はテーブルに料理を並べた。

青酸加里か何かそれに似た毒薬が混入している可能性を一応は考慮してみた。電話ボックスに置いてあったものではない。Y、Yとは何者なのか。しかし、焼き加減は田村の好きなレアであった。牛肉の断面に滲み出ている赤い血が食欲をそそった。毒殺しようとする女がメモを残すとは思われない。田村はナイフで肉の端を少し切って口に入れた。肉は柔らかだった。ニンニク入りのタレとまざったグレイヴィーが口の中に溜った。一切れを口にするやいなや彼はせっせとナイフを動かして次の一切れを切りとっていた。こんなに旨いステーキなら死んでもいいとさえ思った。

マッシュポテトも良かったし、アスパラガスも結構だった。ワインは一九六八年もののボルドオであった。田村はワインをすすり、牛肉を咀嚼し、アスパラガスをかじった。みるみるうちに皿を空にした。スープの味もいうにいえないほどすばらしかった。さいごにヴァニラアイスクリームを食べた。田村はどちらかといえばチョコレートアイスクリームの方がヴァニラアイスクリームよりも好きだった。舌鼓を打ってスプーンを使いながら今度からヴァニラにきめようと思った。アイスクリームは手製のものである。砂糖とクリームと香料の配合が田村の好みにぴったりだ。

料理を一つ残らず胃におさめてしまうと、田村は身動きするのもおっくうになった。

とろんとした目で台所の天井を見上げた。

「さて、と」

煙草に火をつけて深々と吸いこんだ。〝あなたのY〟とは何者か。知りあいの女たちにYというイニシャルを持つ者はいない。いたとしても鍵なしでどうやって這入りこめるだろう。田村はあることを思いついた。ウィスキーを買った酒屋の電話番号を調べてダイヤルをまわした。さっきのおかみが出た。先刻はどうも失礼と、田村はいった。相手は毎度ありがとうございますと応じた。

「実はぼくの友達がお宅でボルドオ産のワインを買って届けてくれたんだけれど、一九六八年もののワインを。あれはいくらぐらいするものなんだろう。お返しをする必要がありましてね」

「六八年もののボルドオでございますか」

おかみは値段を告げた。

「なるほど。困ったことに贈り主はマンションの管理人に預けて帰ったんです。管理人の爺さんはもうろくしてましてね。せっかく聞いた贈り主の名前を忘れちまった。その女の人の特徴を教えてもらえるとありがたいんだが」

「きょうお買いになった?」

「うん」

たぶんきょうだろう。その酒屋で買ったかどうか自信はなかった。渋谷あたりのデパートで買った可能性もある。しかしワラをもつかむ思いだった。ウィスキーを買うとき、店の陳列棚にこのワインが並んでいたのを覚えている。

「女の方なら確かに見えましたよ。二十五、六の、そうですねえ、黒っぽいワンピースをお召しになったきれいな人でした。その方がワインをお買いになって。きょう売れたのは一本きりですから覚えています」

パーマをかけていない長い髪を肩にたらしていた。ワニ革のハンドバッグ。赤いベルト。珊瑚のネックレス。おかみの観察はこまやかだったが、あくまで外見の特徴にすぎない。頼子の髪も長い。ワニ革のハンドバッグを持っているのを見たことがある。

「他に何か」

「口数の少いお方でしたからねえ」

田村はもぐもぐと礼をいって電話を切った。紙片をもう一度、読み直した。（あなたのお好きなヴァニラ……）のくだりで、頼子と食事をした日比谷のレストランでのことを思い出した。デザートのアイスクリームがヴァニラだったので、田村は手をつけなかったのだ。頼子がそれをとった。少くともアイスクリームに関する限り、頼子ではありえない。田村は寝るまで檻の中の獣のように室内を歩きまわった。誰かが鍵を持っていて、田村がいない間に出入りしている。それだけは疑いようのない事実だった。

このことを頼子にいってはならない。田村はかたく決心した。頼子に鍵を渡す前に見も知らない女が合鍵を所持して自由に出たり入ったりしている。料理を彼のために用意したり、バラを贈ったりしている。万一、発覚したらどういうことになるか、想像しただけで田村は身ぶるいした。

洗いざらい頼子に事の次第を語ろうか。一度はそう考えてみた。正直は最善の方策という。頼子が納得すればいいのだが、やきもちやきをもって自任する頼子のことだ。田村の話をその通りに受け入れてくれたらいいのだが、疑うに決っている。

（背丈は中くらい。でも首筋のほっそりとした感じのいいお客さんでした）

おかみがつけ加えた言葉が耳にまつわりついて離れなかった。頼子に鍵を渡さずに良かった。謎の女と頼子が、彼の留守ちゅうマンションで鉢あわせしたら、どんな騒ぎがもちあがることか。田村は椅子の脚に向うずねをぶつけて顔をしかめた。すねの痛さよりも鍵を持った女のことが気になり、びっこをひきながらなおも室内をぐるぐると歩きまわった。

翌日、田村はいつもより早く部屋を出て、管理人の爺さんに話しかけた。自分が借りるまであの部屋に住んでいた人物のことを知りたいといった。

「七〇二号室なら小坂さん」

「小坂さんは引払う前に鍵を返却したでしょうね」

「もちろん」

管理人はエレベーターの前に置いた鉢植えのゴムに水をやっていた。

「小坂さんというのはどんな人でしたか」

管理人はゴムの木から目をそらさず無愛想に答えた。小坂氏は三十前後、どこかの劇団に所属していると聞いた。午後おそくマンションを出るのがきまりだった。テレビに出演したこともあるそうだが、自分は見ていない。ちょっとした二枚目だった。ちょうどお前さんのように。爺さんは初めて含み笑いを見せた。からかわれたとは知らず田村は照れてしまった。

「その小坂さんの所へよく訪ねて来ていた女の人を知りませんか」

「わたしにわかるわけがないでしょう。ここでは別に訪問者をチェックしませんからな。よそのマンションではそうする所が多いそうだが、わたしはマンションの管理に手一杯で、誰が誰を訪ねて来たかまではね」

「小坂さんは独身だったのですね」

「そうのようでしたよ。俳優さんだから女の人にもてるのが当り前ですな」

「髪の長いほっそりとした女性が出入りしてたんじゃないんですか」

「髪の長いのも短いのも、肥ったのも痩せたのもエレベーターを出たり入ったりしてましたよ田村さん。いったいそれがどうしたんです」

管理人は短気らしかった。田村はあわててマンションの外へ出た。爺さんのいうことはもっともだ。唯一の収穫は前住人が俳優だったということである。独り者の小坂とつきあっていた女が合鍵を持っていた。鍵は四、五百円で複製が作れる。どうしてこんなことに気づかなかったのだろう。謎の一つは解けた。しかし、小坂がひっこしたのは女も知っているはずだ。仮りに女の知らない間に小坂がマンションを移ったと考えても、小坂の部屋と田村の部屋は調度がちがう。留守ちゅうに田村の部屋を一瞥して、別人と入れかわったことを知っただろう。

田村は会社で仕事に身が入らなかった。

日曜日、田村は室内をざっと掃除した。

赤いバラは半開のままだったが新聞紙にくるんでゴミ袋におしこんだ。「あなたのY」が書いたメモはこなごなに引き裂いてトイレに流した。きのうまでの二日間は幸い何事も起らずにすんだ。部屋へ戻るとき、田村はびくびくものだった。それでいて心の隅にかすかな期待があることは否めなかった。変化のない自室を見出して彼は安心し、ちょっぴり失望した。

小坂の新しい住居を管理人は知らなかった。何という劇団に属しているか覚えていないといった。田村は昨日、近所の運送店を軒なみに調べて小坂の荷物をどこへ運んだか知ろうとした。管理人がひっこしを請負った業者を忘れている以上、自分でつきとめるしか方法がないのだ。〃あけぼの〃マンションの名前を知らない運送店はなかったが、小坂の荷を運んだ覚えはないという答が返って来た。

してみれば、小坂という男は内密にひっこしをしたのだ。わざと近くの業者を頼まず、遠くから呼んだのだろう。田村は芸能界にくわしい友人に一杯飲ませて、小坂卓郎という人物の所属する劇団を調べさせた。劇団はすぐにわかった。小坂は最近ヒットした連続テレビドラマで個性的なワキ役を演じて人気の出た新人であるという。田村は劇団に電話をかけた。自分の窮状を説明し、その女から鍵をとりあげてくれないならば、不法家宅侵入で当人を訴えるというつもりだった。

（小坂は海外ロケで当分、帰って参りません）

若い女が電話で応対した。田村は住所をきいた。

（ええと、しばらくお待ち下さい。世田谷区上用賀十九の三の一、〝あけぼの〟マンション七〇二でございます。失礼ですがどちらさまで）

（それは前の住所でしょう。新しい移転先を）

田村は口から出まかせにある芸能プロダクションの名前を告げ、緊急の用件があるといった。若い女は当惑した声で、

（小坂の移転先はまだ連絡をうけていませんが、帰るなりこちらから）

といいかけたので、田村は電話を切った。三週間はロケ先のアメリカから帰らないのだそうだ。

チャイムが鳴った。田村はいそいそとドアをあけて頼子を請じ入れた。

「あら、ずいぶん片づいたじゃない。これみんな武志さんが一人でおやりになったの」

「もちろん、ぼくがやらなければ誰がやるのさ」

頼子は本棚を眺め、室内を鋭い目で点検した。

「すっかりいいのかい、風邪は」

「残業で毎日おそくなるといってたのに、よく御本を整理するひまがあったわね。誰かに手伝ってもらったんじゃない?」

「とんでもない」

あまりにもきっぱりと否定しすぎた。頼子はつかつかと花瓶に歩みよった。赤いバラを買って来ている。花瓶を手にしてふしぎそうな表情になった。水が残っているけれども、花を活けていたのかとたずねた。バラの始末に気をとられて水にまで考えが及ばなかった。

「ああ、もうしおれたんでね」

「無精者のあなたが花をねえ」

頼子は花瓶を洗ってバラを活けた。買い物袋の中身を冷蔵庫にしまった。このことを予想して田村は自分が買ったものではない品物が残っていはしないか念入りに調べておいたのだった。

「これ、なあに」

頼子が台所から現われた。先日、彼女がこしらえた焼肉用のタレである。イチゴジャムの空壜に入れておいたものだ。

「あたしがこしらえたですって? ええ、確かに用意したわよ。ブルガリア産のグースベリージャムの壜に。でも、これはカリフォルニア産の壜じゃないの。ブルガリア産のジャム壜は空っぽになってるわ」

「きみがまちがえたんじゃないのかい」

田村は顔面蒼白になった。

「そんなことないわよ。初めカリフォルニア産のあれに入れようかと思ったけれど、壜が小さいのでブルガリア産の空壜をよく洗って移しかえたのを覚えてるほどだから、まちがえることないわ」

頼子は汚らしいものを見るような目で茶色の液体を見つめ、鼻で嗅いだ。けっしてこれは自分が作ったものではない。その証拠に自分が嫌いなニンニクを使ってあると指摘した。

「あたしがこしらえといたタレはどうしたの」

頼子は語気鋭くつめよった。あれは先だって肉を焼いたときにかけて食べたと、しどろもどろになって答えた。

「ふうん、そうなの」

「そうだとも。で、新しくスーパーから、いや駅前に朝鮮料理屋があってね。すごく旨いタレが評判なんだ。タレだけわけてもらったんだ」

「なんというお店？　駅前にあったかしら。それ、本当？」

頼子はじろりと田村を見てバルコニイに出た。タレの入った壜をゴミ袋に入れようとした。

「あなた」

田村はぎくりとした。バルコニイの方に目をやると、頼子が赤いバラを持っている。

「このお花まだしおれていないじゃない」

「そうかな」

「どうして捨てたりなんかするの」

「つまり、ええと、なんとなく」

頼子はバラを再び新聞紙でくるんで荒々しくゴミ袋につっこんだ。それから一時間あまり二人は口をきかなかった。田村は洋服箪笥の中身を整理し、頼子はシタビラメのムニエルをこしらえた。彼が話しかけても返事をしない。塩や胡椒のありかを時たまきくだけである。そっと背後にしのびよって、頼子のうなじに接吻しようとした。田村は手ひどく頼子の肘でわき腹をこづかれてしまった。数秒間、呼吸ができないほど痛かった。

料理がととのえられた。

二人はテーブルをはさんで向いあった。田村はこの日のためにモーゼルワインを用意していた。ボルドオの方が好みに合うのだがなんとなくはばかられたのだ。

「乾杯」

わざとらしく陽気な声で田村はグラスをさし上げた。

「このワイン、あなたが買ったの」

「もちろん」

田村は店の名前とワインの値段を一気にまくしたてた。屑籠にすてていた包装紙までひっぱりだして見せた。頼子は疑わしそうに包装紙を見つめた。

「あなた、いつから好みが変ったの」

「どういうことだい」

「日比谷のレストランで、ウェイターがワインリストを持って来たでしょう。あのとき、ボルドオのワインがなければ要らないっていったんじゃない。これはモーゼルでしょ」

「あのときまでモーゼルの味を知らなかったのさ。パリへ行ったうちの課長が土産にくれたのがこたえられないほど旨くてね。食前に一杯やる癖がついた」

「気前のいい課長さんだわね」

「餞別をはずんだから」

ようやく彼女は機嫌を直したようだ。新婚旅行にはハワイよりグアム島がいい。披露宴に招くのは何人くらいにとどめるべきか。式場は、という話になった。田村はここを先途としゃべりまくった。披露宴に金を費すのは愚の骨頂だ。必要最小限に押えて浮いた分を新婚旅行にまわしたい。知りあいにホテルづとめの男がいるから、式場の経費はいくらか安くあがると思う。彼は頰を上気させてのべつ話し続けた。頼子もほんのりと顔を染めて田村の話に聞き入った。唇をやや開き、目がうるんでいる。田村は自分がいかに有能か、同僚がいかに無能であるかを力説した。新しい部長はどうやら自分に目をかけているらしい。先日もエレベーターに二人が乗りあわせたとき……

電話のベルが鳴った。

田村は不吉な予感がした。頼子が出ようとしたので彼女をつきとばすようにして送受器にとびついた。日曜日の夜というのに誰だろう。

「田村ですが」

「………」

「もしもし、どなた」

頼子がぴたりと彼に寄りそっている。

「……あなた、なのね」

「え？」

女の声である。低いうらみがましい声。田村の酔いはけしとんだ。頼子はじっと彼を見つめている。

「ぼくは田村ですが、人ちがいなさっているのではありませんか」

「あたしのこと忘れたの」

「何番におかけですか。こちらは四二七の七二……」

「あたしは忘れないわ」

「小坂さんとまちがえているんでしょう。小坂さんはひっこしてね、ぼくがここを借りてるんだ。こちらの迷惑も考えてもらいたいな」

「声色が旨いわね。さすがお芝居できたえただけのことはあるわ」

「失礼じゃないか。名前をいいたまえ」

女の声はもの憂げで単調だった。

「ステーキ、おいしかった？」

「あなた、だれ」

「ワイン、召しあがった？」

「名前をいわなければ切る」

送受器を置こうとした。冷たい汗がわきの下に滲んでいた。頼子はこわばった表情で田村をにらんでいる。「待って」と女の声がいった。

「そこに誰かいるのね。だからわざとそんな返事をするのね」

「いるとも。ぼくの婚約者がいる」

「あたしだってあなたと婚約してるわ」

「いい加減にしてくれないか」

田村は乱暴に電話を切った。

「あたし、帰る」

頼子は手早く身づくろいしてドアの方へ歩いた。事情を説明するから、話せばわかると、田村が哀願するのに耳をかさなかった。ふりむきもせずに部屋から立ち去った。田村はぐったりと椅子にもたれて、遠ざかる靴音を聞いていた。


「へえ、誰かがお宅の留守ちゅうに這入りこんでるんですって」

翌朝、管理人はふしぎそうにきき返した。何か被害があったのか、あれば警察に届け出るがいいという。自分としては前住人が作った鍵の複製まで回収することはできかねると、けんもほろろの挨拶である。爺さんは新聞の囲碁欄と首っ引きで碁盤にかがみこんでいた。

「あんたはマンションの管理人だろ。不法侵入をだね、防止するのはあんたの義務じゃないのかね。ぼくは管理費として月々一万円払っている」

「じゃあなんですかい、お客さんを呼びとめて田村さんの部屋に這入ろうとするのはお前さんではないかときけといわれるんですな。このわたしに」

「方法はあんたに考えてもらいたい。個人のプライヴァシーを侵害されている身にもなってくれよ」

「何を盗られたんです」

「いや、盗られた物は別に」

「じゃあいいじゃないですか」

管理人は手で碁石をかきまわした。盗られたどころか、ワインだのバラだの持ちこまれているのだ。本当のことを話しても相手が信じてくれそうになかった。

田村は昼休みの時間を利用して頼子に電話をかけた。昨夜の女が前住人の小坂という俳優と婚約した女らしい、自分には身に覚えのないことだとくり返した。納得させるのに一時間かかったので、とうとう昼食を食べそこねてしまった。田村はしかしその女が合鍵を持っていることは伏せておいた。

解決法は新しい住居へ移ることなのだが、不動産への礼金やひっこしにつかった費用はバカにならない。田村にそのゆとりはなかった。仕事はさんざんだった。未決書類を断裁機にかけてしまったり、自分の判を部長が押す箇所についたり、テレックスを読みもしないで屑籠に投げこんだりした。ほうほうの体でマンションに帰った。

明りをつけたとき田村は自分の目を疑った。部屋をまちがえて他人の所に這入ったのではないかと思った。壁ぎわのベッドが反対側に移動している。机と椅子の位置も異なっている。萌黄色のカーテンは、けばけばしい花柄に変っていた。部屋の家具調度はみな動かされていた。ベッドカヴァーも水色のものから黄色い地のものに代えてある。おそらく小坂の住んでいた部屋がこうだったのだろうと、田村は考えた。

電話が鳴った。

田村はまっさおになって鳴りひびく電話機を注視した。大きく深呼吸しておいて送受器をとった。

「武志さん、あたし」

「きみか、なあんだ」

田村はへたへたと床に座りこんだ。

「きみか、なあんだとはご挨拶だわね。がっかりしたんじゃなくって」

「いや、ちがう。安心したんだ。おこらないでくれよ」

「お昼にいい忘れたことがあるの。このあいだ、帰りがけに履物入れの上にあった鍵をちょうだいしたの。あなた、鍵は二つあるっておっしゃったわよ。そのうち一つをあたしに下さる約束だったわ。黙っているのは悪いと思って」

田村は頭をかきむしった。

「どうして黙ってるの。あたしが持っていては都合が悪い?」

「いやいや、そんなことはない。きみにあげるのを忘れてた。いつでも来たいときに来てくれ。ぼくの方がうっかりしてたんだ」

「このごろわりと暇なの。社長が一カ月の予定でアメリカへ旅行に出かけたのよ。定時に帰れるから、たまにはお料理くらいしてあげられてよ」

「うれしい話だな」

田村は机に飾っている頼子の写真をにらみつけようとした。写真立ては影も形もなかった。

「ねえ、あなたどうかしたの。声の調子が変よ」

「ちょっと疲れてるだけなんだ。今度はいつ会える」

「あたしに会いたい？」

「会いたい。今度の日曜日はどうだろう」

「一週間も待ちきれないわ」

「ご免よ。仕事さえ忙しくなければ明日にでも会えるんだが」

「そこに誰かいるんじゃない」

「何をいってるんだ。ぼく一人だよ」

電話が終ったとき、田村は汗をかいていた。バルコニイへとんで行ってゴミ袋を探した。写真立てそのものは壊されていなかったが、頼子のポートレイトはちりぢりに引き裂かれていた。写真がないと知ったら頼子はどうするだろう。田村は机の抽出しから頼子を撮ったフィルムをさらい出した。田村が写っているネガはあった。頼子を撮ったものは鋏で切りとられ、一枚も残っていなかった。

田村は胃が痛んだ。頼子の写真を常時、見ているとせつなくなるからしまいこんだとでも説明する他はない。信じるか信じないかはそのときまかせだ。夕食はとっていなかったのに食欲は失せていた。小坂の女はネガフィルムを切りとるとき、田村の写真を見たはずである。机の下には彼のアルバムがある。そのアルバムからも頼子の写真だけが消えていた。女は気がふれているのだと、田村は結論を下した。

写真を見ているのだから七〇二号室の主人が小坂でないとわかったはずだ。にもかかわらず依然として田村を小坂と思いこんでいる。小坂に捨てられたショックで、女は少し変になったのだ。田村は小坂を憎んだ。同時に、女の気をふれさせるほどの魅力を持った俳優をうらやましく思った。

頼子はただ婚期を逸するのが厭なのでおれと結婚するのではないだろうか……一秒間、田村はその可能性を検討した。それを認めるには田村の自尊心が妨げとなった。

　電話が鳴った。ためいきをつきながら彼は送受器をとった。

「さっきの話だがねえ、きみのいう通り日曜日まで我慢できそうにない。水曜日、つまりあさってはどうだろう。ここへ来てくれるかい。パーティーのやり直しをしようよ」

「………」

「あんな別れ方ってないよ。気まずいじゃないか」

「パーティーのやり直し」

　田村は愕然とした。あの女の声だ。

「きみだな、写真を盗んだのは。自分のしたことがわかっているのか。不法家宅侵入罪で訴えるぞ」

「あい変らずお上手ねえ。入団したときのせりふまわしにくらべたら格段の進歩だわ」

　気が変になった女に何をいってもききめはないのだった。田村はさっき管理人にドアの鍵をとりかえてもらえまいかと相談してはねつけられた。入居契約の際、部屋の構造その他の備品を変更しないという条項にサインしていることを思い出させられた。女の声は続いた。

「公演のつど百枚ずつ切符を買ってあげたのは誰だと思って？　そのマンションの敷金を払ったのは、間代を払ったのは。つまらない写真くらいが何よ」

「かんちがいは迷惑だ。あんたは小坂としゃべっているつもりだろうが、ぼくは別人なんだよ」

　送受器を彼はたたきつけるように置いた。またベルが鳴った。田村は考えた。こちらが喧嘩腰になってもひるむ相手ではない。作戦を変えて穏やかに説得すればわかってくれるかもしれない。彼は咳ばらいをして送受器をとりあげた。

「会ってみればわかってもらえると思うよ。明日はどうだろう。ここじゃあまずいから、どこかあなたに都合のいい場所で」

「武志さん」

彼は送受器を落しそうになった。頼子に向って懸命に弁解した。たった今、例の女から電話があったのでつい錯覚したのだといった。

「その女の人と会うつもりなの」

「ぼくが小坂じゃないとわかれば、これ以上、変な真似はしないだろうよ」

「変な真似って何をしたの」

「あ、いや、そのう、電話をかけたりさ」

「あなた何か隠しているんじゃないの。本当のことをおっしゃって」

「本当のことをいってるとも」

「このごろどうも様子が変だと思ってたら女の人とこっそり会ったりしてたのね」

「会ってやしないったら。誤解しないでくれ」

田村は脂汗をしたたらせながら頼子にくどくどといいわけをした。電話が終ったのは二時間後であった。その女と会わないことを彼は頼子に誓うハメになった。水曜日は会社がひけてから西銀座のTというレストランでおちあい夕食を共にすると約束した。少し遅れるかもしれないが必ず行くからと頼子は念をおした。

火曜日は何事もなく過ぎた。水曜日の夕方、田村は打合せたレストランで頼子を待った。二時間後に田村はそこを出た。頼子は現われなかった。電話もかかってこなかった。頼子の会社へ電話をかけてみたが誰も出ない。アパートにも居なかった。田村は胸騒ぎを覚えながらタクシーを降りた。七〇二号室は表通りに面している。明りがついていた。ガラスの割れる音がした。植木鉢が降って来た。コーヒーカップがその後に続いた。バルコニイでつかみあっている二人の人影が見えた。やがてそのうちの一人が手すりからせり出し、ふわりと夜空にうかびあがるのを、田村は口を大きくあけて眺めていた。

彼

女の部屋に見なれないものがあった。

男は本棚にのせたガラス箱に目をとめた。ロココ風の衣裳をつけたフランス人形がはいっている。一週間ほど前に、男がこのアパートへ来たときはなかったものだ。

「これは?」

男は部屋に入るなり女にたずねた。なじる口調になった。女は人形などを部屋に飾る趣味がない。装飾品といえば壁にかけた水彩画が一点だけである。部屋はいつも片づいている。ふだん見かけない物があるとすぐに男は気づいた。

女は椅子に腰をおろしていた。

人形の方へ目をやらずに答えた。フランスへ旅行した彼が、土産に買って来てくれたものだといった。

「彼って、あの男か」

女は黙ってうなずいた。顔は窓の外に向けられている。人形なんか好きじゃないだろうと、男はいった。

「わざわざ買って来てくれたんだもの。要らないから持って帰れともいえないでしょう」

「きみは一応断わったんだな」

「こんなものもらっても仕方がないわ、女学生ではあるまいし」

「しかし、ちゃんと飾ってるじゃないか」

「じゃあ、どうしろというの」

目ざわりだと、男はいった。彼は何者だ、年齢は仕事は住居は、矢つぎ早に男は質問をあびせかけた。女に「彼」がつきまとっているのは知っている。彼のことを男はこれまで何べんもきいた。女はかたくなにおし黙り、男が知りたがる彼の正体を明かそうとしない。

さいごに女がいうせりふは決っている。

「彼とは何でもないのよ」

「それはわかってるけれど」

男はよわよわしくつぶやく。女が嘘をついているとは思えない。ただの友達だと女がいうのを信じていながら、彼がどこのだれであるかをつきとめたがっている。女のアパートへこっそりと通うようになってから、半年が経っていた。最初の日に彼のことを聞いた。灰皿に煙草の吸い殻があった。女がのんでいる煙草でも男のそれでもなかった。

彼がさっきここから立ち去ったばかりなのだと、女はいった。もう三年ごしのつきあいだとも説明した。男はさりげない表情を装って彼のことをきいた。半年間、折りにふれて彼にまつわることがらを詮索し続けた。

女は少しずつ話した。

年齢は男とさしてちがわない。体つきも。住居はアパートからほど遠くない。妻子がある。会社を経営していて外国へ出かける機会が多い。旅行をすれば必ず旅先から電話をかけてよこす。手紙もくれる。土産を贈る。

女はそれ以上のことを語らなかった。

男には雲をつかむような話だ。初めのうち彼の実在を疑ったこともあった。自分に嫉妬させるため、彼を作り出したのではないかと考えた。灰皿の吸い殻は、その日たまたま訪れた他人のもので、それを彼のものと思いこんだこともあり得る。

しかしある日、男が女の部屋に入ると、ドアの下に絵葉書が落ちていた。マニラで投函された航空便である。女は留守だった。男は女が与えた鍵を使って、いつでも部屋に出入りすることができた。絵葉書はマニラ港の落日を撮った写真が刷られており、表にはなぐり書きに近い筆致で、フィリッピンが予想以上に暑いこと、自分の英語がホテルのボーイに通じなかったことなど書いてあった。終りに、日本へ帰ったら貴女に会えるのを愉しみにしていますという一行がつけ加えられていた。

差出人の名前はなかった。消し印はマニラである。文字は紛れもなく男のものだ。あるじが部屋にいないとき、家さがしをするのは厭だった。絵葉書をテーブルの上に置いて女が帰るのを待った。二時間たっても女は帰らなかった。柱にかけてある状差しに航空便らしい絵葉書が他にも数通さしこんであるのに気がついた。

男は何度も手を出しかけてはやめ、ついに状差しの中身を調べた。差出人は同一人物であった。筆蹟でわかった。ソウル、マカオ、ホノルル、投函した場所は全部ちがっていた。発信人の名前が書いてないのが共通していた。文面はありふれた内容だ。土地の印象、天気、ホテルの居心地などが簡潔に述べられているだけであった。さいごに決って（貴女を訪問するのが愉しみ）とつけ足してあった。

男は絵葉書を五、六回読み返して自分の家に帰った。

その晩はおそくまで眠れなかった。

「彼はいい人よ、わたしのことを気にかけてくれるし、仕事にかけては有能だし。彼を尊敬してるわ」

アパートは丘の中腹に建てられている。二階にある女の部屋から市街地が見える。女は窓ぎわに椅子をおいてそこから日がな一日、街を眺めた。眺めて飽きないと、いった。窓には白いレースのカーテンを引いている。女が自分で編んだものである。

男はしつこく彼のことをたずねた。くり返し問いただせば、そのうち彼の正体がわかるように思った。女の返事は変らなかった。

「彼のこと気になるの」

女はフランス人形に当てた視線を男に移してきいた。もちろん気になると、男はいった。

「あなたはわたしを好きじゃないんだわ。彼とは何でもないといったのを信じないんですもの」

「そういうわけじゃない」

「ならどうして彼を気にする必要があるのよ。あなたが彼がだれだときさたがるのは自分の気持に自信を持てない証拠だわ。あきれた」

女はつと立ちあがってガラス箱の蓋をはずした。フランス人形を取り出して新聞紙にくるんだ。ガラス箱を六枚のガラス板に分解しそれも新聞紙で包んで紐をかけた。明日はゴミの収集日だから袋に入れて出すつもりだと女はいった。

「これで気がすんだでしょう。いずれこうするつもりだったの。彼からもらった物で、大事にとっておいたのはないわ」

彼がただの友人なら自分に隠すことはない、と男はいった。

「あなたの知ってる人よ。でも彼がだれなのかあなたに教えても、それでどうなるの。ここへ来るように彼を招いた覚えはないわ。勝手にやってくるだけ。わたしにあなたという人のあることは、彼にもいってるの。彼はあなたのことを知りたがったけれど、わたしはいわなかった。あなただって知られたくないでしょう」

女は煙草に火をつけて、すぐに灰皿でもみ消した。くの字に折れた煙草が灰皿に横たわった。三年もつきあっていて何もなかったとは信じられないと、男はいった。

「だって、わたし次第でしょう。わたしが何とも思わないのだから彼も手の出しようがないわ。寛大な人なのかもしれないわね」

女はまた煙草をくわえた。マッチをすって火をつける指が慄えているのを認めた。手入れのゆき届いた細長い指の先で焔がゆらめいた。時間がないと、男はいった。女が事務所に電話をかけたのだ。用事があるから来てくれといった。男は同僚の手前、声をひそめて用事とは何なのかときいた。電話ではいえないというのが女の返事だった。

男は腕時計を見た。事務所を出てから半時間たっている。いつまでも席をはずしておくわけにはゆかない。

「じゃあ帰ってちょうだい」

「用事があるといったろう。だから来たんじゃないか」

「いいから、もう帰って」

「忙しい最中に呼びつけておいて帰れというのはどういうわけなんだ。気紛れもほどほどにしてもらいたいな」

「用事があるからといわなければ、あなたはうちに来ないの」

「そんなことをいってるんじゃない。でもきょうは特別な用事だときみはいった。聞くまでは帰らない」

男は意地になった。事務所で鳴っている電話のベルを思い浮べた。同僚には一時間で帰ると告げている。きょうじゅうに打合せをすませておかなければならない用件がいくつかある。しかし、女が電話をかけて来たときの声音はただごとではなかった。もっともらしい口実をこしらえて、男はあたふたと事務所をとび出し、アパートへ車で駆けつけたのだ。

まっぴるま女の部屋を訪れたことはない。女と時間をすごすのはよその町にあるホテルを利用していた。夜、自由になる時間が生じた場合はアパートに来た。きょうはしかしアパートに住む連中の目を気にするゆとりはない。

「用事があったから電話をしたのよ。事務所にはするなといわれたの忘れたわけじゃないわ。でも黙ってわたしがここからいなくなったらあなたに気の毒だと思って……」

女は言葉を選ぶようにして低い声でいった。たかぶった感情を抑えようとつとめているのがわかった。男は白い洋簞笥の前に置かれたスーツケースに気づいた。小型の旅行鞄もその横に並べてある。

「いなくなる？　どうして」

男は息をのんだ。

「旅行するの、今度は少し遠くへ」

「いつ帰る」

「さあ、いつになるかしら。生きている間にお金を使わなければ。このところずっと旅行したことがないわ、あなたと知合ってから毎日お部屋にとじこもってばかり」

「体はだいじょうぶなのか」

「わたしの体がどうなったってあなたの知ったことじゃないでしょう」

旅行は一人でするのかと、男はきいた。女は答えない。不機嫌になると黙りこむ癖が、女にはあった。行く先も、期間も、泊る場所も教えなかった。一つだけでいいと、男はたのんだ。なぜ、旅行に出かけるのか。女は体をそこねて働くのをやめた。医師は入院をすすめたという。しかし病院に入ると治る病気も治らないからという理由で、女はアパートに暮らしている。いくらか貯金があった。生活費を切りつめれば一年と少しは保つだろうといった。男から金は受けとらなかった。

ことあるごとに男はアパートの間代や医療費を口にした。

できるかぎり力になりたいといった。女は頑としてはねつけた。自分と会ってくれるだけでいいといった。その他には何も要求しないと約束した。(奥さんに悪いわ。いいこと、けっしてわからないようにしてね)。男と別れぎわに女はそういって念をおすのがきまりだった。


男は女がどこで生れたかを知らない。

この町へやって来るまでは、どこに住んでいたかも知らない。ただ、本土から遠い島で生れたことしか告げなかった。島へは船で五時間から六時間かかるといった。ベッドに二人して横たわっているとき、よく島の話をした。泳ぐのがとても好きだったの。ひとりごとのようにつぶやいた。今はちょうどあんな感じ。

男は半ば眠りながら女がとめどもなく話すのを聞いた。

島はほとんど切り立った崖で囲まれている。

小さな岬で抱きかかえられた入り海があって、そこは波が荒くない。島の子供たちが泳ぐ唯一の場所だ。海底にもぐって、岩と岩との間に身をひそめると、波の動きが体に伝わってくる。水面から射しこむ光が海藻の間を縫う魚を彩る。

(体がね。水に持ちあげられるように揺れるの。しっかりと岩につかまっていても。暖かい海流がそこだけ流れてるの。息が続かなくなったら水面に出てまたもぐるのをくり返したわ)

女は目をつぶって楽しそうに話した。小学生の頃のことだから、もう十五年も昔になるのに、まるできのうのことのようだといった。

(島はどうなってるかしら)

当時は人家が五十数軒しかない小さな島で、今は無人島になっている。住民はみな本土へ引っ越した。島を後にしてから、これまで一度も帰ったことがないと、女はいった。むきだしの腕をのばして煙草をとった。女の乳房が男の顔を覆った。男はもの憂いけだるさを五体に覚えながら寝返りをうった。

(ちょうど海の底で、暖かい水にゆさぶられているようなあんな気持。あなたにはわからないでしょうね)

この頃しきりに島のことを思い出すと、女はいった。

(あなた、寒くない?)

(いや)

女は毛布を男の胸に引きあげた。人間は死期が近づくと幼い頃の出来事を思い出すというのは本当かと男にたずねた。男は目を開いた。（死期だって）気色ばんでたずねた。女が定期的に病院へ通っているのは知っている。女は微笑した。両腕を男の首にまわして抱きかかえた。

（本で読んだだけ。そんなにびっくりしないで。きょうあすじゅうにわたしがダメになるといったわけじゃないんだから）

女は腕を解いて男の肩に自分の頭をもたせかけた。自分は幸福だと、いった。

（会社をやめるときにね、貯金を計算したの。あと何日生きられるか。答えは出たわ、ただの割り算ですものね。それほど長生きしたいとも思わないの）

女の口調は明るくて屈託がなかった。

（でもなんだかシャクだわ）

（どうして）

（だって……）

女は片肘で身を支えて上半身を起こした。露わになった乳房を毛布で隠しながら男の顔をのぞきこんだ。

（損したような気がするの。今まで何も知らなかったんですもの。生きるというのはこういう気分を味わうことだともっと早く知っておけば良かった）

島の話を彼にもしたかどうかを男はたずねた。

（少しはね。彼だってわたしがどこで生れたかは知らないわ）

水中にもぐってじっとしていた話もしていないことを男は確かめた。どうして話してはいけないのだと女はきき返した。

（いやだからだ。彼に島の話をするな）

女は声を出して笑った。のけぞった咽喉の白い肌がなまなましく男の目に映った。男は自分のわき腹に触れている女の柔らかい太腿を感じた。そこに手のひらをあてた。皮膚のしっとりとしたぬくもりが伝わった。男は島の話をせがんだ。船着場、小山の尾根にある井戸、墓地、畑で栽培されていた農作物、四季に咲いた花。島について語るとき、女の顔はうっとりとなった。男は自分が行ったことのない島を微細に思い描くことができた。

まわりが四キロに満たない小島で、中央に小山がある。東西に走る尾根の東側に集落があり、西側はすみずみまで耕されている。小山の頂には楠の大木がそびえ、海上から漁船の目じるしになる。一つきりしかない井戸が飲料水の源で、島民は水を大事にする。春は畑の畦にスミレが咲き、遠くからはいちめん紫色の薄布をかけたように見える。

島の西海岸に淋しい入り江があると、女はいった。二つの低い尾根ではさまれた窪地が入江の奥にあって椿の木が暗いかげを落している。

（夏でもそこへ行くと涼しいひんやりとした風が吹くの。大人も子供も行きたがらない場所。でも嵐の後は必ず行かなくちゃならないの。どうしてかって、そこには海流のせいで水死体が流れつくことがあるの。こわれた船の破片とか魚箱とか、いろんな漂着物が打ちあげられているのを島の人たちは拾い集めるわけ。水死体がまじっていても仕方がないわね。昔から何人も。身もとがわかるのは本土から引きとりに来るけれど、浜に流れつくまで水にもまれているでしょう、裸だし顔立ちもわからなくなってしまっている。結局、引きとり手のない水死体は、入り江の奥にある窪地に埋葬されることになるの。まるい石が土まんじゅうの上にちょこんとのせてあるだけ。

わたし子供のときから人の行きたがらないその淋しい墓地が好きだったわ。何時間も椿の木かげにしゃがみこんで、海を見てるの。いいえ、退屈なんかするもんですか）

男は前日、アパートの近くで真夜中に至るまで女の部屋を見張った。車を道路わきの空地にのり入れ、そこに積みあげられた木材とコンクリートブロックの間から女が住んでいるアパートの部屋を監視した。彼がいつ訪れるかは知らなかった。女の部屋からは、夜になると空地は闇に沈んで、男の車は認められない。かりに窓をあけても、男が車の明りをつけなければ、察知されない。

彼がだれであるか知りたかった。

ひんぱんに女の部屋へやって来るようだ。彼のくれたものはみな女は報告した。バラの花束、洋酒、菓子。

（突き返すいわれはないでしょう。別段うれしくはないわ。でもせっかく持って来てくれたんだもの。あなたにあげましょうか）

要らないと男はじゃけんにいった。日が落ちてから十二時すぎまで、男は車の座席から女の部屋を見張り続けた。窓の内側で女の姿が動くことがあった。隣室の女が回覧板らしいものを持って女の部屋に入り、すぐに出た。それだけだった。男は半時間に一度の割りで車の外へ出て、体を屈伸させた。長い間、同じ姿勢でいると、腰が痛んだ。

（あいつかな、それとも……）

車の座席にうずくまって、男は次から次へと知合いのだれかれを思いうかべ、女がいった彼の特徴があてはまるかどうか考えた。銀行員のT、楽器屋店主のS、県庁づとめのR、不動産業者のA、みんな彼らしくもあり彼らしくもなかった。女のいったことはあまりにも漠然としていた。そのような男はいくらでもいるのだ。

男は車のラジオを入れた。雑音がひびいた。こわれているのを忘れていた。闇と沈黙が耐えがたかった。

窓ガラスが外から叩かれた。黒い人影が内部をうかがっている。（こんな所で何をしているんですか）と警官はいった。男は質問と同時にまぶしい光をあびせかけられて顔をそむけた。道路に赤い燈火を点滅させている車がとまっていた。警官は男の運転免許証を懐中電燈に照らして調べた。急に嘔き気がしたので休んでいるのだと、男は弁解した。（そりゃあ、いけませんな。おたくまで自分らの車で送りましょう。あなたのはここに置いといて明日にでもとりに来ればいい）と警官はいった。それには及ばない、嘔き気もおさまったから運転できると男はいった。それ以上、警官は追及せずに去った。

男はパトロールカーが見えなくなってから、車を移動させた。道路からはかげになる倉庫のわきにとめた。

暗い座席に身をひそめて、倉庫の軒下からアパートをうかがった。ある人物がつね日頃、男の念頭にまつわりついている。中肉中背、年齢は三十代の半ばすぎ、職業は会社経営ただし業種は不明、月に少くとも一度は海外へ旅行する。一つずつ限定してゆくと範囲はせばまってくる。精力的な実業家の姿がうかびあがる。しかし顔は見えない。目鼻立ちがしかとつかめないので、かえって妙な実在感がある。初めて差出人の名前が記されていない絵葉書を手にしたときに感じたような。

絵葉書を見なければ男はもっと不安な状態におちいっただろう。バラの花束や菓子などは女が自分で買えるのだから。十二時まで男は車の中ですごした。ついにだれも女の部屋に訪ねて来なかった。ほっとしたような肚立しいような気持で、男はわが家へ車を走らせた。坂道を徐行して下りながら性交の後のような疲労を覚えた。関節から力が抜け、手ぎわよくハンドルをあやつることができなかった。疲れの後に虚脱感が、その後に悲哀が訪れた。

家のガレージに車をおさめ、ライトを消してからも、男はしばらくハンドルに胸でもたれて顔を伏せていた。

男は女の太腿に当てた手を下腹へすべらせた。島の話を続けてくれといった。窓には黄色いカーテンがかかっている。その向うにもう一枚レースのカーテンがあり、窓の下は崖になってそこに空地が拡がっている。昨晩、男が車をとめていた場所だ。エンジンをふかす微かな音を耳にしたように思った。

男は手を動かすのをやめた。

音はそれっきりだ。

女はとじていた目をあけて、どうかしたのとたずねた。

（何か外で音がしなかったか）

と男は首をもたげていった。

（それが気にかかるの）

（いや、どうでもいい）

男は女から身を離した。空地にひっそりと停車している車を想像した。車の中には男がいて女の部屋に目をこらしている。そいつは男がドアをあけて這入るのを見とどけただろうか。車の中で彼は煙草をのんでいる。ラジオを聞こうとしてスイッチを入れる。半時間ごとに外へ出て体操をする。運転をするならともかく、とまっている車の座席に座り続けるのは疲れるものだ。

男はベッドから抜け出した。明りを消して窓のカーテンを細めにあけた。なぜそんなことをするのかという女の質問を無視して、窓の上段の透明な箇所から空地を見おろした。くろぐろとした影が倉庫の横にある。それは車の影なのかコンクリートブロックの影なのか見分けられない。

きのうまではなかった影だが、きょうになって空地の所有者が運びこんだものの影であるかもしれない。男はくしゃみをした。体には何もつけていなかったのだ。あわててベッドに戻った。

「旅行か、たまには気ばらしにいいだろう。時間さえあればぼくも一緒に行きたいんだがな」

男は腕時計を見た。とっくに二時間がたっている。

「他人事みたいにいうわね」

「きみが帰るまでは仕事が手につかないよ。せめて行く先でも教えてくれないか」

「教えたらどうするの」

「安心する。電話をかける」

「ホテルに」

「そう」

「もし彼が出たら」

男は身をかたくした。女は左腕をまっすぐにのばして手の甲を立てた。五本の指で空をつかむしぐさをした。指環のない女の手というのはわびしいものだと、いった。彼と旅行をするのかと、男はかすれた声でたずねた。口の中が干しあがるような感じだ。女はゆっくりと首をねじって男を見つめた。

「わたしが一人で旅行をするのはいやだといったこと、覚えてる?」

「ああ、しかし……」

「二十五にもなって女の一人旅なんて惨めなものだわ」

彼はパリから帰ったばかりなのだろう、細君に怪しまれないのだろうかと、男はいった。

「きのう、彼が来たの。そのお人形を持って」

新聞紙でくるんだ包みを目でさした。身の振り方を彼に相談したと、女はいった。

「いつまでもこうしてはいられないし。あなたも生活を変えたいでしょう」

変えたいとは思わない、女と別れるのはいやだ、男は女が気持をひるがえすように思いつくかぎりのせりふを並べたてた。

「いいのよ、もう」

女は憐れむようなまなざしで男を見やった。

「何がいいんだ」

「何もかも。わたしは気持の整理がつきましたからあなたは帰って。お仕事が残っているでしょう。急に呼びつけたりして悪いと思ってるわ。ご免なさいね」

口調がわざとらしく他人行儀になった。

「何がなんだかさっぱりわからない。いいのよ、もう、とは一体どういうわけだ。こっちはちっともよくない。帰れといわれて、そうですかと帰れるもんか」

女はうっすらと笑った。

「あなた、まるで怒ってるみたい」

「やぶから棒にそういわれて平気な顔はできやしない」

遠い町の見知らぬホテルにいる女が想像できた。女は顔のない男に寄り添って眠っている。男は眠っていない。女が語った島の話を思い返している。水中にもぐって岩角につかまっている女の子。髪が解けてなびいている。鮮かな原色で彩られた魚が若布の間をかすめる。頭上で波が砕けるとき、水底でも白い砂がつかのま、ふわりと浮きあがる。

顔のない男の目に女が話した情景が見えている。

男は立ちあがって台所へ行った。コップに水をついで少しずつ飲んだ。発作を起した女がすることを真似た。気持をおちつかせることができるはずだった。鍋類はみな磨かれ、一定の間隔をおいて棚に並べられている。醤油や塩などの壜もきまった場所にある。見なれた物を見るのもこれが終りであるような気がした。

コップを洗って食器戸棚にしまった。

男は居間に戻った。

「じゃあ」

と女はいった。

「煙草を一本ぐらいのむ時間はあるだろう。そうせかさないでくれ。帰るときは帰る」

「ここはわたしの部屋よ。わたしが帰ってといってるの。たのんでるんじゃないわ。命令してるのよ。大きな顔をしないで」

大きな顔をするつもりはない、しばらく考える時間が必要なだけだと、男はムキになっていい返した。もうご用ずみだとお払い箱になるのだったら、最初からそのていどのつきあいだったのかと女を責めた。おまえは自分なしでは生きられないとまでいったではないかとなじった。今になって彼を選ぶとは。

女は呆れ顔になった。

「わたしがあの人を選んだですって」

「たった今そういった」

「いわないわ」

「彼と旅行するといった」

「あなた、わたしが彼と旅行するといえば信じるの。いいえ、信じたのよ、聞くまでもないわ、あなたがそういったもの。わたしはあなたの気持をためしてみただけ」

男はいったん立ちあがってまた椅子にすわりこんだ。本当のことをいってくれとしわがれた声でつぶやいて頭をかかえた。

「本当のことならいったわよ。もともと旅行なんかするつもりはないんですから」

男はスーツケースの方へ視線を向けた。

「あなたはまだ疑ってるわ。可哀想な人」

男は立ちあがった。

ドアの方へ歩き出した。ポケットに手を入れて鍵をつかみ、部屋の入り口にある戸棚の上にのせた。後ろから足音が迫った。女の両腕が男の胴にからみついた。

「待って」

声が喘いだ。

ためされるのは嫌いだと男はいって、からみついた腕を解こうとした。意外に女の力は強かった。両手の指をしっかりと組合せている。一本ずつ引きはがすようにして腕を振りほどいた。

「帰らないで」

女は男の前に立ちふさがった。

大きく見開かれた目がひたと男を見すえた。男から目をそらさずに手を戸棚にのばして、鍵を指でつまんだ。細長い金属の端を持って男の顔の正面にかざした。

男は気がついたとき、その光る冷たい金属を握っていた。女は男に身を投げかけた。二度と自分をためさないでくれと、男はいった。女はすすり泣きながら誓った。男をためすことはしないと。彼のことを口にすることもしないと。

しかし、男にはわかっていた。

女がこれからも男をためすだろうし、彼のことを話題にすることもわかっていた。男はポケットにおさめた鍵の重みを感じた。

赤い鼻緒

声が聞えた。

苦しそうにしわがれた声である。二度、三度、耳をうつ。襖をへだてた隣りの部屋へ呼びかけている。隣りの部屋から聞えてくるようでもある。

木村芳之は寝がえりをうった。

起きなければならない。起きなければと、自分にいいきかせる。布団の中の暖かさにくらべ、屋内は冷えきっている。肩のあたりから流れこむ冷気でそれがわかる。

木村はまた寝がえりをうった。シーツにしわが寄り、背中と脇腹が痛い。寝巻の細紐がよじれて、体をしめつけている。シーツをのばし、寝巻をくつろげたいと思いながら、木村はそれをしない。

胸がせわしない動悸をうつ。

シャツがじっとりと汗ばんでいる。このごろくり返し見る夢のせいである。たまりかねて叫び声をあげた。声は叫びにならず、かすかな呻きになって咽喉の奥からもれただけだ。声は恐怖のせいでもあり、たすけを求めておのずから発したものであった。だれでもいい、自分を救ってくれる者であれば。

隣室には母がやすんでいる。

毎朝、声をかけて木村を起す。

夢うつつに耳へとどいた自分の声を、母のそれと思い、意識がしだいにはっきりしてくると、自分自身の声であることに思い当った。木村はけだるい暖かさに包まれ、まだ目を閉じている。

戸外はいつになくひっそりとしている。

この静けさはあけがたのものだ。はやばやと起きる必要はない。あと少し、眠っていられる。木村は右脇を下にし、膝をやや折りまげて、もう一度眠りに入ろうと試みた。ね汗を吸ったシャツが気味悪くまつわりつく。

不快な動悸が依然として息苦しい。口と鼻孔を同時にふさがれたような、胸の上に重い石をのせられたような圧迫感。木村はもぞもぞと身じろぎして、体にからみついた細紐を解いた。

——起きなければ……

炬燵板の上に拡げられた原稿用紙が目の裏にうかぶ。一行も書いていない。七日間、木村は白い原稿用紙を前にぼんやりとすごして来た。寝起きの爽快感はまったくなくて、感じられるのは深い疲労だけである。長い道のりをよろめきながら駆け続けたあとのような。背後から追いかけて来る者どもがいる。

どんよりとした灰色の雲の下に草原がある。

くすんだ緑色のかたい葉身を持った草が生えている。地平から湧くように追手が現われる。彼らは草むらに身をひそめた木村の方へ近づいて来る。そこに隠れているのは承知しているのだ。木村は立って身をかがめながら次の隠れ場所を探す。もっと深い草むらはないものか。

後ろをふり返る。地平線、一列に並んだ黒い人影はじりじりと距離をつめる。目の前に二抱えはありそうな椎（と思われた）の木がそびえている。根元にうろがある。木村は喘ぎながらうろの中にもぐりこむ。

——そんな所に隠れてもむだだ。ちゃんと見通しなんだから……

すぐ近くから嘲けるような声が聞える。木村ははじかれるようにうろから飛びだして草原を走る。密生した暗緑色の草にともすれば足をとられそうだ。行く手には墨色の雲が垂れ下っている。ねばりけのある粥のようなものの中で木村は溺れかかっている。体の自由がきかず、呼吸もできない。

これは夢だ、夢なのだと、自分にいいきかせている。始りと終りが決っている夢。しかも三十年以上も昔に見た夢である。ながらく見ないでいたのが、どうしたわけかこのごろ一人で暮すようになってから再び見るようになった。

起伏に富んだ草原を木村が歩いているところから夢が始る。

彼はときどき後ろをふりむいて尾行する者のいないことを確かめる。青黒い草が苔のようにびっしりと地面を埋めつくしている。彼はどこへ行くかをわきまえた者の足どりで、まっすぐに草原を突き切る。今にも雨か雪の降りだしそうな暗い空が頭上に拡がっている。

そこに窪地がある。

彼は窪地のへりで立ちどまる。もう一度、まわりを見渡す。風になびいている草以外には何も見えない。ためいきをついて彼はそろそろと窪地の底へおりる。さしわたし五メートルあまり、深さは彼の身の丈くらいで、窪地は砂まじりの赤土がむきだしになっている。彼はそこへおりるのが厭でたまらない。来たくはなかったのだ。それでいて来ずにはいられなかった。

だれかに見られている。

そんな感じがする。皮膚が目に見えない針で刺されるような感じである。のびあがって窪地のへりから四周を眺める。だれもいはしない。気のせいだ。彼は窪地の中心にたたずんで、足もとを見おろす。黒っぽい石がころがっている。石臼ほどの大きさである。彼は咽喉がかわく。石の下に何があるかを知っている。

彼は石に両手をかける。見かけよりは重い。肩で息をしながらそれをころがそうとする。地中に根を生やしたように石はびくともしない。彼は窪地の中を点検する。先が折れたスコップがあった。そのスコップをてこ代りに用いて石をようやくずらすことができる。石の下には黒い湿った土がある。

彼は休みもせずにこわれたスコップを土に刺す。少しずつ泥を掘りくずし、穴を拡げる。そんなはずはない、そんなはずはと思いながら、確かめずにはいられないのだ。石の下に埋められたもの。何もなければそれが一番いいのだ。しかし、ほどなく木の棒は柔らかいものに突き当る。彼はじっとりと汗をかいている。見ずにはいられない。こわごわと穴の中をのぞきこむ。やはり、それはあった。

彼は大急ぎで穴に泥をほうりこむ。上を平らにならして石をのせる。

どうしてこんなことになったのか。彼が埋めたのが何者なのか、彼にはわからない。はっきりしていることは、そいつ（男か女かは覚えていない）の命を奪ったのが彼であり、埋めたのも彼だということだ。自分がこんなだいそれたことを仕出かそうとは、思ってもみなかった。しかし、しかし……彼は窪地の底で頭をかかえてうずくまる。

とりかえしのつかないことをしてしまった。石をのせたところで、死体はいずれ見つかるだろう。彼が下手人であるという痕跡は、埋められたものが発掘されればたやすくわかることになっている。冷たくなって土中に横たわっている人物に恨みはなかった。

――なぜ、なぜ……

彼はしきりに自問する。他人をあやめるということは自分が一番したくないことであった。早晩、自分は追われるだろう。追われて捉えられるだろう。彼はまた皮膚に針の痛みを感じる。おそるおそる窪地のへりごしに草原を眺める。いつのまに現われたのか、列をなした人影がこちらへ進んで来る。

彼は人影とは反対側へ逃げる。

そこで夢は終る場合がある。終らないで彼がけんめいに草原を走り、すんでのところで追っ手につかまりそうになってから終ることもある。大男に羽交いじめにされた彼は、無実だと訴えている。そのくせ自分では無実だと思っていない。

ずいぶん遠くまで草原を逃げたつもりなのに、捉えられる場所は必ずあの窪地である。目ざめたとき、木村は深い安堵の吐息をもらす。

——まだ、罪を犯していない……

十代のころはそれですんだ。としをとるにつれて夢は見なくなった。恐怖の記憶だけが残った。犯しもしない罪のために、なぜおびえるのだろうかと、子供心にいぶかることがあった。

しかし、夢というものは、もともと辻つまが合わないようにできている。夢の解釈をあれこれと試みたあげく、木村は忘れることにした。ほかに考えなければならないことはいくらでもあった。あれからほぼ三十年たっている。忘れたつもりの夢をまた見始めた。情景はそっくり同じである。窪地の底にころがっている黒い石。暗緑色の草原、灰色の雲、ひたひたと確実に近づいて来る人影。

起きなければならない。しかし、まだしばらく眠っていたいという気持で、彼は目を閉じている。

疲労感が五体のはしばしにゆきわたり、身動きするのも物憂い。

うす目をあけて枕もとのデジタル時計を見る。九時十三分。ぼんやりとした蛍光色を放つ数字に気づいて、彼はのろのろと身を起す。すると、きょうは日曜日なのだろうか。この静けさがふしぎだ。九時をすぎた時分、ふだんなら家の前を車が通る。人声もする。きょうは絶えている。

往来に足音もひびかない。

自分の声におどろいて目ざめるわけだ。きのうが日曜日だった。おもむろに頭がはっきりして来た。隣室に声をかけようとして、咽喉まで出かかった言葉をおさえた。寝巻をぬぎすて、シャツもひき剝ぐようにとり去る。汗ばんだ肌に鳥肌が立つ。かわいたタオルで皮膚をぬぐった。

吐く息がたちまち白く凍る。

新しいシャツと下着をつけた。ズボンをはき、セーターを着こんだ。冷えた重湯のような空気が、体を包む。木村は襖をあけた。きのうまで、母がやすんでいた六畳間である。彼の仕事場でもある。縁に面した障子のきわにおいた電気炬燵が目に入る。その上に拡げた原稿用紙の白さが目にしみた。何行か書きかけたことはある。それは破られたり、丸められたりして、屑籠の中にすてられた。

母はきのうの夜行列車で大阪へ帰った。母のいない部屋はがらんとして広くなったように感じられる。木村は足をふらつかせながら次の間に這入った。書物や雑誌、新聞の類がきちんとつみあげられている。母が整理したものだ。木村は部屋から部屋へあてもなくうろついた。玄関の三畳間に接した八畳の居間、次が四畳半の納戸。母がいないことは承知しているのに、木村は襖をあけたてして、この旧い家に自分が一人でいることを確かめた。

それにしてもなぜ、母を呼んだのだろう。

呼んで何を頼もうとしたのか、それが思い出せない。

頼むことなぞありはしないのだ。恐怖のあまり発した声にすぎないと思う。しかし、けさは恐怖だけではなかった。さびしさと哀しみが怯えにいりまざっていたようだ。いつもの夢と前後して、やっちゃんが現われた。昨夜、母を駅へ送って行った帰りに木村は酒場へ寄った。半時間あまりぼんやりとすわっていたようだ。かなり飲んだのにさっぱり酔わなかった。

払いをすませて外へ出ようとすると、扉があかない。重いものが扉に寄りかかっている。押しあけてみると、小肥りの中年男が体をくの字にまげて出口に横たわっていた。そのあたりでは別に珍しくない酔っ払いである。わきを通りぬけようとしたとき、その男をどこかで見たように思った。茶色の布地で仕立てた三つ揃いを男は着ていた。頭は薄くなっていて、わずかに残った髪も白いものが多い。

看板が発する仄かな光で照らしだされた男の顔に木村は見入った。身なりがすっかり変っているので気づかなかったのだ。この男はやっちゃんである。メタルフレームの薄青いサングラスが鼻の頭からずりさがっていた。やっちゃんは、木村が小学生であった当時、駅前にリヤカーをおいて客を待っていた。いわゆるメッセンジャー・ボーイである。重い手荷物をさげた客が列車からおりると、その荷をリヤカーにのせてついて行き、何がしかの料金を受けとる。あのころは二十歳そこそこではなかったろうか。噂では駅の待合室に乳呑児のときすてられていたみなし児である。片脚が不自由で、リヤカーを曳くとき梶棒が上下に大きく動いた。客の後から同じ速さでついて行くのが苦しそうだった。

やっちゃんはその日の糧を得る分だけ働くと、仕事をやめた。四、五回、リヤカーを曳けば良かった。ぼろ同然の服を着て、足には靴をはいていたためしがなかった。いつもはだしである。やっちゃんはすこぶる屈託がなかった。夏の宵、木村が家の前においた縁台にかけて涼んでいると、やっちゃんの歌が聞えた。家ごとにめいめいの縁台に腰をおろして浴衣姿で涼をとっている前で、やっちゃんは流行歌を歌った。つやのあるいい声である。身ぶり手ぶりを加え、うっとりと目を閉じてやっちゃんは歌った。一杯の焼酎か、少しばかりの心付をやっちゃんはもらった。

「やっちゃんはお酒が好きなんだねえ」

木村は隣の老婆が話しかけるのを聞いたことがある。「へえ」とやっちゃんはいって、あいまいな笑いをうかべた。幼いときにかかった小児麻痺はやっちゃんの頭も冒したということだった。何をきかれても「へえ」としかいわなかった。焼酎にありつくときも、ありつかないときも、やっちゃんの熱演は変らなかった。

「あんたも年ごろだから、お嫁さんをもらわなくてはね」

老婆が言葉を続けたとき、木村は意外なものを見た。「へえ」と答えたやっちゃんが伏し目になって、赤い顔をもっと赤くしたのである。

「ぼ、ぼくは、よ、嫁さんが、だれも女の人が、好いてくれんのです」

「そんなことないわよ。やっちゃんはいい男っ振りだもの、きっといいお嫁さんをもらえるわ」

やっちゃんはますます赤くなって身も世もないような表情になり、体をくねらせながら得意の「愛染かつら」を歌った。そのことがあってから、しばしばやっちゃんはからかわれるようになった。「やっちゃんよ、酒の次に好きなのは歌かね女かね。女だろうなあ」

「へえ」

やっちゃんは目をパチパチさせて頭を掻いた。「ぼく、女の人を好きでたまらんですが、女の人はぼくを好いてくれませんです」。「やっちゃんは二枚目だよ。かげでうまくやってるんだろ」。あのころ、メッセンジャー・ボーイは痩せていた。駅の裏手にある広場の掘立小屋で自炊生活をしているのを木村は学校帰りに見たことがある。

木村が高校に進むまでリヤカーを曳いたやっちゃんと出会っていたものだが、いつのまにか姿を見かけなくなった。どこへ消えたのか知りたいとも思わなかった。何十年ぶりだろう。木村は呆然とやっちゃんを見つめた。何で生計を得ているのか知らないが、三つ揃いに茶色の靴なぞはいている。顔にはさすがにしわが刻まれているけれども、やっちゃんであることはまちがいない。

三つ揃いは体に合わない。あのころよりずっと肉がついているのに、服はさらに大きくてチョッキまでだぶだぶである。木村は家で原稿を書くという仕事がら、めったに外出しない。よその町へ去ったと思いこんでいた人物が依然として自分の町に暮していたのに気づかなかった。この肥った体、頭の白髪、三つ揃い。男を眺めている木村の感情がとつぜん溢れそうになった。初めて酔いを意識した。木村は足早に酒場の前から離れた。歳月が小肥りの男に変貌して目の前にうずくまっているように思われた。

帰宅しても漠とした悲哀が心の底にわだかまり、夢の世界にまで尾を引いた。(ぼくは女の人を好きなのに、女の人はぼくを好いてくれない)やっちゃんがどもりがちにそういったとき、中学生であった木村は自分の内心に抱いている思いをいい当てられたように思った。いつまでもやっちゃんの言葉が耳について離れなかった。

木村は炬燵のスイッチを入れた。

灯油ストーブに点火しておいて台所に立った。水道は凍っている。予想していたことなので、汲みおきの水に張っている氷を割った。口に含んだ水はしびれるように冷たい。歯ブラシを使うとき、みぞおちの辺からこみあげてくるものがあった。木村は念入りに口をゆすいだ。嘔き気はやがておさまった。ウイスキーの空壜が台所の隅に並んでいる。一人で暮すようになってから、飲む酒の量がふえた。ガス焜炉にかけておいたやかんが鋭く鳴り始めた。ふだんよりもその昔は高くひびいた。コーヒーを淹れる準備をしていた木村が、ぎくりとしてやかんの方に目をやったほどだ。

茶褐色の粉末に熱湯をそそいだ。

香ばしい匂いが台所にたちこめ、暖かい湯気に顔をなぶられて、木村はいっとき幸福感を味わった。

起きぬけに炬燵のスイッチを入れ、その手で灯油ストーヴに火をつけるという順序は決っている。必ず炬燵が先だ。それから台所でコーヒーを淹れる。木村は二年この方、一人で生活している。このごろ、母が大阪からやって来て、身の回りの世話をしてくれるようになった。二、三週間、家事をしてまた大阪へ帰る。母が面倒な炊事洗濯をしてくれるのはありがたかったけれども、一人暮しになじんだ木村にしてみれば、何かにつけて小まめな母をわずらわしいと思うときがないでもなかった。

台所の什器は乱雑に散らかっているようでいて、木村にはどこに何があるかわかっている。醤油さし、コーヒーをいれた罐、塩の壜、油の容器などは、暗闇でも探しだすことができる。母がとり片づけてしまうと、いちいち探しまわらなければならない。些細なことであるだけに、かえって木村はいらいらした。

コーヒーをすすりながら煙草をとりだす。朝刊を読みおえるまで五分とかからない。ポットにいれたコーヒーをゆっくりとのむ。その日に予定した仕事の順序を考える。のみおわったとき、電気スタンドのわきにおいている懐中時計のねじを巻く。日めくり暦を剝ぎとる。コーヒーから朝食までの時間は、日によってちがっていた。

母にはそれがわからない。

息子が床を離れたときは、コーヒーを用意している。のみおわったときはもうパンにバターを塗っている。食欲がわかないうちに、むりやりトーストを口へおしこまれているような感じだ。

「じゃあ、何分待てばいいのかい」

とたずねた母に、時間は決っていないと答えた。腹がへれば食事をとる。へらなければ朝食を抜くときがある。一人暮しはそこが自由だ。何分間と時間を切るのは窮屈この上もないことなので、適当にというしかなかった。

「適当にといわれてもねえ」

母はためいきをついた。

「半時間」

木村はぶっきらぼうに答えた。自分はもしかしたら二人で暮すような生活に向いてはいないのじゃないか。なみなみとコーヒーをたたえたポットを手に六畳間へ戻った木村は考えた。母でさえも気うといときがある。妻はなおさらだ。七十歳をすぎた母は涙もろくなっていた。仕事場の隣室で、母はシャツのボタンをつけたり、洗濯物を畳んだりした。

ある気配を察して木村が襖をほそめにあけてのぞくと、母はぼんやりと庭を眺めている。涙が膝にしたたるのをぬぐいもしない。またか……木村はそっと襖をしめて自分の机に戻った。前にもあったことだ。母がつぶやくせりふは決っている。

「おまえがこれからどうなるかと思ってねえ」

「どうもなりはしないよ」

「わたしがいつも傍にいてやれたら安心だけれど、大阪のこともあるし」

自分は永く生きられない。自分が居なくなったときのことを思えば夜もおちおち眠れないと、母はいった。

「気に病むことはないさ。なんとかなるだろう。これまで一人でやって来たんだから」

「でもね、男の一人暮しというのは並大抵のことではないんだから」

頼むからと、木村はいった。しめっぽい話はよしてもらいたい。暮しが不便でないとはいわないけれども、身から出たサビだと思っている。自分以外のだれも悪いのではない。別れた妻に落度があったわけではなかった。ふとしたことで女に惹かれた自分が責を負うべきだ。結果として当の女も不幸にすることになった。木村は母と二人でいるとき、つとめて離婚するに至った事のてんまつを語らないようにした。一度だけ、ざっとあらましを告げただけだ。木村がその経緯を語りたがらないと悟った母はしつこく問いただされなかった。

しかし、つくろい物などしながら、ふと放心状態になって、うつろなまなざしを庭に向けている母を見るのは木村に辛かった。

「いったいどうしてこんなことになってしまったのかねえ」

二年らい母が数十回もくりかえした言葉である。そして、すがるような目で木村を見あげた。どうしてこんなハメにおちいったのか、木村に答えられるわけがない。いってみればありきたりの事情にすぎない。女と別れられなかった木村に妻が見切りをつけただけのことであった。今さら説明するまでもなく、それを母は承知している。知った上で涙をこぼし、四十男が一人暮しに戻るのは大変だといい、どうしてこんなありさまになったのかと、なげくのだ。母を慰めるというのもおかしな気持だった。うっちゃっておくわけにもゆかず、初めは相手になったけれども、再三、同じ愚痴を聞かされるうち、木村は声を荒らげて母をたしなめた。不便な暮しをすることになったのも母のせいであるかのように強い口調で黙っていてくれと頼んだ。


木村はコーヒー・ポットを空にした。

庭に面した障子がほんのりと明るい。

一夜のうちに雪が積っている。静かなのは地上を覆った雪のせいと知れた。すべての物音を雪が吸いとり、柔らかくしてしまう。台所の小窓ごしに外を見て知ったのだった。いつになく静かな戸外の気配を感じ、木村は自分の気持までしんとしてくるように思った。暦を一枚剝ぎとる。鉛筆をナイフでとぐ。懐中時計のねじを巻く。暦、鉛筆、懐中時計。順序を変えたことはない。朝の儀式のようなものだ。

懐中時計は妻が家を出て行った日に買ったものだ。直径三センチ半あまりの蓋付で、スイス製という文字が刻んである。つとめ人ではないのだから、ぜがひでも要る品物とはいえなかった。

木村の家には、彼が仕事をする部屋だけでも、柱時計と置時計がある。腕時計も手首に巻いている。三箇の時計がいつごろからか狂い出した。それぞれ二、三分の差を針が示した。なんども修理させたのだが、一ヵ月もたたない間に元へ戻る。正しい時刻を知るにはラジオやテレヴィがあった。時刻というものに木村はこだわらない方だと思っている。狂ってはいても、せいぜい五分以内で、原稿生活者である彼にはさしつかえがない。

にもかかわらず、妻を見送った日に木村は町へ出て、時計店に這入った。店の外へ現われたときは、懐中時計を手にしていた。買うアテがあって町をぶらついたのではない。半日あまり、家の中でぼんやりとしたあげく、外出したのだ。時計店の飾り窓をのぞいたとき、にぶい銀色を放つ小さな懐中時計を目にしてそくざに欲しくなった。かねてから手に入れたいと思いながら、何を手に入れたがっているのか、自分でもわからなかったのだ。

木村は包み紙を剝いで平べったい金属製品を明りの下に置いた。

手のひらにのせて、時計の快い重みを量った。時計をくるくると回してみたり、蓋を開閉させたりした。精緻なねじや歯車がぎっしりとつまった円型の金属を眺めて飽かなかった。ラジオの時報に合わせて針を動かした。時計を耳にあてがって、かすかなセコンドの音に聴きいった。虫のすだく音にそれは似ていた。

なぜ、時計が欲しくなったのか、今になってみればわかる。

女のことを妻にうちあけてから、数ヵ月いい争いが続いた。妻が木村をなじったのではない。妻はただ悲しんだだけである。人間の気持、とくに男の女に対する気持だけは、どうしようもないものだと木村に語った。彼にしてみれば、妻があからさまに自分を非難せずに泣いてばかりいるのが意外だった。ヒステリックにののしられることを覚悟していたから。

妻はそれまで夫の挙動を不審に思いながら彼が他の女に心を奪われているとは信じていなかった。なぜ、そんなことを自分に明かしたのかと彼を恨んだ。女には女のいい分があった。妻に告げたからには離婚すると思っていたのだ。女の案に反して木村はそのとき妻と別れなかった。

庭を眺めて泣いた母と同じように、妻も一時期、すすり泣いてばかりいた。自分たちは今のところこうして二人で暮しているが、いつかは別れることになりそうだと、木村にいった。

「わたしの予感って当るんだから。当って嬉しくない予感は必ず当るものなの」

鞄をさげて家を出て行く自分の姿が目に見えるようだとも妻はいった。

「いつも後ろ姿なの。自分で自分の後ろ姿なんて見たことはないのに、変だわね」

木村にも妻の後ろ姿が見えた。肉の薄い両肩に赤みがかった髪を垂らした背中が目に映った。そうなれば猫ともお別れだと、妻はいった。家に迷いこんだ野良猫を夫婦は飼っていた。妻は膝に三毛猫をのせて首筋をなでた。女とは別れるといっておきながら、木村は妻に内緒で女と会い続けた。

暗くなってから家へ帰ると、目を泣きはらした妻が、明りもともさずに長椅子に横たわっていた。木村に何もきかなかった。どこへ行っていたのか、なぜ帰りが遅くなったのかとたずねることをしなかった。木村も黙っていた。何をいったところで、妻が信じるはずはないように思えた。下手に口をきけば、かえって妻をいらだたせるだけのことである。

闇の色がだんだん濃くなる部屋で、二人は黙然と向いあっていた。

結局、二人の女の間を右往左往して月日がたったようなものだ。木村は疲れた。女はどちらかに気持を定めることができなかったという理由で彼をとがめた。弱い男はきらいだといった。半ばすてばちな気分で、彼は女のいうことを聞いていた。妻のいることを隠して女とつきあったわけではない。木村にも女に対していいたいことはあった。

しかし、それをいえば、胸が悪くなるほどに紋切型のせりふになる。

「あなたは奥さんに別れてくれと切りだす勇気がなかったのでしょう。離婚したって、それは本当に別れたことにならないわ。成りゆきでしかないんですもの。ちっとも嬉しくない」

「成りゆきかねえ」

「そうではないといいたいの。あなたはあたしを選んだと、自信をもっていえる?」

これから三毛猫に餌をやるのは自分の役目だと、木村は思った。月曜日と木曜日にゴミを出し、町費を払い、税金の申告をする。かつて妻がしていたことを自分が果さなくてはならない。離婚届を戸籍係に提出したとき、係の若い女が書類を一瞥して薄笑いをうかべたのを思い出した。その表情が妙にいまいましかった。勝ち誇ったような嘲笑に思われた。

「さよなら」

妻は荷物を二つに分け、実家へ送る分をあれこれと指示しておいて、家を出て行った。木村は玄関先にたたずんで、妻を見送った。鞄を手にした後ろ姿が、それまで彼を苦しめた想像の中の姿とあまりにもぴったりと一致しているのが意外だった。妻はふりむかなかった。

初めは悲しんだ妻も、やがて木村の態度に業を煮やして、別れる日が近づいたころになると、陽気になった。木村と結婚する前の日に戻るのだと、いった。結婚したのは悪い夢と思うことにするともつぶやいた。

時間は後戻りするものではないが、そういうふうに考えなければ救われないというのが妻の考えだった。

二人の女から木村は責めたてられてすごしたことになる。

考えてみると、家の時計が少しずつ狂い始めたのは、女のことを妻に明かしたころからのようだ。いっさいが終ったとき、あいまいさのない正確な規準が欲しくなった。必ずしも時計でなくても良かったのだ。女たちの言葉、彼に訴えたり、哀願したり、非難したりしたあげく、とめどもなく口をついて出た言葉のかずかずに翻弄された今となって、正確な時間の経過を示す機械を自分の物にすると、ふしぎに落着きを覚え、心が安らいだ。

木村は二人の女に嘘をついた。二人の女に本当のことを語った。

時計は正しい時刻だけを刻んだ。

朝な夕な、机の上にほのぼのと光を放つ円型の金属を見るのは、木村の慰めだった。時計は二年間、一度も狂わなかった。女が木村の前から去って半年がたった。木村は左右に動いていた水準器の気泡が、ゆるゆると中央に戻って静止するさまを思いうかべた。ある朝、顔を洗うとき、何気なく鏡をのぞきこむと、こめかみのあたりに白く光る物を発見した。

木村はいったんとりあげた鉛筆を下においた。

家の内外がふだんとちがって異様に静かなので、原稿用紙の上をすべる鉛筆の音までが耳につく。書きつけた文字を黒く塗りつぶした。えたいの知れないものが心のすみにわだかまっている。母が去った家のがらんとした感じ、戸外に降り積った雪の深々とした静寂。紙の上でこすれる鉛筆のかすかな音などが、一度気になるともうたまらなかった。

一人暮しに戻って数ヵ月がたったころ、木村はよく夢を見るようになった。ひるま、机に向っていると き、幼いときの記憶を反芻している自分に気づいて、はっと我に返ることがあった。一人でいることを淋しいとは決して思わなかった。

木村は白い原稿用紙を眺めた。きょうも書けそうにないという予感は、だから明日になれば書けるという自信につながらなかった。木村は立ちあがって障子をあけ、縁側に出た。ちょうど、金木犀の枝葉に積んだ雪が、すべり落ちるときだ。顔いちめんに雪の白さが照り映えるように感じられ、目を細くして庭を見まわした。

これほどの大雪になるとは思わなかった。

昨晩、母を送って駅へ行ったとき、夜空にちらちらと舞う白いものを見た。凍てついたプラットフォームに人影はまばらだった。古くなった常夜燈がよわよわしい光を母の顔に投げた。木村はプラットフォームの上にかかげられた時刻表と腕時計とを見くらべた。風が母の着物の裾をはためかせた。一分でも早く列車が到着することを木村は望んだ。

沈み顔の母をさっさと列車で送り出したかったのだ。一人になりたいという思いが強かった。

縁側の冷たさが足裏に伝わって来た。

木村は両手をズボンのポケットに突っこんだまま、庭の雪を見まもった。足が凍えるのは気にならなかった。けさ、耳に入った悲鳴のような声、あれは母を呼んだのだろうか。おむつをぬらした嬰児が泣き叫んで母を求めるように、声をあげて救けを求めたのだろうか。夢の中で木村は少年に戻っていた。昨晩はあれほど母と別れたがっていたのに。

結婚する前の自分に戻るのだと、妻はいって、木村の家を出た。その言葉が彼の記憶に今もとどまっている。このごろ、しきりに思い出す幼年時や少年時の出来事がある。木村は結婚前の自分に戻ろうとは一度も考えなかったが、結果としては妻と同じである。ある日、「私の健康法」という短い随筆を書いていたとき、その内容とは無関係に一つの情景を思い出した。

木村が小学校の四年生のとき、授業ちゅうに発熱して校内の看護室で寝ていたことがあった。うつらうつらしていると、一団の教師たちが踏みこんで来た。寝台は衝立でさえぎられていて、教師たちからは木村の姿が見えない。彼らはどうやら室内にいるのは自分たちだけと思っているらしかった。給食を担当している中年の女教師をまるく囲んで、教師たちは詰問し始めた。

声はしだいにとげとげしくなった。

女教師は給食用の肉や野菜の罐詰をこっそりと自宅に持ち帰っていたようだ。それが発覚して他の教師たちが非を鳴らしているのである。十歳の木村にもそのくらいは察しがついた。彼は米軍放出の毛布を頭の上までかぶり、息をころして彼らのやりとりを聞いた。女教師は初めのうちは疑いを否定し、抗議していたが、証拠をつきつけられたと見え、むせび泣いた。

「ちぇっ、泣けばすむってもんじゃねえよ。女はこうだから」

体育の教師が舌打ちした。まもなく女教師を残して他の連中は看護室を出て行った。

あんな事件をどうして今ごろ思い出すのか、木村にはわからない。大人に対する憐れみというものを覚えたのは、そのときが初めてだった。熱にうなされた頭で木村は女教師が洟水をすすりあげながら泣き続けるのを聞いていた。憐れみと同時に孤独を覚えたのもあれが最初だったような気がする。記憶は見えない糸で現在の生活に結びついている。

「私の健康法は健康法を考えないということである」などと原稿に書きつけながら、耳のすぐ近くに女教師の泣き声を木村は聞いたように思った。


小学四年、十歳……あることに気づいて木村ははっとした。窪地の底で怯えている夢を見たのは十代の初めと思いこんでいる。果してそうだろうか。看護室の事件は夢ではない。それからしばらくたって女教師は退職した。あのころ、自分が人にはばかるような罪を犯したのであればおかしな夢を見ることもあるだろう。しかし自分はごく平凡で内気な小学生にすぎなかったと、木村は考えた。

少年が犯しもしない罪に怯えるということがあるだろうか。もしかしたら、窪地の夢は子供のころに見たと錯覚しているだけではあるまいか。

木村は縁側から仕事場へ戻った。冷えた脚を電気炬燵の中にさしこんで、横たわった。病身の妻を離別したという罪の意識が、今はある。胸の痛みからのがれるために、夢の主人公が少年になったというふうに考えることもできる。木村は萌黄色のカーペットに視線を落とした。黒いものが目にとまった。指で一本の長い頭髪をつまみあげた。母のものではなかった。

カーペットには毎日、掃除機をかけている。母はとくに念入りだった。赤みがかった髪には見覚えがあった。木村はそれをていねいに指に巻きつけた。「さようなら、お世話になりました」。妻はあの日、駅の公衆電話を使った。アナウンスとベルの音が木村の耳に届いた。

「聞える?」

「ああ、聞いている」

木村は答えた。

「市役所でね、健康保険や年金の書換えをしたの。手続きがすんで、高橋さんと呼ばれたとき、自分の名前だとは思えなかったわ。別人が呼ばれていると思ってぼんやりしてたの」

「…………」

「あなた、元気でね」

「きみも」

彼は頭髪を灰皿にすてた。夢判断というものを木村は信じない。無意識の世界にしまいこまれた雑多な影像をいちいち気にしたところで始らないと思っている。不条理な夢を見ても、いわれを詮索したことは、これまでになかった。しかし、夢を見た時間的な順序となれば別問題である。

幼年時に見た夢が現実の出来事と錯覚されることはある。また、現実に経験したことが夢の世界に属するものとかんちがいすることもある。そこまではいい。木村はあおむきになって、天井のすすけた節穴を見つめた。つい最近、見た夢を少年時に見た夢と思いちがいすることがあるものだろうか。結婚する前の自分に戻って初めからやり直すという妻の言葉が暗示となって、窪地の夢を見た。木村はそういうふうに考えてみた。しっくりいかなかった。四十年の記憶と夢がいりまじって、どれが現実に起ったことであり、どれが夢であったのか、見わけがつかない。

確かなのは木村が殺人を犯してはいないことだ。どんなに人を憎んでも、命を奪おうとまでは考えない。木村は不吉な怯えが皮膚に走るのを感じた。

——そうだろうか？　自分は決して人を殺さないと誓えるだろうか。

彼は炬燵のぬくもりが下腹を暖め、じわじわと上半身に這いのぼってくるのを覚えた。目を閉じた。猫が低くないた。猫を呼ぼうとして気がついた。妻がいなくなって数日もしないうちに、三毛猫は姿を消していたのだ。家の中にいるのは木村だけだった。今の声はおおかた庭を通りすぎた野良猫のものだろう。

暗緑色の草原が見える。

萱に似た草をわけて木村が歩いている。あちこちにひねこびた雑木が枝葉を風にきしらせている。波うっている地平線に触れるほど垂れさがった墨色の雲塊。木村はひたすらあの窪地めがけて急ぐ。石の下に深く埋めたもの、あれはいったいだれなのだろう。まっこうから風が吹きつける。木村は身を傾け、前のめりの姿勢で歩く。

窪地が見えた。

窪地の底におかれた石も見えた。木村は石をわきにずらし、素手で土を掻いた。柔らかい泥が手にこびりつく。地底に横たわっているものの顔を見たことがない。白いものが目を射た。水を含んだ泥をすくいあげる。だれを埋めたのか知っているようでもある。それは白い布でくるまれている。木村は手の泥を払い落して布をめくる。二重にも三重にも布で覆われている。

ついに顔が現われた。

木村は寝がえりをうった。また汗をかいている。炬燵がつぶやくような音をたてて赤い光をともした。彼は咽喉をならし、上半身を起した。泥の中から現われた顔をひとめ見たとたん、夢が終った。母の顔のようでもある。妻にも似ている。別れた女のようでもあった。そのいずれでもないようだった。

木村は魔法壜の湯をついでお茶を淹れた。口がねばねばしている。寒気がする。お茶は錆の味がした。

——北は宗谷に……

彼は小声で歌った。母がいるときの習慣で低く歌った。寝室で母に聞えないように声を殺して歌うのが日課のようになっていた。ある日、口をついて出た歌詞の一部がどうしても思い出せない。木村が十九歳から二十歳にかけて毎日歌わせられた歌である。

あざやかな緑色の草原が拡がっていて、海から吹く風に草はいっせいになびく。上半身裸体の少年たちが海に向って整列している。濃い藍色の海、その上に輝くまぶしい夏空。草も白いペイントを塗られたコンクリートの建物もまばゆい光を放っているように見える。

——北は宗谷にしぶく波
南、火をふく桜島、
めぐる黒潮……

黒潮、の次が思い出せない。木村は眉間にしわを寄せた。その次にもう一行あったはずだ。終りの句は覚えている。「……と願うもの」だった。何と願うのだったろう。夏草の上に横たわっている少年が目にうかぶ。体操をしているとき、熱射病で倒れたのだ。木村は同僚の手をかりて少年を陽かげの草原に運び、着ているものを脱がせた。乾いたタオルで少年の胸と腹に滲んだ汗をふきとった。自分に同性愛の傾向はないと木村は信じている。しかし、あのとき、意識を喪った十八歳の少年の体を撫でまわしながら、我しらず胸がときめいたことを思い出す。長い間、世間から隔離された建物の内部に男ばかりで暮していたからだと思う。

少年の肌は柔らかでしみひとつ見当らなかった。女のように白い肌であった。青臭い草の匂いが鼻孔を刺した。灼くような性欲をもてあましていたのは木村だけではあるまい。彼がタオルを持って身を起すと、裸体の少年を見おろしている同僚たちの異様に光る目に気づいた。少年の白い脇腹が草の緑に染まるかのようだった。

木村には今、十九歳当時の激しい欲望はない。ないかわりに激しかった欲望の記憶だけは残っている。

——と願うもの、と願うもの

これはまるでやっちゃんではないか。小声で歌のメロディーを口ずさみながら、木村は思った。歌を聞くのはだれもいないから大声をあげてもよかったのだが、木村は母がいるときのように声をひそめて歌った。

——北は宗谷にしぶく波

南、火をふく桜島

めぐる黒潮………

…………と願うもの

欠落したフレーズが出てこない。何べん歌っても同じだ。しかし、歌っているときは広々とした草原が見え、夏のおびただしい光にわきたつような海が見えた。陽灼けした少年たちが白い歯をのぞかせて笑った。

マグネシウムの粉に似た色の雲が、草原に濃い影を落して移動した。

木村はうつろなまなざしを白い原稿用紙に向けて、つかのまの回想にふけった。手が下腹をすべりおり性器に触れた。快感はなかった。


「あなた」

後ろから声がとどいた。木村は坂道の途中でふり返った。アパートの窓を見上げる位置である。窓の内側に女がたたずんでいた。「あなた」女の口が動いた。夕方の薄闇が坂道を暗くしていた。女は部屋に明りをつけていなかった。顔だけが白くうかびあがっている。

女は手をあげて左右に振った。木村もぎこちなく手を振った。思いつめたようなかん高い声であった。悲鳴のようにも聞えた。木村がけげんそうな表情になって後戻りしようとすると、女は彼をおしとどめるように手のひらを外へ向けて顔を横に動かした。アパートの一室で会ったとき、女はふだんと異なったそぶりを示さなかった。彼が外へ出て、坂道を下りかけてから、かん高い声に呼びとめられたのだ。

女の目はややつりあがっていた。

顔が異様にこわばっていた。あのような表情は演技で装えるものではない。木村はまじまじと女を見つめた。岸壁を離れる船上に立って手を振るしぐさに似ていた。やがて、女はかるくうなずいた。表情はよわよわしい微笑に変った。

窓ガラスが横にすべり、女を隠した。木村はしばらく暗い窓に目をやったままたたずんでいた。この情景を彼はくり返し反芻する。女と会ったのは、それが最後であった。

——死のうとしている

ふりむいたせつな、木村は直感した。次の瞬間、女を死へ追いやったのは自分だと思った。無力感が来た。女に死ぬいわれはなかった。木村は離婚したのだし、女に別れようといったわけでもなかった。ただ、離婚が積極的な木村の意志ではなかったということを確かめ得たことが女を傷つけたらしかった。だからといって自殺をほのめかす必要はあるまいと、木村にしてみれば納得できかねた。

しかし、いったん決心すると、女には傍から何といわれようと気持を変えない強情さがあった。

アパートを引払った女の行方は知れなかった。

木村は台所でパンを焼いた。

フライパンに卵をおとし、ハムを暖めた。台所の食器類はきちんと片づけられている。それでいて戸棚や流し台にうっすらと埃のようなものが積っている感じだ。昨夜、家を後にするまで、母は台所で這いずりまわって床をみがき、戸棚を拭いた。一人になったとたん、埃が雪のように降り積り始めたかのように思われた。

木村は台所で立ったままパンと卵を食べた。仕事場も気のせいかどことなく埃っぽい。奥歯の間にはさまったハムの切れ端を舌先でまさぐりながら室内を見まわした。本棚の縁に埃は付着していない。カーペットには塵ひとつ見当らない。にもかかわらずここも台所と同じように目に見えない埃のようなもので覆われている感じだ。

木村はぬるくなった茶をすすった。
五、六冊の本を枕に横たわった。
午後一時、母ももう大阪に着いている。妹が駅に出迎えたことだろう。木村は奥の方にできた虫歯を舌でさわった。欠けた所にひっかかったハムがなかなかとれない。赤い鼻緒をすげた下駄が、とうとつに目にうかんだ。弁当を忘れた木村に妹がとどけてくれたことがあった。彼が中学一年のときであったと思う。妹は小学校に入る前だから六つか七つのころだ。

彼は校庭のはずれで妹を見送った。妹は絣の着物に黄色い帯をしめていた。なだらかな下り坂を妹はこちらに背を向けて遠ざかった。その足につっかけた下駄が木村の目にやきついている。十三歳そこそこの少年に女の宿命などという観念なぞありはしなかった。ただなんとなく妹が憐れに思われただけである。

弁当なのだから、昼休み時間の前でなければならない。なぜ、自分は校庭に立っていたのだろう。わざわざ教室を出て妹を見送るはずはない。体育の授業は午後と決っていた。木村はまた疑問にぶつかった。解こうとは思わなかった。かんじんなことは、妹のはいていた下駄を見て、ある種のやるせない思いに浸ったということだ。遠い将来、男を愛することになる女を妹に見たのかもしれない。妹の後ろ姿は儚くわびしげだった。近所に住む年長の男の子を泣かせることもある負けん気の強い妹が、後ろから見るとたよりなげな印象を与えるのに木村はおどろいた。

母が滞在していたとき、妹は電話をかけてよこした。ひと通り母の健康をたずねた後、妹はいった。

「お母さんがこちらへ戻れば兄さんはまた独身だわよ」

「わかってる」

「兄さんって駄目ねえ」

「ああ、ぼくもそう思う」

「一人暮しにうんざりしたんじゃない?」

「そういうおまえこそどうなんだ。そろそろ身をかためてもいいころだろう」

「男なんて、もうたくさん」

妹は明るい声で笑った。来月はパリへ一週間、旅行する予定だとつけ加えて電話を切った。

——北は宗谷にしぶく波
　南、火をふく……

木村は目をあけた。がばと身を起した。「夢安かれと、だったな。夢安かれと願うもの。」

歌詞の一部を思い出した。しかし、「めぐる黒潮」に続くフレーズはまだ思い出せない。

馬

男はわきに寝ている女へ小声で、眠っているかとたずねた。

女は身じろぎした。

ゆっくり寝返りをうって男の方へ向き直った。

「あなたも眠れないの」

「いま何時だろう」

男はサイドテーブルの上を手探りした。部屋は暗い。そこに置いたはずの腕時計が手に触れない。電気スタンドの明りをつけた。

「あっ」

といって女は掛け布団を頭の上まで引き上げた。時計の針は午前四時をさしている。

「まぶしい、早く消して」

男は部屋を暗くした。

小さな明りを一つだけともしていなければ男は眠れなかった。まったくの暗闇では妙に気がたかぶるのだ。今夜、目が冴えているのはそれだけの理由ではない。別れた妻と、同じベッドに横たわっていることが落着かない。男は女と七年あまり暮した。女が家を出て二年近くたっていた。

五燭光ほどの仄かな明りでさえも、女はまぶしく感じるときがあった。瞳の色が薄いからだろうと男は思っている。淡い茶褐色である。結婚していた当時は、明りをまぶしがるにしてもこのように非難がましく「消して」ということはなかった。男は初め考えたように、窓ぎわの長椅子に休めばよかったと、思案した。

　ベッドに寝てもいいではないかと提案したのは女の方だ。

「あたしたちはもう他人なんだから、どうということはないと思うわ。それに掛け布団は一つしかないし」

とためらっている男にいった。

　午前一時ごろ二人はベッドに入った。あれからずっと、とりとめのない話をしている。どちらかが黙りこむと、小声で眠ったのかと訊く。会話がまた始る。寝息をうかがえば、眠りこんでいないことがすぐにわかるのだ。

「明日の、いや、きょうの飛行機は何時になってるの」

「十時までには羽田へ行かなければ」

「そうなの。じゃあ、おしゃべりしては悪いわね」

「どうせ眠れやしない」

「ここに来たのをくやんでるんじゃない」

「後悔なんかしていないさ。泊めてもらってありがたいと思ってる。いま眠れなくても飛行機の中で眠れるからね」

　男は昨夜、女のマンションを訪ねた。

　上京したときは必ず立寄るようにと女が告げていたからだ。一年ぶりの再会である。ブザーを押すと、ドアチェーンをはずす音がした。細めにあいたドアの隙間から、別れた妻の顔が現われた。しばらく二人は無言で見つめあった。電話や手紙で、自分のマンションをホテル代りに使っていいと、くり返しいっていたにもかかわらず、女の表情にはいぶかしそうな色がうかんで、男を気落ちさせた。しかし、女はすぐに顔をやわらげて、ドアを大きく開き、男を請じ入れた。

下町のアパートから都心のマンションへ女が引っ越したのは昨年の春であった。男が女のマンションを見るのは初めてだ。六畳ほどの洋間にせまい台所がついている。男はバスルームをのぞいたり、ヴェランダに出たりした。女は長椅子にかけて、男が歩きまわるのを目で追っていた。二人して分けた家具を女の部屋に見出して、男は手でさわった。見なれた簞笥や戸棚に懐しさを感じた。

「さしつかえなかったのかい」

「何が」

「いや、電話をしないで来たりしてさ」

「来てもいいといったのはあたしでしょう」

「そりゃあそうだが」

「いつ上京したの」

「六日ほど前。いつものホテルに泊っていた。明日は帰る」

「ゆっくりしていっていいのよ」

窓ごしに外を見ていた男はふり返って女の顔を見た。何日滞在してもかまわないという意味の言葉が、明日は必ず立ち去ってくれとほのめかす口調に聞えたからだ。女は目をそらした。

「そこから晴れた日は富士山が見えるの」

男は窓に面してたたずんだ。おびただしい光りの粒が目の下に拡がっていた。路上の騒音は七階までとどかない。部屋が大通りに面していないから静かなのだと、女は説明した。玄関に男物の太い握りのついた洋傘があった。テーブルには厚でのガラス製灰皿がのっていた。女は、男が部屋のあちこちを見まわしている間に灰皿をテーブルの下に隠した。

「あの人、どうしてる」

別れた妻は離婚する原因になった女性の消息をたずねた。男は口ごもった。

「ごめんなさい。つまらないことを訊いたりして。あの人のこと興味はないの。ただなんとなく口にしただけ」

男の家から運び出した家具のうち、この部屋に見あたらないものがあった。移転するとき、仕方なく処分しなければならなかったと、女はいった。せまい場所に入れられる家具は限度があったのだと。ガラスの灰皿に見覚えはなかった。男はつとめてテーブルの下に目をやらないようにした。

女は一時、煙草をのんでいたことがある。

男が妻に内緒でつきあっていた女性のことをうちあけてからだ。別居して一年間は煙草を手ばなさなかった。正式に離婚してからはきっぱりやめたといった。ガラスの灰皿には吸い殻がたまっていた。

「あたし、変ったでしょう」

「ああ、そのようだ」

「どう変ったように見える」

「少し、ふとった、かな」

「体重なら元に戻っただけ。あたしがいってるのはそんなことじゃないの」

「明るくなったよ。以前にくらべて」

「別人になったと自分では思ってるわ」

あの頃は泣いてばかりいたと、女はいった。体重が五キロほど減った。服が全部からだに合わなくなったと告げられたことがある。「あの頃」というのは、別居していた当時のことである。男は呆然として、妻がすすり泣くのを見まもるほかはなかった。昼でも雨戸をたて、暗い部屋に妻は横たわっていた。一月か二月に一度のわりで男は上京し、妻に会った。妻は極端に口数が少くなった。

(こんなことではいけないと思って働こうとしたの。スナックのウェイトレスぐらいならあたしにもつとまるから。それで、このあいだ駅の近所を歩いてみて、従業員募集の貼り紙のある店へ入ったの。ひる過ぎで、お客はあたしのほか一人もいなくてがらんとしてるの。マスターがいらっしゃいっていうもんだから、貼り紙を見ましたと切り出せずにもじもじしてた。ところが向うにはわかるのね。うちで働きたいのかと切り出してくれてたすかったわ)

男は林檎の皮をむきながら妻の話を聞いていた。

(雇う側ではあれこれ訊くのねえ。出身地はどこだとか、いま一人で暮してるのかとか。なぜ上京したのかまで。あたし初め学生だと見られたわよ)

(若く見えるからね)

(ちょっぴり嬉しくないでもなかった。で、その次にあなたとは別居してることまでしゃべったの。中年の優しい目をした男の人で親身になって聞いてくれるの。上京して一年近く一人暮しをして初めて東京の人と

馬

話したのよ。そのマスターがね……）

　妻は彼が切った林檎の一切れをさくりとかじった。

（マスターが、どうしてまた別居することになったんだねっていったとき、あたし、気がついたら顔じゅう涙にしてたの。自分でもびっくりしたわ。他人の前で泣くなんて。マスターがハンカチを貸してくれたの。どのくらい泣いたか覚えていないけれど、あたしがハンカチを返すとき、うちでよかったら働いてみないかって。あたしの気持が落着いてからでいいから、細かな条件を打合せにまたいらっしゃいって。小さなお店なの）

　妻は二つめの林檎を手にとった。

（スナックを出て、そこは裏通りのごみごみした道路が続いてて、駅へ出る道に迷ったの。けれど、急いでアパートに帰る必要はないから、それに思いきり泣いたせいか胸がすっとした感じで、ぶらぶら歩いてたの。曲り角があって、そこを折れると、目の前がぱっとまっかになったの）

　花屋があったと、妻はいって微笑した。

（店いっぱいにお花が飾ってあって、薔薇の花が多かったわね。道路に溢れるほど。曇り日だったせいか、花びらの赤が目に痛いほど鮮かに感じられたの。晴れた日とくらべてちがった色を帯びるのね。光線の加減かしら。それを見たとき、なんとなく自分がしあわせだと思ったわ）

　一人でも生きられると思ったのだと、妻はつけ加えた。

　二カ月後に東京から帰って来た妻は、離婚届の用紙を市庁舎へもらいに行った。別れても、友達のようなものだから、上京したら寄ってくれとかたく念を押して妻は去った。男は妻が、家具をえり分けたり、衣類を箱につめたりするのをぼんやり見まもっていただけだ。あの頃、妻はやたらに煙草をふかしていた。適当なマンションを探して移るつもりだと、妻はいった。

今のアパートは不用心で、真夜中、風呂場のガラス窓をこじあけられ、得体の知れない男が侵入しそうになったことがある。二階の入り口で、変な気配がすると思ったら、スナックの客がしゃがんでいたこともある。騒ぎ立てたところで、近所の住人は他人の生活に無関心だからどう仕様もない。結局、ドアの内側に突っかえ棒をして、ちぢこまっていた。(東京って、そういう所なのよ)妻は慣れた手つきで煙草に火をつけた。

スナックの客に尾行され、暗い路次で後ろから抱きすくめられたことがあった。悲鳴をあげたら、近所の犬が吠えたので男は逃げ出したのだそうだ。

「もう眠らなければ」

男はさっきから何べんもくり返しているせりふを口にした。

つま先が女の脚に触れた。

女はすばやく脚をひっこめた。二人の間には一人が寝られる分くらいのへだたりがあった。

「うちのネコ、どうしてる」

「あい変らずだ。いや、そうもいえないか。風呂場の軒下にあいた隙間から出入りしてただろ。この頃は老いぼれたのか、あそこまで跳びあがる力をなくしてね。いちいち玄関をあけてやらなければならなくなった。面倒だよ」

「あたしを覚えているかしら」

「覚えているかもしれないよ。あのネコがうちに迷いこんでまる三年間はきみが餌をやったわけだ。動物の本能は鋭いからね」

「いま、あたし、うちのネコといったわね。あなたのネコといわなくちゃいけなかったわ」

「こだわることはないだろう」

男はサイドテーブルをまさぐって、煙草とライターを手にした。灰皿代りに女は陶器の小皿を用意していた。煙草は残りすくなになっている。男はライターを手でかこって煙草に火をつけた。昨夜からのみ続けたせいで舌が荒れ、みぞおちのあたりにかすかな嘔き気が感じられた。乾いたいがらっぽい煙を男は吸いこんだ。眠れそうになかった。

「夕食、どうしようかしら。何も買いおきがないの」

「外で食べよう」

「そうしてもらえればたすかるわ」

女はテレビを見たまま答えた。若い男性歌手が身ぶりをまじえて歌うシーンだった。自分は彼の歌が好きだから、歌い終るまで待ってくれと、女はいった。彼はこのマンションを訪れる人物も歌手に似た男だろうかと思った。

いつのまにかガラスの灰皿は見えなくなっていた。

男は別れた妻を訪ねたことをくやんでいた。ホテルで早めにひと風呂あびて、一週間の東京滞在でたまった疲れを落し、充分な睡眠をとることもできたのだ。女が彼を部屋に入れたのは、男から仕送りを受けているからだろう。男はマンションのローンと月々の生活費を女へ送金していた。しかし、それにしてもと、男は考える。ドアののぞき孔から自分の姿は認められたはずだ。部屋に入れたくなければ、居留守を装うことが可能だったのである。

マンションのとなりにあるレストランで、男は女のやつれた顔をそれとなくうかがいながら考え続けた。別れた妻が、どんな暮しをしているか、男は知りたかった。とはいえ、誘われていなかったら訪ねはしなかっただろう。仕送りは当然の義務だと思っている。男があたりまえと見なしていることを女も承知している。それをありがたがっているふうではなかった。別れるとき、男は当座の貯えをすべて女に渡していた。二人の間に子供はなかった。妻の方から離婚を求めた以上、夫婦の財産を等分することはあっても、それ以後の生活に責任を負う必要まであるまいと、男の友人はいった。法律的には友人は正しいのだが、男は妻の要求をうけ入れた。原因が自分の不実であれば、どのような求めにも応じなければならないような気がした。

妻は難病と指定されたアレルギー性の疾患もわずらっていた。

友人は、男の処置を感傷的だと嗤った。

仕送りを果すためには、毎月、かなりの量の仕事をこなさなければならない。半年や一年はどうにかなるにしても、やがて破綻が来るのは目に見えていた。男には病気がちの母親があり、彼自身も人より健康といえなかった。男が仕送りを自分に課したのは、結婚していた頃、妻が病床の父をよく世話したからである。別居ちゅうに父は亡くなった。臨終のとき、父はうわごとに妻の名前を呼んだ。男が上京して父の死を告げ、最期の模様を語ったとき、妻は少し泣いた。

半身不随の父を下の始末までいやがらずにしてくれたものだという感謝の念がある。病身ゆえまともな職につけない妻のために、経済的な責任を負うくらいはと、男は考えたのだった。男はいわば二つの所帯をこれまで維持して来たわけだ。

レストランで注文したビーフシチューはまずかった。

女はカニコロッケを食べた。

男がシチューのまずさに愚痴をこぼすと、

「ここはあまりおいしくないのよ」

といった。つまらないレストランへなぜ案内したのだと、男はなじった。料理が旨くない店では不機嫌になる癖が男にはあった。

「だって、ここはうちから一番ちかいでしょう。ビーフシチューじゃなくて、ピラフかコロッケでも注文すればよかったのよ。東京では、よほどのお店でなければ、あなたの口に合う牛肉なんか食べられないわ」

「それを前もっていっておいてくれれば肚を立てはしないがね」

「ごめんなさい。あなたのことに気をまわさなくて」

妻はそっけなくいった。料理がますます味気なくなった。彼はとちゅうでスプーンを置いた。一年ほど前は痩せ細っていた女が、今はやや肉がついているけれども、眼の下にうっすらと隈が見える。濃い化粧をしても隠しようがない。

「これからいうことを誤解しないでちょうだい。あたしは一度もあなたを責めたことはないわ。そうでしょう。ただ確かめたいだけなの」

女はフォークとナイフを交叉させ、テーブルの上で少し身をのり出すようにして口を切った。男は火をつけていない煙草をくわえてレストランの窓から外を見ていた。

「あたしがときどき病院を出てうちに泊るお父さんの面倒を見てたときがあったでしょう。そのことを今、恩着せがましく思い出させるんじゃないわ。よくって？　あなたはあたしがお父さんの世話をしてるとき、必ずいなくなったわね。散歩してくるとか、図書館で調べものがあるとかいって、二時間も三時間も。あたしはあなたのいうことを疑ったことはなかったから、その通りだろうと信じてたの。一人になってから、昔のことを少しずつ思い出すの。あなたは女の人の所に出かけてたのでしょう」

「……………」

「かんちがいしないで。責めるつもりはないんだから。そうだわね」

男はあいまいにうなずいた。女はフォークでコロッケを刺して口に入れた。目に笑いをたたえて男を見つめながら口を動かした。コロッケを食べ終え、紙ナプキンで唇のまわりを拭った。女は声をあげて笑った。

「あたしが……」

苦しそうに女は身を折った。腹に手をあてがって肩をふるわせながら笑った。

「あたしが……お父さんのオムツをとりかえたり……お風呂に入れてあげて……体を洗ったりしているとき、あなたは女の人と一緒にいたのよ。どんな気がしてた？　思い出すとこっけいで、あたしのこともあなたのこともおかしくて、笑いがとまらなくなるの」

女の目尻に涙が滲んだ。

「すまなかった」

馬

「そうじゃないったら。責めているんじゃないったら。何もあなたがわびることはないのよ。一人になって昔のことを考えることがよくあるの。あなたの行動が何となく変だなと思ってたわよ、あの当時、信じきっていたけれど。女の勘というのかしらね。一つ一つ思い出して、ああ、あのときは女の人の家ですごしてたんだなと、今になって思い当るの。あたしも迂闊だったわねえ」

一杯のワインで女は頰を上気させ、目を輝かせてしゃべった。


カーテンの隙間に、白い光りが射した。

「ねえ、今度はいつ上京するの」

「さあ、来月か、おそくとも、さ来月」

「そう」

女は寝返りをうって男に背中を向けた。

「お願いがあるの。でも、どうしようかな」

「なんだい」

「気を悪くすると思うわ」

「即席ラーメンがあっただろ」

男はベッドからぬけ出した。夜明けの光りを見てにわかに空腹を覚えた。

「あなたは寝てらっしゃい。あたしがこしらえてあげる」

「家では一人でやってるんだ。ラーメンくらい何でもない」

「いいから寝てらっしゃいな」

「じゃあ、たのむよ」

女は部屋着の袖に腕を通して台所にはいった。明りがベッドの方へ射した。女の願いというのが男には見当がつきかねた。仕送りの金額をふやしてもらいたいというのだろうか。それとも……男は最後の一本になった煙草をくゆらした。台所から女が声をかけた。

「羽田まで送ってゆくわね」

「それには及ばないよ。きみも眠っていないのだし、疲れてるだろう」

「帰ってから充分、眠る時間はあるわ」

「一人でいいったら」

「羽田で女の人と落ちあうことにしてるの」

「まさか」

「じゃあ、いいでしょう」

女は湯気の立つラーメンの丼を運んで来た。男は窓ぎわの長椅子にかけて丼の中身をすすりこんだ。女は即席ラーメンが嫌いである。結婚している間、一度も食べたことがなかった。台所の棚に数箇も積みあげられてあるのを見て、男はけげんに思った。好みが変ったのかと、たずねる気にはなれなかった。洋傘の持主を考えた。そいつの好みかもしれない。

煙草をのみすぎた胃は、ラーメンを受けつけなかった。嘔き気がかえって強くなった。男は箸を置いてラーメンのつゆだけを口に入れた。テーブルの向う側に女は坐っており、黙って丼にかがみこんだ男を見ていた。

「去年の九月であたし三十歳になったの」

「そうだったな」

「あなたの誕生日も九月でしょう。その日はどうやって過したの」

「さあ、どうしてたかなあ」

「女の人とお祝いをしたんじゃない?」

「忙しくて自分の誕生日を忘れてたような気がする」

「あたしね。三十歳になったことがとても嬉しいの。ふつうの女はちがうわね。やれ小じわがふえたの、肌が荒れるのって、二十代から三十代になるとぶつくさいいたがるものよ。でも、あたしはどういうわけか嬉しかった」

カーテンの合せめから洩れる光りが、女の顔を照らした。冬のあけがたの蒼白い光線をあびた顔は昨夜より老けて見えた。かつてはなかったしわが目もとに認められた。

「で、薔薇の花束を三十本も買いこんで、部屋じゅうに飾ったの。ワインとシャンペンも買ったわ。うまれて初めてあんなにたのしい誕生日はなかったみたい」

「お願いがあるっていっただろ」

「あとでいうわ。羽田で」

「じゃあ、ぼくが当ててみようか。もうマンションに寄らないでくれといいたいんだろう」

女はうなずいた。

「八時にここを出れば間に合うかい」

「九時でもいいわよ」

「見送りに来ないでいいよ。どうしてもというなら仕方がないけどさ」

「あたしが一緒についてくの、いや?」

「いやじゃない。疲れているのがわかっているからさ」

「あたしたち、もう二度と会うことないわね。昨晩から見送りに行くこと決心してたの。空港でお別れをいうつもりでいたの」

「きみはお別れをいったよ」

「やっぱり羽田へ行くことにするわ」

二人は九時まで眠らなかった。男は田舎の話をした。窓の近くを流れる川の水門が改修されて機械仕掛けで開閉されるようになったこと、川向うにマンションが二つ建てられたこと、庭の木犀が去年は花をあまりつけなかったこと、隣家の犬が行方不明になったことなどを語った。あの土地へ帰る機会はこれから先ないだろうと、女はいった。

八時になって、女はコーヒーを淹れた。

男は窓ガラスにこびりついた縞状の汚れをたずねた。昨夜は暗かったので気がつかなかったのだ。女はもともときれい好きで、窓ガラスの埃にさえ神経質だった。田舎で暮していた頃、あまりにけっぺきすぎるので男といさかいしたことがある。畳の上のわずかなゴミも、家具に積った埃も女は見のがさなかった。新しいマンションの部屋は掃除がゆきとどいていたが、窓の異様な汚れをそのままにしているのは腑に落ちなかった。

男が疑問を口にすると、女は大気が排気ガスで汚染されているからだと、こともなげにいった。

「ここに移転したときは毎日みがいてたの。そのうちどうでもよくなって。拭いても拭いても汚れるんですもの」

男は上京するつど、街路にたちこめている甘ずっぱい臭気にひるんだ。ガスと塵埃の細かな粒子が、七階の窓ガラスにまでこびりつくのだと考えた。

「でもあたし、田舎のきれいな空気より東京の埃っぽい空気が好きだわ。慣れれば何ともないの」

窓ガラスごしに見える家並は付着した埃の層でぼやけていた。灰色の雲が低くたれこめて、富士山は見えなかった。

「やはり羽田までついて来るかい。気を変えてとりやめにしてもいいんだよ」

女は鏡に向って化粧しており、彼の荷物をまとめておくようにと答えた。

浜松町でモノレールに乗りかえると、女は男のわき腹を軽く小づいた。

進行方向に向って右側の窓を見るようにといった。乗客はまばらだ。男は女が何をいいたがっているのか、わかりかねた。

「馬を見たの、ここで、一年前」

女は男にぴたりと寄りそって窓外へ目をやった。

「あれから一年になるかしら。離婚して飛行機で上京してこのモノレールに乗ったの。自分が藁人形になったような気がしたわ。体じゅうの力が抜けてしまって。別れたことをくやんではいなかったけれど、これからどんなふうにして生きていこうかと思ってお先まっ暗という感じだったの。もうすぐ、もうすぐだわ。見てて」

モノレールの外を風景が流れた。

広い草地が見えた。

「あそこよ、見て」

女は声を強めた。

枯れ草の中に緑をとどめた草地があり、そのはずれに一列の低い建物が並んでいる。人影は見えない。馬もいない。何も見えないではないかと、男はいった。

「去年はいたのよ馬が。時期がちがうのね。あそこはきっと競馬場なのよ。あの建物は厩舎で。あたしが見たのは馬がたった一頭なの。厩舎ちかくの草地ではねまわっているの。男の人が馬をとり押えようとしてキリキリまいしてたわ。すらりとしたとても恰好のいい馬だったの」

妻は小声で話した。

馬は全身に水をあびたように汗みどろになっていた。たてがみを振り乱し、敏捷に跳びはねた。鞍もつけず、手綱もはずされていた。男が近づくと馬はすかさず後脚で立ちあがり、身を躍らせた。

「走っているモノレールの窓から、ちらりと見ただけだから、それからどうなったかわからないけれど、見た瞬間、あ、いいなって思ったの。馬だけじゃなく、馬がはねている草原がみずみずしい青で」

窓外は黒っぽい灰色の建物に変った。

女が家を出たのは四月の終りだったから、厩舎付近の草原は濃い緑を帯びていただろうと、男は想像した。汗にまみれている一頭の裸馬が、狂ったように駆けている光景も、男はたやすく思い描くことができた。

「あの日はいいお天気だったわ。馬の腹も脚もつやつや光ってた。マンションで、夜さびしくて眠れないとき、なんとなくあの馬のことを思い出すのよ。どうしてかわからないけれど、慰めになったわ」

「競馬は好きかい」

「東京で暮すようになってから、お友達に誘われたことがあったけれど、行きたいと思わなかったわ」

女が見た緑濃い草地は、うす茶色の空地にすぎなくて、雲間から洩れたよわよわしい冬日が射していた。これから上京するとき、自分はモノレールの窓ごしに必ずあの広い草原と厩舎へ目を凝らすだろうと、男は思った。

予定の時刻より十五分早く二人は羽田空港に着いた。

搭乗手続きをすませても出発までにいくらか時間があった。

「二階にレストランがある。お茶でものまないか」

「そうねえ、あたし疲れてるから」

「気が進まないなら帰って寝た方がいい。ぐっすり眠れるだろう」

「ええ、じゃあ、そうするわ」

女は男を見つめ、何かいいかけた。二度とマンションを訪ねはしないと、男は約束した。送金はこれまで通りするから気にするには及ばないと、いい添えた。

「そんなこというつもりじゃなかったの」

「わかってる」

「元気でね」

「ああ」

女はくるりと背中を向けて歩きだした。人ごみをかきわけて出口へ進みながら、男の方を一度もふり返らなかった。

ドアの向う側

靴音が近づいてくる。

明子は耳をすませた。

時計の針は午前二時を指している。あの靴音は目的地を定めた者の確かな足どりではない。数歩あるいては立ちどまり、あと戻りする靴音である。寝しずまった路地によく反響した。

彼にちがいない。歩き方がきのうのそれと似ている。明子はベッドから身を起した。ドアに駆けよってちゃんとロックしていたかどうか調べた。念のためにチェーンをさしこんだ。いつもはチェーンまでかけないのだが。

明子が住んでいるアパートの場所を、彼は知らない。何度もしつこくたずねられたのだが教えなかった。きのう、彼は明子を尾行した。アルバイトをしているスナックは、午前一時に店を閉める。彼がスナックを出たのは十二時半ごろだった。

スナックは賑やかな繁華街の裏通りにある。アパートまで一キロくらいの道のりである。煙草の煙でにごった店に七時間も働いたあと、自分のアパートまでゆっくりと歩いて帰るのが明子は好きだった。自動車の排気ガスがうっすらとたちこめている通りも、店の人いきれと酒の匂いよりましだ。

そんな夜ふけでも今まで明子は痴漢に出くわしたことがない。後をつけられたこともない。人通りの絶えかけた街路を、かすかな酔いで火照った顔を深夜の空気にさらしながら歩くのは快かった。

ある気配を感じて明子は立ちどまった。

うしろから靴音が聞えてくる。

人通りがまったくないわけではないから、靴音そのものは不審ではなかった。おかしい、と明子が思ったのは、靴音がつねに明子と一定のへだたりをおいて、それ以上は決して近づかないからである。明子はいつものようにゆっくりと歩いていた。少し酔っていたし、長時間、煙草の煙を吸っていたので、頭の芯がうずき、足早に歩けない。

ふつうの男ならさっさと追いこせるはずである。ところがその靴音の主はいつまでたっても間隔をちぢめない。明子はふりかえった。五十メートルほど離れた所で何かが動いた。尾行者はすばやく酒の自動販売機のかげに身をひそめたようだ。

(気のせいかもしれない……)

一度はそう思った。

しかし、再び歩きだした明子の背後から靴音はぴたりとついてくる。ハンドバッグをわざと落として、それを拾うふりをしながら後ろを見た。黒いコートを着た男が、電柱のかげにたたずんでいる。ずんぐりとした体つきに見おぼえがあった。彼だ。この一カ月間、毎日のようにスナックにやってくる。

年のころは四十歳前後に見えた。マスターの話ではスナックの常連だという。午後八時きっかり、店に現われてカウンターには近づかず、ドアからいちばん遠いボックスに腰をおろし、ビールを注文する。初めの十日間はそうだった。手のかからない物静かな客である。コンピューターの技師だと別の客から聞いた。

明子は彼にビールを運んだあとは、他の客にかまけて彼の存在を忘れていた。十分ほどでビールを飲みほし、さっさと店を出て行く。つれはいなかった。毎日一人で来て一人で帰った。十日めに明子は彼へビールをつごうとしていて、彼の膝をぬらしてしまった。

手洗いに行く客が、明子のうしろを通るとき、体を押したのだ。(すみません) あわててハンケチで彼のズボンをぬぐった。よくあることだ。(いいよ、たいしたことはない) といいながら彼も自分のハンケチで膝をふいた。

(きみ、なんて名前)

勘定を払うとき、レジスターの所で彼はたずねた。(明子、さん。いい名前だ) 彼は明子の名前をくりかえした。スナックの近くにあるフランス料理店を口にして、食事に誘った。(ありがとう、いつかそのうちご一緒させていただきますわ) といって明子は釣りを渡した。彼はそれを受けとらなかった。チップだという。趣味のいいネクタイ、黄金のカフスボタン、落着いた物腰。十日めに明子は彼を初めて見るような目でじっくりと観察した。二十代の男にはない雰囲気が、彼にはあった。なんとなく惹かれるものを感じた。

次の日、彼はカウンターについた。

あいかわらず、むっつりと黙りこくってビールを飲むだけである。変ったのは店に腰をすえる時間が、以前より長くなったことぐらいだ。それだけビールの本数もふえた。

明子は食事に誘われた。例のフランス料理店に席を予約しているという。

(木曜日、ですか)

(うん、あした)

(お休みなんです、あたし)

(わかってる。だから木曜日を予約しといた。六時にそこで待ってる。じゃあいいね)

うむをいわせない口調で念を押した。勘定を払ってスナックを出てゆくとき、彼は明子の方に身を傾けてささやいた。（楽しみにしてる）

木曜日、午後五時をすぎるまで明子は迷っていた。スナックの外で、客と食事をつきあったことはなかったのだ。せっかくの休みである。しなければならないことは山ほどある。ふだんはおろそかにしているノートの整理、たまっている洗濯物、部屋の掃除、買い物。

明子は大学をひけてからそれらを一つずつ片づけながら思い惑った。とうとう武男にうちあけて相談した。（おもしろいじゃないか。その中年のおじさんとやらに食事をつきあってやりなよ。晩飯代が浮くぜ）電話の声はのんびりとしていた。（でも、これからってこともあるわ）明子は一度ですむとは思えなかった。アルバイトをしているのは大学へ通うための生活費を稼ぎたいからだ。田舎からの送金は、武男とのことが両親に知れて以来とだえている。時間は有効に使いたかった。これを機会に、たまの休日が客とのつきあいで台無しになってしまうおそれがあった。

（結局のところ、きみがつきあうかつきあわないかを決めればいいことだ）

（いいの？　彼と食事をしてもあなた気にならないの）

（くどいな、おれ今から出かけなきゃならないから）

武男が先に電話を切った。そのとき明子は決心した。六時ちょうど、明子はフランス料理店のドアを押した。彼は先に来ていた。テーブルから立ちあがって微笑しながら明子を迎えた。

音楽、薄暗い照明、分厚い絨毯、年代もののワイン、しつけのいいボーイたちが次々に運んでくる料理、どれも良かった。明子は半ば酔ったような気分だった。ワインのせいばかりとはいえなかった。アパートでそそくさとすませる朝食、大学の食堂でかきこむ昼食、スナックでとる夕食とはまるっきり質のちがう食事である。

舌平目のムニエル、海老のコキールはすばらしかった。こわごわと食べたエスカルゴもおいしかった。

（去年、ニューヨークに行ったとき）と彼は話を続けた。（五番街にフランス料理を食べさせる店があってね、すごく旨かった。パリで食べた料理よりも洗練されてた。フランス料理はニューヨークにありとはおかしな話じゃないですか）

（パリにもいらしたの）

（仕事だよ。あちらの会社と技術を提携することになったので、下準備のためにね）

（パリ、一度でいいから行ってみたいわ）

（つれてってあげよう。案内してあげる）

デザートのメロンを口に入れながら彼はこともなげにいった。明子は冗談だと思った。（ぜひ、おねがいしたいわ）といったのも、彼のいうことを本気にできなかったからだ。彼はすぐに話題を変えた。

（コンピューターで確率の計算をして、競馬に賭けてみた。面白半分だがね、当たると思っていなかったんだが、これがぴたり的中して仲間からは羨ましがられるし、上役には怒られるし）

（競馬に応用できるの）

（誰にでも出来るわけじゃない。問題はコンピューターに入れるデータのとり方であってね。データが収集できたら九割は旨くゆく、でも内緒だよ、この話）

フランスで食べたチーズの豊富な種類、ワインはブルゴーニュ産に限るという意見、パリの裏町で道に迷ってホテルへ帰れなくなった話、彼の話題は尽きなかった。明子はコーヒーが冷えるのも忘れて話に聞き入った。武男とはまずこうはいかない。話題はせいぜいサッカーと劇画についてで、明子はどちらにも興味がなかった。ベッドでよりそって、とりとめのない話をかわすだけだ。武男が住んでいるアパートの隣室で、夫婦喧嘩をしていたとか、しのびこんだ野良猫に夕食の焼魚をさらわれたとか、道路であやうくモーターバイクにはねられそうになったとか、そういう話題に終始した。

しかし、明子は武男と共にする夜が楽しかった。二歳も年長なのに、自分の弟のような気がした。明子の乳房に頰をすりつけ、髪をまさぐる武男を抱きしめて、自分は幸福だと思った。ときには弟であるどころか自分の子供にでもなったように思われ、武男の顔を両手ではさんで続けざまに口づけすることもあった。額に目に唇に頰に。

（くすぐったい、よせよ）

武男は首筋にした接吻に身をよじっていった。明子はますます繁く口づけした。くすぐったがる武男が可愛かった。

武男が週に一度の割りでアパートへやって来る日が待ち遠しかった。明子の帰りを部屋で待っている。その日はスナックで客の相手をしていても、心は上の空だ。時計の針がいつまでたっても同じ時刻を指しているように思われた。仕事が終ると、タクシーでアパートへ帰った。二人はあけがたまで眠らなかった。

朝はやく武男が帰ったあと、明子は寝不足の顔に化粧しながら、なんとなく男というものがわかったような気がした。一人娘として育ち、高校時代まで親しい男友達などつくったことはない。異性に対して人一倍つよい関心を持っていたのに、いざ面と向えばぎこちなくなってしまう。何をされるかわからないという怖れに似たものが消えなかった。

それが上京して大学に入りふとしたことで武男と知り合ってから、二人は急速に親しくなった。かつての自分はどうかしていたのだ、としか思えない。

(男なんて……)

唇にうすく紅をひきながら明子は思った。

ベッドの下に武男のシャツが脱いであった。武男の靴下や下着類はまとめて週に一度、明子が洗濯する。その布地にしみこんでいる体臭に明子は馴れていた。武男は新しいシャツと下着をつけて、明子が眠っている間にアパートを去った。思わず知らずほほえみが顔に浮んだ。(男なんて……)と思いはしたものの、武男を軽く見たわけではない。明子は愛されている自分を意識し、武男を愛している自分をも心の奥で確かめた。

それは誇らしいことであり、胸がうずくような歓びでもあった。自分は武男のすべてを理解していると信じることができた。男に対して、いわれのない怖れを抱いていたかつての自分が不思議だった。男には女が必要なのだ。明子は自分によりそって眠っている武男のあどけない寝顔を眺めて飽きなかった。武男が眠りに落ちてからも、しばらくの間明子は武男の寝顔に見入っているのだった。

彼はフランス料理店を出ると、明子を銀座に誘った。行きつけのクラブがあるという。

(もう九時だから)

明子はためらった。

（もう九時じゃない。まだ九時というべきだね）

彼はタクシーに明子を押しこむようにのせて、（あそこ、感じのいいクラブなんだ）といった。一応ためらってはみたものの、明子はまっすぐアパートへ帰りたかったわけではない。寒々とした部屋にこの時刻、帰ったところで自分をもてあますだけである。武男は卒業論文の準備とかで、しばらく会えないことになっている。

彼が保証した通り、クラブは感じのいい所だった。

フランス料理店よりも、もっと薄暗い明りがともったクラブで、明子は彼がすすめたブルゴーニュのワインを飲み、彼と踊った。セントラル・パークで黒人にナイフをつきつけられ、財布をとられそうになったとき、どういうふうに相手をやっつけたかを彼は話した。

（ニューヨークは聞きしにまさる所でね、まっぴるま強盗におそわれるとは参ったな）

（まわりに人はいなかったの）

（公園は広いから、それに私は岩かげにいたしね。かりに大声をあげてみても救けに来やしない）

（で、どうやったの）

（ナイフをもぎとってその腕を叩き折ってやったよ。もう一人プエルトリコ人が相棒だった。そいつは仲間があっけなくのされるのを見たら、横っとびに逃げちゃったな）

（柔道の心得でもおありなの）

（少しばかり空手をやりました。二段の免状を持ってます。学生時代に習ったのがあんな所で役に立つとは

思わなかったよ）

十二時まで時間がたつのは早かった。

（楽しかったわ、とっても）

明子はタクシーの中で彼にいった。

（実は私の頼みをきいてもらいたいんだがね）

（なんでしょう）

彼は小さな紙包みを明子に渡した。

（パリで買った品なんだ。きみの気に入るといいんだがな。受けてもらえるだろうか）

明子は紙包みを開いた。思わず息をつめた。プラチナの指環に白い石が光っている。（これ、ダイヤみたい）明子は窓にかざしてみた。

（ダイヤはダイヤでも安物ですよ。気に入らなかったら棄ててもいい）

（でも、わるいわ）

（私の気持だよ。きみの指に似合うと思う、おねがいだから厭だなんていわないでくれ）

明子はひとめ見て気にいっていた。ぼんやりとした窓の明りでは、はっきりと見えないが、プラチナらしい台に手のこんだ模様が彫りこんである。指環は以前から欲しがっていたのだ。しかしどう見ても安物とは思えない品を受けとるわけにはゆかなかった。

（品物が品物ですから。こんなに高いものをいただくわけには）

（他の品だったらいいというんだね）

（お気持は嬉しいんですが）

明子の口調があらたまったものになった。

（じゃあ、こうしよう。きみは今夜私の贈り物を受けとらなかった。いつか代りのプレゼントをさせてもらう。いいね）

（すみません）

いやとはいわせないきっぱりとしたいい方だった。彼がにわかによそよそしくなったような感じがした。

（せっかく私が用意して来たのに、指環にはきみの名前を彫らせている）

（………）

（アパートまで送って行こう）

（いいんです）

タクシーは見おぼえのある通りに這入った。

アパートまで五、六分で歩いて行ける町である。ここでおろして、と明子は彼に頼んだ。その声を聞いて、運転手が車を止めた。

（アパートの前までタクシーをやってもいいじゃないか。場所をいいなさい）

（もうすぐなんです）

明子はタクシーを降りた。彼は諦めたふうだった。（きっとそのうち住所を教えてもらう。きょうのところは仕方がない。じゃあ、明日また）明子はタクシーが見えなくなるまでその場にたたずんでから小走りに歩きだした。急に疲れをおぼえた。そのうち住所を教えてもらう、といった彼の表情は、レストランやクラブで見せた穏かな中年紳士のそれとはまったく変っていて、別人のように見えた。明子は胃のあたりにかすかな嘔き気を感じた。

(これをあげる)

次の日、スナックへやって来た彼は平べったい紙包みを明子に手渡した。開店したばかりで、客は彼ひとりだった。

明子が包みをあけて、中身がカルダンのスカーフであることを知ったとき、彼の姿は消えていた。(晩飯をつきあってやった報酬だと思って、もらっとくんだね。そんなに高い品でもないんだし、いいじゃないか)とマスターはいった。明子はマスターのいうことにも一理があると思った。

彼は一日も欠かさずスナックに現われた。

カウンターに頬杖をついて、じっと明子をみつめる。明子が客の注文した水割りやスパゲティーなどをボックス席の方へ運ぶときは椅子をぐるりとまわして明子の行方を目で追う。

むやみに話しかけはしないが、他の客が明子と親しくしゃべっていると、必ず話の途中に割りこんで、水を催促したり新しいおしぼりを要求した。話をさえぎられた客が厭な顔をすると、彼は目を細めて男の顔をみつめた。たいていの場合、相手の方が顔をそむけた。

(あれは一体なんだい)

彼がスナックを出てから、客たちは噂をした。明子に気があるということは客の意見が一致した。(変った男だ)と客たちは口々にいった。明子にしてみれば(変った男)というだけでは片づかない薄気味わるさがあった。あからさまにいいはしないが、彼と明子が特別な関係にあると思いこんでいる客もいた。自分の女に手を出すと承知しないぞ、とでもいいたげな表情で、彼は明子に近づくスナックの客をにらみつけるのである。

カウンターごしに明子へ話しかける折り、彼はこれ見よがしに馴れ馴れしい口を利いた。肉体関係を持った男女だけが示すぶっきらぼうな優しさを口調で示した。客が誤解するのもむりはない。

（明ちゃん、あの人と一緒になるんだって？）

ある日、彼がスナックを立ち去ってから客の一人がきいた。

（あたしが？　まさか。でも、どうして）

（あの人はマンションを物色しててね。おれの知合いの不動産屋があの人から手頃なマンションを探してくれって頼まれたんだそうだ。明ちゃんと二人で暮すといったそうだよ。お安くないね）

（笑わせないでよ）

明子は穏かではなかった。次の日、姿を見せた彼に、客の噂を伝えてわけをたずねた。開店そうそうである。（奥さんに知れたらどんな誤解が生じるかわかりませんわ。あたしはただ……）彼は平然としていた。

（家内にはきみのこと、ちゃんと話してある）

（あたしのことって、何を……）

（家内とは別れる）

明子は二の句がつげなかった。口をあけて彼の顔を見まもるだけだ。

（心配しなさんな。いいマンションが駅の近くに見つかったよ。今度二人で見に行こうよ）

（あたしには婚約者がいるんです。それにあたし、あなたと結婚すると約束したつもりは）

（婚約者がいたってどうということはない。私ならその男よりもっときみを幸せにできると思う）

（待って下さい。あたしの気持というのもあるんです）

（きみの気持はわかってる）

（何がわかってるんです。あなたには何もわかっていませんわ）

（きみは私を愛している。私なしできみはやっていけない）

（思いちがいです。あたしはそんな……）

銀座のクラブへ行った日のことを彼は話した。（あのとき私と踊りながらきみは幸せだといった）

（いったかも知れませんが、それは何も）

（新婚旅行はパリにしようじゃないか。旅行社に手配さえすれば万事とりはからってくれる。そこで式の日どりだがね、離婚の手続きが一切すむまでにあと……）

彼は手帳をポケットから出してページをめくり始めた。奥からマスターが現われた。明子は手洗いへ行くふりをして、裏口から抜け出した。まともに話し合ってはいられない。もよりの喫茶店に入って時間をつぶすことにした。

せんだってマスターは彼のことを話題にした。（お客から聞いた話だけれど、あの人の住んでる家の界隈からうちに来る人でね。評判の愛妻家らしいよ。日曜日には必ず夫婦で子供をつれて散歩をするし、ＰＴＡの役員でもあるんだって。収入はいいらしい。親ゆずりの土地を売った金で、アパートを二、三軒もってるという噂だ。近所のうけもわるくはないんだそうだよ）

世間は彼を円満な常識人と見ているわけだ。

初めは自分もそうだった、と明子は思った。

どうして（円満な常識人）なものか。少なくとも自分に関するかぎり頭がどうかしているとしか考えられないのである。しかし、気がふれているのなら、家庭を営みコンピューター技師としてつとまるわけがない。明子は運ばれて来た紅茶をスプーンでかきまわした。角砂糖も入れずに永いことかきまわしているのに気づいた。

さめた紅茶をすすった。

（明ちゃん、くよくよすることないじゃないか。あの人のことほっとけよ。あの人に何もしてないのなら）

彼の噂をしたついでにマスターはいったものだ。あの人に何もしていないのなら、というのは、マスターも疑っていることになる。明子は気持がふさいだ。マスターでさえ疑っているのだから、他の客はもっとあらぬ想像をたくましくしているだろう。気が滅入ると同時に、彼に対して無性に肚立たしさをおぼえるのだった。喫茶店には一時間いた。それからスナックに戻った。彼は消えていた。


明子は枕もとのスタンドを暗くした。

戸外の靴音はアパートの前を通りすぎた。

付近は閑静な住宅地である。同じような造りの木造二階建アパートが他にも五、六軒たっている。きのう、尾行されていることに気づいた明子は、通りすがりのタクシーをとめて乗り、遠まわりして自分のアパートに帰った。うまく彼をまいたと思っている。アパートの場所はつきとめられなかったはずだ。それがどうやって見当をつけたのか、彼のものと思われる靴音を聞くことになった。マスターだけが明子の住所を知っている。マスターはかたく口止めしていたから安心していた。

明子は体をこわばらせた。

いったん通りすぎた靴音があと戻りして来た。アパートの前で立ちどまった。鉄の階段を鳴らして二階へあがってくる。

明子はドアに表札を出していない。アパートには六所帯が入居している。昼間、顔を合わせても軽く会釈するていどで、つきあいはない。おたがいに名前は知らないでいる。酔いにまかせて誰かを叩きおこしても、明子の部屋を教えられるものはいないだろう。

そこまで考えて、はっとした。

郵便受け箱には明子の名前がある。外は暗がりだが、ライターの明りで読みとれるだろう。今からドアをあけて、郵便受け箱をはずしても間に合わない。彼は二階の廊下に立った。明子の部屋は廊下の端、階段の所から三つめである。

靴音は一部屋ずつ表札を読んでいるのか、規則的に立ちどまってこちらへ近づいて来た。電話があれば、と明子は思った。警察に連絡できるのだが……。

靴音は明子の部屋の前で立ちどまった。

数秒間、沈黙が続いた。

やがて、しのびやかにドアが叩かれた。明子は手で耳に蓋をした。

ドアをノックする音はだんだん高くなった。耳をおさえていても聞える。毛布を頭の上まで引き上げた。

「明子、私だ、あけてくれ」

彼はドアを強く叩いた。

「起きてるのだろう、わかっている。私のいうことが聞えるはずだ」

ノックがやんだ。遠くで犬が吠えた。近所はひっそりとしている。

「話がある。こんな所で私に大声でしゃべらせたいのかい。外はとても寒い。なかに入れてくれ」

彼は足踏みした。

「明子、聞いてるだろう。私たちはおたがいうまくやって来たじゃないか。なぜ私を外に立たせたままにしておくんだ。ドアをあけなさい」

いらいらとした命令口調になった。

「準備はみんなととのった。そうさ、私がやったんだ。二人で話し合うことが残ってる。明子、一時間もあればすむ」

なかに入れたらおしまいだ、という気がした。毛布をしっかりとかぶって明子は息を殺した。体が慄えている。

「明子、そこに誰か居るのか。きみ一人じゃなかったのかい。男が来てるのなら私が話をつけてやろう」

彼はまたドアを叩いた。

「やっぱりきみは一人だ。わかってる、婚約者なんかいやしない。きみは私にパリへつれてってくれと頼んだろう。だから二人で行こうと私はいってるんだよ」

声がとだえた。明子はドアの外の気配をうかがった。立ち去る靴音は聞えない。沈黙が息苦しかった。

「きみは私を愛してる。私にはわかってるんだよ。私もきみを愛している」

明子はそっとベッドをおりた。ガウンをまとって、うろうろと室内を歩きまわった。こんなとき、武男がいてくれたら、どんなに心強いことか。

「きみは私に嘘をついたのか。愛してもいないのに愛してるといって、私をもてあそんだのか、本当のことをいってもらおう」

明子は思わず叫びたくなった。やっとのことで声をおさえた。返事をしてはいけないのだ。ガウンをかき合わせた。部屋のなかでも凍えるような寒さだ。

「そうじゃないだろう、明子。なぜ答えないんだ。うしろめたいことがあるから私の顔を見れないのか。明子、おねがいだ。ひとことでいい、愛してるといってくれ」

明子はガスストーブに点火した。暗い部屋がほんのりと明るくなった。ガスの吹き出る音が気になったけれども、寒さには克てない。

「やっぱりそうか。きみは大人の私をもてあそんだのだ。小娘のくせに見上げた度胸だよ。私がどんなに苦しんだかわからないだろう」

ドアが叩かれた。さっきのように強い力ではなかった。哀願するような訴えるような弱々しい叩き方だった。

「明子さん、ドアをあけてくれ。私が頼んでるんだよ。欲しい物は何でも買ってあげるから」

声の位置が低くなった。彼はうずくまったのだろうか。次に聞えて来た声は語尾が慄えていた。

「ひとめきみを見たときから好きになったんだ。本当だよ。きみは私にぴったりだと思った。きみを幸せにできるのは私しかいない。それだけは信じてくれ」

声がかすれた。彼は泣いているらしかった。明子はガウンの襟をしっかりとつかんだままドアをみつめて立ちすくんでいた。

「どうしてきみはこんなに冷たくなったんだ。……どうしてだよう……いつまでも私をドアの外に……恋人にむごい仕打ちじゃないか……きみはそんなに冷たい女じゃないはずだ……優しくしてくれよ……私はきみなしでは生きられないんだ……」

彼はしゃくり上げた。ドアを平手で叩いた。頭か肩をドアにこすりつけるような物音が伝わった。

「ねえ、どうしてだよう」

彼はすすり泣いた。男のことは何でもわかったつもりでいた。明子はきょうまでそう思いこんでいた。しかし、ドアの外で慄えながら泣いている中年男の声を聞いたとき、明子は男について自分がまったく何もわかっていなかったと思い知った。彼のことではなくて、武男のことである。知りぬいているはずの武男について、自分が実は何を知っているのだろうかと疑った。

運転日報

いやな話を聞いたと、古宮利宏は思った。

初めはそうだった。

しかし、タクシー運転手はおしゃべりで、興にのって次から次へと話した。（いやな話）とは思いながら、古宮も相手の話にひきこまれ、しつこいほどに質問をあびせかけていた。聞かなければよかったと思う反面、大いに気をそそられたのも事実である。

古宮利宏はP市にある私立高校で、歴史を教えている。今年四十一歳、二年前に妻を癌でなくしていた。P市は東京都に隣接する県の小都市で、昭和二十年代まではうらさびれた宿場町の名ごりをとどめていたのだが、近年、私鉄がP市に通じてからは、東京の衛星都市として人口は大幅に増加した。

町はずれには三万人を収容する団地ができた。P市の住民は、昔からの町を古町、団地とその周辺に拡がる商店街を新町あるいはニュータウンと呼びならわした。

古宮の家は、P市がかつて宿場町として栄えていた当時の本陣であった。街道筋に面したその本陣宿は、古宮利宏の代になってとりこわされスーパーマーケットの用地に売り渡された。古宮は一人息子であったから、土地の代金をまるごと小さなマンションを買うのに当てることができた。P市の東郊つまりニュータウンの反対側である。

最上階である四階に古宮が住み、三階に老いた両親を住まわせ、二階と一階を人に貸した。私立高校の教師が得る給料のほかに間代が入るから、両親の生活費を出しても暮しは豊かな方である。同僚のなかで口さがない教師は、それとなく古宮の身分を羨望した。とくに松坂という化学の教師は露骨にそれをほのめかした。

不破明子の噂をしたのも松坂である。三カ月ほど前のことだ。高校の文化祭が終った日、慰労のパーティーが開かれた席で、ビールのコップを手にした松坂が古宮に近づいて来た。

(気になることがあるんだけれど)

松坂は唇のふちについたビールの泡を舌でなめた。またかと、古宮は思った。松坂のゴシップ好きは有名である。PTA会長と酒場マダムの情事、会計係が公費をつかいこんでいるらしい形跡、美貌の女生徒がさる医院で中絶したという噂、校長と県の教育委員が酒席でつかみあいの喧嘩をしたことなど、どこから聞きこんでくるのか、松坂はそういう情報にくわしかった。

松坂は左手を古宮の肩にまわし、料亭の縁側へみちびいた。二人は教師の群から遠ざかった。

(こんな話をしたからといって、ぼくを恨まんでくれよな。あくまできみのためを思ってのことだから。いおうかいうまいか、さんざためらったもんだけれど、やはり一応はきみの耳に入れといた方がいいと判断したもんでね)

古宮はすばやく思案した。ニュータウンから通学する女生徒の何人かが、つい最近、売春で補導されたばかりである。十三人のうち二人が古宮の担任するクラスの生徒であった。あと始末をつけてほっとした所である。しかし、松坂は不破明子の名前を口にして、古宮を驚かせた。

(まさか……)

古宮は語気鋭くいった。

（信じる、信じないはきみの自由だ。ぼくは友人としてきみにこの噂を伝えるのを自分の義務と思っただけなんだ。善意にもとづく助言と受けとってくれなければ困るよ）

松坂は目を細めてつぶさに古宮の表情を観察し、ゆっくりとビールをすすった。

（ぼくは信じない。あの人が、まさか）

（それでけっこう。ごりっぱというほかはないね。ぼくは気がすんだから、これで失敬する）

松坂は身をひるがえして立ち去ろうとした。

（待ってくれ。噂の出所は確かなんだろうな）

古宮は松坂の腕をつかんだ。ニュースソースを明らかにするわけにはいかないと、松坂は新聞記者のような口をきいた。細められた目には依然としてうす笑いが漂っていた。

（きみが不破明子という女性をどうするかは、ぼくの関知しない所だよ。だからきみがぼくの情報を信じようと信じまいときみの自由だとあらかじめことわったわけだ。ただ、きみがあの女性をどう見るか、いわば判断の一助にでもなればと思ってあえてアドヴァイスを試みた次第でね。たんなる女友達というなら、こんなことをいいはしない。結婚しようと思っている相手だそうだから、用心してもらうにこしたことはないと、まあこう考えたわけだよ）

古宮は呆然として突っ立ち、松坂がいつその場を離れたのか気づかなかった。不破明子がコールガールの一人であろうとは。まさかと古宮は否定したものの、（それじゃあきみ、あの女性について何を知っているというのだい）と反問されたとき、返すことばがなかった。古宮は明子がニュータウンの一廓にあるアパートで一人暮しをしている身寄りのない女性であるということ以外に、何も知らないのである。

わかっているのは、明子が東京の下町にうまれ、両親と兄弟を昭和二十年三月の大空襲で失って以来、自力で生きて来たということだ。明子は自分の過去について語りたがらなかった。女一人が三十五歳になるまで経験しなければならなかったことはいろいろあるにちがいないと、古宮は察し、しつこくたずねることはしなかった。

明子がそれでも重い口の下から話してくれたことは、二十代の初めに、ある会社員と一年半あまり結婚生活をおくったことがあるということ、離婚したのは、男に酒乱の気味があり、女性関係もだらしがなかったのが理由だといった程度であった。古宮の場合と同じく、子供はなかった。今は県庁所在地であるQ市で、旅行代理店のプランナーをつとめている。古宮が初めて明子と会った場所である。松坂の話を耳にする二カ月前のことだ。

夏休みを利用して九州と沖縄へ一週間あまり旅行をする気になり、航空券やホテルの予約をするのが苦手である古宮は、Q市のその代理店を訪ねたのだった。

カウンターの向うに現われた女性をひと目見て、古宮は自分の目を疑った。

髪形が死んだ妻とそっくりだった。髪形だけでなく、色白でやや小ぶとりの肢体も妻に似ていた。少し厚めの唇が、両端で上に反って、唇を結ぶときかすかに微笑しているように見える口もとまで共通していた。古宮がしばらくぼんやりと明子をみつめている間、明子は軽く首をかしげてうながすような身ぶりをした。(どうかなさいましたか)という女の声を聞いて、古宮は動悸が激しくなった。やわらかくてしっとりとしたその声は、妻の声でもあった。

古宮は度を失い、しどろもどろになってあらぬことを口走った。亡くなった妻に似ていたのでと弁解してしまったのは、日ごろ冷静な古宮らしくないことである。彼はハンカチを出して額の汗を拭い、旅行のことを相談にかかった。相手がどのように応答したかは上の空であった。色とりどりのパンフレットを並べて見せる相手の顔をまじまじと凝視し続けた。カウンターに目を落すと、時刻表を繰る女の指が見えた。ほっそりとして手入れのゆきとどいた指である。妻の指もそうだった。唇の形と指を、死んだ妻はよく自慢したものだ。

けっきょく三日後に旅行の手配がととのって、古宮はまた不破明子と会い、ホテルの宿泊券や航空券を受けとった。そのとき彼は明子が代理店をひけてから、Q市の喫茶店でお茶をのまないかと誘った。機会はその日をおいて訪れないように思われた。明子に会うまで、古宮は再婚を具体的に考えていなかった。家事は母親がみてくれるし、さしあたり急いで結婚する必要は認めなかったのである。独身の気楽な生活を当面エンジョイしてもいいと思っていた。

やんわりことわられるかと予想していたにもかかわらず、明子は古宮の誘いに応じ、お茶のあと食事を共にした。明子が独身であることを知って、古宮の心は躍った。ひとめ惚れというものである。有頂天になった古宮は、夕食後、ある酒場で結婚してくれと明子にいった。

(酔ってらっしゃるのね)

(場所がいけないかね。じゃあ、しらふのときにくり返すよ。ぼくの気持は変らない)

(あたし、古宮さんのお気持がわからないわ。あまりに突然ですもの)

(きみのいう通りだ。ぼくたちは初対面どうぜんだものな。初めて一緒に食事をした男から結婚を申しこまれて、きみがとまどうのはあたりまえだよ)

さすがに明子に対して、死んだ妻とそっくりだからとはいいかねたが、ひとめ見て心を惹かれたのは本当だったから、古宮はその後もひんぱんに明子を誘った。土曜日は古宮がQ市へ出向いて、映画を見たり食事をしたりした。日曜日はP市で落ちあって、郊外を散歩したり、画廊めぐりをした。知りあって二カ月たってから、明子は古宮を自分のアパートへ請じ入れた。団地が建てられる以前からあった木造二階建のアパートである。

うす汚い外観に似合わず、明子の部屋は品良くしつらえられていて、分厚い絨毯が敷きつめられ、北欧製の椅子やテーブルがあった。壁にはピカソのリトグラフがかかっていた。

古宮は率直に自分の意外感を口にした。旅行代理店のプランナーにしては、部屋が豪華すぎる。明子は銀製の紅茶セットを飛驒造りの戸棚から出しながら、ちらりと流し目をくれて（そう思う?）といった。P市やQ市の医院と契約して、健康保健の書類を作製するというアルバイトをやっている、資格をとっているから、その方面の収入のあるのだと、明子は紅茶をのみ終えてから告げた。

いわれてみれば思いあたるふしがあった。

土曜日曜以外に、古宮が明子に会いたくなり、夜アパートへ出向いても不在の場合が珍しくなかった。電話をしても応答のない日があった。代理店へ問いあわせると、すでに帰ったという。アルバイトをどうして今まで黙っていたのだと、古宮はいった。代理店の給料で生活できないわけではないけれども、ただ暮してゆける程度の生活なんて、人間の生活ではないと、明子はいった。古宮の唇から身をのけぞらせ、背中にまわした彼の両腕をはずして窓ぎわに立った。

（あたし、子供のときからつらい思いをして来たので、貧乏なんか二度としないつもりなの）

別人のようにきびしい口調で明子が自分の気持を語るのを古宮は聞いた。彼は気弱な笑いをうかべ、自分は何もアルバイトをしていたことを責めているのではないと、いった。

(もちろんだわ。あなたにそういう資格なんかあるもんですか。あたしは貧乏が大嫌いだから仕事をしているだけ)

貧乏が大嫌いだというとき、明子の表情がゆがんだ。吐いてすてるような口ぶりであった。古宮はおろおろした。明子に機嫌を直してくれと哀願し、できるだけ早く結婚しようと提案した。生活の苦労はさせないと約束した。明子は目を光らせて、取り乱している古宮の様子を観察していた。

(あたしが気を悪くしたわけをあなたご存じなの)

(さあ、わかるようなわからないような)

(でしょう。じゃあこの際、いっとくわ。あたし、自分のことをあれこれと訊かれるのが好きではないの。あたしがP市へ越して来るまで、どこでいつ何をしてたか、根掘り葉掘り訊きたがる人がいるわ。あなたが初めてではなくってよ。それを知ってどうするというの。あなたがまた詮索したら、あたしたちの仲はおしまいよ)

(たのむからそんなに怒らないでくれ)

(男の人ってみな同じ。まるで刑事みたいにうるさく質問ぜめにするんだから。あたしの生い立ちはお話したわね。今どうやって暮しを立てているかも。それで充分じゃない？　これ以上たずねないと約束して下さる？)

古宮は約束した。こわばっていた明子の表情がしだいにゆるんだ。明子はおもむろに歩み寄って古宮に体をもたせかけ、唇をあわせた。彼はふるえる指で明子の胸もとをくつろげ、豊かな乳房を口に含んだ。手を明子の太腿にすべらせたとき、明子は古宮をおしのけた。（だめ）と低い声でいって、ブラウスの襟をかきあわせた。しかし、先ほどのようにかたい声音ではなかった。目に媚びを含んだうすい笑いがたたえられていた。（いいじゃないか）古宮はこういう場合、男が必ず口に出すせりふをいった。明子は首を左右に振った。古宮はためいきまじりに訊いた。

（結婚するまではだめかい）

明子はうなずいた。

時期の問題になった。つとめ先の都合やら、それまでに片づけておかなければならないことなどあるから、結婚は年が明けてからということになった。（男の人とちがって、女にはいろいろと支度するものがあるの）。古宮は明子のいうことを受け入れた。松坂の話を聞いたのは、それから一週間後のことである。

一時はうろたえたものの、明子にかぎってという思いが強くなった。松坂よりも明子を信じたかった。麻薬の密売を捜査している県警の親しい刑事が教えてくれた事実であると松坂は語った。松坂は学校の風紀指導係で、何かと問題を生徒がおこすつど、警察に出頭していた。親しいと自称するのがどの程度であるかは眉つばものだとしても、日ごろ接触している刑事はいるのである。県内の暴力団を内偵していた刑事の話では、Q市とP市、それに都内のR市にまたがるコールガールの組織があるという。麻薬密売の容疑で留置された暴力団員が口をすべらせたのであった。

女たちはみな家庭の主婦や教師、学生、保険の外交員、看護婦、店員などで、水商売の女はいない。ただし、女たちを客に取りもつのはしかるべき元締めがいるらしく、暴力団とは関係がない。麻薬のことで刑事に問いつめられた組員が、心証を良くしてもらおうとしてしゃべったのである。組としてもその元締めが何者であり、女たちがどのように運用されているか大いに関心があったのだった。

刑事はその男の供述に興味を持った。

地道な聞きこみを続けてゆくうちに、それらしい女が一人うかびあがった。保険の外交員である。自供によると、ニュータウンの主婦に誘いこまれたのだという。電話で告げられたホテルへ出かけ、客と交渉を持って帰ってくる。翌日、本人の銀行口座に金が振りこまれている仕組である。外交員を誘った主婦は、刑事が同行を求めたとき、七階の自室から地上へとび降りて死んだ。

一冊の手帳を刑事は押収した。

黒革表紙の小さな手帳には、同窓会の期日や買い物の予定などが書きこまれていた。刑事はたんねんにページをめくった。いくつかの電話番号があった。不破明子の番号もあった。３６＝５４３１。その下に日付と推定されるいくつかの数字が並んでいた。電話番号の主はすべて自殺した主婦と特別な関係を否定した。高校時代の友人であったり、活花同好会のメンバーという関係にすぎないといいはった。手帳に電話番号が書かれただけで、いかがわしい仕事にたずさわっていると決めつけられては心外だと、逆にくってかかる女もいた。だれしも友人や知人の電話番号を手帳にメモしておくものである。刑事は、日付の記された番号と、記されていない番号があることに気づいた。不破明子の番号には、6/8、14/9、23/9という三つの日付があった。

捜査はしかし、主婦の投身自殺でゆきづまった。刑事は本来の任務である麻薬密売の内偵に戻った。以上のことを松坂は古宮に語ったのである。

古宮はいったん同僚の話をうのみにした。しかし、呆然自失した状態から我に返り、松坂の情報をまるのみした自分がなさけなくなった。たったそれだけの証拠で、明子を娼婦と断定するには不充分と思われた。古宮は松坂のことばを信じた自分を責めた。一晩たつと疑いが再び彼の心にきざした。

（もしかすると……）

眠れない夜が続いた。

日付のとなりにはQ市にあるホテル名が記入してあったという。それは何を意味するのか。もちろん、電話番号と日付を切り離して考えることも可能である。番号の下の欄に日付があったところで明子がその日、Q市のホテルへ行ったことには必ずしもならない。両者は別人だったかもしれないのである。明子から事情を聴取した刑事の話では、自殺した主婦は今年の春、香港へ旅行しており、その折り、旅行の段取りをつけてやってから知りあったと答えたそうである。デパートのバーゲンセールへつれ立って出かけたこともあるという。

ある晩は松坂のことばを信じ、ある晩は明子を信じるという具合に、古宮は悩み多い日々をすごした。三カ月たつうちに古宮は、松坂の話を一つの悪夢として心の中から追い出すことに成功した。かすかな疑惑が、心の奥底にわだかまってはいたが、明子のととのった容貌を思い描くことでそれを押えつけた。明子に会っているときはつとめて陽気にふるまった。疑いのかけらすら持ち合わせていないかのように装った。明子本人にカマをかけても、実はそうだったと肯定するはずがない。明子がひそかに身を売っていたとしても告白するはずはない。

疑いが的はずれであれば、明子は肚をたてるだろう。疑惑を抱いた古宮を、見下げ果てた男と考えるに決まっている。どちらにしろ黙っているのが一番いいのだ。

このように結論をくだした彼の目にちらちらするのは、(貧乏は大嫌い)といってのけた明子の激しい口調である。表情がこわばり目まで鋭い光を放っていた。ふだんはしとやかに見える明子が別人に変じたように感じられた。女とは何を仕出かすかわかったものではないと、古宮は思っている。

生活の上で女一人さまざまな苦労をなめて来ただろう。金のため、つまり安楽な生活を手に入れたさに自殺した主婦と同じことをけっしてしなかったとはいえない。明子の前でみじんも疑う気ぶりを示さないでいる古宮の内心はおだやかでなかった。疑いは砂粒ほどに小さくなっていたが、すっかり消えてしまったわけではなかった。

デンマーク製の家具、ペルシア絨毯、イギリス製の銀器などといった物を、旅行代理店のサラリーと保険料の請求事務の報酬で手に入れられるものかどうか。余分な生活費を切りつめたら買えないでもないだろうと古宮は思った。若い頃に水商売をしたことがあるというから、明子のような女なら金をみつぐ男がいただろう。

(しかし、それにしても……)

明子と別れて自分のマンションへ帰ると、古宮の懊悩は深くなった。接吻するときにかたく閉じた目がまぶたの裏によみがえった。

電話が鳴る。

明子がそれを取る。ホテルの名前、ルームナンバー、時刻。告げられるのはその程度であろう。男に抱かれている明子の肢体が目にうかんだ。しっかりと閉じた目、唇の感触、それは古宮が見て味わったものだ。

しかし、明子の裸体は今もって知らない。一度だけ明子の小さな乳首を吸ったことがある。明子の肚や太腿はさわったことすらないのだ。

顔のない男たちがいる。

そいつらが明子の上に覆いかぶさっている。彼らの手が明子の乳房をもてあそび、下腹をまさぐっている……

古宮は呻いた。見ず知らずの男たちに抱かれている明子の裸体は、古宮を刺戟した。彼は両手を顔にあてがい、ベッドの上でのたうちまわった。昼間は忘れている疑惑の種子が、夜になると芽をふき、彼の心の中でふくれあがり、彼を息づまらせた。

男の手で服を脱がされている明子の姿が見えた。あるいは男の視線にさらされながら、着物の帯を解いている明子がうかんだ。苦痛がきわまるとき、古宮は明子に電話をかけた。結婚式場をどこにするか、披露宴にはだれを招待するかと、これまで何べんも打ちあわせたことを改めて確認するのだった。新婚旅行はハワイがいいか、グアムにするか、それともいっそロサンゼルスへ飛ぼうかと、古宮は快活に相談した。

明子は優しかった。

アパートの自室で、古宮をもてなしているときよりも、電話で応対するときの方が優しい口調に変るように思われた。半時間あまりたわいのないやりとりをすると、ようやく古宮の気持はおちついた。自分の疑惑が、根も葉もないもののように感じられるのだ。

彼はせっぱつまった口調で（愛している）といい、（きみなしではやっていけない）と口走る始末だ。

（本当だ。わかってくれ）

と古宮はいった。

明子は短く笑った。

(うそだといってやしないわ)

(ぼくはまじめにいってるのだ。笑ってないで、なんとかいってくれてもよさそうなもんじゃないか)

明子は声をおし殺すようにしてまた笑った。

(何がおかしいんだい。ふざけている場合じゃない)

(だって、突然ですもの)

(突然なものか。きみにはぼくの気持がわかってるはずだ)

(うれしいわ)

(それだけか)

(あたし、眠ってたの。まだ、頭がぼんやりしてるみたい。寝入りばなを電話で起されて、なんとかいってくれといわれても……)

(眠ってたのか)

(ええ、あなたが帰ってからすぐ)

(きみが好きなんだ)

(ありがとう)

古宮の目尻がさがった。口もとはだらしなくゆるんだ。同じようなやりとりを幾度、電話でしたことだろう。結局は明子に対する信頼が、疑惑をねじ伏せたことになる。三カ月という時間の経過は、明子に有利に働いた。いまわしい噂を忘れかけていた矢先に、タクシーの運転手が思い出させたのである。きょう、古宮はP市からQ市にある教育センターへ出かける途中であった。運転手は古宮が担任している女生徒の父親であった。

この頃の若い者は、というお定まりの世間話から始まって、古町と新町の比較論になり、自殺したニュータウンの主婦の話になった。タクシー運転手というものは世情に通じている。新聞記者や刑事の知らないことまで彼はよく知っていた。古町の酒場の女は客と寝ないけれども、新町の女はその限りではないとか、情事のためにホテルへしけこむのは六十代の男と二十代の女の組合わせが一般的であるとか、それも女の方が先に立ってホテルへ這入って行く、昔は男の後ろからためらいがちについて行ったものだが、最近は逆になったとか、体を売る女高生の相場はいくらいくらであるらしいとか、とめどもなくしゃべり続けた。なまじ週刊誌を読むより、ルームミラーに映る世態風俗を眺めている方が何倍も面白いと、運転手はしたり気にいい、

「だけどねえ先生、六十男と二十代の娘という取りあわせは罪深いって感じが先に立つけれど、四十女の浮気ってやつは、そういう感じがしないから妙だね」

とつけ加えた。

「思うにこれはあたしが二十歳代の若い娘を買う爺どもをねたんでるからだね。うまいことしやがってと、思う気持がこちらの方にもあるってことですよ。四十代の女の場合には男の方が何となく可哀そうですよ。どういうもんだろう。そりゃあ男に金があるから出来る浮気でありましてね、あたしには別に中年女といちゃつきたいという気持がないから羨ましくないのかなあ。男の方をそれとなく見ますとね、影がうすいん

だな。ほら、今年の夏ごろニュータウンの団地で身投げした奥さんがいたでしょう。主婦売春だの何だの噂になって、うやむやになっちまった事件が。あの女性をあたしはちょくちょくQ市のホテルへ運んだもんだ」

「ホテルへね」

古宮は胸苦しくなった。国道は渋滞していて、タクシーは少しずつしか進まなかった。

「奥さんが自殺したので、ほっとした女たちが沢山いるんじゃないですか。生きていてぺらぺらしゃべられたら、さぞ困ったことになったでしょうよ。この世の中まったくどうなってるのかな。十六、七の女学生が平気で売春する。事が露顕しても親はうちの子に限ってと信じない。今、新聞に出るのは氷山の一角みたいなもので、あたしにいわせてもらえば、女はみんなその気があるといってもいいくらいですぜ」

「氷山の一角ね」

古宮は咽喉が渇いた。

「もっともそういうあたしが、うちの娘は信用してるんだからお笑いですがね。近頃の若い女ときたらひどいもんだ。他人に迷惑をかけるわけじゃあるまいし、自分の体を売って何が悪いと、警察で居直るというからね。そんな女たちがゆくゆく所帯を持つ世の中になるわけだ。で、子供がうまれる。子供が成長して同じことをした場合、親はでかい面をして訓戒をたれるわけにはいかんでしょうが」

Q市のホテルへ運んだニュータウンの女は自殺した主婦だけなのかと、古宮はたずねた。

「用心深い女が何人かいましてね。ホテルの玄関に横づけしないで、近くの郵便局前でおりたり、県庁の裏でおりたりするのがいましたよ。日報を記入しながら眺めてたら、やはりホテルへつかつか這入って行くんですな。タクシーで玄関に直行するのが後ろめたいんでしょう。可愛気がありますよ。どちらにせよたいした違いはないのにね」

ニュータウンに朝日荘というアパートがある。その住人をQ市のホテルへ運んだことはないかと、きいてみた。古宮の心臓は膨張し咽喉のあたりまでせりあがって来たように感じられた。

「朝日荘？　名前と場所は知ってるけれど、あそこに住んでる人はうちのタクシーは使わないようですよ。すぐ近くに丸参タクシーがあるでしょう。利用するとすれば丸参じゃないかな」

自分は朝日荘の住人から電話で呼ばれたことはないと、運転手はいった。タクシーは一時間後に教育センターに着いた。路上に出た古宮が何気なく運転席をのぞきこむと、おしゃべりの運転手はかがみこんで〝日報〟にボールペンを走らせていた。日報ということばを聞いたのはこの日が初めてである。歩きかけた古宮は足ばやに引き返して窓ガラスを叩いた。運転手はけげんそうにガラスをひきおろし、首を外へつき出した。

「今おたくが記入してるその日報というやつね。客が乗った場所とおりた場所を書きこむのだね」

「ええ、そうですよ。お客を乗せた時刻、おろした時刻もね。書かないのは名前だけ」

「その日報は会社に保管してあるのだろうか」

「そりゃあもちろん。営業収入の基になる書類ですから、うっちゃっておくわけにはゆきませんや。うちは二百台以上、車があるからその分だけ日報がたまることになりますな。一年間ではかなりの量ですよ」

運転手は古宮のしつこい質問にいらいらし出したふうで、発車したそうな身ぶりを示した。古宮はタクシーの窓枠にしがみついた。日報を一年間、保管するというのは確実なことかと、念を押した。

「だって先生、税金の申告をせにゃならんでしょう。そのために保管しとく義務があるんじゃないかな。もっとも、あたしゃ営業の経験はないから詳しいことは知りませんがね。一年たったら焼却してるようですよ。じゃあ」

タクシーは走り去った。

そういえば古宮が明子の部屋から自分のマンションへ帰るとき、呼んでくれるタクシーは丸参であった。会社が近いのでよく利用していると明子が告げたのをよく覚えている。丸参タクシーの会社に保管されている運転日報を見れば、八月六日、九月十四日、九月二十三日の明子の動静がわかる。（いや、待てよ）古宮は舗道に突っ立ったまま自問自答した。かりに日報が手に入ったとする。その日、P市の朝日荘からQ市のホテル近傍まで客をのせた記録があったとしても、それが明子であることにはならない。朝日荘に住む他の五所帯のだれかが利用したこともありうる。

このときほど古宮は推理小説の主人公を羨んだことはない。

彼らはたいてい刑事か新聞記者である。

刑事ならタクシー会社は一も二もなく求めに応じて日報を提出するだろう。新聞記者にはそうもゆくまいが、適当な事件にかこつけて、これと目をつけた人物のアリバイを調査することができる。うるさい質問を発してもだれも怪しまない。一介の歴史教師が、タクシー会社へとびこんで、日報を見せてくれと要求したら、気が狂ったかと思われるだろう。

（いやな話を聞いた）

と古宮は思った。（聞かなければ良かった）。その日、教育センターで開かれた会議がどのように進行したか、古宮は全然、覚えていなかった。うつろなまなざしを司会者に向け、運転手の話を反芻してばかりいた。朝日荘から古宮の私立高へ通学してくる生徒が自分のクラスに一人いることに思い当ったときは、はっとした。表情が変ったのだろう。司会者が不審そうに、何か発言したいことでもあるのかと、古宮にたずねたほどだ。

翌日、彼は沢田というその男生徒をカウンセリングルームに呼び、進学問題と期末テストの成績にかこつけて短い説教を試み、話が終ってからふと思い出したように朝日荘の住人をたずねた。大工、華道の師匠(七十歳すぎの女性)、ピアノ調律師(四十代の男)、百科事典のセールスマン(三十代の独身男)、それに沢田の父親である。P市の市庁につとめている。不破明子のことを沢田はくわしく知らないといった。

「Q市につとめを持ってる人のようですけれどねえ。しょっちゅう出たり入ったりして近所づきあいをしない人なんです。ときどき、男の人がたずねてくるという噂ですが、ぼくはその人を見たことがありません」

「とにかくきみ、この程度の成績では、志望校に入ろうたって無理だよ」

古宮はあわてていった。〝ときどきたずねてくる男の人〟を受けもちの生徒に目撃されないで良かったと思った。次の瞬間、新しい疑念が湧いた。その男とは果して自分のことだろうか。別の男ではあるまいか。古宮は沢田を帰してから、部屋のテーブルに突っ伏して頭をかきむしった。朝日荘に住む独身の女性は華道の師匠と明子だけである。沢田の母親にはPTAの会で会った。五十歳すぎの痩せたニワトリを思わせる女だった。大工は六十歳をすぎているという。その女房がまさか。ピアノ調律師と事典のセールスマンは独身である。二人とも車を持っている。

古宮は職員室に残って遅くまで生徒名簿を調べた。親が丸参タクシーにつとめている生徒がいれば、何かの手がかりが得られるのではないかと思ったのだ。調査はむなしかった。かりにそういう生徒がいたとしても、運転日報を入手できる目当てはなかったのだが、古宮は探さずにいられなかったのだ。

彼は疲れ果ててマンションに帰り、ウイスキーを浴びるほど飲んで眠りに落ちた。


「へえ、あなたが推理小説を書いてるんですって」

三日後、古宮は明子の部屋にいた。

「一等の賞金百万円なんだ。新婚旅行には間に合わないが、きみに毛皮のコートを買ってあげられる」

「ミンクでなければいやよ。でも」

明子は笑った。もう一等に入選したと思いこむのは早計ではないかと指摘した。古宮はベッドに寝そべっていた。かんじんのアリバイ作りが推理小説の場合きめ手になるのだといった。

「きみ、タクシーの運転手が客を乗降させるとき記入する日報というものを知ってるかい」

古宮は明子の表情を注視しながら、日報について知っていることをしゃべった。明子がこしらえた水割りの三杯めを古宮はあけており、口がやや軽くなっていた。

「つまり犯人はだね。ある日ある時刻に、ある場所にいなかった証拠として、タクシーで別の町へ出かけたと主張するわけだ。そして物的証拠がある。日報ってやつがね。犯人のアリバイは確立されるわけだ」

明子はピカソのリトグラフを見つめていた。

「利宏さんが推理小説に興味を持ってるなんて知らなかったわ」

「以前から読むのは好きだったよ。クロフツのアリバイ崩しなんかこたえられないね。好きが昂じて書きたくなったわけ。で、定石はアリバイがきちんとしているやつこそ犯人にきまってるのさ。問題は主人公である探偵の心理であってね。彼は犯人と疑っている女を愛している。運転日報に作為をほどこして不動のアリバイをでっちあげた女性に対する愛情と、探偵としての職業倫理の板ばさみになって悩むのだ。そこの所がぼくの小説の読みどころとなるだろう。ベストセラーになること疑いなし」

明子は古宮を見すえた。犯人は運転日報にどのような仕掛けをしたのかと、たずねた。

「あたしも推理小説を読むことがあるわ。クリスティーとかクイーンとか」

二人の目がからみあった。どちらからともなく二人は視線をそらした。

「さっきもいったように、日報は税務署への申告用に一年間は保存される。で、タクシー会社の倉庫には束ねられた日報が焼却されるまでは山積みになっている。部外者にはただの紙屑にすぎないさ。現金じゃないからね。会社は金庫とか重要書類の安全には気を配るけれども、用済みの日報なんか盗み出す者がいようとは考えないから、倉庫の管理は雑なわけだ。この場合、タクシー会社は持ち車が十数台のちっぽけな会社であることが望ましいね。たとえばこの近くの丸参のような」

口に出してしまったと古宮は思ったが、あとの祭りであった。

明子は無表情に窓のカーテンを眺めている。

「だってそうじゃないか。丸参タクシーの持ち車は十七、八台だろう。ということは一日分の日報も十七、八枚しかないということになる。一年分でもタカが知れてるよね。これが古町の日の出タクシーのように二百台以上もの車がある会社は、一カ月で六千枚以上の日報になる。目当ての紙片を探し出すのは楽じゃあるまいよ」

何のことか、さっぱりわからないと、明子はいった。日報にどのような細工をすればアリバイが成立するのだと利宏にたずねた。

「簡単さ。乗客が行く先を告げてから変更することは珍しくないだろう。日報にはP市からQ市まで、いやA地点からB地点まで乗車したことが記入されている。犯人はその日その時刻、B地点へ行ったことを知られては困る事情がある。B地点を逆の方向のC地点へ変えればいい。同じ距離のね。タコメーターの記録は日報のように一年間も保存されないから好都合なんだ。そして本当の行先を知っている運転手は、交通事故に見せかけて殺すという手がある。どうだろう、このトリック」

「もう一杯いかが」

「けっこうだね」

「あなたの力作が首尾よく一等をかちとったら、うんとおごっていただくわね」

「もちろんだとも」

「何枚めまで書いてるの」

「七十枚と少し。ヒロインつまり犯人の性格づけが厄介でね」

「その女の人はどんな悪いことをしたのかしら」

「殺人さ。決まってるじゃないか。しかし同情すべき犯罪でなくてはね。やむにやまれぬ殺人。正当防衛であるとか、まあそんなことだ。だから探偵は悩むわけだ」

「探偵は犯人を好きなの」

「愛しているといってもいい。よくある筋じゃないか」

「犯人はどうなの。探偵に好意を持ってるの」

「探偵の視点から書いてるからね。主人公は当の女性すなわち犯人が自分を好きかどうか自信がない。彼は興信所の職をなげうって女と結婚することを夢みてる。しかし、持ってうまれた職業意識はなかなか消えない。彼は悩み多き男性という役割なんだ」

「もう一杯いかが」

「ありがとう」

「苦心の傑作が完成したら読ませていただくわね」

「女心というのは、男にとって常に謎だよ。推理小説のトリックより百倍も複雑なね」

「あなたの小説に乾杯」

「乾杯」

古宮はまわらない舌で「愛している」といった。明子は濡れた唇で接吻した。気がついたとき、古宮は自分のマンションに帰っていた。午前二時ごろである。頭が痛んだ。明子にたずねられて、とめどなくしゃべったような記憶がぼんやり残っている。何を語ったか思い出せない。(教えてくれ、きみは八月六日にQ市のホテルへ行ったのではないか)とたずねたような気もする。酔ってはいても醒めた部分があったから、まさかそんなことまで口に出しはしなかったろうと思いながら古宮は自分の軽率さを反省し、ぬるいシャワーを浴びた。推理小説を書いているとホラをふいたのは、明子の反応を見るためであった。しこたま水割りを飲まされて口が軽くなり、つい胸の奥にわだかまっているものを吐いてしまった。

古宮はかんじんのアリバイをたずねるような危険はおかさなかったと自分に納得させてから眠った。もしたずねでもしたら、明子は古宮が何を疑っているか悟ったはずであり、ただではすまなかったろう。自分を抑制できたからこそ酔ったままマンションへ帰れたのだと考えた。

一週間後、出張から帰ると、明子から手紙が来ていた。

（あなたを信じていた私がまちがっていたのです。これから遠い所へ移ります。私たちが会うことは二度とないでしょう。私はあなたを愛していました。推理小説が入選することを祈っています。さようなら）

天使

佐竹和宏は酒場から抜け出す口実を考えていた。

なんべんも腰を上げかけては、隣にいる新聞記者の川添からひきとめられている。まだいいじゃありませんか、宿に帰ったってすることはないでしょうというのだ。疲れているからと佐竹はいった。川添は水割の代りを女につくらせて佐竹にすすめた。

「あなたが先に帰ったら皆さんにわるいですよ」

川添は小声で佐竹に耳うちした。カウンターに七、八人の客がついている。きょうの講演に集まった連中の一部である。

「それに立花さんも見えないし。さいごまでつきあわなくちゃあね」

川添は目くばせした。

「立花さんはどこに行ったんです。さっきまでいたようだけれど」

佐竹は煙草の煙がたちこめている酒場を見まわした。十人も入れば満員になる小さな酒場である。立花卓二の姿はなかった。講演の件を依頼したのは立花である。初めからなんとなく気が進まなかった。F市の史談会と商工連合会の共催だという。時間がないといって一度はことわった。

佐竹は県立図書館の史料室主任をつとめている。平安時代にはF荘と呼ばれたこのあたりの荘園について大学で講座を持っていた。あちこちの郷土史研究会から招かれて話をしに行くのはめずらしいことではなかった。行けばその地の口碑伝説に詳しい老人から先祖の事績を聞くことができ、何がしかの収穫になった。よほどのさし障りがないかぎり、ことわりはしない。

しかし、話を持ちこんだのが立花となれば事情はちがってくる。

立花卓二は元新聞記者である。佐竹の住んでいるH市駐在の地方記者をさいごに退職し、今はアパートに一人で暮している。七、八年前に妻と別れて、水商売の女と所帯を持ち、その女も一昨年、医療器具のセールスマンと駆けおちしたとかいう噂であった。

佐竹はときどきH市の酒場で、立花と顔を合わせた。立花がしらふでいるのは見かけたことがなかった。カウンターを平手で叩きながら、あたりかまわず大声で政治論議をした。東京の本社で編集総局長をつとめた某は自分と同期である、外信部長の某は朝鮮総督府詰の記者時代に自分の走使いをしていた、営業局長の某とは兄弟づきあいをしている、論説委員の某が平記者時代に、原稿の書き方を教えてやったのは自分である……

酔えば必ずそういう昔話をした。

立花は佐竹の姿を認めると、ふとった体をゆすりながら近づいて来て、親しそうに挨拶をした。いつか二人だけで飲もうと提案した。佐竹は立花がなぜ自分に親密な態度を示すのかわからなかった。酒乱という噂を聞いていたし、二人だけで飲むいわれもなかったから、あいまいに言葉をにごしてその場からのがれた。先に立花を見かけた場合は、こっそりと席をはずして別の酒場で飲んだ。

立花卓二は背が高い。腕も脚も肉がついて押し出しは堂々としている。本人は自分の風采を意識しているらしかった。記者時代につきあった県会議員や中小企業の経営者たちと、今もねんごろにまじわっていた。タカリの立花という仇名さえあった。酒場で席を共にすれば、勘定を相手に払わせるのが旨いというので、そういう仇名がついた。

しかし、佐竹が立花卓二を避けたのは、酒をおごらされるという風評のせいではない。初めて酒場のカウンターで隣り合わせにかけたとき、立花はちかぢかと顔を寄せて佐竹にささやいた。

「あんたのおやじさん、亡くなったんだってねえ」

父の葬儀がすんで三月あまりたっていた。どうして自分にしらせてくれなかったんだと、立花はうらみがましくいった。父と立花が旧知の仲であったとは佐竹は知らなかった。H市の教育委員であった父の死は、地方新聞の片すみにも報じられた。

「句会でおやじさんと懇意にしてたんだよ。いい人だった。一緒に酒を飲んだこともある。酔うと別人みたいに陽気になってってねえ」

立花の頬にある傷痕が、酒場の照明をうける角度によって妙になまなましく光るときがあった。F市の暴力団について記事をものした折り、やくざから斬りつけられた痕だと、立花は説明した。こめかみから唇の左端へかけてひとすじの傷が認められた。記事は特種になって地方記者としては晴れがましい賞を受けたという。

「ところで……」

立花はまわりを見渡し、近くに客がいないのを確かめた上で佐竹に声をひそめていった。

「あんた、おやじさんの若い頃のことを知ってるだろうね、F市に住んでいた当時だよ」

「ええ、あの頃は高校の教頭をしていました」

立花は意味ありげなうす笑いを浮べた。

「誤解しないでもらいたいんだがね佐竹さん。わしはあなたのおやじさんと生前おれおまえの仲だった。気をゆるした友達といってもいい。亡くなられたと人づてに聞いたときは淋しかったよ。いい人から先にあの世へ行ってしまう。わしみたいな老兵は生きながらえているのにね。まだまだ生きてもらいたかった」

「おやじのことで何かぼくの知らないことがあるとでも」

佐竹がきき返すと、立花は大きな手をあげて佐竹の口をふさぐような身ぶりを示した。

「わしが何かいうと故人の名誉に傷がつく。そういうことはわしの本意じゃないんでね」

佐竹の父について他人が知らないある種の事実を自分だけが知っていると思わせぶりな口のきき方をした。佐竹は不快になった。立花はくどくどと佐竹の父にけっして悪い感情は持っていないといった。だからこのことは誰にも告げないつもりでいると強調した。

「おやじが何をしたんです。F市にいた時代に何かあったんですか」

「いや、そのうちに。いきり立つことはないんだよ。別段どうということはない」

立花は佐竹がすすめたビールを飲みほしてふらりと立ちあがった。父が教頭であった当時に何があったにせよ、その事件を佐竹にはしいてつきとめようとする気はなかった。例によって立花がタダ酒にありつく口実として父の過去を持ちだしたとしか考えられなかった。

その日からつとめて佐竹は立花と席を同じくする機会を避けた。生地は上質のものだが、一時代前に仕立てたらしい立花の背広の袖口はほころびていた。シャツのボタンがとれかかっているのもあった。靴はいつも汚れていた。昼間も酒の匂いを漂わせ、図書館に寄って官報や興信録をめくった。全国紙地方紙を問わず、新聞はねっしんに読んだ。佐竹の父について追悼文をのせた地方紙もあった。父の死を立花が知らないでいたとは思えなかった。

——あの人、独身だわね、
若い女性司書が毎日のように訪れる立花をさして佐竹にいったことがある。どうしてわかるのかとたずねた。

——そういう感じですもの、
と司書はいった。身なりがだらしないからではない。妻帯者でも外見がいかがわしい男はいくらでもいる。しかし、独り者は若いのも齢をとっているのも共通してそれらしい体臭を持っていると、司書は指摘した。佐竹は内心たじろいだ。自分がどのような体臭を放っているかを考えた。佐竹が離婚したのは二年前である。赴任したばかりの司書は、史料室主任とふだん接触が少ないだけに、彼のことを知らないらしかった。

二週間ほど前に立花が佐竹の家へやって来た。F市の史談会が今月の例会に佐竹を講師に招きたいといっている、自分は史談会の世話役とねんごろだから、ぜひ佐竹を説得してくれとたのまれた。一も二もなく自分が応じると決めてかかっているような口ぶりが業腹だったので、佐竹はいったんことわった。日程がつまっているというのを理由にした。立花はあっさりと帰っていった。

一週間たってまた来た。

F市の史談会は非常にがっかりしている。謝礼の件ならば、商工連合会との共催ゆえ応分の額を用意しているといった。佐竹は立花のような男が仲立ちではと拒絶する本当の理由をいうわけにはゆかなかった。健康状態もはかばかしくないし、仕事もあるのでといった。

――図書館は休日でしょう。それに今は大学の先生もやめておられる。家でする仕事なら一日くらい先にのばしてくれませんか。わしの顔を立てて下さい、

――気が乗らないんですよ、

ついに佐竹は本当のことをいった。一人暮しが続いているこの頃は怒りっぽくなっている。些細な失敗をした部下を大声でとがめることがあった。立花は顔を赧くした佐竹を奇妙な目つきで眺めた。

――面白い、どうかするとあなたはおやじさんそっくりに見えますよ。とくに肚を立てたときなんかね。

佐竹和宏は父の政憲と似ていなかった。当時はまれであった学生結婚によって生まれた和宏は、父とつれ立って歩くとき、兄弟とまちがわれたことがあった。父のことを持ち出されて佐竹は先日、立花が匂わせた話をあらためて問いただした。父がＦ市に住んでいた頃、何があったのか。

――知りたいですか。しかし、もうすんだことですよ。

立花は語った。政憲がＦ市の県立高校に着任して半年あまりアパート住まいをした時期があった。佐竹が大学院の学生であった時分である。それまで離島の高校につとめていた政憲は教師に昇格して、単身でＦ市の高校に移った。学校側の手落ちで、予定の家にすぐ入居することができなかった。たまたま同じアパートにかつての教え子がいた。酒場のホステスである。

一人暮しを見かねて女は出勤前に政憲の部屋を掃除したり、夕食の用意をしたりするようになった。

――まあ、当然の成りゆきといえるでしょうな。

立花は声を落した。信じられないと、佐竹はいった。初めて聞く話である。息子たちに自分の前では膝を崩すことを許さなかった人物が、教え子と通じようとは。Ｆ市の家があくと、佐竹家は島から移った。以

後は何事もない。和宏が今でも月二、三度会っている母も、生前の父について実直を絵に描いたような男だといった。和宏が離婚した時に、母は彼を責めて父の思い出を語り、（お父さんを見習うべきです）とさえいったものだ。

――こんな話をしたからといって、わしのことをうらまんで下さいよ、

立花はベランダの鉢植えに目をやった。頬の傷痕が光った。信じられないという気持はわかるけれども、F市には当の女性がいる、なんなら佐竹が会って確かめるのもいいと、立花はいった。

――じゃあ、その日はわしがご一緒します。先方にあなたが承諾したと伝えたら喜ぶでしょうな、

気がついたとき、立花の姿は消えていた。

講演は午後一時からということになっていた。前日に立花は電話をかけてきてそう伝えた。F荘という荘園が成立し解体するまでの歴史的経緯を佐竹は語るつもりであった。しかし聴衆が史談会の会員だけであれば、大学でする講義ふうに話を進めてさしつかえないが、洋品店やレストランの経営者も加わっているのだから、話にあやをつけなければならない。

鎌倉時代と室町時代の区別を知らないどころか、荘園という言葉の意味すらわきまえない連中がいてもおかしくなかった。講演をする日まで公務がかさなって、草稿を準備できなかった。H市からF市へおもむく途中に、列車の中で草稿を用意するつもりであった。特急でも三時間はかかる。それだけあれば、史談会の小うるさい郷土史家たちと、商店主たちの双方を傾聴させられる草稿がととのえられるはずだった。

立花は佐竹の横に座を占めて、のべつまくなしにしゃべり続けた。

Ｆ市の相互銀行がした浮き貸し、市長の汚職、医師会の内輪もめ、暴力団に情報を流した刑事、次から次へととめどなく話した。講演の素材を頭に入れておくために、メモをとりながら佐竹は本を読んでいた。立花はポケット壜のウイスキーを買いこんだ。Ｆ市でも有数の銀行をあげ、支店長とは兄弟づきあいをしているといった。警察署長は自分が電話をすればいつでもとんでくるといった。史談会の幹事は、自分が大学時代に面倒を見た後輩である……

佐竹はあきらめて本のページを閉じた。

そのホステスは政憲の子供をはらんだ。政憲は中絶させようとしたが、女は産みたがった。あげくガスの元栓をひねった。女がかつぎこまれた病院の院長は、政憲の友人であった。警察の内部にも政憲と大学時代に親しかった人物がおり、すべてが公表されずにすんだ。女の手当をした院長は、受胎した事実はないといった。（結局はおやじさんにとって災難みたいなものだったんです。女ですか、退院したら涼しい顔をしてつとめに出ましたよ。ええ、今もＦ市に住んでいます。小さな酒場を持ちました。なかなか色気のあるいい女です。おやじさんがした一生に一度の浮気でしょうな。どんな女か顔を見ておくのもいいでしょう。わしが案内します）立花は二度めの訪問を終えて帰りしなこういったのだ。

Ｆ市の中央通りに面した文化会館に着いたのは午前十一時ごろであった。

川添と名のる中年の新聞記者が文化会館のロビーで二人を出迎え、地階にあるレストランに案内した。立花とは旧知の間柄らしかった。川添の口ぶりでは、佐竹を招いたのは幹事の意向ではないようだった。Ｆ市在住の著名な小説家に初め依頼してことわられ、大学教授を呼ぼうとして相手の都合を問合せているところへ立花が佐竹を売りこんだようだった。

立花は川添がざっくばらんな口調で講師をきめるいきさつを説明しだすと慌てた。川添は佐竹がすべてを承知の上でひきうけたと思いこんでいるように見えた。それとなく立花が自分の口を封じようとするのをいぶかしげに川添は見返した。

午後一時からというのは、講演の開始時刻ではなくて、文化会館創立十周年の記念式典が始まる時刻であった。県知事代理、市長代理、F市文化協会会長、県と市の教育委員長代理などが登壇して祝辞を朗読した。社会教育課の係長が文化会館の拡張整備費に市民の協力を求める趣旨の演説をした。二時になり三時になった。入れかわり立ちかわり壇上には人が現われた。史談会の行事説明、幹事の人選、史談会の今年度と来年度の予算収支説明が終ると、商店連合会の事務局長というのが壇にあがって、経費の節約と会の発展は両立するという意味の演説をながながとした。

午後四時になった。

聴衆は半分に減っていた。会場の後ろでは五、六人ずつかたまって雑談している光景が見られた。赤ん坊が泣きわめいた。椅子と椅子の間を、子供たちが叫びながら駆けぬけた。蜜柑でキャッチボールをしている小学生もいた。佐竹は長時間、椅子にかけ続けたので、腰が痛くなった。

どうせこんなことになるだろうと思った、しいて自分にいいきかせた。汗とポマードと埃の匂いが人いきれにまざって佐竹を息づまらせた。ようやく講演の段になった。名前を呼ばれて佐竹が立ちあがろうとしたとき、わきにいた立花がすばやく腰をあげた。佐竹はあっけにとられた。立花は壇上で佐竹がいかに豊富な学識の持ち主であるか、たっぷり半時間かけてしゃべった。

その頃からマイクの調子がわるくなった。金属性の雑音がはいり、演壇の近くにいる佐竹にさえ、立花の声は聞えにくかった。会場はざわめいた。椅子から立ちあがって、これみよがしに伸びをし、会場から出て行く連中がふえた。

「……でありますからして、佐竹先生の講演はF市の歴史を解明する上で傾聴にあたいすると愚考するものであります。過去を学ばずして、未来を予測することがかないましょうか。ここで小生と佐竹先生との関係を申しのべさせていただくならば、実は佐竹先生の御尊父と小生はかねてよりじっこんでありまして、その御尊父は当市の名門県立F高において教鞭をとられていたことがございます。したがいまして本日の記念すべき式典のいっかんとして講演が予定されているとうけたまわった小生は、当市との因縁浅からぬ先生の御子息こそ演者にふさわしいと愚考し、史談会の皆様と協議して是非にもと先生のご来演を懇望したしだいであります。さて、次は小生と当市の関係でありますが、今を去る十九年前……」

会場の人影はまばらになった。

五百人あまり収容できそうな会場で、ふさがっている椅子は一割たらず、残っている聴衆もあくびをもらしたり、週刊誌を読んだりしている。隣の男と声高に談笑している女もいる。壇に立つ前から佐竹は疲れきっていた。机を前にして佐竹はいった。マイクがこわれているから席を前の方へつめてもらいたい。なるべく大声で話すつもりであるが、自分の声には限度がある。二、三人が後列から前列へ席を移した。残りは動かなかった。

佐竹は一時間の予定を、四十五分で話し終えた。壇から降りるとき、聴衆はさらに二十人ほど減っていた。立花が拍手した。つられて聴衆の間からおざなりの拍手が起った。のこっていたのはほとんど史談会の幹事や商店連合会の役員たちであった。式典が始まったとき、姿を消した川添がのんびりとした表情で現わ

れて、
——盛会でしたな、
といった。
佐竹と立花は式典の世話役と称する連中につれられて地階へ降りた。昼食をとったレストランで、一同は黙りこくってビールを飲んだ。こわれたマイクを誰も話題にしなかった。川添もテーブルについて、しきりにゴルフの話をした。佐竹はポケットから時刻表をとりだして帰りの便を調べた。立花が肘で佐竹のわき腹をこづいた。史談会の会員と夕食を共にすることになっている、佐竹のために予約されたホテルがあるといった。そんなことは聞いていないといっても相手にされなかった。
——あなたを招いた人たちの好意を無にして失礼じゃありませんか、
と立花はいって、旨そうにビールを飲んだ。

佐竹はカウンターの内側で笑っている女を眺めた。

下顎に肉がついて二重にくびれている。はれぼったい目蓋の下に細い目が光っていて、（こちらが佐竹先生の息子さん）といった立花に女は（そうなの）となげやりな返事をして佐竹に短い一瞥をくれた。表情は変らなかった。女の太い指先には平べったい爪がついていた。カウンターの縁にかけられた女の手から、佐竹は目をそらした。父が一時的であったにせよ、このような女を愛したというのが、目のあたり本人を見て信じにくくなった。

いつのまにか立花は酒場を出て行った。

川添はまだゴルフの話をしている。

ある料亭で佐竹たちは夕食をとった。芸者が現われて下手な踊りをひろうした。土地の地酒といってすすめられたしろものは、人工甘味剤をとかしたような味がした。三人の芸者のうちいちばん若いのは四十四、五歳に見えた。料亭を出てこの酒場へ案内されたのだ。佐竹の話した荘園史について質問したのは一人もいなかった。

立花はどこへ行ったのだと、佐竹はまた川添にきいた。

「こちらへ来れば顔を出さなければならない所があちこちにありますからね」

と川添はいった。退職した新聞記者がそんなに忙しいのかと、佐竹はいった。川添は小指を立てて見せ、「これですよ、あの人マメなんだ」と意味ありげに片目をつぶった。頰の傷痕がどうしてつけられたかを佐竹に教えた。

「立花さんがこの土地の駐在記者をしていたとき、住んでた家はうちの近くでした。ぼくのおやじが家主でしてね、よく遊びに行ってたもんです。当時ぼくは学生で、ゆくゆくは新聞記者になろうと思ってたもんだから何かにつけて押しかけてたんです。あの頃、立花さんは奥さんと二人暮しでした」

川添の父は喫茶店も経営していた。立花は喫茶店から酒場の女へ電話をかけた。相手は一人ではなかったらしい。ウェイトレスの話では、少なくとも三人の女がいるということだった。三人とも酒場づとめの女と察しられた。立花はまっぴるま、声をひそめて長時間、電話で話をした。

「奥さんに気づかれないはずはないでしょう。奥さんがうちのおふくろに愚痴をこぼしに来たこともありましたから。なんでも、酔っ払ったその女が真夜中に自宅へ電話をかけて来て、別れろといったそうです。三人のなかの誰かでしょうね。ある日、ぼくがレジの前にいたとき、立花さんが来て電話をかけ始めた。またかと思いましたよ、慣れっこにはなってましたがね。声を低くしたって、あの人は地声が大きいからどうしても店じゅうに聞えてしまう。愛してるの、おまえなしでは生きられないだの、キマリ文句をめんめんとくり返しているとき、ドアをあけて奥さんがはいって来たんです。立花さんはドアに背中を向けてるから、奥さんが来たのを知らない。奥さんも元は水商売と聞いていました。目をつりあげた形相はすごかったな」

川添は咳払いをしたり、細君に挨拶をしたりして、立花に注意しようとしたが、本人は電話に夢中になっているので気づかない。細君はつかつかとカウンターの内側に踏みこんで、庖丁を握った。川添が止めようとしたときは間に合わなかった。背後の異様な気配に立花はふりむいた。その顔に鈍く光る物が閃いた。ウェイトレスが金切り声をあげた。

「立花さんはなんていったと思います？　みっともない真似はよせと奥さんをどなりつけたんです。血まみれのハンカチを当ててね。誤解するな、これは取材電話だともいいました。そしてきちんと送受話器をかけて、片手の指をほら電話機の釣銭が落ちるへこみにつっこんで、コインをさらい出してました。あとになって立花さんのしたことを思い出してぼくは感心したな」

「川添さんたらいつもそのことで感心するのねえ」

二人のやりとりを聞いていた酒場の女主人が声をかけた。

「するともさ。ぼくだったら女房に斬りつけられたとき、コインの余りをつかみ出すゆとりはないよ」

細君はどうなったのだと、佐竹はきいた。

「あれやこれやでとうとう別れましたよ、ぼくの知ってる範囲で四、五回、結婚したそうです立花さんは。

やるもんですなあ。おや、噂をすれば影だ。挨拶まわりがすんだみたいだな」

肩でドアを押して立花が戻って来た。目がすわっている。上体をたよりなく泳がせてカウンターにとりつき、佐竹の所まで喘ぎながらたどりついた。

「先生よう、このガキは青二才のときからわしが仕込んだんだ」

佐竹の肩にもたれた立花は顎で川添をさした。川添はとってつけたような笑いを浮べた。

「ご機嫌ですな」

「ご機嫌ですなだと、へっ、笑わせる。駆けだしの分際で大先輩をひやかすつもりか」

立花はいきなりジョッキをつかんで中身を川添にあびせかけた。佐竹は立花を抱きすくめた。川添は両腕をふりまわす立花を壁に押しつけた。女主人がタクシーを呼んだ。佐竹は川添と二人して立花を車にのせた。座席に倒れこむ寸前、立花は胃に収めたものを吐いた。老いた元新聞記者は、ろれつのまわらない舌で、恩知らずとか先輩の薫陶とかつぶやいていた。


観光ホテルFは木造二階建ての古びた洋館であった。

半世紀ほど昔、F市にあったイギリス領事館の跡だと川添はいった。二階の一室が佐竹と立花のために予約されていた。天蓋つきのダブルベッドに佐竹は立花を横たえた。上衣とズボンを脱がせ、ネクタイをはずすのに手間どった。

佐竹はフロントに電話をして他にあいている部屋はないかとたずねた。全室ふさがっているという。歯科医の学会がF市で催されたとかで、別のホテルや旅館も満室だそうである。H市へ帰る便はもうなかった。

佐竹はとほうにくれた。

ベッドのまんなかに立花が大の字になり、正体もなく高いびきをかいている。頬の傷痕が上気したせいか輝きを増した。佐竹はボーイに頼んで毛布を取りよせた。床の上で眠ろうとした。

隣室でベッドがきしんだ。

佐竹はすりきれた絨毯の上に毛布を敷き、その上に横たわって高い天井をぼんやりと見つめていた。ベッドの枕もとにともした電気スタンドの覆いから淡い光がもれて天井に影を映した。薄い壁をとおして、男の低い声が聞えた。何かせきたてるような口調である。ベッドのスプリングがきしみ、女のしのび笑いが伝わって来た。

天井に塗られているのは白い漆喰だったらしい。歳月で煤とクモの巣で覆われた天井のそこかしこにまだらな影のようなものが見える。平たい天井ではなくて、円蓋状のそれは下から照明されても光がとどくのは一部分である。佐竹は闇に沈んだ円蓋のあたりに目を凝らした。鳥のような獣のようなものが見える。

隣室でベッドのきしむ音が激しくなった。

人間のものとは思われない呻き声が聞えて来た。立花はそうぞうしく寝返りをうった。隣室の声と高さをきそうかのように大いびきをかいた。

女は続けざまに男の名前を口にした。その合間に立花のいびきがはさまった。佐竹は小暗い闇に隠れている円蓋の一カ所を見つめた。煤けた漆喰に絵のような形が認められる。視線をそらすと、それは周辺の汚れと見分けがつかなくなる。鳥のようでもある。一対の羽根が見えるから……

佐竹の背中がむずがゆくなった。太腿を何かが刺した。絨毯の下にある木の床の硬さが身にこたえた。佐竹は手を下着の内側に入れて、虫に刺された皮膚を掻いた。爪を立てて掻いた。立花は毛布をはだけ下顎をだらしなくゆるめて唸り声を発した。

隣室の男女はなおもベッドをきしませ、誰をはばかることもなく呻いた。

掻けば掻くほど虫に喰われた皮膚のかゆみはひどくなった。佐竹はついに床から起きあがって着ているものを脱ぎすてた。バスルームに這入ってシャワーを浴びた。太腿と下腹に赤い斑点があった。熱い湯をそこへかけると、かゆみがやわらいだ。かすかな快感さえ覚えた。

佐竹は立花の重い体をベッドの中央からずらし、端のほうへもぐりこんだ。見上げる位置が変ったせいか、さっきまでは明瞭に見えなかった天井の絵が輪郭をやや鮮明にした。描かれているのは天使である。

顔と羽根だけが漆喰の表面に薄く消え残っている。

佐竹は今しがたまで時をすごした酒場の女主人が、父とまじわった教え子であることを疑わなくなっていた。頬の傷痕をつやつやと光らせて眠りこけている立花に目をやった。唇にタクシーの中で吐いたもやしが一本こびりついていた。佐竹は自分のハンカチを枕もとの水差しの中身で湿らせて、立花の顔を拭った。剝落しかけた漆喰に残っている天使の顔に立花の顔は似ていた。

愛についてのデッサン

――佐古啓介の旅――

燃える薔薇　――佐古啓介の旅(一)――

佐古啓介は二人の客が帰ってから新しい煙草に火をつけた。

しばらくぼんやりと考えこんだ。

長くなった煙草の灰が、絨毯にこぼれ落ちた。もう一本とり出そうとして、煙草の袋がからになっていることに気がついた。岡田章雄と望月洋子が訪れたとき、二袋めの煙草をあけたことを覚えているから、彼らと話している間にほとんど丸一袋をのみ尽したことになる。

「兄さん、その話ひきうけるの」

友子がコーヒーを淹れながらきいた。

「隣で話を聴いてたろ、ひきうけるつもりだ。長崎へは一度行ってみたいと思ってた。旅費は女の人が出してくれる。その他の経費もな」

「きれいな人だったわね」

「ああ」

「なぜ望月さんが自分で出かけないのかしら」

「自分が行けないからぼくに頼んだのさ」

啓介は熱いコーヒーをすすった。友子の疑問はもっともである。何かがひっかかる。

「開店まであと一週間しかないじゃない。それまでに問題の原稿を手に入れて帰って来られるの」

「その点はだいじょうぶ。東京を朝たてば、夕方までには着く。原稿の持ち主と会って話をするのにも一日あれば充分だよ」

「あたしも行きたいな。長崎はお父さんの生まれ故郷というのに、今まで一度も行ったことがないんだもの」

父啓蔵が急性心不全で亡くなったのはひと月あまり前である。二十代の終りごろ上京して四十年間、啓蔵は長崎へ帰ったことがなかった。郷里へ墓まいりに帰りもしなかった。啓介と友子が長崎を話題にするのも厭がった。父自身も長崎について話しはしなかった。何かわけがあるのだろうとは思いながら、啓介はとうとう父の口からその理由をきき出すことができないでしまった。いつかそのうち、と思っているうちに日が経ったのだ。

啓介は古本屋という家業を継ごうと思っている。

父が生きていたら、啓介の希望はかなえられなかっただろう。大学を出してやったのは古本屋をさせるためじゃない、ちゃんとした会社に入れるためだ、といって激怒したにちがいない。三年前、ある私大を卒業した啓介は神田の小さな出版社に就職した。文学関係ではかなり名の知られた出版社である。編集者として働きながら、ゆくゆくは父のあとを継ぐつもりだった。

古本屋という職業に啓介は魅力を感じている。生まれつき本が好きだったからである。本好きに向く仕事といえば、出版社の社員もふさわしくないとはいえないが、入社そうそうでは電話の応対か編集長の使い走りがいいところで、本を作るという仕事からはまず遠かった。啓介は不満だった。父の急死は悲しむべきことではあったが、啓介の生活を望み通りに変えたということでは別の見方をすることもできた。

父の死後、佐古書店はずっと店をしめている。中央線沿線の駅近くに位置した、間口は一間ていどのちっぽけな古本屋である。啓介は売れるものならなんでも売ろうとは思っていなかった。小説、歴史、美術関係に限定し、それも小説なら自分の好きな作家のものをあつかいたかった。

(思い通りゆくかねえ、商売の道はきびしいというよ。ま、おれがやるわけじゃないから、成功を祈るとしかいえないが)

高校時代から親しい岡田章雄が気づかった。彼は啓介と同じ私大を出て、塾の教師をするかたわら大学院に学んでいる。望月洋子を紹介したのは岡田であった。啓介も知っている教授の遠縁にあたる女性であるという。初めに依頼されたのは岡田だったが、彼は大学院の時間がつまっており、とても長崎へ出かけられないといった。

(あなたなら、と岡田さんがいわれるのでお願いに参りました)

望月洋子はいった。伊集院悟という詩人の肉筆稿が長崎で売りに出ている。それを買い取って来てもらいたいというのである。(伊集院、どこかで聞いたような気がするなあ)と啓介はいった。(去年、亡くなった若い詩人だよ。生きてるうちはぱっとしなかったけれど、最近は高く評価されてるようだ)と岡田がいった。彼は日本の近代文学を専攻している。

(こういうことをひきうけるのは初めてです。どうも勝手がわからない)啓介はとまどった。

(簡単だよ。持ち主に会って値段をきき、金と引きかえに原稿を受けとる。それだけのことじゃないか)岡田はこともなげにいった。

(これで見ると持ち主の名前は笠間峻一となっていますね。伊集院悟の原稿をなぜこの人が所有してるんですか)啓介はたずねた。

（高い値段をふっかけることはないだろうよ。安いなら安いにこしたことはないが、ある程度までなら相談にのるんじゃないかな。評価されるようになったといっても、東京では詩壇の一部に知られたにすぎないのだし、持ち主だってこういう目録にのせるところを見ると、売る気があってのことだろうからな）

といって岡田が指さした目録には「長崎古書交換会」という文字が表紙に刷ってある。会員は目録に自分の蔵書の書名と価格を発表する。古本の値段よりいくらか安い値が目やすである。目録は全国に散らばった会員に配布されている。会の設立者が長崎に住んでいるのでその名前をつけただけで、格別の意味はないと目録の後記にはあった。

売る方は古本屋で買いたたかれるよりましであるし、買う方も思わぬ掘り出しものをすることがあるらしい。ざっと啓介が目録を検討したところ古本の時価より低いのが無数に並んでいた。こういう会がふえたら古書店はつぶれてしまう、と啓介は岡田に冗談めかしていった。

伊集院悟の詩集『燃える薔薇』は、ごく最近詩壇でもっとも権威があるS氏賞を受けている。啓介も新聞の学芸欄のかたすみでその記事を読んだ覚えがあった。彼の詩はまだ読んだことがない。岡田は読んでいた。人間の愛、それも特異なイマージュで女の愛を歌った詩が多いという。

（望月さんは伊集院というこの詩人の作品のファンなんだそうだ。だから肉筆稿が欲しいといわれる。おれに暇があったら行くんだけどな）と岡田はいった。

（目録には入札と書いてありますね。もしどこかのだれかが、望月さんのおっしゃった額よりも高い値をつけたら、そのときはどうします）啓介は念のためにたずねた。まさかそんなことはあるまいと思ったが、世間には物好きもいる。望月洋子が渡した小切手には佐古書店がかつてあげていた利益の一月分をやや上まわる金額が記入してあった。長崎の銀行で現金化できるようになっている。(そのときはこちらへ連絡して下さい。不足分を送ります。しかし一つだけ条件があります。先方に、つまりこの笠間という所有者にわたしの名前を明かしてもらいたくないのです。あくまで一人の古本屋として詩人の遺稿を手に入れようとしている、そういうことにしておいて下さい)

(なるほど。その点はかまいませんが……しかしなぜです。先方に知られると都合の悪いことでもあるんですか)

(わたしが買ったということが知れたら、また別の人が欲しくなった場合、ゆずってくれと頼まれるでしょう。それがわずらわしいのです)

(というわけだ。おまえもいってたろ、長崎の古本屋をのぞいてみたいって。面白い古本がめっかるかもしれないぞ。長崎はおやじさんの里だそうじゃないか。ついでにゆっくり街を見物してくるんだな)と岡田は明るくいって望月洋子をかえりみた。女客はうっすらと微笑《ほおえ》んだ。訪ねて来て初めて見せた微笑であった。啓介はまぶしいものを見たような気になって目をそらした。年の頃は二十五、六だろうか。左手の薬指に大粒のダイヤモンドが光っている。スカーフもハンドバッグも高そうなしろものだ。身につけている服も好みがいい。古本屋に似つかわしい客ではなかった。

(行きましょう)

という言葉が啓介には他人の口から発せられたように聞えた。依頼がなんであれ、彼は岡田に伴われて来た客をひとめ見たとき、ひきうける気になっていたのだった。こんなにぜいたくな雰囲気を漂わせた女を彼は見たことがなかった。

次の日、佐古啓介は東京駅で新幹線〝ひかり〟二三号に乗った。

席に身をおちつけてから用意して来た長崎市街地図をとり出した。伊集院悟の詩稿を持っている笠間峻一の住所は、古書交換会の目録にのっている。古川町三の十という表記をたよりに地図で探した。市の中央を流れる中島川に面した一画である。

啓介は知らない町へ旅をするのが好きだ。

知らない町の地図を見るのも好きだ。

そこに、自分とはまるで縁のない人間が暮らしているということをあれこれ思い描くのは、子供の頃から愉しみだった。今から訪ねるのは他でもない父の故郷である。胸がはずんだ。啓介は〝ひかり〟が小田原を通過した頃も、飽かず地図を眺めていた。

鍛冶屋町、魚《うお》の町、諏訪町、江戸町、伊勢町、新大工町、銅座町などという、いかにも由緒ありげな古めかしい町の名が興味ぶかかった。市の北郊にある昭和町とか文教町とかいう味もそっけもない町名にくらべて、これらが何倍も親しみぶかかった。啓蔵が長崎の話をしないので、彼は地図帳をこっそり開いて父の故郷のたたずまいを夢想したことがあった。グラバー邸、オランダ坂、出島蘭館址、平和祈念像、三菱造船所などのありかは、地図の上にすぐ指し示すことができるようになっていた。

市街はぐるりを山でかこまれ、鳥のくちばし状に深く湾入した長崎港の奥にあって、家々が山の斜面までぎっしりと埋め尽していいるらしい。坂の町といわれるゆえんも地図を見るとただちに納得できた。せまい市街である。

啓介がようやく町の地図をたたんだのは、〃ひかり〃が静岡を過ぎたときであった。出版社につとめるかたわら、啓介は折りを見て各地に旅行した。地方の小都市に一軒か二軒かはある古本屋を訪ね、めぼしい本を探すためである。目録を発行している古本屋が多いので、昔のように地方の古本屋が安い稀覯本を持っているということは、めったにないのだがそれでも出かければ何がしかの収穫はあるのだった。その土地の市庁が発行元になっている郷土史、土地出身の政財界人の自費出版による伝記などは東京へ持ち帰ればきまって高い値で買い手がついた。

新設される大学が文部省の認可をうけるためには、図書館に一定量の蔵書がなければならない。ある大きな古書店が大学側の依頼で数だけそろえるために見さかいもなく古本を買い集め、徹夜で荷づくりして納品したという話を同業者から聞いたことがあった。その古書店が莫大な利益をあげたのはいうまでもない。仲間は話を聞いて口ぐちに旨いことをやったものだと羨ましがった。

啓介はまったく羨ましくなかった。

そういうあくどいやり方で儲けようという気がなかったからである。地道に一冊ずつ売り買いをする。儲かるときもあり損をするときもあるだろう。商売だから仕方がない。もともと啓蔵は控え目な取り引きしかしなかった。大学図書館に数でこなした古本を運びこんだという噂を聞いたのは、父がまだ生きている折りだったが、眉ひとつ動かさずに啓蔵は聞き流した。自分には自分の流儀がある。黙りこんだ父はそう語っているように見えた。

啓介は父の流儀を見習うつもりでいる。

旅行用の鞄から、詩集『燃える薔薇』を取り出した。昨夜、あれからにわかに伊集院悟がどんな詩を書いたのか読みたくなり、近くの新刊書店へ買いに行ったのだが、店にはなかった。他に数軒の書店をまわったけれども手に入れることができなかった。詩を読めば望月洋子が費用を惜しまず買い取ろうとしているわけが理解できるように思われた。

啓介は電話をかけ、ちょうど帰宅していた岡田章雄に『燃える薔薇』を刊行した版元をたずねた。

（あいにくだったな、版元は東京じゃなくて長崎だよ。おれの手もとに一冊あれば貸してやるんだが、大学の研究室に置いてるしそれも誰かが持ち出したらしくて今さがしてるところなんだ。神保町に行ってみなよ。詩集を専門に売ってる古本屋があるだろう。もう閉店してる時刻だけれど、電話をかけて頼んだら、同業者のよしみで売ってくれるんじゃないかね）と岡田は答えた。

（文雅堂というのがあるな）

（うん、あそこにはたいてい揃ってる。待てよ、そういえば先週あの文雅堂で本棚に『燃える薔薇』を見たような気がする）

（望月さんは持っていないのか。万一、文雅堂になかったら、あの人に貸してもらわなければ……）

（実はな、おれ望月さんのアドレス知らないんだよ。電話番号なら聞いてるけれども、ただ青山あたりのマンションに住んでるということくらいしか知らない。番号はおまえも教えてもらってるだろ。じゃあ善は急げだ。神保町の古本屋に問い合せて見ることだ）

啓介はそうした。さいわい『燃える薔薇』は売れないで残っていた。もう店はしめているから明日にしてくれというのを無理に頼みこんでシャッターを上げてもらった。詩集は表紙が紺地の布装で、赤い薔薇が一輪描いてある。全部で六十ページのB六判で、紙質は予想したよりも上等のアート紙が使われていた。

啓介は車内販売のサンドイッチとコーヒーを口に運びながら、きのう寝しなに目を通した詩をもう一度読み返した。岡田章雄がいうように、一風変った作風ではあるけれども、風変りな現代詩というものは掃いて捨てるほどある。才能のひらめきは啓介にも感じられた。S氏賞を受賞したということもまあまあうなずかれることではあった。

ただし、それ以上の魅了というものは感じられない。

詩にほれこんだあまりその原稿まで大枚の金をはたいて所有したいという気になった望月洋子の気持が啓介にはわからなかった。もっとましな詩人はいくらでもいるのだ。啓介は古タイヤの切れ端のようなサンドイッチを色だけはコーヒーに似た液体で胃に送りこんだ。たとえば「墜ちる」と題した詩がある。

蒼い拡がり
二つの永遠
黒い隕石が垂直に落下する
あらかじめ待ち受けた波紋
水平線が凝固する
望遠鏡をさかさまにのぞくこと
蒼空を見よ
波紋はすみやかに収縮する
藻がゆらぐ

透明な海底を予想する

啓介は頭を振った。現代詩のわかりにくさには少しも驚かないし、伊集院悟の詩もわかりにくさという点では似たりよったりである。二つの永遠というのは、海と空を指しているのだろう。黒い隕石とは死の象徴ででもあろうか。波紋という言葉が一つの詩のなかで二回も使われているところが、学生時代に詩を書いていた啓介には不可解だった。

しかし、不可解があたりまえである現代詩の一つを全部読み解こうというのがむりというものだ。意味の上で反復された言葉として「波紋」の他にも「あらかじめ」と「予想」があった。なんとなく未熟な感じでもあり不吉な印象も受けた。啓介は詩集のページをめくってひろい読みした。女の肉体を歌った詩が大半を占めていた。岡田は「女への愛」が伊集院悟の主題だといった。

啓介の目にはそう映らなかった。

愛というより官能の歓びと哀しみ、エロティシズムの破壊性、女体の永遠性こそが詩人の主題であるように思われた。愛という精神性はこれっぽっちも見出すことができなかった。たとえば「別離」と題した詩がある。

渇いた唇　渇いた舌
果てしなく遠ざかる者
果てしなく近づく者

岬よ
海鳥は視る
一本の薔薇が焔の花びらをほころばせる
肉体は癒やされなければならぬ
私たちは再会するであろう
そのとき再び開花する植物

これは「墜ちる」よりややわかりやすい。

詩には末尾に書かれた日付が記入してあった。それによって二つの詩はいずれもごく近い間隔で作られたことがわかった。啓介は奥付をあらためた。版元は長崎市の碌文書房となっている。この古本屋は啓介も知っていた。目録を発行していて佐古書店もかつて取り引きをしたことがあった。長崎市は人口五十万ていどの都会なのに、古本屋はこの碌文書房と泰正堂の二軒しかない。碌文書房に行けば、伊集院悟のことが少しはわかるかも知れないと啓介は思った。

その詩よりも詩の作者の方に彼は興味を持つようになった。

長崎で詩作して、生前は世に知られず埋れたままになっており、死後やっと評価された詩人の原稿を、啓介がこれまで見たなかでいちばん美しい女が買おうとしている。理由は詩の外にあるような感じを受けた。

伊集院というのはどんな男だったのだろう。

啓介は車窓を目まぐるしく流れ去る風景にぼんやりと見入りながら、とりとめのない思いにふけった。

〝ひかり〟はまもなく名古屋に着こうとしていた。

東京を午前九時に発った〝ひかり〟二三号は午後四時一分、博多に着いた。プラットフォームから眺められる初夏の街は同時刻の東京より充分に明るい。日没が半時間はおくれるのである。啓介は午後四時二十三分発の急行〝出島〟に乗りかえた。長崎駅に着いたのは午後七時三十四分だった。東京からおよそ十時間半かかったことになる。せまい座席にすわりっぱなしだったので、さすがに腰が痛んだ。望月洋子は飛行機を利用するようにとすすめたのだったが、啓介は航空券をタダでもらっても乗ることはできない性分である。飛行機なんかいつ墜落するかわかったものではないと思っている。

たそがれの色が濃くたちこめたプラットフォームを改札口の方へ歩いていると、まぢかに汽笛が鳴った。潮の匂いのする風も吹いて来た。駅のすぐ近くに港があるらしかった。啓介はタクシーでGホテルへ向かった。望月洋子がとってくれた宿である。

Gホテルは県庁の斜め前にあって、港を見おろす丘の上にそびえている。長崎ではもっとも格式の高いホテルに属しているという。望月洋子がそう告げた通り、小さいながらも古風で静かな雰囲気を漂わせたいいホテルであった。啓介は地階レストランで夕食にビーフシチューを注文した。

（善は急げ……）といった岡田章雄の言葉を思い出した。時間はたっぷりあるけれども、いつなんどきどんな差し障りが生じて滞在を延期しなければならなくなるかわからない。一刻も無駄にすべきではないと自分にいいきかせた。笠間峻一の電話番号は、古書交換会の目録にあった。

四階の自室にもどった啓介は、詩稿の持ち主へ電話をかけた。かけながら腕時計に目をやって午後九時になっていないことを確かめた。まだ寝るには早すぎる時刻である。

「ええ、私が笠間です」

低い声が返って来た。受話器をとったのが本人である。かすかにテレビの歌謡番組らしいざわめきが伝わって来た。啓介は名のった。

「笠間さんが古書交換会の目録に出品なさった原稿の件で、東京から参った者ですが、どうでしょう、もしお差しつかえなければ今夜にでもうかがいたいのです」

「原稿とおっしゃると」

「伊集院悟の『燃える薔薇』という詩の肉筆稿が目録に出ていますね、あれです」

「……あれは」

笠間の声がとぎれた。啓介はせきこんでたずねた。入札は目録到着後、一週間ということになっていたはずである。望月洋子が交換会のメンバーであるさる友人から、目録を借りたのは啓介を訪問した前日であった。期日までにはまだ四日のゆとりがあった。

「入札はたしか今週の土曜日でしたね。申しこみ先着順ということではなくて、会員に公平な機会を与えるという意味でそうなっていると会の規約にはうたってあります」

「佐古さんとおっしゃいましたね。あなたは交換会のメンバーですか。そういうお方は会員リストには見当たらないようですが」

啓介はFという東京在住の商社員の名前をあげた。望月洋子に目録を示した男である。そのFから頼まれ、代理人として長崎へ来たのだと説明した。念のためFの委任状も望月洋子からあずかって来ている。

「原稿は私の手もとにないんです」

「なんですって」

「佐古さん、実はあの目録をタイプ印刷する際、私の不手際でのせるつもりのない肉筆稿を出品リストに加えてしまったんです。印刷所へ削除の申し入れをしたときは、もう刷り終ってた次第で、発送の段階で肉筆稿の項目はチェックしたのですが、Fさんへ送った一部だけチェックし残したわけです。迷惑をおかけして申しわけありません」

嘘をつけ、と啓介は内心で舌打ちした。そういわれておめおめと引きさがれるものではない。

「しかし、削除したとおっしゃっても目録に当初はのせるつもりでいらした。そして今、手もとに無いということは、あの肉筆稿を所有しておられたことがあったということですね」

「ええ、まあ……」

笠間の返事は歯切れが悪い。啓介はたたみかけた。

「そうすると現在は誰が持っているんですか。せっかく東京から来たんです。それだけでも教えて下さい」

「詩人の肉筆稿ばかりを蒐集している人としかいえません」

啓介はかっとなった。しかし、ここで頭に来て口論してしまったら、肉筆稿の行方を探す手がかりを失ってしまう。啓介は大きく深呼吸して窓外の夜景を眺め、一から十までゆっくりと数えた。

「笠間さん、夜分おそくなって失礼とは思いますが、ちょっとだけでいいですからぼくに会って下さいませんか。Gホテルから電話をかけています。古川町、でしたねお宅は。十五分以内でうかがえると思いますが」

「お会いするだけなら。しかし私は何もお話しすることはありませんよ」

啓介は電話を切るなり部屋をとび出した。ホテルのある丘の坂道を降りると広い通りへ出る。黒く濁った川を渡って、アーケード街に這入り地図と見くらべながら十字路で左に折れて、賑やかな街の裏通りへ足を踏みこんだ。家並はいっけん京都の下町を思わせるひっそりとしたたたずまいである。原子爆弾は市の北郊に落ちて、このあたりは被害をうけなかったということを啓介は観光案内のパンフレットで読んで知っていた。格子をめぐらした古い木造家屋の表札を一軒ずつのぞきこみながら、ようやく笠間峻一の家を探し当てた。

「私の不注意からこんなことになってしまって」

と口ではいうものの笠間峻一は迷惑そうな表情を隠そうともしなかった。啓介が請じ入れられたのは四畳半ほどの和室に厚い絨毯を敷いた部屋である。黒檀に螺鈿《らでん》を散りばめた中国風のテーブルをはさみ、木の椅子に腰をおろして二人は向かい合った。部屋の隅には韓国李朝時代の小さな箪笥があり、古いランプがのっかっている。

笠間峻一は四十代の半ばに見えた。痩せた小柄な男である。度の強い眼鏡の奥からとび出し気味の目が啓介を見つめた。

「お話を聞かせていただくだけで結構です。立派なお部屋ですね」

土産にとスコッチウイスキーの壜をさし出しておいて啓介は如才なく主人の趣味をほめた。笠間は「いや、どうも」と目じりを下げ満更でもなさそうな顔になった。啓介のお世辞にかそれともスコッチに対してかはつかめない。

「初めて来たんですが、長崎はエキゾチックでなかなかいい街のようです。一週間であちこち見てまわれるかどうか心配になって来ました」

「一週間もご滞在ですか」

笠間の目が光った。

「さっそくですが肉筆稿の持ち主がどなたかを教えて下さいませんか」

「それは申し上げられないとさっき電話ででも……」

「じゃあ笠間さんがどういう経緯で伊集院悟の詩稿を入手なさったかを聞かせてもらえますか」

「本人から受けとったまでです。正確にいえば私が買ったんです。伊集院はアルコールなしでは生きられない男でしてね。ある酒場で飲み代のツケが溜って請求されたとき、印刷所から返された原稿を酒代がわりに渡そうとしました。そのうちきっと高い値で売れるからといって。酒場のマダムに詩の値打ちなんかわかりはしないでしょう。けんもほろろに突き返されましたよ。そのとき居合せた私が酒代を払ってやって原稿をもらったんです。伊集院悟が死後こんなに有名になるとは思っていませんでしたよ。ただ才能のある男だとは思っていましたがね。妹さんも満足したでしょう」

「妹さんがいるんですか」

「こういってはなんですが、伊集院悟は定職のない男のくせに金づかいが荒く、飲み代やら何やらはほとんど妹の明子さんにたかっていたようです。コピーライターめいた仕事をしてはいましたが、その程度の収入は一晩分の酒代にもならんでしょう。車を買ってやったのも明子さんですし、アパートの間代を払ってやったのも明子さんです。妹さんのおかげで生きてたようなものです。ひどい男ですな」

啓介は伊集院明子のつとめている酒場の名前を聞いた。勤め先は知っているが明子が住んでいる所は十人町のどこかということしか笠間も知らなかった。両親はとうに亡くなっていて、長崎にいる身寄りは明子だけであるそうだ。

「ところで笠間さん、その原稿の持ち主を教えられないとおっしゃるのは、何かわけでも……」

そういいながら啓介は封筒に入れた紙幣の束をテーブルにのせた。笠間の目が封筒に吸いついた。けっして笠間の名前は先方に明かさないから所有者の名前と住所を教えてくれと啓介はたのんだ。指先で封筒を笠間の方へそっとすべらせた。

「その方はあくまで趣味的なコレクターでしてね、値上がりを待って売るというような人物じゃないんです。ただのコレクターだったら値段さえ折り合いがつけば手放すでしょうが」

笠間は封筒を見つめたまま答えた。啓介は黙って相手の顔を見ていた。

「よろしい、佐古さん、教えてあげますが、会いに行ったからといって向こうが相談にのるとはうけあえませんよ。あの人はS氏賞を受賞した伊集院悟の肉筆稿を格安で手に入れたと、会う人ごとに吹聴してるそうだから、あなたが訪ねて行っても名前を明かしたのは私だとはわからないでしょう。邦光篤司さん、銀行の頭取です。住所は……」

啓介は手帳に住所を書いた。西山町というのは諏訪神社の近くであるという。顔を上げたときにはテーブルの封筒は消えていた。啓介はそれから半時間あまり伊集院悟の思い出話を笠間から聞いた。先祖にイギリス人の血がまざっているという。明治初期、長崎に住んでいた貿易商である。伊集院悟は知性を詩に生かした。美貌はもっぱら女たちのために役立ったようである。酒場であるとき撮影したというスナップ写真を啓介は見せられた。彫りの深い顔立ちの整った青年が、グラスをさし上げて微笑していた。気取った笑顔をひと目みて啓介は反撥した。自分の容貌と才能に自信を持った男の顔に見えた。女たらし。笠間の話を要約すればそうなる。もし伊集院悟が詩を書かなかったら、彼はどこにでもいる遊び人にすぎなかったろう。

啓介は歩いてホテルへ帰った。熱いシャワーを浴びてベッドに横たわったとき、一度に疲れが出た。朝まで夢も見ずにぐっすりと眠った。

「三時から会議があるので、話は手短にすませて下さい」

邦光篤司は革のソファに浅く腰かけて啓介を見つめた。J銀行の応接間である。頭取というからにはでっぷり肥った禿頭の大男を予想していたのに、実際はキリギリスのように痩せた中肉中背の神経質そうな男であった。

「伊集院の肉筆稿をゆずってくれといわれるのですな。そのために東京から来られた。なるほど……お断りします。わしが買い取った値段より高くつけられても返事は同じです。お気の毒ですが」

邦光はぶっきらぼうに答えて、とりつくしまもない。啓介が用意した価格をいっても、相手はまばたきしただけだった。こうなったら意地である。ますます啓介は肉筆稿を手に入れたくなった。古本屋修業の第一歩でもあると思われた。金が駄目なら他に手段を考えなければならない。啓介はたずねた。

「蒐集していらっしゃるのは詩人の肉筆稿だけですか」

「その通り。しかし長崎は東京から遠いでしょう。欲しい物が古本屋のカタログにのっていても、注文したときには売れた後だったりしてなかなか思うように集まらんもんです。だからあなたの気持もわかるけれど、せっかく入手した原稿は手放したくないんです」

「伊集院悟とは生前おつきあいがおありでしたか」

「つきあい？　とんでもない。わしはね佐古さん、詩人は作品だけで充分と思っています。生身の詩人それも伊集院のように自だらくで無責任な男とは、こんりんざいつきあいきれませんな。わしが詩人の原稿をコレクトしておると人に聞いて、会いに来たことがありますよ。ちょうど今あなたがかけているソファにかけていうには、思い出しても呆れ返る、自分の原稿を買ってくれと、こういうんです。S氏賞を受賞する一年ほど前でした。つまり事故で死ぬ半年ほど前になりますか」

「彼は事故で死んだのですか」

「崖から海へ落ちましてな。新聞記事ではそうなっとります。酒を飲んでたようです。しらふのときが珍しいみたいな男でした。ここへ来たときも酒くさい息を吐いてましたなあ」

「何といったんです」

「四、五枚の原稿とひきかえにパリ行きの旅費を出してくれ、それが駄目なら原稿を担保に貸してくれというんですわ。無名の、そして資産も定収も定職もない男がです。わしは二の句がつげなかった」

「しかし今は彼の原稿を大事にしておられる」

「もちろん、伊集院悟は高く評価されるようになりました。わしは銀行家としてはこの道四十年の経験を持っていますが、詩についてはアマチュアです。それを恥じようとは思っていません。わしは専門家の見識を尊重しますよ」

　頭取は葉巻の煙を吐いた。ある考えが啓介にひらめいた。

「伊集院悟の原稿の他にはどんな詩人の原稿をお持ちですか」

「たいして自慢できるものはありませんな。宮沢賢治の葉書、高村光太郎の色紙、三好達治の随筆原稿、百田宗治の手紙、丸山薫の詩稿、田中冬二の葉書、めぼしいものはその程度です」

「手に入れたがっておられる原稿があるでしょう」

「わしは萩原朔太郎のファンです。まえまえから朔太郎の原稿を探してはいるんですがね。あれが売りに出ることはめったにないようですな。どうです佐古さん、あなたは東京の古本屋として業界につながりがあるでしょう。わしのためにあれを手に入れて下さらんか。お礼はします」

「そこでどうでしょう、『燃える薔薇』の肉筆稿全部と朔太郎の詩稿一点と交換ということでは」

痩せた老人の顔がとたんに無表情になった。取引条件が有利かどうか思案するときに示す銀行家の顔である。頭のなかで啓介の提案をはかりにかけているのがわかった。老人の目だけがしきりにまばたきをくり返した。朔太郎の詩稿は、望月洋子が啓介にあずけた金額の範囲内でこれからも買うことができる。啓介はかつて父が同業者から買い取った朔太郎の原稿一枚を大事にしていたことを思い出した。詩集『月に吠える』に収められた詩の一篇である。

「本物でしょうな」

頭取の目が疑い深そうに光った。

「骨董のように鑑定書がついてるわけじゃありません。しかし万一ニセモノだったら佐古書店の信用にかかわります。ぼくは信用を大切にするつもりです。おわかりでしょう」

「現物を見せてもらわないと」

「じゃあ交換には応じられるといわれるのですね。うちへ電話して速達で送らせます。三日もあれば届くでしょう」

「わしは朔太郎の筆蹟をよく知りません。本物であるという証拠を何かのかたちで示していただければいいんですがね」

「三好達治の随筆原稿をお持ちとおっしゃいましたね。その朔太郎の詩稿には三好達治のサインがあったはずです。父が存命ちゅう、たまたまうちへ見えられた三好さんに原稿をご覧にいれて自慢したときのことです。三好さんが朔太郎と親しかったのはご承知でしょう。父が三好さんに色紙をせがんだ折りそれでは記念にと朔太郎の原稿の余白にサインしたわけです。専門家の鑑定書よりこちらの方が確かな証拠になるでしょう」

頭取の顔がさっきよりもっと無表情になった。明らかに昂奮を抑えているしるしである。ゆっくりとソファから立ち上がって、会議の時刻だ、と告げ、「まあとにかく現物を見せてもらいましょう」といった。

啓介はホテルへ帰るなり、友子へ電話をかけ、朔太郎の原稿を速達で送るように頼んだ。「燃える薔薇」にそれだけの値打ちがあるかどうか知らないが、望月洋子の頼みは是が非でもかなえたかった。同時に、洋子がなぜ伊集院の肉筆稿を欲しがっているかという疑問が再びわいて来た。

崖から海に落ちて……

頭取はそういった。警察は事故と見なして簡単に処理したらしい。夕食まではいくらか時間があった。

啓介はホテルを出てタクシーをひろい、県立図書館へ向かった。伊集院がS氏賞を受賞した日どりはうろ覚えに覚えている。死はその半年前だという。地方紙の綴じこみには記事があるだろう。ホテルから長崎新聞社へ問合せてみたところ、縮刷版は出していないという返事だった。発行部数十万前後の地方紙であってみれば無理もない話である。当時の新聞は保管してあるけれども、資料の利用には誰かの紹介が要るという。啓介が図書館へ出かけたのは、新聞を見るという目的の他に田村寛治という司書に会うためでもあった。笠間峻一から聞いた人物である。生前の伊集院ともっとも親しかった男だそうだ。詩の同人誌「光芒」の主宰者である。

県立図書館は深い木立でおおわれた山の中腹にあった。

石畳を敷いた坂道を登ってたどりついた。閲覧室で職員に来意を告げると、四階の史料室へ行けという。長崎新聞の古い綴じこみはすぐに出て来た。明るい静かな閲覧室で、啓介は黄色く変質した古新聞をめくった。

長崎半島にある野母町の町はずれで、海に面してそそり立つ嶽路崎という崖が事故現場である。崖の縁に伊集院の車があった。海岸に倒れている伊集院を見つけたのは、野母町の漁師となっている。運転ちゅうに尿意を催したか、あるいは酔いを醒ますために車の外へ出た彼が、崖であやまって足を踏みすべらせて落ちたものというのが警察の推定である。車の座席には半分ほど飲み残したウイスキーの小壜があった。記事は一段組でわずか十三行にすぎなかった。啓介は記事を手帳に写し取った。鉛筆を動かしながら奇妙なことを思い出した。

「墜ちる」という詩を啓介は新幹線の車内で読んでいる。

(黒い隕石が垂直に落下する……)

伊集院は自分の死を予見していたのではないか。詩が書かれた日付は、事故死の一か月ほど前を示している。

（あらかじめ待ち受けた波紋……）

　というのも海岸へころがり落ちる事態を予想していたとしか思えない。予想といえば「墜ちる」にも「予想」という言葉があった。伊集院悟の死は自殺だったのではないか、という疑問がきざした。啓介はすぐにそれを打ち消した。自分の才能をたのんでいる若い詩人が、自殺するいわれはない。妹に生活をみてもらっていたのなら、一応は金に困らなかったと見ていい。健康で才能と美貌にめぐまれ、女たちにちやほやされていたという男が、自殺するだろうか。


「伊集院のことを知りたいのですか」

　田村寛治は名刺から目をはなして啓介を見つめた。二階の整理課に田村は居た。啓介が用件を口にすると、田村は部屋を出て最上階の食堂へ彼を案内した。四十代の蒼白い肌をした男である。（詩人は目がきれいだ）といった父の言葉を思い出した。田村寛治もそうである。切れ長の目が澄んでいる。長崎へ来て初めてまともな人間に出会ったように思われた。

「故人が田村さんと親しかったと聞いたものですから」

「ただ一人の友達でしょうな、ぼくは」

「ただ一人の？　そんなに友人が少なかったんですか」

「男友達はね、女友達なら沢山いました。ぼくにはわからないが、女を惹きつける魅力を備えていたようです。持って生まれた魅力というのか、一人で町を歩いている彼を見たことがない。必ず女を連れてました。

それもいい女を。女子大生、ホステス、人妻、ＯＬ。ＯＬなんて嫌いな言葉なんだが。教師、モデル、いや見さかいがなかったな」

「彼は定収がなかったんでしょう。金のない男に女は惹かれるものですかねえ」

「妹さんがいましてね、この人は彼とは正反対のまじめな女性です。ホステスをしているけれど。彼の酒代を含めて生活費の一切をみついでいたようです。兄の才能を信じていたんでしょうな」

「事故死ということになっていますが、田村さんもそう思われますか」

「…………」

田村寛治はつかのま沈黙した。窓の外に目をそらしてしたたるような樹木の緑を見つめた。

「女性関係が無数にあったといわれましたね。捨てられた女が恨みを持つということもあり得るでしょう」

「女から女へ渡り歩いていましたよ。彼は一度関係を持つとじきに飽きるたちなんです。『光芒』の同人だった女教師にも彼は手を出して、その処理をぼくがつけさせられることになり閉口したもんです」

「望月洋子さんでしょう」

田村寛治は否定も肯定もしなかった。黙って啓介の目を見返した。かさねて啓介はきいた。その女教師というのは望月洋子のことだろうと。

「気性の激しい人でしてね。彼の死後その女性は自殺をはかりましたが、睡眠薬をあまりに多量にのみすぎてたすかりました。あれはのみすぎても駄目なんですな。量が少なくてたすかるというのならわかるけれども、多すぎても死ねないというのは面白い」

「きれいな女性でしょう」

「ええ、伊集院は美しい女にしか興味を示しませんでした。彼が詩人でなければぼくはつきあいはしなかったでしょう。女性関係など結局ぼくにはどうでもいいことです。いい詩さえ書けばね」

「伊集院悟が自殺するということはありえますか」

「それはありえます。ただし、詩が書けなくなればの話です。貧乏や病気のせいで死のうと思う芸術家はいません。自分の才能に絶望した男だけが死を選ぶでしょう」

「彼は自信家でしたね。原稿をカタに借金を申しこむほどの。いずれ将来は高い値がつくからといって。そんな男が絶望するなんて考えられません」

「彼は二番めの詩集についてあれこれぼくに話してくれましたよ。一千行の長篇詩を書くのだといって。〃女の都市〃というタイトルも決まってました」

「〃女の都市〃ですか。伊集院のユートピアかな」

田村寛治は苦い笑いをうかべた。そしてすべての女を愛するということは、一人の女も愛さないことだと小声でつぶやいた。啓介はたずねた。その女教師は今なにをしているのかと。

「長崎にはいません。噂では上京したということです。東京で事件からしばらくたって、あっさり結婚したそうですな。ある電機会社の社長と。三年ごしのつきあいでした。女ってわからんものです」

女教師はもともと東京の出身である。長崎の私立女子大で英語を学び、卒業して母校の講師をつとめた。教え子の父親が今は夫になった社長である。同じ東京出身というせいで休暇で帰省するとき社長の家に招かれていたらしい。社長は七、八年前、妻を亡くしていた。結婚してくれといわれた本人は初め問題にしていなかった。四十歳近い年齢のひらきがある。啓介はきくべきことをきいてしまったと思った。しばらく古本の話をかわした。田村は司書という職業がら神保町界隈のゴシップを面白がっているように見えた。

ある有名なAという詩人に献呈されたKというこれも有名な詩人の詩集が古本のなかにまざっていたとか、雨もりで傷んだ『金閣寺』の初版本の奥付だけを切り取って再販本のそれとすりかえ、初版本として売ろうとした不心得な古書店主の話とかを興味深げに聞いた。佐古書店によく立ちよるTという詩人が帰りの電車賃を借りに来た話や、啓介の行きつけの酒場でGという詩人がRという小説家とつかみあいの喧嘩をした話なども聞いて笑った。

田村寛治は啓介を送って図書館の一階まで降りた。探している古本があれば自分が力をかそうと啓介はいった。その折りは依頼するかもしれないといって、田村はポケットにつっこんでいた「光芒」を渡した。

「暇なときに読んで下さい」

「ありがとう、もしかしたらまた何か電話ででもおたずねしたいことが出てくるかもしれません」

「伊集院は事故で死んだのです。ぼくはそう思っています」

「彼を殺したって利益を得るのは誰もいないということですか」

「妹さんの負担が軽くなっただけです。しかし一番悲しんだのはその妹さんでもありましたがね」

「彼にもてあそばれた女たちは、新聞記事を読んでいい気味だと思ったでしょうね」

「さあどうですか、悲しんだ女だっているかもしれませんよ。女の気持というものは永遠に謎ですから」

「詩人のあなたにとっても」

「詩を書いてるからそう思えるのです」

啓介は図書館のある山の中腹を降りて街の中央へ向かった。

中島川にかかった石造りの古いアーチ型をした橋を渡り、川を右に見て浜町へ出た。アーケード通りの中に碌文書房がある。長崎でもっとも大きな古本屋である。店番をしていた若い男が店主らしかった。啓介は名刺を出して『燃える薔薇』のことをききたいといった。

「あなたがうちへ一歩はいったときから同じ商売仲間だということがわかりましたよ。本棚を眺める目つきがちがう」

「出物はありますか」

「なに、白っぽい物ばかりでね」

白っぽい物とは値の張らない新刊書の古本を指していう業界の用語である。啓介は『燃える薔薇』の奥付を示した。碌文書房が発行元になっているが、伊集院悟のことを知りたいといった。

「ああこれね、五百部も刷ったかな。作者が四百部を取って、うちが百部もらいました。S氏賞を受けるまでに売れたのは、たった三部ですよ、三部」

「受賞してからは買い手がついたでしょう。東京の古書店にも出てたから」

「まあぼちぼちとね。でもかなり残ってるなあ。七、八十部は在庫があるんじゃないかな。小説とちがって詩集はねえ」

「おたくが発行元になったのは、先で売れるという見通しがあったわけでしょう。五百部刷る費用を負担したのは先見の明というべきですね」

「費用をうちが負担？　とんでもない。海のものとも山のものともつかない詩人の作品を印刷するような冒険はしませんよ。全額、伊集院さんが持ちました。伊集院さんの妹さんがね」

「明子さんが……」

「よくご存じで」

「これから会いに行こうと思ってるんですが、おうちは確か十人町とか」

「今からは無理なんじゃないですか。妹さんは酒場につとめてるから、出勤したあとです。そっちの方に行くのなら銅座町の〝エミイ〟という酒場です。地図を書いてあげますよ」

碌文書房の若い店主は、文庫本の包装紙に鉛筆を走らせた。うちが詩集の発行元になったのは印刷会社に知人が居て、費用を安くあげてくれるというので引きうけたのだと説明した。それに、と店主は続けた。

「ぼくもあんな仕事をするのが好きなんだ。原稿のゲラ刷りを校正したり、割付を手伝ったりするのがね。たとえ儲けにならない仕事とわかってても、やりがいのある仕事でしょう、詩集の版元になるというのは」

といった。

「実はぼくのおやじは佐古啓蔵といううんだけれど、ここの出身なんですよ。佐古という姓は長崎に多いんですか」

「おたくのお父さん長崎？　そうでしたか。佐古姓ねえ、聞いたことがあるような気がするなあ。うちのおやじが居たら何か思い出すかもしれないけれど、雲仙の温泉でリューマチの療養してるんですよ。長崎のどちらです」

「そのことはいずれまた。この本を東京へ送ってくれますか」

啓介はかねてから目をつけていた長崎市史全八巻を飾窓に発見して買うことにした。伊集院悟の肉筆稿を手に入れることができたら、望月洋子から謝礼がおくられる。八巻の代価はちょうどそれに見合う額であった。碌文書房の前店主が帰って来るのはあと九日たってからという。今度の滞在ちゅう、会えそうにない。七十代の老人なら昔のことに詳しいはずだし、啓蔵がなぜ郷里を捨てたかもしかしたら知っているかもしれないと想像した。

啓介は地図を頼りに酒場〃エミイ〃を訪ねた。

銅座町は酒場が密集した区画である。折れまがった狭い通りをはさんでけばけばしいネオンが明るく、啓介はふと新宿の歌舞伎町あたりをさまよっているような錯覚にとらわれた。酒場に足を踏み入れて彼は後悔した。カウンターにもボックスにも客が満員で、やっと片隅のソファに一人分の空席があるだけだった。酒場というよりキャバレーに近い。ボーイに水割りを注文しておいて、伊集院明子に会いたいと告げた。ボーイはちょっととまどったように見えた。カウンターの内側にいるマダムらしいふとった中年女に啓介の方をちらちら見ながら話している。明子という名前では勤めていないらしい。中年女が啓介の方へやって来た。明子にどんな用事なのかときく。目にうさん臭そうな色をうかべていた。

「伊集院悟さんのファンなんだ。東京から来た者です。妹さんがここにいられると聞いたので」

マダムはちょっと思案しているように見えた。伊集院悟の名前を啓介は大声で告げていた。その声が聞えたらしい。一つおいたボックス席から和服姿の女が立ち上がった。啓介と目が合った。写真で見た兄と目鼻立ちが似かよっている。目も口も大きく鼻筋も高い。まわりの客に会釈しながら啓介の方へやって来てすわった。啓介は『燃える薔薇』を出して見せた。

「詩集の作者が長崎の人とわかったので東京から来たんです。碌文書房であなたのことを聞きました。もし良かったら記念にサインしてくれませんか」

「あたくしが……」

「作者が生きてたら本人にお願いするんだけれど、亡くなっているんだからせめて妹さんにでも。いけませんか」

明子は詩集を膝にのせて手のひらでさするようにした。

「惜しい人を失ったものです。まだこれからというのにね。ぼくは古本屋をやってますが、この詩集は高い値がついてますよ」

「東京でお買いになったの」

「神田の神保町という日本一大きい古書屋街でたった一冊しか残っていませんでした。五冊ほどあったそうですがね」

「兄は四百冊を新聞社とか雑誌社とか知人に配りました。古本屋へ流れたのはそれでしょう」

明子は啓介が渡した万年筆で詩集の見返しにサインした。

「お兄さんが亡くなられた現場へ明日にでも行ってみようと考えています。たしか野母町の嶽路崎とかいう……」

「あたくしもご一緒していいかしら」

「来て下さいますか。そりゃあ有り難いな。いい思い出になります」

「兄の肉筆稿を手に入れたいというのは夏目洋子さんでしょう。今は姓が変って望月と名のっているはずです」

啓介は水割りにむせた。明子の黒目がちな眸がまっすぐに彼を凝視していた。

「あなたのことわかってるんです。笠間さんからうかがいました。夏目さんがなぜ肉筆稿を欲しがっているか、あなたご存じ?」

「いいえ、なぜです。ぼくも知りたいな」

「夏目さんとはどういうご関係ですか」

「友人の紹介で一度会ったきり。ぼくはただの代理人にすぎません」

望月洋子からは自分の名前を出さないでくれと念をおされている。しかし、もうこうなったら仕方がない。

「あら、いらっしゃい。しばらく……」

明子は新しい客に声をかけて立ち上がった。

「今夜は詳しいお話をする暇がありません。お泊まりはどちら」

啓介はGホテルと答えた。明子が明日、自分の方から連絡して車で迎えに行くという。その間、客の出入りはおびただしかった。啓介は二杯めの水割りをあけてから酒場を出た。にわかに疲れを覚えた。迷路のような通りで幾度も道に迷いながらようやくホテルへ帰りついた。時刻は九時になろうとしていた。熱いシャワーをつかっているとき、夕食をとっていないのに気づいたが、妙に食欲を感じなかった。伊集院明子は望月洋子が兄の原稿を欲しがっているわけを知っている。明日になれば事情がわかるだろう。

啓介はベッドに横たわって今しがた別れた明子の肉感的な唇を思い出した。東京を離れて二日しかたっていないのに、二十日も経過したように思われた。ベッドサイドの明りを消すのも忘れて彼は眠りにおちた。

翌朝、十一時ごろ明子はホテルのロビーに現れた。淡いピンクのブラウスに灰色のスカートをつけている。ロビーに居合せた男たちがいっせいに振り返って明子を見た。襟にブラウスと同じ色のスカーフを巻いた明子からは、酒場での地味な和服姿とはまったくちがった印象をうけた。白く塗った乗用車《ムスタング》に明子の洋装が映えた。啓介はなんとなく晴れがましい気分でフロントシートに並んで腰をおろした。ふと見ると玄関にたたずんだボーイが露骨な視線を二人にそそいでいた。

明子は手なれたハンドルさばきで、混雑した車の列を縫い、市街地の外へ走らせた。

「この車がお兄さんの物だったんですか」

「一時は人手に渡そうかとも思ったんですけれど」

「いまわしい思い出がまつわっているから?」

「ドライヴが兄の趣味でした。車を走らせていると詩のイメージが湧くといってました。詩のほとんどは車のなかで書いたものです。気が向けばこの車で九州一周をしたり、東京やら北海道まで旅したこともあります」

「ムスタングに乗った放浪詩人というわけですね」

「兄はフランスへ行くのが夢でした」

明子は運転しながら煙草をくわえた。啓介はライターで火をつけてやった。長崎港に沿った狭い道路を車は走った。左側は丘である。古びた木造洋館が何軒も斜面に立ち並んでいる。この一画が明治時代の外国人居留地だと明子は説明した。長いトンネルを抜けると、人家がまばらになった。海岸には小型の漁船がつながれている。凪には廃油と潮の香りがまざりあった。

「兄のことをいろいろお聞きになったでしょう」

「才能のある詩人だったとみなさん一致しておっしゃいます」

「話をそらさないで佐古さん。みんなが兄のことをどんなふうに話しているのか、あたくしわかってるんです。兄がそんな男ではなかったとはいいません。趣味はドライヴだったと申し上げたでしょう。女の人をつれたドライヴです。一人で運転することはめったにありませんでした。事故の当日だって……」

「望月、いや夏目洋子さんと」

「ええ、当日に兄があたくしのマンションへ来てこれからある人と半島をドライヴするつもりだといったんです」

「警察はそのことを知ってるんですか」

「知りません。その人は黙ってるしあたくしも告げていませんから」

「お兄さんは殺されたんですか」

「殺されたと思ってるなら、その人が同乗していたと警察に証言していたでしょう……佐古さん、かんちがいしないで。あたくし洋子さんを憎んではいません。兄もそうでしょう。憎まれて当然なのは兄の方です。兄は数えきれないほど多くの女性と関係を持ちましたが、洋子さんに対してだけは真剣でした。洋子さんも兄をまじめに愛しました。ただ……」

明子は口をつぐんで運転に専心した。S字形のカーブが次々に現れ、話し続けてはいられなくなったのだ。道はしだいに勾配が急になり、海が眼下にしりぞいた。高い崖の上で明子は車を止めた。ここが嶽路崎だという。海がまぶしく光った。二人は車の外へ降りた。風が明子の長い髪を乱した。

「あれが三菱の百万トンドックのある香焼島《こうやきじま》です。島といっても今は埋立てられて陸続きになっていますけれど。そこに見えるちっぽけな島のうち手前が野島、向こう側のが黒島」

啓介は百万トンドックには興味がなかった。

あの日ここで何が起ったかを知りたかった。

「兄は高所恐怖症で、ビルの屋上へ出るのも厭がってたくせに、ここへ来るのは好きでした。五島灘に沈む夕日がきれいなんです。洋子さんと初めて会った日につれて来たのもここだといってましたわ」

明子はスカートをおさえた。崖下から吹いてくる風の力が強かった。明子の声はともすれば風にさらわれて聞えなくなることがあった。

「事故の夜、お兄さんに会われたとおっしゃいましたね。そのとき何かお兄さんはいってましたか」

「兄は絶望していたんです。才能があるとあなたはおっしゃるけれど、それは『燃える薔薇』でつかい果たしていたんです。兄もそのことを知っていました。一千行の長篇詩を三分の一ほど仕上げていたんですが、詩の出来不出来は作者にもわかります。兄はあたくしの前で、〝女の都市〟をこなごなに裂いてしまいました。詩を書くのはやめたと宣言したんです」

「詩人に限らず小説家も画家も自分の才能に見切りをつけることがよくあるもんですよ。そのうちまた自信を回復する」

「もちろん兄もそうでした。絶望したり希望を持ったり、あたくし兄を見ていますからわかってますわ。ただ、あの晩の兄はふだんとはちがってました。兄は別れをいいに来たんです。自分の死を予感していたんだと思いますわ」

「それはまたどうして」

「佐古さん約束して下さらない？　東京へ帰って洋子さんにお会いになっても、あたくしの話したことはふせておくということ。約束して下されば話します」

啓介は約束した。

「女が男を愛すれば結婚を望むのは当然でしょう。洋子さんに兄の子供ができました。プロテスタント系の私立女子大の講師にです。兄は洋子さんを愛していましたが、結婚してごく普通の生活をしようというつもりはありませんでした。定職がないというのを口実に結婚を拒んだのです。洋子さんは講師の収入で兄を養ってゆけるといい張ったそうです。東京の親許から仕送りもうけていましたし」

妹にたかることはできても、妻を働かせて詩を書くのは伊集院悟の自尊心が許さなかったらしい。明子は話し続けた。

「洋子さんは兄の頼みで子供をおろしました。兄も相当こたえたようでしたわ。あたくしのマンションへ訪ねて来たのは、それから間もなくでした。洋子さんは自分が本当に愛したただ一人の女だといいました。変だとお思いにならない？　真夜中あたくしを叩き起してそんなことをいったり、自分の最高傑作だと称している次作の原稿を破ってみせたり。ドライヴをするだけなら何もそんなことする必要なんかないんですもの」

「酒を飲んでましたか」

「ええ少し。あたくしの部屋でブランデーを。運転するんだから飲んではいけないととめても無駄でした。それに連れがハンドルを握るから大丈夫だといって」

「連れの名前をいいましたか」

「いわなくても知ってます。兄がマンションの二階を出て車に乗るとき、あたくしが窓からのぞいてると女の人の下半身がちらりと見えました。黒いスエードのコートです、洋子さんがいつも着ていた」

「それだけではどうもねえ、黒いスエードのコートなんかいくらでもありますよ」

明子の頬が歪んだ。

「兄がいい残したことはまだあります。自分の身に何が起ろうと洋子さんを責めないでくれといったんです。兄は洋子さんに罪の意識を感じていました。ある詩の中に洋子さんの名前を織りこんでもいました」

「織りこむ？　どの詩に……」

「知りません、もとの原稿を見ればわかると兄はいってました。遊びの一種として詩人は詩の中にさまざまな言葉を隠すことがあるものだと聞いてます。印刷された詩集と肉筆稿をくらべてみたらわかるはずですわ」

「しかし、それがお兄さんを崖下におとした当人だとは決まってはいない」

「そうですわね。洋子さんが兄をつきおとした証拠は、詩の中に織りこまれた名前くらいでは不充分だとあたくしも思ってます。ただ仮りに兄をつきおとした人にですね、あたくしは洋子さんとはいいません、その下手人がある人物から兄が殺されることを予想していてその人の名前を詩の中に書きこんでいたと知らされたらどうするでしょう。肉筆稿と詩集を対照させたら名前がうかび上がると知らされたら？」

「肉筆稿を手に入れたがるでしょうね」

「佐古さん、あたくし洋子さんが兄を殺したなんて思ってはいないのです。兄と一緒に心中するつもりだったのかもしれないわ。あるいは兄の前で海へとびこむつもりだったかもしれない。二人でもみあうとき、酔っている兄だけが海へ落ちたと思っています。洋子さんが自殺をはかったのはそのあとです」

「………」

「あたくし洋子さんを責めるつもりはありません。兄が死を予期していたこと。兄が誰にでもいった歯の浮くようなせりふ、おまえだけを愛しているという言葉は、洋子さんに関しては真実だったとわかってもらうために洋子さんの友達を通じてわざわざ肉筆稿に隠された名前のことを告げたのです」

「友達というのは古書交換会のメンバーですね」

「ええ」

「笠間さんの所へ洋子さんがやってくると予想してましたか」

「本人は現れないでしょう。誰か代りの人をよこすと思ってましたわ。ところが笠間さんは詩人の原稿を蒐集している銀行家に売り渡してしまった」

「ぼくはそれを手に入れるつもりです。洋子さんの名前がどんな風に隠されているか調べるのは面白いでしょう」

「面白い、ですって」

明子はひややかに笑った。男と女の愛や憎しみが、古本屋の若造に理解されるはずがないといっているようにみえた。明子はいった。

「邦光さんが兄の原稿を手放すでしょうか」

「もし手放さなかったら？」

「あたくしには洋子さんがあなたを長崎へよこしたということだけで充分なんです。洋子さんを兄が憎むはずがないわ。あたくしも。佐古さん、洋子さんにお会いになっても長崎であたくしと話したことは黙っていて下さい」

明子は車に戻った。酒場が休みの日には一人でドライヴする。兄が走った同じ道をドライヴしていると、傍に兄がすわっているような気がする、と明子はつぶやいた。車は海を左に見て長崎の市街へ引き返しつつあった。啓介は学生時代にゼミで知りあった女を好きになったことがあった。交際は一年続いた。女は啓介を愛しているといった。卒業して何年かしたら結婚しようとまでいってくれた。啓介は女の約束を信じた。大学を中退して女が結婚したのはパチンコ店の経営をしている中年男だった。啓介は女を憎んだ。それでいて女がよこした数十通の手紙は大事にとっているのだった。男と女のことでは、学生時代にその入りくんだ心理の綾をつぶさに考え、理解しつくしたと啓介は思っていた。しかし、明子の横にすわって伊集院悟と望月洋子のことを考えていると、自分は女について何も知らないのではないかと思われた。

啓介が明子とドライヴした日から二日たった日の午後、彼は博多発東京行の新幹線〃ひかり〃七二号に乗っていた。

膝の上には萩原朔太郎の詩原稿と交換して手に入れた伊集院悟の肉筆稿を拡げていた。長崎駅を発って三時間あまり経過したところである。啓介は肉筆稿と出版された詩集とを読みくらべた。いぶかしい点が一か所だけあった。肉筆稿は印刷するために伊集院が清書したものらしく、ある詩を除いて一行一句の訂正もほどこされていない。赤インクで修正されているのは「墜ちる」という詩だけである。肉筆稿ではこうなっている。

夏の拡がり
二つの永遠
黒い隕石が垂直に落下する
あらかじめ待ち受けた波紋
水平線が凝固する
望遠鏡をさかさまにめぐらすこと
透明な海底を予想する
蒼空を見よう
波紋はすみやかにこわばる
藻がゆらぐ

啓介は手帳を取り出して修正された部分を書き写した。「夏の拡がり」、「めぐらすこと」七行めを十行めに移し替えている。「見よう」「こわばる」。一見してどうということもない訂正である。伊集院明子の話を聞かなかったならば、別だん変には思わなかっただろう。作者の死にはこの訂正が関係している。もっと露わにいえば、訂正された箇所に作者を死へ追いやった者の名前が隠されている。そして明子によれば、その名前を持つ女性こそ伊集院悟が愛したただ一人の女性だという。

啓介は鉛筆で訂正部分の冒頭の文字だけを書き並べた。

夏の
めぐらす
透明な
（よ）う
こ

「夏め透うこ」。三番めは〝透〟ではなくて〝予〟をとらなければなるまい。新幹線で長崎へ向かうとき、一つの詩に「あらかじめ」と「予想」という同じ意味を表わす語が二つも用いられているのに気づき、不自然な印象を受けたことを思い出した。作者は読者にそういう印象を与えるのがねらいだったのだ。簡単な暗号ともいえない暗号である。

夏め予うこ……夏目洋子。

〝ひかり〟は関門海底トンネルを抜けて地上へ出た。暗黒が光にかわった。啓介は詩集と肉筆稿を鞄にしまった。

（お願い、洋子さんには何もおっしゃらないで）

今朝、長崎駅まで見送りに来た明子はいった。望月洋子はおそらくいま幸福な生活をしているだろう、あの人の平和を乱すのは兄も喜ぶはずがないともいった。啓介は何もいわないと重ねて約束した。

（ぼくの役目は肉筆稿を渡すだけです。何も聞かなかったことにしますよ。洋子さんも目的を果たして安心

するでしょう)
(そのうちまた長崎へ遊びにいらして。今度は仕事ではなくてただの観光のためにね。あたくし、車で案内してあげたいわ)
(見物しなかった所が沢山あるんです)
明子は初めて笑った。いずれこの土地を再訪することがあるだろうと啓介は思った。父の秘密を探るために。しかしそれはいつのことになるかわからなかった。

愛についてのデッサン ――佐古啓介の旅(二)――

野呂邦暢

「どうかしたの、兄さん」

夕食を半分以上も残した啓介に友子がたずねた。焼飯に中華風のスープという献立は啓介の好物である。いつもならおかわりをするところだ。きょうはスープをたいらげただけ、焼飯はまだあらかた皿に残っている。

「食欲があまりないんだよ。疲れたのかな」

「市《いち》で何かあったの」

「べつに何も、お茶をいれてくれないか」

啓介は食卓をはなれて古本の市で仕入れた書籍の山に戻った。三十冊ほどの古本を店の片隅に積み上げている。今夜はその整理をしなければならない。中身をあらためて売り値をつけ、店の本棚に並べるのである。

古書店が商品を仕入れるには二つの方法がある。客が店に持ちこんだり、自宅に呼びつけたりして払い下げる古本を買いとる場合と、もう一つは定期的に業者の間で催される市でせりに出る古本を買い入れる場合である。数の上では客から直接に買う古本の方が多いけれども、それらは二、三年前のベストセラーか実用書が多くて、利益になる本は少ない。市で仕入れるものに質のいい本が多い。

あちこちの古本屋が持ちこんでせりに出す本のどれを買い、どれを買わないか、買うとしてもどの程度の値段までせるかが、古本屋の腕というものである。顧客がどのような書物を求めているかいつも心得ていなければならない。どのような書物が品薄であるかも知っていなければならない。市でこれはと思う書物をせり落とし、客に売って儲けられるようになるまでには十年かかるといわれている。

啓介の父啓蔵が失敗したのを啓介は子供のころから見て来た。英国の民族学者J・G・フレイザーの『金枝篇』は岩波文庫でそろいが全五冊、ながらく絶版になっていた。古本の値段はつり上がる一方だった。大学生や教師たちが月に五、六人は佐古書店に在庫を問合せに来た。ある日、この『金枝篇』が市に出た。啓蔵は楽々とせり落とした。

ところが『金枝篇』は一週間後に新版が再版されることになっていて、予約していたT大の学生はついに現われなかった。新版は古本値段の五分の一以下で買えるのである。出版社の新刊ニュースに注意していなかったために啓蔵は損をしたのだった。

（こんな失敗もある）

と啓蔵は息子に語った。

プロシアの軍人クラウゼヴィッツの『戦争論』やシーザーの『ガリア戦記』も絶版ちゅうは途方もない古本値がついたものだった。他人が十年かかる経験を、自分は三年でものにしてみせる、と啓介は考えている。出版社がどのような本を出すかいつも注意を怠らない。

しかしきょう、啓介が沈みこんでいるのは、せりで失敗したからではなかった。

「ねえ、どうしたのよ。ためいきばかりついて」

お茶を運んできた友子がまたきいた。

「うるさいな、少しだまっててくれ」

「あら、その本、市で手に入れたの」

「うん、市でね」

啓介は一冊の詩集を撫でまわしていた。丸山豊の『愛についてのデッサン』である。白い外函に題字が横書きで赤く抜いてある。その下に女の顔が描かれている。中身の表紙は裏表ともまっ白で、題字が縦に黒く記してあるだけである。

「その詩集、あたしずっと前に兄さんの本棚にあったのを読んだことがあるわ。このあいだまた読みたくなって探したけれど、見当たらなかったの」

「ある人にやったんだ」

「ある人って?」

「………」

「あててみましょうか。岡田さんのお姉さんでしょう、岡田京子さん」

岡田章雄は大学時代からの友人である。いま彼は大学院で近代日本文学を専攻している。啓介が学生時代に同じクラスの女生徒を好きになり、結局は別れることになったとき、失意の彼を何くれとなく慰め力づけたのは、章雄の姉京子であった。二歳年上である。

京子は啓介を自宅に招いて手料理でもてなしてくれた。音楽会に誘った。絵の展覧会や映画にも啓介をつれて行った。じっさい、京子がいなかったら、恋人に裏切られた啓介が立ち直るのは、もっと遅かっただろう。啓介は京子の心くばりをありがたいと思った。感謝は恋に変りかけた。母を少年時代に失っている啓介は、京子に母の面影を見出したように思った。たった二歳だけ年長という感じはしなかった。

京子も啓介の気持の変化を女らしい直感でさとったらしい。ある晩、銀座の画廊へクラーヴェの版画を二人で見に行った帰りに、三番町の濠端を歩いているとき、（もう啓介さん、だいじょうぶだわね）と京子がつぶやくようにいった。何を指して（だいじょうぶ）というのか啓介にはわかった。恋人の裏切りを忘れることが出来たからには、自分の役目はすんだのだと京子はほのめかしているように見えた。

（何もおっしゃらないで）

啓介は口をつぐんだ。二人は桜の木の下にたたずんでいた。夜桜が照明に浮き上がって頭上に淡桃色の光をはらみ、京子の顔はその光を反射してつねにも増して美しいように感じられた。何もいうな、といわれなくても啓介にしてみれば実体のある話は言葉にすることが出来なかった。

（愛している）

といってみたところでどうなるというものでもないのだ。大学を出て神田の小さな出版社に就職が決まったところである。給料はたかが知れている。父と同居してやっと啓介の生活がまかなえる額である。京子は章雄の話ではときどき見合をしているらしい。（姉には弱っているんだよ。なかなかうんといわなくてね）と章雄はこぼしていた。京子は啓介に対して弟の親友という以上の気持はないようであった。それでは啓介の方がおさまらなかった。今はむりだとしてもゆくゆくは結婚したいと願った。年齢の差など問題ではないのだ。

（あのころとくらべたら啓介さん、見ちがえるほど元気になったわよ）

（そうかな）

人の気も知らないで、と啓介は思った。ふるい恋の傷手は癒えた、そのかわり新しい恋が生まれた。自分はまた苦しむことになるだろう、というのがだまりこんだ啓介の考えだった。京子は桜の花を見上げながらいった。

(いい人が見つかるわ、きっと)

いい人はあなたなのだ、と啓介はいいたかった。京子の顔に桜の花びらが一つ落ちてはりついた。京子はそれを指でつまんでしばらく見つめ、そっと地面に落とした。淡い桜色の光にぼんやりと白く浮き上がっている京子の顔を、自分は一生忘れないだろう、と啓介は思った。

(これ、受けとってくれませんか)

啓介は紙でくるんだ一冊の本をおずおずとさし出した。前から渡そうと考えて機会がなかったのだ。自分の気持を詩集のタイトルから読みとってくれれば、と啓介は思った。

(あたしに下さるの、うれしいわ。記念にいいわね。ありがとう)

京子は包み紙を開きかけた。啓介はそれを押しとどめた。帰宅してからあけてくれと頼んだ。

(そうなの、じゃあそうするわ、啓介さん)

京子は光る目で啓介を見た。外で二人だけで会うことはもうないだろう、と早口でいった。啓介はせがんだ。

(もう一度だけ)

京子はゆっくりと首を振った。会わない方が二人のためにいいのだともつけ加えた。いい人、なんかいるものかと啓介は思った。京子のように素晴しい女と、これから先めぐり会うことがあろうとは考えられなかった。京子は通りすがりのタクシーに手を上げた。啓介は京子だけを先に帰した。別れることになる女性とタクシーに同乗したくなかった。一人で帰りたかった。京子が贈り物の包み紙をあけてどんな顔になるだろう、と濠端を歩きながら考えた。

ある意味で啓介が与えた本は愛情の告白でもあったのだから。

市で、床にうず高く積み重ねられた古本の山に『愛についてのデッサン』を発見したとき、啓介はおどろいた。ひとめ見て京子に贈った当の本だとわかった。外函の背に刷りこまれたタイトルの二字めが薄くなっている。中身を抜きとって調べた。見返しの次に遊びの計四ページがとってあって、最初のページに啓介の名前と京子の名前を記していた。クラーヴェ展を見に行った三年前の日付も書きこんでいた。しかし、そのページは鋭利な刃物で切りとってあった。

啓介はページをめくって、その本がかつて自分のものであったしるしを確かめた。気に入った詩には2Bの鉛筆で星印をつけている。それがあった。せりが始まったとき、詩集専門の文雅堂が初めから高い値をつけた。啓介はその値を上まわる額を口にした。結局、『愛についてのデッサン』は啓介の手に落ちた。古書相場の二倍近い額を払わなければならなかった。(えらいご執心だね)と文雅堂のおやじからひやかされたほどである。

京子は啓介と会うことをやめて半年あまりで、ある商社員と結婚した。

結婚生活は一年と続かなかった。夫が飛行機の墜落事故で亡くなったからである。二人の間に子供はなかった。京子はしばらく夫の両親と暮らしていたが、先ごろ籍を抜いて弟の家へ帰って来た。啓介は一度だけ章雄の部屋で顔を合わせたことがある。美しさはあのころから全然かわっていなかった。やや肉付が良くなったように見えた。紅茶とビスケットを運んで来て、二言三言あたりさわりのない話をかわして京子は立ち去った。一年半という時間が経過したとは思われなかった。三番町の濠端で別れたのが、ついきのうのことのように思われ、京子を見た瞬間、あやしく胸がときめいたものだ。

石を摩擦して火をつくる
そんな具合に
やっとこさ愛をそだて
遅々とした成熟をまっている
この竪穴住宅のまわりを
豹よ
みどりの目をしてうろつくがよい

啓介は星印をつけた詩の一つを読みかえした。友子がいれたお茶はぬるくなっていた。

「京子さんが再婚なさるって噂は本当なの」

「ああ、岡田がそういってた」

啓介にしてみれば京子がこの詩集を手もとに置いておくだけで嬉しかった。何も古本屋に処分しなくても、と思う。再婚する相手はニューヨークに駐在している新聞記者だという。式は向うで挙げるということを聞いていた。かぎられた荷物しか持って行けないから、身のまわりを思いきって整理したのだろう。（それにしても）と啓介は思う。自分の本棚に残すのがイヤだったら章雄を通じて返してくれてもよさそうなものではないか……
そうではなくて、返せば逆に啓介を傷つけると心配したのかもしれない。しかし、その本が自分の目にとまることがあろうとは、京子も予想しなかっただろう。啓介はにがにがしさと悲哀とやるせなさが入りまじった気持でページをめくって、もう一つの詩を読んだ。

愛はたちまち消えるが
その力はかたちをかえ
サナギのような囚人になる
やさしい死をにくみ
愛の名をにくみ
やがて
砂のながれる法廷へ立つ
手錠のまま太陽を見すえる

啓介はこの詩集を、佐古書店の常連である若い無名の詩人から父が買いとったことを知っていた。父にねだってゆずり受けたものである。高校時代から何度、読みかえしたことだろう。一度や二度、読んだくらいでわかりはしないが、くりかえし目を通すうちに丸山豊という詩人の構築する世界の入り口あたりにはたどりついた気がした。石や火や水や砂という無機的なイマージュを通して語られる「愛」というものの実体をなんとなくつかんだような気にもなった。

もっとも友子にいわせれば、

（兄さんには女の気持なんかわかりっこないのよ）

である。どうしてだ、と啓介はいった。

（どうしてといわれても旨く答えられないけれど、兄さんには何かが欠けてるの。強引さというか、押しというか。これはと思う女の人を是が非でも自分のものにしたいという粘りが欠けてるように見えるの。女はあれに弱いのよ。それほどその男性を好きじゃなくても、ぐいぐい押しの一手で迫られたら、この人は自分を必要としてるんだわ、なんて思ってその気になってしまうものなの）

（そうかなあ、そんなものなのかなあ）

（相手が兄さんを好きじゃないなら好きにさせるのよ。しっかりしなさい）

（強引さが足りないというのは認めるよ）

（でしょう?）

京子はすべての過去を清算したかったのだ、と啓介は思った。ニューヨークへ行って、新しい生活をふり出しから始めようと思ったのだろう。啓介は『愛についてのデッサン』を閉じた。長い放浪生活の果てに自分の許へ帰った子供ででもあるかのように彼は一冊の詩集を手で撫でさすった。自分の本棚にしまいこむ前に、セロファン紙を出して本の表紙にカヴァーをかけた。もう二度とこの詩集を人手に渡すことはないだろうと思った。

佐古書店は午後八時にシャッターをおろす。

啓介は古本の整理をざっとすませると外へ出た。友子がたずねた。

「お出かけ?」

「ああ、今夜は外で飲みたくなった」

「今夜はって、毎晩出かけてるじゃないの」

「二時間くらいで戻るよ」

「いつものお店?」

「そうだ、あそこに居る」

「トンちゃんによろしくね」

トンちゃんというのはスナック「青い樹」のウェイトレスである。佐古書店から歩いて五分とかからない裏通りの一画に「青い樹」はあった。十人も客が入れば一杯になってしまう。ある日の閉店後、ぶらりと這入ってから行きつけになり、このごろは毎晩のように通っている。経営しているのは同じ町に住む六十すぎの男である。三十年以上、外国航路の貨客船にコックとして乗っていたという。

秋月というその老人は世界中の港町をめぐったことがあるといい、話題が豊富だった。淹れるコーヒーも他の店にはない味があった。

トンちゃんは仇名である。

本名はトミ子とかいうらしいが、客の間ではトンちゃんで通っており、本人も客にたずねられて(あたし、トン子よ、よろしく)といってすましている。年齢は啓介とあまり差がないようだ。顔立ちはお世辞にも美人とはいえない。どちらかといえば十人並以下といわなければならない。目は小さいし丸い鼻は押しつぶしたように低い。肥っている体の線を隠すためか、不必要にだぶだぶの服を着たり、寸足らずの服を着たりする。

本人はしかしいつも屈託がない。

客の誰に対しても明るい顔で応対するのでトンちゃんは人気があった。

「どうしたの、浮かない顔をして」

啓介がカウンターにつくなりトンちゃんはたずねた。つとめて陽気な表情を装ったのだが自然と顔に出るものらしい。いやなことがあったのだ、と啓介は答えた。客は啓介一人である。秋月老人はいない。どうしたのだときくと、夕方から客の入りがなくなったので、自宅で休んでいるという。佐古書店の近くに自宅はある。

「青い樹」は混む日と混まない日があった。

カウンターの席があかないので、後ろに立ったまま酒などのみ、とうとう諦めて客が店を出て行く日も珍しくなかった。きょうはたぶん混まない日なのだろう、と啓介は思った。

「いつものにする?」

トンちゃんがサイフォンをカウンターに置いてきいた。

「コーヒーはおやじさんに淹れてもらわなくちゃあ。トンちゃんでは気分が出ない」

「あんなことといってる、あいかわらず口が悪いのね」

「トンちゃん、ききたいことがあるんだけれど」

啓介はビールを注文しておいて切り出した。

「こわい顔して何よ、緊張しちゃうじゃないの」

「女の人だがね、男から贈り物をもらう。ただの男だよ、男の方は女を好きなんだが女は結婚の対象だとは思っていない。男が自分を好きだとは察している程度なんだ。で、女の人は別の男と結婚する。そして、男がくれた贈り物をどうしようかと考える。かさばる品物じゃない。いってしまえば一冊の本なんだ。手もとにとっておくのは気持の上で重荷なんだろうか」

「わかった、啓介さんは本をある女の人にあげた。その本を女の人が手ばなしたので浮かない顔をしてるのね」

「そうじゃないって、一般的な問題としてきいてるだけだよ。かんぐるのはよしてもらいたいな」

啓介はビールをのみ、口の角についた泡を手の甲でぬぐった。

「はいはい、そういうことにしておきましょう。でもその女の人が羨ましいわ。別の人と結婚するにしても、あたしなら大事にとっておくわね。いい記念になると思うわ」

「女ってものは昔のことについて諦めが早いというか思い切りがいいといえそうだな」

「女ってものは、だなんて啓介さん、さも経験たっぷりみたいな口をきかないでよ。そんなせりふは髪に白いものがまじり始めた中年男がいうものなのよ」

「ぼくだって女をまったく知らないわけじゃない」

「どうかしら、あやしいものだわ」

「バカにしないでくれ」

「このあいだ友子さんが見えたのよ。兄貴には困ってるですって。ぼやいてらしたわ。女なんかこりごりだ、おれは一生結婚なんかしないぞって、まるで中学生みたいなことをいってるんだからって」

「友子がそんなことをいってたの」

「可愛い妹さんだわ。啓介さんのことをとても心配してるみたい。独立したからには早くいい女の人を見つけて結婚すればいいのにって」

「余計なお世話だ」

啓介はビールのお代りを注文した。

「その方、だれなの、啓介さんの恋人、あたしが知ってる人?」

「その方って」

「とぼけないで、啓介さんが本をプレゼントした女の人よ。ここに見えたことある?」

「トンちゃんは知らないよ。友達の姉さんなんだ。とうに結婚してる」

「ほうらとうとう白状した。でも変ね、とうに結婚した女の人のことで今ごろ憂鬱そうにふさぎこむなんて」

啓介は事情を手短に説明した。隠しておくよりも打ち明ける方が気分的に楽になるように思われた。トンちゃんから根掘り葉掘りきかれたらごまかせはしないのだ。

「そういうわけだったの」

とトンちゃんはいった。自分でコップを出し、小壜のビールをついでのんだ。

「おやじさんがいないからといってそんなことしていいのかい。いいつけるぞ」

「いいの、一晩に二、三本なら大目に見てもらってるの」

その女の人は、とトンちゃんは考え考え話した。きっと啓介のことが忘れられなかったのだ。だから結婚したときも大事にしていた。しかし二回めに結婚するとき、いつまでも思い出を保存するのが苦しいので手ばなしたのだろう。つまり女の方も啓介を好きだったとしか思えない。どうでもいいのだったら手もとに本を置いといていいのだから、とトンちゃんはいった。

「なるほど心温まる解釈だよ。またビールを注文して売り上げに協力しなければ」

「まじめに考えてるのよ、ふざけないで」

「ありがとう、少しは気が軽くなったさ」

「でしょう、気が滅入ったらいつでもあたしのとこにいらっしゃい。慰めてあげる」

「やれやれ、トンちゃんに慰められるとはね」

「あたしではどうせ物足りないでしょうよ」

「男のことなら知らないことはない。みたいな口を利くじゃないか」

「そうよ、男の人のことならあたしにまかせて。さんざんひどい目にあってるの、こう見えても」

「ひどい目にあうのは男の方だろう」

「わかってないのねえ、あたしね、失恋したところなの」

トンちゃんはコップをあけた。啓介は笑い出した。トンちゃんも声を合せてけたたましく笑った。

「へえ、トンちゃんが失恋するとはね」

「あら、しちゃいけないの」

「してはいけないというんじゃないが」

「あたしだって恋多き女よ」

「わかりました」

トンちゃんは硬い表情になっていた。啓介はなんとなく間がもてなくなり、急いでビールを口に運んだ。恋をしているトンちゃんなんて想像できなかったのだが、未婚の若い女が男を好きになって悪いという法はない。相手は誰だ、と啓介はきいた。他人の恋愛沙汰を聞くのは気持が楽だった。

「誰だか知りたい?」

「ああ、知りたいね。まさかおれじゃないだろうな」

「あなた、しょってるわね」

「〝七人の侍〟って映画をテレビで見たことがあるけどさ。女房を野武士にさらわれた百姓がしんねりむっつりしてるんだ。この世は闇だなんて顔でね。で、侍の一人がその百姓にお前なにか心配事でもあるんだろう、話してみな、打ち明けたら気がせいせいするぞっていうシーンがあったっけ」

「啓介さんはその侍を気取ってるの? あたしが哀れな百姓ってわけなのね」

「まあ、そんなところだ」

客は依然として一人も店に這入ってこなかった。トンちゃんはカウンターに肘をつき、うっすらと上気した顔で啓介の相手をした。相手は自動車の内装部品を製作する工場経営者だという。妻子があった。トン子との関係は半年つづいた。二人は週に一回ほどの割合でホテルを利用した。別れたのは一月あまり前である。不景気で会社の経営状態が悪くなったというのが別れた理由だという。

「というとその男からトンちゃんは金をもらってたのかい」

「とんでもない、あたし彼を愛してたのよ、お金なんかもらうつもりないわ。そりゃあ、ハンドバッグとかイヤリングとかたまに買ってもらうことはあったわ。彼だってあたしを好きだといってくれたわよ。女房と別れたら結婚しようともいったわ。本気だったのよおたがいに」

「この店にその男、来たことがあるの」

「それはきかないで。啓介さんが悩み事を話してくれたからあたしも打ち明けたの。この話を人にするのは啓介さんが初めてよ」

「だけどわからないなあ。不景気が別れる理由になるとはね。そいつはただトンちゃんをだましただけじゃないのかい」

「あたしのこと本当に好きだったら景気が良かろうと悪かろうと関係ないじゃない。でも結婚しようなんて、その気がないのにいう男の気が知れないわね。あたしってバカだからつい本気にしちゃうじゃないの」

「自動車の内装部品のメーカーだって。その男、ここに良く来るH機器の社長じゃないか」

啓介の目に一人の男が浮かんだ。小柄なでっぷりとふとった五十男で、手形の話と持病の肝炎しか話題にせず、いつも「忙しい忙しい」を連発するのだった。あの男のどこがいいのだ、と啓介はいった。いってから後悔した。トンちゃんは目に涙を溜めている。

「ごめんよ、トンちゃん、意外だったもんだから。あの男、独身の女さえ見れば結婚しようなんて手軽に口説くので有名な野郎なんだ。トンちゃんのこと早く知ってたら用心した方がいいって教えてやれたんだがな。そうか、トンちゃんにも手を出したのか」

「そんなに悪い人にも見えないけれど」

「あいつ、駅の裏にある土地をつい先だって百坪も買ったんだぜ、ほら中華料理店と麻雀屋にはさまれた空地で、値段が高いものだから長い間、買い手がつかなかったんだ。会社の経営が思わしくないなんてあるもんか」

「啓介さん残酷なことをいうわね」

「いつまでもくよくよしてるみたいだから。男がひどい奴だとわかったら思い切りもつくってものだよ。そうじゃないか」

「あなたに女の気持なんてわかりはしないの」

「きょう、そのせりふをいわれるのはこれで十回めみたいな気がする。どうせわかりはしないのだろうよ」

愛とはなんだろう、ビールに酔った頭で啓介は考えた。H機器の社長に抱かれているトンちゃんの姿を想像した。アラン・ドロンのファンで面喰いを自称しているトンちゃんが漫画に登場する中小企業の社長そっくりの男と恋におちいるというのが啓介にはよくわからなかった。ハゲ、チビ、デブ、というのはトンちゃんが日ごろ口にしているイヤな男の特徴である。H社長は三拍子そろっている。

「それだけならまだ我慢できるのよ。あたしは捨てられた、それだけのことならね。この際なにもかもいってしまうわね。彼はあたしの他にも別の女の人とつきあってたのよ。どこかの女子大生と……」

「トンちゃん、もうよそうよ。早く忘れてしまいなよ」

啓介はトンちゃんの話をさえぎった。この調子で愚痴を聞きつづけたら夜が明けてしまう。話をしろ、聞いてやるといったのはお前の方だった、とトンちゃんは恨めしそうな顔をした。電話が鳴った。話しぶりで相手が誰であるかわかった。秋月老人である。

「啓介さん、悪いけどお店にいてくれる？　マスターが風邪気味なんですって。夕食を届けてくれないかってお電話なの。今夜はあと一時間くらいで早じまいにしていいって」

「おれが持って行ってやろう。店番なんて柄じゃないから。そろそろ帰ろうかと思ってたところなんだ」

トンちゃんはスープを火にかけ、ピーマンと玉葱を刻んで豚肉と一緒にいためた。風邪をひいても食欲があるのなら治りは早いだろうと独り言のようにつぶやいた。

「お客さんに出前を頼むなんて、勘定をまけさしてもらうわね」

「毎晩でもいいよ、お安い御用だ」

「啓介さん、マスターにお夕食とどけたらもうこっちへは戻らないの」

「どうして」

「おねがいがあるの、何か面白い本を貸してちょうだい。早くおうちに帰ってもすることがないもの」

「おいおい、うちは本屋だぜ。ただで本を読もうなんて了簡を起されてはかなわない」

笑いながら啓介は「青い樹」を出た。

「啓介くんか。すまないね」

秋月老人はベッドに上半身を起して咳こんだ。熱のせいか目がうるんでいる。佐古書店の近くにあるマンションの二ＤＫが老人の住居だった。啓介は台所の食器戸棚からスプーンとフォークを探し出して老人に渡した。

「風邪薬のんだの。なんならぼくがひとっ走り買って来ていいんですよ」

「ありがとう、でもいいんだ。宵の内に寒気がしてね。熱をはかったら七度八分ありやがんの。で、大事をとっただけ。ここで寝こんだら困るから」

「寝こんだらって現に寝こんでるじゃないの」

秋月老人は去年、奥さんと別れたばかりである。三十数年つれ添って二男三女の子供をもうけ、その子供たちがみな独立した今となって離婚しなければならない理由が啓介にはわからなかった。はた目には仲睦まじい夫婦に見えた秋月夫妻の突然の離婚について、近所の連中はいろいろと取り沙汰したものだ。原因は結局のところわからずじまいだった。いつもおだやかな微笑みを顔に絶やさなかった奥さんが、ある日、ふっと居なくなった。表札にあった名前も奥さんの部分に黒い墨が引かれているのを発見したのはクリーニング店の店員だった。

しばらくして啓介と高校時代の同級生で区役所の戸籍係をつとめている男が、秋月老人の離婚届を受理したことを告げた。(おれびっくりしたぜ)というのがその男の第一声だった。(あの夫婦がねえ、町内で一番うまくいってるカップルだと思ってたんだ)。届には協議離婚とあったそうだ。奥さんは九州にとついでいる長女の家に引きとられたということを啓介はあとで聞いた。

「店はどんな具合だった」

スープを飲みながら老人はたずねた。

「さっぱりでしたよ。おやじさんが出ないとねえ」

「コーヒーを淹れてあげたいが、何分こんなありさまではね」

「いいんですよ。おれ自分で淹れるから」

「戸棚にサイフォンがある。コーヒーは挽いたのが罐に入れて台所の棚にのっかってる。すまないが自分でやってくれないか」

「おやじさんもどう？　ついでだから」

「じゃあ頼もうかな」

啓介は二、三度このマンションに老人を訪ねたことがあった。古本が溜まったから来てくれといわれたのだ。ありきたりの安本だろうとたかをくくって出かけ、現物を見て驚いた。バートン版の『千夜一夜物語』である。しかも初版だった。フランク・ハリスの『わが生と愛』の完本もひとそろい『千夜一夜物語』の上に重ねてあった。これは初版ではなかったが、エッチングの挿絵がたっぷりあって、それだけでも値打ちがあった。他にもヴィクトリア朝時代のエロ本が十数冊、埃にまみれて戸棚にしまわれていた。

口をぽかんとあけて意外な出物を見おろしている啓介に老人は説明した。コックとして外航船でヨーロッパをまわっていた若いころロンドンの古本屋で買ったものだと。

（これも？）

と啓介はバートン版の原書を指した。

（それはちがう。昭和十六年の暮、つまり太平洋戦争が始まった直後、交換船で本国に引き揚げるイギリスの大使館員が手持ちのコレクションを処分したのさ。二束三文の値段でね。大使館員が払い下げた古本屋がわしの知合いでね。もっともあのころ洋書を買おうなんて日本人はあまりいなかったな）

（前もって知ってたら用意の仕様があったんだけど、持合せが少ないからおれ家に戻って出直してきます

よ)

(啓介くん、きみを呼んだのは何もこれを高く売ろうという魂胆じゃないんだ。そのつもりだったら他の古書店を呼ぶよ。きみの開店祝いにゆずってあげようと思ったんだ。啓蔵さんとは友達だったからね。タダだとはいわない。タダでもいいんだがきみはうちのお客さんでもあるしするから負担になっては困る)

秋月老人はそう前置きしておいてある金額をいった。啓介が用意した金額でちょうど間に合う額である。どうして処分する気になったのだ、と啓介はきいた。本の置き場所がなくなったからだ、と老人は答えた。その言葉を裏書きするように、マンションの二部屋は本で埋めつくされていた。ベッドの下、戸棚の上、啓介が借りた手洗いの内部にまで棚がとりつけられて本が積まれてあった。半分は洋書である。マンションの部屋のなかには、洋書特有のインクと紙の匂いがこもっていた。

「ごちそうさま」

秋月老人は食べ終ったスープと野菜いための皿をわきへ押しやった。啓介はそれらを台所へ運び、湯気の立つコーヒーを老人に渡した。なかなかたいしたものだ、と旨そうにコーヒーをすすりながら老人は啓介の淹れたコーヒーをほめた。まばらに生えた無精髭にスープがかかっている。啓介の視線に気づいたのか老人は赤いハンケチで髭をぬぐった。

「古本屋というのは本を扱うのが商売なのに、あまり本は読まないようだな。先だって神保町の古本屋をひやかしたら、店の主人がどれも本とは縁のなさそうな顔をしてた」

「新刊書店にしても同じなんだ。本を読むひまなんかありはしないし、あればテレビを見てますよ。それに本好きが古本屋になるとかぎったわけでもないし」

「きみはどうかね」

「今のところは読んでるけれど、齢をとったらどうかな。商売第一になるような気もするなあ」

「情けないことをいうじゃないか」

「現実はきびしいですからね。昔なら股火鉢して朝から晩まで将棋の本でも読んでて、食べてゆけたそうですよ。今はとてもじゃないがそんな古本屋は三日と保ちませんよ、本当の話。積極的にお得意をまわり、需要を開拓しなければ。世の中は変ったんです」

「やめてくれ、コーヒーがまずくなる」

「実はこのせりふ、おれのじゃないんです。業界の若手で組織してる団体がありましてね、大学から経営学の先生を呼んで講演してもらったの。これからの古本屋はいかにあるべきかってテーマでね。十五分でおれうんざりしちまった。正直のところ」

　啓介はあらためて室内を見まわした。離婚してから初めて訪ねる部屋である。台所はきちんと片づいており、流しもガスレンジもぴかぴかにみがき上げられていた。しかし、居間はどことなく雑然としている。おびただしい本の山のせいでそう見えるのではないような気がする。花瓶にさされた薔薇は茶褐色に枯れており、テーブルにも薄く埃がつもっている。手洗いの入り口にかかったタオルは湿った上に垢じみてもいた。絨毯の上には煙草の灰がこぼれている。

「啓介くん、これ読んだかね」

　秋月老人は彼に葉巻をすすめながら一冊の本を示した。ベッドの上にページを開いて伏せていた本である。啓介は題名を読んだ。ジェイムズ・パーディー『アルマの甥』。読んだことはないが、著者の名前は聞いたことがある。アメリカの作家だろう、と答えた。

「神保町をひやかした折りに何となく面白そうだから買ったんだが、読み出したらやめられない。バーナード・マラムッドよりいい作家じゃないかね」

老人はサイドテーブルに積み上げた本の中からマラムッドの『フィデルマンの絵』を取って啓介にくれた。

「ひまなときに目を通してごらん。ユダヤ人のものの考え方が良くわかる」

本というものは人間を裏切らない、と老人はつけ加えた。自分は七十まで生きるつもりでいる。いま六十三歳だからあと七年間、ざっと二千五百日残っている。三日で一冊読むとして七百冊は読める計算になる。

「楽しいよ」

と老人はいってハンカチで目やにをふいた。

「そうですか」

「いいものを啓介くんに上げよう。待てよ、ちと早すぎるかな」

「じらさないでよ。いいものって何です」

「店に出さないと約束するかね」

「ええ」

「ベッドの下をのぞいてみてくれないか。ハトロン紙にくるんだ包みがあるだろう」

啓介は腹這いになってベッドの下に手をつっこんだ。本の上に緑色のハトロン紙に包まれた大判の本があった。老人の目の前で啓介は包みをあけた。画集か写真のような感じである。表紙は仔羊の革で装幀してあり、金文字でアルファベットが記してあるけれども薄れてしまって読みとれない。中身を目にして啓介は息をのんだ。仕事がらこの種の本は市でも手にすることが多い。墨で塗りつぶされていない北欧のポルノ雑誌も見たことがある。しかし、老人がくれたこの画集は今まで啓介が見たどんな写真集よりも迫力があった。若いころ、マルセーユの古本屋で手に入れたものだ、と老人はいった。一月分の給料がふっとんだ、今ならもっと値が出るだろうという。啓介はたずねた。

「これをどうしてぼくにくれるの？　大事にしてたもんでしょう」

「要らないかね」

「そういってるんじゃないけれど。もらっていいものかどうか」

「若いうちに何にでも慣れておくのがいいと思ってね。わしはもう要らない。欲しがってる友人がいないこともないけれど、きみなら大事にしてくれるんじゃないかと思って」

老人は疲れたのだろう、ベッドの背もたれに寄りかかり目を閉じた。かるくあけた唇の間からニコチンに染まった茶色の歯が見えた。一人暮しは淋しくないのかと啓介はたずねずにはいられなかった。老人は目を大きく開いた。

「淋しい、だって」

とんでもない、と強い口調で老人はいった。

「誰にいっても本気にしないんだが啓介くん、わしは一人で本を読むために家内と別れたんだよ。五人の子供を一人前に育て上げた。親としてのつとめは果たしたと思ってる。家内はわしに子供のことばかり話す。うるさくてかなわない。孫が三人もいるのにな。自分の余生くらい好きに暮してよかろうじゃないか。本さえあればわしには何も要らないんだよ。といってもきみにはわかるまいが」

ジェイムズ・パーディーのどこがいいのか、と啓介はたずねた。

「人間は孤独なものだとパーディーという作家はいってる。わかりきったことだが、パーディーの筆にかかるとしみじみとした味わいがあって、わしは大体アメリカ小説というのは認めんのだが、パーディーだけは例外だね。長生きはするもんだよ」

啓介は画集の礼をいってマンションを後にした。自宅に戻り画集を鍵のかかる本箱にしまい『愛についてのデッサン』を持って「青い樹」に引き返した。客はまた一人もいない。啓介が出て行ってからにわかに立て込み、たった今さいごの客が出て行ったところだという。トンちゃんは表に出て看板の灯を消し、ドアに「閉店」の札を下げた。

「マスター、どうだった?」

「明日は出られるって。よくしゃべったよ。思ったより元気そうだった」

「本を持って来てくれた?」

啓介は詩集をトンちゃんに渡した。丸山薫という詩人なら聞いたことがあるけれど、丸山豊という名前は知らなかった、といいながら、トンちゃんは眉間に縦じわを寄せてページをめくった。

「小説を読みたかったら文庫本でも買いなよ。しかし、今のトンちゃんにはその本がぴったりだと思ってね」

「なんだかむずかしいみたい」

「あたりまえだ。詩と小説はまるっきりちがう。小説は昔々ある所にという説明で始まる。詩は説明なんかしやしないのさ」

「あたしみたいな頭の弱い女に大学の教室でするような講義をしないでよ。でも、この詩、ちょっと見たらとっつきにくいけれど、わかるような所もあるわ」

トンちゃんは声を出して詩を読んだ。

愛するとき
おのずから愛がくずれはじめる
もっと愛するとき
愛が死ぬ
遠いところで愛のかたちがさだまる
砂漠の町の法典のように
海の底の炭坑のように

「これはつまり会うが別れの初めということなんだわ」

丸山豊という詩人はどこにいるのか、とトンちゃんはたずねた。福岡県の久留米市で医師として生活しながら詩を書いている人だ、と啓介は説明した。詩人がトンちゃんのとっぴな解釈を聞いたらどんな顔をするだろうと思った。トンちゃんは詩集のお礼にビールを一本おごってくれた。おさめられている詩の中でどれが一番気に入ってるか、とトンちゃんはきいた。啓介が七十三ページを指すと、トンちゃんは「ふうん」といって朗読した。

バケツと
ゴム長靴に尊厳なし
ほとばしるものを
だれかがきて
蛇口をしめる
蛇口の先
くるしみのかたちで光るのは
一しずくの愛
しずかに凍れ
共同洗濯場のくらさ

秋月老人の死体は翌日発見された。
ガスの臭いに隣人が気づいて一一九番に連絡し、救急車が駆けつけたときはもう手おくれだった。ガスの栓を全開したのは午前三時ごろと推定された。遺書はなかった。葬式に参列したのは、五人の子供のうち埼玉にいる長男と、都内にいる次女だけで、奥さんは九州から上京しなかった。長男は列席した会葬者に「いろいろ事情がありまして」と、家族が参列できないわけを説明した。母は病気である。妹も病気で、もう一人の妹は出産したばかりである。弟は外国に駐在していてすぐには帰れない……

啓介は長男と一緒に柩をかついだ。

(少なくともあと七百冊は読める)といった秋月老人の言葉を思い出した。あれはみな嘘だったのか。それとも啓介が帰ったあとで不意に生きているのがイヤになり、ガスの栓をひねったのか、啓介にはわからなかった。肩にかかる柩の重さだけは確かだった。これが老人の六十三年の人生の重さだ、と啓介は思った。生の重みでもあり死の重みでもあった。愛と苦しみの重みも加わっているように思われた。

「これ、あなたのでしょう」

火葬場から戻って来たとき、長男はジェイムズ・パーディーの『アルマの甥』を啓介に渡した。

「父の枕もとにあったんです。扉にあなたの名前があります。父の筆蹟ですが、あなたから借りたしるしに書きこんだのでしょう。死後のどさくさで紛失してはいけないと思って。お返ししておきます」

啓介はだまって『アルマの甥』を受けとった。一昨夜、マンションを出たのは午後十時ごろだった。自殺するまでに五時間はある。秋月老人はこの本を読み終ってからベッドを降り、ガスを部屋に充満させるために台所へ歩いて行ったのだと思った。

「青い樹」は経営者がかわった。トンちゃんはスナックをやめた。半月ほどして啓介のもとへ『愛についてのデッサン』が小包で送られて来た。ページの間に一枚の便箋がはさまれていた。スナックからスナックへわたり歩く生活がイヤになった、福島の田舎へしばらく帰ろうと思う、また上京するかどうかは決めていない、詩集は何べんも読み返した、「青い樹」は自分が一番長くつとめたスナックでもあるので、店の名が変るのはつらい、などという意味の文章が書きつらねてあった。友子さんによろしく、登美子、と最後の行にあって、啓介は初めてトンちゃんの正しい名前が登美子であることを知った。

「追伸、啓介さんは代がわりした『青い樹』へ出かけてビールをのむとき、わたしのことを思い出すでしょうか」

「青い樹」は改装されて「バーディー」と新しい名前がついた。買いとったのはH機器の社長である。バーディーとは鳥の愛称である。さしずめ小鳥ちゃんとでも呼ぶのだろう。社長が秋月老人の愛読した『アルマの甥』の作者名を知っているはずはないから、偶然の一致にすぎないが、啓介にはふしぎな暗合と思われた。

秋月老人の遺した千冊近い蔵書は、佐古書店に処分がゆだねられた。一か月はまたたく間にすぎた。啓介は「バーディー」に通った。ウェイトレスはアルバイトの女子大生で、マスターはのっぺりした馬面の若い男が雇われていた。啓介は書店のシャッターをおろしたあと、「バーディー」に出かけてビールを一本のみ、さっさと引きあげた。トンちゃんのことはすっかり忘れてしまった。

この年の夏は暑かった。

買いこんだ古本に佐古書店のシールを貼るとき、汗でぬれた指の痕がシールにつくほどだった。ある日、友子がいった。

「そうしている所を見ると、兄さんはこのごろお父さんそっくりだわよ」

畳の上にあぐらをかき、背を丸めてかがみこんでいる姿勢が父によく似ている、という。旅行がしたい、と啓介はいった。夏の初め、長崎へ旅してから一度も東京を離れていない。父の跡をついで開業して以来、ずっと仕事に追われ通しだった。ろくに本を読むひまさえなかった。友子は賛成した。

「行ってらっしゃいな。あたしの休暇ちゅうに。店番はしてあげる」

どこへ、と友子はきいた。行く先をきめない旅行だ、と啓介は答えた。学生時代はよくそうした気ままな旅をしたものだ。あのころ、金はなかったけれども、時間だけは豊かにあった。土曜の夜、小さな鞄に洗面具と下着を入れて夜行列車に乗りこみ、朝になって未知の都会で下車するという旅行をした。月曜の朝、駅からそのまま大学へ登校したものだった。あの時分から十年もたったような気がした。学生時代が懐しくなるのは、齢をとった証拠かもしれない、と啓介は考えた。

啓介は夜行列車のかたい座席で目を醒ました。列車はとまっている。通路にすてられた林檎の皮が甘い匂いを放った。乗客はみな思い思いに体を伸ばして眠りこけている。午前三時をまわったところである。啓介は窓をあけて外をのぞいた。停車しているのは直江津らしい。プラットフォームには白い光がみなぎっており、駅員が一人ぶらぶらと歩いているだけで他に人影は見えない。啓介はおとといの夜、上野を発って、きのうは長野市に泊まった。昼間は町の古本屋を歩きまわり、夜は場末の映画館で古い洋画を見た。急行「越前」に乗ったのは真夜中である。啓介は日本海を見たかった。直江津から先はどこで降りるか決めていない。発車は三時二分のはずなのだが、五分になっても列車は動き出さなかった。

啓介は立ち上がって網棚から旅行鞄をおろした。ここで降りてもいいと考えた。以前から直江津という町を一度訪ねてみたいと思っていたのだ。プラットフォームを改札口の方へ向かって歩き始めたとき、発車のベルが鳴った。しんかんとした構内にベルの音が高くひびいた。ゆるゆると動き出した列車をかたわらに見ながら歩いていると、窓の内側にこちらをのぞいている女の顔を認めた。

どこかで見たことがある……

啓介は立ちどまった。

女もはっと身じろぎしたようだ。しかし速度を上げた列車はみるみるプラットフォームから出て行く。

「――さあん」

かすかにそう呼ぶ声を聞いたと思った。〝啓介さん〟と聞えた。暗闇に吸いこまれる列車の窓から、女は半身をのり出したようにも見えた。トンちゃんに似ていた。

あるいは夜行列車に疲れた自分の幻覚かもしれない、と啓介は思った。こんな所にトンちゃんがいるはずはないのだから。しかし、トンちゃんでないとしたら、あの声はだれのものなのか。列車は闇の奥に消え、プラットフォームに静寂が戻った。

啓介は旅行鞄を持ち直して再び歩き出した。

やがて二十六歳になろうとする青年は、そのときまだ自分が岡田京子のことをまったく忘れていることに気づかなかった。

若い沙漠　――佐古啓介の旅㈢――

午後六時をまわった頃、いつものようにその老人は現われた。

膝がまるくなったカーキ色の作業ズボンに黒いジャンパーという身なりである。啓介は、店の奥で机に頬杖をついて老人を眺めていた。以前は週に一度か十日に一度の割であった。古本を買ったことはなかった。それがこの五日間つづけて店に立ちよっている。たたずむ場所はきまっていた。詩集をおさめた本棚の前である。

老人のズボンには機械油のようなものが茶色のしみをつけている。ジャンパーには埃と藁屑がこびりついている。ほとんど白くなった頭髪は櫛を入れることもないらしい。身なりは土工か町工場の職工に似ていたが、詩集をめくるときの表情は労務者のそれではなかった。

老人は啓介に見られていることを明らかに意識していた。顔を店の奥へ向けないでも、それとなく目の隅でこちらをちらちらと盗み見ているように感じられた。

（何者だろう……）

啓介は考えた。

うつむいていっしんに詩集を読んでいる老人の顔には濃い憂いのかげりが認められた。店に足を踏み入れて本棚を一瞥するときの目付は鋭かった。本を読むのが生活の一部になっている者だけが持っている目の光である。啓介はさりげなく立ちあがってサンダルをつっかけ老人の後ろを通り抜けた。店の前に出て街路を見渡した。

老人は啓介が背後を通ったとき、体をこわばらせたように見えた。酒の臭いがした。すえた体臭も鼻をついた。老人は詩集を本棚に戻し、深いためいきをついて佐古書店を出て行った。左脚が不自由らしく、舗道を遠ざかってゆく老人の肩は上下に動き、目立たない程度に足を引きずっていた。老人が雑踏に紛れて見えなくなるまで啓介は黙然と老人を見送っていた。

舗道をわたって吹いてくる風が冷たかった。

啓介は老人が立っていた本棚の前に引き返した。とりたてて珍しい本は並べていない。どこの古本屋でも売っている詩集がおさめられているだけである。ただ、よその店より詩集が多く揃っている所がややちがっている。萩原朔太郎、三好達治、中原中也、金子光晴、安西均、山村暮鳥、田中冬二、西脇順三郎、伊東静雄、田村隆一、草野心平などという詩人の詩集が、店のうす暗い電燈の下にひっそりと並んでいる。詩集の背文字は色褪せたり、剝げ落ちかけたりしていた。高価な初版本は稀である。どれも二千円以内で買えるものばかりだ。

啓介は老人が店に現われれば必ず手に取る詩集を本棚から抜き出した。安西均の詩集『葉の桜』である。表紙は暗い緑色の厚紙で装幀されており、正方形に近い判型の本は全部で八十二ページしかない。ぱらぱらとページを繰ってみた。別に変った所はない。奥付を調べた。一九六一年に神保町のS社から初版三百部の限定で刊行されている事がわかった。ただしこの本は二年後に出た再版ものである。当時の定価は三百五十円。啓介は二千円の値をつけていた。

扉の裏には「夏山の青葉まじりのおそ桜はつ花よりも珍しきかな」という金葉和歌集からの一首と「初咲

の花の色香は深くとも　われにゆかしの末咲や」というプーシキンの詩の一節が刷られてあった。

啓介は安西均という詩人が九州出身の現存している人物であるということしか知らないが、どういうわけか九州生まれということだけで親しみを感じる。安西均は父と同世代のはずである。一度も会わないでいて彼の詩のなかにある懐しさを覚えるのだった。たぶん自分の体内に流れている父からうけついだ九州人の血のせいだろう、と啓介は考えた。

だから安西均の数冊の詩集は、本棚のいちばん目立つ場所に並べていたのだ。『葉の桜』をもとの位置に押しこもうとした啓介は、思い直して今一度ページをあらためてみた。きのう老人はこの詩集を手に取り、もう一方の手をズボンのポケットに突っこんでもぞもぞさせながら勘定場へ近よって来たのだ。あと一歩というところで老人は立ちどまり啓介と顔を見合せるや、くるりと振り向いて詩集を本棚に返した。そしてあたふたと店を出て行ったのだ。

いったんは買おうと思ったものの、持ち金が足りないことに気づいたのか、それとも金が惜しくなったのか、どちらかだと思われた。よくあることなのだ。啓介は客のそういう振舞いに慣れている。金が惜しくなったのなら仕方がないけれども、少し足りない程度であれば売り値からその分を引いてやってもいいと思っている。詩集というしろものは小説とちがってめったに売れないのだ。

気になったことがあった。

近づく老人の気配に啓介がそれまで読んでいた古書通信からふと顔を上げると、正面に老人が突っ立っており、目が合った。何かを思いつめたけわしい表情だった。一瞬の後、目に羞恥の色が浮かんだ。盗みの現場を見つけられた子供の顔に似ていた。こっそりと本を盗もうとしていたのなら、詩集を片手に啓介の方へ歩みよってくるはずがない。老人がなぜうろたえたのか啓介にはまるで見当がつかなかった。

彼は『葉の桜』とS社から刊行された現代詩文庫の一冊である小型本の『安西均詩集』の二冊を持って勘定場に戻り、そこにすわりこんでていねいに一ページずつ見ていった。献辞もない。作者の署名もない。ありきたりの本である。書きこみすら一行もなかった。

この二冊は啓介の父啓蔵が生きていた頃、ふりの客が持ちこんで来た二十冊あまりの小説にまざっていたものである。啓介は『葉の桜』を終りのページまでめくって何気なく裏表紙の見返しに目を落した。以前の持ち主が自分の名前を書いてはいないかと思ったのだ。

桜の花びらに似た色の見返しには何も記入されていなかった。啓介はまじまじとその見返しを凝視した。ふつうは一枚だけ使われる見返しの紙が二枚用いられていて、裏表紙にその一枚がくっついている。そして裏表紙の内側にかすかなふくらみがある。ちょっと見たくらいではわからないが、手でさわると見返しにはさまれた何かがあるのだった。

啓介は見返しの隅を注意深く剝がした。

完全にこびりついているのではない。下の三分の一は既に剝がれていて、隙間から紙片が覗いている。一万円の紙幣である。（こういうことだったのか……）啓介は思い当った。古本のページに金が挟まれていることは珍しくなかった。売り主がへそくりを隠しておいた本を時間がたつうちに忘れて処分することはよくあることだった。啓介はバカバカしくなった。詩集を読みたがる貧しい老人にかき立てられた興味が、みるみる消えるのを感じた。あの老人は何かのはずみにこの一万円札を発見し、二千円を投じて買おうとしたのだ。きのう、買わなかったのは有り金が足りなかったのだろう。毎日やって来てまだこの詩集が売れないで残っているのを確かめているのだと思った。

苦笑いして一万円を抜き取りかけた啓介は思い直して紙幣を元通り見返しと裏表紙の間にはさんだ。明日やって来るはずの老人をがっかりさせるのも気の毒だと考えたからである。


夕食のとき、啓介はこのことを妹の友子に話した。

「おやめなさいよ。そんな罪なことをするのは」

友子は気色ばんだ。売るとき初めて気づいたふりをして紙幣を取ればいい、と啓介はいった。

「退屈してるんだ。そのくらいのいたずらはしてもいいだろう」

「お兄さんも店をやるようになってから意地悪になったわねえ」

「人間は誰だって変るものだよ」

「それにしてもひどいわ」

「詩を読んでるのかと思ったら金のことを考えていたんだ。二千円払えば八千円儲かると」

「あのおじいさん、青雲荘に住んでるのね。もうすぐあのアパートは取りこわしになるという話だわ」

青雲荘というのは二十年前、学生向きに建てられたアパートで老朽化が甚しく、持ち主は近くそれをこわして跡地にマンションを建てるといいふらしていた。入居者と持ち主の間でいざこざが生じているという噂は啓介も耳にしていた。

「青雲荘にねえ。あそこは独身者か学生しか入れないアパートだろう」

「おじいさんはひとり者らしいの。三か月ほど前にどこからか越して来て、廃品回収業者の仕切場に勤めているって、青雲荘の近くにあるお総菜屋さんで聞いたわ。誰ともつきあおうとしない変り者の評判が立ってるそうよ」

ラーメンの出前をした店員の話では、老人の部屋には足の踏み場もないほどにおびただしい古雑誌が積み重ねてあったそうだ、と友子はつけ加えた。してみると老人はまったく読書と縁のない生活をしているわけではないらしい、と啓介は考えた。古雑誌は廃品をえり分ける仕切場から持ちこんだはずである。


翌日、いつもの時刻に老人は現われた。

老人は『葉の桜』を本棚から取り出し、つかつかと啓介の方へ歩み寄って来て、千円札を二枚添えて差し出しながらいった。

「この本に一万円札がはさまってるよ」

声がやや慄えた。啓介は初めて知ったような顔で、老人が指し示す裏表紙から紙幣を抜き取った。千円札の一枚だけを受け取ってもう一枚を老人の方へ押しやった。

「どうして？　勉強してくれるわけかね」

「ええ、お客さんが黙ってたらそのままお売りしたでしょうからね」

「ふん……」

老人は千円札をポケットに突っこんだ。啓介はお茶を淹れてすすめた。

「安西という詩人は実はぼくの友人でね、十年あまり会っていないが、お宅で詩集を見つけて懐しくなったんだよ」

老人は啓介の横に腰をおろして旨そうにお茶をすすりながら『葉の桜』をめくった。

「安西均はお友達だったんですか。ぼくはこの人の詩が好きなんです」

「安西均が本当の名前なんだ。わたしも彼と同じように九州人でね」

老人はふっと遠くを見るような目になって敗戦後一度も九州へ帰っていない、とつぶやいた。友達ならなぜ安西という詩人に十年も会わないのだ、と啓介は危くたずねかけた。そのとき岡田章雄が店に這入って来た。啓介と同じ大学を出た彼は今その大学院で近代文学を専攻している。老人は岡田章雄が現われたのをしおに立ちあがって「ごちそうさま」といい残し、足を引きずって店を出て行った。

岡田章雄は老人を見て何かもの問いたげな顔になった。老人の後ろ姿を佐古書店の入り口まで出て行って見送り、啓介の所へ引き返して来た。

「今のじいさん、蟹江松男じゃないかい」

「蟹江だって?」

「小説家だよ、いやかつて小説家だったというべきかな。戦後カストリ雑誌が全盛だった頃に流行作家だった人物だよ。おれ、昭和二十年代の文壇を調べているとき、必要があってあのじいさんに話を聞いたことがあったんだ。この辺に住んでるとは知らなかった。向うはおれのこと忘れてるようだな」

「話を聞いたのはどこでなんだ」

「さんざん訪ね歩いて江戸川の都立病院でね。去年のことだよ、神経痛に加えてあのじいさんアル中でもあってね。それでも昔の作家仲間のことはすらすら話してくれた」

啓介は詩集にはさまっていた紙幣のてんまつを章雄に語り、「おまえならどうする」ときいた。「さあな、どうするだろう。たぶん、おまえの隙を狙ってこっそりと札だけかすめとるかもな」といって章雄は笑った。しかし、すぐに真顔になって、

「書けなくなった作家といってもやはり作家だけのことはあると思うよ。だってそうだろう。廃品回収業というのはつまり屑屋なんだろ、その日の暮しにも不自由する有り様で八千円儲かる機会を利用しなかったのはさすがだ。痩せても枯れてもそこが作家と俗人の違いだな」

といった。昭和二十年代に蟹江はどんな小説を書いていたのだ、と啓介はきいた。

「なに、ただの読み物だよ。時代小説からエロ小説まで。ただし流行作家であった期間はごく短くてね。昭和二十二、三年から二十五、六年頃まで。世の中が落着いたら売れなくなったのさ。つまり忘れられた作家というわけだ。もっともご本人は大衆小説で名を挙げようというつもりはもともとなかったらしい。若いときは詩を書いてたという話だったから。病院のベッドで話してくれたことだがね。あれでも二十一歳で詩集を一冊自費出版したことがあるんだそうだ」

「詩人になりたかったら詩を書き続ければ良かったろうに。どうして大衆小説なんか」

「世の中そんなに事が運ぶものではないっておまえも知ってるだろう。詩人になりたいくせに証券会社の社員になってるのもいる。おまえだって学生時代に詩を書いていて今は古本屋をやってるじゃないか。蟹江松男は当時、奥さんが胸をわずらっていてな、高価なストレプトマイシンを買うために大衆小説を書くハメになり、ついにずるずると」

「それはいいわけにならないよ。詩は詩、生活は生活だ」

「おまえのいうことは理想論だよ。いつまで子供のいうような理屈を主張するんだ。早く大人になれよ」

啓介は章雄に頼まれていた数冊の古本を渡した。「六十歳をすぎても詩を読む人物というのはめったに居ないものだ。あのじいさん、奥さんに死なれてから小説を書くのをやめたそうだが、身よりは居ないというからこのさき病気にかからないで仕事が出来るといいな」というのが去りぎわに残した章雄の言葉だった。「おまえはだいたい潔癖すぎる」ともいった。

(屑屋になった小説家……)啓介はアルコールで白目の部分が黄色く濁った蟹江という老人の顔を思い浮かべた。今度、彼が佐古書店に来たらひきとめていろいろと話を聞きたいものだと考えた。

「へえ、あの人は小説家だったの。道理でなんとなく様子がただのお年寄りとは違ってたわね」

夕食後、啓介の話を聞いた友子はいった。

「昭和二十年代というとずいぶん昔のことだわ。それから蟹江さんはどうやって暮して来たんでしょうね。きっといろんなことがあったに違いないわ」

「元教師とか元新聞記者とかいう人には会ったことがあるけれど、元作家というのは初めてだ」

と啓介はいった。取りこわし寸前のアパートに一人で住み、古雑誌を読み耽っている元作家が、かつて交際していた詩人の作品をどんな気持で読むのだろう、と思った。悔恨、羨望、自分の過去に対する苦い思い、失った青春へのやるせない追憶といったものが複雑に入りまじった感情を当人は味わうに違いない。

「それはそうとお兄さん、大学時代のお友達に鳴海さんていたわね。あの人はどうしてらっしゃるの」

「ああ、鳴海健一郎か。あいつも作家志望者だったな」

「うちによく遊びにいらしてギターを弾きながら夜ふかししたことがあったじゃない。自分が長篇小説を書けば、日本の作家たちは一人残らず脱帽するはずだといったのは鳴海さんだわ」

「そんなことといってたか」

「ええ、日本語の他に英語とフランス語で小説を書いて発表するんだといったこともあったわ。頭の旧い批評家に自分の小説は理解できないだろうから、日本人はさし当り相手にしないつもりだって」

「あいつ、たしかに才能はあったよ。どうしてるかなあ。卒業してから二、三度は会ってるけれど」

鳴海健一郎は大学新聞の懸賞小説に応募して入賞したことがあった。二十五枚の短篇で選考した批評家たちに口をきわめて賞讃されたものだ。啓介がねたましく思ったほどである。鳴海はあまり嬉しそうではなかった。（あんなに意識の低いバカ者どもにおれの前衛的な作品が評価されたということは、それだけ作品の方も前衛的ではなかったということになる。おれは憂鬱《ブルー》だよ）と啓介にいった。

（まあ、そうがっかりするな。認められるということは、たいしたことなんだから。それに入賞したからといってカッカするというのもおかしな話だ。初めから応募しなければ良かったのに）

（どたん場になって選考委員の三人のうち二人も入れ代るとは思っていなかったんだ。HとMにほめられるというのは、おれにしてみれば恥辱だよ。あいつらの文学理論は一時代前のしろものだとおれは思ってる。だからおれ、主催の新聞部に申し入れて、選考委員の交代があった段階で応募を取り消すといったんだ。ところが連中はいったん応募した以上は理由がなんであれ取り下げることは不可能だのなんだのいってうまくまるめこまれたってわけ。肚の虫がおさまらないから賞金なんかもらってやるもんか）

（HとMって批評家がそんなに嫌いなのか）

（あいつらが日本の現代文学をダメにしてるんだよ。こともあろうにおれの処女作を奴らが取り上げようと

はね。この世は闇だ。大いなる恥辱だ、チキショウメ）

鳴海健一郎は大学近くの飲み屋で焼酎を呷りながらテーブルを叩き、（これでおれの文学的将来は閉ざされた）と喚いた。（つまりこの男は）と啓介はそのとき考えたものだ、（処女作が入賞したのを素直に喜ぶのが照れ臭いものだから、この男なりに変ったやり方で嬉しがっているのだ）と。その証拠に後日、鳴海健一郎は賞金を辞退するどころかいそいそともらいに出かけ、選考委員を代表したHという白髪の批評家と握手をしている写真までとられたのである。大学を卒業した鳴海は民間放送局に就職したが長くは続かなかった。仕事の件で上司と折り合いが悪かったという。啓介が最後に鳴海と出くわしたのは赤坂の街角で、彼は十代の女を二人つれて歩いていた。彼がくれた名刺には、ある芸能プロダクションの名前があった。立ち話を一分間ほどかわす間に鳴海は「忙しい」という言葉を七、八回くり返した。女の子は髪を赤茶色に染め、毒々しいほど厚い化粧をしていた。

別れぎわに鳴海は啓介の勤め先をたずね、そのうち折りを見て訪ねると約束したが、結局、姿を現わさなかった。芸能プロダクションで何か都合の悪い事件があって鳴海が責任をとらされることになったと人づてに聞いたのは、それから間もなくのことである。噂では郷里の神戸へ帰ったという。彼から便りはなかったから神戸で何をしているかは見当がつきかねた。

啓介は友子が眠ってからも仕事を続けた。

古書目録に目を通し、印刷所へ出すことになっている佐古書店の在庫目録を整理した。このところ毎晩、夜ふかしが続いている。春と秋は古本屋が忙しい時期である。佐古書店のように店売りが少ない古本屋は通信販売に力を入れなければならない。地方の大学や同業者、図書館、読書家に目録を送ってその中から買い上げてもらう。そうする一方、都内で催される大きな古書市にはマメに出かけて珍しい古本を仕入れる。好きでやっていることだから仕事を苦には思わなかったが、連日、同じことをしていると、心のどこかに（こんなことばかりしていていいものだろうか）という不安がきざすことがあった。

夜ふけ、店の片隅で机に向かって本の山に囲まれ、ペンをかすかにきしらせて古書目録の作製に没頭しているとき、その不安が頭をもたげて来るのだった。（おれは商売に精を出しているだけだ。それに不安を感じるなんてまったくどうかしてるぞ）啓介は自分で自分にいいきかせた。しかし、一度生じた不安は簡単に消えなかった。とくに街が寝静まって夜気の冷たさが膝に感じられるようになる時刻には、ともすればペンを握る手も物思いで鈍りがちになるのだった。

啓介の目に蟹江松男という老いた元流行作家の顔がちらついた。『葉の桜』に一万円札がはさまっているということを告げたときの奇妙に光る目が印象的だった。告げたあと、蟹江老人はほっとしたようだった。知っていてわざと知らぬ顔をした自分が、啓介にはうとましかった。一万円札を詩集にしのびこませてタチの悪いいたずらを自分がしかけたような気さえした。

（お兄さんも店をやるようになってから意地悪になったわねえ）

といった妹の言葉を啓介は思い出した。そうかも知れない、と啓介は考えた。自分はただの商売人になろうとしている……古本屋になるまでは一つの理想があった。扱うものは株や宝石ではない。書物である。古本屋というのは株式仲買人や宝石ブローカーとは本質的に性質の異なる人種のはずだ、と啓介は信じていた。

ところが、この道に這入って半年もたたないうちに自分は株式仲買人とさほど違わないものの考え方をするようになっている。いかに安く古本を仕入れ、いかに高く売るか。すなわち頭の中にあるのは利益だけだ。銀行預金の残高をどうやってふやすか、それだけのことではないか。こうやってあと四、五十年自分は生きるのだろうか？

啓介はむなしい気持になりペンを投げ出した。畳にごろりと横たわって天井を見上げ、ためいきをもらした。仕事に張り合いを失ったところで、他にこれといって適当な仕事のアテがあるわけではない。しかし、時として心にきざす不安はどう仕様もなかった。古書市まわり、店番、目録作り、注文の本の荷づくりと発送などで毎日が明け暮れている。夏が終ったのはつい昨日のことのように思えるのに、もう秋の半ばである。一日が過ぎるあわただしさに啓介はいきどおりに似た苛立ちを覚えないわけにはゆかなかった。

まだ二十五歳という齢《とし》ですっかり老けこみ、七十歳の老人にでもなったような気さえするほどだ。あお向けになっている啓介の手に本が触れた。なにげなく取って顔の上で拡げた。『安西均詩集』である。「花の店」「美男」「葉の桜」「夜の驟雨」という詩篇が収められ詩論「古式の笑劇」の他に自伝「貧半生の記」と作品論が加えられている。巻末には伊藤桂一という作家が「筑紫びとのこころ」と題して詩人論を書いていた。啓介は寝そべったままページをめくり、何度も読んだ安西均の詩を読み返した。

「雨」と題した詩が最初のページにあった。

ぼくはふと街の片ほとりで逢ふた
雨のなかを洋傘《かさ》もささずに立ちつくしてゐる
ポオル・マリイ・ヴェルレエヌ

仏蘭西の古い都にふる雨はひとりの詩人の目を濡らし
ひとりの詩人の涙は世界中を濡らす
どうやらその雨はぼくがたどりついたばかりの若い沙漠をも
少し。

啓介はカーキ色のくたびれたズボンをはいて人波にわけ入って行った蟹江老人の姿を思い出した。彼も一人のポオル・マリイ・ヴェルレエヌではないか。アパートの四畳半で古雑誌に埋れてラーメンをすすっているヴェルレエヌだ、と思った。蟹江松男の目あてが一万円札ではなくてこの詩だとわかったとき、啓介は慰められた。人間はまだ信じられると思った。これまで何度も読み返した安西均の詩を初めて読むもののように感じた。老人ももしかしたら今頃、アパートの一室で焼酎を飲みながら昔の友達が書いた詩を読んでいるのではないだろうか。

啓介は起きあがって台所へ行き一人でお茶を淹れて戻った。（若い沙漠、か）と胸の裡でつぶやいた。自分の日常がまさしくそうではないか。夜ふけ、好きな詩集をひもとくことで得られるささやかな歓びが日々の糧を手に入れるための戦いという沙漠のオアシスだ、と思った。啓介は煙草に火をつけ時間をかけてゆっくりとくゆらした。詩を味わうには味わうための時間というものがある。いつでも読めるわけではない。啓介は自分が今、詩を受け入れやすい状態になっていることを意識した。かわいた砂が水を吸いこむように詩のイメージが体細胞のすみずみまで吸収されゆきわたるように感じた。遠くで救急車のサイレンが聞えた。犬が吠え、じきにその声もやんだ。彼は煙草の吸い殻を灰皿にもみ消し、詩集を取り上げた。自然に開いた中ほどのページに目をやると、「花の店」と題した作品があった。これは啓介が学生時代に愛した女友達と別れるとき、書き送った詩である。とうの昔に忘れたつもりになっていた女の記憶がにわかに甦り、啓介をいためつけた。しかし今夜は少しばかりの感傷を啓介は自分に許すことにした。

かなしみの夜の　とある街角をほのかに染めて
花屋には花がいつぱい　賑やかな言葉のやうに
いいことだ　憂ひつつ花をもとめるのは
その花を頒ゐみつつ人にあたへるのはなほいい
けれどそれにもまして　あたふべき花を探さず
多くの心を捨てて花を見てゐるのは最もよい
花屋では私の言葉もとりどりだ　賑やかな花のやうに
夜の街角を曲るとふたたび私の心はひとつだ
かなしみのなかで何でも見える心だけが。

啓介は詩集を伏せて天井を見上げた。「花の店」は女にあてた手紙の末尾に書いたのだが、手紙というものをこの春からまったくといっていいほど書いていない。仕事の上で必要な手紙なら一日に何通でも書いている。しかし、そういうものが手紙と呼べるだろうか。(謹啓、このたび貴殿よりかねてご依頼のありました網干作郎著『中世歌謡の研究』入荷致しましたので御しらせ申し上げます。外函に若干の傷みが見られますが中身に汚損はありません。昭和十年代の刊行物としては保存状態は良好と見受けます。値段は……)などという手紙ばかりである。

啓介は新しい煙草に火をつけて詩集をめくった。夜が深くなるにつれて大気も冷えるのが肌で感じられた。「旅装」を読み、「廃駅」を読み、「追分」を読んだ。「信濃」という題の散文詩は、いつのまにか声に出して読んでいた。(……ひとところ蜜柑のやうに仄明るい　駅の構内が見える)という件りで、ふいに旅をしたいと思った。先日、新潟へ出かけた折りのことが遠い過去のことのように思われた。「北陸」を読み、永平寺にて、という副題がついた「古刹」を読み、「鎌倉」と「対馬」を読んで詩集を閉じた。吸いさしの煙草が灰皿の縁で燃え尽きていた。

啓介は時計を見た。

針は午前一時を指そうとしている。電話機のダイアルを回した。この時刻、岡田章雄はまだ起きて仕事をしているはずである。案の定、二回めのベルで章雄は出た。「どうせおまえだろうと思ったよ」と先方は明るい声でいった。啓介はたずねた。

「鳴海健一郎のこと覚えているかい」

「ああ、キザな野郎だったな。覚えてる」

「あいつ、最近はどうしてる。とんと消息を聞かないけれど」

「神戸に帰ったんだろ。どこかのケチな芸能プロをクビになって」

「クビになったのかい。おれはあいつが自分の方からやめたように聞いてるんだが」

「なぜ今になってあいつのことを知りたがるんだ」

「別にどうということはないんだがね。ただなんとなく」

「待てよ、そういえば急に思い出したことがある。最近どこかであいつの名前を見たような気がする。どこだったかな」

「芸能関係か」

「いや、そんなものじゃないんだ。大急ぎで調べてみる。わかったらこちらから電話をするから、おまえ、まだ起きてるだろ」

起きてる、と啓介は答えて電話を切った。半時間後にベルが鳴った。章雄の声である。

「わかったよ。あいつの名前をどこで見たか思い出せなかったもんだから、かたはしから新聞雑誌をひっくり返してたんだ。文芸界という雑誌があるだろう、あの雑誌の巻末に全国の同人雑誌評がのっている。鳴海の名前はそこにあった。神戸で出ている『海賊』という同人雑誌に発表した小説が取りあげられてるわけだ。批評は好意的だよ」

「『海賊』か。同名異人ということはないだろうな」

「別人ということはたぶんないだろう。文芸界は今月発売の号だから本屋で立ち読みでもしてみるんだな。これでいいかい」

ありがとう、といって啓介は送受話器を置いた。自分からやめたのかそれともクビになったのか、おそらく章雄がいうようにクビになった鳴海は、都落ちをして神戸で暮している今も小説を書いていたのだ。鳴海健一郎に会ってみたい、と啓介は思った。月末に大阪へ行く用件があった。大阪の私立大学に講座を持っている国文科の教授からまとめて明治時代の大衆文学に関する文献の注文を受けていた。ようやく入手したそれを届けるついでに神戸まで足をのばしてもいい。月末の予定をくり上げて明日発つことにしようと啓介は考えた。安西均の「旅装」に始まるいくつかの詩を読まなかったならば、神戸行きを決心することにはならなかっただろう。友子が敷いてくれた夜具にもぐりこむとき、啓介はそう思った。

啓介は次の日の新幹線〝ひかり〟一〇五号で東京を発った。

午後三時には大阪で用事をすませていた。教授との打合せは簡単に終った。探索を依頼された書名リストをポケットにおさめてタクシーで大阪駅に駆けつけた。特急便を利用すれば三ノ宮まで半時間足らずで行ける。啓介は東京を離れるとき、駅構内の書店で文芸界を手に入れていた。同人雑誌評には批評の対象となった同人雑誌の発行元が紹介してあった。鳴海健一郎の住所はそこへ問い合せればわかるはずである。

岡田章雄は「好意的な批評」といったけれども、評者が鳴海の作品「仮死」に費した言葉はごくわずかで、作品のあらましをざっと紹介したあとに「注目に足りる異色の才能」とつけ加えただけであった。くさしてはいないのだから「好意的」といえばいえなくもない。しかし、同人雑誌評の最後にはベストテンとして「仮死」があげられていた。章雄はこのことを指して「好意的」といったのかもしれない、と啓介は思った。

作品は外見上は仮死状態におちいった男のモノローグで語られる。近親や知友は主人公が死んだと思いこむ。医師も死期が近いことを宣告する。主人公の意識だけは鮮明であるが、自分の状態をどうすることも出来ない。

——いかにもあいつらしい。

啓介はあらすじを読みながらそう思った。

一時間後に彼は三ノ宮の駅前を歩いていた。神戸駅に着いて「海賊」の発行元へ電話をかけると、鳴海の住所はすぐにわかった。先方は今そこへ行っても会えないといって、勤め先の電話番号を教えた。啓介はダイアルするのももどかしい思いでその番号にかけた。初めに電話に出たのは鳴海自身だった。

「佐古、さん?」

「おれだよ、忘れたのか」

「……ああ、おまえか、今どこから」

神戸に来ていると告げた。勤め先は三ノ宮の近くだという。鳴海は、

「京町のオリエンタルホテルを知ってるだろう」

といった。オリエンタルホテルは海岸寄りにある古風な格式を持ったホテルである。学生時代に啓介は鳴海と一度そこで食事をしたことがあった。指定された五時という時刻までにゆとりがあったので啓介は三ノ宮から元町にかけてアーケード街をぶらつき数軒の古本屋をのぞいた。歩きながらなんとなく神戸がどこかに似ていると思った。海岸沿いの狭い平地に拡がった市街地、斜面に密集した建物、不規則な曲がりくねった道路、街なかに漂っている港町特有の潮と廃油が入りまじった匂い。

すぐに思い当った。初夏に訪れた長崎の街と雰囲気がそっくりなのである。

啓介は海が見たくなって海岸通りへ出た。中突堤の関西汽船の乗り場まで足をのばしてみた。フェリーは出港したあとらしく待合室はがらんとしていた。潮の匂いが濃くなった。カモメの鋭い啼き声が耳をうった。啓介は待合室のベンチにもたれて、港に停泊している大小さまざまの船を眺めた。旅をしているという思いが胸に拡がり、つかのま、彼を幸福にした。

啓介は三ノ宮駅ちかくの書店に売ってあった「海賊」を手に入れていた。カモメの啼き声を聞きながら鳴海の小説を読んだ。読み終ったとき、うすやみが港の海面に漂い始めていた。これは鳴海の文学的進歩だろうか、それとも変化だろうかと啓介はオリエンタルホテルへ向かって歩きながら考えた。啓介には「仮死」よりも鳴海が大学新聞に書いた処女作の方がずっとましに思われた。技巧的には「仮死」がすぐれている。文章も旨くなっている。しかし、感動させる力というものは大学新聞に発表した小説により多くそなわっていた。「仮死」は作者の（どうだ、おれはすごいものを書くだろう）と鼻をうごめかしている顔が作品の裏に透けて見える感じなのである。

啓介はなんとなく浮かない気持になった。

ホテルのロビーに這入ると棕櫚の鉢植えのかげから鳴海健一郎が立ちあがって手を振った。今しがた来たところだ、と鳴海はいった。啓介が上衣のポケットに丸めて突っこんでいる「海賊」に目ざとく気づいて、

「おれの小説を読んでくれたのかい」

とうれしそうにいった。文芸界の同人雑誌評も読んだ、と啓介は答えた。

「あの小説は苦労したんだよ。七十枚を四回、書き直した。おれとしては会心の作とはいえないまでも全力

投球したとはいえる。しかし『仮死』を読んでおまえがわざわざ東京から会いに来てくれるとは思わなかったよ」

「鳴海……」

啓介はあわてた。仕事で大阪へ来たついでだとはいっていないが、鳴海の小説を読んで会いに来たとも告げていない。鳴海が勝手にそうと一人ぎめしているのである。

「広告代理店という所は何かと細かい仕事が多くてねえ。自分の時間をつくり出すのがむずかしい職場なんだ。こんなにくだらない勤めは早くやめたいよ。だからこそ小説で一発当てて名前を認められなければ」

鳴海は啓介の背後に目をやって手を上げた。厚化粧をした若い女がロビーを横切るところである。女は鳴海の挨拶に対して物憂げな微笑を返した。

「あいつスポンサーの娘なんだ。することがないもんだから毎日ホテルのロビーをうろついて遊び相手を探してやがんだ。退屈だわというのがあいつのきまり文句でね」

鳴海は女の姿を目で追いながらそういった。

「実はな、今度おまえに会いに来たのは」

啓介が切り出すと終りまで聞かずに鳴海はまたしゃべり出した。

「スポンサーの機嫌をそこねるとわれわれ飯の喰いあげだからな。あの女の一言で、取れる広告まで取れなくなってしまう。こういう仕事は何かと神経をつかうものだよ。おやじは神戸ロータリークラブのボスでね。娘のいうことならなんでもきく男なんだ」

「おれ、大阪の……」

「大阪の同人雑誌はふるわないよ。文学観が旧いからな。明治時代から一歩も出ていない。まあ連中に書けるのは大衆小説くらいのものだな」

鳴海の視線はおちつかなかった。始終、誰かを探し求めるかのようにせわしなく動いてロビーを往来する人物の上をさまよい、彼らにうなずいてみたり立ちあがって会釈してみたりした。啓介は皮肉をいった。

「ずいぶんおまえ忙しいようだな。まるで神戸の名士じゃないか」

「あっ、これはどうも」

鳴海は西洋人と談笑しながら歩いて来た恰幅のいい中年男と目があった瞬間ぴょんと立ちあがって深々とおじぎをした。「いやあ、わたしなんか」とか「先日はあれからお楽しみで」とか「とてもとてもそこまでは」とかいいながら頭に手をやって恐縮してみせたりつづけざまにおじぎをしたりした。二人づれがエレベーターの方へ立ち去ると、鳴海はどさりとソファに腰をおとし、「なんの話をしてたんだっけ」といった。

「おまえの小説の話だよ」

「そうか、そうだったな」

鳴海は緑色のハンカチで顔の汗を拭いた。

「このハンカチな、さっきの女がパリ土産だといってくれたんだ。三月に一回はあいつヨーロッパに遊びに行くのさ。ヨーロッパにはもう飽いたなんていいやがる」

「次の小説を書いてるのかい」

「次の小説？　ああ、書いてるとも。受賞したら必ず受賞第一作というのを要求されるからな」

「受賞したらだって」

「ここだけの話だが佐古、きいてくれ。おれの『仮死』がA賞の候補作になることはほぼ確実なんだ」

鳴海はソファから身を乗り出しあたりをはばかるような声でしゃべった。A賞というのは文壇でもっとも権威のある新人賞である。受賞すれば作家として認められることになる。

「へえ、A賞の候補にね」

「同人雑誌評を担当したSという批評家にこのまま上京してお礼をいったんだよ。ウイスキーを下げて行ってね。そのときSさんがこれはA賞の候補に推薦するといってくれた。Sさんは文壇の実力者だからな。彼の推薦があれば候補になるのは確実だ、それに」

「文壇の実力者……」

啓介は選挙の話をしているような気になった。ウイスキーを持ってお礼に行くとはまるで就職の依頼と変りがないではないか、と口まで出かかった。鳴海は啓介の当惑にはおかまいなくしゃべり続けた。

「去年はA賞の受賞作はなかったんだ。その前もなかったから今回は受賞作が出る。で、選考委員の顔ぶれなんだが、あのHとMが新しくメンバーになってる。SさんはHとごく親しいんでね。Hは『仮死』のように実験的な作品に好意を持つはずなんだ」

HとMというのはかつて大学新聞の懸賞小説を審査した選考委員のはずではないか、と啓介はいった。

「そうだよ、おまえよく覚えてるな」

といって鳴海はすましている。HとMの文学的立場に共鳴できないといったのは鳴海である。処女作がこの二人に評価されたのは恥辱だといきまいたのも鳴海である。啓介はそのことを相手に思い出させようとしたが、そうだよ、といって平然としている鳴海の顔を目の前にすると、いうだけ無意味に思われた。

「おれA賞がどうやって審査されるか知らないけどさ。かりにHだけが推してくれても入賞するわけではないだろう。選考委員は七、八人いるんだろう」

と啓介はいった。

「問題はそこなんだよ、委員はHを入れて七人で構成されてる。ところがGという委員は八十五歳なんだ。いま肝炎で入院してるそうだが、どうも今度という今度は全快の見こみがないという噂が流れてる。Gのかわりを立てるのは選考が終ったあとのことになるだろう。すると委員は六人ということになる。決定は投票で下されるからHの他に三人を確保すればいい」

「Gが死ななかったらどうなる」

「死ぬさ」

鳴海は細身の葉巻を取り出して口にくわえうまそうにくゆらした。

「HとMは大学新聞でおれを支持したことを覚えてるにちがいない。これで二人だ。彼らはいつも若い無名の新人に票を入れて来た。Jという委員が推して来た作品を過去にさかのぼって調べてみたら『仮死』のように実験的な作風ばかりなんだな。齢はとってるけれどもJは新しい形式の小説が好きなんだ。で、Jもおれに一票を投じるとにらんでる。もう一人Rという委員がいる。この男はKという委員と仲が悪くてね。そこがつけめなんだ」

鳴海は咽喉の奥で奇妙な笑い声をひびかせた。よくわからない、と啓介はいった。RとKが仲が悪いのがどうして鳴海に有利なのかをたずねた。

「つまりこうだ。Kという委員はおれの『仮死』をまず支持しない。彼の文学観はこういう作品を認めないんだ。投票の前に作品は討議にかけられる。Kは反対するにきまってる。そうするとKのいうことにはなんでも反対するRが逆におれの小説の肩を持つということになるだろう」

「ふうん、そんなものかなあ」

「何事も計算だよ」

鳴海はふっと煙を鼻孔から出してロビーに現われた女に手を振った。女は白い歯を見せた。あの女もスポンサーの娘なのか、と啓介はたずねた。鳴海は唇を歪めて、ただの女だよ、といい、啓介に手を突き出して、

「これで四人、HとMそれにJとRはかたい」

と四本の指を折って見せた。

「まあ一応は過半数だが四人とも意見が合うかなあ」

「そうだ、あと一人、Qという委員がいる。この男の選評をくわしく検討してみたら面白いことがわかった。Qはちゃんとした独自の定見を持たない作家でね、ある作品が委員の半分に支持されたら彼もずるずるとそれを支持してるみたいだ。これまで過去十年の例がそれを示している」

鳴海はそういって五本めの指を折った。

「いや、おめでとう。七人のうち五人もおまえの作品を支持してくれるということがわかって嬉しいよ」

「というふうにうまくゆくかどうか」

鳴海は急にわびしそうな表情になった。

「だって自信があるんだろう。『仮死』はA賞の候補作になる。なれば選考委員の過半数が投票する。まるで受賞したも同然じゃないか。ひとつ前祝いに晩飯をおごってくれてもいいだろう」

「しかし、いざとなったらどんな番狂わせが起らないとも限らないから」

「なんだい、たった今まで入賞確実といってたくせに」

「そりゃあそうだが、これはあくまでおれの予測であってね」

鳴海はソファから立ちあがって啓介に何を食べたいかときいた。啓介は夕食を鳴海にまかせることにした。二人はオリエンタルホテルを出て十分ばかり歩き、トアロードにあるドイツ料理のレストランに這入った。鳴海は主人と顔馴染みらしく、親しそうに挨拶をかわした。啓介はソーセージに辛子を塗りながら岡田章雄の噂をした。章雄の論文が学界でかなり評価されているらしいこと、日本の近代文学について近く著書を刊行するということなどをしゃべった。鳴海は聞いているのかいないのか「ふんふん」といってしきりにソーセージを頬張っている。

食事が終りかけてアイスクリームとコーヒーがテーブルに出てから、鳴海はしきりにポケットを探り出した。「どうした」と啓介はいった。

「なに、いや、困ったな。入れといたはずなんだがな」

「財布を忘れたのかい」

「そうなんだ。でもいいよ、ここはおれのツケがきくから」

「神戸はいい所だよ。ドイツ料理を食べるのは初めてではないけれども、本場のドイツ料理というのはこういうものだと思ったな。神戸へ来た甲斐があった。だからここの勘定はおれに払わせてくれ。A賞をおまえが獲得してたんまり賞金が這入ったら、そのときはおごってもらう」

「賞金は五十万円なんだ」

「本の印税も入るだろう」

「初版で十万部は売れるそうだ。ざっと一千万円、しかし税金がなあ」

「税金の心配なんか今からする必要はないさ。飲みに行こう。案内してくれ、いい酒場を知ってるだろう」

コーヒーを飲みほして啓介は陽気にいった。

「行きつけの酒場がある。そこへ顔を出してみるか」

鳴海は山の手の斜面に通じた狭い道路を啓介の先に立って歩いた。文芸界の同人雑誌評に「海賊」から取り上げられたのは自分の作品一本きりなので、取り上げられなかった他の同人からそねまれて困っていると話した。そういうこともあるだろうな、と啓介はいった。入賞したら授賞式のパーティーに啓介を必ず招待する、と鳴海は約束した。

「パーティーがあるのかい」

「あるとも、ホテルでな。文壇の有名人が来る。新聞記者もテレビ局の記者も来る。記者会見で何をしゃべるかも考えておかなくちゃあな」

「いろいろと大変だな。同情するよ」

ここだ、といって鳴海は分厚い木の扉を押した。十四、五人も入れば満員になりそうな酒場である。カウンターの内側にいる若い女をどこかで見たように思った。すぐに思い出した。ホテルのロビーで鳴海が手を振った女である。鳴海は啓介をその女に紹介した。

「お勤めのようには見えませんわね」

水割りを二杯ほどあけた頃、女が啓介にいった。鳴海はその間、五杯めのグラスに口をつけていたが、女の言葉を聞いて啓介に目をやり、「そういえばおまえの仕事をきくのをうっかりして忘れてた。今なにやってんだ」といった。古本屋だ、と啓介はいった。

「そうか。おやじさんのあとを継いだわけか。おれが受賞したら初版本を送ってやるよ。二、三年であれは値が張るものになるからな」

といった。どんな話をしても結局、鳴海にはA賞のことに結びつくのだった。「受賞したら」という言葉を、啓介は鳴海に会ってから何回、きかされたかわからない。

「受賞したら」と再び鳴海はしゃべり出した。「瀬戸内海の無人島を本の印税で買いこんで、じっくり腰をすえて長篇小説を書くつもりだ。今まで誰も書いたことのない素材を選んで一年間はそれにうちこむ」

「どうして無人島に住むのだね。不便だろう」

「おまえ、何もわかっちゃいないんだなあ、受賞したらジャーナリズムがほっとかない。やれラジオだ、やれテレビだ、新聞記者に追いかけられる、講演の依頼もまいこむ。そうやってたいていの受賞者はダメになるのさ」

「なるほど」

「小さな島が格安で売りに出てるんだ。いい所だぞう。原稿を書くのに疲れたらスキンダイヴィングが楽しめる。魚釣りも出来る。手入れさえすれば住める家があるんだ」

「おれもそういう島でのんびり過してみたいよ」

「おまえみたいな俗物にはむりだよ」

「むりかね」

「きまってるじゃないか」

啓介は十二時まで鳴海と飲み、酒場の前で別れた。鳴海はまだ飲み足りないような顔をしていた。三ノ宮駅ちかくのホテルには幸い空室があった。シャワーを浴びながら啓介はタクシーのリヤウインドーごしに振り返って見た鳴海健一郎の姿を思い浮かべた。酒場の扉にだらしなくもたれた鳴海は動き出したタクシーの方を見てはいなかった。うなだれて自分の靴を眺めていた。なんとなく啓介は、鳴海と会うのはこれで終りになりそうな気がした。もしも鳴海が四十年後に、ある古本屋で一冊の本にはさまれた紙幣に気づいたら、ためらわずにそれを抜き取るにちがいない、と思った。

ある風土記　――佐古啓介の旅(四)――

野呂邦暢

「まるで雲をつかむような話じゃないか」

と啓介はいった。

「うん、まあな」

岡田章雄は浮かない表情で相槌をうって、

「しかし、手がかりがないわけでもない」

といった。

十一月の第一月曜日である。

佐古書店の休日は、月の第二第三火曜日ということになっている。中央線沿線にあるほとんどの古書店が休む日でもある。

岡田章雄は午後八時、啓介が店のシャッターをおろす直前にやって来た。折り入って頼みたいことがある、というのだ。近くの喫茶店に行って、お茶でものみながら話を聞こうという啓介に、喫茶店では人の耳があるからまずい、ここで聞いてもらいたいと章雄はいった。

(外聞をはばかることなのかい)

(実は、先日亡くなった綾部さんのことなんだ)

と章雄はいって、何から話を切り出そうかと迷っているように見えた。友子が淹れたお茶をすすり、煙草に火をつけてくゆらしながら、佐古書店の本棚に視線をさまよわせた。啓介が先に口を切った。

(綾部さん、いくつだったっけ)

(六十二、学者としてはまだこれからという所だった。『出雲風土記註解』を、新しく書き直して、来春には本にする予定で張りきってたんだ)

綾部直清は二人が学んだ大学で日本史を講じていた教授である。十日ほど前、市ヶ谷の近傍で乗っていたタクシーに大型トラックが接触し、タクシーは対向車と正面衝突して運転手もろとも即死したのだった。しらせを章雄から受けた啓介は、教授の葬儀に参列した。

喪主は綾部夫人であった。啓介が大学を卒業したとき、神田にある文芸書専門の小さな出版社に就職できるよう取りはからってくれたのは綾部教授である。岡田章雄の父親の従兄にあたる。啓介は教授のゼミナールに出たことはなかったが、章雄とつれ立って田園調布にある綾部家へ遊びに行ったことが学生時代から一度ならずあった。章雄は子供のころから教授を(叔父さん)と呼んでいた。

——鳥のような人だ、
というのが教授を見た啓介の第一印象である。

髪はふさふさとしていたが真っ白になっており、高い鼻とひきしまった唇の持ち主だった。眼鏡の奥にはよく光る澄んだ目があった。ほっそりとした体は上背があって、長身の章雄よりも高かった。遊びに行けば教授はいつも二人を歓迎してくれた。啓介が勤めることを希望した出版社への斡旋を、教授は快く引き受けた。社長が教授の京大の後輩だという。教授の口利きがなかったら、志願者の多かったその出版社には入社できなかっただろう。もっとも三年足らずで啓介は編集者になることを諦めてしまったのだけれども。

教授と夫人との間には、小児麻痺にかかって寝たきりの娘が一人だけあった。啓介はいった。

（すると『出雲風土記註解』の書き直しはどうなる。原稿は全部できあがっているのかい）

（惜しいことにあと一割がた残ってたんだ。せめて下書でもあれば、研究室の助手が手を入れて完成させられるんだが、メモ程度では仕方がない。永久に未完の労作として終ることになるだろうな）

（『出雲風土記註解』ならうちにも一冊あるよ）

（並製の方だろう）

（もちろん。特製の限定版があるということは噂には聞いていたけれど、お目にかかったことは一度もない。ずいぶん値が高いらしいな）

（見せてやろうか）

（おまえ、持ってるのか）

章雄は鞄の中から一冊の本をとり出して啓介の前に置いた。菊判総天金のどっしりとした書物である。厚さは三百ページあまり、表紙は濃紺の麻布で装幀してある。（それ、越後上布なんだ）と章雄は表紙を撫でている啓介にいった。見返しは手漉きの越前紙が使われ、本文はクリーム色のしっとりとした上質紙に印刷してあった。この紙はフランス製の輸入品だと章雄は教えた。同じ紙が、辻邦生の限定本にも使われていたことを啓介は思い出した。しかし、奥付を見ると、発行は昭和三十二年である。限定三十部、非売品、となっていた。啓介は奥付から目をあげて、

（これ、教授の蔵書かい）

とたずねた。

（そうなんだ。残ってたのは一冊きり）

（おかしいな）

（どうして）

（ここを見てくれ）

啓介は奥付を指でさした。2／30という朱墨で記入された数字である。著者の所有ならば、ふつう1／30、すなわち限定本の第一冊であるのがきまりである。啓介はそこを不審に思ったのだった。やはり古本屋だけのことはある、自分もふしぎに思っていたと、章雄はいった。啓介が気づくかどうか知ろうと思って黙っていたのだとつけ加えた。啓介はいった。

（しかし、いい本だなあ、ほれぼれするよ。近ごろ限定本といって出まわっている本も、値段ばかり高くて中身はどうかと思うようなしろものばかりだ。天金の技術も職人が居ないから、指でこすればすぐ剝げちまう。そこへゆくとこれは本物だ）

啓介は『出雲風土記註解』の小口に塗られた金粉を指でこすってみせた。指に色はこびりつかなかった。綾部直清が学者として認められたのは『出雲風土記註解』の業績によってである。助教授から教授に昇格できたのもこの労作のためと啓介は章雄から聞いていた。執筆には五年をついやしたそうである。著者にとって記念すべき研究の成果を、限定本にしたのは納得されることである。それにしても、と再び啓介はためいきまじりにつぶやいて、『出雲風土記註解』を手にした。

（詩や小説の限定本なら珍しくないけれど、学術書の限定本というのはこれが初めてだ。限定本らしい限定本を久しぶりに見た気がするよ）

（欲しいかい）

（欲しい。しかし、手が出ない。かなりの値段だと思う。いつか古書目録を見てたら三十四、五万とかいう値がついていてたな。「出雲風土記」の研究ではまだこの本の右に出るものはないと聞いてる）

（欲しければやるよ）

（冗談だろう、教授の形見じゃないか）

（やるかわりにおれの頼みを聞いてくれないか）

（どうせそう来るだろうと思ったよ。聞こうじゃないか。この本をただでもらえるならどんなことでもしよう）

（頼みを引きうけてくれるな）

章雄はあらたまった表情になった。にわかに啓介は相手の依頼が只事ではないと気づいた。こんなに貴重な書物と引きかえに頼む用件というのはきっと困難な事柄にちがいない。とにかく、聞いてみなければわからないのである。

（引きうけるも引きうけられないもおまえ、どんな頼みごとか内容をいってくれなくては返事のしようがないよ）と、啓介はいった。それでは単刀直入にいうと、と章雄は前おきして、

（人を探してもらいたいんだ）

といった。

（誰を）

（教授には愛人がいたんだ）

（…………）

（さきおととい初七日だった。その晩、奥さんからこっそり呼ばれてね、話を聞いた。こういうわけだ……）

章雄は語り始めた。

綾部直清は「出雲風土記」を研究するために昭和二十年代の終りごろ、山陰地方へしばしば旅行した。滞在は短くて一週間、永くて三週間にもわたることがあった。各土地のふるい神社仏閣を訪ね歩き、郷土史家の話を聞き、その地の大学にある史学科の研究室や図書館で資料を集めた。夏の休暇はほとんど研究旅行についやされた。

教授はそのころ旅行先である女性と親しくなったらしい。名前は今もわからない。山陰地方の大学には、教授と同期の友人や大学時代の教え子で助手か講師を勤めている人物がいたから、その関係かも知れない。土地の事情にくわしい、それも若い女性が、教授と行を共にするうち、どちらからともなく惹かれるようになったということが考えられる。

（待ってくれ）

と啓介はいった。

（『出雲風土記註解』が出たのは、昭和三十二年だ。研究には五年かかったといったろ。そうすると昭和二十七年以降の話だな。相手の女性が当時二十歳だと仮定しても、今は四十六歳ということになる）

（早まらないでくれ。その女性を探してくれとはいってない）

（なんだって）

（昭和二十七年に教授は三十六歳だった。既に妻子がある身で当の女性とどうなるものでもないだろう。風土記の研究があらかた終ったときが、その女性と別れるときでもあった。しかし、教授は女が自分と別れたあとで子供を産んだことを知らなかった……）

（どうもおまえの話は腑に落ちないな。さっき、その女性の名前はわからないといった。ということはどこに住んでいたかも見当がつかないということなんだろ。それなのになぜおまえはくわしい事情を知ってるんだ。いや、教授の奥さんはどうして知ってたんだ）

（だから落着いてこちらの説明を聞いてくれといってるだろう。奥さんが事情を知ったのは、教授が話したからなんだ。事故の数日前にね。ただし、細かいことまではしゃべらなかった。二十数年前、自分がある女性を愛して子供を産ませたこと、それだけ。打ち明けるきっかけになったのは、郷里の綾部市に持っていた山林が、県に買収されて住宅地になったため、まとまった金が入ることになったからなんだ。教授はその代金のうちいくらかを子供に贈りたいと考えた。奥さんにとってはそれこそ寝耳に水だった。どんなにショックだったか。で、教授はいっぺんにありったけの事実を話すのを避けて小出しにしゃべるつもりだったのだろう。奥さんが知ったのは、夫が助教授時代に裏日本のある町で女性を愛したこと、子供がいること、女性は子供の父親が誰であるかを死ぬまでしゃべらなかったことだ）

（死んだのか）

（別れて十五年後にね。田舎町で二十数年前にいわゆる未婚の母になるということが、どんなにスキャンダラスなことかはおまえにも想像がつくだろう。その女性は両親に問いつめられても父親の名前を明かさなかったらしい。自分から家をとび出したのか、それとも勘当されたのかは知らない。とにかく家を出て京都で働きながら子供を育てたわけだが、その子が十五の年に病死したということだ。実家の両親も年月が経つうちに怒りが解けたのだろう。母親を失った娘をひきとって育てた。しかし、何年か前に両親は亡くなって、今その家は娘の伯父とかが継いでいるらしい。探してもらいたいのは、教授の娘なんだ。奥さんはその子がどんな女性なのか知りたいといってる）

（教授が亡くなったのは全国紙の死亡欄で報じられたはずだよ。娘さんは自分の父親が誰であるかということは母親から知らされているはずだ。だとしたら、新聞で教授の事故死を知ることができただろう。葬儀にもこっそりと参列してたんじゃないかな）

（それはどうだろうか。娘さんが全国紙をとっていないということも考えられる。今は実家を出て都会、たぶん京都か大阪だろう、そこで自活しているらしいんだ）

（しかし、葬儀には二十代の女性もかなり来てたぜ。おれは大学の教え子だと思ったんだけれど。あの中にまざっていてもわからない）

（お二人の話を黙って聞いてると……）

いつのまにか友子が傍に坐っていて口をはさんだ。（……章雄さんは教授の奥さんが話したことを全部、その通りに受けとってるみたいだわ。つまり、あたしがいいたいのはこうなの。亡くなる直前に教授が打ち明けた事実に奥さんがいくらか推測をまじえたものを章雄さんは聞いてるわけ。お兄さんはそれに章雄さんの推測がまた加わった話を事実として聞いてるように思えるの。だから、ここで話の骨子を整理してみたらどうかしら）

（友子、おまえ……）

啓介が妹の口を封じようとすると、章雄が（友ちゃんのいうのももっともだ）といった。

（その前に、こちらの疑問にも答えてくれ、奥さんはなぜ娘さんを探したいんだ。教授の遺産を分けてやりたいのだろうか）

（いや、実はその逆なんだ。奥さんにのこされたのは体が不自由な寝たきりの娘さんだ。教授が生きているならともかく亡くなった以上、遺産を分けてやりたくはないらしい。ただ、教授が娘さんを認知しているなら、法律上、その人は請求する権利を持っている。相手がどういう女性かを知りたいというのが本心なんだろうな）

（しかし、認知しているかいないかは重要なポイントだと思うよ。その子の素姓は語らなくても認知のことは一番に告げてたんじゃないかな）

（奥さんは教授から認知しているかいないか聞いてらっしゃると思うわ。女がまっ先に気にすることですもの。あたしが妻の立場になれば）

（綾部さんが娘さんの存在を知ったのはつい先頃なんだ。認知の手続をとりかけたとき、あの事故にあった）

と章雄はいった。

（奥さんにとって有利なのは、山林を売った代金があるということを先方に知られていないということではないかしら。大学教授の遺産なんて世間の常識ではたかの知れた額だわ。亡くなったからといって向うが財産の分与を請求するとは思っていないと踏んでいらっしゃるはずよ。ただ、いつなんどき名のり出られるか不安ではあるわね）

と友子はいった。啓介はたずねた。

（奥さんは教授の持ち物を整理したんだろう。女性からの手紙とか、教授の日記は残されていなかったのかい。奥さんは何もかも整理したがっているように見えたんだが）

手がかりになるような日記や手紙はなかったと、章雄はいった。

ふつうは葬儀のあと一か月ほど経ってから蔵書を処分するものなのに、未亡人は五日後に啓介を呼んで書斎の本を売り払った。夫の書物が残っているのを見るのはつらいからというのが、その理由だった。もっとも、蔵書の大半を占める日本史の専門的な学術書は大学の図書館がまとめて買い取った。啓介に一任されたのは、残りの雑書類である。研究の余暇に、教授がひもといて疲れを癒すよすがとなったらしいゴヤの画集や夏目漱石の全集、教授が趣味で集めていた日本の古地図、版画のコレクション、竹久夢二の絵（大半はニセモノだった）などであった。

量はかさばりはしたけれども全体として大した額にならないことがわかった。えり分けている啓介の傍に、未亡人はつききりでじっと彼の手許に目をそそいでいた。彼はなんとなく落着かなかった。死者の蔵書やコレクションの処分をまかせられるのは初めてではない。しかし、その場合、家族はたいてい別室に居て、啓介の見積もりが終ってから姿を現わすのが常であった。綾部夫人のように立合うのはこれまでになかったことである。

啓介は貴重な書物をくすねないかと見張られているように感じ、やや不愉快だった。生前の教授が長い時間をかけて蒐集し、大事にして来た古地図や版画、読みふるした書籍を、死後一週間と経たないうちに未亡人はあっさり手放そうとしている。夫の所有していた物が残っているのを見るのは辛いからといってはいたが、それは表向きの口実で、内心は自分を裏切った夫に対する憎しみゆえにこれらの物をさっさと売却しようとしていたのではないだろうかと、啓介はいま考える。

（で、いかほどになりますの）

綾部夫人は詰問するような口調でいった。

啓介は見積もり額を口にした。

（エ？　たったそれだけ）

（夢二の絵はニセモノなんです。それに古地図も本物らしく見えますが、ずっと時代が下った頃に刷られた複製品なんです。ぼくの見立てに納得されないなら他の業者を呼んでいただいても結構です。書籍の方は目いっぱいに評価させてもらいました）

綾部夫人は疑わしそうに啓介と書籍の山とを見くらべた。啓介は一つの情景を思い出した。学生時代、彼が章雄と共に綾部家に招かれたとき、教授は珍しい古地図を手に入れたといってはしゃいだことがあった。正保年間つまり江戸時代の前期、十七世紀の半ば頃に大阪で刷られた丹後と若狭の地図である。京都の古書店で見つけたと、教授はいい、（どうだね、いいものだろう）と啓介たちに自慢した。

地図を撫でさすって喜んでいる教授の傍で奥さんも幸福そうに微笑していた。目を細めて夫と古地図の両方をかわるがわる見つめ、夫と声を合わせて笑いもした。それがあの変り様はどうだ。教授に子供があったということを知って愛が哀しみに、そして憎しみに変質したのだろうか。三十数年間の結婚生活は結果として憎しみしかもたらさなかったのだろうかと、啓介は思った。さむざむとしたものを今となって背筋のあたりに感じないわけにはゆかなかった。綾部家に本の処分のことで呼ばれたときは、教授の隠された秘密は知らなかったから、未亡人がひややかに夫の形見を始末するわけがわからなかった。

書物を用意して来た段ボール箱におさめながら、啓介は生前の教授とすごしたある一日のことを思い出した。

——詩を書いている、しかし、将来は長篇小説も書いてみたい。

といった啓介に教授はいったのだ。

(アーネスト・ヘミングウェイの小説論をきみ知ってるかね)

(ヘミングウェイの？　いいえ、知りません。彼の『老人と海』や『移動祝祭日』なら読んだことがありますけれど)

(ヘミングウェイは語っている。長篇小説の終り方は二つしかないとね、つまり結婚か死か)

秋のよく晴れた午後であった。風邪をこじらせて寝こんだ教授を見舞うために啓介は章雄に誘われて田園調布の綾部家を訪ねたのだった。病気は快方に向かっており、教授は縁側の籐椅子に腰をおろし、赤い毛布で下半身を包んで、庭を見ていた。ガラス戸ごしに明るい十一月の陽がさしこみ、教授の白髪を輝かせた。

(わたしはヘミングウェイの小説をあまり読んでいないんだよ。『老人と海』は面白いかね)

(傑作といわれていますが、ぼくは『移動祝祭日』の方が好きです。パリで暮した若い頃の生活を書いた短篇集なんです)

(小説論の中でヘミングウェイは言葉をかえてこうも語っている。文学の主題はただ二つ、愛と別れだともね)

(愛と別れ、か。それが結婚と死ということになるんですね)

啓介は『武器よさらば』の結末を思い出した。キャサリンが死んだ病院をあとにして、主人公が濡れながらホテルへ歩いて帰る光景である。そう教えられてみれば思いあたるふしが多い。『誰がために鐘は鳴る』のラストシーン、『陽はまた昇る』の結末などいずれも作者の小説観の反映ともいえる。

（短篇はどうなんでしょう）

と啓介はいった。教授はぼんやりとガラスごしに庭の葉鶏頭を見ていた。啓介の質問は耳に入らなかったらしい。見ているのは葉鶏頭ではなかった。目の焦点は定まっていなくて、ぼんやりともの思いに耽っていたようである。しばらくして教授は我に返り、（きみ、いま何かいった？）とたずねた。啓介は教授が考えていたのは「愛」についてだろうか「死」についてだろうかと、思った。あるいはまったく別のことだったのだろうか。

「大変なことをお引きうけしたものだわねえ」

と友子がいった。

章雄が帰ったのは十一時すぎである。啓介の手許には、限定本『出雲風土記註解』が残った。教授の娘を見つけることができてもできなくても、この本を啓介にくれると章雄は約束した。啓介としても仕事があるから、何日も店をあけるわけにはゆかない。明日の休日と次の一日くらいで探し出さなければならないのだ。啓介は章雄にいった。

（おまえが奥さんから頼まれたんだろう。おまえが探しに行けよ。娘さんと血のつながりもあることだし）

（初めはそのつもりだった。しかし、今月の下旬に学会がある。運営事務局の責任者にされちまったし、研究論文の発表もしなくてはならないんだ。きょう、大学で決まったことでね。どうしても時間を割けないんだよ。わかってくれ。その娘さんを探し出せると実は期待していない、本当の話が。奥さんも探してみて居所がわからなければ諦めがつくのさ。死亡記事が新聞にのってから九日は経っている。本人がもし父親の事故死を知ってたなら、とっくに現われたにちがいないさ。そうでない所を見ると、知らないでいる公算が大きい）

（古本を探すのならともかく、相手は生きている女だからなあ。気が重い仕事だよ）

（わかる、恩に着るよ。費用はもちろん出させてもらう。休業で生じた店のロスは埋め合せる）

章雄はそういって分厚い札束をおさめた封筒を手渡した。金の問題をいってるのではないのだと、啓介はいった。しかし、心が動かないでもなかった。毎日、客からの依頼で古本を探している。口ではぼやいたものの、たまには古本と性質の異なるものを探しに旅に出るのもよかろうと考えたのだ。

章雄はわずかではあるがいくつかの手がかりを示した。『出雲風土記註解』の限定本には扉の裏にA・Yへという献辞が刷りこんであった。綾部教授が精魂こめた労作を捧げた相手はA・Yというイニシアルを持つ人物なのである。恩師か？　初めに章雄は常識的な線を考えたという。しかし、恩師ならばイニシアルですませずに姓名を記してさしつかえがない。友人か同僚でもそうだ。隠す理由などは考えられないのだ。奥さんの名前は由江である。音は合う。奥さんに、このA・Yとは何者なのかとたずねられて、おまえに捧げたのだということができる。それでも疑問は消えない。A・Yとせずに、妻へ、と書いてなぜいけなかったのか。病床にある娘さんの名前は由子である。それもわが子へ、と記してもよかったのだ。

（おれの勘だがね、このA・Yなるイニシアルを持つ人物こそ、教授が愛した女性だと思う）

と章雄はいった。『出雲風土記註解』の第一冊はその女性が持っていたはずだともつけ加えた。A・Yが死んだ現在、娘さんが所蔵しているだろう。

（手がかりがたったそれきりではどうしようもないよ。山陰地方にA・Yという女性はいくらでもいただろう。娘さんの名前はわからないのか）

（母親の名前がわかれば探り出せるのじゃないかな。で、もう一つの手がかりというのは詩集なんだ。おまえが先日、綾部さんの蔵書をひとまとめにして買い取っただろう。あの中にあると思う。越後上布で表紙を装幀した例のあれ）

章雄に促されて啓介は段ボール箱の古本を探した。まだ整理していなかった。『出雲風土記註解』を手にしたとき、どこかで見たような気がしたのは、教授の蔵書の中に同じ布地で装幀された一冊の本があったからだということに思い当たった。詩集はすぐに見つかった。四六判の大きさで、厚さは三十ページしかない薄い詩集である。

「八雲」というのがその題名であった。著者は与謝文子。八雲たつ、は出雲の枕詞である。

（これがねえ）

啓介は『八雲』をめくった。そして、見返しの紙が『出雲風土記註解』と同じ手漉きの越前紙であることに気づいた。本文の紙質も同じである。扉の裏、ちょうど『出雲風土記註解』の扉の裏にA・Yへと献辞が刷られた箇所に〝N・Aの思い出に〟という一行があった。買い取る折りには目に入らなかったのだ。

（実はね、この詩集が手がかりになるのじゃないかと考えたのはわけがあるんだ。一昨年だったか、おれ綾部さんのうちに一人で遊びに行ったことがあった。近世文学関係のある資料を借りようと思ったのさ。教授はその日、不在でね、あらかじめ電話で用件を告げたら、細君に告げておくから書斎に入って必要な書物を何冊でも持ち出してかまわないということだった。そういうことは何も初めてではなかった。高校生の頃からよく本を借りにあそこへ押しかけたものだよ。勝手知ったる他人の家、というわけだ。で、奥さんに家へ上げてもらって、書斎で本を探したらすぐに見つかった。退散しようとして何気なく机の上を見ると、この詩集が広辞苑の上にのっかっていた。パラパラとめくって面白そうだったからついでに借りて帰ることにしたんだよ。与謝文子という詩人なんて聞いたことがないけれども、一つ二つ詩を読んでみたら興味が湧いたのさ。ところが、その晩、うちに綾部さんが血相を変えてやって来た。『八雲』という詩集を机の上に置いていたのが見えない。おまえが持ち帰ったのじゃないかというんだな。目の色が只事ではなかったよ。おれは慌てて詩集を返した。そんなに大事な本だとは知らなかったといって、平あやまりにあやまったもんだ。今まで何べんも綾部さんの留守ちゅうに貴重な資料を借りたことがあった。日本に四、五点しかない古文書とか、時価五十万円もする室町時代の写本とかね。一度だって綾部さんは厭な顔をせずに貸してくれた。それがどうだ。無名の女流詩人の薄っぺらな詩集を持ち出したからといって、あたふたと駆けつけるなんて、どうかしてると思わないかい。電話をおれにかけて、あの詩集を借りたのならうちへ持って来いといえばすむことじゃないか。有名な詩人の初版本でもないんだぜ。かりにそうであっても綾部さんが蒼くなって取り返しに来ることはありえないんだ。見ろ、『出雲風土記註解』の表紙と同じだろう。見返しも本文も紙が同じだ。たぶん、教授が自分の限定本をこしらえてあまった越後上布と紙を作者に分けてやったんではないだろうか。N・Aというのは、直清綾部のことだろう。奥付を見てくれないか）

啓介は奥付をあらためて、意外な事実を発見した。詩集『八雲』は『出雲風土記註解』よりも早く刊行されているのである。

前者の発行は、昭和三十一年七月三十一日、京都の丹後書院ということになっており、後者は昭和三十二年七月三十一日、ちょうど一年おくれて、東京は神田の文林書房という聞いたことのない出版社から出ている。啓介は章雄にそのことを指摘した。

（丹後書院か、なるほどね。丹後出身の誰かが創設した小さな出版社だろうな。越後上布や越前紙は女流詩人の方が先に使って、残りを教授にゆずったわけだ。奥さんが提供した話なんだが、綾部家に丹後の宮津から、昭和四十年代の半ばまで、年に一回、贈り物が届いてたんだそうだ。中身はどうということもないありきたりの品物でね、海苔とか若布とか。ところが差出人の名前が書いてない。ただ、消印はいつも宮津なんだそうだ。教授は奥さんに昔の教え子だろうといってたというのだが）

（しかし、越後上布や越前紙という線はどうなる。その女性、ええと……）

啓介は詩集の著者名を明りにかざして読みとった。

（与謝文子、か。文子はあやこと読むんだろうな。与謝文子が新潟か福井の人ということも考えられるよ。宮津の人とは限られない。それに丹後は出雲のずっと東に離れているし）

（あくまでこれは推測だが）と前置きして章雄は自分の考えをのべた。越前紙はただいい和紙として用いただけで、与謝文子の土地とは関係があるまい。越後上布はもしかしたら文子が身につけていたものではないだろうか。小包を京都からではなく、宮津から送り続けたのは、かつてその地で教授との間に忘れがたい何かが起ったことを相手に思い出させるためである……

京都市下京区西洞院七条南というのが、丹後書院の住所であった。啓介は京都の市街地図をひろげて、その場所を確かめた。二十年以上も昔におそらく自費で刊行された詩集のことを、丹後書院が覚えているだろうか。また丹後書院は今も営業を続けているだろうか。西洞院七条は京都駅のすぐ近くにあった。東本願寺と龍谷大学にはさまれた位置である。啓介はふと思いついて、電話機に手をのばし京都市の案内を呼び出した。丹後書院の電話番号をたずねた。しばらくして返事が返って来た。啓介が声に出していう丹後書院の番号を友子がメモした。たっぷり五分間、啓介はあおむけに寝そべり天井を見つめて考えこんだあと、友子にいった。

「時刻表を持って来てくれ。明日の新幹線でとりあえず京都へ行ってみる。手がかりが丹後書院で切れたら諦めて、その日のうちに帰ってくるよ。何かわかったら宮津まで足をのばすかも知れない」

「本気なの」

「本を探すだけが古本屋の仕事じゃない。人間っていつも失った何かを探しながら生きているような気がする。そう思わないか、友子」

「かっこいい」

友子は笑いながら啓介をひやかした。

「お兄さん、ときには商売人らしくないこともいうことがあるのねえ」

翌朝、八時十二分東京発の〝ひかり〟六五号で啓介は京都に向かった。

鞄に入れているのは、『出雲風土記註解』に詩集『八雲』と京都の市街地図である。与謝文子はあやこでなくてふみこかも知れない。そうすると丹後書院を訪ねる意味はまったく無い。しかし、さし当たりこうする他に何の仕様もないのだ。啓介は座席にもたれて『八雲』を読み返した。昨夜、寝しなにひと通り目を通したのだ。詩はほとんど文語体で書かれている。「わが風土記」というのが冒頭の詩である。

わが風土記

吾背子《わがせこ》とひと夏
めぐり歩きし
八雲たつ出雲の国
きみは指さして告ぐ、かつてありし
烽《とぶひ》、郷《さと》、正倉《みやけ》、また駅家《うまや》のあと
わがまなざしに映るは
いにしへの
それのみかは
彼のひとにつきしたがひて
山を過ぎ
磯辺を辿る　ただ見る
道のほとり、綾なる萩の
清らなる色を誇れり

「綾なる萩」「清らなる色」が綾部直清の姓名をよみこんだものと解釈できないこともない。啓介は昨夜、自分が口にした言葉を反芻した（人間っていつも失った何かを探しながら生きているものだ）。友子からひやかされはしたけれども、そして当り前のことながらやや気はずかしい思いを味わったのだが、今でもそう信じている。与謝文子は綾部直清を失い、綾部直清は与謝文子を失い、教授夫人は夫を失い、与謝文子の娘は母を失っている。自分が二十六年間の人生で失ったものは何だろうかと、啓介は考えた。考えることが怖しいように思われた。幼年時代の無垢、少年時代の夢とあこがれ、父母、友人たち、愛した何人かの女たち……

つかのま、啓介は詩集を閉じて、自分自身のもの思いに耽った。生きることが失うことであるとすれば、失うことが生きることでもあるといえるだろうか。綾部教授がヘミングウェイについて語った言葉を思い出した。長篇小説の終り方は、結婚か死か二つしかないと。文学の主題は愛と別れであると。籐椅子にかけて庭の葉鶏頭を眺めながら教授はそう語った。あのとき、教授がうつろな目でガラス戸越しに見ていたのは、葉鶏頭ではなくて、彼自身を愛した女だったのかも知れない。

啓介は詩集を開いた。

「距離」と題した詩を読み始めた。

風土記にいふ寺社のありか
郡家《こほりのみやけ》よりの向ひとへだたり
たとふればすなはち
出雲国楯縫《たてぬひ》郡

新造院沼田郷《ぬた》
郡家の正西《まにし》六里百六十歩にありと
ああ、わが背子
たまゆらの夏、終りぬれば
去りがてにきみ帰りゆきぬ
不尽《ふじ》のかなた
武蔵国
わが心の東北《うしとら》数百余里

啓介は次のページをめくった。「距離」の次は口語体の詩である。「八雲」に口語体の詩は一篇しかなかった。題は「遍在」という。

あなたが去っておしまいになると
野にも山にも
あなたがいっぱい
海にも荒地にも
あなたが見える
あなたがわたしの土地にいらっしゃると

ただそこだけに……
野山も海も空虚に変る
あなたは必ず去っておしまいになる
いたる所に遍在する
あなたを残して

〃ひかり〃六五号は午前十一時五分、京都駅に着いた。啓介は歩いて駅前の大通りをつき切った。丹後書院は七条警察署の角で左に折れたビル街の一角にあった。四階建の細長い建物である。一階が車庫に二階が医薬品をおろす会社の事務室にあてられており、丹後書院は三階にあった。古ぼけた扉をあけると、内部は机を二つ置いた狭い部屋である。一人だけいた中年の女が啓介を見つめた。社長に会いたいと、啓介はいった。衝立の向うから五十代の痩せた小柄な人物が姿を現わした。すすめられた木の椅子に腰をおろして啓介は詩集をとり出した。

「これはおたくで出された本ですね」

「どれ拝見」

社長は『八雲』を手にとって懐しそうに表紙をさすった。確かにうちが刊行したものだ。丹後書院を創立したとき、最初に手がけた物がこの詩集だ。もっとも著者の自費出版ではあったのだがとつけ加えた。

「これがどうかしましたか」

「与謝文子《あやこ》という作者について知りたいのです」

「……与謝さんは亡くなりました。かれこれ十年、いや、そんなにならないか。萩ちゃんが十五の齢《とし》だったから」

「萩ちゃんとおっしゃると」

「娘さんです、萩子さん」

「なるほど。今どこにいらっしゃいますか」

「失礼ですが、あなたは」

社長はテーブルの隅に置いてある啓介の名刺にちらりと目を走らせて「佐古さんはどうして与謝さんのことを知りたがっているのですか」とたずねた。目に警戒する色が浮かんだ。事務をとっている窓ぎわの中年女も顔を伏せたまま耳をそば立てているようである。啓介は一瞬、迷った。本当のことを告げてしまおうかと思いもした。

「与謝文子という詩人の作品に感心したのです。作品に感動すれば作者のことをもっと良く知りたいと思うのは人情ではないでしょうか。萩子さんという方に会っていろいろとたずねたいことがあります。おすまいはどちらでしょう」

社長は啓介の目をじっとのぞきこんでいた。警戒する色は薄れていたが、啓介が本当の事情を語っているとは信じていないように見えた。社長はいった。

「いくら払いました」

「え?」

「『八雲』を買ったんでしょう。これは非売品として五十部しか刷らなかったものです。わたしが一冊、残り四十九部はみんな与謝さんが持ってゆき、詩人仲間や恩師に贈ったと聞いています。これが流れ流れて東京の古本屋さんの手に落ちたわけですが、あなたはいくらで買ったんですか」

　啓介は実際の評価額を三倍して答えた。

「ふうむ」

　といって社長は満足そうにためいきをついた。『八雲』の真価が二十数年後に認められるのは、版元として嬉しいことだと、つぶやいた。警戒する様子は完全に消えていた。腕時計を一瞥して、「萩ちゃんはいるかな」と独り言をいい、電話機のダイアルをまわした。

「杉山ですが、萩子さんはいますか」

　社長は先方にたずねた。うん、うんとうなずきながら相手の話を聞き、送受話器を戻した。向き直って啓介にいった。

「ときどき萩子さんはうちへ見えるんですがね。昼は『京都ナウ』というタウン雑誌の編集を手伝って、夜はスナックで働いています。いまは外まわりに出て不在だそうですが、三時までには帰るそうです。寺町はご存じですか」

「河原町の近くでしょう。大体わかります」

「河原町二条に郵便局があります。その近くに〝ザンボア〟というレストランがあって『京都ナウ』の発行所はレストランの隣です」

　そういって社長は立ちあがった。啓介は扉に手をかけた。

「しかしなんですな佐古さん。あなたがいらっしゃるのがもう八年早かったら、つまり与謝文子さんの存命ちゅうだったらと思いますよ。与謝さんが書いた詩はあれ一冊きりです。でも八年経っても認められたことに変りはないのですから与謝さんも本望でしょう。とくにあなたのようなお若い方にね」

啓介はかすかに胸が痛んだ。

午後三時まで啓介は京都の市街をぶらついてすごした。A・ハクスレーが（さびれた鉱山町のようだ）と京都の街について評したのはいつ頃のことだろうかと思った。迷路のような東京の街並に慣れた啓介に、きちんと碁盤目状に仕切られた京都の街がいつものことながら快い秩序感を伴う刺戟を与えた。（こんな街では嘘をつくのも容易じゃない）と啓介は考えた。四条河原町の小さなレストランでおそい昼食にカレーライスを注文し、まわりのテーブルから聞えて来る柔らかな京都弁を愉しんだ。ゆきずりに聞える京都弁はすてがたい味わいだが、いったんこの地の古本屋の口から出ると用心しなければならない。啓介はこれまで何度か馬鹿ていねいな京都弁でまるめこまれて、古本の取引でひどい目にあっている。

食事をすませ、四条河原町をのぼりくだりして古本屋の棚をひやかした。めぼしい本は一冊もなかった。神保町並の値段である。腕時計の針は三時を指そうとしていた。

啓介は新刊書店で買った『京都ナウ』の十二月号を拡げて編集部の電話番号を調べ、公衆電話のダイアルを廻した。男の声が返って来た。与謝萩子さんを、というとすぐに明るい女の声に代った。

「杉山さんからうかがってましたわ。母のことでわざわざ東京からいらしたんだそうですね」

「ぜひお目にかかりたいのです」

「長い時間でなければ」

「京都ホテルのロビーでお待ちします。目じるしに『八雲』を持っています」

標準語を使っても訛りは京都のそれだった。

その女は山吹色のセーターに濃い緑色のスカートをつけていた。啓介はロビーに這入って来る客がひと目でわかるような位置のソファに、『八雲』を持って坐っていた。電話をかけてから半時間が経っていた。女は啓介の前で立ちどまった。啓介は立ちあがって、

「与謝萩子さんですね」

といった。二人はソファに腰をおろした。

先に口を開いたのは萩子の方である。

「母のことで何かおたずねなさりたいことがあるとのことでしたわね」

「ええ」

啓介は萩子をまぶしそうに見て『八雲』に目を落とした。切れ長の澄んだ目がまっすぐに啓介へそそがれている。唇に薄く紅を塗っているだけで他に化粧はしていない。声はよく透るアルトだった。（似ている……）直感的にそう思った。肉の薄い鼻筋から上唇にかけての線が教授とそっくりだった。萩子は啓介の言葉を待っている。やっとのことで彼は切り出した。

「丹後書院の杉山さんとお母さんとはお知合いだったんですか」

「同郷なんです。母は宮津の生まれでした。杉山さんもそうです。小学校時代からのお友達と聞いています。それが何か」

「これに見覚えがおありでしょう」

啓介は鞄の中から『出雲風土記註解』を取り出して萩子に手渡した。萩子は手の書物と啓介の顔を交互に見くらべた。表情がやや硬くなった。かすれた声で啓介にたずねた。

「どうしてこれを」

「著者である綾部直清の蔵書でした」

「綾部……」

「与謝さん、あなたのお母さんからこれと同じ本をゆずり受けていらっしゃるのではありませんか」

「わたしは母の詩集のことだとばかり思ってここへ参りましたの」

「詩集のことでもあります。『八雲』は綾部さんが大事にしていた、ただ一冊の詩集でした。ぼくも詩を拝見しましたよ」

「あなたは確か古本屋さんだとか、杉山さんがそうおっしゃっていました」

「詩を読むのが好きな古本屋がいてはおかしいですか。なかなかいい詩ですね。古風なようでどこか新しい感じがする」

『八雲』から顔をあげると萩子の目に射すくめられ、啓介は慌てて視線をそらした。

「佐古さん、本当の御用をいって下さいませんか。綾部さんが亡くなったことなら存じています」

啓介は床に落とした詩集を急いで拾い上げた。萩子は（綾部さん）といって父とはいわなかった。啓介はよわよわしくつぶやいた。

「そうですか。ご存じでしたか」

「佐古さん、綾部さんとはどういうご関係ですか。京都へいらしたのは詩集のことではなくて別の目的がおありだったんでしょう」

「実は……」

「大体、見当はつきます。新聞で綾部さんが亡くなったのを知ってわたし上京したんです。お墓に花をお供えしました。あなたは『出雲風土記註解』のことをさっきおたずねでしたね。亡くなった母が大事にしていました。ですから母を葬るとき、お棺の中に『八雲』といっしょに収めました。母はわたしにあのご本をとっておくように堅くいいつけてたのですが、わたしには意味のないものです。こういう考え、間違っていますかしら」

「意味のないもの、ですか」

「だってそうでしょう。母にはいってみればあのご本は命にも換えがたい何かでした。その話を初めて母から聞いたのはわたしが中学に入った年です。宮津にあるわたしの伯父の家では、今も綾部さんと母との関係を知りません。母は亡くなるまで綾部さんのお名前を打ち明けませんでしたから。でも、そういうことはわたしにはどうでもいいことです。母には母の信念があり生き方がありました。母の遺志ですから、綾部さんのお名前をわたしも実家の伯父に告げようとは思いません。ご免なさい。つい興奮してしまって」

萩子はボーイが運んで来た紅茶を取り上げた。砂糖を入れずに紅茶だけひとくちすすって次に輪切りのレモンをつまみ、端をかじった。「おかしいですか、わたし、こんなふうにしてレモンを食べるの好きなんです」

萩子はいたずらっぽく肩をすくめて見せた。硬い表情が和やかなものに変った。啓介は自分の冷えたコーヒーをすすった。

「あなたもお砂糖を入れないんですか」

という萩子に、新幹線の車内で売っているコーヒーは別だと啓介は答えた。あれは砂糖を入れなければ飲めない。

「今年は、あなたで三人目」

「え、なんのことです」

啓介はきき返した。萩子は笑いながら、コーヒーをブラックで飲む男の人は意外に少ないものだ。去年は十一月までに、そういう男を五人見かけた。今年はあなたが三人目だと、いった。啓介はいった。

「コーヒーをブラックで飲む男ってそんなに少ないですか」

「それはもう。コーヒーには、お砂糖を入れるものと決めこんでるみたい。本当は紅茶もコーヒーもお砂糖なしの方がおいしいのに」

さっきまでチェックインする客でたてこんでいたロビーが静かになった。啓介が見まわすと、客はフロントの前に二、三人たたずんでいるきりで、ロビーに人影は認められない。ホテルではこんな瞬間が一日に一度はあるものだ。啓介は静寂に支配されたロビーが好きだった。彼は萩子に会ってからまだ煙草をのんでいないことを急に思い出した。くわえてマッチ箱をあけると空になっている。目ざとく気づいた萩子が、ライターをさし出した。礼をいって煙を吐き出しながら啓介は煙草をすすめた。萩子は自分はすわないのだ、仕事がらライターを持ち歩いているだけ、といった。

啓介はソファに深くもたれて煙草をくゆらした。一本すい終ったときには再びロビーは客で騒々しくなっていた。啓介は短くなった煙草を灰皿にこすりつけてから萩子にいった。

「ぼくがなぜ京都に来たか話すことにします。お察しの通りなんです」

岡田章雄が語った話の内容をかいつまんで話した。萩子はソファの上で体を二つに折り上半身の重みを膝についた肘で支え、うつむいて聴き入った。長い髪に隠れた顔の表情は見えなかった。啓介は章雄の話から遺産に関することだけを除いてあらかた萩子に明かした。

「……というわけなんです。最初から何もかも話すべきでした」

「わたしときどき考えることがあるんです。母は不幸だったのだろうか、幸福だったのだろうかって。母は学生時代に綾部さんを知って、わたしの知る限り亡くなるまで他の男性と交渉を持ちませんでした。実家が宮津の旧家でしたから、父なし児を産むなんて大変なことだったんです。もちろん両親、つまりわたしの祖父母ですわね、両親に反対され義絶されて京都へ出ました。あとで母の兄が財産のうちいくらかを分けてくれたそうです。そのとき、何かと母の力になったのが杉山さんです。母は丹後書院で働きました。しかし、子供を育てられるような給料を出せる会社じゃありませんものね。今だって経営は楽じゃないんですが、当時はもっと苦しかったんです。で、五、六年で杉山さんの所をやめ、料亭とか旅館で働きました。でも、もうこんなこと、みんな終ったんですわね。わたしは自分のことを幸福だと思っています。病身でもないし、人を好きになれるし……綾部さんには小児麻痺で寝たきりのお嬢さんがいるんですってね。お気の毒だわ」

「会いたいと思いませんか」

「どなたに」

「綾部さんの娘さんに」

「いいえ」

萩子は言下にきっぱりと否定した。

「その煙草を一本いただける?」

啓介がさし出した煙草に火をつけて萩子は吸いこんだ。軽く目を閉じてこめかみを細長い指で押さえた。めったにすわないのだが、ときには二、三本のむことがあると、萩子はいった。体に毒になるものが、どうしてこんなにおいしいと感じられるのだろうともいった。啓介はその言葉を聞いたとき、ふと萩子が誰かを愛してのっぴきならない破目におちこんでいるのではないだろうかと思った。その男が誰であるかは知ることができない。啓介はにわかにどう仕様もない淋しさを覚えた。同時にいわれのないねたましさを未知の男に対して感じている自分をこっけいにも思った。(わたしは幸福だ)といった萩子はまるで逆のことを告白したのではないだろうか。そして目の前にいるのは与謝萩子ではなく、若い日の与謝文子であるように思われた。

本盗人　――佐古啓介の旅(五)――

啓介は机の上に拡げた『古書通信』を読むふりをしながら、それとなく客の挙動を目で追った。

赤いブレザーコートにチェックのスカート、ありふれた女子大生の身なりである。年の頃は二十歳前後のようだ。髪は短く切っている。ブーツはよく磨かれていた。靴音をしのばせて本棚の前をいったり来たりしている。

その若い女はきのうも来た。

おとといも来た。

きょうで続けて三回めになる。古本は一冊も買っていない。

初めて佐古書店に姿を現わしたとき、若い女はかれこれ半時間も本棚の間をうろついたと思う。何か探し物をしているのなら、目あての本が佐古書店にあるかないかは、そのときわかったはずだ。探している本が見つかっても、値段が高くて手が出ない場合に、諦めかねて何回も足を運び、その本を手に取ってページをめくるということは珍しくなかった。あげく、啓介にその本をさし出して、いくらか値段をまけてくれないかと交渉する客もあった。

若い女はそうではないようだった。

特定の本を書棚から抜き取って見るということはしないからである。ほとんど書棚の前にたたずんで本の背文字を読んでいるだけだ。合間にちらちらと啓介の方をうかがった。啓介と視線がまじわると、あわてて顔をそむけた。挙動だけに限れば、万引きをする客に似ている。店主のスキを見て、すばやく古本を小わきの鞄にすべりこませる。あるいは手にしたクラフト紙の封筒におさめる。現場を目撃しなければ、鞄や封筒の中をあらためるわけにはいかない。

万一、鞄をあけさせて本を盗んでいないとわかったら、大変なことになる。すみませんでしたと、頭を下げたくらいで客の気がすむものでもない。一度、啓介は失敗したことがある。会社員ふうの若い男が長い間、本棚の前で立ち読みしていた。視線が絶えず動いている。動作にも落着きがない。啓介がいる店の奥と出口の方へ注意を払っているように見えた。

もう一人の客が反対側の書棚の方から啓介に声をかけた。小栗虫太郎の『オフェリア殺し』がここにあったはずだが、見えないところをみると売れたのかと、きいたのである。昭和十年に春秋社から出たそれは、かなり値の張るしろもので、店の奥に造りつけのガラス戸棚にしまってあった。啓介が立ちあがって戸棚の中をのぞきこみ、稲垣足穂の『一千一秒物語』のかげに隠れている『オフェリア殺し』を取り出して客に手渡したとき、会社員ふうの若い男はそそくさと店を出て行こうとした。

本棚を見た。

彼が読んでいたのは立原道造の第一詩集『萱草に寄す』のはずだった。そこが歯の抜けたような隙間になっている。菊倍判で紙装のわずかに二十四ページの詩集だが、百十一部しか出ていない限定本である。

(待って下さい)

啓介は男の腕をつかんだ。

(なんだね)

男はひややかに啓介をみつめた。待てといわれるのを予期していたような口振りだった。鞄をあけて見せてくれと、啓介はいった。

(鞄をあけろだって？　それはまたどうして)

(返して下されば何もいいません。あれは高い本です)

(まるでぼくがおたくの古本を盗んだときめつけてるように聞えるじゃないか。よろしい、鞄をあけてやろう。しかしだね、本を盗っていなかったらどうする。ただではすまさないよ)

男の口調は自信満々だった。さては……啓介はにわかに心細くなった。しかし、さっきまであった詩集が消えているのは事実だった。男は黒い豚革の鞄をあけて啓介に示した。書類の束、週刊誌、折りたたみ傘、競馬新聞、鞄の中身はそれだけだった。

(さあ、どこでも調べてくれ)

男は上衣を脱いだ。『萱草に寄す』は見当たらなかった。

(おまえさんは何かい、客を見れば泥棒あつかいするのかね。え？)

男は威丈高になった。

啓介はもう一度、書棚を点検した。『萱草に寄す』はやはり消え失せている。男がいましがた手にしていたのは確認している。あちこちと書棚を見まわしていると、その詩集を並べていた二段下の棚に発見した。丸谷才一の『笹まくら』と『たった一人の反乱』の間に押しこんであった。やられたと思ったのはそのときだ。

男はわざと店主の注意をひいて本を盗んだふりをし、鞄の中身をあらためさせるつもりだったのである。

啓介はまんまと男の仕掛けたワナにはまったと思った。口惜しかったけれども仕方がない。

(おいおい、どうしてくれるんだよう。このまま帰れというつもりか)

啓介は唇を嚙んだ。千円札を数枚、封筒に入れてさし出した。(なんだ、これぽっちかよ)男は紙幣を目で数えて不平をいいかけたが、それでは警察へ行こうと啓介が開き直ると、(今度から気をつけるんだな。きょうのところは勘弁してやる)と捨てぜりふを残して店を出て行った。

あとになって事件を知った友子は啓介に喰ってかかった。

(なにもお金を出すいわれはなかったのよ。その男、初めから金が目当てでやったことじゃないの。すみませんといって相手が承知しなかったら、警察なりなんなり行こうといってやれば良かったのよ)

(そうだな)

(今になってそうだなもないわ。あたしがいたらうんととっちめてやるのだった)

(実はな友子、この頃、店の本が何冊か盗られたもんだから、気が立ってたんだ。犯人はてっきりそいつだと思ってね)

(盗られるのはしょっちゅうのことでしょう。お父さんの代から)

(そうなんだが、おやじの頃と違って高い本ばかり狙われるのさ。一月分の儲けなんか軽く吹っとんでしまう。今まで黙ってたけどな)

佐古書店ではよほど高価な本でないかぎり奥のガラス戸棚にしまわない。安部公房の『時の崖』は四百三十五部の限定本である。雁皮紙で造られたその本を啓介はむぞうさに本棚に並べていた。一万二千円の値札をつけた『時の崖』がいつのまにか消えているのを発見したのは、一週間ほど前のことだ。

自分が留守をしているときに、友子が売ったのかと思って調べてみた。売れていたのなら値札の半片があるはずである。裏表紙に濃紺のシールを貼りつけており、客に渡すとき値段を記した部分を剝ぎとるのがきまりだ。本の裏表紙には、佐古書店のシールだけが残ることになる。しかし、半片はなかった。さりげなく友子にもたずねてみた。一万二千円の限定本が売れた場合は、友子にしても兄に報告するに決まっている。

消えたのは『時の崖』だけではなかった。内田百閒の『新方丈記』初版も見えなくなっていた。昭和二十二年に新潮社から刊行されたものである。啓介は八千円の値をつけていた。谷崎潤一郎の『鍵』も姿を消していた。昭和三十一年に中央公論社から出たもので、棟方志功の装幀した本である。これには七千円の値札を貼っていた。

ガラス戸棚の中から消えた本もあった。

与謝野晶子の『みだれ髪』である。明治三十四年に、東京新詩社から刊行された本で、こういうものには古本市場でもめったに出会わない。亡くなった父が戦後まもない頃、東北の田舎町で掘り出して来たもので、啓介は店を継いだとき、七万円という値札に貼りかえていた。売れなくても良かった。父が自慢していた逸品だったから、飾っておくだけで店の格を示すことになると思った。

それが無い。

啓介は色を失った。

誰が、いつ、と考えても、まるっきり見当がつかなかった。

店の本棚は毎日、点検する。埃を払うために掃除機をかける。作業ちゅう無意識に本の背文字を読んでいる。どこにどんな本が並んでいるか啓介は覚えこんでいた。かりに不意の停電があったとしても、啓介は手探りで目ざす本を抜きとることが出来るという自信があった。

十一月に入ると、古本屋は格段に忙しくなる。デパートでの古書即売市が終ったかと思えばすぐに神田での古書市があった。目録作りと伝票の整理、組合の会議などで、啓介は目がまわる思いだった。ひまひまには地方から来た注文品を荷づくりして発送しなければならない。午後は店番を友子にまかせて出かける日が多かった。

盗られたとすれば妹がいたときのことだろう。友子は店番をしながら退屈をまぎらわすために、アガサ・クリスティーのミステリを読む。注意の半ばは客に向けているといい張るのだが、やがてひきこまれて物語に熱中すると、店の客など忘れてしまう。本人はそんなことはない、クリスティーを読んではいても店番していることを意識していると主張するけれど、怪しいものだ。

名探偵ポアロが灰色の脳細胞を使って、誰が犯人かを当てる最終章を読んでいるときに客の挙動に気を配ることなんか、出来っこないと啓介は思うのだった。本が十一月に入ってから盗まれたのは確かだ。十月末に啓介は在庫を調べていた。一冊ずつ目を通したわけではないが、高価な本はチェックした。そのときには『新方丈記』も『みだれ髪』も『時の崖』も『鍵』もあった。盗まれたのはだからそれ以降ということになる。

友子が店番をしていた折りにかすめられたのか、自分がいるときに持ち去られたのかは、はっきりしないけれども、それらの古本が消えているのは事実だったから、啓介は緊張せざるを得なかった。

新刊書店でも古本屋でも、万引きされるということは同じだ。新刊書の場合は、売り上げの二パーセントにも達するときがあると、神田の大書店の店長がぼやいたのを啓介は聞いたことがあった。その大書店と、規模の上では格段のへだたりがある佐古書店のようにちっぽけな店で、高価な本ばかりが狙われた以上、今までのようにぼんやりと机に頬杖をついて、今度はどこへ旅行しようかと思案したりするわけにはゆかない。目を光らせて客の一挙一動を油断なく監視しなければ店は立ってゆかない。

啓介はそれが憂鬱だった。

本好きの、しかも古本が好きな人間に悪人はいないというのが、亡くなった父啓蔵の決まり文句だった。啓介も父の口癖を信じていた。父の代に本が盗まれなかったわけではない。しかし、盗まれた本は『ニンニク健康法』とか『愉しいサイクリング』とかいう安っぽい実用書にかぎられていたから、さして弊害はなかった。

一万円前後の本となれば話がちがってくる。

啓介は本盗人に肚をたてた。同時にいささか感心もした。間口一間半、奥行き二間半ていどの狭い店で、あるじの目をかすめて本を懐中にする技術に舌を巻いた。

(しっかりしてよお兄さん。泥棒に感心しても仕様がないじゃないの)

(うん、まあ、そうだがな)

(ガラス戸棚の中に入れた本まで盗られるなんて。お兄さんがその調子では、今にうちのめぼしい御本はみんな持って行かれるんじゃないの)

(現場を押さえなければ仕方がないよ)

そういうやりとりがあった。友子は自分が店番をしていた間に盗られたことはありえないと信じているようだったが、ここで争ってみても仕方がないと啓介は思った。

若い女は右肩にハンドバッグをかけている。左腕に教科書らしい数冊の本をバンドでくくってかかえている。詩集や小説の初版本を並べた棚の前に立って、背文字を読んでいる様子だ。啓介は目の端で女の姿をとらえて注意を怠らなかった。まともに顔は向けないようにしている。客は店主がじろじろ見ると、監視されている気分になって居心地が悪くなり、さっさと出ていくものだ。見ないふりをして見る、それが店番のこつだと、啓蔵が教えたことがあった。旅館の番頭が泊まり客の品さだめをするようにあからさまに見たら、本を買うつもりで店に足を入れた客も、落着かなくなって買う気をなくすものである。

若い女は初めて佐古書店に現われたときから、啓介の注意をひいた。

ふだん見かけない顔だったからではない。容貌が美しかったからでもない。なんとなく挙動に落着きがなかったせいである。

おととい、その女が店を立ち去ったとき、啓介はすぐさま本棚を点検した。なくなっている本はないかを調べた。消えている本はなかった。二回めのきのうも同じだった。女は夕方、佐古書店に現われ、いっとき本棚の前でうろうろして出て行った。そのあと、啓介は入念に本を調べた。盗られたものはなかった。

この女が犯人なのだろうか?

そう思っただけで啓介は息苦しくなった。

心臓がふくれあがって咽喉もとまでせりあがったような気分になった。挙動は腑に落ちないけれど、若い女はどう見ても本泥棒のようには思えない。一、二度、目が合ったとき、女は怯えたような表情を見せた。

しかし、女の目は涼しく、濁りがなくて、暗いかげりは認められなかった。

特定の本を探しているのなら、最初の日にあるかないかはわかったはずだ。もし、その本が棚にあったのなら、何度も手にとったはずだ。女はそうしていなかった。たまに抜き出す本は一冊ずつ別々で、同じ本を二度も取ることはなかった。

啓介は思い切って声をかけた。

「何かお探しの本でもあるんですか」

女がぎくりと体をこわばらせるのがわかった。啓介を見て顔を左右に振った。

「いいえ、ただ見てるだけなんです」

「学生さん?」

女は青山にある大学の名前を答えた。

「こちら、いい本が揃ってるようですわね」

「それほどでもないんですが」

ほめられると啓介はまんざらでもない気持だった。店構えは小さくても、内容では中央線沿線のどの古本屋にも負けないとひそかに自負している。啓介の代になってから、父が遺した貯金のうちかなりの額を、高い古本の仕入れに費していた。初めは収支あいつぐなわないことを覚悟している。しかし、必ず近い将来に、投資した分は利益となって回収できると信じていた。

「お客さん、きのうもお見えでしたね」

「ええ」

女はややうろたえたようだった。啓介と言葉をかわすハメになったことを当惑しているようにも感じられた。啓介はこの女子大生が本泥棒だと思いたくなかった。意志の強さを表わしているような固く結んだ唇、よく手入れされた髪、化粧のあとはまったく見られないが透きとおるほどに白い頬などを見ていると、けち臭いコソ泥まがいの行為をするとは考えられなかった。

——女ってやつは外見で判断できない、

というのは大学院で勉強している啓介の友人岡田章雄が先日もらした言葉である。研究室のロッカーや教授の個室でひんぴんと盗難事件があった。盗難といえば大げさだが、紛失したのは一万円未満の小銭である。鍵をかけ忘れたロッカーがよく狙われた。犯人はまもなくみつかった。教授の助手をしている女性で、章雄と同じ大学院生であった。無口でおとなしい女性で、教授の信頼はあつかった。ロッカーをあけて岡田章雄の上衣を探っているところを、偶然に部屋へ這入った二人の学生に発見されなかったら、彼女が犯人だということを誰も信じなかっただろう。

——女が信じられなくなったよ、

事件のてんまつを語った章雄は、さいごにそういって溜め息をついた。

「お客さん、おとといもうちに見えましたね」

啓介は話しかけた。それには答えずに女は、ではまたと、口の中で低くつぶやいて足早に佐古書店から出て行った。赤いブレザーの肩に十一月の弱々しい光が落ち、一瞬、啓介はまぶしいものを見たように思った。黒いと見えた髪はやや茶がかっていた。

啓介は引きずられるように店の前へ出た。

赤いブレザーを着た女は雑踏を縫って街路の向こうへ歩き去っていた。人ごみに見え隠れする女の後ろ姿を彼は見送った。三日続けて佐古書店を訪れたのに、女は一冊の本も買わなかった。いったい何をしに来たのだろうと、啓介は考えた。その間、なくなった本もなかった。


夕食をすませた頃、岡田章雄がやって来た。

浮かない顔をしている。食事はすませたのかと、啓介はきいた。まだとっていないが、食欲はないという。体の具合でも悪いのかと、友子がたずねた。章雄は黙って肩を落とした。

「病気だったら医者にみてもらえよ」

と啓介はいった。

「病気じゃないったら」

「じゃあ、どうしたんだ。黙っていてはわからないじゃないか」

「おれにもわからない」

「心配事でもあるのかね。溜め息ばかりついていないで洗いざらい話してみたらどうだ」

「話してもおまえわかってくれるかな」

「話してくれなければわからない。いったいどうしたというんだよ」

啓介はいらいらした。

「実はな……」

章雄はいおうかいうまいかとためらっているように見えた。友子がいれたお茶を少し口に含んで、また深い溜め息をついた。啓介は小学生時代からの友人である岡田章雄が、これほど思い沈んでいるのをかつて見たことがなかった。

「友子、片づけものが残っていただろう」

「ええ、そうだけれど」

友子は心配そうに章雄と啓介を等分に見つめた。しばらく二人だけにしてくれないかと、啓介は妹に頼んだ。章雄が話をしにくいのは友子が傍にいるせいと思われたのだ。店に客は絶えている。啓介はわざと快活な口調で話しかけた。また古本のことで地方へ旅行に出かけてくれというのではないか、章雄が来るとどうせそういうことになるのが決まりだったからと、いった。

章雄はむっつりとしている。

「旅行ならよろこんでするよ。北海道へでも沖縄へでも」

と啓介はいった。

「旅行してくれと頼みに来たんじゃない」

「じゃあ何を頼みに来たんだい」

「何も」

「ははあ、教授と折りあいが悪くなったんだな。前からぼやいてたっけ」

「教授とはこの頃うまくいってる」

「いい加減に話してくれよ。おれは気が短いんだから」

客が這入って来た。章雄は開きかけた口をつぐんだ。中年の労務者である。草色の汚れた作業衣にゴム長をはいている。彼はつかつかと本棚の一角めざして近づき、すいと古本を抜きとって啓介の前に置いた。三好達治の『測量船』である。しわくちゃの千円札が二枚詩集の上に重ねられた。

紙幣をさし出した労務者の指は節くれ立っており、黒っぽい油と煤にまみれていた。男の吐く息には焼酎の匂いがした。啓介は『測量船』をていねいに包装し、釣り銭をそえて手渡した。

「ありがとうございます」

「これ、前から欲しかったんだ」

労務者は上半身をふらりと泳がせて立ち直り、詩集を大きな手で叩いた。酔いで充血した目には穏やかな光があった。啓介は黙って微笑した。労務者は掌にのせた百円玉を数えた。

「釣りをまちがえてやしないかね。三百円のはずだがここには五百円ある」

「ほんの少しですが気持だけ勉強させてもらいました」

「おまえさん、商売が下手だね」

「ひいきにして下さい」

「おれは土方だよ」

「そうのようですね」

「土方でも詩を読む。読んで悪いということはないだろう」

「いいことです」

「おれ、三好達治のファンなんだ」

「ぼくも好きですよ。まだ生きてらっしゃるときときどきうちへお見えになりました。おやじと話が合って、酒がお好きな方でしたよ」

「おれも酒が好きなんだよ。おまえさんもやるかね」

「ええ、まあ」

「そのうち飲もうな」

「いいですね」

「酒を飲むために生きてるようなもんだ。しかし、詩も読む」

労務者はひげだらけの顔をほころばせた。じゃあまたといって右手を上げ、くるりと振り向いて店から立ち去った。男のがっしりとした背中を二人は見送った。

「人は見かけによらないもんだよ。古本屋をやってると、いろんな人間が来る。このあいだ来た客なんかどうみても銀行の支店長か一流商社の課長みたいな風采でね。いっけんインテリふうという感じだった。古雑誌をひきとってくれないかというんだよ。段ボール箱で四、五箱あるからというので、近くだったから自宅まで行ってみた。それがおまえ……」

古雑誌といってもバカにはならない。思いがけない掘り出しものをすることがある。まして相手はいかにも読書人らしい教養のありそうな中年男である。齢の頃は四十七、八歳だったろうか。

啓介は書斎に通された。TVとステレオがありヴィデオデッキもあった。洋酒棚には中身がぎっしりつまっていた。本棚には百科事典が並んでいて、本と呼べるのはそれだけだった。他の書物は処分したのかと、啓介はたずねた。（処分？　いや、初めからこれだけだよ）男は不思議そうに啓介をかえりみた。百科事典がひとそろいあれば本は買わなくてもいいではないかと、つけ加えた。

啓介は絶句した。

壁ぎわに段ボール箱が積み重ねてあった。

中をのぞいてみた。ぜんぶ劇画と漫画の週刊誌である。啓介は総合雑誌か文芸誌と期待していたので、しばらく呆然とした。売れないこともないが、面白い取引きではない。劇画雑誌を専門にあつかう同業者の顔を思い出しながら啓介はおびただしい週刊誌をあらためた。下着一枚の女が縄で縛られた写真集もまざっていた。鎖で巻かれ、天上の梁に吊り下げられた裸体の女の写真集もあった。

（あまり高いお値段にはなりませんがねえ）

と啓介はいった。男は細身の葉巻をくゆらしながら、革張りのソファに腰をおろして、値段はいくらでもいいと答えた。

（実を申しますと、うちはこの種の雑誌をあつかっていないんです。しかし、他の店で処分されても大した額になりませんですよ）

（雑誌というものはきみ、ほうっておくとじきに溜まるものだな。狭い書斎では置き場所に困る）

男は葉巻の煙を輪にした。

結局、段ボール箱の中身は啓介が引きとることになった。小型トラックで佐古書店へ持ち帰った週刊誌の山を啓介はざっと分類して同業者を呼び寄せた。タカが劇画雑誌と見くびっていたのだが、思ったより良い値で処分することが出来た。これも商売だと、啓介は自分にいいきかせなければならなかった。

「外見はまったく大学教授みたいだったよ。それが百科事典きりしかない書斎で目をギラギラさせてコミック雑誌を読んでるのだからな」

と啓介はいった。

「おれ、結婚しようかと思うんだ」

「やぶから棒に、なんだい」

「まじめなんだよ」

章雄は眉間にたてじわを寄せた。

「相手は誰だ。おれの知ってる女の人かね。いずれ会わせてもらいたいな」

「会ってくれるか」

「しかしおまえ、何があったんだ。結婚しようとしてるのにおまえの顔色はぜんぜん冴えないよ。まるで無期刑を宣告された囚人のような顔つきだ。その相手というのは……」

とつぜん、啓介の脳裡にひらめいたものがあった。章雄がなぜやるせなさそうな表情でいるのかも理解できた。その相手というのはロッカーの小銭を盗んだ女だろうと、啓介はいった。章雄はうなだれていた顔を上げた。顔に意外そうな表情が拡がった。

「そうなんだ。しかし、どうしてわかる」

「カンだよ。なんとなくな」

「落合遼子というんだ。東北の田舎に帰っちゃったよ」

女が盗った金はわずかな額だったので、保証人である教授が被害者に弁済したそうである。女の方も所持金の他にある程度の金を教授に返したという。教授がすべてを内々のうちに解決した。女は助手の職を辞任して郷里へ去った。そういう事件が起る前から女を好きだったのかと、啓介はたずねた。

「嫌いではなかった。しかし、感じのいい女性だと思うくらいでね。結婚したいとまでは考えていなかった。自分でも不思議なんだ。気持の変化がね。盗癖のある女をどうして好きになったのか。おれは彼女を憐んではいないつもりだよ。憐みを愛情と混同してやしない。そんな動機で結婚できるものではないから」

「結婚というのは人生の一大事だしな」

啓介は店と居間を仕切った障子のきわに友子がたたずんでいる気配を感じとった。いつのまにかこっそりと忍び寄って来て、二人の会話に耳をすませていたのだ。

「落合遼子は両親の家がかなり広い田畑を持った農家なんだ。生活に困って金を盗んだのじゃない。女にはよくあるだろう。ふとした出来心というやつ。衝動的な。あれに負けたんだと思う。そう考えるとむやみに気になって仕様がないんだ。おれが傍についていてやりたい。おれがいたら盗みなんかさせない」

「おれはどうかと思うな。出来心にせよ何にせよ、盗みは犯罪だよ」

「わかってくれないんだなあ。警官みたいなことをおまえいうじゃないか。おれの気持を、おまえだったらわかってくれると思ったから、ここへ来たのに。時間の無駄というものだった」

章雄は立ちあがった。

「待ってくれ。もう少し話したいことがある」

啓介はひきとめようとして、章雄の上衣の裾をつかんだ。章雄はすげなく啓介の手を払って店を出て行った。啓介はぼんやりと店の前に立ちすくんだ。夜の光が溢れている街路に章雄の姿はたちまち遠ざかって見えなくなった。彼は迷っているのだと、啓介は思った。親身になって章雄の悩みをもっと聴くべきだったと、後悔した。結婚を決意しているのだったら、ああまで悩みはしないだろう。

啓介はゆっくりと自分の店にひき返した。

時刻は早いけれどもシャッターをおろすことにした。きょうは商売する気分ではない。

シャッターを閉じ、ガラス戸を引いて、明りのスイッチに手をのばした。習慣的に本棚を見まわした。スイッチを押す直前、それが目にとまった。啓介は初め錯覚かと思った。本棚に近よって調べた。内田百閒の『新方丈記』である。井伏鱒二の『夏の狐』と宇野浩二の『思ひがけない人』の間からそれは背文字をのぞかせている。

啓介は念のため抜きとって点検した。

裏表紙に佐古書店のシールが貼ってあった。きょう、本棚をすみずみまで調べたときには見あたらなかったのだ。いつ、ここに押しこまれたのだろう。めぼしい客を思い返してみた。何人かの客が古本を売りに来た。買いにも来た。みな近所に住む顔なじみである。

岡田章雄ではない。彼はきょう本棚には一指も触れなかった。ほろ酔い機嫌の労務者でもなかった。彼は手ぶらで店へやって来た。一人ずつ消去してゆくと結局、のこるのは赤いブレザーコートを着た女子大生しかいない。

——やっぱり、あの女が犯人だったのだろうか。本を盗みはしたものの、罪の意識に耐えかねて、こっそりと返しに来たのだ。

初めはそう思ったが、腑に落ちなかった。わざわざ返しに来るというのがおかしい。小包にして送ればすむことなのだ。見つかる危険を冒してまで、盗んだ本を棚に戻したのはなぜだろう。

女子大生は教科書の上に『新方丈記』を重ねて持ち、啓介が気づかないうちにそれを本棚へ収めたのだ。すると、残りの三冊も彼女が盗ったのだろうか。啓介は再びスイッチの所へ戻り、こぶしでトンと叩いて明りを消した。

「そうなの、戻ってるの」

友子は啓介から『新方丈記』のことを聞いて本棚へ見に行き、首をかしげながら居間にひき返して来た。本が戻っているからといって、必ずしもあの女子大生が犯人とはかぎるまいという。啓介は日ごろ友子の意見を尊重して来た。男が考えつかない見方を口にしてはっとさせられることが多かったからだ。

「別人が盗ったのを女が返しに来たとでもいうのかい」

と啓介がいうと、はっきりしたことはいえないけれどもと前置きして、友子は女子大生を本泥棒ときめつけるのは早まっているような気がすると、いった。

「根拠はないの、女の直感っていうのかしらね、なんとなくそう思えるだけ」

「おれもそうなんだ」

「お兄さん、あの学生が好きなんでしょう。わかるわよ」

女はこうだからと啓介は苦笑した。話につじつまが合わない上に、とんでもない論理の飛躍があると指摘した。友子はうっすらと笑って、いった。

「今度、あの人が来るのを楽しみにしてるんでしょう」

「もう来ないよ。おれがトンマな店番だと見抜いてはいるだろうが、二度も危ない橋を渡るようなことはしないだろう」

「賭けましょうか。来るか来ないかを」

「何にする」

「洋画のロードショウ。あの人がまた来たらあたしに映画をおごってちょうだい」

「来なかったら」

「来るわよ」

友子は自信たっぷりだった。


一週間たった。

啓介はなるべく外出を見あわせて、電話ですませられる用件は電話ですませた。自分が店をあけている間に、女子大生が来はしないかという不安があった。客が店に這入ってくるつど、あの女子大生ではないかと思った。日が過ぎるにつれて、女の顔はますます鮮かになった。店番をしながら女とかわした短いやりとりを何べんも反芻した。

通っている大学は教えられたけれども、名前がわからない以上、問合わせられはしない。まさか校門の前で見張るわけにもゆかない。啓介は『新方丈記』を調べた。裏表紙のシールは値札がついたままだから、佐古書店の外へ持ち出して、よその古本屋へ売り払ったのを買い戻したのではない。それはわかる。

啓介はページをめくった。読む気はなかった。手紙か紙片でもはさんでありはしないかと思ったのだ。それらしいものは無かった。さいごのページまでめくって、もう一度、第一ページに戻った。黒い筋が目にとまった。一本の頭髪である。啓介は眉をひそめてそれをつまみあげた。長さは十センチほどである。髪の毛がはさまっていたページを見た。煙草の灰がくっついている。ビスケットの粉のようなものも付着している。

啓介は『新方丈記』が持ち出されるまで、こんな物はページにくっついていなかったことを知っていた。『私は一千万円をこうして貯めた』とか『梅干健康法』とかいう安本ならともかく、古本市場に出まわる機会も稀な書物は、本棚に並べるときページをあらためて書きこみや汚損が無いかを調べるのがふつうである。あの女がビスケットをむしゃむしゃ食べながら読むとき、髪の毛が落ちてページにはさまったのだろうかと、啓介は思った。女は煙草も吸うのだろうか。

啓介は髪の毛を明りにかざした。

匂いを嗅いでみた。かすかにトニックの匂いがしたように思った。女の髪は茶がかっていたようだ。この頭髪はまっくろである。ちぢれてもいない。短く刈った女の髪には全体に軽くウェーヴがかかっていた。

「友子、ちょっと来てくれ」

啓介は妹に頭髪を示した。

「それ、なあに」

友子は気味悪そうに髪の毛をみつめた。

「これは男の髪か女のか見当がつかないかい」

「男の人のもののようだわね」

「なぜ」

「だって、毛根がついてるでしょう、硬くてふといわ。女の髪って男の人のより柔らかいものよ。ああ汚い、手を洗ってこようっと」

友子はさっさと台所へひっこんだ。

女はA学院大の学生である。男はビスケットを食べ、煙草をのむ。これだけでは何の手がかりにもならない。啓介は『新方丈記』のページからビスケットの粉と煙草の灰をクリーナーで落とし、髪の毛を屑籠にすてた。『時の崖』と『みだれ髪』『鍵』の三冊が、女とつながりのある男によって持ち去られたかどうかは、まだ確証がなかった。まったく二人と無関係の別人が盗んだ可能性も残っていた。いずれにせよ、待つしかない、啓介はそう考えた。

店の前を赤いものが横切った。

啓介はあわててとび出した。

例の女子大生が通りすぎたのかと思ったのだ。ブレザーコートは同じ赤だったが、似ても似つかぬ女性だった。啓介は力なく店へ帰った。電話が鳴った。岡田章雄の声である。

「この前はすまなかった」

「おれの方が悪かったんだよ。あれからしばらくたって電話したらおまえ、秋田へ旅行したんだってお母さんから聞かされた。女の人に会いに行ったんだな」

「秋田の能代なんだ。ずっと北の方、海岸寄りの」

「知ってる。で、どうだった」

「本人が会いたがらないので弱ったよ。二日めにやっと一時間ほど会って話が出来た。おれの気持は嬉しいが、自分には資格がないというんだな。どうしておれが結婚したいというのかわからないんだそうだ」

「そこのところを旨く説明してやれば良かったのに」

「説明できないんだ。自分でもなぜ遼子さんを好きになったのかわからないんだから」

「仕様のないやつだ。しかしまあ、根気よく努力してみるんだな。おまえにその気があればの話だが。十一月の東北は良かっただろう」

「景色なんか目に入るもんか。そんな気分ではなかったよ。旅行なんて気持のゆとりがなければ空間を移動するだけのことだ」

「遊びに来ないか。こっちにも聴いてもらいたい話がある」

「身を固めようというのかい。おまえはおれとちがって一家の主だから早めに結婚するがいいよ」

「そんな話じゃないったら」

「旅行から帰ったばかりなんだ。疲れているし、調べ物も溜まっている。来週の初め頃寄らせてもらうよ。じゃあ」

啓介は電話を切った。章雄の声に疲れが出ていた。能代くんだりまで出かけて、彼はたった一時間しか落合遼子と会えなかったのだ。啓介が電話をかけたのは章雄が店へ来た翌日である。そのときは既に秋田へ発っていた。往復の二日をさし引いても、ほぼ五日間は能代のたぶんホテルに章雄は滞在し、女と会おうとしたのだ。話によると、じかに会えたのは一時間という。のこり三日間はしきりに電話をかけて会おうとつとめ、結局は願いがかなえられず東京へ帰って来たのだろう。疲れるのは当然という気が啓介にはした。

それにしても落合遼子という女性は、岡田章雄にとってよっぽど魅力があるらしい。どんな女なのだろう。うす暗い店の奥で啓介は章雄が能代まで会いに行った女性の顔立ちを空想した。しかし、目の裏に甦るのは赤いブレザーコートを着た女子大生だった。

「お兄さん、ごめんなさい」

表から友子が駆けこんで来た。買い物籠を下げている。どうしたんだときく啓介に、彼が頼んだ書籍小包を買い物のついでに郵便局へ持ってゆくのを忘れていたといった。

「そんなことか。おれが行って来るよ。友子、すぐに帰るから店番しててくれ」

「寄り道しないでね。お夕食の支度がありますから」

啓介は書籍小包を自転車の荷台にくくりつけて走り出した。郵便局までは一キロほど離れている。中身は北海道の旭川市に住む中学教師が佐古書店の目録で注文して来た吉岡実の詩集『僧侶』と庄野潤三の随筆集『クロッカスの花』の二冊である。奇妙なとりあわせではあるが、吉岡実と庄野潤三という個性的な作家を愛読する北国の教師に、啓介は商売気ぬきで淡い友情を覚えた。もしかしたらこの教師は啓介と同じ年齢ではないだろうかと注文の葉書を読みながら考えた。筆蹟がどことなく若さを感じさせた。不便な土地でその教師は東京の古本屋から送られてくる目録にささやかな慰めを見出しているのだ。(旭川にはまもなく初雪が降ります)葉書のすみにはこういう一行が書きそえてあった。

郵便局に這入って啓介は小包を受けつける窓口へ進んだ。さいわい混んでいない。三人の男女が啓介に背中を見せて順番を待っている。その一人を見て啓介は棒立ちになった。

あの女子大生だ。

きょうは黒いブレザーコートを着ている。スカートの柄はこのまえと同じである。髪の形と色は見まちがいようがない。啓介はこっそりと女の後ろに歩み寄った。郵便局員と何か話しあっている。局員はいった。

「小包を書留になさりたいのなら、おたくの住所氏名を記入してもらわなければ困ります」

「どうしても記入しなければなりませんか」

女子大生は困惑したような口調でたずねた。常識だろうと初老の局員はたしなめて茶色の紙で包装した四角な包みを押し返した。女の肩ごしに啓介は小包の宛名を読みとった。杉並区阿佐谷北一の一六の五、佐古書店御中。

女子大生は小包を両手で持ってカウンターの端に歩いて行った。啓介はすばやく彼女の後ろに移動し、料金表を読むふりをしながら思案した。本当の住所氏名を書くだろうか。その可能性は小さい。局へ提出する証明書に偽名を書いたってわかりはしないのだ。彼女を横目でうかがった。佐古書店に宛てて送る小包の中身は消えた三冊の本のはずだ。もしもここで彼女を見失ったら再び会える機会は訪れないだろう。彼女は赤い紙片に考え考え何やら書きつけ、小包をかかえて窓口に戻ろうとした。啓介はその前に立ちふさがって声をかけた。

「切手を貼る必要はありませんよ」

女は目を一杯に見開いて立ちすくんだ。小包を胸にしっかりと押しつけた。外へ出ないかと、啓介は誘った。ふり向いて出口へ向かった。後ろからためらいがちについて来るブーツの音を耳で確かめた。

郵便局の近くに小さな喫茶店があった。啓介は店の奥まった所に女子大生を導いた。彼女は依然として小包を両手で胸に抱いている。奪われまいとでもするように。客はカウンターに一人しかいなかった。啓介は椅子に浅くかけた女子大生をみつめた。

「小包をいただきましょうか。宛名はうちになってるようですから。ここでお会い出来て良かった」

そういわれて女は初めて自分が抱きかかえている小包に気づいたようだった。すばやくテーブルに置いて目をそらした。

『新方丈記』を返したのもあなたでしょう。小包の中身は『時の崖』と『みだれ髪』それに『鍵』ですね。返してもらえれば何もいうつもりはありません」

啓介は息をのんだ。女がぐらりと上半身を傾け、テーブルに突っ伏すような恰好になったのだ。女はしばらく啓介に身をかがめて体を持ち上げた。

「すみませんでした」

かぼそい声で女はつぶやいた。

「あなたがあやまることはないでしょう。本を盗ん……本を持ち出した当人ではないんだから」

女は目を伏せている。

「誰なんですか」

ウェイトレスがコーヒーを運んで来た。しばらく沈黙が続いた。啓介の方が先に口を切った。

「あなたは本を古本屋から持ち出すような人じゃない」

「さあ、どうですかしら」

「誰をかばってるんです。なぜ、かばう必要があるんです」

「あのう、お金なら少し持合せがあります。本を盗んだことで生じた損害というかご迷惑というか、お金で弁償できるものならさせていただきたいんです」

女はハンドバッグを開いて折りたたんだ千円紙幣を何枚か取り出した。啓介はあわてててそれを押しとどめた。金を要求しているのではないと大声でいった。カウンターの客がふり向いてこちらに目をやった。

「じゃあ、あたし、これで失礼します」

女は立ちあがった。啓介は待って下さいといった。女は十秒ほど突っ立って啓介を見下ろしていたが、がくりと椅子に崩折れた。椅子がそこになければ、床に倒れてしまいそうなすわり方だった。まぢかに見ると、女の顔にはやつれがうかがわれた。目のまわりに薄い隈がある。女はコーヒーカップに指をかけた。カップと受皿が触れあって鋭い硬質の響きを発した。女は指を慄わせていた。

「さしつかえがなかったらあなたのお名前を聞かせて下さい。お厭でしたらいいんです。むりにいってもらおうとは思っていないんですから」

と啓介がいい終らないうちに女はコートの内ポケットから学生証を出してテーブルの上にのせた。啓介は名前をたずねて後悔した。素直に相手が告げるとは予想していなかったのだ。女が犯人ではないという思いは学生証を見たことでいよいよ強くなった。杉並区荻窪五の二一の一七翠苑荘、笠原恭子。

翠苑荘という名前からして女性だけが暮らすアパートらしかった。啓介は学生証を笠原恭子に返した。

「本の話はもうやめにします。しつこくたずねて気を悪くなさったでしょう。あやまります」

「あなたが詫びをおっしゃることはないんです。あたしたちが……」

女は口をつぐんだ。あたしが悪いんですといい直した。アパートに住んでいるところを見ると地方の出身なのだろうと啓介はいった。

「困ったな。すぐに質問調になってしまう。別に他意はないんです。ぼくは旅行が好きなもんだから、地方の出身と聞けばそこがどこなのかたずねるのが癖になってましてね」

「九州なんです。九州の長崎」

「田舎を持っている人は羨ましいなあ。ぼくは東京の生まれです。学生時代に友達が夏休みに入って田舎へ帰るのを見てわびしい思いをしたもんです」

「田舎って東京の人が思ってらっしゃるようないい所じゃありませんわ」

「ぼくの父は長崎出身なんですよ。あなたの話し方を聞いておやじのことを思い出しました。おやじは若いときに上京して東京は長いんですがね。死ぬまで九州弁の訛りがとれなかった」

啓介は今年の初夏、長崎へ行ったことを思い返した。灰色がかった薄茶色の石畳を敷いた南山手の坂道から見た港の光景や、中島川にかかった石造りの眼鏡橋を懐しく思い浮かべた。

「あなたが長崎の方とは意外でしたよ。東北のご出身かと見当をつけてたんです」

「『新方丈記』を持ってお詫びにうかがったんです。あのときはあれ一冊きりしか手許になくて。本棚に押しこむのではなくて、ちゃんとお渡ししてあやまるつもりでした。でも勇気がなくてあんなことに」

「本の話はもういいといったでしょう。持ち出したのはあなただとは思っていません。仮りにあなただったら、四冊いっぺんに返しに来たでしょうから。本を盗むのにスリルを覚えている男、人生に退屈してるのかな、まあ、そんな男を考えています。あなたの親しい友人かも知れません。しかし今となればどうだっていいのです」

女は目を宙にさまよわせている。焦点の定まらない目が見ているのは女の恋人にちがいないと啓介は思った。うっかり者が店番をしている古本屋から高価な書物を盗み出したと、自慢たらたら古本を見せびらかしている男の顔を想像した。読書家ではあるはずだ。自分の才能とある種の魅力を過信している若い男。啓介はそいつを憎んだ。憎しみがあまりに強く、みぞおちに焼けた鉄を当てられたような痛みを感じるほどだったので、啓介は見たこともないその男に自分は嫉妬しているのだろうかとさえ思った。笠原恭子はたぶん男の留守を見はからって四冊の本を手に入れたのだろう。

「今年はわりと旅行する機会が多かったんです。神戸とか京都、新潟、長崎にも行きましたよ。いい街ですねえ。また出かけたいな。今度は仕事なしでゆっくりと街をぶらつきたいもんだ」

「長崎がそんなに気に入りました?」

「おやじの生まれた土地だと思うと、初めて訪れたという気がしませんでした。あれはどういうんでしょうね。ずっと以前に一度、見たような感じがしたんです。そういうことがあるでしょう」

「佐古さんが長崎にいらっしゃったとき、あたしが帰ってましたら街をご案内したいわ。お邪魔でなかったら」

「ぜひそう願いたいものですね」

女は手帳を出して長崎の住所を書き、そのページをちぎり取って啓介に渡した。電話番号も書きそえてあった。

「ぼくの友達がね、さいきん秋田へ旅行したんです。能代を知ってますか」

「能代……あたし東北は不案内なんです」

「帰って来たそいつに、東北の秋は素晴しかったろうっていったら、気持にゆとりがなければ景色なんか目に入りはしないって、そっけない返事でした」

「大学をやめて郷里へ帰ろうかと思ってるんです。東京の生活がつくづく厭になって。疲れているのかも知れませんわね」

　笠原恭子は手のひらを頬に当てがった。細長い指で目蓋を軽く押さえもした。啓介は黙っていた。岡田章雄と落合遼子のことを考えた。遼子も恭子のように（東京の生活がつくづく厭になっ）たのだろうかと考えた。章雄たちは遠からず結ばれそうな気がした。遼子が強引に会おうとしないのが、章雄の気持を受けいれている証左である。章雄にまったく心を動かされていないのならば、求めに応じて何回も会っただろう。

　そして笠原恭子と本泥棒の見知らぬ男の場合は近いうちに関係が破綻するように思われた。根拠はなかった。長崎に帰りたいと恭子がつぶやくのを聞いただけでそう思った。啓介は他にどんな話をしても章雄と遼子のことだけは恭子に語るまいと考えた。恭子を前にして初めて啓介は、章雄が遼子を心の底から愛していることを思い知った。

　啓介と向かいあった女は、スプーンで飲みさしのコーヒーをかきまわしていた。さっきまで認められた体の硬直した線はすっかりとれていた。恭子は顔を上げないでいった。

「旅行はいつも一人でなさるんですか」

「まあ大体、一人の方が多いようですね」

「一人でなさるのが好きだから？」

「別にそういうわけでもない。自然と一人でするハメになってしまうだけのことですよ」

　女は上目づかいにちらりと啓介を見た。

「こういう言葉をご存じですかしら。旅は一人に限るって」

「旅は一人に限る……」

「戯曲を書き批評もする日本の作家がいった言葉です。妙に忘れられないんです、その一句が。旅は一人に限る。なぜなら、二人でしたならばもっと愉しいにちがいないと思うことが出来るから、というのです」

「なるほど。で、あなたはどう思いますか。やはり旅は一人に限ると信じていますか」

という啓介の質問に、恭子は微笑して答えなかった。

鶴　――佐古啓介の旅㈥――

野呂邦暢

啓介は長崎駅前の高架広場の上にたたずんだ。午後七時四十五分、急行〝出島〟からおりたばかりである。風が鉄柱で支えられた広場を小きざみにふるわせるほど強く吹いた。啓介はコートの襟を立てた。

初めて長崎を訪れたのは今年の五月である。望月洋子にたのまれて、伊集院悟という詩人の肉筆原稿を手に入れるために来たのだった。首尾よく肉筆原稿を手に入れて列車に乗ったとき、いずれ近い将来、この街を訪れることがあるかもしれないと思った。ちゃんとした根拠があるわけではなかったが、父の啓蔵は長崎生まれである。

若いときに上京して以来、一度も故郷へ帰らなかった。長崎の思い出も子供に語らなかった。啓介は大学を出るまで、父のそうした態度をあれこれと詮索する気が起きなかった。自分のことで頭がいっぱいだった。つとめていた小さな出版社をやめ、父のあとをついでから半年以上たっている。まがりなりにも佐古書店の主人となり、見様見真似で古本屋をいとなんでみると、理想と現実のへだたりをつぶさに思い知らされた。

啓介はわずかな身の回り品をおさめた旅行鞄を足もとに置いて、夜の街を眺めた。

初めて来たときも、見知らぬ土地のような感じはしなかった。父が生まれ育った街と思えば、どことなく懐しいのである。

長崎駅でおりた旅行者は、いったん高架広場にあがり、そこから四方に通じた歩道橋を渡って駅と向かいあった通りにおりる。

十二月。

高架広場は背をかがめて足早に歩く人波で溢れていた。啓介のようにぼんやりと突っ立っているのは、他に一人もいなかった。父が長崎へ二度と帰らなかった理由が、古本屋を経営しているうち啓介の疑問の対象として、しだいに大きくなった。やがて再訪することになるだろうと予感したのが、実現したわけである。父がなぜ故郷をすてたのかを今度つきとめることができるという自信はなかった。

しかし、いくらか手がかりはあった。その手がかりをたよりに街を歩いてみて、父の過去にまつわる謎を解明できたら満足だが、解明できなかったとしても、それはそれで仕方がないとも考えた。啓介はただ長崎へもう一度来たかっただけのことだ。伊集院明子はどうしているだろうと、思った。詩人の妹である。たしか、〝エミイ〟という酒場で働いていたはずだ。明治の初期に長崎市の南山手に住んでいたイギリス人の血を引いているだけあって、大きな目とやや肉感的な唇の形が印象に残っている。

駅のプラットフォームまで見送りに来た明子は啓介にいった。今度は仕事を持たずに遊びに来るようにと。車で案内してやりたいともいった。第一回の長崎旅行は仕事のためであった。二回めは仕事とはいえないが、遊びともいえない。啓介は身ぶるいして、旅行鞄を取りあげた。厚手のコートを通して風の冷たさが身にしみた。交通公社に依頼したハーバーサイドホテルというのは、駅から歩いて十五分の距離である。あらかじめ市街地図で位置をたしかめていた。

五月に泊ったGホテルは、港を見おろす丘のはずれにあり、長崎でも有数の高級ホテルである。旅費宿泊費のいっさいを出したのは望月洋子であった。今度のように自分のためにする旅行ではぜいたくなど許されない。ハーバーサイドホテルは名前こそいかめしいが、船員相手の古びたちっぽけなビジネスホテルであった。

電車通りにそって歩いた。

潮の香りと廃油の臭いが入りまじった風にもまれるようにして歩いた。旅行にあてたのは二泊三日である。啓介が東京を発ったのはきょう土曜日の午前九時であった。月曜日の朝は長崎をはなれなければならない。

チェックインすると507の番号札がついたキイを渡された。五階が最上階である。窓の外には港の黒い水が拡がっていた。夕食は新幹線を博多駅でおりたときに買った幕の内弁当ですませていた。

とりあえず熱い風呂にひたり、旅の疲れをいやした。十一時間も列車のきゅうくつな座席にかけていると、体にこたえる。筋肉がこわばり、骨の髄まで疲れがしみこんだように感じられる。啓介はとっぷりと全身を湯に沈めて、これからの予定を考えた。

ぐずぐずしてはいられない。

調査のためにまるまる使えるのは明日一日かぎりだ。

風呂からあがると、啓介は旅行鞄の中から、濃紺の美濃紙で装幀された新書判大の和本を取り出した。四つ目綴じで表紙には細長い短冊が貼ってあり、手書きの墨文字で「歌集　友鶴《ともづる》」と読まれた。ぜんぶで三十ページの薄い本である。

啓介はベッドに寝そべって歌集のページをめくった。新幹線〃ひかり〃の車内でも、くり返し目を通したのだが、本が造られた土地で、しかも歌集の題名がそこから由来する港の近くで読むことに特別の感慨があった。長崎港は地形的には溺れ谷である。長い二つの岬にはさまれた形で奥深く湾入した港のはばは狭い。「鶴の湊」というのが旧い呼び名であったという。鶴の長いくちばしに港をなぞらえたのか、羽根を拡げた形に似ているからそうなのかは啓介はわからなかったが、父の生地である長崎の海にそのように優しい名称がついているのを知るのはいい気持だった。

歌集のなかに父啓蔵が作った短歌があった。

(おやじが短歌を詠んでいたんだって)

啓介は妹の友子に告げた。

(信じられないわ。何かのまちがいではなくって?)

友子はおどろいた。歌集を開いて初めて兄のいうことがまちがいではないと認めたが、当初は半信半疑だった。啓介が大曽根家から帰った夜のことである。兄妹は一冊をおたがいに手に取り、その晩はおそくまで眠らなかった。

大曽根辰次は父の数少ない旧友の一人である。一週間まえ啓介に電話をかけて来た。

永年、住んでいた小石川の家を売り払って八王子のマンションに引っ越すことにした。ついては蔵書の大部分を処分したいので引き取りに来てもらえまいかというのである。大曽根辰次は父の葬儀にも列席した。仕事以外のつきあいを啓蔵はほとんどしなかったから、故人の友達として焼香したのは大曽根辰次だけであった。彼が友人を代表して弔辞を読んだ。

小石川あたりまで啓介がさしせまった用事をうっちゃって出向いたのは、そういう義理もあったためだった。

掘出し物はもともと期待していなかった。

四十年以上も税理士として生きて来た人物の蔵書に、めぼしい本があるとは思っていなかった。そして事実、これはという出物は見当たらなかった。『税法大全』とか『会社経営の要諦』とか、それも新版なら売れるけれども十年も昔の版である。実用書というのはそうしたものだ。えりわけながら啓介はがっかりした。段ボール箱に五箇分はあろうと思われるほどの分量である。これでは運送店から借りた小型トラックの謝礼と油代にしかならない。『相続税の実際』『税務必携』『贈与税の抜け穴』などという書名を見るだけで啓介は頭が痛くなって来た。

(早いもんだねえ、おやじさんが亡くなってもう半年か、いやもっとなるかな)

(八か月になります)

(啓介くんといったな。こうして見るとあんた、おやじさんにそっくりだね)

大曽根老人は啓介の傍でのんびりと煙草をくゆらしていた。

(せっかくですが、御本はあまり値が張りませんですよ。この種の専門書は新版しか書い手がつかないんです。法律は年々変りますから。歴史の専門書なら版がふるくてもいいんですが)

(そんなものだろうね。わしも高く売れるとは思っていなかった。しかし、ちり紙交換に出すよりましだからね。マンションが広かったら払い下げはしないんだが、二LDKでは夫婦で住むのがやっとなんだ。とても本を置けるような余地はない)

(で、これだけですね)

啓介は念を押した。蔵書をひとまとめに処分させられるときの決まり文句である。初めの見込みより高く売れないと知った所有者は、売るつもりのなかった蔵書を持ち出して処分本に加えることがある。そんな書物のなかにえてして掘出し物がまざっているものだ。せんだって啓介は近所の不動産業者から蔵書の処分をたのまれた。書物は大半が不動産取引きの実務に関するものばかりで、あてにしていなかったので格段に失望もしなかった。失望したのは不動産屋の方で、相手は古書と名のつくものはどんな種類の本でも売れるものと予想していたらしかった。

（たったそれだけかね）

彼は落胆の色を隠さなかった。屑屋に売るような値段ではないかと不満そうにいった。古紙の相場が落ちているから今どきは屑屋も古本にはいい顔をしないと、啓介はいった。

（他に何かありませんか）

（ないこともないが、あんなの売れやしないだろうと思ってとっといたのがあるよ。一応、見てくれるかね）

不動産屋は奥の部屋からひと抱えの書物を運び出して啓介の前に重ねた。『小久保県維新記』という和本で、表紙は紙魚と雨もりでぼろぼろになっている。小久保県というのが明治初年にできた千葉県の一部旧称であるのは啓介も知っていた。当時は行政区画とその名称が土地によってひんぴんと変っている。杉並区役所の公印が押された昭和二十年代の区地図、『佐倉藩分限帳』『松尾藩御法度集』などというしろものを手に啓介は不動産屋がどうしてこんなものを持っているか見当がつきかねた。地方史の研究家には、とくに千葉県関係には貴重な資料である。

啓介が思いきった値をつけると、相手は相好をくずした。

（わたしがなぜこんなものを持ってたかって？　商売ですよ商売。うちは里が千葉でしてね。父の代からあちらで商売をやってた。土地山林の売買にはもめごとがつきものなんだ。先祖代々わが家のものだったと主張している土地が、よく調べてみるとそうではなかったりしてね。戦前は遺産を分配する段になって訴訟沙汰になることが珍しくなかった。戦後は地籍番号が整理されて、そういう争いは減ったけれどね。で、この『佐倉藩分限帳』だが、これは藩士の名簿なんだ。家老から平侍までのサラリーがのっている。五百二拾石、鈴木親重、わかるね、終りの方にゆくと金一枚三人扶持とかいう可哀想な男がいる。ほら、この松下幸之進という男。幕末は物価があがったから、生活は楽じゃなかったと思うよ。金一枚三人扶持でどうやって妻子を養ってたんだろうねえ……)

(お話の途中ですが「分限帳」と土地の正当な所有者と、どんな関係があるんですか)

(父から聞いた話なんだ。戦前の民法では親の遺産は長子相続ということになっていた。今は子供が法的には平等の相続権を持っている。父が関係したのは元佐倉藩士であった旧家の遺産分配問題だがね、土地山林を長男が相続することになったとき、分家が相続権を主張した。その旧家は本家とは名ばかりで、正当な権利はわが方にあるといい出して訴訟を起したのさ。くわしい経緯は省くがね。父はその旧家と縁続きでもあったんでいろいろと資料を集めて、土地の正当な所有権が誰にあるかを調べた。「分限帳」にのっている身分で本家と分家の知行がわかる。「御法度集」は今でいえば地方の条令だな。たとえばここに……)

といって不動産屋は虫喰いだらけになったページの一か所を太い指でさした。

(文久三年八月御条目条々としてこんな文章がある。「このたび仰し出でられ候の御法度書のおもむきは毎度、庄屋、組頭の立合いによって小百姓どもに読み聞かせ相守らせるべし」。いいかね、次が肝腎だ。家の修理、山林の伐採も書面で許可を願わなければならないというくだりがある。もちろん田地の修復もだ。父が文書を調べてみると訴訟の対象となった山林の伐採許可を願い出た書付が出て来た。文久三年というのは、ええと、明治の前が慶応で）

（万延、文久、慶応の順でしたね。万延元年が一八六〇年です。次が文久ですから文久三年といえば一八六三年ということになりますね）

（きみ、若いのにくわしいなあ）

『万延元年のフットボール』は大江健三郎の小説である。学生時代に啓介はこの作家の初期作品『死者の奢り』や『芽むしり仔撃ち』を愛読したものだ。『万延元年のフットボール』までほとんど新作が出るたびに買って読んでいる。幕末の年代にくわしいのは万延元年が一八六〇年にあたることを知っている程度で、それ以前は弘化と嘉永はどちらが先であるかも知らない。

（江戸時代にできた家系図の少なくとも八割はにせものといわれているんだよ。先祖をもっともらしくでっち上げるのが流行したんだな。今でも似たような時勢だがね。だから昔の系図だけでは本当の家系というのはつかめない。かえってこんな「分限帳」やら「御法度集」が役に立つということだよ）

不動産屋から買い取った古文書は千葉の県立図書館に出入りする古本屋が、かなりいい値で引き取ってくれた。むやみにこのような例があるわけではないが、啓介には勉強になった。大曽根家で山と積んだ反故同然の古本を前にして（で、これだけですね）と念をおしたのは、そういうことがあったからだ。

小型トラック一台分の古本を買いとろうというのに、売り物になるのがたった三冊というのは情けない。大内兵衛著『財政学大綱』は昭和六年刊の初版、島恭彦著『財政学概論』も初版ではあるがずっと新しくて昭和三十八年刊、いずれも岩波書店の刊行である。ハンセン著『財政政策と景気循環』は都留重人訳の日本評論社から昭和二十五年に出版されたものだ。経済学の専門書ばかりを扱っているTという古書店主が、業者だけの集まる先日の市《いち》で、探している本のことを話題にした。三冊はTが手にいれたがっている書物に含まれていた。たいした額にはならないが、『贈与税の抜け穴』などという屑本よりはましである。

（あいにくだがこれだけなんだよ）

大曽根老人は気の毒そうな顔をした。奥さんが紅茶とせんべいを運んで来た。

（おまえご覧、啓蔵君とそっくりだろう。こうやって古本をためつすがめつしている顔つき。わしはさっきから血は争えないものだと感に耐えんのだ）

（そりゃあ、親子ですもの。当たりまえですわねえ。でも、こんな古本、お荷物になるばかりで、かえってご迷惑じゃありませんの）

品のいい奥さんが夫をたしなめ顔で笑いかけた。大曽根老人は父と同年だった。奥さんも啓介の母と生まれはさほど違わないはずだった。啓介は紅茶をすすりながら二人を見くらべ、夫婦というものは永年、生活を共にするうちおたがいに似てくるという話は本当だと思った。大曽根老人と奥さんは兄と妹のように似ていた。啓介は夫婦というものの不思議さを考えた。彼の母は八年前、啓介が高校を卒業した年に亡くなっている。飲みほしたカップを置いたとき、母の面影がよみがえった。友子のことを思い、妹がいずれは結婚する相手の男はどんな人間だろうと感傷的になった。

（啓蔵君の若いときがあんたそっくりだった。そうしてきちんと畳に正座して目を伏せた感じがね）

（父の若いときのことをご存じですか）

啓介は顔を上げた。そういえば大曽根老人も生まれは長崎だと何かの折りに聞いた覚えがある。知ってはいたが、父の秘密めいた過去と大曽根老人のことを結びつけて考えたことがなかったのだ。

（あまり良く知っているとはいえないがね。歌会のときに同席することが多かった。彼は、いやおやじさんはあんたみたいに膝をくずさずにね、他の連中がくつろいでいるときでも、自分はこの方が楽だといって作歌したもんだよ）

（父が歌を？　短歌を詠んでたというんですか）

（おや、知らなかったの。歌集もあったろう）

（歌集？　何という歌集です。ぼくは一度も見たことがありません）

（変だな。待ちなさい、わしが取って来る。おやじさんの蔵書にあるものと思ってたんだが）

別室に去った大曽根老人はまもなく濃紺色の表紙をつけた和本を手に戻って来た。『歌集　友鶴』である。

（この題名は啓蔵君がつけたんだよ。初めから説明すると、昭和十一年ごろ長崎の新聞社に短歌を投稿する常連たちが集まって同好会を作ったんだ。「玉波会」といってね。医者あり造船所の工員あり、軍人もいたしバスの運転手も学生もいた。多彩な顔ぶれだったよ。わしが啓蔵君と知りあったのはその会でね。歌の好みが一致したのかウマが合うというのか、だんだん親しくなった）

（「玉波会」というのも父の命名ですか）

大曽根老人は大声で笑いだした。下手の横好きが月並な歌を作ることから「波」が、その歌も玉石混淆であろうから、せめて「玉」でありたいという願いをこめて自分が「玉波会」と命名したのだといった。

（父は何かわけがあるらしくて、長崎には二度と帰らなかったんですが、大曾根さんは理由をご存じです

か）

（それがねえ、啓蔵君が上京したのはたしか昭和十……）

（十三年です。父が三十歳のときでした）

（奥さんは東京の方をもらったんだね）

（ええ、母は本郷の生まれです）

（会は二年足らず続いたかな。わしは昭和十一年の暮れに上京して東京の税理事務所につとめるようになった。十三年に啓蔵君と音羽のあたりでばったり出くわしたときはびっくりしたもんだ。長崎には住みたくなくなったといったのを聞いたきりでね。わしが居なかった間に何があったのか別に考えてみもしなかった。当時はね。彼も上京して一旗上げる組だと思った。あとになって何か事情があるらしいとうすうす感づきはしたけれども、本人がいわないのだから仕方がない。そのうちとうとう聞きそびれてしまった）

大曽根老人は昔を思い出しているのか、顎を斜め前に突き出し、目を細めてつぶやくように語った。奥さんはいつのまにか別室に引っこんでいた。移転の支度に忙しいのだろう。

（これでみると「玉波会」のメンバーは十七、八名いたようですね）

（いや、もっといたんじゃないかな。その歌集はね、昭和十一年に会員が詠んだ歌の中でとくに出来がいいのを幹事が選んで記念に製本したんだよ。選に洩れた人もいたわけだから二十人は越えていたと思う）

（きさらぎの都に火筒鳴るといふ我ひたぶるに旋盤につく、これは一体なんのことです。父の前名で出ていますけれど）

（あんた昭和十一年は何の年だと思う。二・二六事件の年だよ。今の若い人が、〝これは一体なんのことで

す〟では困るじゃあないか）

（なるほど……旋盤につくとありますが父は工員だったんですか）

大曽根老人は妙な顔をして知らなかったのかときいた。啓介は父の若い頃のことは何も知らないといった。

（おやじさんは優秀な旋盤工だったんだそうだ。仲間の工員がもう一人メンバーに加わっていた。もっとも、実は長崎でもかなり名の知れた海産物問屋なんだが、三男坊の気楽さというか機械が好きだったのか、造船所に就職してね。くわしいことは知らないけれどその程度は聞いていた。しかし、おやじさんは自分のことについては話したがらない人だったな。わしが知ってるのはそのくらいだなあ。教えてあげられることがもっとあったらいいんだが）

（父の家はどこにあったんでしょうか）

（「玉波会」の例会は、会員の自宅でもち回りというしきたりだった。啓蔵君は当時、家を出て工員の独身寮で暮らしていたから、彼の家では開かなかったと思う。ただ、なんでも県庁の近くの江戸町か築町か、そんな所に大きな家があるとは聞いていたよ）

県庁は原子爆弾の落下地点から遠くない。しかし江戸町と築町は啓介の記憶によれば県庁のある丘のかげに位置しているから直接の被害は少なかったはずである。炎上したのは熱線と爆風をもろに受けた県庁の北側であった。二つの町はほぼ丘の下、南と東にあたる。長崎市の中心地といってもいい場所である。啓介はいきおいこんでたずねた。

（すると、そのどちらかの町に今でも佐古という海産物問屋があると考えてもいいでしょうか）

（さあ、それはどうかな。戦災をこうむった街のことだから、昔と今とではずいぶん変ってると思うよ）

父が亡くなったとき、長崎から葬儀に参列した客はなかった。当然といえば当然である。しかし啓介はどこかに釈然としないものを感じた。もちろん父は一介の平凡な古本屋にすぎなかったので、新聞の死亡欄に名前が報じられることはない。かりに身内が長崎に生きていたとしても、啓蔵の死去を知ることはできない道理であった。啓介は念のため、ある全国紙の広告欄に父の会葬御礼を出した。長崎から反応があるかどうかたしかめたかったのだ。結果はゼロである。山陰地方や東京の同業者からおくやみ状が数通とどいたきりだ。

（大曽根さん、「玉波会」の人たちで今も長崎に暮らしている人をご存じではありませんか。もしかしたらその人たちが父のことを思い出してくれるかもしれません）

大曽根老人はむずかしい顔になって考えこんだ。

（昭和十一、二年というと今から四十年ほど昔のことだよ。二十代の会員も六十代になっている。それに長崎は原爆で大勢亡くなっているしな。男子は兵隊にとられて戦死したのも一人や二人じゃない。会員の中でね。どれ）

大曽根老人は啓介の手から『歌集　友鶴』をうけとり、鉛筆で作者の名前に薄く丸印をつけ始めた。十五人の男女のうち十人に丸がついた。賀状のやりとりをしていたのがこの十人で、やがてそれが家族からの死亡通知に変ったのだという。あとの五人は消息不明である。

城嶋　郁彦　二十二、三歳　推定
宿輪《すくわ》賢一郎　三十歳前後　〃

佐野　敏文　二十五歳前後　〃
苑田みち子　二十歳前後　〃
御厨《みくりや》　朋子　二十歳前後　〃

（この人たちの住所、つまり当時ですね、この五人がどこに住んでいたかはわからないものでしょうか）

と啓介はいった。大曽根老人はまったく記憶にないといった。短歌を作る席上では、作者の身分、性別、学歴いっさいを問わないのが習慣である。興味の焦点は作歌のみにあって、個人的な問題はおたがい念頭になかったといった。

（その証拠にあんた、万葉集を知ってるだろう。天皇から名もない百姓の歌まで平等に収めてある。短歌の伝統なんだよ。そうだ、平等といえば一つだけ思い出した。最初にわしがあげたこの城嶋という男ね、彼は海軍の技術少尉だったよ。造船所で軍艦建造を監督するのが任務だとかいってた。しかし、その程度の話では参考になるとは思えんなあ。海軍士官は太平洋戦争で死んでいる公算が大きいよ）

（他に何か……）

（宿輪というのは珍しい姓なんで職業を覚えている。たしか医者ではなかったかな。住所は知らない。佐野という男の記憶はないんだ。残念だがね。苑田みち子と御厨朋子ね、この二人については両方とも目のさめるような美人ということだけしか覚えとらん。例会の集まりがいいのは、二人がいるからだとうがったことをいう奴がおったよ）

（大曽根さんでしょう）

（あんたもスミにおけないね。実はそうなんだ。ただし、わしはもう女房がいたから。独り者の会員で想い

を寄せてたのが居たと思うよ）

（大曽根さんはこの二人の女性の消息をまったくご存じないわけですね）

（ああ、わしは上京後につとめた会社で上役とけんかして満州へ渡ったものでね。昭和二十年まで新京にいた。戦後どうやら消息がつかめたのは、さっきの十人だけ。だからこの五人が生きているという保証はないんだ）

（父は当時、独身だったわけですが、この二人のどちらかに好意を持っていたようなふしはありませんでしたか）

（さあ、啓蔵君は……そればかりはなんともいえないね。彼は酒をやらなかった。会が終ればさっさと帰ってたようだったよ。残った連中はささやかな宴を張るのがしきたりだった。その二人は残る組だ。酒席のあと片づけをしなければならんからね。ただ、いえるのは苑田嬢と御厨嬢の家では例会を一度も催したことがないということだ。会員が遠慮したんだね）

（だから住所はわからないということですね。二人は働いていたんでしょうか）

（看護婦と教師ではなかったかと思うんだが、うろ覚えだよ。どちらがどの仕事かはいえない。どうして二人のことにこだわるのかね）

（きれいな人だとうかがったものですから。二人の年齢はどうでしょう）

（会員の中で最年少ではなかったかな。共に二十代の初め頃、でもかりに生きているとしても六十すぎのお婆さんだよ。あんたは若いからまだ人生の残酷さがわからない。いいかね、無常ということは生ある者が死ぬことではない。美しいものが醜くなることだ。わしはそう思っている。死が無常なら木が枯れるのも無常ということになる。そもそも……）

大曽根老人はたっぷり一時間、七十五年の歳月を生きた結果、会得したという知恵を啓介にひろうした。啓介は大曽根老人の話を上の空で聞いた。しびれた足をもてあまして一刻も早く相手の話が終ることを祈り続けていた。老人は記念にと『歌集　友鶴』を啓介に贈った。地獄の苦痛にまさる足のしびれを我慢した甲斐はあったわけだ。


啓介は歌集をテーブルに置いて窓の外に目をやった。

対岸は三菱造船所である。

巨大なガントリークレーンが林のように立ち並ぶ工場はひっそりとしている。ドックには一万トンくらいの貨物船が数隻這入っているだけで、熔接の火花がまばらに明滅していた。オイルタンカーのブームが去った今、造船所に往年の活気はないようである。啓介が知っている長崎三菱造船所は、テレビのドキュメント番組でしかないが、ドックは真夜中でも船舶の建造で白昼のように明るく照明されていた。城嶋という海軍少尉は、かつてあの工場にいたのだ。戦争を生きのびていたならおそらく少佐か中佐にはなっていただろう。

啓介は一階のロビーにおりた。

電話帳をひろげて、まず城嶋の姓を探した。城島というのは長崎市に十四人いたが、城嶋姓はない。宿輪という姓は一軒もなかった。佐野という姓は多かった。五十九人もいた。佐古姓は案外に少なく五つしかない。啓介は五軒の番号を用意した手帳にメモした。

苑田姓を探した。ちょうど七十軒。みち子という名前ではのっていない。次に御厨姓を探した。三十四軒、朋子の名前が出ていないのは思った通りだ。合計すると百六十八軒、一人ずつ電話をかけて問合わせるのに、一回平均三分として百六十八軒ぜんぶにかけるとすれば、八時間と二十四分かかる計算になる。時計を見た。九時十分である。とりあえず佐古姓から始めることにした。伊良林町に住む佐古博という人物は食料品という業種がかっこの中に記してある。まず、そこへかけた。啓介の父の名前を告げ、昭和十五年前後に江戸町か築町に佐古という海産物問屋を営んでいた家に心当たりはないだろうかとたずねた。

「昭和十年前後ですか。うちがこの商売を始めたのは七年前からです。わたしは博多から引っ越して来た者でしてね。ええ、四十年も昔の長崎のことは、かいもく見当がつきません。築町に海産物の店ならありますよ。でも佐古という名前の店は聞いたことがありませんな」

滑石の二軒、川口、江里町の佐古家もみな心当たりがないといった。最初の糸が切れた。啓介は自分の部屋へ戻った。ベッドに横たわって父の戸籍抄本を取り出した。東京を発つ三日前に区役所で手に入れたものだ。祖父は佐古啓吉、祖母は弥生、啓蔵の出生地は明治四拾壱年壱月弐拾日長崎市万才町参拾壱番戸となっている。万才町は江戸町と築町に東と南が接した丘の上の一帯で、今は長崎の官庁街となっている。市役所は、原子爆弾で焼失したと聞いている。祖父母の名前をたよりに戸籍を調べるのは原簿がない以上は不可能である。

啓介はコートを着てホテルを出た。

港を背後にして市街の中心地へなだらかな坂道を登った。右手にそびえているのは県庁の建物である。中庭に植えられた棕櫚の葉が木枯しに乾いた音をたてていた。登りつめた所に啓介がかつて泊まったGホテルがあった。道はそこから賑やかな街へ向かって下っている。風がコートの裾をはためかせた。丘のふもとが築町である。左手に大きな市場がある。魚のはらわたが腐ったような臭いがした。干魚とかまぼこの匂いも漂っている。店はどこもシャッターをおろし、人影は少なかった。啓介は築地の魚河岸を思い出した。雰囲気がよく似ているのである。角がまるくすりへった敷石の上に点々と光るものがあった。屋台ラーメンの明りにそれはにぶく光った。魚のうろこである。

啓介は大通りを横切った。

通りと並行して流れる中島川にかかった橋の上で立ちどまって手すり越しに水面を見た。黒い水が街の灯を反映し虹色に輝いている。潮が満ちる時刻らしい。廃油を浮かべた水は五彩に光った。ぼんやり見下していると、伊集院明子のことを思い出した。〝エミイ〟といった酒場にまだいるかどうか。手近の公衆電話に歩み寄って、手帳にメモしていた番号をまわした。

電話の相手が代るまでにしばらくかかった。音楽と笑い声が受話器の向こう側から聞えた。啓介は明子が出るのを待ちながら、深い徒労感を味わった。今度の長崎旅行はムダ足に終ったような気がした。明日一日でなんらかの手がかりがつかめるかどうか心もとなかった。

明子の声が返って来た。

「まあ、佐古さん。覚えていますとも。で、今どちらから」

「浜町というのかな、アーケード街の入り口です。そこの煙草屋から」

「お一人?」

「ええ」

「もしよかったらいらっしゃいませんか。お会いしたいわ」

「忙しいんでしょう」

「それほどでも。先日のことでお礼を申し上げたいし」

「お礼だなんて。ぼくは何も……」

「〃エミイ〃の場所、覚えていらっしゃる？　忘れてらしたらタクシーに乗って銅座町の〃エミイ〃とおっしゃれば、たいていの運転手が知ってます。じゃあ、お待ちしてますわ」

啓介はうろ覚えの道筋をたどった。まがりくねった迷路のような一廓である。タクシーはどれも客をのせていて止めようがなかった。ぐるぐる歩きまわって、いつのまにか同じ場所に戻ったりした。みちばたで酔っ払いが盛大にへどを吐いていた。

啓介はもう一度、明子に電話をかけた。

「そうですの。じゃあ近くに大きなキャバレーか何か見えません？　その名前をおっしゃって」

啓介はあたりを見まわした。小さな酒場ばかりぎっしりとたてこんでいる。比較的大きい酒場の名前を告げた。

「グラナダ。まあ、すぐ近くですわ。そこで動かずに待っていらして。あたしがお迎えにあがります」

五分とたたないうちに明子が人ごみの向こうから現われた。白っぽい和服姿である。化粧が初めて会ったときよりは濃くなったようだ。さりげなく啓介の腕をとって、〃エミイ〃とは反対の方へ歩き出した。小さなカウンター酒場へ案内した。店をあけてもかまわないのかと、啓介が心配すると、気にするには及ばないといった。

その酒場は空いていて、カウンターについているのは客が一人きりだ。明子は奥のボックスに啓介をかけさせた。酒場の女主人とは知りあいらしく、二言三言かるい冗談のやりとりをした。

「今度はお仕事でなくて見物にいらしたんでしょうね」

「仕事ではないんですが、見物ともいえないんです」

「とおっしゃると」

「なんといえばいいのかなあ。家庭の事情というか、そのう……他人にはあまり興味のないことですよ」

「さっぱり見当がつきませんわ。いつまでご滞在ですの」

「月曜日の朝、発ちます」

「じゃあ、明日の午後は車でご案内できるわ。約束だったでしょう」

「それが、調べ物があるんです」

「調べ物というのをうかがってはいけないかしら」

明子の目を啓介はのぞきこんだ。お座なりでいっているようには思えなかった。啓介は手短にわけを話した。明子は煙草を灰皿でもみ消した。細長い白い指である。小銭を持っているかと啓介にたずねた。電話をかけるのだという。硬貨を手渡すと、明子はすいと立ちあがってカウンターの赤電話を取り上げ、しばらく相手と話した。

明子は首をねじって啓介の方を見、目で招いた。送話器に手で蓋をしていった。

「東亜海産という会社の社長さんなの。築町にあった佐古乾物店を覚えていらっしゃるんですって。さあ」

啓介は明子と代って自己紹介をした。

「佐古啓吉さん？　名前の方は覚えとらんのだが、佐古という乾物店なら築町にあったよ。うん、海軍に食品を納入する指定業者になってね、昭和十年ごろだったかな。正確な時期は何分もう昔のことだからはっきりせん。戦争末期にはわれわれ商売があがったりでね。なぜかって？　きみいくつ。二十六か。配給制ですよ、食料品はみんな切符がなければ買えんようになった。軍の指定業者には優先的に物資がわり当てられたが、減る一方でね。築町に今はない。そうだろう、あれは昭和十九年ごろ、空襲が激化したので、おまけに商売も開店休業同然になったので、松山町あたりに移転したという噂だったよ。わしが知ってるのはそれだけ。きみ、明子に……伊集院さんに代ってくれんか」

啓介は明子に送受話器を渡した。

奥のボックスに腰をおろして、東亜海産の社長と話している明子の白いうなじを見つめた。明子は送話器を両手で囲うようにして、小声でしゃべっている。社長という男の声は、しわがれてはいたが底力のあるひびきを持っていた。話はなかなか終らなかった。明子は啓介が渡した十円玉を形のいい指でつまんで落としている。その十円玉を啓介はにわかに惜しいと思った。

明子が何を話しているかは啓介の所まで聞えなかったが、おおよその察しはついた。

翌日、啓介は諏訪神社の近くにある森で囲まれた県立図書館を訪れた。

佐古家が松山町へ移転したのなら、啓蔵の身寄りが長崎に生存していないのは確実である。松山町は原子爆弾が投下された中心地なのだった。史料室へ行く前に、一般閲覧室のカードをめくり、原爆関係の資料から調来助編『長崎爆心地復元の記録』をえらび、借り出して読んだ。日本放送出版協会から昭和四十七年八月に刊行された本である。

ページをあけると一枚の紙片が机の上に落ちた。四つ折りになった地図である。「長崎市原爆被災市街復元図」というタイトルが地図の上に横書きで入り、中央に松山町の地図が一軒ずつ姓を書きこまれて印刷してあった。昭和二十年八月九日、原子爆弾が炸裂する直前の町並が啓介の目の前にあった。

山口、本多、辻野……

啓介は探した。

爆発点は町の上空およそ五百メートルである。その真下に黒い二重丸がしるしてあった。

かまぼこ屋、郵便局、時計店、米屋、建具屋、歯科医、雑貨店……各戸には職業も記してある。佐古家はあった。ただし、乾物店という記入のないところを見ると、その頃は商売をやめていたらしい。造船所に近いゆえにB29の落とした爆弾のそれ弾を受けるのをおそれて、当時は郊外であった松山町へ引っ越したのが、かえって被爆するうき目を見ることになったわけだ。

啓介は金物店と床屋にはさまれた佐古という家をしばらく見つめ、それから地図をたたんだ。今になって思い当たるのは、父が毎年八月九日に家をあけて寺へ行く習慣があったことだ。啓蔵は妻方の菩提寺に佐古家の墓地用に一画を買っていた。上京するとき携えて来た両親の分骨を、啓介の母と所帯を持ったとき、そこにおさめた。長崎へ帰る意志は初めからなかったのだ。

啓介は四階の史料室で、昭和十年の長崎日日新聞を借り出した。現在の長崎新聞の旧称である。大曽根老人によれば、この新聞の短歌欄に投稿する常連が「玉波会」をつくったという。

啓介は黄ばんでもろくなった古新聞をそっと一枚ずつめくった。短歌が掲載されるのは毎週の日曜版である。五人の姓名と当時の住所がわかるかもしれない。わらをもつかみたい心境だった。短歌だから良かった。これが俳句だったら作者は本名でなくて俳号を用いる。そうなったらお手上げだと思った。昭和十一年という年がどんな時代であったかが新聞をめくるうちにわかって来た。

昭和十一年つまり一九三六年はロンドン軍縮会議の年である。二・二六事件のあと、広田弘毅が内閣を組閣している。広田弘毅は戦後、東京裁判で戦犯として絞首刑の判決をうけたことを啓介は思い出した。

内務省のメーデー禁止令が三月に出ている。七月、スペインで内乱が始まる。十一月、日独伊防共協定調印。十二月、西安事件。ベルリンオリンピックもこの年である。啓介は新聞の綴じこみを返した。苑田みち子の名前が八月の第三日曜日の短歌欄にのっていた。住所は興善町となっている。佐野敏文の短歌は十二月の第一日曜日に掲載されていた。住所は鍛冶屋町となっている。

さっそく市街地図でたしかめた。ありがたいことに、両町は旧市街の区域に入っており、原子爆弾の被害はうけていない。

苑田みち子が独身を通したのならともかく（目のさめるような）女だったというから結婚しているはずである。しかし、興善町の苑田家へ問い合わせたら消息がわかるはずだ。啓介は一般閲覧室へおりて行って分厚い電話帳をめくった。興善町に苑田という姓はなかった。啓介はがっかりしたが、四十年前の住所が変るというのは考えられることである。かといって八十軒の苑田姓をもつ家へ、順に電話で問い合わせる根気はなかった。

鍛冶屋町に佐野姓があるかどうか。

啓介は失望するのに慣れていた。期待をかけずに電話帳をめくった。ためいきをついて、ページを閉じた。膝から力が抜けてゆくように感じられ、模造革張りの長椅子にすわりこんだ。手がかりはこれで切れた。諦めはついた。やるだけのことはやったのだと自分にいいかきせ、煙草を取り出して火をつけた。

足音が啓介の前でやんだ。

「佐古さんじゃありませんか」

蒼白い顔にうっすらと無精ひげを生やした四十代の男が、書類のフォルダーを小わきに立ちどまり、啓介を見おろしている。田村寛治である。今年の初夏、伊集院悟のことで彼に話を聞いたことがあった。この街で詩の同人誌「光芒」を主宰して、図書館につとめるかたわら自ら詩も書いている人物である。

「しばらくでしたね。今度は何か……」

「古新聞を見に来ました。ちょっと知りたいことがありまして」

「ここで立ち話もなんですから、五階へ行きましょう。喫茶室があります」

啓介はなぜ東京からやって来たかを田村寛治に隠さなかった。明子にもわけを打ちあけたからこそ、佐古家の消息がわかったのである。

「なるほど。ううん、五人の消息は不明というわけですな。四十年ほど昔の話だしなあ。ぼくが赤ん坊だった時代のことだ。電話帳や地図をたよりにする方がムリというものですよ。しかし、待って下さいよ。『玉波会』といいましたね。手がかりがないでもない」

「というと」

「ぼくは明治以後の長崎市における詩人たちの作品と生活を調べているんです」

「詩人じゃないですよ。短歌の同好会」

「まあまあ早合点しないで。実は近代長崎の文芸史をうちの図書館が編纂することになりましてね。来年の春には刊行の運びです。文学史といっても詩あり小説ありでしょう。短歌も俳句もめいめいその道にくわしい人が分担して執筆したんです。原稿はもう出来あがっています。校正刷りをきのうざっと読んだばかりなんだ。短歌の部を調べた人はたしか、あれは……。どうですか、ぼくといっしょに来てくれませんか」

二人は立ちあがってエレベーターの方へ歩き出した。

「短歌の部を受けもったのは杉山というおじいさんなんだが、この人が凝り性でねえ。本来なら今年の十月に近代長崎文芸史は刊行の予定だったんですよ。杉山さんの原稿だけ遅れに遅れてとうとう来春にのびちまった。だからわれわれ杉山さんをひやかしたもんですよ。五分前精神の海軍さんがそんなことではどうするって」

「杉山さんは海軍にいたんですか」

「中佐でした。もう、いいおとしです」

二人はエレベーターの外に出た。史料室の奥に職員の部屋がある。田村は自分のデスクにかけて啓介に椅子をすすめた。書物と紙片の山をかきまわして、「あったあった」とつぶやきながら、一束の印刷物を啓介の前に置いた。三百ページほどの校正刷りである。

「近代長崎文芸史　短歌篇　杉山郁彦」

杉山という姓に啓介は心当たりはなかったけれども、郁彦という名前は五人のリストの最初にあった。海軍中佐であったという。偶然の一致だろうか。啓介はページを繰る手ももどかしく校正刷りをめくり、昭和十年前後のくだりに目を走らせた。

田村寛治も啓介の肩ごしに校正刷りを読んだ。「玉波会」にふれた箇所は、わずか数行にすぎなかった。

「……かくして、清新の気風を起すかに見えた有志の創作活動も、時局の推移によって解散のやむなきに至り、同人は四散して再び結集することはなかった。『玉波会』もその一つである。……」

啓介は杉山郁彦の住所を聞いた。

「一応たずねてみるのもいいでしょう。住所はわかっています」

田村寛治は手帳を開いて電話番号と住所を教えてくれた。すぐに立ちあがろうとする啓介を手で制して、卓上の電話を取り上げ杉山家へかけた。

「いるという話です。きのうはここに見えてたんですがね。ええ、かくしゃくたるもんですよ。あれで七十近いご老人とはとても見えません」

西山町は県立図書館がある立山町の北に接している。歩いて行ける近さである。目じるしに教えられた西山神社はすぐにわかった。杉山家は神社の裏手にある古びた木造二階建てである。案内を乞うと、背の高い痩せた老人が上がり框に現われた。戦前に建てられたらしい家の構えである。玄関はうす暗かった。

啓介は自分の名前を告げ、「玉波会」のメンバーであった佐古啓蔵の息子だと名のった。

「佐古君の息子さん。覚えとるよ。さ、そんな所に立ってないで中に入りなさい。ぼくのことがよくわかったな」

「田村さんから校正刷りを見せていただきました。失礼ですが、どうして父のことをご存じでしょうか」

二人は居間のテーブルをはさんで向かいあった。灯油ストーブの上にのせられたやかんが白い湯気を立ちのぼらせていた。杉山老人は戸棚から茶碗を二個とり出してテーブルに並べ、紅茶のバッグを一つずつ入れてやかんの湯をそそいだ。砂糖つぼを茶碗の間にすえて蓋をあけ、啓介にすすめた。

「おっと失礼、スプーンを忘れてた。としをとると物忘れがひどくなる。わびしいもんだねえ」

よくみがかれたティースプーンを戸棚の抽出しから出して、かちりと啓介の受け皿に添えた。

「そのスプーン、戦争ちゅうにジャワで買ったものだよ。本国へ引揚げたオランダ人が捨て値で売ったものらしい。太平洋戦争におけるぼくの唯一の記念品だな」

「あのう、父のことですが……」

「きみが図書館を出てから、ぼくは田村君へ電話をかけた。としをとると知らない人間に会うのがおっくうになる。佐古という男が訪ねて来るというが、どこの何者だ。来るのは勝手だが、会うか会わないか決めるのもわしの勝手だろうとね。素性の知れない客をぼくの都合もきかないでよこすとは何事だと少し文句をいってやったよ。すると田村君がきみのことを話してくれた。初めからそういえばいいのに」

「あなたが城嶋さんですね」

「そう、戦後、復員したら家内が原爆で亡くなっておってね。よくあることだ。今の家内と再婚したとき、家内の姓に変ることになった。城嶋、そう、ぼくは『玉波会』の会員だった。きみのお父さんのことは知っているよ」

潮灼けした赤黒い顔をななめに傾けて杉山老人は目を閉じた。閉じた目をすぐに開いた。鋭い口調でいった。

「きみ、紅茶がさめる」

「は、はい」

啓介はあわてて紅茶を取り上げた。つかのま、艦長から命令された水兵になったような気がした。

啓介はゆっくりと坂道を歩いて下った。

諏訪神社の西に沈みかけた日が、敷石のつぎ目に濃い影を刻ませていた。

風はなかった。啓介は時計を見た。

杉山郁彦と啓介は四時間あまり話したことになる。ビスケットと紅茶で昼食をすませるのが自分の習慣だと杉山老人はいった。彼から聞いた話を反芻しながら、ハーバーサイドホテルへ戻ろうとしたが、夜を鳥籠のようなせまい部屋ですごすのも気づまりだった。伊集院明子の顔を思い浮かべた。しかし、東亜海産の社長とかいう男と、しのび笑いをもらしながら電話で話していた明子の後ろ姿を思い出すと、〝エミイ〟へ行く気になれなかった。

パンタグラフに青白い火花を散らしながら路面電車が走りすぎた。

その火花を見たとき、啓介は笠原恭子のことを思った。大学をやめて郷里の長崎へ帰ると告げたのは十一月である。住所と電話番号を記した紙片を啓介に与えていた。啓介は赤電話のダイアルをまわしながら考えた。笠原恭子に会えなかったら、さっさと駅へ行って夜行寝台でもいいから東京へ帰ることにしよう。聞き覚えのある声が返って来た。

「笠原でございます」

啓介は長崎に来ていると告げた。

「諏訪神社のふもとです。ここは何ていう町なんだろう。伊勢町かな、それとも新大工町」

啓介は片手に持った市街地図をのぞきこんだ。恭子の家は鳴滝町である。

「街を案内してくれるとおっしゃったでしょう。あの話、まだ有効ですか。いや別に見物に来たわけじゃないんです。晩飯でもつきあってもらえたらたすかるんだが」

「そこに地図をお持ち」

「ええ」

「諏訪神社を背にして左へ歩けば、商店街があります。そこから見えるでしょう。アーケード街です。東の方へアーケード街を歩くと左手に天満宮があります。その前に〝カルダン〟というレストランがあります」

十五分後に啓介は、〝カルダン〟で笠原恭子と再会した。見ちがえるほど明るい表情である。別人のように思われた。啓介は自分が人懐しい気分におちいっているから、恭子がそう見えるのだろうかと思った。

「ぼくの推測を聞いてくれますか」

「推測？　なんのことでしょう」

「彼とは別れたんですね」

恭子はかすかに表情を硬ばらせた。じっと見つめている啓介の顔をまともに見返してうなずいた。

「彼がスリルを楽しむためにわざと古本を盗んだ。あなたは彼がなぜそんなことをするか理解したくて、わざわざ危険をおかしてうちにこっそりと本を返しに来た。盗むのも、気づかれないように本を戻すのも、スリルは同じですからね」

「その話はもうやめて下さらない」

「気を悪くさせてご免なさい。でも、話してしまわなければぼくの方がおさまらなかったんです」

料理を食べながら啓介は長崎の印象を語った。この次こそ仕事ぬきで来て、あちこちを見てまわりたいものだといった。

「あら、お仕事でいらしたの」

「いや、仕事なんていうもんじゃないんだけれど」

啓介は長崎へ来たわけをかいつまんで話した。

「で、杉山さんの話で何もかもおわかりになったというわけなのね」

「何もかもというわけじゃないんですが、何せ父の家は全員松山町で亡くなっていますからね」

啓蔵は御厨朋子を愛し、結婚する約束をかわした。じっさいに結婚したのは啓蔵の兄、啓次郎である。

（そんなばかな）

と啓介は杉山老人にいった。

（啓次郎という人は遊び人でね。丸山という遊廓が長崎にあったんだが、そこでは誰ひとり佐古啓次郎の名前を知らない者はなかったほどだ。どういうきっかけで啓次郎さんが御厨朋子の心をひるがえさせたのかはぼくだって知らない。婚約者の実家へ挨拶に来た御厨朋子をひと目みて惚れこんだのかもしれない。男女の仲というのは他人があれこれと想像をたくましくしたって……）

（でも）

（御厨朋子は啓次郎さんの子をみごもっていたんだ。啓蔵君にしてみればこの世は闇という心境だったろうよ）

（しかし、父は三男でした。長男は）

（啓太郎という人だ。この人は病身でね。胸が悪かった。家を切りまわしていたのは啓次郎さんの方だ。海軍の軍艦に食料品を納入する指定業者の許可をとったのも次男の力だよ。当時、軍に出入りする業者になるというのは大したことだった。日支事変が始まったのは翌十二年、そういうご時勢を考えてみたまえ。軍事予算は年々ふくれあがる。ぼくも軍人のはしくれではあるがね、陸軍のやり方には批判的だった。しかしこできみに昔の話をしても仕方がない。啓蔵君は兄のやり方と意見が合わないというよりも、ものの考え方すべてがちがっていて、家を出ていたんだ。彼は社会主義者だった。今でいえばコミュニストに近い。二・二六事件を知ってふんがいした彼とぼくは意気投合したものだよ。考えられるかね。海軍士官と造船所の旋盤工が、共に国の行く末を心配しているなんて。昭和十年から十一年にかけて、その頃まではわずかながら自由なものの考え方ができるゆとりがあったんだ。

そんなばかなと、今きみは怒ったように口走った。

啓蔵君の若いときそっくりだよ。とくに怒ったときの表情がね。きみ、いくつになる)

(二十六です)

(ぼくが知っていた啓蔵君と大体ちかい年齢だな。ぼくは軍人といっても技術将校だから、近代戦というものの勝敗を決するのは科学の力と資源だと信じていた。技術屋でなくても素人にだってわかる理屈さ。ぼくは日本の科学の水準と資源の量を、素人よりいくらかくわしく知っていたというにすぎないよ。支那と、今は支那なんていうと怒る人がいるが、昔は支那といった、その支那を相手に戦争を始める兆しがあった。満州事変で味をしめた陸軍の一部軍人がね。「玉波会」はただの短歌会じゃなかったんだ。もちろん短歌は好きだが、それは表向きのことであってね。会員の中には何人か社会主義者がまざっていた。治安維持法というものが発布されて十年もたった時代だよ。短歌の同好会を装って、こっそりと連絡をとりあっていた。特

高の目をごまかすために）

（城嶋さん、いや、杉山さんは軍人だったんでしょう。軍人は社会主義者を国賊と見なしていたんじゃないんですか。大杉栄を殺したのも陸軍の将校という話ですし、杉山さんは父たちの活動を黙って見てたんですか）

（組織立った活動ではなかったんだ。日本という国を愛することにかけては、ぼくも啓蔵君も志を一つにしていた。ぼくは彼らと立場がちがうけれど、国を滅ぼすのは陸軍ではないかという危惧はひとしく持ってたな。ぼくみたいな海軍士官は他にもいたよ）

（そのことを『近代長崎文芸史』にお書きになれば良かったのに。「玉波会」はただの趣味人の集まりのように書いてあります）

（証拠がない。彼らは集まって情報を交換するだけだった。パンフレットなどに印刷して、国政を批判でもしてみたまえ。たちまち手が後ろへまわる。いったろう、ただ話をするだけだと。もし紙きれ一枚でも彼らの運動のあかしになるものが残っていたら、ぼくは「玉波会」のことを書いていただろう。今となれば、あれは短歌同好会の集まりにしかすぎなかった。そのかわり啓介君、ぼくはきみに話したよ。古本屋だといったね。何かの折りに紙屑の山の中から「玉波会」の誰かが書いたささやかなアジビラが出てこないとも限らない。ぜったい出てこないとはいえないよ）

（さあ、どうですか）

（証拠が出てこないときみが思いこんだとき、きみはただのどこにでもいる古本屋になってしまう。けちくさいその日暮らしの小商人に成りさがるんだ。お父さんは恋人に裏切られたから長崎に死ぬまで帰らなかったときみは思うかね。たしかにそれもあっただろう。啓蔵君は無念やるかたなかっただろう。しかし、女のことで腹に一物なんていう人ではなかったよ、きみのお父さんは。

すまん、がらにもなく演説してしまったようだ。ぼくもそろそろあの世へゆく時が近づいた。同期の連中で、戦争を生きのびたのは二割といなかった。いい奴ばかり先に死んじまったよ。ぼくみたいに無能な老いぼれが永生きするなんて、人生は皮肉なもんだ。

実をいうとぼくはきみを見て安心したよ。啓蔵君の人生がそれなりに一貫していたと思えてくる。古本屋にしかできない文化の継承というものがあるんじゃないだろうか。不幸なことにきみたち若い世代の人たちは、全体主義の怖さを知らない。活字の中でしか知らない。平和のありがたさよりも平和の退屈さしか知らない。怖しい時代になったものだと思うけれど、ぼくにしてみれば、永くは生きられないんだから、全体主義、いやファシズムといいかえようか、その恐怖を味わうことは二度とないだろう。一度でたくさんだよ、あんな時代は)

杉山老人はしゃべり疲れたように見えた。

啓介の話を聞き終った恭子はいった。

「佐古さんはどうお思いになるの。お父さんが長崎へ帰らなかったわけは、フィアンセに裏切られたからか、それとも社会主義者としてみすみす手をこまぬいて世界の動きを見送るしかなかった長崎の生活に絶望したからか」

啓介はポケットから歌集を取り出した。

「この友鶴というタイトルね。友は御厨朋子の名前からとったものだと思うんです。妹の名前も友子とおやじは名づけた。朋子さんのことは忘れられなかったと思いますよ。しかし、帰らなかった理由は結局のところぼくにはよくわからない。杉山さんの話がぜんぶ真実だとしても、事実の一面しか見ていないということはありうるな。そう思いませんか」

「ここのローストチキンいかがでした」

「ああ、うまかった」

「わりといけるでしょう。また長崎にいらしたら今度はビーフシチューを召しあがって。とてもおいしいですから」

「今度といっても、いつのことになるかなあ」

啓介は恭子の顔から目をそらした。

「あたし、長崎で仕事を探すつもりです」

恭子は『歌集　友鶴』を手にした。友鶴というのはどういう意味なのだろうかとたずねた。啓介は友鶴の意味を知っていた。雌雄そろいの鶴のことである。転じて、良い配偶者のたとえになっている。そのことを教えようかどうしようかと啓介は心の中で思案した。

「友鶴というのは……」

啓介が説明しかけると、恭子はさえぎった。

「いいわ、あたし帰ったら辞書を引いてみます」

それがいいと啓介はいった。

慎重さと冒険心

日本の小説家で本当に好きだと言える存在がだんだん減ってきた。そのうち、片手で足りるかというくらいになりそうだ。しかし、野呂邦暢と、彼が好きだったという小林多喜二は、いつまでも好きな小説家として残したいと思っている。この二人にどんな共通点があるだろうかと考えてみた。どうも、はっきりこれだということは浮かばないが、野呂邦暢が多喜二を好きだというのはなんとなくわかる気がする。もちろん、彼がミステリー作家の鮎川哲也を好きだというのは、もっとわかりやすく見えていることだ。

一九七〇年代の半ばごろ、私は亡くなった友人の小説家佐藤泰志と頻繁に行き来して、同時代の小説を語りあった。

二人とも、二十代半ば。佐藤泰志は、大学を出たあと、アルバイト的な仕事をやりながら小説を書いていた。私は詩を書き、大学院で英米文学を勉強しながら、小説も書きたいと思っていた。二人とも高校生時代に大江健三郎にガツンとやられていて、とくに佐藤泰志はその影響から抜け出すことを課題にしていた。私はどうだったろう。何が決め手ということもなく、いくつかの理由から、大江健三郎というスターを身近な存在に感じなくなっていたのは確かだ。

佐藤泰志と初めて会ったのは一九七三年であるが、そのとき、彼は小川国夫が好きだと言った。私はきっと丸山健二の名前をあげたと思う。当時もいまも、一番正直になったときの好みの次元では、私はインテリ的じゃないものに弱い。丸山健二の「腕力」は、大学院生の私を取り囲んでいた知的向上心の微温性からははるか遠いところにあった。それが文句なしによかったのだ。佐藤泰志のお気に入りの小川国夫は、そのヨーロッパ放浪ぶりはかっこよくても、境遇的にそれを許された「坊ちゃん」だと思った。それが私には減点材料だった。佐藤泰志はもしかしたら坊ちゃんにあこがれていて、私はいわゆる実社会のきびしさから関係ないところにいる自分の坊ちゃん的要素を恥じていた。

そんな私たちだったが、野呂邦暢の「草のつるぎ」とその続篇「冬の砦」には、意見を一致させて、これはすごいと唸った。一九七四年のことだとすると、私たちはまだ反体制が当たり前という空気のなかにいたはずである。しかし、野呂邦暢の「自衛隊」は、わかると思った。小説の表現としてすぐれているというだけでなく、恵まれない条件の職場を転々とした末に自衛隊を選択した青年の心理と身体に無理せずとも寄りそえると感じたのだ。

私たちは、それを契機として、野呂邦暢の小説を熱心に追いかけた。そのなかに描かれる孤独な心を追跡しながら、自分たちのいる場所をそれまでよりもうひとつ自由な枠で考えることができるようになっていた。それがうれしかった。

野呂邦暢の表現には、感覚的に言えば、憂鬱さとみずみずしさが双面のように織り込まれている。それが、私たちの単純な思考の、腕力とインテリ性を対極においた構図をゆさぶる力を発揮したのだといまはわかる。

とくに若いときの私は、表現のなかに持ち込む行動のイメージをかなり雑に考えていたところがある。とにかく跳ねたい、弾けたい、であったが、それを戒めるものを野呂邦暢から受けとった気がする。跳ねたり弾けたりするよりも大事なことが、文学にも生きることにもある。そう意識するようになった過程には、野呂作品の散文詩的な部分、とりわけその抑制の効かせ方に接したことが大きく作用している。

野呂邦暢は、一九六〇年代半ばから小説を書きはじめ、一九七三年十二月に発表した「草のつるぎ」で芥川賞を受けて作家活動の地歩を固め、一九八〇年五月、四十二歳という若さで急死するまで精力的に書きつづけた。その重要な仕事のほとんどがなされた一九七〇年代とは、この国にとって、どういう時期だったのか。最近、私はそれを話す機会があった。話しながら、鈴木志郎康の詩集『やわらかい闇の夢』（一九七四）と並んで、野呂作品こそは、一九七〇年代におこった変化を資料的な意味ではなく深く感受している代表的なものだと脳裏にめぐらせていた。

一九六〇年代後半からの「運動」がシステムの上では具体的な成果もなく収束し、多くの問題を未解決のままにして、表面的には静かな暮らしが営まれていた。石油ショックやロッキード事件もあったが、一定の改革をほどこした日本の経済は成長から安定への道をたどった。夢は消え、ハツラツと主張できることなど何もない。日常の小さな楽しみにしがみつくしかない。そんな状態に追い込まれ、ぼんやりと不安を感じながら、人々はピンクレディーやドリフターズの出てくるテレビを見ていたのである。

そういう一九七〇年代の社会の「幸福」に対してあまり上手に歯車を合わせられない暗い心の行方を、野呂邦暢の小説は追っていた。言わずもがなかもしれないが、それは人が環境に負けていくだけの自然主義ではない。物語の流れをせきとめるような詩的凝縮点をつくる。そこに、夢を封じた先の、それでも人が人であり、若者が若者であることへの励ましとなるような息づかいを感じた。

とくに私が好きなのは「冬の皇帝」と「一滴の夏」である。どちらも最初に読んだ夜の興奮がいまでもよみがえってくる。

ほかでも書いたことであるが、私は「一滴の夏」を読み、「その理由を踏む靴にこぼれる／一滴のあこがれのために」というフレーズをふくむ詩「ぼくの十月は憂鬱な逸脱をつづけている」を書いた。そしてだいぶ時間がたって一九八〇年代後半のことになるが、佐藤泰志はその連作『海炭市叙景』のなかに、「一滴のあこがれ」という題の、少年を主人公にした作品を書く。そのおおもとは、野呂邦暢から受けとった一滴である。

最近になって思ったことであり、そうだと言葉で確かめあったことはない気もするけど、野呂邦暢の作品世界は、反発と共感を入りくませてつきあっていた佐藤泰志と私が素直になって握手できる場所だったのだ。

私は、「一滴の夏」の「言葉以前の言葉を理解しなければならない」というフレーズがとても気に入り、よく口にした。少しずれた受けとめ方になりそうだが、この世界には言葉にすることで壊してしまうものがあることを学んだと、これもいまだから言えることだ。

「野呂さんの小説は、慎重さと冒険心がたたかっている」

佐藤泰志が、いくぶんは自分の小説の書き方に引き寄せるように、そんなことを言ったことがある。

確かに、野呂作品では、一篇の構成においても、細部の作り方においても、慎重さと冒険心がともに妥協することなく交錯している。ときにはそれが痛々しいと形容したくなるほどのものになる。それは、単に技法上のことだけでなく、人物たちの生き方にもあてはまる。それをとおして、作家自身が、一九七〇年代後半の「生きること」の核心にあった葛藤に迫っていたと言っていい。

この第六巻に収められた短篇の作品群においても、慎重さと冒険心が、技法と人物の造型の両面でせめぎあっていると思う。

自分の関係する女性の心を疑う男を中心においた憂鬱な物語が多い。そこでの男の不信は、心理の問題で言えばひとつの病気であるが、同時に夢を封じて見かけ上の安定を手に入れている社会の断面である。出口の見つからない閉ざされた断面であり、そこに生きる者たちの関係は破綻していく。一般的に人にとって異性の心は謎であるという以上の怖さが、ミステリー的叙述と相まって増幅される。

やさしいけれど、自分自身も相手も幸福にはできない男。彼にとっては、相手の隠されている過去や読みとれない心は見えない敵である。それとたたかう。冒険心があるからこそ陥った苦しい場面であり、慎重にたたかわなければならない。そういう男の像には、無論のこと、作家自身の姿が投影されているだろう。野呂邦暢は、そんな場面に何度も遭遇しながら、四十二歳の死にいたるまでの密度高い作家生活を送ったと想像できる。

書くこと、すなわち姿の見えない敵とたたかうことなのだという一般論を超えて、ミステリー好きでもあった野呂邦暢が身をおいた闇の性質を私は思う。それを如実にものがたっているのが「縛られた男」という奇妙な作品である。

いわばマゾヒスティックなまでの、自分自身への暴力。一九七〇年代の社会の全体も、小説だけでなくエッセイも多く残した作家業への取り組み方も、そのための装置として作動したという一面があるように私には感じられる。

『愛についてのデッサン』は、ミステリー、本、そして詩の好きな作家が、余裕をもって楽しんで書いていると思う。悲しい物語もふくみながら、この巻の短篇群にはない明るい光がさしている。作家にとって、これは秘密としてかかえこんでいた闇の言い分を聞きながら別の性質のものに変えようとする試みだったかもしれない。私はある場所に書評を書かせてもらったが、この連作が大好きである。ここでも野呂邦暢の慎重さと冒険心は健在であり、まるで彼自身が新しい恋に落ちていくように書いたという感触がある。

野呂邦暢が亡くなってから三十五年の歳月が経過した。書くことへの、その誠実でひたむきな踏み込み方に、あらためて驚かないわけにはいかない。文学、やっぱり大事なんだよ。彼の仕事の、どの一節をとっても、そう言ってくれている気がする。

（福間健二）

解説

本の森へ

無類の読書家だった野呂には、本に関する文章が数多くある。なかでも古本と古本屋にまつわる話が少なくない。

古本あさりは趣味といえるのだろうか。
読み書きを業としている者が、趣味は古本屋がよいです、というのは気がひける。漁師にとって釣りが趣味でないのは自明の理である。しかし、私の場合、仕事以外のことでくつろぐことが出来るのは古本屋の棚を眺めることしかない。（「古書店主」『古い革張椅子』）

旅行は目的地の定まらないもの、読書は愉しみのためのものに限る。
私は短い旅行を好む。とりわけその地で古本屋を探し、さしあたって必要とはしていない書物を手に入れるのを無上の歓びとしている。街がそれぞれ一つの顔を持つように、古本屋の二三軒はあるものである。（略）
ものを書くうえで、いつかは役に立ちそうな本というものはカンでわかる。二十円均一の棚がまず検分の対象となる。たいてい表紙がとれたり、背文字が褪せたりして、茶褐色の紙屑にしか見えないときがあるけれども、掘出物はこれらの均一本の中にある場合が多い。そしてこの薄汚い棚の中にあるからこそ掘出物なのである。

季節の変るごとに小旅行を試みていた熊本のある古書店で、そのようにして私は安本の山の中から、ビアズレーの鮮明な挿絵（今のものは戦前の版よりぼやけている）が入ったポオの短篇集を、ハウプトマンのギリシア紀行を手に入れた。（「K書房主人」『兵士の報酬』）

野呂は無類の本好きだがビブリオマニアではない。初版本や稀覯書を珍重するという趣味はなかった。限られた予算でいかにいい本を手に入れるかに腐心した青春時代が古本探しの原点にあるからだろう。それは作家となり経済的な余裕ができてからも変わらなかったようだ。変わったとすれば購入する量で、若いころはせいぜい数冊のところが、一度に段ボール数個分もの古本を買えるようになったことぐらいだろうか。野呂は上京するたびに馴染みの古本街を訪ねてはめぼしい本を漁るのを楽しみとしていた。

ねっからの出不精ゆえめったに旅行をしない。それでいて旅行を思い立つと浮き浮きする。私の場合、旅行をする愉しみの九割は知らない本、探している本とめぐり会う愉しみで占められている。（「古本屋」『兵士の報酬』）

といい、自分が探すのは人があまり読まない小説家の絶版本だと書いている。密かに気に入った作者の埋もれた本を探索するところに古本屋巡りのだいご味があるのだと。

思えば野呂自身が長いことそういう作家ではなかったか。作者亡きあと、著書のほとんどが再版、増刷されることなく絶版となったままで、愛読者を嘆かせたものだ。野呂の本を読みたくて古本屋通いをする読者は少なくなかったのである。私は京都に移り住んだ年、恒例の「古本まつり」に出かけ、膨大な本の海の中から野呂の『草のつるぎ』を見つけたことがある。手を伸ばして本を引き寄せたとき、背後から男性に声をかけられた。「その作家はいいですよ」。振り向くと物腰の柔らかそうな中年の男性で、「自分は野呂さんの限定本を作ることになっていて会う約束もしていたのですが、その直前に亡くなられまして」と言う。確か大阪の湯川です、と言われた。後日、その人は限定本出版で有名な大阪の湯川書房の主、湯川成一氏だと知ったが、氏も亡くなられたいま、どの作品を限定本にするつもりだったのか知ることができないのが残念でならない。

野呂の古本屋通いはいつも旅とセットになっていた。野呂の持論は「古本屋というのは人口が十万人以上ある中都市でなければ成り立たない」で、旅行したらその土地の記念に本を買うのを習慣としていた。これは同居していた叔父（母の弟山口善三）の影響だという。野呂は少年の日々、善三叔父に読書のてほどきを受けた。小学生のころ、「猿飛佐助」に読みふけっていて、「もうすぐ中学生になるというのに、こんな三文小説を読んで」と叔父から本を取り上げられたことがエッセイ集『小さな町にて』に出てくる。その叔父は中学生になった野呂が部屋の壁に「Cogito ergo sum」という『方法叙説』のフレーズを書いて貼ったのを見て、レストランでご馳走してくれたという。子どものころ冒険小説に血湧き肉躍る経験をしたことがない読書家は何か物足りない、だがいつまでもそれだけというのは困るというわけだろう。

一九七四年、「草のつるぎ」で芥川賞を受賞したとき、野呂が九州に住むただ一人の芥川賞作家だということは何度も書いた。受賞後、あらゆる仕事が彼のもとに集中した。活躍の場が一挙に広がって、それまでのように気ままな旅をする機会は失われた。野呂が依頼された仕事を断らなかったことは友人たちの間でも有名だった。だが、一九八〇年五月、四十二歳の若さで野呂が急逝したとき、作家仲間の多くはその仕事量の多さに驚いている。

亡くなったあと、「週刊文春」の、月に五百枚書いていたという記事に、私はわが眼を疑った。野呂さんの文体で、月に五百枚書くのは無理である。経済的な必要があったとはいえ、〈五百枚〉という数字は、私には、いまだに信じられない。（「十日前の会話」『文學界』一九八〇年七月号）

亡くなる十日前、東京で野呂と会った小林信彦は追悼文にこう書いた。野呂の死のあと、心をしずめるために文庫版『草のつるぎ』（文春文庫）を開き、巻末の丸山健二による解説を幾度も読み返したという。小林は野呂の文学を論じてこれ以上読みの深い文章はないと書いている。その丸山健二は『新潮』（一九八〇年七月号）に「野呂邦暢氏のこと」と題する追悼文を寄せた。そこには野呂のきわめて透明な文体が好きだったこと、一方で近年の多作ぶりを懸念していたこと、地方で書き続けることの難しさなどについて書いている。なおこの十年後の一九九〇年、丸山健二は諫早で開催された没後十年の菖蒲忌に招かれ、「自立の文学」と題する講演を行った。その直前、丸山はある新聞に「講演はしない」というエッセイを書いたばかりだったせいか、開口いちばん、「私は講演をしないと宣言しているのですが、このたびは例外。

野呂邦暢とは若いころから縁があったので」だった。丸山が「夏の流れ」で芥川賞を受賞したのは一九六七年、野呂の「或る男の故郷」の二年後のことである。——地方に住んで文学を志すという仲間意識があったのか、野呂から長い手紙が次々に届いた。たまに返事を書いたが、「おざなりではなくもっと真剣に書いてくれ」という手紙がきた。彼の作品には芸術作品として大事な気品というものがある。代表作『諫早菖蒲日記』は素晴らしい作品。野呂はすぐれたデッサン力を持っていた。彼の文章力をもってすれば、そこそこのものはいくらでも書けただろう。また地方の文化人として断れない仕事も多多あっただろう、真面目な彼は律義に応じたに違いない。だがそれらが過労、心労につながったのではないか——。「野呂さんの後を継ぐ人がこの地から出ることを願っています」というのがこの日の講演の最後の言葉だった。

もう一つ、山口瞳（一九二六〜九五）の追悼文を紹介しておきたい。野呂は山口瞳と面識があり、一九七八年、七九年の二回、九州へ来た山口夫妻と会っている。上京した折、国立の山口家を訪問したこともあり、自著を献じあう間柄だった。

この一年間だけで言っても、野呂さんの作家活動は目ざましいものがあった。彼は、確実に、ある大きな方向を摑んでいるように思われた。俗な言い方になるが、彼は、この二、三年で、連続的に文学賞を受賞するだろうと私は思っていた。

私は、「鳥たちの河口」の頃から、野呂さんの風景描写が好きだった。また、彼は、達者なストーリー・テラーでもあった。

さらに、私は、野呂邦暢は、文学全集の出せる数少ない作家の一人だと思っていた。つまり、いい加減に書きとばす作家ではなかった。（「ミヤコワスレ」『週刊新潮』一九八〇年五月二十二日号『追悼』収録）

山口瞳の言葉は正しかった。この『野呂邦暢小説集成』を予言したのだから。

『諫早菖蒲日記』の成功で、新たに歴史小説が仕事のジャンルに加わった。本来の現代小説に加えて、戦記、ミステリー、古代史、評論、エッセイなど、仕事の範囲は広がる一方であった。文芸誌ぐらいしか手にしなかったので、亡くなったあと、いろんな雑誌に野呂の名を見つけて、こんなところにも書いていたのかと驚いたものだ。文芸誌、エンターテイメント誌、ＳＦやミステリー誌は言うに及ばず、企業のＰＲ誌、いろんな団体の機関誌、老舗の広告など、野呂は頼まれれば何でも引き受けてこなした。一晩で数十枚の短編を書きあげるということも珍しくなかったという。その上に講演、対談、ＴＶ出演、晩年は季刊誌「邪馬台国」の編集を引き受けるなど、体と時間がいくらあっても足りない状況だった。

作家は、経験、観察、想像の三つを必要とする、というのはたしかフォークナーの言葉だったと思うが、この言葉は野呂にもあてはまるだろう。野呂がすぐれた観察者であることは、「鳥たちの河口」の確かな情景描写が証明しているし、想像力の豊かさは「壁の絵」の、イメージの展開によく示されている。経験はといえば「草のつるぎ」や「一滴の夏」があげられるだろう。しかし体験が物語の核になっても、作品はあくまで虚構である。虚構にリアリティを持たせるためには細部の真実が欠かせない。野呂の小説の舞台が長崎や諫早を思わせる土地なのは、そこがいちばんよく知っている土地だからだ。自分がよく知っている土地を舞台に普遍的な世界を描くことを目標とした野呂はまた、「小説というものは、その作者の生活の完全な反映ではないが、忠実な反映ではある」とも書いている。

収録作品について

この巻には、野呂が最も多忙な時期に書かれた作品の一部が収められている。芥川賞を受賞してから亡くなるまで、野呂にはわずか六年半の時間しかなかった。早すぎる晩年に野呂は文字通り、書きに書いたのである。この巻の収録作品のうち、同じようなモチーフを持つものを発表された順に並べてみた。

「伏す男」(『群像』一九七七年三月号)
「ふたりの女」(『文芸展望』一九七七年四月号)
「猟銃」(『新潮』一九七八年六月号)
「部屋」(『海』一九七八年七月号)
「靴」(『文藝』一九七八年七月号)
「彼」(『海』一九七九年一月号)
「赤い鼻緒」(『季刊藝術』一九七九年春号)
「馬」(『別冊文藝春秋』一九七九年創刊一五〇号記念特大号(十二月発行))

「伏す男」の主人公は自分の酷薄さを承知している。入院中の父親を引き取るのをためらい、深く付き合っている女性に結婚はしないと宣言する。自分には父親に対する愛が欠落していると自覚する主人公はまた同じことが父親にも言えると思うのである。現実を受け入れず、独りでいることを好む男の姿から冷え冷えとした諦念とペシミズムが感じられる。

「ふたりの女」はよどんだような日常にけりをつけて、新しい生活を始めたいと願う男の鬱屈した日々を描いたもの。男にはつきあっている女がいるが、女には男ともだちが多く、男の思いはなかなか届かない。それなのに女は男を意のままにあしらい、男はそれを拒むことができない。ある日女の浮気現場を目撃した男は、女に憐れみを覚えると同時に、「これからも生きられる」と思う。袋小路で迷う男の姿を、野呂は他の作品でも繰り返し書いた。

「猟銃」「部屋」「靴」はひとつながりの作品として読める。すなわち妻と愛人のあいだで立ちすくむ男の話である。よくある三角関係といえるが、野呂はこれを生々しくは書かない。男は二人の女性の間を行ったり来たりするだけで、当事者でありながらどこか傍観者ふうなのである。妻が泣く、愛人が自殺未遂をする、という深刻な場面が淡々と書かれていて、同じ修羅場を描いても島尾敏雄の『死の棘』や壇一雄の『火宅の人』とは遠い。もともと野呂は何事もあからさまには書かない、生の言葉では表現しないことをモットーとした作家である。どんなに悲惨な場面も実に端正で、淡彩画のような味わいがある。愛人の家の玄関に妻の靴を見た男の驚き、家に保管している猟銃を妻が使いはしないかという不安を抱く場面には底知れぬサスペンスが感じられる。

「彼」は女の言葉に不信を抱きながらも、女を失いたくないために彼女のいいなりになる男の話。病気のため仕事をやめた女には別の男の影が見え隠れするのだが、男は女を信じるしかない。女に翻弄される男の出口のない日々を書いたもの。

「赤い鼻緒」は二人の女性との三角関係にピリオドが打たれ、独身に戻った男の日常が書かれている。妻が去り、独りになった男のところに、大阪に住む母親が彼の世話をするためにやってくる。妻と離婚したいきさつ、母の嘆き、二人の女との別れのシーンが交錯する。苦い悔恨と哀しみ、繰り返し見る夢や幼いころの回想シーンに男の寄る辺なさが伝わる。

「馬」は一連の物語の最後に書かれたもの。仕事で上京した男が別れた妻の部屋を訪ねて一晩を過ごすが、彼女には新しい生活が始まっており、男は彼女の心が遠ざかったことを悟るというもの。離婚の原因は自分にあったものの、男はいまなお妻を愛しており、それゆえ言い知れぬ悲哀が伝わる好短編である。この主人公は、別れた妻と自分の二つの所帯を維持している。「仕送りを果たすためには、毎月、かなりの量の仕事をこなさなければならない。半年や一年はどうにかなるとしても、やがて破綻がくるのは眼にみえていた」と嘆く主人公に、当時の作者の姿を重ねた読者もいたのではないか。翌日男は彼女に見送られて飛行場へ向からが、その途中で、以前車窓から馬を見たという彼女の話を聞く。みずみずしい草原に一頭の馬が跳ねている、そのイメージの鮮明さがこの胸蓋ぐような物語に彩りを与えている。

「縛られた男」（『すばる』一九七九年一月号）は旅先で思いがけない出来事にであった男の話。月に一度、目的もなく旅にでて独りきりの自由な時間を過ごしている男が、あるとき古いビルに連れ込まれて怪しげな秘密クラブを体験する、という奇妙な味わいのある話。

「ドアの向う側」（『野性時代』一九七八年五月号）はスナックでアルバイトする女子大生が中年の男に付きまとわれる話。ストーカー男が自信たっぷりに女子大生に迫ってくる様子は思い違いですまされないほど異様で不気味。

「ぼくではない」（『オール讀物』一九七九年五月号）もまた、誤解が生んだ悲劇を書いたもの。マンションの部屋の前住者と間違えられた男が、前住者に恨みを持つ女から執拗に迫られ、ついには婚約者がまきこまれる。思い込みの激しさ、狂気と紙一重の執念深さ、性格異常者の描写は処女作「壁の絵」や「或る男の故郷」から、野呂の得意とするところである。

「ある殺人」（『小説推理』一九七九年一月号）は一種の復讐劇。九州地方の発音と漱石の『夢十夜』が効果的に使われている。離島の釣り場で海に落ちた友人を見捨てたという過去を持つ医者が、その忌まわしい過去の現場を夢に見るという見知らぬ患者に追い詰められていくというもの。この作品は好評で、何度もミステリー作品のアンソロジーに収録された。

「運転日報」（『オール讀物』一九八〇年一月号）は婚約者のアリバイを確かめようとした男の不運を書いたもの。結婚を約束した相手に昼とは違う夜の顔があるのではないかという疑いを抱いた男が、タクシー会社の日報を調べることで彼女のアリバイを試そうとする。この話のアイデアを何から思いついたか、野呂は「アリバイ」（『小説春秋』）というエッセイに書いている。

「天使」（『文藝』一九七九年一・二月合併号）は父の旧知という元新聞記者の仲立ちで、ある町へ講演にいった図書館員の話。講演会はさんざんなもので主人公は後悔するのだが、みんなから軽蔑され無視されている元新聞記者と同宿するはめになる。酔いつぶれた男の顔がやがて天井の浮彫にある天使に似てくる、聖と俗は背中合わせというパラドックス。薄汚れた堕天使だが、「タカリの立花」という仇名を持つ老いた元ジャーナリストに似た人物像を、野呂は他の作品にもしばしば登場させている。

講演といえば、晩年の野呂は講演をよく行った。長崎県内はもとより、依頼があれば九州各地へ出向いて話をした。講演は締め切りに追われる日々の束の間の休息になったものか、或いは時間を奪われて仕事への荷重が増すことになったものか。要約された講演録がいくつか残っているが、野呂は主催者や聴衆に合わせて話の中身をよく吟味している。詩人の集まりでは日本語と詩の話を、映画ファンの集まりでは好きな映画の話を、高校生たちには自分の高校時代の読書体験などをのびやかに語っている。

「まぼろしの御嶽」（『小説推理』一九七九年十月号）は事故で急逝した恋人のルーツ探しをする女性の話。舞台は有明海に面した佐賀と長崎の県境辺りで、御嶽の名前の由来が鍵となっている。テレビ局の対応、南総開発計画反対の海上デモのくだりは野呂の身近な見聞が使われている。多良岳山麓の歴史、有馬・鷹木一族の変遷、戦争末期に起きた恋人の父親の死の真相など、たくさんのエピソードが盛り込まれた作品。

アームチェア・トラベラーを野呂は自称していた。旅は好きだが出かける暇がないので、地図を拡げては行ったつもりになっていたのだろう。古本と旅、好きなテーマで書かれたのが「愛についてのデッサン」である（『野性時代』一九七八年七月〜十二月号）。

この作品の主人公は古本屋の若主人で、本に秘められた謎や事件を彼が追い求めていくというもの。本、旅、男と女の愛、父親探し、は野呂の読者には馴染み深いテーマで、野呂は愉しみながら書いたのではないか。雑誌に発表されたとき、いかにも野呂らしい世界が展開されていると思ったが、彼には珍しく読み物を書いているという印象を受けた。

だが長崎を舞台にした最後の章「鶴」で、野呂は登場人物にこんな台詞を言わせている。主人公の父親は若いころ上京して、以来一度も故郷へ帰らなかった。父親はなぜ故郷を捨てたのか、父は長崎時代、短歌の会に属していた。その会がカモフラージュされた反戦思想の会だったかもしれないと示唆するかつての父を知る老人は、主人公にこう語る。

「不幸なことにきみたち若い世代の人たちは、全体主義の怖さを知らない。活字の中でしか知らない。平和のありがたさよりも平和の退屈さしか知らない。怖しい時代になったものだと思うけれど、ぼくにしてみれば、永くは生きられないんだから、全体主義、いやファシズムといいかえようか、その恐怖を味わうことは二度とないだろう。一度でたくさんだよ、あんな時代は」

『失われた兵士たち』を書いた野呂の実感であろう。野呂がこの作品を書いた一九七八年は戦後三十三年、まだ戦争を生で語り得る人たちが健在だった。

ちなみに主人公の父親探しを助ける図書館員田村寛治のモデルは、長崎県立図書館の司書で詩人の山田かん（一九三〇〜二〇〇三）である。氏は当時『炮氓』という詩誌の同人だった。長崎は私にとっても故郷なので、この本の第一章と最終章を嬉しく読んだのを覚えている。登場する地名、町の名、森の中の図書館のたたずまい、一つ一つがくっきりと目に浮かび、主人公と共に現地を歩いているようだった。長崎は野呂にとっても生まれ故郷なのだ。主人公が爆心地の復元地図を確認するシーンがある。そこに父親の実家の名を見て、主人公は惨劇を知るのだが、爆心地の復元地図は野呂にとって大きなモチーフだったようだ。「ものを書くということは程度の差こそあれすべて過去の復元である」と野呂は語ったことがある。不在の存在、消えた人たちにつながる自分、野呂はこの物語でも故郷喪失者の悲哀を物語の底に潜ませている。

しかしこの本の一番の主人公は「本」である。本好きならここに登場する書名を見るだけでも楽しいだろう。『安西均詩集』、吉岡実『僧侶』、庄野潤三『クロッカスの花』などは作者の書棚にあってもおかしくない。この作品のタイトルは敬愛する詩人丸山豊の詩集からつけられた。一九七九年二月、野呂は博多で丸山豊の講演を聴き、親しく話を交わしている。

愛というものは詩人や小説家にとっては永遠の主題なのである。私は丸山豊先生の著作に親しむ機会がなかったなら、この小説を書きはしなかっただろう。（略）

詩や散文にうかがわれるみずからを恃すきびしい態度、文体の高い格調とはうらはらに先生は明るく柔和であった。本当に怖いのはこのように、他人に対して優しい人である。（「丸山豊先生のこと　愛についてのデッサン」『長崎新聞』一九七九年八月）

のちに、詩集『愛についてのデッサン』の著者との初対面の印象を野呂はこのように記した。

（中野章子）

初出一覧

ある殺人	「小説推理」	一九七九年一月号
伏す男	「群像」	一九七七年三月号
ふたりの女	「文芸展望」	一九七七年四月号
縛られた男	「すばる」	一九七九年一月号
部屋	「海」	一九七八年七月号
靴	「文藝」	一九七八年七月号
猟銃	「新潮」	一九七八年六月号
まぼろしの御嶽	「小説推理」	一九七九年十月号
ぼくではない	「オール讀物」	一九七九年五月号
彼	「海」	一九七九年一月号

赤い鼻緒　「季刊藝術」　一九七九年春号
馬　「別冊文藝春秋」　一九七九年創刊一五〇号記念特大号
ドアの向う側　「野性時代」　一九七八年五月号
運転日報　「オール讀物」　一九八〇年一月号
天使　「文藝」　一九七九年一・二月合併号
愛についてのデッサン　「野性時代」　一九七八年七月号〜十二月号

執筆者・監修者紹介

福間健二

一九四九年、新潟県生まれ。詩人、映画監督。著書に、詩集『侵入し、通過してゆく』（思潮社）、詩集『青い家』（思潮社、萩原朔太郎賞・藤村記念歴程賞受賞）、評論『佐藤泰志　そこに彼はいた』（河出書房新社）など。映画監督作に『あるいは佐々木ユキ』など。

中野章子

一九四六年、長崎市生まれ。エッセイスト。著書に『彷徨と回帰　野呂邦暢の文学世界』（西日本新聞社）、共著に『男たちの天地』『女たちの日月』（樹花舎）、共編に『野呂邦暢・長谷川修　往復書簡集』（葦書房）など。

豊田健次

一九三六年、東京生まれ。一九五九年早稲田大学文学部卒業、文藝春秋入社。「文學界・別冊文藝春秋」編集長、「オール讀物」編集長、「文春文庫」部長、出版局長、取締役・出版総局長を歴任。デビュー作から編集者として野呂邦暢を支え続けた。著書に『それぞれの芥川賞　直木賞』（文藝春秋）『文士のたたずまい』（ランダムハウス講談社）。

＊今日の人権意識に照らして不適切と思われる語句や表現については、
時代的背景と作品の価値をかんがみ、そのままとしました。

猟銃・愛についてのデッサン　野呂邦暢小説集成 6

2016年2月1日初版第一刷発行

著者 : 野呂邦暢
発行者 : 山田健一
発行所 : 株式会社文遊社
東京都文京区本郷 4-9-1-402　〒113-0033
TEL: 03-3815-7740　FAX: 03-3815-8716
郵便振替 : 00170-6-173020

書容設計 : 羽良多平吉 heiQuiti HARATA@EDiX+hQh, Pix-El Dorado
本文基本使用書体 : 本明朝小がな Pr5N-BOOK
印刷 : シナノ印刷
製本 : ナショナル製本

乱丁本、落丁本は、お取り替えいたします。
定価は、カバーに表示してあります。

　ISBN 978-4-89257-096-4